David Lodge · Autor, Autor

DAVID LODGE

Autor, Autor

ROMAN

AUS DEM ENGLISCHEN
VON
RENATE ORTH-GUTTMANN

GERD HAFFMANS
BEI ZWEITAUSENDEINS

Die englische Originalausgabe
»Author, Author« erschien
2004 bei Secker & Warburg in London.

Deutsche Erstausgabe
1. Auflage, Februar 2006

Gerd Haffmans bei Zweitausendeins,
Postfach, D-60381 Frankfurt am Main.

Lektorat von Gerd Haffmans.
Umschlagzeichnung von Andy Wildi, © Edition Tiramisù, CH-6989 Navaggio.

Umschlag, Produktion und Gestaltung von Urs Jakob,
Werkstatt im Grünen Winkel, CH-8400 Winterthur.
Satz: Fotosatz Reinhard Amann, Aichstetten.
Druck & Bindung: Ebner & Spiegel, Ulm.
Printed in Germany.

Dieses Buch gibt es nur bei Zweitausendeins im Versand, Postfach, D-60381 Frankfurt am Main, Telefon 069-4208000, Fax 069-415003. Internet www.Zweitausendeins.de, E-Mail info@Zweitausendeins.de. Oder in den Zweitausendeins-Läden in Berlin, Düsseldorf, Frankfurt am Main, Freiburg, 2 x in Hamburg, in Hannover, Köln, Mannheim, München, Nürnberg und Stuttgart.

In der Schweiz über buch 2000, Postfach 89, CH-8910 Affoltern a. A.

ISBN 3-86150-567-3

»Wir arbeiten im Dunkeln – wir tun, was wir können – wir geben, was wir haben. Unser Zweifel ist unsere Leidenschaft, und unsere Leidenschaft ist unsere Aufgabe. Der Rest ist der Wahnsinn der Kunst.«

– Henry James, *Die mittleren Jahre*

»Wer wird wohl glücklich und wer wird wohl reich?
Wer mag wohl die Krone erringen?«

– Felix Moscheles, *In Bohemia mit Du Maurier*

Inhalt

Für Danny Moynihan

Vorbemerkung des Autors

Manchmal empfiehlt es sich, einem Roman eine Bemerkung voranzustellen, etwa in dem Sinne, daß die Geschichte und ihre Personen frei erfunden sind. In diesem Fall ist eine andere Bemerkung angebracht. Fast alles, was sich in dieser Geschichte zuträgt, ist aus historischen Quellen geschöpft. Mit einer unbedeutenden Ausnahme sind alle benannten Figuren geschichtlich belegt. Zitate aus ihren Büchern, Theaterstücken, Artikeln, Briefen, Tagebüchern usw. geben ihre eigenen Worte wieder. Allerdings habe ich mir bei der Darstellung dessen, was sie gedacht, gefühlt und zueinander gesagt haben, eine gewisse dichterische Freiheit gestattet und bei manchen Ereignissen und persönlichen Details, für die es keine geschichtlichen Unterlagen gibt, meine Phantasie bemüht. Dieses Buch ist deshalb ein Roman und wie ein Roman gestaltet. Er beginnt mit dem Ende – oder doch nahen Ende –, geht zurück zum Anfang, arbeitet sich vor bis zur Mitte und kommt dann wieder zum Ende, mit dem er beginnt …

D. L.

TEIL I

I

London, Dezember 1915. In dem großen Schlafzimmer der Wohnung Nr. 21, Carlyle Mansions, Cheyne Walk, Chelsea (einem Raum, den englische Grundstücksmakler als *master bedroom* zu bezeichnen pflegen, was in diesem Fall mehr als angemessen ist), stirbt der berühmte Autor – langsam, aber sicher. In dem nicht einmal 300 km weit entfernten Flandern sterben andere schneller, qualvoller, kläglicher – meist junge Männer, die das Leben noch vor sich haben, leere Seiten, die niemand mehr beschreiben wird. Der Autor ist zweiundsiebzig. Er hat ein interessantes und abwechslungsreiches Leben hinter sich, hat viele Bücher geschrieben, ist weit gereist, genoß die schönen Künste, war viel in Gesellschaft (in einem Winter hatte er 107 Abendeinladungen) und besitzt neben dieser geräumigen Londoner Mietwohnung mit dem schönen Blick auf die Themse ein bezauberndes altes Haus in Rye. Er hat zutiefst bereichernde Freundschaften mit Männern und Frauen erfahren. Daß er selbst nie Geschlechtsverkehr hatte, war seine eigene Entscheidung, anders als bei den vielen jungen Männern in Flandern, die ihre Unschuld nur aus Mangel an Gelegenheit behielten oder weil sie später heiraten wollten und sich vorgenommen hatten, bis dahin keusch zu leben.

Der sterbende Autor ruht, dicke Kissen im Rücken, umsorgt von drei Dienstboten und zwei sich abwechselnden geprüften Krankenschwestern, in gestärktem Bettzeug, während die jungen Männer im Schlamm des Niemandslandes, in verdreckten Schützengräben, auf ruckelnden Tragen oder auf den Feldbetten der Kriegslazarette sterben, in den Ohren das Stöhnen ihrer verwundeten Kameraden. Doch von der kleinen Gruppe, die sich um den Autor bemüht, weiß nur sein Diener Burgess Noakes, wie das Sterben an der Westfront aussieht, und der mag nicht darüber reden. Noakes ist heilfroh, daß er mit einem »Heimatschuß« davongekommen ist oder besser gesagt mit dreißig kleinen Schußwunden – dreißig Schrapnellsplittern einer deutschen Mörserbombe, die man ihm unter Schmerzen aus Kopf, Leib und Beinen geklaubt hat – und einem durch die Druckwelle entstandenen irreparablen Hörschaden. Er freut sich, daß er mit einer Ausnahmegenehmigung verlängerten Genesungsurlaub bekommen hat, so daß er sich um seinen Meister kümmern kann (der Freunde in den höchsten Kreisen hat, bis hinauf zu Mr. Asquith, dem Premierminister höchstselbst) und hofft, früher oder später aus Gesundheitsgründen aus der Armee entlassen zu werden. Für die anderen – die Köchin/Wirtschafterin Joan Anderson, das Stubenmädchen Minnie Kidd, die beide im Haus wohnen, und Mr. James' Sekretärin/Stenotypistin, Miss Theodora Bosanquet, die ganz in der Nähe, in der Lawrence Street, eine kleine Wohnung hat – ist das Drama seines Sterbens zwangsläufig wirklichkeitsnäher und anrührender als die Metzelei in Flandern, weil sie es persönlich vor sich sehen. Wie der Zufall es will, hat von den Genannten niemand nahe Verwandte im Krieg verloren. Noch nicht. Natürlich finden sie die lange tägliche Liste der Opfer in der Zeitung deprimierend und nehmen mitfühlend Anteil an dem Kummer von Freunden, die Angehörige verloren haben, aber wirklich vorstellen können sie sich diese Toten nicht.

Wer sie sich – wäre er *compos mentis* – bis zu einem gewissen Grade vorstellen könnte, ist Henry James selbst, denn seine Aufgabe, die Aufgabe des Romanciers ist es, das, was außerhalb seiner persönlichen Erfahrung liegt, zu imaginieren. So hat beispielsweise Stephen Crane, der früher einmal für kurze Zeit sein Nachbar in East Sussex war, den besten Roman aller Zeiten über den amerikanischen Bürgerkrieg geschrieben, obgleich er damals noch nicht einmal auf der Welt war. Henry dagegen hatte den Bürgerkrieg in jungen Jahren – voller Angst und Unbehagen – zumindest als Zuschauer miterlebt. Er selbst war wegen einer obskuren Rückenverletzung vom Kriegsdienst freigestellt, aber seine beiden jüngeren Brüder kämpften tapfer auf der Seite der Union. Henry vergaß nie seinen Besuch bei dem siebzehnjährigen Wilky im Ausbildungslager der 44th Massachusetts, wo der Bruder einer von vielen sonnengebräunten, zuversichtlich lächelnden jungen Männern in feschen, neuen blauen Uniformen gewesen war, und wie man Wilky Monate später mehr tot als lebendig auf einer Trage zum Familiensitz in Cambridge zurückbrachte, wo er, nachdem er sich etwas erholt hatte, von grauenvollen Kriegserlebnissen zu erzählen wußte.

Vielleicht hatte Henry die katastrophalen Folgen des europäischen Konflikts früher als die meisten Engländer vorausgesehen, weil er den ersten großen Krieg des industriellen Zeitalters miterlebt hatte, den ersten, der Opfer in industriellem Ausmaß forderte. Schon zwei Tage nach der Kriegserklärung schrieb er an seine Freundin Edith Wharton, die wie er anglophil und frankophil war (ohne zu wissen, wann oder wo sein Brief sie erreichen würde, denn sie war, als die Armeen sich zum Kampf rüsteten und das Ultimatum auslief, mit dem Automobil in Spanien unterwegs): *»Ich bin fast unerträglich verfinstert durch diesen Zusammenbruch unserer Zivilisation«* und befindet sich seither in einem

Zustand verzweifelter seelischer Qual. Dabei ist er durchaus kein passiver – oder pazifistischer – Beobachter des Konflikts. Ganz im Gegenteil; er ist überzeugt von der Schändlichkeit der deutschen Aggression und unterstützt die Sache der Alliierten nach Kräften, soweit einem korpulenten, kränkelnden expatriierten Amerikaner in seinem Alter das möglich ist. Er besucht Verwundete im Lazarett (die belgischen Wallonen wußten sein fließendes Französisch zu schätzen, allerdings stellten seine Freunde belustigte Überlegungen darüber an, wie sie oder die Tommies seine gewundene Ausdrucksweise aufnehmen würden) und kümmert sich um belgische Flüchtlinge in Rye. Er wird Ehrenpräsident des American Volunteer Motor Ambulance Corps. Er befürwortet seinen Landsleuten gegenüber den Eintritt Amerikas in den Krieg auf jede nur mögliche Weise, gewährt, um die Sache zu fördern, sogar einem Journalisten der *New York Times* ein Interview, so sehr ihm diese Form der Publizität seit jeher widerstrebt. (Allerdings bestand er darauf, den Artikel vor der Veröffentlichung zu lesen und schrieb ihn komplett um, so daß er aus dem Text, wie Theodora Bosanquet amüsiert registrierte, praktisch ein Interview mit sich selbst machte). Im Sommer 1915 dann tat er den bedeutsamsten Schritt – als Geste der Solidarität mit seinem Adoptiv-Vaterland wurde er britischer Staatsbürger.

»Mehr konnte Seine Nobligkeit kaum machen«, sagte Burgess Noakes im Oktober zu George Gammon, dem Gärtner von Lamb House, als Henry James in Begleitung von Joan Anderson, Minnie Kidd und Burgess – es sollte das letzte Mal sein – nach Rye gefahren war. Als »Seine Nobligkeit« bezeichneten er und George ihren gemeinsamen Arbeitgeber gern, wenn sie unter sich waren – was keineswegs respektlos gemeint war, sondern vielmehr Anerkennung dafür ausdrückte, wie stilvoll James den Gentleman gab, Anerkennung für seine untadeligen Manieren, seine ausgeklügelten verbalen Artigkeiten, seine feschen Westen, die Kollektion der für jeden Anlaß sorgsam getrennten Hüte und Stöcke in der Diele von Lamb House. »Mit der Einbürgerung hat er vielen Yankees ganz schön auf die Hühneraugen getreten«, sagte Burgess. »Die Familie war auch nicht begeistert.« Er hatte seinen Herrn Briefe an Miss Bosanquet diktieren hören, in denen es um die kritische Reaktion in Amerika auf seine geänderte Staatsbürgerschaft ging. »Und mir hat er Socken geschickt«, erinnerte er sich liebevoll.

»Socken?«

»Als ich an der Front war. Socken und Salbe für meine Füße.«

»Wie war denn das so, Burgess?« fragte George Gammon. »An der Front, meine ich.«

Burgess nickte lächelnd und blickte in die glühenden Kohlen hinter dem Rost des Küchenherdes, dessen Tür offen stand, so daß ein warmer Glanz auf die Steinplatten des Fußbodens fiel. Sie saßen an diesem Abend – es dunkelte gerade – in der Wohnküche von George Gammons Cottage, das versteckt hinter der Gartenmauer von Lamb House stand. George wartete geduldig. Seit Burgess aus dem Krieg gekommen war, wußte man nie so recht, ob er eine Frage nicht gehört hatte oder nicht antworten wollte.

»Hab ich dir schon mal erzählt, wie das mit uns beiden war, als ich Soldat geworden bin?« fragte er schließlich.

»Aye«, sagte George und nickte, aber Burgess erzählte es trotzdem noch mal. Sobald der Krieg erklärt worden war, brannte er darauf, sich freiwillig zu melden, aber er zögerte, weil er wußte, wie sehr Seine Nobligkeit auf ihn angewiesen war, zumal jetzt, da es mit Henry James' Gesundheit nicht zum besten stand, und weil er nicht den Eindruck erwecken wollte, als sei er undankbar dem Mann gegenüber, der ihn als Hausbursche eingestellt und ihn zu einer Art Kammerdiener ausgebildet hatte. Durch ganz England war er mit seinem Meister gereist und hatte in den vornehmsten Häusern genächtigt, auch in Schottland und Irland und Amerika, und immer im gleichen Waggon, keine getrennten Erster- und Dritter-Klasse-Fahrkarten, wie es sonst oft üblich war, wenn Herrn und Diener zusammen reisten. Und so kam Burgess zwei Wochen lang stumm leidend seinen Pflichten in Lamb House nach, während immer mehr junge Männer aus Rye in den Zug nach Hastings stiegen, um freiwillig in das 5th Battalion der Royal Sussex einzutreten. Schließlich hielt er es nicht mehr aus und eröffnete Mr. James, er wolle zur Armee. »Und was glaubst du, was Seine Nobligkeit gesagt hat?«

George schüttelte in gespielter Ratlosigkeit den Kopf.

»Gefreut hat er sich! Wie ein Schneekönig! Nicht daß er mich loswerden wollte. Ich weiß nicht, wie ich ohne dich auskommen soll, hat er gesagt. Aber dann hat sich herausgestellt, daß er von Anfang an gehofft hat, ich würde mich freiwillig melden. Also hatten wir zwei Wochen lang dasselbe gedacht, ohne …«

Burgess unterbrach seine Erzählung, als es draußen laut und drängend klopfte. Vor der Tür stand Minnie Kidd, die, ein Tuch über Kopf und Schultern, die wenigen Meter über die West Street von Lamb House zum Cottage gelaufen war. »Du mußt gleich mitkommen, Burgess«, sagte sie. »Mr. James geht's schlecht.«

Für Burgess war das keine Überraschung. Seit der Ankunft in Lamb House war sein Meister rastlos und unzufrieden, atmete schwer und seufzte vor sich hin, hob wie in stummer Klage die Hände und ließ sie dann in wortloser Verzweiflung wieder sinken. Erschüttert besah er sich im Garten den Stumpf des alten Maulbeerbaums, der dem großen Sturm des vergangenen Winters zum Opfer gefallen war. Man hatte James seinerzeit natürlich das Unglück gemeldet, und er hatte Gammon die Erlaubnis gegeben, die Zweige und Äste als Feuerholz abzuschlagen und den hohlen Stamm in handliche Klötze zu zerlegen, aus denen man Scheite hacken konnte. Aber den Leichnam des geliebten Baumes mit eigenen Augen zu sehen, in dessen dichtem wispernden Schatten er so oft im Sommer gesessen hatte – das war eben doch etwas anderes. »Es ist ein Symbol, Burgess«, sagte er betrübt. »Ein Symbol und ein Vorzeichen. Erst der arme alte Maulbeerbaum, dann der arme alte HJ.« Burgess nahm diese Erklärung, wie alle Äußerungen seines Meisters, wenn es sich nicht um Anweisungen und direkte Fragen handelte, respektvoll schweigend zur Kenntnis. Lange Erfahrung hatte ihn gelehrt, daß dies die beste Taktik war. »Bloß keine Widerworte, wenn Seine Nobligkeit was zu euch sagt«, war sein Rat an neues Personal, »sonst könnt ihr euer blaues Wunder erleben.«

Das Haus war im vergangenen Jahr kurzzeitig verschiedenen Mietern überlassen und von befristetem Personal betreut worden und wirkte so heruntergekommen und vernachlässigt, daß Joan Andersons Miene sich schon umwölkte, als sie die Diele betrat. Bis sie in die Küche vorgedrungen war, hatte sie ihrer Bestürzung bereits vernehmlich Luft gemacht. Während sie und Minnie sich mit Besen, Schrubbern, Staub- und Putztüchern mühten, um im Haus wieder einigermaßen Ordnung herzustellen, plünderte ihr Meister Schubladen und Schränke, holte private Aufzeichnungen, Briefe, Fotos und Manuskripte heraus und verbrannte alles im Küchengarten. Grimmig, hin und wieder mit einem Stock in dem Scheiterhaufen herumstochernd, sah er zu, wie die Blätter sich rollten, schwärzten und zu Asche wurden – nicht anders als der Stabsoffizier einer Armee auf dem Rückzug, der Dokumente vernichtet, um sie nicht in Feindeshand fallen zu lassen. Die Dienstboten mußten an das viel größere Feuer denken, mit dem Mr. James 1909 in einem Zustand schwärzester Depression, deren Auslöser sie allerdings nicht kannten, die gesammelte Korrespondenz eines ganzen Lebens vernichtet hatte.

»Was ist denn jetzt wieder?« fragte Burgess, rappelte sich auf und knöpfte eilig seine Uniformjacke zu. Die Uniform trug er nach wie vor, obgleich er bis auf weiteres krank geschrieben war, sie bewahrte ihn davor, auf spitze Fragen antworten oder auf vorwurfsvolle Blicke lieber Zeitgenossen reagieren zu müssen, die schnell damit bei der Hand waren, einen als Drückeberger zu brandmarken. Er maß nur knapp über einen Meter fünfzig, war aber kräftig gebaut und gut proportioniert. Als Amateurboxer war er einmal Meister von Sussex im Bantamgewicht gewesen. Minnie Kidd bewunderte den seidigen Schnurrbart, den er sich in der Armee hatte wachsen lassen und dessen Glanz matt die Glut des Feuers spiegelte. Sie war eine hübsche, dralle junge Frau von dreiunddreißig Jahren, die zu ihrem großen Kummer einen Kopf größer war als Burgess Noakes.

»Der Magen«, sagte Minnie.

»Eh?«

»Der Magen«, wiederholte sie lauter.

»Aye.« Burgess ließ seine Gürtelschnalle zuschnappen. »Daran ist dieses Fletcherising schuld.«

Vor Jahren hatte sich Henry James zu den Lehren des amerikanischen Ernährungswissenschaftlers Dr. Horace Fletcher bekehren lassen, der empfahl, jeden Bissen zu kauen und einzuspeicheln, bis er sich verflüssigt hatte. An einem denkwürdigen Tag hatte Fletcher den Autor in Lamb House besucht, und ihr Lunch war ein feierliches Ritual gewesen, in dem Priester und Jünger miteinander wetteiferten. Die Dienstboten hatten Mühe, ernst zu bleiben, als sie sahen, wie die beiden jede Gabel Roastbeef brav sechzigmal kauten. Das Gespräch verlief zwangsläufig recht träge, und die Mahlzeit dauerte ungewöhnlich lange. Nicht nur sein Diener, sondern auch viele seiner Freunde und Bekannten waren davon überzeugt, daß er durch diesen Tick seine Verdauung geschädigt hatte, auch wenn er sich inzwischen nicht mehr so strikt an die Vorschriften hielt.

Burgess stampfte – reflexartige Reaktion eines Soldaten vor dem Appell – mit den Stiefeln auf die Steinplatten. »Na dann los, Minnie«, sagte er.

Draußen war es inzwischen ganz dunkel geworden, Seenebel hatte sich vom Hafen her den steilen Hang der Mermaid Street hochgewälzt. Die wegen der Verdunkelung nur matt leuchtenden Gaslampen an der Mauer von Garden House an der Ecke zur West Street waren kaum zu erkennen, aber von Lamb House her fiel ein Lichtstreifen auf das Kopfsteinpflaster, denn Minnie hatte die Haustür offenstehen lassen, als sie losgelaufen war.

»Deinetwegen müssen wir noch Strafe zahlen«, neckte Burgess sie. »Du lockst die Zeppeline her.«

»Entschuldige, Burgess«, sagte Minnie zerknirscht. »Ich hab mich so aufgeregt.«

Der Meister lag kläglich zusammengesunken in einem Sessel des Grünen Zimmers im ersten Stock und rang nach Luft, eine Hand an Brust oder Magen gedrückt (unter der Weste war schwer zu erkennen, wo diese aufhörte und jener anfing), zu seinen Füßen lagen Papiere verstreut, die ihm aus der Hand gefallen waren. Burgess entkleidete ihn, brachte ihn zu Bett und gab ihm die Arznei, die er gewöhnlich bei gastrischen Beschwerden nahm. Doch die Atemnot hielt an, er verbrachte eine schlaflose Nacht, und am nächsten Morgen holten sie Dr. Skinner. Der hörte durchs Stethoskop einen unregelmäßigen Herzschlag, diagnostizierte intermittierende Tachykardie, verschrieb Digitalis und empfahl Henry, baldmöglichst den Herzspezialisten Sir James Mackenzie zu konsultieren. Nun war also die ganze Gesellschaft genötigt, nach nur drei Tagen wieder nach London zurückzureisen.

Minnie Kidd brachte ihm die Blätter, die sie nach seiner Attacke vom Fußboden aufgelesen hatte. Es waren Briefe, alle in der gleichen Handschrift; bei manchen waren kleine Zeichnungen in den Text eingestreut.

»Danke, Kidd«, sagte er. »Der arme Du Maurier! Eigentlich wollte ich sie verbrennen, aber dann habe ich fatalerweise angefangen zu lesen…«

»Ich tu das Zeug gern für Sie ins Feuer, Sir«, erbot sich Minnie.

Henry lächelte leicht. »Nein, nein, vielen Dank, Kidd. Mögen sie dem – äh – Holocaust entkommen. Irgendwie entgingen sie schon dem letzten Feuer. Und sie können ja auch keinen Schaden anrichten. Der arme Kiki hätte keiner Fliege was zuleide getan.«

Später verwahrte er die Briefe im Grünen Zimmer in einer Schublade.

Sir James Mackenzie bestätigte Dr. Skinners Diagnose, was der Autor mit melancholischer Genugtuung zur Kenntnis nahm. 1909 hatte er den berühmten Arzt schon einmal konsultiert, weil er davon überzeugt war, daß er – wie sein Bruder William – ein Herzleiden hatte. Damals mußte er sich sagen lassen, daß seinem Herzen nichts fehlte, was sich nicht durch vernünftige Ernährung und regelmäßige Bewegung würde beheben lassen. Der Patient hatte diese Nachricht mit Erleichterung aufgenommen, fand aber, daß die Unterstellung, er sei womöglich ein *malade imaginaire*, ein etwas fragwürdiges Licht auf seinen Charakter warf. Jetzt also stand fest, daß er es doch »am Herzen« hatte. Er diktierte entsprechende Mitteilungen an seine Freunde und weidete sich an ihren besorgten Antworten. Er spielte die Rolle eines anerkannten Invaliden überaus gewissenhaft, ging kaum – und nie abends – aus dem Haus. Sein Londoner Arzt, der den ausgefallenen und suggestiven Namen Des Voeux trug, besuchte ihn regelmäßig in Carlyle Mansions. Im November konnte er wieder ein wenig arbeiten und beendete seine elegische Einleitung zu den *Letters from America* von Rupert Brookes, eine Aufgabe, bei der er einige Tränen vergoß, denn der Tod des gut aussehenden, mutigen jungen Poeten hatte ihn tief getroffen. Er war ihm einmal in Cambridge begegnet, wo Brookes schon als Student außergewöhnlichen Charme an den Tag legte und zu den schönsten Hoffnungen berechtigte, und hatte seine literarische Karriere seither mit großem Interesse verfolgt. Daß die Art und Weise von Brookes' Tod – nicht durch eine Kriegsverletzung, sondern durch eine Blutvergiftung an Bord des Schiffes, mit dem er auf dem Weg zu den Dardanellen war – so gar nicht zu der ahnungsvollen Erhabenheit des *»If I should die…«* passen wollte, vertiefte seine ergreifende Wirkung und machte die tragische Vergeudung so vieler junger Menschenleben im Krieg noch deutlicher.

Nachdem er die endgültige Fassung dieses Textes abgeschlossen hatte, konnte er sich nicht zur Weiterarbeit am *Elfenbeinturm* aufraffen, dem Roman, an dem er derzeit schrieb. Ganz wohl war ihm dabei nicht, da Scribner einen überraschend großzügigen Vorschuß gezahlt hatte, aber der Krieg ließ jede Art von Prosa trivial erscheinen. Er nahm sich das Manuskript eines weiteren unvollendeten Romans mit dem Arbeitstitel *The Sense of the Past* vor, das er Theodora Bosanquet Anfang des Jahres aus Lamb House hatte holen lassen, weil er hoffte, sich mit dieser Mischung aus Gespenstergeschichte und historischem Roman womöglich leichter zu tun, aber es fehlte ihm am Willen und an der Energie, das Werk wieder aufzunehmen. Ende November hatte er mehrere aufeinanderfolgende unruhige, schlaflose Nächte, so daß er tagsüber für Anspruchsvolleres als seine Korrespondenz keine Kraft hatte. Am ersten Dezember schloß er einen Brief an seine Nichte Peggy in Amerika mit der Formel *die Feder entfällt meiner Hand* – eine rein rhetorische Feststellung, denn er hatte den Brief diktiert, die sich aber im nachhinein als prophetisch erweisen sollte.

Am nächsten Morgen weckte Burgess Noakes seinen Meister wie gewöhnlich um acht. Als Minnie Kidd eine halbe Stunde später im Eßzimmer den Tisch zum Frühstück deckte, hörte sie aus Mr. James' Zimmer einen Schrei und fand ihn im Nachthemd auf dem Fußboden, in die Schnur der Lampe verstrickt, die er, nach der Glocke tastend, vom Nachttisch gerissen hatte.

»Mr. James, Sir!« Sie kniete sich neben ihn. »Sind Sie verletzt?«

»Es ist das Tier im Dschungel«, sagte er halblaut. »Jetzt hat es zugeschlagen.«

»Hier ist kein Tier, Sir.« Minnie sah sich suchend um, vielleicht hatte sich die Katze des Hausmeisters in die Wohnung verirrt. »Sie sind nur hingefallen.«

Minnie rief Burgess, und mit vereinten Kräften brachten sie ihn wieder zu Bett. Dabei stützte er sich schwer auf die beiden und zog das linke Bein nach, das gefühllos zu sein schien. Des Voeux wurde gerufen, und Minnie lief um die Ecke zu der Wohnung, in die sich Theodora Bosanquet mit ihrer Freundin Miss Bradley teilte, um ihr zu melden, Mr. James habe »so was wie ein Schlag« getroffen.

»Kann er sprechen?« war Theodoras erste Frage.

»Ja, Miss. Aber er phantasiert. Von einem Tier hat er gesprochen. Einem Tier im Dschungel.«

»So heißt eine Erzählung von Mr. James«, erklärte Theodora. »Eine seiner besten.«

»Verstehe, Miss«, sagte Minnie, obgleich sie eigentlich gar nichts verstanden hatte.

»Ich komme, sobald ich mich angezogen habe«, versprach Theodora. Sie trug einen Hausmantel und hatte ihre Toilette noch nicht beendet.

Es war ein Segen, überlegte sie später, daß der Schlaganfall die Sprache des Meisters nicht beeinträchtigt hatte, denn so konnte er sein Mißgeschick in die für ihn typische Rhetorik kleiden. »Ich hatte einen geradezu klassisch zu nennenden Schlaganfall«, teilte er Theodora fast stolz mit, nachdem Des Voeux ihn untersucht hatte. Und seiner Freundin Fanny Prothero, die just an jenem Tag vorsprach und in sein Schlafzimmer geführt wurde, vertraute er an, er habe, als er stürzte, ganz deutlich eine Stimme – nicht die seine – sagen hören: *»Da ist es endlich, das erhabene Ding!«*

Das erhabene Ding war zweifellos näher, aber noch nicht auf Tuchfühlung herangekommen. Henry war klar genug, um ein Kabel an seinen Neffen Harry in Amerika zu diktieren, für das er mit Bedacht zurückhaltende Formulierungen wählte, um keine Unruhe zu verbreiten. *»Hatte heute vormittag leichten Schlaganfall. Keine ernstlichen Symptome. Pflege gesichert. Gestern an Peg geschrieben.«* Doch in der Nacht erlitt er einen zweiten Schlaganfall. Des Voeux zog Sir James Mackenzie hinzu, der ein ernstes Gesicht machte und empfahl, professionelle Pflegekräfte einzustellen. Mrs. Wiliam James, die Witwe von Henrys älterem Bruder und Mutter von Peg und Harry, telegraphierte, sie käme mit dem ersten verfügbaren Schiff. »Das soll sie nicht, das soll sie nicht«, sagte Henry kopfschüttelnd und dachte schaudernd an die U-Boote, die im Atlantik auf Beutesuche waren – das Grauen der *Lusitania* war überall noch in frischer Erinnerung –, versuchte aber nicht, sie zurückzuhalten. Inzwischen nahm seine Sekretärin die Zügel in die Hand, engagierte Pflegerinnen, gab dem Personal Anweisungen, beantwortete Anfragen besorgter Freunde, verfaßte Bulletins, verbot Besuche und verbat sich sogar Anrufe, weil das Läuten des Telefons die Ruhe des Patienten störte.

Theodora Bosanquet, Cheltenham Ladies' College und University College, London, war der Krise vollauf gewachsen – in gewisser Weise hatte ihre ganze Lebensführung seit 1907 sie auf diese Situation vorbereitet. Als sie in jenem Jahr an einem Augusttag als junge Frau von siebenundzwanzig Jahren im Londoner Büro des Sekretariatsdienstes von Miss Petheridge mit einer langweiligen Aufgabe in der Registratur befaßt war, hörte sie verwundert, wie sich eine Stenotypistin an einem der Nachbarschreibtische einen Abschnitt aus *Die Gesandten* von Henry James – es war eins ihrer Lieblingsbücher – diktieren ließ. *»Der Hof war groß und nach einer Seite offen und für unseren Freund wie ein Symbol der Zurückgezogenheit* Komma *der friedlichen Distanz* Komma *des würdevollen Abstands und der ebenso würdevollen Annäherung* Semikolon *sein wacher Sinn nahm den Stil des hohen Hauses als den einer anheimelnden* Komma –«

»Großer Gott, wie viele Kommas denn noch?« jammerte die junge Frau, die das Diktat aufnahm. »Diese blödsinnigen Sätze hören ja überhaupt nicht mehr auf.«

»Es sind nur noch drei Zeilen«, sagte die Diktierende.

»Nur? Ich sehe schon längst nicht mehr durch!«

Jetzt konnte Theodora ihre Neugier nicht mehr bezähmen und ging zu den beiden Frauen hinüber. Wie sich herausstellte, hatte sich die eine als Stenotypistin bei Henry James beworben, da die bisherige ihre Stellung gerade aufgegeben hatte, um zu heiraten. James verfaßte seine Romane nicht handschriftlich wie andere Autoren, sondern diktierte sie, was angesichts seiner ungewöhnlich komplexen Syntax erstaunlich war, und die junge Frau übte sich an Absätzen, die aufs Geratewohl den *Gesandten* entnommen waren.

»Wie ich Sie beneide«, sagte Theodora. »So eine Aufgabe stelle ich mir wunderbar vor.«

»Dann gehen Sie doch zu ihm!« gab die andere zurück. »Da ist mir ein vernünftiger Geschäftsbrief allemal lieber.«

Theodora konnte ihr Glück kaum fassen. »Soll das heißen – daß ich mich an Ihrer Stelle bewerben könnte?«

»Mir wär's recht, wenn ich mit Anstand aus der Sache rauskäme.«

»Ehrlich?«

»Ehrlich. Allerdings müßten Sie in Rye wohnen. Soll ein schnarchlangweiliges Nest sein.«

»Das würde mich nicht stören.«

»Können Sie tippen?«

»Nein, aber das läßt sich ja lernen.«

»Dann nehmen Sie sich dazu eine Remington. Es muß eine Remington sein.«

Miss Petheridge versuchte Theodora die Bewerbung auszureden. »Hier in London haben Sie viel bessere Aussichten«, sagte sie. »Die Stellung bei einem Schriftsteller bietet keine Sicherheit.« Aber Sicherheit war Theodora nicht wichtig. Ihre Lieblingsstelle in den *Gesandten* war die Szene, in der Lambert Stretcher, der Held des Romans und ein Mann mittleren Alters, seinen jungen Freund, den kleinen Bilham, zu einer Pariser Gartenparty begleitet. »*Vergessen Sie nicht, daß Sie jung sind, so herrlich jung. Freuen Sie sich darüber und leben Sie danach. Leben Sie, so intensiv Sie können; es nicht zu tun wäre ein Fehler. Was Sie im einzelnen tun, ist nicht so wichtig, so lange Sie Ihr Leben hatten. Wenn Sie das nicht hatten – was hatten Sie dann überhaupt?*« Theodora fand, daß sie diesem Ratschlag am besten folgen konnte, indem sie für den Mann arbeitete, der ihn niedergeschrieben hatte.

Sie setzte sich also im Büro an eine Remington, und bis zum Vorstellungstermin bei Henry James hatte sie sich das Maschineschreiben beigebracht. Er war zu höflich, um sie auf ihre Fertigkeiten hin zu prüfen oder sie auch nur nach ihrer Schreibgeschwindigkeit zu fragen, vergewisserte sich aber, daß sie mit einer Remington-Schreibmaschine vertraut war. Er hatte sich im Lauf der Jahre an das typische Ticken dieses Modells gewöhnt, ja, es war ihm inzwischen unverzichtbar für die Abfassung seiner Werke. Wenn ihm die Arbeit leicht von der Hand ging und er schwungvoll diktieren konnte, kam es zu einem ganz eigenen Rhythmus zwischen den transparenten Satzgebilden des Autors und dem Stakkato der Tasten, mit dem Theodora darauf antwortete, und sie kam sich vor wie eine Pianistin, die einen virtuosen Sänger begleitet. *»Meine Remington-Prinzessin«* war einer von Henrys liebevollen Beinamen für sie.

Liebevoll, aber nicht liebelnd. Theodora mit ihren dunklen Schneiderkostümen und schlichten Blusen ließ den Gedanken an eine Liebelei gar nicht erst aufkommen. Sie sah gut aus, hatte eine schlanke, aufrechte Figur und klassische, ein wenig androgyne Gesichtszüge. Das am Hinterkopf kurz geschnittene Haar fiel ihr in weichen Wellen in die Stirn und beschattete dunkle Augen, die aufmerksam die Welt beobachteten, ohne viel vom Innenleben ihrer Besitzerin preiszugeben. Ihre Stimme hatte ein angenehm dunkles Timbre und wurde nie laut. Theodora war fraglos eine Dame und hätte einem der großen Herrensitze, über die Henry James so gern schrieb, zur Zierde gereicht, aber nur die Ehe hätte ihr zu so einer Bühne verhelfen können, und sie war ebenso zölibatär angelegt wie ihr Arbeitgeber. Theodora Bosanquet kam aus einer guten Familie, in der aber das Geld knapp war. Aufgefordert, zwischen einer kleinen Aussteuer und einem Studium zu wählen, hatte sie sich ohne Zögern für Letzteres und damit für die Notwendigkeit entschieden, sich ihren Lebensunterhalt selbst zu verdienen.

Vielleicht noch nie hatten Schriftsteller und Sekretärin so perfekt miteinander harmoniert. Sie war ausgeglichen, still, gesammelt, er hingegen sprunghaft, redselig, nervös. In größter Gelassenheit saß sie während der langen Pausen da, in denen er im Gartenzimmer auf und ab ging oder am Kaminsims lehnte, den Kopf in die Hände gestützt, und sich das Hirn nach dem *mot juste* zermarterte, und niemals, kein einziges Mal, erlaubte sie sich, selbst eines vorzuschlagen. Sie hegte eine fast abgöttische Bewunderung für sein Werk; was seinen reifen Spätstil betraf, hatte sie insgeheim gewisse Vorbehalte, hätte aber nicht im Traum daran gedacht, so etwas wie Kritik auch nur anzudeuten. Ihre Loyalität und Diskretion waren mustergültig. Sie bedauerte nur, daß sie erst in die Dienste des Meisters getreten war, als er seine besten Werke schon geschrieben hatte – es wäre eine hohe Ehre gewesen, an dem Entstehen der berühmten Trilogie – *Die Gesandten, Die Flügel der Taube* und *Die goldene Schale* – mitwirken zu dürfen. Sie hatte sich mit den Vorworten zu der unglückseligen New Yorker Ausgabe seiner Gesammelten Romane und Erzählungen begnügen müssen, den Erinnerungen an seine Kindheit und Jugend und anderen vergleichsweise unbedeutenden Werken. Dennoch schätzte sie sich glücklich, daß sie an dem schöpferischen Wirken eines großen Schriftstellers – wenn auch nur in der Rüste seines Lebens – aus solcher Nähe teilhaben konnte.

»Es wäre vielleicht angebracht, Miss Bosanquet, Mrs. Wharton von meinem ah – leidenden Zustand in Kenntnis zu setzen«, bemerkt Henry halblaut am Tag nach seinem zweiten Schlaganfall. Theodora sagt ihm nicht, daß sie das bereits besorgt hat. Seine Krankheit hat nämlich eine Nebenhandlung, von der er nichts weiß.

Im Oktober, kurz nach seiner Rückkehr aus Rye, hatte Edith Wharton von einem Hotel in London aus angerufen, wo sie kurz Pause von ihrem philanthropischen Kriegseinsatz in Frankreich gemacht hatte, der vom Sammeln von Spenden für Krankenwagen bis zur Unterstützung von Pariser Näherinnen der *haute couture* reichte, die plötzlich arbeitslos geworden waren. Es war typisch für sie, daß sie es irgendwie geschafft hatte, mitten im Krieg samt Auto und Chauffeur über den Ärmelkanal zu gelangen. Jetzt erbot sie sich, mit Henry ihren gemeinsamen Freund Howard Sturgis in Windsor zu besuchen. Henry las die Briefe über ihre Abenteuer in Frankreich immer gern, und in Friedenszeiten war eine Exkursion in ihrem schnellen Panhard stets eins seiner liebsten Freizeitvergnügen gewesen, aber in seinem geschwächten Zustand fühlte er sich der überwältigenden Vitalität dieser beeindruckenden Frau, die er viele Jahre mit scherzhaft-heroischen Bezeichnungen wie *»Wirbelwind-Prinzessin«*, *»die Unvergleichliche«*, *»Feuervogel«* und *»Engel der Verheerung«* belegt hatte, nicht gewachsen. Er bedankte sich, ließ sie aber wissen, daß er sich nicht wohl genug fühle, um auszugehen oder auch nur Besuch zu empfangen. Als sie anfragte, ob sie sich wohl Theodora ein paar

Stunden für Schreibarbeiten ausleihen dürfe, konnte er ihr diesen Gefallen kaum abschlagen. Schließlich hatte sie 1913 in Hastings großzügig eine Pflegerin für Minnie Kidds kränkelnde Mutter bezahlt, damit Kidd sich weiter um ihn, James, kümmern konnte, und ihm ihren Diener geliehen, als Burgess Noakes ein Jahr später in den Krieg gezogen war. Theodora, die bisher Edith Wharton nur flüchtig zu Gesicht bekommen hatte, meist, wenn sie in Staub- und Abgaswolken vor der Tür von Lamb House hielt oder wieder wegfuhr, stimmte dem Plan bereitwillig zu, denn es reizte sie durchaus, die berühmte Schriftstellerin und internationale Society-Lady einmal aus der Nähe zu erleben.

Und nah genug sollte sie ihr tatsächlich kommen. Mrs. Wharton war, als sie Theodora in ihrer Suite in Buckland's Hotel in der Brook Street empfing, in ein kunstvoll besticktes rosa Negligé gehüllt, das ihre nackten, gut gepolsterten Arme vorteilhaft zur Geltung brachte, und trug eine ecrufarbene pelzbesetzte Spitzenhaube – ein Aufzug, der Theodoras Kleiderbudget für ein ganzes Jahr verschlungen hätte. Sie hatte ein schweres Parfüm aufgetragen, das Theodora in dem überheizten Zimmer mit den fest geschlossenen Fenstern als bedrückend empfand, ruhte auf einer Chaiselongue und rauchte eine türkische Zigarette aus einer Zigarettenspitze. Theodora, die ihr am wenigsten abgetragenes Schneiderkostüm angezogen hatte, kerzengerade dasaß und die Hände im Schoß gefaltet hatte, sah Mrs. Wharton halb als *grande dame*, halb als *grande courtisane*, und die Unregelmäßigkeiten in ihrem Privatleben, von denen die Gerüchte wissen wollten, schienen ihr nur zu glaubhaft. Mrs. Wharton gestand sogleich, daß sie Theodora gar nicht für Schreibarbeiten brauchte, sondern sich dieser List bedient hatte, um einen zuverlässigen Bericht über Henry James' Gesundheitszustand zu bekommen. Theodora erwies sich zwar als immun gegenüber Mrs. Whartons Versuchen, sie zu bestricken, erkannte aber, daß diese ehrlich um das Wohlergehen des Autors besorgt und bereit war, notfalls auch praktische Hilfe zu leisten. Deshalb erzählte sie ganz offen, wie es HJ ging, und versprach Mrs. Wharton auf dem Laufenden zu halten. Sie erstattete von Zeit zu Zeit brieflich Bericht, und am 4. Dezember telegraphierte sie nach Paris, daß Mr. James zwei Schlaganfälle erlitten habe, aber auf dem Wege der Besserung sei.

Am nächsten Tag telegraphiert Edith Wharton zurück: »*Kann kommen falls ratsam*«, aber Theodora hält das nicht für nötig. Schon ist HJ wieder so aufgekratzt, daß er sich fragt, ob das Attribut »paralytisch« für seinen Schlaganfall angemessen ist, und sich einen Thesaurus erbittet, um nach Alternativen zu suchen. Einige Tage später äußert er den Wunsch, ein paar Notizen über seinen Zustand zu diktieren. Des Voeux meint, daß diese Tätigkeit nicht schaden, sondern dem Patienten im Gegenteil gut tun könne, also wird die Remington ins Schlafzimmer gerollt wie ein medizinisches Gerät, und Theodora setzt sich wie gewohnt an die Tasten.

»*Das Wiederzumirkommen habe ich als so bedeutend und großartig empfunden wie nur je eine Erfahrung, die ich Gelegenheit hatte festzuhalten*«, diktiert er, »*womit ich sagen will, daß sie alle verdammt langweilig waren.*« Über das Adjektiv ›verdammt‹ erschrickt Theodora ein wenig – für James im Diktiermodus ist das starker Tobak –, die Syntax aber scheint er fest im Griff zu haben, und seine Betrachtungen mögen widersprüchlich sein, sind aber schlüssig. »*So weit kurz skizziert mein Gemütszustand*«, schließt er, »*aber ich bin sicher, daß ich noch viele neue Welten zur Eroberung finden werde, selbst wenn ich um deren Kurzweil betrogen werden sollte.*«

Ein paar Tage später aber zeigen sich Anzeichen geistiger Verwirrung. Er fragt Theodora, wo er ist, und als sie antwortet, er sei in den Carlyle Mansions, sagt er: »Wie eigenartig – da wohnt doch auch Lady Hyde.« Offenbar glaubt er, Burgess solle ihn zu einem Besuch bei Lady Hyde begleiten. Er hat leichtes Fieber, und die Ärzte diagnostizieren jetzt eine embolische Pneumonie, hervorgerufen durch ein Blutgerinnsel in der Lunge. Theodora, die ihn betrachtet, wie er da in dem matt beleuchteten Schlafzimmer mit den zugezogenen Vorhängen liegt, schwer atmend, mit hinuntergezogenen Mundwinkeln und hohlen, durch die fehlende Zahnprothese tief eingesunkenen Wangen, will es scheinen, daß die Aura des Großen Schriftstellers, des *cher maitre,* wie seine jüngeren Bewunderer ihn nennen dürfen, sich endgültig verflüchtigt hat und er nur noch ein ganz gewöhnlicher kranker, alter Mann ist, den man auch in jedem beliebigen Krankenhauszimmer finden könnte.

Zu ihrer Überraschung aber bittet man sie gleich am nächsten Abend wieder zu einem längeren Diktat, das nicht immer ganz zusammenhängend, aber voll beeindruckender Wendungen und einprägsamer Bilder ist.

Überdies hören wir bei dieser Gelegenheit vom Marsch der Geschichte, daß es schwer hielte, mit ihm Schritt zu halten, aber was bleibt, ist der Kern der Tragödie, das Hinken. Wir können es kaum vermeiden, ins Schlingern zu geraten angesichts dieser verhungerten und darniederliegenden Frauen im Straßenstaub. In ihrer entsetzlichen Angst entreißen sie dem kaiserlichen Adler die Federn büschelweise, mit keinem größeren Gewinn, als daß sie sich, ohne aus dem Gleichgewicht zu kommen, dem furchterregend blutigen Schnabel stellen, den er ihnen zuwendet.

»Er phantasiert«, berichtet Burgess, als er zu Joan und Minnie in die Küche kommt, denn er hört das eine oder andere von diesen deklamatorischen Äußerungen, wenn er leise ins Krankenzimmer tritt, um einen frischen Krug mit Mr. James' Lieblingsgetränk – gesüßten Zitronensaft und Barley-Water – zu bringen. Bekümmert schüttelt er den Kopf. »Er denkt, daß er irgendwo auf dem Marsch ist…«

Joan Anderson schnalzt mit der Zunge und wischt sich die Augen, was kein Anzeichen von Rührung ist – ihr tränen ständig die Augen –, aber als Geste gut hierher paßt. Minnie Kidd geht unter einem Vorwand hinaus, bleibt ein paar Sekunden auf dem Gang vor James' Schlafzimmer stehen und horcht. »Jetzt schreibt er einen Brief an seinen Bruder und seine Schwester«, sagt sie, als sie wieder da ist. »Die sind doch aber tot, nicht?«

»Du hast gehorcht? Das tut man nicht, Minnie«, sagt Joan halblaut.

»Hab ich nicht«, wehrt sie sich. »Nicht mehr als Burgess.«

Burgess scheint Joans Verweis nicht gehört zu haben. »Ja, sie sind alle tot«, bestätigt er. »Die drei Brüder, William, Bob und Wilky, und Alice, die Schwester.«

»Irgendwas von einem Schloß«, sagt Minnie.

Am Küchentisch sitzend, bedenken die drei Dienstboten schweigend den Verfall des großen Geistes, dem sie schon so viele Jahre ihre Existenzgrundlage verdanken. Damit ist es nun bald vorbei. Wenn Mr. James stirbt, sind sie alle arbeitslos, und was soll dann aus ihnen werden? Weil es nicht recht passend ist, in so einem Moment diese Frage zu stellen, fragt Minnie etwas anderes.

»Hast du mal was von Mr. James gelesen, Burgess?«

»Nein«, sagt er mit Nachdruck. »Du etwa?«

»Nein, aber…« Minnie läßt den Satz in der Luft hängen.

»In eins hab ich mal reingeguckt«, sagt Joan, »aber ich bin nicht schlau draus geworden.«

»Für unsereinen sind solche Bücher ja auch nicht geschrieben«, meint Burgess. »Das ist Literatur.«

Theodora Bosanquet, die im Schlafzimmer des Meisters die Finger über die Tasten der Remington hüpfen läßt, begreift, daß HJ in dem Wahn lebt, er sei Napoleon Bonaparte. Er besitzt zahlreiche Bücher über die Geschichte der napoleonischen Epoche, und sie hat ihn oft darin herumlesen sehen; in seinen Halluzinationen haben sich Bruder William und Schwester Alice offenbar in die Geschwister des Kaisers verwandelt, und als Kaiser diktiert er Briefe an sie, einmal über den Fortgang seines Feldzugs *(»Wir sehen den Rammbock in diesen Tagen kalten grauen Schweizerwetters in rächender Absicht auf die beengte, bedrängte Kampagne gerichtet – erste Vorzeichen einer Niederlage…«)*, dann wieder mit Anweisungen für die Ausschmückung des kaiserlichen Palastes *(»Geliebte und hochgeschätzte Geschwister, ich empfehle Eurer Aufmerksamkeit das beigefügte kostbare Transkript von Plänen und Entwürfen für die Verschönerung einiger Gemächer der hiesigen Paläste, des Louvre und der Tuilerien…«)*. Diese kunstreichen Phantasien sind auf ihre Art imponierende Beweise einer noch immer lebendigen Einbildungskraft – wie die letzten Salven eines leck geschossenen Schlachtschiffes, das sich noch im Sinken nicht geschlagen geben mag.

Als Theodora am nächsten Tag in das große Wohnzimmer mit Blick auf die Themse kommt, das für HJ Arbeitsraum und Empfangssalon zugleich ist, überrascht sie Minnie, die am Bücherregal steht und in einem Buch blättert, während ihr Flederwisch unbeachtet auf einem Tisch liegt. Schuldbewußt klappt Minnie das Buch zu und stellt es zurück.

»Was machen Sie da, Kidd?« fragt Theodora.

»Gar nichts, Miss. Ich hab nur was gesucht.« Minnie greift sich ihren Flederwisch und wedelt über die Regale, aber nicht über die Bücher selbst, die außer dem Meister selbst nur Burgess abstauben darf.

»Was denn?«

Minnie wird rot. »Die Geschichte, von der Sie gesprochen haben, Miss. Die Mr. James geschrieben hat. Über das Tier im Dschungel.«

Theodora lächelt. »Möchten Sie die lesen?«

»Wenn Sie meinen, daß Mr. James nichts dagegen hat?«

»Wohl kaum, allerdings ...« Theodora betrachtet die junge Frau nachdenklich. »Wann haben Sie mit der Schule aufgehört, Minnie?« Sie benutzt den Vornamen, um deutlich zu machen, daß die Frage nett gemeint ist.

»Mit vierzehn, Miss. Aber im Lesen war ich immer gut.«

»Also meinetwegen. Wenn Sie versprechen, auf das Buch gut aufzupassen ...«

»Ganz bestimmt, Miss.«

»... und es gleich wieder zurückzugeben, dann dürfen Sie es ausleihen.«

»Danke, Miss.«

Theodora schwankt einen Augenblick zwischen *The Better Sort*, einer Sammlung von elf Erzählungen, in der *Das Tier im Dschungel* 1903 erstmalig erschienen ist, und Band XVII der New York Edition, in der die Geschichte 1908 abgedruckt wurde. Sie entscheidet sich für die erstgenannte Ausgabe, die weniger umfangreich ist und nicht so einschüchternd wirkt. Der scharlachrote Leineneinband ist mit den Jahren verblaßt, die Goldprägung aber leuchtet noch. »Hier bitte, Minnie.«

An diesem Tag geht Minnie früh ins Bett und nimmt das Buch mit. Sie verzichtet darauf, das elektrische Licht anzumachen; statt dessen stellt sie eine Kerze ans Bett, kein heller Streifen unter der Tür soll den Hausgenossen verraten, daß sie noch wach ist. Sie öffnet das Buch und schlägt vorsichtig die Seiten um, bis sie zu der Geschichte kommt, die »*Das Tier im Dschungel*« heißt. Sie liest den ersten Satz:

»Wodurch das Gespräch veranlaßt wurde, das ihn im Verlaufe ihrer Begegnung so stark berührte, ist kaum von Belang; wahrscheinlich waren es nur ein paar ganz absichtslos von ihm selbst gesprochene Worte – ein paar Worte, die er sagte, während sie beide zögernd beisammen standen oder langsam dahinschritten, nachdem ihre Bekanntschaft erneuert war.«

Minnie blinzelt und liest den Satz noch einmal. Auch jetzt versteht sie ihn nicht. Was die einzelnen Worte bedeuten, weiß sie wohl, aber im Zusammenhang ergeben sie keinen Sinn. Kann das wirklich der Anfang der Geschichte sein? Sie blättert zurück. Tatsächlich, so ist es. Sie hält das Buch näher an die Kerzenflamme und liest den Satz noch einmal. Wieder ist sie völlig ratlos. Minnie ist Geschichten gewöhnt, bei denen der Leser gleich zu Anfang erfährt – noch ehe die Geschichte richtig in Gang gekommen ist –, wer wohin gehört, wie die Heldin und der Held heißen, wo sie wohnen und wie sie aussehen. Der Satz hört sich an, als käme er mitten aus einer Geschichte daher. Man erfährt nicht, wer »er« oder wer die andere Person ist oder was sich zwischen ihnen abgespielt hat – nur, daß es »kaum von Belang« ist.

Vielleicht, denkt sich Minnie, wird der Satz im Verlauf der Geschichte klarer, und sie liest weiter, aber je tiefer sie in die Geschichte hineingerät, desto dichter wird der Nebel ihres Nichtverstehens. Nach einer Weile bekommen die beiden Hauptfiguren Namen, und es sieht so aus, als könnten sie sich ineinander verlieben, aber John Marcher ist ein kalter Fisch und May Bartram eine aufreizend reservierte Heldin. Man erfährt nicht, ob sie hübsch ist oder gar schön oder wie sie angezogen ist, dafür gibt es Seiten über Seiten, dicht gedruckt, in abschreckend langen Absätzen, über eine Begegnung, die sie früher einmal hatten, ehe sie in dieser Geschichte anfangen, miteinander zu reden, und auch dann ist nicht so recht auszumachen, worüber sie reden, denn sie unterbrechen einander ständig und beantworten Fragen mit Gegenfragen. Besonders verwirrend ist die Tatsache, daß weder ein Dschungel noch ein Tier vorkommt, außer in einem Satz: *»Irgend etwas lauerte auf ihn, über alle Biegungen und Windungen der Monate und Jahre hinweg, wie ein zum Sprung geducktes Tier im Dschungel.«* Aber was dieses Etwas ist, bleibt Minnie verborgen. In ihrer vergeblichen Mühe, den Text zu verstehen, stöhnt sie beinah laut auf. Die Buchstaben verschwimmen und schwanken im Kerzenlicht. Sie gähnt und reibt sich die Augen und kneift sich, um wach zu bleiben. Dann riskiert sie einen Blick auf das Ende der Geschichte, weil sie wissen will, ob sie gut ausgeht. Das ist nicht der Fall. Im letzten Satz wirft John Marcher sich über ein Grab, in dem vermutlich May Bartram liegt. Das reicht. Minnie macht das Buch zu, bläst die Kerze aus und schläft sofort ein.

Am nächsten Tag gibt sie Theodora Bosanquet das Buch zurück.

»Hat Ihnen die Geschichte gefallen?« fragt Theodora.

»Ja, also … Sie ist schön geschrieben, Miss, das hab ich gemerkt, aber …«

»Aber?« Theodoras große braune Augen blicken fast schalkhaft.

»Also ganz ehrlich, sie ist mir ein bißchen zu hoch.«

»Ja, Mr. James ist für Anfänger nicht einfach. Er verlangt viel von seinen Lesern. Doch die Anstrengung lohnt sich.«

»Ja, sicher, Miss. Aber man braucht eben Bildung dazu.«

»Womit haben Sie sich besonders schwer getan?« Theodora schlägt das Buch auf und blättert darin.

Minnie zögert. *Mit allem*, denkt sie, aber laut sagt sie nur: »Ich hab gedacht, es geht um den Dschungel.«

»Ach so. Das Tier im Dschungel ist nur eine Metapher. Ein Symbol.«

»Ah…« Minnie sieht sie verständnislos an.

»Sein Leben lang hatte Marcher eine Vorahnung, daß ihm etwas Außerordentliches und Schreckliches widerfahren würde, und diese Ahnung vergleicht er mit einem wilden Tier, das darauf wartet, seine Beute anzuspringen.«

»Ich verstehe«, sagt Minnie, und allmählich geht ihr tatsächlich ein Licht auf.

»Und er spricht mit May darüber – endlos, zwanghaft, selbstsüchtig, bei jeder Begegnung, Jahr um Jahr –, was es wohl sein könnte. Bis sie stirbt. Und erst dann – zu spät – begreift er, daß sie ihn geliebt hat. Und begreift, daß ihm nie etwas widerfahren wird, weil er unfähig zur Liebe ist.«

»Das also ist damit gemeint«, sagt Minnie halblaut, fast träumerisch, und schaut ins Leere.

Theodora blättert zur letzten Seite und liest: *»›Sie hatte geliebt – wer konnte heute sagen, mit welcher Leidenschaft? –, denn sie hatte ihn um seinetwillen geliebt; er dagegen hatte nie anders an sie gedacht (ah, wie riesengroß es ihn anglotzte!) als in der Eiseskälte seiner Ichsucht und im Licht ihrer Nützlichkeit.‹* Alles klar?«

»Ja. Danke, Miss.«

Das Telefon schrillt in der Diele. Sie hören, wie Burgess sich meldet, dann kommt er herein und sagt:

»Mrs. William James aus Liverpool. Ihr Schiff ist heute früh eingelaufen.«

»Danke, Noakes.« Theodora geht an den Apparat und überlegt dabei, daß Burgess mit dem Telefon offenbar keine Schwierigkeiten hat. Sie hat den Eindruck, daß er manchmal schwerhöriger tut, als er ist, aber ansprechen will sie ihn nicht darauf. In einem der letzten Briefe, die HJ ihr vor seinem Schlaganfall diktierte, hat er bei dem Privatsekretär des Premierministers angefragt, ob es möglich sei, Burgess Noakes aus medizinischen Gründen vom Frontdienst zu entbinden, und führt als Grund dessen

Hörbehinderung an. Theodora ist eine gute Patriotin, aber sie hofft inständig, daß der Antrag genehmigt wird, denn Noakes' Beitrag zur Pflege von HJ ist unbezahlbar. Im übrigen sind auch die beiden Frauen, besonders Kidd, viel vergnügter, seit er wieder da ist. Der Eingang des Briefes wurde bestätigt, aber eine Antwort liegt noch nicht vor.

Abends trifft Mrs. James in Carlyle Mansions ein. In ihrer gut geschnittenen aber altmodischen Kleidung – schwarzer Satin und Kammgarn –, dem weißen Haar mit der Knotenfrisur und einem Teint, der noch nie mit Kosmetika in Berührung gekommen ist, sieht sie aus, als sei sie auf einer Zeitreise aus dem viktorianischen Zeitalter oder seinem neuenglischen Gegenstück in das heruntergekommene, kriegsgeplagte London verschlagen worden. Sie besteht darauf, Henry sofort zu begrüßen, auch wenn Theodora darauf hinweist, daß er möglicherweise verwirrt sei – er habe sich heute schon eingebildet, in Cork zu sein. »Warum Cork?« überlegt Mrs. James laut. »Da war er nur ein einziges Mal, vor vielen Jahren.« Theodora führt sie in das halbdunkle Schlafzimmer und bleibt taktvoll an der Tür stehen. »Sie dürfen gehen, Miss Bosanquet«, sagt Mrs. James, und es klingt eher wie ein Befehl als eine Erlaubnis. Henry liegt auf dem Rücken, die Bettdecke bis zum Kinn hochgezogen und unter den Armen festgesteckt. Zu Ehren seiner Schwägerin ist er frisch rasiert, und der große ovale Kopf glänzt auf dem Kissen wie ein von Wolken umrahmter Dreiviertelmond. Ein Lid hängt halb geschlossen hinunter. Er hebt matt eine Hand und streckt sie ihr entgegen, als sie ans Bett tritt.

»Henry!«

»Alice!«

Daß sie zufällig denselben Vornamen wie die Schwester ihres Mannes hat, führt seit jeher zu Verwechslungen in einer Familie, die schon mit mehreren Generationen von Williams und Henrys ihre Last hat. Sie beugt sich vor, küßt ihn auf die Stirn und überlegt, ob er wohl weiß, welche Alice sie ist. »Ich darf gar nicht daran denken, was du alles durchgemacht hast, um hierher zu kommen«, sagt er, was darauf schließen läßt, daß er es tatsächlich weiß, obgleich das »hierher« ebensogut Cork wie Chelsea bedeuten könnte. Aber er freut sich offenbar, sie zu sehen, und hält ihre Hand ein paar Minuten fest, als liege Trost in der Berührung. Es stimmt, sie hat schwere Stürme auf dem Atlantik und die Gefährdung durch U-Boote auf sich genommen, hätte sich aber durch nichts abhalten lassen, denn sie hat William auf dem Sterbebett versprochen, daß sie auch Henry beistehen wird, wenn es mit ihm zu Ende geht. Sie ist sechsundsechzig Jahre alt, aber stark an Körper und Seele, und hat lebenslange Erfahrung mit der Pflege der stets kränkelnden James-Familie. Henry hatte 1882 auf dem Weg nach England in Cork Station gemacht, nachdem er seiner Mutter bei ihrer letzten Krankheit zur Seite gestanden und sie begraben hatte, vielleicht gibt es deshalb in dem wirren Hirn einen Zusammenhang zwischen Irland und Tod. Ihren Mann, den großen Psychologen, der den Begriff *stream of consciousness* oder Bewußtseinsstrom geprägt hat, hätte dieser Fall gedanklicher Assoziationen interessiert, und es schmerzt sie, daß sie ihm nicht davon erzählen kann.

Am nächsten Tag läßt Mrs. James keinen Zweifel daran, daß sie beabsichtigt, das Kommando im Haus zu übernehmen. Das ist ihr gutes Recht, aber ihr Vorgehen hat etwas Aggressives, was Theodora verletzt. Alice ist ein wenig paranoid, wenn es darum geht, die Privatsphäre und Würde der Familie zu schützen, und findet es anmaßend, daß

Theodora seit Henrys Schlaganfall so tut, als gehöre sie dazu. Sie ärgert sich, daß Theodora ihren Arbeitgeber hin und wieder nicht »Mr. James« nennt, sondern von ihm als HJ spricht, und die Korrespondenz mit der berüchtigten Edith Wharton, die Theodora unvorsichtigerweise erwähnt hat, mißbilligt sie zutiefst.

Sie gibt Theodora zu verstehen, daß ihre Anwesenheit nicht mehr erforderlich ist, sofern keine Schreibarbeiten zu erledigen sind. Theodora fühlt sich ungerecht behandelt, läßt sich aber ihre Kränkung nicht anmerken. Noch immer spricht sie täglich in der Wohnung vor, um sich nach dem Befinden von HJ zu erkundigen und ihm, falls möglich, einen Besuch abzustatten, und spürt dabei die wachsenden Spannungen im Haushalt. Mrs. James verärgert die Schwestern, in deren Pflege sie sich einmischt, und im Umgang mit den Dienstboten fehlt ihr die leichte Hand. Indessen verschlechtert sich der körperliche wie auch der geistige Zustand von HJ. Er bildet sich ein, wieder in Cork – oder Dublin oder Edinburgh oder New York – zu sein, und wenn man ihm versichert, er sei in London, behauptet er, alle hätten sich verschworen, ihn zu täuschen. In lichten Momenten räumt er ein, daß er an Wahnvorstellungen leidet, tauscht allerdings damit nur einen Wahn gegen einen anderen.

»Ob meine Verrücktheit sich auf das Haus auswirkt, was meinst du?« fragt er eines Tages Mrs. James, wobei er den Kopf vom Kissen hebt und besorgt nach ihrem Arm greift.

»Meinst du Lamb House, Henry?«

»Nein, nein.« Ungeduldig schüttelt er den Kopf. »Das Haus, das … Wenn die auf den Rängen erfahren …« Er läßt den Kopf sinken; ein Ausdruck tiefer Besorgnis geht über sein Gesicht, und sie begreift, daß er glaubt, im Theater zu sein.

Ein paar Tage vor Weihnachten kommt Theodora vorbei, als Mrs. James gerade ruht und keine Pflegerin auf dem Posten ist, und nutzt die Chance, bei dem Patienten vorbeizuschauen. Er schläft, unbequem zwischen Kissen und zerwühltem Bettzeug steckend, der Kopf liegt schlaff auf der Seite wie bei einer Marionette, die der Puppenspieler aus der Hand gelegt hat. Unter der Decke sehen die nackten Füße hervor. Das unrasierte Gesicht ist eingefallen, und die Füße sind kalt. Während sie das Bettzeug in Ordnung bringt und seine Füße zudeckt, fragt sie sich, ob er das neue Jahr noch erleben wird.

Weihnachten ist für die meisten Briten in diesem Jahr ein trübseliges Fest. Es ist das zweite Kriegsweihnachten und läßt ironische Erinnerungen an ein im August 1914 verbreitetes zuversichtliches Schlagwort aufkommen. »*Bis Weihnachten ist alles vorbei* – wißt ihr noch?« sagt Burgess zu Minnie und Joan, als sie zusammen am Küchentisch sitzen. »Von wegen!« Täglich sucht er in der *Times*, die noch immer in die Wohnung geliefert wird, obwohl Mr. James kein Interesse mehr für die Zeitung aufbringt, nach Meldungen über die Kriegslage. Die sind nicht ermutigend. Der Gallipoli-Feldzug hat mit dem Rückzug der alliierten Truppen ein schmähliches Ende gefunden – daß die Evakuierung reibungslos vonstatten ging, ist das Einzige, was in der ganzen traurigen Geschichte nach Plan verlief. An der Westfront sind die großen Herbstkampagnen im Schlamm steckengeblieben, ohne daß wesentliche Gebietsgewinne zu verzeichnen wären, und die erschöpften Armeen richten sich für den Winter ein und zählen ihre Verluste. Eine halbe Million britischer Militärangehöriger seien seit Kriegsbeginn gefallen, vermißt oder verwundet, antwortet der Premierminister auf eine Frage im Parlament.

»Einer davon warst du, Burgess«, sagt Minnie.

»Aye, einer von denen, die Glück gehabt haben«, erwidert er grimmig.

Lebensmittel sind zwar noch nicht rationiert, aber knapp und teuer. Joan Anderson jammert, daß sie nicht weiß, wie sie einen *Christmas Pudding* ohne Rosinen machen soll; immerhin hat ihr der Geflügelhändler zu einem exorbitanten Preis eine Gans als Weihnachtsbraten versprochen.

Allerdings haben sie kaum Zeit, ihr Essen zu genießen. Am Weihnachtstag tritt bei dem Patienten eine neue und beunruhigende Wendung ein: Zu seiner Verwirrung gesellt sich eine große Ruhelosigkeit, ständig versucht er das Bett zu verlassen. Wenn sie ihn zurückhalten wollen, wird er böse und beleidigend. Boxing Day, der zweite Weihnachtsfeiertag, wird noch schlimmer. James besteht darauf, ins Wohnzimmer gebracht zu werden, und als Burgess und Minnie ihn halb tragen, halb schleifen, ist ihm erst der eine, dann der andere Sessel nicht recht. Er ist ein schwerer Mann, mit dem sie ihre Mühe haben. Als Theodora abends vorbeikommt, findet sie auf dem Korridor die Pflegerin vor, die einen hysterischen Anfall hat, während Noakes und Kidd erschöpft in der Küche hocken und Mrs. James mit panisch geweiteten Augen ganz allein in einer Wohnzimmerecke sitzt. Sie habe Dr. Des Voeux gebeten, Henry mit Morphium zu sedieren, klagt sie, aber das habe er abgelehnt.

Am nächsten Tag sieht alles wieder besser aus. Auf Anweisung des einfallsreichen Arztes wird eine Couch mit Rollen geliefert, auf der sich Henry mühelos vom Schlafzimmer ins Wohnzimmer transportieren läßt. Burgess schiebt die Couch ans Fenster, so daß er die Boote und Schlepper beobachten kann, die auf der braunen Themse flußauf und flußab fahren. Diese Aussicht, die er schon immer geliebt hat, scheint James auch jetzt zu beruhigen, und so wird es zur täglichen Gewohnheit, ihn ans Fenster zu rollen. Stundenlang sieht er hinaus, schweigend und offenbar ganz zufrieden, Burgess neben sich, der ihm hin und wieder ein Glas Zitronensaft mit Barley-Water reicht oder ihn mit Suppe aus einer Schale füttert. »Wie eine Krankenschwester«, sagt Minnie zu Joan Anderson. »Also wenn Sie mich fragen – er macht das viel liebevoller als die gelernten Pflegerinnen.«

Minnie hat Burgess von Anfang an, seit sie 1905 nach Lamb House kam, gut leiden können, nur war die Beziehung damals noch wesentlich anders. Sie war dreiundzwanzig, er behauptete, neunzehn zu sein, wirkte aber, wohl weil er so klein war und ein so frisches, offenes, stupsnäsiges Gesicht hatte, viel jünger – ein Hausbursche, der die Schuhe, Messer, Schwellen und Fenster putzte, Botengänge erledigte und sich überall nützlich machte. In der Hierarchie der Dienstboten war er Mrs. Paddington, der damaligen Wirtschafterin, unterstellt, und stand etwa auf der gleichen Stufe wie Minnie als Stubenmädchen, wobei ihr höheres Alter und reiferes Aussehen dadurch aufgewogen wurde, daß er ein Mann und länger im Haus war als sie. Zuerst wetteiferten sie unter Neckereien und Geplänkel miteinander wie eine ältere Schwester mit ihrem jüngeren Bruder. Im Lauf der Jahre machte Mr. James dann Burgess zu seinem persönlichen Diener, kaufte ihm Kleidung, brachte dem Jungen bei, ihn zu rasieren, seine Anzüge auszusuchen und einzupacken, wenn er verreiste, gab ihm Bücher, um ihn zu bilden, und stellte ihn von untergeordneten Arbeiten frei. Burgess' Ausdrucksweise wurde – besonders wenn er im Dienst war – gepflegter, und der Autor verließ sich mehr und mehr darauf, daß Noakes alle praktischen Dinge des Lebens für ihn regelte. Als Mr. James 1910 seinen kränkelnden Bruder und Mrs. James nach Amerika begleitete, reiste Burgess mit und war, als er Monate später zurückkam, ein Mann von Welt, wirkte korrekt und selbstsicher und irgendwie auch stattlicher. Er war jetzt nicht nur Henry James' Kammerdiener, sondern praktisch sein Butler und wurde vom Personal stillschweigend als Autorität anerkannt. Minnie bewunderte ihn und war stets bestrebt, ihn mit ihren Leistungen zu beeindrucken, aber daß sie ihn liebte, begriff sie erst, als er im August 1914 in das 5th Battalion der Royal Sussex eintrat.

Sie stand neben Mrs. Anderson auf der Schwelle von Lamb House, sah Burgess nach, der zusammen mit Mr. James, der ihn zum Bahnhof bringen wollte, den kopfsteingepflasterten Hang hinunterging – und da wurde ihr jählings klar, daß sie ihn womöglich nie wiedersehen würde. Es war ein unerträglicher Gedanke. In diesem Moment drehte Burgess sich um und winkte ihnen munter zu; Minnie winkte zurück, aber dann brach sie in Tränen aus und konnte den ganzen Tag nicht mehr aufhören, so daß Mrs. Anderson sie anherrschte, sie solle sich gefälligst zusammennehmen. Solange Burgess fort war, schrieb Minnie ihm regelmäßig, berichtete ihm, was es in Rye, London und im Haushalt Neues gab, und bekam kurze, vergnügte, dankbare Antworten, die aber keinerlei zärtliche Gefühle offenbarten. Er müsse ihr was Lustiges erzählen, schrieb er: Die Jungs in seinem Zug glaubten, er hätte in der Heimat einen Schatz, weil er so viele Briefe in einer so schönen runden Handschrift bekäme. Als sie im Mai erfuhren, daß er verwundet war, brach Minnie fast zusammen, aber als sich dann herausstellte, daß die Verletzung nicht allzu schwer war und man ihn beurlaubt hatte, damit er Mr. James betreuen konnte, war sie überglücklich und malte sich immer wieder aus, wie er zur Tür hereinkommen und sie dem heimkehrenden Helden um den Hals fallen würde. Als es dann soweit war, standen Mr. James und Joan Anderson dabei, und Minnie mußte sich mit einem Händedruck und einem Kuß auf die Wange begnügen.

Die Betreuung von Mr. James hat sie – besonders seit dessen Schlaganfällen – einander noch näher gebracht, Burgess ist immer nett zu ihr, ist dankbar für ihre Hilfe und sagt, sie seien »ein gutes Team«, romantisches Interesse aber hat er nie erkennen lassen. Ob das wohl daran liegt, überlegt sie, daß sie nicht hübsch genug oder daß sie älter ist als er (was man ihnen allerdings jetzt nicht mehr ansieht) oder daß er meint, durch den Größenunterschied könnten sie als Paar lächerlich wirken? (Er hat mal über so ein ungleiches Liebespaar gespöttelt, das sie vom Wohnzimmerfenster aus unten auf dem Embankment beobachtet hatten.) Oder liegt es einfach daran, daß er, wie der Mann in der Geschichte von Mr. James, nicht gemerkt hat, daß sie ihn liebt?

Am späten Abend des Silvestertages ruft Mrs. James die Dienstboten ins Wohnzimmer. Burgess soll sich vergewissern, daß die Krankenschwester sich im Schlafzimmer des Meisters aufhält und die Wohnzimmertür fest geschlossen ist. Man habe ihr vor ein paar Tagen vertraulich mitgeteilt, sagt sie, daß Mr. James bei der Honours List zum Neujahrstag der Order of Merit verliehen werden soll. Am nächsten Morgen werde es in der *Times* stehen. Bis dahin sei die Sache vertraulich zu behandeln, und sie habe sich entschlossen, es Mr. James erst dann zu sagen, wenn man offen darüber reden könne, um ihn nicht über Gebühr aufzuregen. Ein guter alter Freund von ihm, der Schriftsteller Edmund Gosse, der von der Auszeichnung wisse, habe darum gebeten, Mr. James die gute Nachricht überbringen zu dürfen, und werde deshalb morgen früh hier vorsprechen.

»Entschuldigen Sie, Mrs. James«, sagt Burgess nach einer Pause, »aber dieser Order of Merit ... ist das ein richtiger Orden?«

»Wenn ich recht verstanden habe, ist es eine hohe Ehrung, die auf Empfehlung des Premierministers vom König verliehen wird«, sagt Mrs. James. Bei dem Wort »König« geht eine kleine Welle der Erregung durch ihr Publikum. »Etwas wie ein Ritterschlag, aber ohne den Titel ›Sir‹«, fährt sie kühl, fast lässig fort. Sie selbst ist hin und hergerissen. Als Amerikanerin und Republikanerin betrachtet sie die Patronage durch gekrönte Häupter mit großen Vorbehalten, und wie die meisten Familienmitglieder hat sie Henrys Entscheidung mißbilligt, die britische Staatsbürgerschaft anzunehmen. Andererseits ist sie doch stolz auf das, was eine offenbar wirklich außergewöhnliche öffentliche Anerkennung der Leistungen ihres Schwagers ist. Sie sieht in die eifrigen, anteilnehmenden Gesichter vor sich und gestattet sich ein Lächeln familienstolzer Genugtuung. »Wie Mr. Gosse sagt, ist diese Auszeichnung sogar noch angesehener als die Ernennung zum Knight, denn der Order of Merit ist immer nur auf vierundzwanzig Personen zur gleichen Zeit beschränkt.«

»Prima Sache für Mr. James!« trompetet Burgess, und Joan und Minnie stimmen gedämpfter zu.

In der Küche besprechen sie dann aufgeregt das große Ereignis.

»Ich finde, sie hätte es ihm sagen sollen«, meint Joan Anderson. »Wenn er nun heute nacht stirbt?«

»Komm, red nicht so!« fleht Minnie.

»Noch ist Seine Nobligkeit nicht am Ende«, sagt Burgess, »aber hoffentlich verkraftet er es, wenn sie es ihm morgen sagen. Ich finde, wir sollten auf sein Wohl trinken. Was hätten Sie gern, Mrs. Anderson?«

Zu einem Glas Port würde sie nicht nein sagen, meint Joan. Minnie, die selten Alkohol trinkt, äußert vorsichtshalber denselben Wunsch. Burgess geht in die Speisekammer und kommt mit einer Flasche Vintage Port und mit Scotch Whisky für sich zurück. »Bei dieser Gelegenheit können wir gleich das neue Jahr begrüßen«, sagt er.

Während Burgess einschenkt, holt Joan Anderson Salzkekse und Käse und Mixed Pickles. Sie setzen sich an den Tisch und heben die Gläser. »Auf Mr. James, Gott schütze ihn«, sagt Burgess. Minnie spürt, als sie in kleinen Schlucken den schweren roten Wein trinkt, wie sich die Wärme in ihrem Körper verbreitet. Gelockert durch den Whisky gibt Burgess Erinnerungen an seine Dienstjahre bei Mr. James zum besten, seine Erlebnisse in Amerika und auf den großen englischen Herrensitzen. Selbst die sonst so schweigsame Joan Anderson wird fast schelmisch. »Damals hattest du noch keinen Schnurrbart, Burgess«, sagt sie nach einer seiner Anekdoten. »Er steht dir.« – »Aye«, sagt er und lacht leise vor sich hin. »Als das Battalion von Calais aus zur Front marschierte, hatten alle Ränge Befehl, sich einen Schnurrbart wachsen zu lassen. Wahrscheinlich, weil der älter macht – von den Kameraden waren manche blutjung, jünger als ich, und sahen aus wie Schulbuben. Der Marsch war eine harte Sache, besonders für mich mit meinen kurzen Beinen, aber der Schnurrbart war mir in weniger als einer Woche gewachsen, da hab ich alle geschlagen.« Wieder lacht er leise vor sich hin.

»So kurz sind deine Beine gar nicht, Burgess«, platzt Minnie heraus und wird glutrot.

Er wirft ihr einen eigenartigen Blick zu. »Im Schützengraben hat's Vorteile, klein zu sein«, sagt er. »Wenn du im

Graben auf dem Schützenantritt stehst, guckt dein Kopf nicht so leicht raus.«

Minnie faßt sich ein Herz. »Wie kam das eigentlich mit deiner Verwundung?«

»Das war eine Mörserbombe.« Er zeichnet die steile Flugbahn nach, indem er die Hand hoch in die Luft hebt und wieder sinken läßt. »Da hilft kein Ducken, wenn sie die Reichweite richtig eingestellt haben. Du hörst sie kommen, aber machen kannst du nichts mehr.«

So ausführlich hat er noch nie über seine Kriegserlebnisse gesprochen. Minnie würde gern noch mehr hören, aber Burgess wechselt das Thema. Es ist fast Mitternacht, und unter seiner Führung schleichen sie sich in den Salon (Mrs. James ist zu Bett gegangen, und die Nachtschwester döst am Bett ihres Patienten), machen das Licht aus und öffnen die Schiebefenster, um zu hören, wenn die Glocken zwölf schlagen. Es dauert eine Weile, bis sich ihre Augen an die Dunkelheit gewöhnt haben. Die Gaslampen am Chelsea Embankment brennen wegen der Beleuchtungsvorschriften nur trübe, und die Schiffe, die auf der Themse auf und ab fahren, haben nur die Navigationslichter gesetzt. Der Umriß der Albert Bridge flußabwärts zu ihrer Linken, die im Frieden mit elektrischen Glühbirnen illuminiert wird, ist kaum zu sehen. Hin und wieder öffnen und schließen sich die Türen zweier Pubs, des *King's Head* und der *Eight Bells* Ecke Cheyne Walk und Cheyne Row, und ein Schwall von Stimmen und Klaviergeklimper dringt in die feuchte Nacht hinaus. Die Schankzeiten sind heute nach guter alter Tradition verlängert worden, obgleich amtlicherseits Besorgnis über die negativen Folgen übermäßigen Trinkens für den Kriegseinsatz geäußert wurde (wie die *Times* meldet, verzichtet die königliche Familie in dieser Zeit ganz auf Alkohol). Minnie sieht auf die kleine öffentliche Grünfläche hinunter, die Carlyle Mansions vom Embankment trennt, und entdeckt Liebespaare, die sich im Schutz der Dunkelheit unter den kahlen Bäumen in den Armen liegen. Sie rückt näher an Burgess heran. Er soll die Chance bekommen, ihr die Arme um die Taille zu legen, nutzt sie aber nicht. Die Kirchenglocken läuten die Mitternacht ein – die von Chelsea hinter ihnen, die von Battersea am anderen Themseufer, und leise, aber unverkennbar im Hintergrund der dröhnende Gong von Big Ben.

»Frohes neues Jahr, Joan«, sagt Burgess und küßt sie galant auf die Wange. Er wendet sich Minnie zu, um es mit ihr genauso zu machen, aber sie schmiegt sich an ihn, legt den Kopf zur Seite und küßt ihn auf den Mund. Sie spürt, wie das weiche Polster seines Schnurrbarts unter ihren Lippen nachgibt und er sich versteift vor Überraschung.

»Frohes neues Jahr, Burgess«, stößt sie hervor und läuft schnell hinaus.

Edmund Gosse, vielseitiger Literat, Poet, Kritiker, Essayist, Übersetzer, jüngst in den Ruhestand versetzter Bibliothekar des House of Lords, der Henry James seit fünfunddreißig Jahren kennt, stellt sich wie verabredet am nächsten Vormittag kurz nach zehn ein.

»Frohes neues Jahr, Kidd«, sagt er, als sie ihm in der Diele Hut und Handschuhe abnimmt und ihm aus dem grauen Mantel hilft. Auch sein Anzug ist grau, passend zu seinem grauen Haar und dem herunterhängenden grauen Schnurrbart. Wären da nicht die blanken blauen Augen hinter der Stahlbrille, könnte man ihn für eine Inkarnation des Nebels halten, der draußen vom Fluß aufsteigt.

»Danke gleichfalls, Sir.«

»Sie wissen, warum ich so früh komme?«

»Ja, Sir, aber ich weiß nicht recht, ob er Sie versteht«,

sagt Minnie. »Er ist heut vormittag recht elend dran. Kaum richtig bei sich.«

»Wie traurig.«

Minnie führt ihn ins Schlafzimmer des Meisters. James' Lungen zuliebe sind die Vorhänge zugezogen, um die kalte feuchte Luft nicht hereinzulassen, und nur eine abgeschirmte Tischlampe spendet mattes Licht. Es ist so dunkel, daß sich Gosse bei seinem Weg zum Bett mehr oder weniger auf seinen Tastsinn verlassen muß. Der Autor liegt schwer atmend und mit geschlossenen Augen auf dem Rücken.

»Schläft er?« flüstert Gosse. Heute ist keine Krankenschwester anwesend.

»Vielleicht, Sir«, sagt Minnie. »Manchmal weiß man das nicht so genau.«

Gosse beugt sich über den Liegenden. »Ich bin's Edmund, Henry. Hörst du mich?« Er bemüht sich, leise und eindringlich zugleich zu sprechen. »Ich bringe eine wunderbare Nachricht. Sie haben dir den Order of Merit verliehen.« Kein Zucken in den eingefallenen Zügen verrät, ob die Botschaft angekommen ist. »Herzlichen Glückwunsch, alter Junge«, fügt Gosse hinzu. Das Gesicht bleibt unbewegt. Gosse schaut Minnie an. Minnie zuckt die Schultern. In dem stillen Raum hören sie draußen auf der Themse das klagende Tuten der Nebelhörner. Leicht entmutigt von dieser enttäuschenden Aufnahme seiner Mitteilung, verläßt Gosse leise das Zimmer, während Minnie noch das Bettzeug in Ordnung bringt. Als die Tür sich hinter Gosse schließt, schlägt der Autor die Augen auf und sagt halblaut: »Mach das Licht aus, Kidd. Zu peinlich, das Ganze . . .«

Im Lauf des Tages, als per Telegramm, Telefon und Eilzustellung eine Flut von Glückwünschen einsetzt, wird James ein wenig lebhafter. Theodora kommt, um persönlich zu gratulieren, und fährt im Aufzug mit einem Telegraphenboten hoch, der in seiner Ledertasche einen dicken Packen von Telegrammen für die Wohnung Nummer 21 hat. Sie hilft Mrs. James, die Umschläge aufzumachen und die Grüße zu lesen, denn in diesen aufregenden Stunden herrscht vorübergehend Waffenstillstand zwischen den beiden Damen. Bei der Nennung der Namen meint man der Verlesung einer Anwesenheitsliste der zahlreichen berühmten Freunde und Bekannten beizuwohnen, die Henry James besonders in der Welt der Literatur besitzt: Rudyard Kipling, Thomas Hardy, George Bernard Shaw, J. M. Barrie, Hugh Walpole, Arnold Bennett, Max Beerbohm, Mrs. Humphry Ward ... Die Telegramme, Briefe und leeren Umschläge sind auf der Tagesdecke von James' Bett verstreut. Er sitzt, von Kissen gestützt, da und lächelt über die Papierberge hinweg – gütig wie ein Buddha, denkt Theodora, der die Bittschriften der Gläubigen in Empfang nimmt.

Nicht bei allen Namen nickt er erfreut. H. G. Wells nötigt ihm ein Stirnrunzeln ab – die Wunde, die der Kollege Anfang des Jahres mit seinem *Boon* geschlagen hat, einem satirischen *jeu d'esprit,* in dem er erbarmungslos den späten Stil von HJ karikiert *(»Er ist ein prachtvoller, aber peinlicher Hippopotamus, der entschlossen ist, um jeden Preis – selbst um den Preis seiner Würde – eine Erbse aufzuheben, die in eine Ecke seines Geheges gerollt ist.«)*, ist noch nicht verheilt. Theodora, die HJs gekränkte Briefe an den jüngeren Kollegen getippt hat, den er bis dahin für einen Freund und Bewunderer hielt, überraschte das nicht. Die heftigste negative Reaktion aber und die größte Überraschung ruft ein anderer Name hervor. Theodora liest: *»Herzlichste Glückwünsche zu Ihrer hochverdienten Ehrung. Ich bin stolz darauf, daß ich* Guy Domville *habe produzieren dürfen, auch wenn es kein Erfolg war. Sir George Alexander.«*

Henry James' Miene verdüstert sich, die Brauen ziehen sich zusammen, man hat den Eindruck, daß das dünne Haupthaar sich sträubt. Er macht ein ausgesprochen böses Gesicht. »Alexander«, sagt er ganz deutlich, »ist ein Scheißer.«

Die beiden Damen wechseln einen bestürzten Blick. Noch nie haben sie von Henry dieses Wort oder etwas ähnlich Deftiges, ja Anstößiges gehört. Es ist ein Anzeichen für seinen geistigen Verfall, daß er es vor ihnen benutzt, ja, man kann sich nur schwer vorstellen, daß er es jemals in der Öffentlichkeit ausgesprochen hat. Vielleicht hat er es im Vorbeigehen bei einer Gruppe rüder Burschen aufgeschnappt, die sich an einer Straßenecke herumdrückten, oder im Rauchsalon eines Vereins, der nicht so wohlanständig war wie sein Reform Club. Lange lag es tief in seiner Erinnerung vergraben und ist ihm jetzt, da der Filter seiner sonst so untadeligen Umgangsformen nicht mehr funktioniert, über die Lippen gekommen. Vielleicht war es aber auch nur ein Versprecher, und er hat etwas anderes sagen wollen. Oder er hat es überhaupt nicht gesagt, sie haben ihn mißverstanden. Die beiden Damen sind sich gerade stillschweigend darüber einig geworden, den unziemlichen Ausdruck zu überhören, als Henry James bekräftigt: »Ein verräterischer Scheißer.«

»Schäm dich, Henry«, stößt Mrs. James hervor. »Wie kann man nur etwas so Schreckliches sagen!«

Der Vorwurf läßt Henry offensichtlich kalt, aber die Flut der Sympathiekundgebungen ist unversehens ins Stocken geraten, und Theodora beeilt sich, ihren Arbeitgeber abzulenken. »Mal sehen, von wem das hier ist«, sagt sie und reißt den Umschlag auf. »Gerald Du Maurier! *›Herzliche Glückwünsche, der alte Herr wäre überglücklich gewesen.‹*«

»Du Maurier ist tot«, sagt Henry.

»Aber nein, Henry«, widerspricht Mrs. James. »Das war dein alter Freund George Du Maurier. Das Telegramm wird von seinem Sohn sein.«

»Ja, von Gerald, dem Schauspieler«, bestätigt Theodora. »›Der alte Herr‹ – damit meint er wohl seinen Vater.«

»Es hieß, daß es eine Herzgeschichte war«, sagt Henry. »In Wirklichkeit war es eine *Trilby*-Geschichte.«

»Das war George Du Maurier, Henry«, sagt Mrs. James. »Die Depesche ist von seinem Sohn Gerald.«

»Wissen Sie noch, Mr. James«, sagt Theodora, »wie wir ihn vor einem Jahr bei Fortnum and Mason getroffen haben? Sie haben über die alten Zeiten in Hampstead gesprochen, als er ein Junge war. Er machte Weihnachtseinkäufe mit seiner kleinen Tochter Daphne.«

»An eine Daphne kann ich mich nicht erinnern«, sagt James. »Die Mädchen hießen Trixy und Sylvia und May. Und er hatte zwei Söhne, Guy und … und Gerald. Gerald ist Schauspieler geworden.«

»Ja, eben«, sagt Mrs. James. »Und jetzt hat er dir ein Telegramm geschickt.«

»Er war der erste Captain Hook, wenn ich nicht irre«, sagt Henry.

»Sehr gut!« Theodora klatscht in die Hände.

»Tick tock«, sagt Henry mit einem eigenartig lüsternen Grinsen. Mit seinem hängenden Lid sieht er aus, als zwinkere er den beiden Frauen beziehungsreich zu.

»Was meint er?« fragt Mrs. James.

»Ich glaube, es ist eine Anspielung auf das Krokodil in *Peter Pan*«, sagt Theodora.

»Ein riesengroßes Abenteuer«, sagt Henry und schließt beide Augen.

»Am besten lassen wir ihn jetzt eine Weile ruhen«, sagt Mrs. James.

Als Theodora in der Diele Mantel und Handschuhe anzieht, sagt Mrs. James: »Ich wäre Ihnen verbunden, Miss Bosanquet, wenn Sie vergessen würden, daß mein Schwager das bewußte Wort jemals in den Mund genommen hat.«

»Selbstverständlich, Mrs. James. Ich werde es aus meinem Gedächtnis streichen. Er wußte nicht, was er sagte.«

»Eben, eben. Aber das Telegramm von diesem Alexander war taktlos. Bei der Premiere von *Guy Domville* gab es einen sehr unerfreulichen Zwischenfall, wußten Sie das?«

»Ich habe durch andere davon gehört«, sagt Theodora. »Mr. James hat nie darüber gesprochen.«

»Henry gab Alexander die Schuld daran. Damals schrieb er an William, es seien die schrecklichsten Stunden seines Lebens gewesen. Genau das waren seine Worte: *»Die schrecklichsten Stunden meines Lebens«.* Zu meiner Schande muß ich gestehen, daß ich damals dachte: Wenn dir nichts Schlimmeres im Leben zustößt, Henry, kannst du von Glück sagen.«

»Für Schriftsteller ist das wirklich hart«, sagt Theodora. »Sie müssen sich ständig kritisieren lassen. Und wenn die Kritik besonders rüde oder unfair ist ...« Sie verstummt.

»Wem sagen Sie das«, meint Mrs. James. »Ich war schließlich mit einem aus dieser Zunft verheiratet.«

Theodora streift die praktischen Kalbslederhandschuhe über und entdeckt eine geplatzte Naht am linken Handschuh, die repariert werden muß. »Eigenartig, wie sein Gedächtnis kommt und geht«, sagt sie. »Wie er die Namen dieser Du Mauriers heruntergespult hat ... Was hat er wohl mit dieser ›*Trilby*-Geschichte‹ gemeint?«

»Ich habe keine Ahnung«, erwidert Mrs. James. »Der Roman war seinerzeit ein Riesenerfolg – zumindest in Amerika. Henry hing sehr an Du Maurier, glaube ich, aber William hat nie begriffen, warum er an dem kleinen Kerl einen Narren gefressen hatte.«

Minnie kommt, um Theodora die Haustür aufzumachen.

»Sie sehen blaß aus, Kidd«, sagt Mrs. James. »Ist Ihnen nicht gut?«

»Doch, Ma'am, alles in Ordnung. Ich bin gestern abend lange aufgeblieben.«

»Es wird die Aufregung sein.« Theodora lächelt und streckt Mrs. James die Hand hin. »Auf Wiedersehen, Mrs. James. Es war ein großer Tag, und ich danke Ihnen, daß ich daran teilhaben durfte.«

»Auf Wiedersehen, Miss Bosanquet.« Mrs. James schüttelt die ihr gereichte Hand ohne Herzlichkeit.

Minnie macht hinter Theodora die Tür zu.

»Ich ziehe mich ein Weilchen auf mein Zimmer zurück, Kidd«, sagt Mrs. James. »Ich bin erschöpft.«

»Ja, Ma'am.«

»Sagen Sie Burgess, er soll sich zu Mr. James setzen. Mein Bruder hat ihn offenbar beim Aufwachen gern bei sich.«

»Ja, Ma'am«, sagt Minnie.

TEIL II

I

In den achtziger Jahren ging er sonntags, wenn er in London war und es nicht regnete, oft zu Fuß von seiner Wohnung in der Bolton Street, Piccadilly, oder später von seinem geräumigeren *quatrième* in De Vere Gardens, South Kensington, nach Hampstead, um George Du Maurier zu besuchen. Begonnen hatte die Bekanntschaft viel früher, auf Henrys Seite schon vor ihrer ersten Begegnung, wie er gern den Du-Maurier-Kindern gegenüber äußerte, die sich die Erklärung dieses Paradoxons höflich anhörten. Ein gemeinsamer Freund hatte ihm bereits 1862, während seines Studiums an der Harvard Law School, Illustrationen ihres Vaters in der Zeitschrift *Once a Week* gezeigt, die ihn sehr angesprochen hatten. Mit großer Anteilnahme und viel Verständnis hatte er den Aufstieg des Künstlers verfolgt, insbesondere seine Zeichnungen für *Punch*, in denen häufig auch die Kinder von Du Maurier, manchmal sogar mit ihren richtigen Namen, auftauchten. »Du siehst also, meine liebe Trixy« (oder mein lieber Guy oder meine liebe Sylvia – wer immer gerade sein Gesprächspartner oder seine Gesprächspartnerin war), »ich kannte euch alle schon aus dem *Punch*, gewissermaßen zweidimensional, ehe ich euch – ah – *in persona* erlebte. Und an jenem glücklichen und denkwürdigen Tag wart ihr alle gerade so, wie ich es erwartet hatte, wenn auch natürlich ein bißchen erwachsener. Nur Chang sah genauso aus wie auf den Zeichnungen – und so ist es geblieben.« Chang war der große, schwere Bernhardiner, der gelegentlich ebenfalls einen Auftritt in Du Mauriers Zeichnungen hatte.

»Chang kann das ja egal sein«, murrte Gerald, als Henry James seine Reminiszenzen vor ihm ausbreitete. »Er braucht sich in der Schule nicht ständig durch den Kakao ziehen zu lassen, weil jemand in einer alten Nummer von *Punch* eine Zeichnung von ihm als Dreikäsehoch im Hängekleidchen gefunden hat.«

»Ja, daß so etwas peinlich sein kann, leuchtet mir ein.« Henry lächelte mitfühlend in seinen Bart hinein. »Feinfühligkeit und … ah … Takt haben bei Schuljungen eher Seltenheitswert. Aber wenn du groß bist, Gerald, wirst du begreifen, daß es eine feine Sache ist, im *Punch* verewigt zu werden, und sei es auch nur als … wie sagtest du so unübertrefflich – *als Dreikäsehoch im Hängekleidchen.*« Am gleichen Tag fand er die Karikatur, die Gerald wohl gemeint hatte. Sie hing in der Diele von New Grove House, die so etwas wie eine Privatgalerie für Du Mauriers Arbeiten darstellte. Unter dem Titel *Feinfühlig gedacht* waren die Kinder der Du Mauriers im Garten zu sehen, die – nach Alter und Größe geordnet – hintereinander Aufstellung genommen hatten. Eins hatte die Arme um die Taille des vor ihm Stehenden gelegt, und Trixy erklärte der Mama: *»Wir spielen Eisenbahn. Ich bin die Lokomotive und Guy ist ein Wagen Erster Klasse, und Sylvia ist ein Wagen Zweiter Klasse, und May ist ein Wagen Dritter Klasse, und Gerald ist auch ein Wagen Dritter Klasse, das heißt eigentlich ist er nur ein Güterwagen, aber das darf man ihm nicht sagen, weil er sonst gekränkt ist.«*

Punch spielte in Henrys Leben seit jeher eine wichtige Rolle. Sein geistiges Bild von England und den Engländern verdankte er zuvörderst den zerknitterten, eselsohrigen alten Heften dieser Zeitschrift, auf die er und William als Jungen in New York gestoßen waren. Als er mit zwölf –

zum ersten Mal seit frühester Kindheit – nach England kam, war sein Blick schon an den Holzschnitten von Leech geschult. Bei seinem nächsten Besuch als junger Mann wurde *Punch*, dessen Bildanteil sich inzwischen dank der Arbeiten von Keene und Du Maurier erweitert hatte, sein Reiseführer, Baedecker und Bradshaw, was Deutung und Bewältigung des gesellschaftlichen Lebens in England betraf. Er mußte bald erfahren, daß *Punch* für diesen Zweck nur in Grenzen verwertbar war, aber Du Mauriers Cartoons – nicht so sehr die manchmal schwerfälligen Begleittexte als die Zeichnungen – verrieten eine geschliffene satirische Beobachtung gesellschaftlichen Verhaltens, die Henry hilfreich und anregend fand, als er, in den siebziger Jahren des 19. Jahrhunderts ruhelos zwischen Amerika und Europa pendelnd, eine ganz eigene »internationale« Sittenbilder-Prosa erarbeitete. Wenn er sich seine englischen Figuren vorstellte, wenn er sie an den verschiedensten öffentlichen und häuslichen Schauplätzen anzog, sich setzen und aufstehen und herumlaufen ließ, waren es häufig Schwarzweißbilder, die er im Kopf hatte – als seien Du Mauriers Zeichnungen zum Leben erwacht. Du Maurier hatte einen guten Blick dafür, was Kleidung und Ausstattung über Klasse oder Kaste eines Menschen aussagten, und sah in Zügen und Haltung die Persönlichkeit gespiegelt. Diese Spannung zwischen Konformität und Individualität in Strichen und Schattierungen ausdrücken zu können, war das Geheimnis von Du Mauriers Kunst, ja vielleicht, wie Henry manchmal bei sich dachte, das Geheimnis des Mannes selbst.

Erst 1878, zwei Jahre, nachdem er sich unwiderruflich dafür entschieden hatte, seine literarische Laufbahn in London fortzusetzen, trafen sie sich persönlich – bei einer der bewußten hundertsieben Abendeinladungen, die er in jenem Winter angenommen hatte. Henry stellte fest, daß der Zeichner, dessen Figuren – besonders seine Schönheiten aus der Oberschicht und deren Begleiter – auf den Seiten von *Punch* Woche für Woche größer zu werden schienen, klein und zierlich von Gestalt war. Er hielt sich gerade und straffte die Schultern, um jeden Zoll seiner Körpergröße so effektiv wie möglich zur Geltung zu bringen, und war ansonsten ein gut aussehender Mann mit fein geschnittenen Zügen, geblähten Nüstern und einem Schopf weicher, welliger Haare, um die Henry, dessen Haarpracht bereits schütter wurde, ihn nur beneiden konnte. Der Zeichner hatte einen dünnen Schnurrbart und einen Knebelbart, beides paßte irgendwie zu seinem Namen und seinem Beruf. In Ruhestellung war sein Gesichtsausdruck eher melancholisch, in Gesellschaft anderer dagegen lebhaft und heiter. Bei dieser und nachfolgenden Begegnungen fanden beide schnell Gefallen aneinander. Auf Anregung von Henry bekam Du Maurier den Auftrag, *Washington Square* zu illustrieren, als 1880 eine Zeitschrift den Roman in Fortsetzungen brachte. Der Verlag fand die Zeichnungen enttäuschend, und dem Autor ging es, wenn er ehrlich war, nicht anders, aber das Vorhaben war ohnehin von falschen Voraussetzungen ausgegangen. Bei einer Geschichte, die in New York spielte, einer Stadt, die Du Maurier nie gesehen hatte, war der Zeichner nicht in seinem Element. Henry fühlte sich mitschuldig an dem Fehlschlag, und seine Bemühungen, die durch das kleine Mißgeschick aufgewühlten Wogen zu glätten, brachten die beiden einander noch näher. Er trug sich seit langem mit dem Gedanken, für eine Zeitschrift einen Artikel über Du Mauriers Arbeiten zu schreiben, und fragte bei dem Künstler an, ob er ihn aufsuchen dürfe, um das Projekt mit ihm zu besprechen, was umgehend zu einer Einladung nach New Grove

House führte. Nach einem sehr angenehm verbrachten Sonntag, an dem sie vormittags Zeichenmappen durchgesehen hatten und nachmittags über die Heath geschlendert waren, wurde Henry dringend gebeten, von nun an sonntags nach Belieben und ohne Formalitäten vorbeizukommen. Da die Du Mauriers so weit außerhalb wohnten, holten sie sich Freunde und Bekannte auf diese Weise ins Haus und bezogen sie auch ganz selbstverständlich in ihr Sonntagsessen ein.

Der Sonntag paßte Henry sehr gut für derlei Exkursionen, es war ein Tag, an dem er seine Arbeit ohne schlechtes Gewissen beiseite legen konnte und an dem die Londoner Straßen weniger laut und belebt waren als während der Woche. Es war ein langer Fußmarsch, und auch am Ziel hieß es wieder laufen, aber Henry brauchte die Bewegung als Gegengewicht zu seiner sitzenden Tätigkeit und einer etwas beunruhigenden Neigung zur Korpulenz, die sich schon in seinen mittleren Jahren bemerkbar machte. Sein Weg führte ihn durch Mayfair oder Bayswater nach Baker Street und St. John's Wood. Von Swiss Cottage stieg er die steile Fitzjohn's Avenue hoch, die er in jungen Jahren noch als Feldweg gekannt hatte, die aber inzwischen von meist abscheulichen Villen aus rotem Backstein gesäumt war. Er freute sich immer, wenn er die malerischen kleinen Gassen des Dorfes Hampstead erreicht hatte und sie durchschritt, um die letzte steile Strecke nach New Grove House zu bewältigen, ein Gebäude, auf das, wie bei so vielem in England, das Wort *new* nicht eigentlich zutraf, denn das Haus war schon an die hundert Jahre alt.

Vor etwa fünfzig Jahren war es ziemlich unfachmännisch erweitert worden, so daß es sich jetzt seltsam buntscheckig ausnahm – halb georgianischer sahneweißer Stuck, halb viktorianischer brauner Backstein. Das Äußere versprach mehr

Eleganz, als das Innere hielt; überdies gehörten praktisch keine Grünanlagen dazu, nur ein ummauerter Hinterhof mit einer kleinen Rasenfläche, der kaum die Bezeichnung Garten verdiente. Bis zu den winddurchwehten offenen Weiten der Heath aber waren es zu Fuß nur zehn Minuten. Der Hauptanziehungspunkt des Hauses war eindeutig der große, lichtdurchflutete Salon, den Du Maurier als Atelier nutzte. Diese Annexion hatte aber nichts Selbstsüchtiges, denn er hatte seine Familie bei der Arbeit gern um sich. Als die Kinder klein waren, tollten und purzelten sie, wenn er an seinem Zeichenbrett stand, um ihn herum und fanden so den Weg in seine Zeichnungen. Abends, nach dem Essen, las Emma ihm etwas vor oder spielte Klavier, wenn er, eine Zigarette nach der anderen rauchend, noch ein paar Stunden arbeitete. Auch Besucher wurden dort empfangen. Der Salon war der gesellschaftliche Mittelpunkt des Hauses.

Henry richtete es nach einem guten Frühstück und nachdem er vielleicht unterwegs noch eine kleine Erfrischung zu sich genommen hatte, so ein, daß er am frühen Nachmittag in New Grove House eintraf. Um diese Zeit unternahm Du Maurier gewöhnlich seinen sonntäglichen Verdauungsspaziergang auf der Heath. Dann liefen sie zusammen los, vielleicht mit dem einen oder anderen der Kinder, vielleicht mit einem weiteren Besucher, bestimmt aber mit einem Hund – Chang oder mit seinem winzigen Nachfolger, dem Terrier Don. Sie liefen den Hang hoch zur Heath, vorbei an Teichen, vorbei an der Stelle, wo im Sommer die Esel geduldig auf Kinder zum Spazierritt warteten, und dann weiter, wohin Lust und Laune oder der schwanzwedelnde Hund sie führten, vielleicht bis zur Spanish Road, wo Du Maurier, ein abergläubisches kleines Ritual absolvierend, mit seinem Spazierstock den letzten

Baum berührte, ehe es wieder heimwärts ging, oder zum Parliament Hill, wo sie auf London hinuntersahen und die Wahrzeichen von Westminster und der City ausmachten, die aus dem rauchgeschwärzten Dunst herausragten. Wenn dann ihre Schatten länger wurden, kehrten sie nach New Grove House und zum Essen zurück, einem klassischen englischen Rinder- oder Hammelbraten, der dank Emma immer groß genug war, um auch noch zufällig hereinschneiende Besucher satt zu machen, und den Du Maurier – der immer als letzter im Eßzimmer eintraf und sein Kommen mit einem Tusch auf dem Klavier ankündigte – gekonnt am Kopf der Tafel aufschnitt. Nach dem Essen gab es Gespräche und Musik und Gesellschaftsspiele im Salon. Gegen zehn verabschiedete sich Henry, und Du Maurier ließ es sich nie nehmen, ihn ein Stück zu begleiten. »Ich bring Sie noch bis zum Anfang der Fitzjohn's«, sagte er dann, und wenn sie dort angekommen waren: »Noch ein paar Schritte« – und das Ende vom Lied war meist, daß er Henry bis Swiss Cottage Gesellschaft leistete, manchmal sogar noch mit ihm den Atlas Omnibus zur Baker Street bestieg (denn er hatte eine kindliche Freude daran, im Bus auf dem Oberdeck zu fahren), ehe er kehrtmachte und den langen Aufstieg nach New Grove House in Angriff nahm.

Der Beginn ihrer Bekanntschaft fiel in eine Zeit, als Henrys gesellschaftlicher und künstlerischer Horizont sich schnell erweiterte. Sein zweiter Roman, *Der Amerikaner*, hatte 1877 die Leser diesseits und jenseits des Atlantiks beeindruckt, und die Novelle *Daisy Miller* war 1879 ein handfester Hit gewesen. Mit dem Erscheinen von *Washington Square* und *Bildnis einer Dame* festigte er seinen Anspruch, der kommende Mann des literarischen Romans in der englischsprachigen Welt zu sein. Seine eleganten, kosmopolitischen Essays erschienen in den anspruchsvollen Gazetten,

Gastgeberinnen wetteiferten miteinander, ihn zu ihren Diners und Soireen zu locken. Sein Terminkalender war immer voll. Nur indem er hin und wieder nach Frankreich und Italien flüchtete, konnte er dem gnadenlosen Druck des Londoner Gesellschaftslebens entkommen. Er begriff sehr wohl, daß deshalb manche seiner Freunde verwundert, ja eifersüchtig reagierten, wenn er so viel Zeit diesen Du Mauriers widmete, die weder reich noch *smart* waren, noch vor Witz sprühten. Von der armen Emma jedenfalls konnte man das gewiß nicht behaupten, die Rolle der guten fürsorglichen Ehefrau und Mutter genügte ihr vollauf. Du Maurier selbst war für schlagfertiges Geplänkel beim Dinner oder bei einem Hausmusikabend gut, aber er war kein Intellektueller, ja er hatte in kulturellen Dingen etwas von einem Philister, der von den konservativen Wällen des *Punch* aus in seinen Cartoons ständig spitze Pfeile auf die Ästheten verschoß. Henry wußte das alles, aber es war ihm einerlei. Er mochte Du Maurier, er mochte seine Familie und die Sonntage in ihrer Gesellschaft.

Bei jenem ersten Besuch in Hampstead berichtete Du Maurier auf ihrem gemächlichen Gang über die Heath nach dem Mittagessen, bei dem nur Chang sie begleitete, die wichtigsten Ereignisse aus seinem Leben – eine fesselnde Geschichte mit Elementen des Geheimnisvollen, mit Romantik, Pathos und einem prekären Sieg über die Widrigkeiten des Schicksals. Das Geheimnisvolle bezog sich vor allem auf seine Herkunft und seinen Namen. Sein Großvater väterlicherseits war ein *gentilhomme verrier* gewesen, das heißt, wie sein Enkel betonte, ein Gentleman mit einer Glasbläserei, kein einfacher Handwerker. Er hieß Busson, nahm aber irgendwann zusätzlich den Namen Du Maurier an (so nannte sich ein Herrensitz, auf den er einen nie eingelösten Anspruch hatte). Während der Französischen Revolution mußte er nach England fliehen, um der Guillotine zu entgehen, kehrte aber, als Napoleon besiegt war, nach Frankreich zurück. Sein Sohn, Louis-Mathurin, Georges Vater, lernte die Engländerin Ellen Clarke in Paris kennen und heiratete sie; wie ihre Familie dorthin geraten war, erschloß sich Henry allerdings nie so ganz. George Du Maurier wuchs in dem Pariser Vorort Passy auf, reiste häufig zu seinen Verwandten nach England und hatte glückliche Erinnerungen an eine idyllische frühe Kindheit. Doch Louis-Mathurin kam als Erfinder und Unternehmer mit seinen Vorhaben nie auf einen grünen Zweig und vertat nach und nach sein ganzes Vermögen. Die Entwicklung einer patentierten Karbidlampe erwies sich als besonders kostspielig und erfolglos. Er verlegte seine Tätigkeit nach London, so daß seine Familie häufig über lange Zeit in Frankreich allein blieb, war aber auch dort nicht vom Glück begünstigt.

»*Maman* hielt die Familie zusammen«, sagte Du Maurier. »Sie hatte den stärkeren Charakter. Mein Vater war bezaubernd und hatte eine wunderbare Stimme – er hätte Opernsänger werden können –, aber er war weder ein richtiger Wissenschaftler noch Geschäftsmann. Leider hat er versucht, seinen irregeleiteten Ehrgeiz auf mich zu übertragen. Als ich mein *bachot* an der Sorbonne nicht bestand – ich war in Latein durchgerasselt –, schickte er mich ans University College in London. Dort sollte ich Chemie studieren. Ich als Chemiker – können Sie sich das vorstellen?«

»Nein«, erwiderte Henry wahrheitsgemäß.

»In meiner ersten Stellung mußte ich in einem Bergwerk in Cornwall Gesteinsproben auf Gold prüfen«, fuhr Du Maurier fort, »aber die behielt ich nicht lange. Es war kein Gold da. Ich möchte fast sagen, daß es ein Zeichen war. Ein Zeichen dafür, daß ich genau wie mein Vater nicht mein Glück im Handel machen würde. Eigentlich hatte ich sowieso Künstler werden wollen. Schon als Kind habe ich gezeichnet – auf Zetteln, auf die Rückseite von Briefumschlägen, an den Rand meiner Schulbücher. Jeder leere Fleck war eine unwiderstehliche Versuchung für mich, ihn mit Figuren und Gesichtern zu füllen. Als Vater in London gestorben war – er starb in meinen Armen, mit einem Trinklied auf den Lippen, wie ich leider sagen muß –, kehrten wir nach Paris zurück, und meine Mutter gestattete mir, dort Kunst zu studieren. Es war damals der bestmögliche Ort dafür. Ob das heute noch so ist, da diese liederlichen Impressionisten die Mode vorschreiben, wage ich zu bezweifeln, aber die englischen Akademien waren damals verzopft und reaktionär. Man mußte drei Jahre lang Gipsabgüsse zeichnen, ehe man nach dem Leben malen und zeichnen durfte. Drei ganze Jahre! Und auch dann gab es vielerlei prüde Restriktionen. In Paris war das ganz anders: Sie hatten das Ateliersystem. Man schrieb sich im Atelier eines etablierten Künstlers ein – ich ging zu Gleyre – und gesellte sich zu einer Gruppe hoffnungsvoller junger Leute, die um das Modell herumstanden und tagein, tagaus zeichneten und malten, was das Zeug hielt. Am Freitag kam der alte Gleyre vorbei, um sein Urteil abzugeben, aber grundsätzlich lernte man durch die Praxis oder aber erkannte früher oder später, daß das Talent nicht ausreichte. Natürlich gab es Rivalitäten und grobe Streiche und auch einiges an Ausschweifungen, aber die Kameradschaft war unvergleichlich. Wir waren alle arm wie die Kirchenmäuse, aber der Wein war billig und ein anständiges Abendessen für einen Franc zu haben. Manche meiner damaligen Freunde sind inzwischen zu Ruhm und Ehre gelangt – Tom Armstrong, Jimmy Whistler … Ein paar Leute, darunter auch ich, taten sich zusammen und mieteten ein eigenes Atelier in der Rue Notre Dame des Champs, und dort konnten wir nun billig leben und alle Stunden, die der liebe Gott uns gab, mit Malen verbringen.«

»Klingt wie *Scènes de la Vie de Bohème*«, bemerkte Henry.

»Ganz genau«, sagte Du Maurier, um gleich darauf einzuschränken: »Murger hat natürlich hier und da übertrieben, aber alles in allem hat er doch fast ins Schwarze getroffen. Daß auf dem Montparnasse eine ziemlich lockere Moral herrschte, ist nicht zu leugnen. Aber ich verkehrte hauptsächlich mit englischen Freunden und dem einen oder anderen Amerikaner wie Jimmy Whistler. Wir legten strengere Maßstäbe an als die Franzosen und haben uns körperlich mehr bewegt. Sie hielten uns für sehr exzentrisch, weil wir mit Hanteln gearbeitet oder Schwünge am Trapez geübt haben, statt wie sie in den Cafés herumzusitzen und mit den Mädchen am Tresen zu flirten.«

»Am Trapez!« staunte Henry.

»Ja, wir hatten eins im Atelier, es hing an einem Deckenbalken... Aber nach einem Jahr hatte ich, so vergnüglich dieses Leben auch war, das Bedürfnis nach... wie soll ich sagen... nach ein wenig mehr Disziplin und schrieb mich deshalb in der Akademie von Antwerpen ein, die damals einen sehr guten Ruf hatte. Einer meiner Kommilitonen dort war Alma-Tadema, ein anderer Felix Moscheles. Zuerst ging alles wunderbar voran, und dann... dann kam die große Katastrophe. Das Schlimmste, was einem Künstler widerfahren kann – oder das Zweitschlimmste.«

»Mein lieber Freund!« Henry nahm Du Maurier am Arm und führte ihn zu einer nahe gelegenen Bank, denn für eine Erörterung im Gehen schien ihm der Gegenstand zu gewichtig. »Ich glaube zu wissen, worauf Sie anspielen. Jemand erzählte mir von Ihrem schrecklichen, Ihrem grausamen Unglück.«

Du Maurier nickte bedrückt. Sein Gesicht verdüsterte sich, als er diesen Augenblick noch einmal durchlebte. Selbst Chang kam, als er sah, daß die beiden Männer sich gesetzt hatten, aus dem Gebüsch gesprungen, das er gerade erforscht hatte, legte sich seinem Herrn zu Füßen und sah voller Mitgefühl zu ihm auf. »Eines Tages, als ich nach einem Modell zeichnete, sah ich von meinem Zeichenbrett auf – und plötzlich schrumpfte der Kopf des Mädchens zu Walnußgröße. Ich legte eine Hand über mein linkes Auge, und der Kopf wuchs wieder zu normaler Größe. Dann deckte ich das rechte Auge ab und begriff, daß ich auf dem linken die Sehkraft verloren hatte – irreversible Netzhautablösung. Der Augenarzt, den ich konsultierte, meinte, mit dem anderen Auge würde es mir womöglich genauso ergehen. Sie können sich vorstellen, wie mir nach dieser Mitteilung zumute war.«

»Mein lieber Freund«, wiederholte Henry halblaut.

Du Maurier nahm ein kleines emailliertes Etui aus der Tasche, in dem er seine ziemlich schäbigen selbstgerollten Zigaretten aufbewahrte, nahm eine heraus, brannte sie mit einem Sicherheitszündholz an und blies einen Rauchfaden in die Luft.

»Ich verschone Sie mit den nächsten Jahren meines Lebens, in denen ich von Arzt zu Arzt lief in dem verzweifelten Bemühen, das mir verbliebene Augenlicht so lange wie möglich zu erhalten. Ich zog von Antwerpen nach Malines, von Malines nach Düsseldorf zu den mir empfohlenen Koryphäen. Einer machte mich mit seiner Behandlung nahezu blind. Ich versuchte, weiter zu malen, immer aber in der Angst, das gesunde Auge zu überanstrengen, muß aber gestehen, daß ich oft träge und deprimiert war. Zuweilen spielte ich ernsthaft mit dem Gedanken an Selbstmord. Was mich schließlich rettete, war die zufällige Begegnung mit

Emma in Düsseldorf, die dort ihre Ferien verbrachte. Kennengelernt hatte ich sie vor Jahren in London als Schulfreundin meiner Schwester, da war sie erst zwölf, aber schon damals war ich von ihrem Aussehen sehr angetan. Jetzt war sie eine blühende junge Frau. Wir verliebten uns, konnten uns aber keinerlei Hoffnung machen. Ich hatte kein Geld und keine Zukunft. Dann besuchte mich Tom Armstrong in Düsseldorf und gab mir einen Rat, der Hand und Fuß hatte. ›Mit einem Auge wirst du nie ein erstklassiger Maler sein‹, sagte er. ›Aber du hast das Zeug zu einem verdammt guten Zeichner, und damit läßt sich in England, wo sie jetzt so viele illustrierte Zeitschriften haben, durchaus Geld verdienen.‹ Er hatte zufällig eine Nummer des *Punch Almanac* bei sich, die er mir zeigte. Das war 1859 oder 1860. In dem Blatt waren zahlreiche vortreffliche Arbeiten von Leech und Keene. Ich begriff, was sich mit dem Medium machen ließ, und traute mir zu, es zu erlernen. Also reiste ich nach London, kam bei Jimmy Whistler unter, bis ich eine eigene Bleibe gefunden hatte, und brachte mir das Zeichnen direkt auf die Druckplatte bei. Mein einziges Ziel war, soviel zu verdienen, daß ich heiraten konnte. Emmas Eltern sahen unsere Verlobung nicht gern, was man ihnen wohl nicht verdenken konnte, und um sie zu überzeugen, verpflichtete ich mich törichterweise, vor der Hochzeit tausend Pfund zurückzulegen. Ich erkannte bald, daß ich mir ein unmögliches Ziel gesetzt hatte. Nach einer Weile war mein Schwiegervater in spe bereit, sich auch mit zweihundert Pfund zufriedenzugeben, aber für einen Anfänger wie mich war das immer noch eine gewaltige Summe. Ich ging mit meinen Zeichnungen wie ein Hausierer von Redaktion zu Redaktion, bekam schließlich Aufträge von *Once a Week*...«

»Wo ich Ihre Arbeiten zum ersten Mal sah«, warf James ein.

»Ja, für dieses Blatt habe ich dann einiges gemacht, vor allem Illustrationen zu Fortsetzungsromanen, aber die Bezahlung war – besonders zuerst – nicht sehr gut. Mein Ziel war der *Punch* und eine feste Anstellung bei dessen Redaktion. Die Tür öffnete sich einen Spalt breit für mich, aber zunächst nicht weiter. Ein paar Initialen – dekorative Anfangsbuchstaben – zu fünfzehn Shilling pro Stück. Eine Karikatur, die kein Meisterwerk war, für die ich aber nach wie vor eine Schwäche habe: *Das Photographenatelier*...«

»Ja, ich erinnere mich«, sagte Henry.

»Wirklich?« Du Maurier war geschmeichelt, aber überrascht.

»Ich beobachte Sie, wie ich schon sagte, von Anfang an«, erläuterte Henry. »Wenn ich mich recht erinnere, sieht man auf der Zeichnung einen ziemlich herausgeputzten jüdisch wirkenden Photographen in seinem Atelier, das drei zigarettenrauchende junge Künstler betreten, und der Photograph erklärt ihnen in gespreiztem Ton, daß sie das Rauchen zu unterlassen hätten.«

»Was haben Sie nur für ein Gedächtnis, James!« staunte Du Maurier und zitierte die Unterschrift mit dem passenden Tonfall: »*›Bittä zu bemerken die Herren, daß Sie es nicht zu tun haben mit einem gewehnlichen Kinstleratelier.‹* Dick Tinto und seinen Freunden, die ›gewehnliche Kinstler‹ sind, verschlägt es angesichts dieser feinen aristokratischen Unterscheidung, auf die sie nie gekommen wären, die Sprache.« Du Maurier schmunzelte über sein Witzchen. »Damals wurde viel darüber gefaselt, daß die Photographie die Illustratoren überflüssig machen würde, so daß hinter dieser Karikatur durchaus auch meine persönlichen Gefühle standen. Außerdem bin ich von jeher ein Freund des Tabaks, oder vielleicht sollte ich eher sagen, daß der Tabak mir schon in meinen traurigen Tagen als Chemiestudent ein

Freund war. Gerald sagt, man müßte eigentlich eine Zigarettensorte nach mir nennen, weil ich so viele rolle.«

Henry fragte sich insgeheim, ob die Tabakwolken, in die sein Freund so oft gehüllt war, nicht seinem gesunden Auge schädlich waren. Als habe er diesen unausgesprochenen Gedanken erspürt, sagte Du Maurier: »Ich habe schon versucht, das Rauchen aufzugeben, aber ohne blauen Dunst kann ich nicht arbeiten.«

»Hin und wieder greife ich auch zu einem Glimmstengel«, gestand Henry, »wenn sich die Inspiration nicht einstellen will.«

»Aber Sie sind ein sehr mäßiger Mensch, James.« Du Maurier wandte den Kopf und sah ihn lächelnd an.

»Meinen Sie?« fragte Henry James betroffen und nicht sehr erbaut von dieser Charakterisierung. »Mäßig« klang in seinen Ohren nicht viel anders als »langweilig«.

»Mir ist, soweit ich das beurteilen kann, noch nie ein Mann begegnet, der so mäßig in seinen Neigungen ist. Sie genießen das Schöne im Leben, aber nie im Übermaß. Essen, Trinken, Tabak ...« Er ließ den Satz unvollendet.

»Ich besitze einen unmäßigen Ehrgeiz«, sagte Henry.

»Welchen Inhalts?« wollte Du Maurier wissen.

»Ich möchte der anglo-amerikanische Balzac werden«, erwiderte Henry und setzte rasch hinzu: »Bitte verraten Sie niemandem, daß ich Ihnen das gesagt habe.«

»Ich werde schweigen wie ein Grab, mein Freund. Aber warum haben Sie da Bedenken? Ihr Wunsch ist doch aller Ehren wert.«

»Weil es in der literarischen Welt viel Klatsch und viele Journalisten gibt, die ihn bestimmt irgendwo abdrucken und mich damit lächerlich machen würden ...«

»Sie können sich selbstverständlich auf mich verlassen. Aber ich beneide Sie, James. Sie haben einen ehrgeizigen

Wunsch und können hoffen, daß er in Erfüllung geht, während ich ein berühmter Maler werden wollte ...«

»Sie sind ein berühmter Illustrator, und das ist eine beachtliche Leistung, was ich in meinem Artikel aufzeigen werde.«

»Sie sind sehr gütig«, bemerkte Du Maurier schüchtern. »Gehen wir weiter? Oder vielleicht doch lieber nach Hause, dort dürfte schon der Tee warten.«

»Ja, gewiß«, sagte Henry. Die beiden standen auf, und Chang, der das vertraute »nach Hause« gehört haben mochte, lief voran, ohne auf einen Befehl seines Herrn zu warten.

»Aber Sie haben mir noch nicht erzählt«, sagte Henry, während er neben Du Maurier Tritt faßte, »wie es kam, daß Sie heiraten konnten und eine tragende Säule des *Punch* wurden.«

»Ja, die Ehe ... Ohne die wäre ich wohl schon lange tot oder in einem Irrenhaus eingesperrt. Sie kennen vielleicht das Bild *The Long Engagement* von Arthur Hughes. Ich glaube, es hängt jetzt in der Birmingham Municipal Gallery.«

»Ich komme ganz selten nach Birmingham«, sagte Henry, »und dann eigentlich nur zum Umsteigen.«

»Aber Sie haben es bestimmt als Stahlstich gesehen. Ein junger Mann lehnt in einem herbstlich anmutenden Wald an einem Baum, die Liebste umklammert seine Hand und versucht ihn zu trösten. Er mag um die dreißig sein, wirkt aber älter. Sein Gesicht ist grau, sorgenvoll, bar jeder Hoffnung. Die lange Verlobungszeit bringt ihn offensichtlich um. Genau so sah ich damals aus. Ich hatte dann so etwas wie einen körperlichen und seelischen Zusammenbruch – qualvolle Kopf- und Magenschmerzen, Phasen völliger Apathie und jähe Weinkrämpfe. Ich ging zum Arzt. ›Heiraten Sie und machen Sie Urlaub‹, sagte er. Leichter gesagt als getan, aber wir schafften es, Emmas alten Herrn davon zu überzeugen, daß wir genug zum Leben hätten, auch wenn die magische Summe von zweihundert Pfund nicht erreicht war, und daß unsere Zukunft gesichert sei. Das stimmte natürlich so nicht, aber sobald er nachgegeben hatte, besserte sich mein Gesundheitszustand, und die Arbeiten, die kurz vor und kurz nach meiner Hochzeit entstanden sind, gehören zum Besten, was ich je zustande gebracht habe. Man wurde auf mich aufmerksam, sprach über mich, *Punch* nahm mir immer mehr Zeichnungen ab – und dann hatte ich endlich auch einmal Glück, obwohl ich das wohl eigentlich nicht so sagen dürfte. Leech starb.«

»Ah ja.« Henry konnte sich lebhaft die gemischten Gefühle vorstellen, mit denen der junge Du Maurier die Nachricht aufgenommen hatte. »Und dadurch wurde an der Tafel des *Punch* ein Platz frei.«

»Es war sehr eigenartig und eigentlich auch peinlich«, sagte Du Maurier, »denn ich lernte Leech erst wenige Monate vor seinem Tod näher kennen. Vorher kannte ich nur seine Arbeiten, die ich natürlich sehr bewunderte. Trotzdem dachte ich in meiner jugendlichen Arroganz, daß ich es besser machen könnte als er, und beneidete ihn um seine sichere Position. Im Sommer 1864 lernte ich ihn dann zufällig persönlich kennen – ausgerechnet in Whitby. Ich hatte gerade die Illustrationen zu Elizabeth Gaskells Roman *Sylvia's Lovers* fertiggestellt, der dort spielt, und Emma und ich hatten beschlossen, dort Urlaub zu machen; so wie Elizabeth Gaskell es schildert, mußte der Ort reizend sein. Und so war es auch – Whitby ist bezaubernd. Im nächsten Monat fahren wir übrigens wieder hin, um dort Ferien mit der Familie zu machen. Kommen Sie doch mit, James – Lowell wird auch da sein, er ist ganz vernarrt in den Ort.«

Henry hatte James Russell Lowell, einen vielseitigen Literaten, der jetzt US-Botschafter in London war, vor ein, zwei Jahren mit Du Maurier bekannt gemacht, und sie waren inzwischen eng befreundet. »Vielen Dank für die Anregung«, sagte Henry. »Es ist immer ein Vergnügen, Lowell zu sehen, aber der August ist bei mir bereits vollständig verplant. Sie wollten von Leech erzählen ...«

»Ja, richtig. Wir trafen ihn bei diesem ersten Aufenthalt in Whitby, er war zufällig zur gleichen Zeit da, um sich zu erholen. Es ging ihm recht schlecht, finanzielle Sorgen und Überarbeitung waren nicht spurlos an ihm vorübergegangen – seine Frau war eine törichte Person, die mehr scheinen als sein wollte, aber ihn fand ich sofort sehr sympathisch. Wir gingen zusammen spazieren. Er war ein begnadeter Raconteur, aber offenkundig ein kranker Mann, und ich konnte nicht umhin, daran zu denken, daß ich, sollte er das Zeitliche segnen, die große Chance hätte, bei *Punch* anzukommen und endlich ein regelmäßiges Gehalt zu beziehen. Es gab in der Redaktion sonst keinen Künstler, der sich in absehbarer Zeit zur Ruhe setzen würde – Tenniel und Keene waren noch im besten Alter. Ich schämte mich meiner Überlegungen, es war schließlich nicht so, daß ich dem Ärmsten den Tod wünschte ...«

»Nein, natürlich nicht«, bestätigte Henry. »In Ihrer Lage hätte jeder die gleiche Überlegung angestellt.«

»Mag sein.« Du Maurier seufzte. »Wir stehen, ob wir uns darüber klar sind oder nicht, alle in den Schuhen von Toten. Ich aber war mir dessen damals schmerzlich bewußt. Der arme Leech war kaum kalt, als das Direktorium von *Punch* mir seine Stelle anbot – sie brauchten nämlich dringend jemanden für den neuen *Almanac*. Mit dieser vertraulichen Mitteilung in der Tasche ging ich dann zu der Beerdigung, stellen Sie sich das vor! Es war eine sehr emotionale

Veranstaltung – viele Menschen hatten ihn ins Herz geschlossen, er repräsentierte das Ende einer Ära. Millais verlor völlig die Fassung, der arme alte Mark Lemon desgleichen. Auch ich vergoß ein paar Tränen, aber dann dachte ich an meinen Anstellungsvertrag und mußte mich sehr beherrschen, um nicht mitten in der Trauerfeier über das ganze Gesicht zu strahlen. Es war entsetzlich.«

»Aber danach lebten Sie herrlich und in Freuden«, sagte Henry lächelnd.

»Das wäre denn doch zu viel gesagt«, erwiderte Du Maurier. »Ich hatte mir Hoffnungen gemacht, Redakteur zu werden, als im Jahr 1880 Taylor starb, aber die Position hat dann Frank Burnand bekommen. Es ist eine Lebensstellung. Dieses Ziel werde ich nun nie erreichen.«

»Ich verstehe Ihre Enttäuschung«, sagte Henry, »wage aber zu behaupten, daß mehr Menschen *Punch* mit dem Namen Du Maurier verknüpfen als mit dem Namen Burnand.«

»Sehr liebenswürdig gesagt, James«, meinte Du Maurier mit mattem Lächeln, »aber noch etwas fehlt mir zu dem ganz großen Glück ...«

»Ja?« sagte Henry ermutigend, als Du Maurier schwieg.

»Ich lebe in der ständigen Angst zu erblinden. Kein Tag vergeht, an dem ich nicht daran denke, daß mein gesundes Auge mich womöglich ebenso plötzlich im Stich läßt wie vor Jahren das andere. Und dann wäre mir all das ...« – er umfaßte mit einer Armbewegung die sanft gewellten Rasenflächen und die zwischen den Bäumen hervorblitzenden Teiche, die Spaziergänger und die um sie herumspringenden Hunde, die pastellfarbigen Sommerkleider und Sonnenschirme der Damen, die weißen Kittelchen und Matrosenanzüge der Kinder, die jungen Männer, die sich hemdsärmelig Cricketbälle zuwarfen, das ganze unter dem blaßblauen Himmelszelt hingebreitete belebte, vielfarbige, urban-pastorale Bild – »… wäre mir all das für immer genommen, und ich müßte mich mit Hilfe eines Stockes und geführt von Chang in ewiger Finsternis über die Heath tasten. Ich würde nie wieder zeichnen können. Mein Einkommen würde sofort versiegen – Gott weiß, was aus uns werden würde. Die Kinder necken mich wegen meiner Sparsamkeit, sie beschweren sich, weil ich so viele Stunden am Tage arbeite, aber sie wissen nicht, wie es ist, kein Geld zu haben.« Eine Weile gingen sie schweigend weiter, Henry leicht beschämt wegen seiner billigen Anspielung auf die Worte, mit denen Märchen zu enden pflegten, Du Maurier offenbar in schwermütigen Gedanken. *»Vivre, ce n'est pas gai«*, sagte er schließlich und lächelte melancholisch.

»Mein lieber Du Maurier«, erwiderte Henry, »verzeihen Sie mein müßiges Gerede. Ich finde Ihr Dilemma, ja die ganze Geschichte, die Sie vor mir ausgebreitet haben, zutiefst und unaussprechlich bewegend.«

Henrys Verständnis für die stete Gefährdung, die Du Mauriers Glück bedrohte, für ein Leben in dem Bewußtsein, daß die Fortsetzung seiner so gedeihlichen Künstlerkarriere und seines behaglichen Familienlebens in New Grove House ganz und gar von der fragilen Verbindung von Nerv und Membran in einem einzigen Auge abhing, war eins der Fundamente ihrer Freundschaft. In Henrys Augen wurde »der kleine Du Maurier« (wie er ihn zu Beginn ihrer Bekanntschaft zu nennen pflegte) dadurch eine Art Held, und Du Maurier erkannte diese Wertschätzung und wußte sie zu würdigen. Im übrigen hatten sie viele Gemeinsamkeiten und ergänzten sich durch das, was sie voneinander unterschied. Beide waren Expatriierte, die hin und wieder an der englischen Gesellschaft verzweifelten, in der zu leben sie sich entschieden hatten und die sie mit einer gewissen durch Vergleiche mit dem Leben jenseits des Ärmelkanals geschärften Ironie betrachteten. Du Maurier war bei weitem gründlicher assimiliert und stets darauf bedacht, sein Englischsein zu betonen, was unter anderem dadurch zum Ausdruck kam, daß er unweigerlich das Französische, das er fließend beherrschte, mit starkem englischen Akzent sprach; aber die Liebe zu Frankreich und allem Französischen war etwas, was die beiden eng verband. Du Maurier schwelgte in Erinnerungen an seine Kindheit in Passy oder seine Studententage im Quartier Latin, und auch Henry war in gewisser Weise nicht nur aus Amerika, sondern auch aus Frankreich exiliert: Er hatte als Kind, Heranwachsender und erwachsener Mann viel Zeit dort verbracht und hatte sogar ernstlich erwogen, sich in Paris häuslich niederzulassen. Hin und wieder überkam ihn immer noch die Sehnsucht nach dem Pariser Leben, seiner Eleganz und Weltläufigkeit, ganz zu schweigen von seiner *cuisine* (als er das Stubenmädchen in der Bolton Street fragte, ob die Köchin nicht ab und zu die Kartoffeln braten könnte, statt sie immer nur als langweilige Salzkartoffeln auf den Tisch zu bringen, war die Antwort: »Huch, das glaub ich nicht, Sir. Wäre das nicht *französische* Küche, Sir?«). Ein unleugbarer Vorteil des exzentrischen Erziehungsplanes von Vater James für seine beiden älteren Söhne, der unter anderem vorsah, sie alle paar Jahre nach Europa mitzuschleppen oder zu expedieren, und der es beiden so schwer gemacht hatte, sich für einen Beruf zu entscheiden, bestand darin, daß Henry nun so fließend und korrekt Französisch sprach, daß ihm Einheimische häufig zu dieser Fertigkeit gratulierten. Er und Du Maurier machten sich ein Vergnügen daraus, französische Worte und Redewendungen als eine Art verbaler Würze in ein Gespräch einzustreuen, und genossen es, da einer den andern deswegen nicht für preziös hielt oder verständnislosen Blicken begegnete, die eine Erklärung nötig gemacht hätten.

Obwohl Henry zehn Jahre jünger war als Du Maurier, hätte man sie vom Aussehen her für gleichaltrig halten können; in vieler Hinsicht wirkte Henry mit seinem buschigen Bart, der hohen Stirn und dem Bauchansatz älter und reifer. Du Maurier hatte noch mit ergrauendem Haar etwas Jungenhaftes an sich, während Henry schon möglichst früh Wert darauf legte, als Mann in gesetzten Jahren aufzutreten. Was die Literatur betraf, entwickelte sich fast eine Art Lehrer-Schüler-Beziehung zwischen ihnen. Du Maurier konnte sich für gewisse Schriftsteller heftig begeistern, doch diese Begeisterung war sehr persönlich gefärbt und recht beschränkt. Er verehrte Thackeray und hatte sich von Swinburnes berauschenden Rhythmen und seiner heidnischen Gedankenwelt mitreißen lassen, ansonsten aber war seine Lektüre von dem bestimmt, was Mudie's Leihbücherei zu bieten hatte. Unter Henrys Anleitung aber war er gern bereit, seine Kenntnisse der zeitgenössischen französischen Literatur zu erweitern und wagte sich an Autoren wie Flaubert, Daudet, Maupassant, die Goncourts und Zola, die Mudie für zu gewagt und die englische Presse für ausgesprochen *degoutant* hielt.

Doch es war nicht so sehr das Gespräch über die jeweiligen Meriten der englischen und französischen Kultur und Gesellschaft als das Familienleben der Du Mauriers, das Henry immer wieder nach Hampstead zog. Er war, wie es so schön heißt, »eingefleischter Junggeselle«. Mit Anfang dreißig hatte er entschieden, nicht zu heiraten, hatte das seiner enttäuschten Mutter bis zu deren Tod im Jahre 1880 mit zunehmendem Nachdruck klarzumachen versucht und sich ebenso auch Freunden und Verwandten gegenüber geäußert, die ihn ständig mit dem Thema aufzogen oder ärgerten. Seine Gründe waren komplex, und nicht einmal im Selbstgespräch mochte er sie allzu gründlich sondieren. Ihm war es genug, sich zu sagen, daß sein Streben nach literarischer Größe unvereinbar mit den Pflichten einer Ehe war. Er mußte frei sein, frei für Selbstbezogenheit oder anders gesagt frei zur Selbstsucht oder anders gesagt frei zu selbstloser Hingabe an seine Kunst. Frei für Reisen und die Suche nach neuen Erfahrungen, frei dazu, sich stunden- und tagelang zum Schreiben zurückziehen zu können, wenn die Muse winkte, ohne auf die emotionalen und ökonomischen Bedürfnisse von Frau und Kindern Rücksicht nehmen zu müssen. Zugegeben, Du Maurier verstand sich offenbar auf das Kunststück, gleichzeitig Künstler und *pater familias* zu sein, aber um den Preis eines physisch wie mental recht begrenzten Horizonts. Den größten Teil des Jahres war er an sein Zeichenbrett gekettet, und legte er einmal eine Erholungspause ein, verbrachte er sie immer *en famille* – und mit all jenen menschlichen Komplikationen und materiellen Einschränkungen, die derlei Exkursionen an sich haben – in Whitby oder Folkestone oder einer der anglisierten Sommerfrischen an der Küste der Normandie. Er war nie in Italien gewesen – ein für Henry kaum vorstellbares Manko. Andererseits konnte Henry – besonderes in den ersten Jahren seiner Beziehung zu den Du Mauriers, als die Kinder noch klein waren – mittelbar die Herzlichkeit und die harmlosen Späße des häuslichen Lebens genießen, denen er um seiner Kunst willen entsagt hatte. Seine weltläufigen Londoner Freunde hätten gestaunt, wenn sie ihn an einem Sonntagabend in New Grove House erlebt hätten, wie er sich an ausgelassenen Vergnügungen wie Blindekuh, dem Becherfangspiel und Verstecken beteiligte, unter lautem Gelächter Pfänder einlöste und Scharaden darstellte, »Bravo! *Encore!*« rief, wenn Du Maurier mit seinem angenehmen Tenor eins seiner Lieblingslieder sang, *»A wight went walking up and down«*, Thackerays Ballade von Little Billee oder *»Mimi Pinson est une blonde«* und kräftig in den Refrain von *»Vin à quatre sous«* einstimmte:

Fi! de ces vins d'Espagne.
Ils ne sont pas faits pour nous.
C'est le vin à quatre sous
Qui nous sert de champagne.

Wie alle großen Familien hatten die Du Mauriers ihre eigene Sprache, die gespickt war mit Spitznamen, Redensarten und Anspielungen, in die Henry rasch eindrang. Beatrix, nach der Heldin von Thackerays *Henry Esmond* genannt, war »Trixy«, Sylvia hieß wegen ihres stürmischen Temperaments »der Tornado«, der Name von Marie Louise wurde zu »May« verkürzt, und Du Maurier selbst war »Kiki« (was auf eine belgische Kinderfrau zurückging, die ihn als Kleinkind *»mannekin«* genannt hatte), der seinerseits im vertraulichen Gespräch seine Frau »Pem« nannte. Die Kinder, die ihr behagliches Mittelstandsleben als selbstverständlich hinnahmen, beschwerten sich vorsichtig über seine Pfennigfuchserei und neckten die Mutter wegen ihres Mangels an Weltläufigkeit. »Teetässisch« und »alte Flasche« waren zwei Lieblingsschlagworte im Familienargot. »Das ist wieder mal furchtbar teetässisch, Mama!« bezeichnete etwas Langweiliges, Konventionelles, Spießiges, oder es hieß: »Komm, sei keine alte Flasche, Papa!« Sie waren eine gut aussehende, übermütige Schar – Beatrix, die Älteste, die, als Henry sie kennenlernte, gerade debütierte, war sogar eine ausgesprochene Schönheit. Bei einem ausgelassenen Versteckspiel mit ihr im Besenschrank zu stehen, im Dunkeln ihre süß duftenden, sanft nachgebenden Formen zu spüren war eine der beeindruckendsten Erfahrungen seines Lebens gewesen und hatte ihm geholfen, die Verzückung zu begreifen, die Liebende offenbar bei der Umarmung empfanden. Fasziniert verfolgte er, wie sie sich in der Wärme des gesellschaftlichen Lebens, in das sie nun eingeführt wurde, gleich einer Blume entfaltete.

Du Maurier selbst bekannte sich ungeniert zu seiner Vorliebe für schöne Frauen. Er hatte zwei Gipsabgüsse der Venus von Milo im Haus; der eine stand auf dem Kamin des Salons, der ihm auch als Atelier diente, der andere auf einem Sockel im Winkel der Treppe – Symbol der von ihm verehrten idealen weiblichen Formen. Waren die jungen Frauen bei Leech »hübsch«, so waren sie bei Du Maurier klassische Schönheiten (und so groß, daß es ihnen ein Leichtes gewesen wäre, den Künstler unter den Arm zu nehmen und mit ihm davonzugehen). Er machte kein Hehl daraus, daß er stolz auf Trixys Aussehen war, während er Sylvias Erscheinung erbarmungslos kritisierte; allerdings räumte er, nachdem sie zu einer jungen Frau herangewachsen war, bereitwillig ein, daß sie mit ihrem bezaubernden, ein wenig schiefen Lächeln und den großen, weit auseinanderstehenden grauen Augen einen ganz eigenen Reiz hatte.

Trixy war erst neunzehn, als sie einen hochgewachsenen, gut aussehenden und wohlhabenden jungen Geschäftsmann, Charles Hoyer Millar, kennenlernte, mit dem sie sich verlobte. Im Sommer 1884 heirateten die beiden. Henry, der zur Hochzeit eingeladen war, erklärte, sie seien das bestaussehende Brautpaar des Jahres. Insgeheim fand er, daß nicht einmal Du Mauriers idealisierender Zeichenstift ein hübscheres Paar hätte schaffen können. Beatrix war –

ausnahmsweise ließ sich das Klischee nicht übertreffen – eine strahlende Braut. Als Henry sah, wie sie am Arm ihres Vaters durch den Mittelgang von St. George's, Hanover Square, schritt und eine halbe Stunde später am Arm ihres Gatten zurückkam, als er sie danach, den starken besitzergreifenden Arm von Charles um ihre Taille, beim Empfang mit den Gästen plaudern und lachen sah, so makellos in ihrer Jugendblüte, spekulierte die Phantasie des Schriftstellers unwillkürlich, wie sie wohl auf ihre kurz bevorstehende Initiation in die Geheimnisse des Geschlechtlichen reagieren würde. Hitzige Scham erfaßte ihn, wenn er sich vorstellte, wie sie im Brautbett lag, die Bettücher bis zum Kinn hochgezogen, und rascher atmend darauf wartete, daß ihr Ehemann aus dem Ankleidezimmer trat, oder sich erhob, nachdem sie kniend gebetet hatte, und in ihrem weißen Nachtgewand auf ihn zuging wie ein Lamm zur Schlachtbank, ihm die Arme um den Hals legte und ihr errötendes Gesicht an seiner Schulter barg. Emma hatte, pflichtbewußte Mutter, die sie war, wohl mit ihrer Tochter über »diesen Aspekt der Ehe« gesprochen, aber vermutlich, sagte sich Henry, der ihr schüchternes und den Konventionen verhaftetes Wesen kannte, mit so vielen verlegenen Euphemismen und Andeutungen, daß die junge Frau nicht klüger war als zuvor. Er überlegte flüchtig, ob nicht Charles vielleicht ebenso unvorbereitet in den Ehestand getreten war, doch das schien angesichts des virilen Selbstbewußtseins, das er ausstrahlte, eher unwahrscheinlich. Lasterhaftigkeit traute Henry ihm nicht zu, aber für einen gut aussehenden jungen Engländer, der eine Privatschule besucht, ein Studium absolviert und zusammen mit anderen jungen Männern Auslandsreisen unternommen hatte, hatte es vermutlich hinreichend Gelegenheit gegeben, seine Unschuld zu verlieren. Vielleicht weil er selbst die seine nie preisgegeben hatte, sprach die Not wohlanständiger junger Mädchen, die – unschuldig und in Unwissenheit des Sexus in der puritanisch-scheinheiligen Gesellschaft Englands und Amerikas aufgewachsen – unvermittelt in das Meer der Ehe geworfen wurden, um dort zu schwimmen oder unterzugehen, Henrys Phantasie und sein Mitgefühl besonders stark an.

Er wußte natürlich um den rein mechanischen Akt der Fortpflanzung und war durch illustrierte Erotica – Lord Houghtons Sammlung auf dessen Landsitz war besonders aufschlußreich gewesen – vertraut mit den Varianten und Perversionen, die dank menschlichen Einfallsreichtums und menschlicher Verderbtheit hinzugekommen waren, aber es war ihm unmöglich sich vorzustellen, er selbst könnte derlei Handlungen – auch nur auf die elementarste Weise – jemals vollziehen. Niemals, auch nicht als junger Mann, hatte er das Verlangen danach gehabt, weder in Verbindung mit Minny Temple, der Cousine aus Neuengland, in die er vor ihrem tragischen frühen Tod zeitweilig geglaubt hatte verliebt zu sein, noch am anderen Ende des weiblichen Spektrums mit den Prostituierten, die ihn in seinen ersten Londoner Jahren auf dem Piccadilly ständig belästigt hatten. Ein Trost des Alters – vielleicht der einzige! – war es, daß sein angeborener Mangel an Lustgefühlen seiner Umwelt immer weniger bemerkenswert erschien.

Letztlich war es wohl der beharrliche Druck sexueller Aktivitäten und Obsessionen in den literarischen Kreisen Frankreichs, der ihn aus Paris vertrieben und dazu bewogen hatte, sich in England niederzulassen. Flaubert, Maupassant, Daudet und wie sie alle hießen, hatten Affären und Mätressen, besuchten Bordelle, zerstörten damit ihre Gesundheit und gingen in ihren Werken ständig bis an die Grenzen des Anstands. Als ihnen dämmerte, daß Henry keine fleischlichen Gelüste nach Frauen hatte, vermuteten sie zunächst, daß seine Neigungen Männern oder Jünglingen galten, was Henry als noch anstößiger empfand. Daß er zölibatär lebte und trotzdem ein echter Künstler sein konnte, war für sie offenkundig undenkbar. Die Scheinheiligkeit der englischen Gesellschaft, in der das wahre Ausmaß von Ehebruch und Laster im Leben und in der Literatur unterdrückt und geleugnet wurde und nur hin und wieder in einem Sensationsprozeß zutage kam, war in vielerlei Hinsicht abstoßend und verwerflich, bot aber einem unverheirateten Romanschriftsteller, den die Macht der sexuellen Anziehungskraft in den menschlichen Beziehungen faszinierte, der aber nicht in der Lage und nicht willens war, sich in intimen Einzelheiten derartiger Erfahrungen zu ergehen, willkommene Deckung. Er strebte in seiner Prosa an, zwischen der schockierenden, aber erwachsenen Menschen angemessenen Deutlichkeit des französischen Romans und den kindischen Ausflüchten und Heucheleien entsprechender anglo-amerikanischer Werke die Mitte zu halten. Für dieses Vorhaben aber war es unabdingbar, daß der Romancier genau um das wußte, was er ausließ. Deshalb schloß er sich zwar in guter Gesellschaft der herkömmlichen englischen Kritik an den »unflätigen« und »viehischen« französischen Romanen an, las sie aber in großer Zahl. In der Zeit zwischen Trixys Verlobung und ihrer Hochzeit las er Maupassants *Une Vie*, das gerade in Frankreich herausgekommen war und wegen seiner Unverblümtheit hohe Wellen geschlagen hatte, insbesondere im Hinblick auf die Schilderung der Flitterwochen aus der Sicht der unschuldigen Heldin – der brutale Schock des ersten Verkehrs, das erschütterte Erleiden der geilen Attacken ihres Mannes in den nächsten Tagen, danach ihr erstes überraschtes Empfinden sexueller Lust. Als das Paar an einem heißen Tag an einem menschenleeren bewaldeten Hang in Korsika aus einer erquickenden Quelle trinkt, liebkost der Ehemann seine junge Frau, und Jeanne nimmt in einem Moment ungewohnter *inspiration d'amour* einen Mund voll kühlen Wassers und bedeutet ihm, daß sie es *lèvre à lèvre* an ihn weitergeben wolle. Das facht Juliens Lust so heftig an, daß diese zum erstenmal bei Jeanne eine entsprechende Reaktion hervorruft. Sie schmiegt sich an ihren Mann und zieht ihn mit wogender Brust und feuchten Augen zu Boden,. »*Julie, je t'aime*«, sagt sie halblaut und gibt sich ihm bereitwillig an Ort und Stelle hin. *Elle poussa un cri, frappée, comme de la foudre, par la sensation qu'elle appelait.* Henry hatte diese Schreie hin und wieder gehört, durch die dünnen Wände billiger Hotelzimmer, hinter Schlafzimmertüren, wenn er mit seiner Kerze über die dunklen Gänge großer Landsitze schritt, aus den Schatten unter den Brükkenbögen des nächtlichen Paris, ohne daß vor seinem inneren Auge ein klares Bild von deren Bedeutung erstanden wäre. Nun stand für ihn fest, daß Maupassant, so unrein der Gegenstand auch sein mochte, schreiben konnte. Henry las die Seite mit äußerster Aufmerksamkeit, aber ohne körperliche Erregung. Die Vorstellung, Flüssigkeiten von Mund zu Mund weiterzugeben, fand er auch bei Liebenden abstoßend.

Er sah davon ab, Du Maurier *Une Vie* zu leihen oder zu empfehlen, weil er dies zum gegebenen Zeitpunkt als taktlos empfunden hätte, zumal sich die Heldin nur kurze Zeit der ehelichen Liebe freuen konnte (der abscheuliche Julie wurde ihr sehr bald untreu). Der Gedanke, daß seine Älteste in Kürze das häusliche Nest verlassen würde, schien seinen Freund sehr zu bewegen; er hatte sichtlich Mühe, nicht in düsteres Schweigen zu verfallen, wenn die übrige Familie aufgeräumt die Vorbereitungen für den großen Tag erörterte. Als der dann kam, zeigte er sich der Lage gewachsen, begrüßte alle mit einem Lächeln, hielt eine geistreiche Rede und schalt Emma, weil sie beim Abschied des jungen Paares Tränen vergoß. Doch als Henry sich am Sonntag darauf in New Grove House einstellte, wirkte Kiki wie ein Leidtragender. Sie machten sich zu einem Gang über die Heath auf und setzten sich wie stets auf jene Bank, auf der ihm bei ihrer ersten Begegnung Du Maurier seine Lebensgeschichte erzählt hatte. Sie stand nicht frei auf einer Anhöhe mit schönem Blick über die Stadt, sondern versteckt auf einem von Kiefern umgebenen Nebenweg, windgeschützt und nach Süden ausgerichtet, eine Lage, die zu vertraulichen Mitteilungen geradezu einlud. Henry hatte sie deshalb die »Beichtbank« getauft.

Als er seinen Freund zu dem bewundernswerten Ablauf der Hochzeit beglückwünschte, schüttelte Du Maurier seufzend den Kopf. Nicht, daß er gegen Trixys Partnerwahl etwas einzuwenden hätte. »Er ist ein wackerer, anständiger, rechtschaffener junger Mann«, sagte er. »Daß er sie liebt und gut für sie sorgen wird, steht für mich fest. Aber es tut doch weh, wenn das kleine Mädchen, das man so viele Jahre ernährt, gehegt und gepflegt hat, plötzlich eine Frau ist und dieser Hege und Pflege nicht mehr bedarf.«

»Nur zu verständlich«, bemerkte Henry mitfühlend. »Aber so ist das Leben, alter Junge. Wie sonst könnte sich die Menschheit erneuern?«

»Ja, so ist das Leben«, gab Du Maurier trübe zurück. *»Ce n'est pas gai.«* Es war einer seiner Lieblingssprüche.

»Schließlich haben Sie auch Emma ihrem Vater weggenommen, und wie Sie mir selbst erzählt haben, hat er sich heftig gewehrt.«

»Das stimmt«, räumte Du Maurier ein, »aber ich glaube,

der alte Schurke dachte, ebenso wie Emmas Mutter, ausschließlich an sich selbst. Er hatte nämlich eine Menge Geld verloren, und die beiden hatten darauf gesetzt, daß Emma sie im Alter versorgen würde. Bei einer Heirat mit mir standen die Chancen dafür nicht besonders gut.«

»Zumindest Ihre Mutter hat doch sicher bei Ihrer Eheschließung ein paar Tränen vergossen.«

»Maman?« erwiderte Du Maurier sichtlich belustigt. »Die alte Dame war in diesen Dingen nicht sentimental. Stellen Sie sich vor, als ich wegen meiner langen Verlobung krank wurde vor Sorge und Enttäuschung, riet sie mir, ich solle mir eine Mätresse nehmen, eine kleine *grisette* oder ihr Londoner Pendant, eine kecke junge Cockneyfrau.«

»Statt Heirat, meinen Sie?« fragte Henry, den diese Enthüllung geradezu erschütterte.

»Nein, in der Zeit bis zur Heirat«, erwiderte Du Maurier, und diese Vorstellung erschien Henry nicht weniger schokkierend. »Natürlich habe ich ihr erklärt, das käme überhaupt nicht in Frage«, setzte Du Maurier eilig hinzu. »Ich habe ihr gesagt – und das war die reine Wahrheit –, ich hätte mir am Tag meiner Verlobung mit Emma geschworen, ihr unverbrüchlich treu zu sein.«

Henry hatte – nicht zum erstenmal – das Gefühl, sein Freund habe versehentlich eine Schrankschublade aufgezogen, deren Inhalt für den Besitzer ein wenig kompromittierend war, und sie mit einem raschen Ruck wieder geschlossen. Eine Frau, die ihrem Sohn einen derart unverhohlen unmoralischen Vorschlag machen konnte, sprach all seinen Vorstellungen von mütterlicher Liebe Hohn; und jener Schwur, den Du Maurier gerade erwähnt hatte, ließ auf einen bis dahin nichts weniger als keuschen Lebenswandel schließen – was bei einem Mann, der Kunststudent im Quartier Latin gewesen war, vielleicht nicht allzu sehr überraschen konnte, was man aber angesichts der untadeligen Wohlanständigkeit in New Grove House im Grunde nicht erwartet hätte. Die beiden schwiegen nachdenklich, während Du Maurier sich eine Zigarrette anzündete.

»Haben Sie nie ans Heiraten gedacht?« fragte er schließlich.

»Eigentlich nicht. Die einzige Frau, die ich vielleicht geheiratet hätte, starb jung.«

»Und wer war das?« fragte Du Maurier gespannt.

»Meine Cousine Minny. Minny Temple. Ein sehr bemerkenswerter Mensch.«

»Schön?«

Henry lächelte. »Ich weiß nicht, ob sie Ihren – ähm – anspruchsvollen Maßstäben gerecht geworden wäre. Sie war unglaublich anziehend – vital – natürlich – vom Aussehen her fast jungenhaft, besonders, als sie sich krankheitshalber das Haar kurz schneiden ließ. Doch was ich an ihr liebte, war ihr feuriger Geist.«

»Sie waren also in sie verliebt und die junge Frau in Sie?«

Henry schüttelte den Kopf. »Gesprochen haben wir nie darüber. Wir waren beide sehr jung – Anfang zwanzig –, und sie hatte viele Verehrer. Der Bürgerkrieg war gerade zu Ende gegangen, und in unseren Kreisen in Neuengland gab es mehrere junge Männer, die von Heldentaten berichten konnten. Ich war vom Militärdienst ausgeschlossen, das heißt dispensiert aufgrund einer Rückenverletzung – ein Kreuz, das ich nach wie vor trage –, und war deshalb eingeschüchtert, fühlte mich gewissermaßen in den Schatten gestellt von diesen – diesen gebräunten und mit Kampfnarben bedeckten Veteranen. Kurzum, ich hielt mich zurück, brachte mich nicht zur Geltung. Aber ich glaube, uns – Minny und mir – war klar, daß es zwischen uns eine besondere Affinität gab. Sie besaß außergewöhnliches Feingefühl, ein besonderes Maß an Takt und ... und ...« Henry streckte einen Arm aus und tastete mit der Hand in der Luft herum, als könne er den gesuchten Satz dort greifen – »... ein brennendes Verlangen, etwas Großes in ihrem Leben zu vollbringen.«

»Wie Isabel Archer in *Bildnis einer Dame*?«

»In Isabel steckt tatsächlich etwas von Minny«, räumte Henry ein. »Sie pflegte zu sagen, daß die entfernte Möglichkeit des Besten immer einer eindeutigen Gewißheit des Zweitbesten vorzuziehen sei. In einem kurz vor ihrem Tod verfaßten Brief rief sie mir diese Maxime in Erinnerung. Ich habe sie nie vergessen. In gewisser Weise wurde sie mir zum Leitstern meiner literarischen Karriere.«

»Woran ist sie gestorben?«

»An der Schwindsucht. Mit fünfundzwanzig. Ich war damals in Europa. Daß sie krank war, wußte ich – aber ihr Ende kam als großer Schock für mich. Wir hatten in unseren Briefen erörtert, daß sie vielleicht auch nach Europa kommen, daß wir uns in Rom treffen könnten. Allein der Gedanke daran, schrieb sie, mache sie ›verrückt‹ vor Aufregung. Doch es sollte nicht sein.«

»Wie tieftraurig«, sagte Du Maurier. »Und es gab keine andere Frau, für die Sie die gleiche Zuneigung empfunden haben?«

»Nein«, sagte sein Freund.

Henrys Geschichte war beinah wahr, und er glaubte sie beinah selbst. Ja, er hatte Minny Temple geliebt, aber wäre er in sie »verliebt« gewesen, hätte er die Europareise nie angetreten oder hätte gezielte Anstrengungen unternommen, sie über den Atlantik zu sich zu holen. In ihrem letzten Lebensjahr hatte sie die eine oder andere Andeutung gemacht, die auf eine mehr als nur cousinenhafte Zuneigung schließen ließ – *»Es stört Sie hoffentlich nicht, wenn ich jetzt, da*

Sie so weit weg sind, ein wenig zärtlich werde?« –, auf die er aber nie einging; und in ihrem Briefwechsel ließ er die Möglichkeit eines Wiedersehens in Rom offen, ohne je etwas zu seiner Verwirklichung zu unternehmen. Als ihn die Todesnachricht erreichte, war er deshalb nicht nur bekümmert, sondern auch ein wenig schuldbewußt. Sein schlechtes Gewissen beschwichtigte er durch den Schwur, in seinen Werken, besonders in seinen Heldinnen, ihrem Geist ein Denkmal zu setzen. Ziel der George Du Maurier und anderen erzählten Geschichte von einer jungen, vom Schicksal grausam im Keim erstickten Liebe war es, die zölibatäre Hingabe an seine Kunst gleichzeitig zu erklären und zu verklären.

2

Henry verlor Du Maurier gegenüber kein Wort über Constance Fenimore Woolson, die in den letzten Jahren dem am nächsten gekommen war, was man gemeinhin als »Freundin« bezeichnet. Über Minny Temple konnte er sich freimütig äußern, weil sie tot und somit ungefährlich war, aber seine lebenden Freunde und Bekannten pflegte Henry sorgfältig voneinander abzuschotten, manchmal einzeln, manchmal in Gruppen, um eine Weitergabe von Informationen über seine Person von einem zum anderen zu verhindern. Ein Autor, der Prosa schrieb – wie raffiniert auch immer –, legte unweigerlich bis zu einem gewissen Grade sein eigenes Ich, die eigene Seele bloß, und je weniger Fakten seinen Freunden und der Öffentlichkeit zur Verfügung standen, mit deren Hilfe sich Vergleiche und Schlüsse ziehen ließen, desto besser war es. In Henrys großem Bekanntenkreis wußten nur sehr wenige Menschen von seiner durchaus engen Beziehung zu Constance Fenimore Woolson.

Sie war die Großnichte von Fenimore Cooper, jenem großen, wenn auch (wie es jetzt schien) seltsam archaischen Pionier des amerikanischen Romans, Schöpfer der vielgeliebten *Lederstrumpf*-Geschichten und ihres Grenzers Natty Bumppo. Constance hatte das literarische Talent ihres Vorfahren geerbt, widmete sich aber mehr den häuslichen und sentimentalen Aspekten des Lebens in Skizzen und Erzählungen, die in Ohio und dem Süden nach dem Bürgerkrieg spielten und in den siebziger Jahren des 19. Jahrhunderts immer häufiger in seriösen Zeitschriften erschienen, für die auch Henry Beiträge schrieb. 1879 brachte *Harper's* ihren Roman *Anne* in Fortsetzungen, der sich, wie es hieß, bei den Lesern großer Beliebtheit erfreute. Etwa zur gleichen Zeit brachte *Atlantic* einen höchst schmeichelhaften Artikel von ihr über Henrys Werk. Er wußte also sehr genau, wer sie war, als sie sich im Frühjahr 1880 zum ersten Mal begegneten, und das von ihr mitgeführte Einführungsschreiben von Minnys Schwester Henrietta wäre deshalb kaum nötig gewesen.

Später erfuhr er, daß Miss Woolson dieses Schreiben wochenlang mit sich herumgetragen und vergeblich nach einer Gelegenheit gesucht hatte, Gebrauch davon zu machen. Auf ihrer ersten Europareise, die sie im Dezember des Vorjahres mit ihrer Schwester Clara und deren Tochter Clare unternommen hatte, war sie zunächst nach London gefahren, in der Hoffnung, dort Henry anzutreffen, der aber die Stadt schon verlassen hatte, um Weihnachten in Paris zu verbringen. Als sie im neuen Jahr über den Kanal nach Frankreich reiste, war er nach Italien weitergezogen. Endlich aber holte sie ihn zu einem Zeitpunkt und an einem Ort ein, der vielversprechend für die Entwicklung einer Freundschaft war. Nächst der Literatur, sagte sie zu ihm, sei ihre größte Freude die Musik gewesen, durch ihre zunehmende Schwerhörigkeit aber bliebe ihr dieses Vergnügen mehr und mehr versagt, so daß sie sich als Ausgleich mehr der bildenden Kunst widmen wolle, mit der sie sich bislang nur wenig befaßt habe. Da Henry einige Wochen in Florenz bleiben wollte, bot er sich an, ihr die Kunstschätze dieser historischen Stadt zu zeigen. Sie nahm das Angebot dankbar und mit unverhohlener Freude an.

Henry James war von Neapel gekommen, wo er Paul

Schukowskij besucht hatte, einen adligen jungen Russen, den er Mitte der siebziger Jahre in Paris kennengelernt hatte. Schukowskij war ein Möchtegernkünstler, Dilettant, Freund Turgenjews und leidenschaftlicher Bewunderer des Komponisten Richard Wagner. Henry und Schukowskij waren sich damals sehr nah gekommen, hatten zusammen lange Spaziergänge gemacht und stundenlang in der Atelierwohnung des jungen Russen, die mit den auf dessen kosmopolitischen Streifzügen zusammengetragenen Schätzen und Kuriositäten vollgestopft war, über Kunst und Literatur gesprochen. Henry hatte sich sehr auf das Wiedersehen in Posilippo bei Neapel gefreut, wo Schukowskij eine Villa gemietet hatte. Der junge Mann hatte sich dort niedergelassen, um Wagner nahe zu sein, der mit seiner Frau ein Jahr in der Villa Ugri verbrachte, umgeben von einem Gefolge russischer und deutscher Bewunderer und Schmarotzer, mit denen Henry rasch bekannt wurde. Die dekadent-lasterhafte Atmosphäre in dem kleinen Hofstaat schockierte Henry, und mit der Kraft seines zum Teil im puritanischen Neuengland geprägten Gewissens lehnte er sich gegen dieses Treiben auf. Es gab dort Männer, die sich selbst malten, und Frauen, die schmutzige Witze rissen, Paare – zuweilen auch gleichgeschlechtliche Paare –, die sich in der Öffentlichkeit liebkosten. Als Schukowskij am Ende eines feuchtfröhlichen Abends versuchte, Henry auf den Mund zu küssen, floh dieser aus dem Ort und kehrte nicht zurück.

In Paris war ihm nie der Gedanke gekommen, Schukowskij könnte Uranist sein, und rückblickend fragte er sich besorgt, ob irgend etwas in seinem eigenen Verhalten Anlaß zu einer solchen Vermutung im Hinblick auf seine Person hätte geben können. Gewiß, er hatte den jungen Russen auf ihren langen Spaziergängen manchmal untergehakt und ihn im Gespräch, wenn er ein besonders leidenschaftliches Argument vorbrachte, an der Schulter gepackt, aber war das nicht ganz normal bei jungen Männern, die sich für derlei Dinge begeisterten und gern miteinander zusammen waren? Es wäre ihm nie in den Sinn gekommen, daß ihre Affinität etwas Morbides sein und zu unnatürlichen und verbotenen Handlungen führen könnte. Möglicherweise war ein vielleicht latent vorhandener Hang zum Laster bei Schukowskij in der ungesunden Atmosphäre der Villa Ugri aktiv geworden. Auf dem Weg von Neapel nach Florenz, aus dem Fenster seines Erster-Klasse-Abteils auf die grünen Felder, blühenden Obstgärten und Olivenhaine und die gemächlich vorbeiziehenden Bergstädte und -dörfer im Mittelgrund blickend, ließ Henry die Vergangenheit noch einmal Revue passieren und sprach sich von jedem unbesonnenen oder mißverständlichen Schritt frei.

Daß er kurz darauf Constance Fenimore Woolson begegnete, kam ihm wie gerufen. Mit einem liebenswürdigen und bis zu einem gewissen Grade ritterlich-galanten Ton ihr gegenüber konnte er sich seine Normalität bestätigen, ohne sich emotional engagieren zu müssen. Es war die ideale Lösung. Miss Woolson war überaus lernbegierig, und er war ein guter Lehrer. Sie profitierte von seinem überlegenen Kunstverstand, er hatte eine kultivierte Begleiterin von angenehmem Äußeren und untadeliger Wohlanständigkeit gewonnen. Henry zeigte ihr Fresken, Gemälde und Skulpturen der italienischen Meister und bemühte sich, ihren Geschmack zu bilden, der zuweilen hartnäckig im Provinziellen verharrte, was sie allerdings mit Elan verteidigte. Beispielsweise räumte sie ein, daß sie Schwierigkeiten hatte, Aktdarstellungen hinreichend zu würdigen.

»Verletzt ein Akt Ihren amerikanischen Begriff von Anstand?« fragte er.

»Das nicht. Ich halte mich nicht für prüde. Aber ich bin nicht vertraut genug mit dem unverhüllten menschlichen Körper, um zu erkennen, wann eine solche Darstellung schön ist und wann nicht.«

»Nicht einmal bei der *Geburt der Venus* in den Uffizien?« Botticelli war sein Lieblingsmaler.

»Daß sie schön ist, sehe ich wohl, aber ihre Nacktheit ist... beunruhigend. Meiner Meinung nach wäre sie mit einer Robe genauso schön. Wenn nicht schöner.«

»Ich glaube nicht, daß die Menschen mit Robe zur Welt kommen«, versetzte er mit leisem Spott.

»Aber auch nicht als Erwachsene«, gab sie zurück.

Dieser schlagfertigen Antwort hatte Henry nichts Gleichwertiges entgegenzusetzen. »Das Problem ließe sich dadurch lösen, daß Sie sich noch mehr Bilder ansehen«, sagte er.

Seine ästhetische Einstellung dem Akt gegenüber war durch eine Erfahrung in seiner frühen Jugend geprägt. Einer der Berufe, in denen sein Bruder William sich versucht hatte, nur um ihn wenig später wieder an den Nagel zu hängen, war der des bildenden Künstlers. Als Henry 1860 von einem Studienaufenthalt in Deutschland zu seiner Familie nach Newport, Rhode Island, zurückkam, nahm William dort Unterricht bei dem Maler William Hunt, und Henry begann, da er nichts Besseres zu tun hatte und von klein auf bestrebt war, mit seinem Bruder in allen Dingen zu konkurrieren, die im Erdgeschoß von Hunts Atelier gelagerten Gipsabgüsse zu zeichnen. Eines Tages spazierte er, unzufrieden mit seinen Bemühungen, Michelangelos *Gefangenen* zu kopieren, nach oben in das eigentliche Atelier, wo William und ein weiterer Schüler damit beschäftigt waren, ihren Vetter Gus zu zeichnen, der gerade bei der Familie zu Besuch war und sich freiwillig als Modell zur Verfügung gestellt hatte. Gus stand splitternackt in der Haltung eines Diskuswerfers auf einem Podest. Er lächelte Henry flüchtig zu, ohne seine Stellung zu verändern. Henry hatte noch nie einen völlig unbekleideten erwachsenen Mann gesehen. In dem hellen Nordlicht des Ateliers machten die weißen, muskulösen Gliedmaßen des Mannes und das stolze, schwere Gemächte – viel größer als das, was er von sich selbst kannte oder an Skulpturen in Kunstgalerien gesehen hatte – einen unauslöschlichen Eindruck auf ihn. Er sah eine Weile seinem Bruder zu und staunte über die leidenschaftslose Sicherheit, mit dem dieser den Umriß von seines Vetters Lenden mit dem Kohlestift festhielt, und begriff, daß er das nie fertigbringen würde. Das Bild des nackten Gus verfolgte ihn noch tagelang mit verstörenden geistigen wie körperlichen Auswirkungen. Als Künstler brauchte man eben den Mut, sich über das Tabu des nackten menschlichen Körpers hinwegzusetzen, man brauchte die Distanz, diese Nacktheit gelassen zu betrachten, und die Fertigkeit, die in ihr verborgene abstrakte ideale Schönheit zutage kommen zu lassen. Er unterbreitete diese Theorie Miss Woolson bei ihren Diskussionen über Aktdarstellungen, ohne etwas über die persönliche Erfahrung verlauten zu lassen, auf die sie sich stützte.

Miss Woolson war vierzig, nur ein paar Jahre älter als Henry, übertrieb aber gern den Altersunterschied, indem sie sich scherzhaft als »alte Jungfer« oder in Relation zu ihm als »so etwas wie eine literarische Tante« bezeichnete. Zunächst hielt er das für eine Strategie, mit der sie jedem Gedanken an eine mögliche Unschicklichkeit in ihrer Beziehung vorzubeugen trachtete, später fragte er sich, ob sie ihm damit nicht auch zu verstehen geben wollte, daß sie nicht »hinter ihm her« war, wie es so schön hieß. Solche Feinfühligkeit und Subtilität war ihr durchaus zuzutrauen, und der Verdacht, daß sich unter der gelassen-altjüngferlichen Fassade ein Herz verbarg, das in seiner Nähe ein wenig schneller schlug, machte sie ihm noch sympathischer. Sie war nicht schön, was im Hinblick auf mögliche Lästermäuler durchaus günstig war, aber auch nicht häßlich. Sie hatte angenehme, regelmäßige Züge, glatte runde Wangen und glänzendes braunes Haar, das über den Ohren nach hinten genommen und dort geflochten war. Ihre frauliche Figur war immer dezent geschmackvoll gekleidet, und bei Wanderungen und Besichtigungen zeigte sie beachtliches Durchhaltevermögen. Ihre Schwerhörigkeit stellte ein gewisses Hindernis im Gespräch dar; um so mehr schätzte sie Henrys klare Diktion. Er freute sich an ihrer Gesellschaft und verbrachte fast täglich ein paar Stunden mit ihr.

Natürlich hatte er ihren Artikel im *Atlantic* gelesen, der mit dem schmeichelhaften Satz begann: *»Mr. James bietet seinen dankbaren Lesern stets einen intellektuellen Genuß«,* und auch wenn sie ihm die *»genuine Gabe des Geschichtenerzählens«* nachdrücklicher als nötig abgesprochen hatte, war der allgemeine Tenor ihrer Ausführungen positiv und scharfblickend. Er hatte einiges von ihr gelesen und fand in ihren Werken, auch wenn sie sich – typisch weiblich – auf die Themen Liebe und Ehe konzentrierte, viele glückliche Einfälle, gut beobachtete Figuren und Orte und Anzeichen echter künstlerischer Integrität. Sie bevorzugte Geschichten von heldenhafter Entsagung und Aufopferung auf Seiten der Frau in Herzensdingen, und wenn die emotionalen Konflikte, die sie für ihre Heldinnen ersann, manchmal auch etwas konstruiert wirkten, waren sie doch den trivialen Hindernissen und seichten Lösungen der gängigen »Liebesgeschichten« bei weitem vorzuziehen. Kurzum, sie war auf der Seite der Engel, das heißt auf *seiner* Seite in dem großen ästhetischen Kampf, dem Henry sich verschrieben hatte – dem Bestreben, die Lebenswahrheit, wie sie im Pulsschlag und im Bewußtsein des Individuums erfahrbar wird, zum vorrangigen Wertmaßstab des englischen und amerikanischen Romans zu machen, so wie es in der besten französischen und russischen Prosa bereits der Fall war. Der Geschmack von Constance (nach wenigen Wochen nannten sie sich beim Vornamen) war in der Literatur sehr viel sicherer als in der bildenden Kunst, und Henry lernte ihr kritisches Urteil sehr zu schätzen. Als er nach England zurückkehren mußte, äußerte er den aufrichtigen Wunsch, sie wiederzusehen.

Wenige Monate danach las er zu seiner Bestürzung im *Atlantic* eine von Constance verfaßte Kurzgeschichte mit dem Titel *Ein florentinisches Experiment*, die unverkennbar von ihren Streifzügen durch die Kirchen und Galerien in Florenz inspiriert war. Darin traf eine junge Amerikanerin namens Margaret Stowe, deren Frisur der ihrer Erfinderin sehr ähnlich war und die einen ähnlich trockenen Witz besaß wie diese, einen ebenfalls im Ausland lebenden Amerikaner namens Trefford Morgan, der ebenso alt war wie Henry und sich ebenso gut in der italienischen Kunst auskannte. Bei ihren gemeinsamen Besuchen der Kunststätten von Florenz entwickelte sich eine halb streitbare, halb kokette Beziehung, in der beide zu verschiedenen Zeiten vorgaben, »versuchsweise« den anderen zu hofieren, um über eine enttäuschte Liebe hinwegzukommen, während sie in Wirklichkeit ineinander verliebt waren. In einer Schlüsselszene, die recht wirkungsvoll an einem feuchten Herbsttag in dem düsteren Innenraum des Duomo spielte, gestanden sie sich ihre wahren Gefühle, und es kam zu einer dauerhaften Verbindung. Henry las diese Geschichte mit einiger Betroffenheit, da er nicht nur in den Figuren sich selbst und Constance, sondern ganze Sätze aus ihren Gesprächen wiederfand. Als aber die Zeit verging, ohne daß jemand aus seinem Bekanntenkreis eine Verbindung zwischen ihm und der Geschichte herstellte (er hatte seine Spuren recht geschickt verwischt, indem er in seinen Briefen aus Florenz Constance nur selten oder gar nicht erwähnte), wurde ihm leichter, so daß er sich gestatten konnte, das Geschick zu bewundern, mit dem die Autorin Dichtung und Wahrheit vermischt hatte. Trotzdem wählte er, als er im Januar wieder nach Italien fuhr, als Standquartier Venedig und nicht Rom, wo Constance sich nach vielen Reisen durch Europa fürs erste niedergelassen hatte und wo sie, wie er wußte, ungeduldig auf ein Wiedersehen mit ihm wartete. Er ließ sich einige Monate Zeit damit, einerseits, um sich nicht von der Arbeit am *Bildnis einer Dame* ablenken zu lassen, andererseits, um Constance ein wenig dafür zu bestrafen, daß sie die Keckheit besessen hatte, *Ein florentinisches Experiment* zu schreiben.

Constance lebte allein in einer Wohnung in der vierten Etage mit ausschließlicher Nutzung einer verglasten Loggia auf dem Dach, die sie als ihren »Himmelssalon« bezeichnete. In diesem besonnten Refugium, das mit Kübelpflanzen geschmückt war und von schattenspendenden Reben berankt wurde, bewirtete sie ihn mit Tee und ließ sich mitfühlend von seinen Sorgen über den Fortgang des Romans berichten. Das Manuskript zeigte er ihr nie, erzählte ihr aber so viel von der Handlung, daß seine Bedenken klar wurden: Maß er Madame Merle anfangs zu viel Bedeutung zu? Würden seine Leser das ganze Ausmaß von Gilbert Osmonds schurkischem Charakter nachvollziehen können? Sie beruhigte ihn mit gewandten Hinweisen auf seine Erfolge bei vergleichbaren Figuren und Situationen in früheren Werken. Auch andere weibliche Bekannte von Henry behaupteten, sein Werk hoch zu schätzen, keine aber verstand so wie Constance, worum es bei dem schöpferischen Vorgang recht eigentlich ging. Er fragte, woran sie zur Zeit arbeite.

»Ich überarbeite *Anne*, der Roman soll jetzt in Buchform erscheinen.«

»Eine genußreiche Beschäftigung«, sagte Henry. »Der Schaffensprozeß ist immer eine Qual, aber die Überarbeitung reines Vergnügen. Könnte man nur überarbeiten, ohne vorher schreiben zu müssen!«

»Zumindest kann man sich damit selbst dann beschäftigen, wenn man deprimiert ist«, sagte Constance lächelnd.

»Sind Sie denn deprimiert?« fragte Henry besorgt.

»Ich war es«, erwiderte sie und räumte ein, daß sie phasenweise an schweren Depressionen litt. In der Hoffnung, dieses Leiden überwinden zu können, hatte sie sich versuchsweise auf ein ständiges Leben in Europa eingelassen, aber wo sie sich auch niederließ – früher oder später holte die Depression sie ein.

»Das kann ich Ihnen nachfühlen«, sagte Henry.

»Sie leiden auch darunter?«

»Natürlich. Es ist die Berufskrankheit des Künstlers. Unser Bestreben ist es stets, uns etwas vorzustellen, etwas zu denken, was noch nie zuvor gedacht wurde, und wir riskieren deshalb immer Niederlage und Enttäuschung.«

»Aber ist es nicht auch eine Frage des Temperaments?«

»Leider ja.« Er seufzte. »Und vermutlich erblich. Meine ganze Familie weiß nur zu gut, was Schwermut ist – mit Ausnahme meiner Mutter. Die Anlage kommt wohl von der väterlichen Seite her. Mein Vater fand Trost in den Schriften von Swedenborg, aber mit dem konnte keins seiner Kinder etwas anfangen.«

Ungeachtet des Austauschs dieser vertraulichen Mitteilungen erwähnten weder er noch sie an jenem Nachmittag oder bei den zwei oder drei nachfolgenden Treffen während seines kurzen Aufenthaltes in Rom das *florentinische Experiment*. Daß Constance die Neugier umtrieb, ob er die Erzählung gelesen hatte und was er von ihr hielt, war für Henry fast mit Händen zu greifen, aber sie spürte offenbar, daß er aus Rom geflüchtet wäre, wenn sie ihn offen darauf angesprochen hätte.

Am Tag vor seiner geplanten Abreise besuchten sie das Kolosseum, was zwangsläufig Erinnerungen an *Daisy Miller* weckte. »Ihr Meisterwerk, wie ich finde«, sagte Constance. »Bis jetzt«, fügte sie eilig hinzu.

»Mein populärstes Werk ist es allemal, aber viel Geld habe ich damit nicht verdient. In Amerika erschien es als Raubdruck, sie haben zwanzigtausend Exemplare verkauft, und ich bekam keinen Sou.«

»Aber das ist ja empörend«, ereiferte sich Constance.

»Ja, das war bitter«, bestätigte Henry, »aber es war meine eigene Schuld, ich habe mich nicht rechtzeitig um das Copyright gekümmert.«

Sie saßen auf der schattigen Seite der Arena auf einer der bröckelnden Stufen und sahen auf das staubige Oval hinunter, das in der berüchtigten Vergangenheit so oft von Blut getränkt gewesen war und wo Daisy Miller, sich bedenkenlos über Schicklichkeit und Vernunft hinwegsetzend, mit ihrem italienischen Begleiter um Mitternacht gewandelt war und sich die todbringende Malaria zugezogen hatte.

»Arme Daisy«, seufzte Constance. »Warum hat Winterbourne sie nicht geheiratet?«

»Dann wäre die Geschichte lange nicht so interessant geworden. Ihre Romane fallen auch nicht gerade durch derlei seichte Lösungen auf.«

»Ich weiß«, sagte Constance.

»Winterbourne ist nicht der Typ, der heiratet«, sagte Henry.

»Ja, das merkt man schon an seinem frostigen Namen«, sagte Constance.

Zwei Jahre sahen sie sich gar nicht. In dieser Zeit reiste Henry zweimal nach Amerika und hatte durch den Tod beider Eltern einen zweifachen Schicksalsschlag zu bewältigen. Seine Mutter starb Anfang 1882, sein Vater im Dezember des gleichen Jahres. Constance zog indessen rastlos durch Italien, Deutschland und die Schweiz, schrieb einen Roman und sog das historische und künstlerische Erbe Europas in sich auf. Sie sahen sich nicht, aber sie korrespondierten. Durch familiäre Verpflichtungen in Amerika aufgehalten, schrieb Henry an Constance und bat sie dringend, sie möge von sich hören lassen. Er hatte, wie sie scharfsinnig bemerkte, Heimweh nach Europa.

Sie antwortete bereitwillig mit langen, elegant abgefaßten, sanft neckenden Schreiben voller Ermutigung für seine literarischen Vorhaben. *Bildnis einer Dame* bezeichnete sie als Meisterwerk – ambitionierter und deshalb bedeutender als *Daisy Miller* – und Isabel Ascher als Triumph verständnisvoller Darstellung eines ganz speziellen phantasievollen Mädchentyps, der zum Unglücklichsein verdammt sei.

Nur einmal in diesem Briefwechsel trat sie ins Fettnäpfchen – mit einer Bemerkung über den Erfolg ihres Romans *Anne*. Er war als Fortsetzungsroman so erfolgreich gewesen, daß ihr Verlag – Harper – freiwillig das Honorar verdoppelt und ihr für das in Kürze erscheinende Buch eine großzügige Beteiligung versprochen hatte. Henry deutete das als Anspielung auf den relativ bescheidenen Absatz von *Bildnis einer Dame* und ging in seinem nächsten Brief mit einer ironischen Bemerkung darauf ein, aber aus ihrer umgehenden Antwort war ersichtlich, daß ihr so eine Absicht fern gelegen hatte. *»Es liegt ja auf der Hand«*, schrieb sie, *»daß das, was für mich ein großer Erfolg war, für Sie ein Nichts wäre, und selbst wenn eins meiner Bücher einen großen ›populären‹ Erfolg hätte (womit ich nicht rechne), würde das nichts daran ändern, daß das Beste von mir nicht den Saum Ihres Letzten oder Geringsten berühren könnte. Meine Arbeiten sind grobschlächtig im Vergleich mit Ihren. Von ganz anderem Kaliber. Beide dürften nicht an einem Tag erwähnt werden.«* Beim Lesen dieses fast blasphemischen, aber offenkundig ehrlich gemeinten überschwenglichen Tributs erfüllte Henry eine genußvolle, fast körperliche Befriedigung.

Constance oder »Constanza«, wie er sie in Assoziation mit dem Land, in dem er sie kennengelernt hatte, manchmal nannte, klagte zu Recht, daß ihre Briefe viel länger und inhaltsreicher seien als die in großen Buchstaben auf kleine Notizzettel gekrakelten knappen, anspielungsreichen Berichte über seine Erlebnisse, mit denen er sich revanchierte, und daß er ständig mit der vagen Aussicht auf ein Wiedersehen locke, ohne jemals etwas für das Zustandekommen zu tun. Als sie schrieb, sie überlege, ob sie nach Amerika zurückgehen solle, und er antwortete, das würde er gern mit ihr an einer italienischen Kirchenmauer besprechen, bemerkte sie spitz: *»Nur in dieser einen kurzen Phase (vor drei Jahren in Florenz) konnte man den Eindruck gewinnen, daß Sie dergleichen im Sinn hatten. Wie oft habe ich Sie in den langen Monaten gesehen, die sich zu drei Jahren summieren? Ich beschwere mich nicht, denn ich habe wahrhaftig keine Veranlassung, auf ein Wiedersehen zu spekulieren, aber schenken Sie sich bitte in Zukunft Ihre dekorativen Hinweise auf italienische Kirchenmauern.«* Henry schämte sich ein wenig, als er diese Zurechtweisung las. Sie hatte ihn dabei ertappt, daß er sich ein Stück sentimentale Rhetorik geleistet hatte, die er nicht in die Praxis umzusetzen gedachte. Auf ein Wiedersehen hätte sie nur spekulieren können, wenn er in sie verliebt gewesen wäre, was nicht der Fall war. Aber – war womöglich sie in ihn verliebt? Als sie im Hinblick auf die drei von ihm geplanten Romane fragte: *»Wollen Sie nicht eine Frau für uns schaffen, für die wir echte Liebe empfinden können? Die vielleicht von einem Menschen sehr geliebt wird, vor allem aber eine Frau ist, die selbst liebt und der wir das abnehmen…«*, überlegte er, ob das als verschlüsselter Hinweis auf ihre eigene Befindlichkeit und ihre Gefühle für ihn zu verstehen war. Er nahm sich noch einmal das *Florentinische Experiment* vor und las die Geschichte sorgfältig. Als Trefford Morgan seinen ersten Antrag macht, fährt Margaret ihn verächtlich an: *»Mit der tief verwurzelten Ichsucht des Mannes glauben Sie, daß ich Sie liebe, haben es von Anfang an geglaubt. Weil ich dies wußte, habe ich dem Experiment seinen Lauf gelassen, um Sie desto nachdrücklicher Ihres gewaltigen Irrtums zu überführen.«* Die niederschmetternde Zurückweisung aber erweist sich später als Lüge oder zumindest als Selbsttäuschung. Hielt Constance ihn wirklich für einen ausgemachten Egoisten, oder meinte sie, nur so ihre Gefühle für ihn im Griff behalten zu können? Aus der Erzählung eine Nutzanwendung für ihr Verhältnis zu ziehen war ein zweischneidiges, in jedem Fall aber ungemütliches Unterfangen.

Als Constance ihm mitteilte, sie werde im Herbst 1883 nach London ziehen, fuhr Henry zunächst der Schreck in alle Glieder, weil er glaubte, sie könnte seinetwegen gekommen sein. Sie mietete sich in der Bolton Street ein, also ganz in seiner Nähe, machte aber von Anfang an deutlich, daß sie ihn auf keinen Fall in Verlegenheit bringen wollte. Es genügte ihr offenbar, sich allein und diskret mit ihm zu treffen, wann immer es ihm paßte; in der Zwischenzeit beschäftigte sie sich mit ihren literarischen Arbeiten und der

Erkundung von London, wobei sie die Topographie ihrer Lieblingsromane von Dickens und Thackeray rekonstruierte. Er atmete auf und freute sich nun wieder an ihrer Gesellschaft. Hin und wieder sah man sie zusammen im Theater, aber für Henrys Freunde war Constance, soweit sie überhaupt von ihrer Existenz wußten, eine Frau am Rande seines großen Bekanntenkreises. Er förderte diesen Eindruck, indem er sie gesprächsweise als »alte Jungfer« bezeichnete, als eine »vortreffliche kleine Frau«, deren Gesellschaft er wegen ihrer Intelligenz und ihres gesunden Menschenverstandes schätzte. Vertraulich nannte er sie jetzt immer öfter »Fenimore«, was sie entfeminisierte und auf ihre literarischen Referenzen verwies. Für diese gesellschaftliche Außenwirkung war es hilfreich, daß ihr Gehör sich weiter verschlechtert hatte und sie im Theater jetzt ein Hörrohr benutzen mußte. Daß er mit einer Dame durch ein Hörrohr Liebesgeflüster austauschte, hätte Henry wohl niemand zugetraut. Nun handelte es sich ja tatsächlich nicht um eine Liebelei, aber die Treffen und Exkursionen zu zweit hätten sonst vielleicht doch Anlaß zu Gerede geben können. Als Fenimore eine Weile in Salisbury Quartier nahm, besuchte er sie dort, sie fuhren zusammen nach Stonehenge, wobei der Herbststurm fast ihre Kutsche umgeweht hätte, und verspeisten später in ihren Räumen auf der Domfreiheit behaglich eine Martinsgans. Weder an diesem Tag noch bei ähnlichen Gelegenheiten kam es zu amourösen oder unziemlichen Handlungen. Ihre Beziehung war geprägt von platonischer Freundschaft und fundierten Gesprächen über beide Seiten interessierende Themen. Trotzdem hatten die Heimlichkeiten und das Versteckspiel, das mit dieser Beziehung verbunden war, für Henry einen ganz eigenen Reiz. Er spürte nun zumindest einen Hauch von der Erregung, dem Gefühl für Gefahr, die sich mit einem verstohlenen Stelldichein verbindet, und speicherte diese Erfahrung zu künftiger literarischer Verwendung.

Die Einzige, die eine gewisse Vorstellung davon hatte, wie es tatsächlich um Henrys Beziehung mit Fenimore stand, war seine Schwester Alice. Sie war das Nesthäkchen der Familie, fünf Jahre jünger als Henry, litt seit ihrem siebzehnten Lebensjahr unter schweren Erschöpfungszuständen und hatte immer wieder lange Krankheitsphasen zu bestehen. Angesichts ihres beeindruckenden Symptomenkatalogs – Gesichtsneuralgie, Lähmung der Beine, Herzrasen, Ohnmachten und hysterische Anfälle – standen die amerikanischen Ärzte, die keine organischen Leiden hatten feststellen können, vor einem Rätsel. 1884 kam sie deshalb nach England in der Hoffnung, daß es ihr dort besser ergehen würde. Für Henry stand fest, daß sie es schlechter kaum treffen konnte. Nach dem Tod der Mutter hatte sie sich erstaunlich gut erholt, da ihr die Pflege des verwitweten Vaters offenbar Befriedigung schenkte und unvermutete Kraftreserven freisetzte, aber als der alte Herr knapp ein Jahr später ebenfalls starb – es war ein friedlicher, fast selbst gewollter Tod –, brach Alice erneut zusammen. William, den jetzt seine akademische Laufbahn sehr in Anspruch nahm und der sich um eine Ehefrau und kleine Kinder kümmern mußte, hatte nur wenig Zeit für Alice. Ohnehin vermutete Henry, daß es für Alice schmerzlich war, Williams häusliches Glück aus unmittelbarer Nähe mit anzusehen, so sehr sie sich auch öffentlich darüber freute. War nicht ihre fast selbstmörderische Depression im Jahre 1878 just nach Williams Verlobung mit einer anderen Alice zum Ausbruch gekommen? Nachdem beide Eltern und ein Bruder gestorben waren (Wilky hatte nach dem Bürgerkrieg nur noch wenige Jahre ein recht unglückliches Leben geführt und war 1883 einem Herzleiden erlegen), nachdem ihr geliebter älterer Bruder geheiratet hatte und der jüngere, Bob, mit schweren Problemen kämpfte (er war unglücklich verheiratet und ging wegen seiner Alkoholsucht regelmäßig aus freien Stücken in eine Klinik), hielt sie nichts mehr in Boston. Es würde ihr gut tun, meinte sie, ein halbes Jahr einen Ort hinter sich zu lassen, mit dem sich so viele schmerzliche Gefühle und Erlebnisse verbanden. Ihre Freundin Katharine Loring hatte eine kränkelnde Schwester, Louisa, mit der sie aus Gesundheitsgründen 1884 nach Europa reisen wollte, und war bereit, Alice nach England zu begleiten.

Henry erwartete sie an einem nieselgrauen Novembertag am Dock von Liverpool zusammen mit dem Dienstmädchen, das er für sie engagiert hatte. Es war durchaus keine stürmische Überfahrt gewesen, aber Alice hatte fast die ganze Zeit in ihrer Kabine gelegen, und zwei Matrosen mußten sie von Bord tragen.

Henry war erschüttert, und er ahnte, daß seine Schwester nie mehr nach Amerika zurückkehren würde. Sie mußte sofort in einem Hotel zu Bett gebracht werden und dort zwei Tage bleiben, bis er sie mit der Bahn nach London bringen konnte, wo er eine Wohnung in der Clarges Street mietete – nur eine Ecke von seiner Wohnung entfernt –, während Katharine Loring mit Louisa nach Bournemouth weiterreiste. Henry nahm sich zwischen seinen literarischen und gesellschaftlichen Verpflichtungen Zeit, um – manchmal zweimal täglich – Alice zu besuchen und kurz mit ihr zu plaudern. Um sie zu zerstreuen, erzählte er ihr von seinem Tun und Treiben, den Gesellschaften, auf denen er gewesen war, von den Theaterstücken, die er gesehen hatte. Alice war eine gewitzte, scharfsinnige Frau; seit jeher hatte sie aus ihren Besitzansprüchen an den Bruder kein Hehl gemacht und jeden Annäherungsversuch ihrer Geschlechtsgenossinnen voller Argwohn beobachtet. Sehr bald fiel ihr auf, wie oft in Henrys Berichten der Name »Miss Woolson« auftauchte, auch, daß er sie manchmal »Fenimore« nannte, und sie neckte und schalt ihn deswegen.

»Interessierst du dich für diese Frau, Henry?«

»Ja, sie interessiert mich. Sie hat ein sehr fundiertes literarisches Urteil.«

»Du weißt, was ich meine, Henry. Hast du Absichten, was diese Person betrifft?«

»Heiratsabsichten? Natürlich nicht.«

»Ich glaube, umgekehrt ist das der Fall.«

»Fenimore weiß sehr gut, wie es um unsere Freundschaft steht. Sie basiert auf einem gemeinsamen Interesse für Bücher und die Schriftstellerei.«

»Ich staune, daß du die Geduld aufbringst, ihre faden Machwerke zu lesen«, nörgelte Alice.

Ihre Eifersucht war so offensichtlich, daß er sie seinerseits damit aufziehen und die Sache auf die leichte Schulter nehmen konnte. Da Alice ein sehr zurückgezogenes Leben führte und kaum einmal ihre Wohnung verließ, war nicht zu befürchten, daß sie in London Klatsch in Umlauf bringen würde, allerdings konnte er sie nicht daran hindern, in ihren Briefen an William düstere Andeutungen zu machen. Fenimore wußte natürlich, daß Alice in London war, und da Henry auf ihre Bemerkung, sie würde seiner Schwester gern einmal einen Besuch machen, nicht einging, folgerte sie sehr richtig, daß Alice ihr gegenüber feindselige Gefühle hegte. So pendelte denn Henry zwischen zwei Frauen hin und her, die beide nur ein paar Kilometer voneinander entfernt im Herzen Londons lebten, beide lebhaftes Interesse an ihm hatten, sich persönlich nicht kannten und auf ihn angewiesen waren, wenn sie etwas voneinander erfahren wollten. Hätte ihn die Situation nicht persönlich betroffen, hätte er gute Lust gehabt, sie in einer Erzählung zu verarbeiten. Vielleicht, weil auch Fenimore die Lage als etwas grotesk empfand, verließ sie London und mietete sich für den Sommer 1885 in Leamington Spa ein, angeblich, um Warwickshire zu erkunden.

Indessen besserte Alices Gesundheitszustand sich nicht. Die englischen Ärzte krausten die Stirn, tasteten und sondierten an ihr herum, diagnostizierten »unterdrückte Gicht« und ein »abnorm sensibles Nervensystem«; sie verschrieben Pillen und Tränke, Elektroschocks und Salzwasserbäder. Nichts half. Sie wurde zu einer chronisch Kranken, an die Wohnung gefesselt und meist bettlägerig. Ihrem Bruder war sie aufrichtig dankbar für seine Fürsorge, besonders wenn Katharine Loring weggefahren war, um nach ihrer Schwester zu sehen. »Bist du es nicht leid, ein hilfloses Weib auf den Schultern zu haben wie Sindbad den Greis vom Meer?« fragte sie ihn einmal, und er erwiderte wahrheitsgemäß, daß es ihm nicht das mindeste ausmachte. Anders als die meisten Freunde und Verwandten von Alice fand Henry ihre Hypochondrie weder aufreizend noch tragisch, sondern interessant. Er hatte den Eindruck, daß sie ihre Krankheiten so pflegte wie er seine Kunst. Sie waren ihr zur Berufung geworden, zur *raison d'être* und in gewisser Weise ein Werkzeug ihres Willens. So entging es ihm nicht, daß immer dann, wenn Katharine Loring von der Pflege ihrer Schwester zurückkam, Alice einen Zusammenbruch erlitt und sich ins Bett legte, um sicherzustellen, daß Katharine bei ihr blieb und sie umsorgte. Henry verfolgte zwar anteilnehmend Alices Experimente mit verschiedenen Ärzten und berichtete in seinen Briefen an William gewissenhaft darüber, glaubte aber insgeheim nicht an medizinische Erfolge. Er rechnete nicht mit einer Besserung und quälte sich nicht mit eitlen Hoffnungen. Er tat seine Pflicht, besuchte sie und sorgte dafür, daß sie gut betreut wurde, führte aber auch sein gewohntes Leben weiter. Im Winter kam Fenimore nach London zurück, und sie nahmen ihre gelegentlichen Exkursionen ins Theater, in Museen und Gemäldegalerien wieder auf. Aktdarstellungen brachten sie nun nicht mehr aus der Fassung, und die keusch entblößten Jungfrauen von Edward Burne-Jones konnte sie mit Gleichmut betrachten; im Hinblick auf die Reinheit von Alma-Tademas Phantasie allerdings hatte sie gewisse Vorbehalte, die Henry insgeheim teilte.

* * *

Schon lange trug sich Henry mit dem Gedanken, nach einer geräumigeren und komfortableren Unterkunft zu suchen. Die Wohnung in der Bolton Street war günstig gelegen, aber beengt und in den Wintermonaten dunkel; nur die Vorderfront bot einen schrägen Blick auf den Hyde Park. Im neuen Jahr tat er den entscheidenden Schritt und mietete sich im vierten Stock eines neu erbauten Blocks herrschaftlicher Wohnungen in South Kensington ein. Es war ein stattlicher symmetrischer Bau aus hell ockerfarbenem Londoner Backstein mit Stuckverzierungen, Erkerfenstern und zierlichen gußeisernen Balkonen in der Mitte von De Vere Gardens, einer breiten, ruhigen Sackstraße, die von Kensington Gore abging. Die Adresse klang distinguiert, was Henry freute, und die Wohnung bot im Vergleich zu seiner früheren vielerlei Annehmlichkeiten. Er zeigte sie Fenimore im Februar, als sie noch nach seinen Anweisungen tapeziert und eingerichtet wurde, und wählte dafür einen Samstag, an dem die Handwerker nicht da waren. Er holte Fenimore in ihrer Wohnung in der

Sloane Street ab, und sie gingen zu Fuß nach De Vere Gardens.

»Werden Ihnen die Treppen nicht ein wenig beschwerlich sein, wenn Sie im vierten Stock wohnen?« fragte sie, als er von unten auf seinen Balkon deutete.

Er zwinkerte verschmitzt. »Warten Sie's ab!«

»Ein Fahrstuhl!« staunte sie, als sie das Haus betreten hatten.

»Ja, aber sie nennen es Lift.« Henry zog das Scherengitter auf und ließ sie in die kleine eichengetäfelte Kabine treten. In englischen Privathäusern war der Aufzug noch eine Novität.

Die Wohnung war geräumig und dank der vielen Fenster selbst an einem grauen Londoner Februartag lichtdurchflutet. Voller Besitzerstolz führte er sie von Zimmer zu Zimmer, in denen ihre Schritte auf den polierten Holzböden hallten (die bestellten Teppiche und Läufer waren von Barker's noch nicht geliefert worden). »Das ist der Salon, aber ich werde ihn als Arbeitszimmer nutzen, die Bücherregale habe ich nach Maß einbauen lassen ... in diesem Raum werde ich Besucher empfangen ... das Eßzimmer, ansprechende Proportionen, nicht wahr? Schlafzimmer ... Gästezimmer ... Küche ... Dienstbotenräume ...«

Fenimore stutzte. »Sie wollen Personal im Haus wohnen haben?«

»Einen Butler und eine Köchin, die gleichzeitig Haushälterin ist. Ich habe ein vortreffliches Ehepaar engagiert, Mr. und Mrs. Smith. Er war vorher bei einem Earl in Diensten.«

»Respekt, Henry«, bemerkte Fenimore. »Sie bewegen sich inzwischen in höheren Gefilden – nicht nur hier, sondern auch in übertragenem Sinne.«

Zufrieden lächelnd bat er sie wieder in den Salon, öffnete die Glastür und führte sie auf den kleinen Balkon.

»Eine vornehme Straße, finden Sie nicht? Sie hat etwas Pariserisches. Und wenn man sich ein wenig vorbeugt …« Er ließ den Worten die Tat folgen und deutete nach links die Straße hinunter, »… sieht man Kensington Gardens und dahinter Kensington Palace. Ich werde mir einen Hund anschaffen und ihn im Park ausführen.«

»Eine wunderschöne Wohnung«, sagte Fenimore. »Meinen Glückwunsch, Henry.«

»Und wenn sie eingerichtet ist, dürfte sie noch schöner sein«, sagte er. »Sie müssen zum Abendessen kommen, sobald ich mich eingelebt habe. Ich setze große Hoffnungen auf Mrs. Smiths Küche. Im Vergleich mit der Bolton Street ist es mit Sicherheit eine Verbesserung – allerdings – ah – gehört dazu ja auch nicht viel.« Leise lachend geleitete er sie wieder in den Salon.

»Und wann wird das sein?« erkundigte sich Fenimore.

»Ich hoffe Mitte März einziehen zu können«, sagte Henry und schloß die Glastür.

»Dann bin ich leider nicht mehr da.«

»Nicht mehr da«, wiederholte er, vor Überraschung merklich zusammenfahrend.

»Ich geh wieder nach Florenz.«

»Aber warum denn das?«

»Sie brauche ich doch wohl nicht von den Reizen dieser Stadt zu überzeugen«, sagte sie lächelnd.

»Nein, aber …« Er zögerte.

»Die englische Landschaft und die Zerstreuungen Londons habe ich nun zur Genüge genossen. Weshalb sollte ich noch hierbleiben?«

Henry fand keine Antwort. Hätte er gesagt »Mir zuliebe …« – wer weiß, welchen Verlauf das Gespräch genommen hätte. Als spürte sie seine Verlegenheit, enthob ihn Fenimore der Notwendigkeit einer Antwort. »Als einen der Vorteile einer freien, ungebundenen Frau mit eigenem Einkommen empfinde ich es, daß ich meinen Wohnsitz nach Lust und Laune wählen kann.«

Er nickte zerstreut. »Natürlich.« Aus ihren Worten klang berechtigter Stolz. Sie hatte mit *Anne* – in Amerika waren angeblich Zehntausende von Exemplaren verkauft, allerdings hatte sie ihm gegenüber taktvollerweise keine Zahlen genannt – gut verdient, und ein neues Buch war im Druck. »Aber Sie werden mir fehlen«, fügte er hinzu, denn das, fand er, klang relativ ungefährlich.

»Meinen Sie, Henry? Das glaube ich nicht. Ich kenne niemanden, der so viele Freunde hat wie Sie.«

»Von denen nur sehr wenige so klar wie Sie sehen, was es bedeutet, Schriftsteller und Künstler zu sein.«

»Wir können diese Dinge weiterhin brieflich erörtern.« Sie wandte sich ab, um die Lincrusta-Tapete zu betrachten, und fuhr mit einem behandschuhten Finger über das erhabene Muster – weil die Wohnung nicht beheizt war, hatten sie ihre Straßenkleidung anbehalten. »Hübsch«, sagte sie halblaut.

»Es soll die neueste Mode sein. Habe ich Ihnen schon erzählt, daß *Atlantic* mich gebeten hat, einen Rückblick auf Ihr Werk zu schreiben?«

Obwohl ihr Kopf halb abgewandt war, sah er, daß Fenimores glatte weiße Wange rot überhaucht war. »Nein«, sagte sie leise. Henry wußte sehr wohl, daß er mit ihr noch nicht über dieses Vorhaben gesprochen hatte, denn er war mit sich selbst noch nicht einig, ob er den Auftrag annehmen sollte.

»Und, nehmen Sie an?« fragte sie, noch immer in die Betrachtung der Tapete vertieft.

»Ja, sobald ich die *Prinzessin* abgeschlossen habe.« Damit meinte er seinen überlangen Roman *Prinzessin Casamassima*, der damals gerade in Fortsetzungen im *Atlantic* erschien. Hätte man ihn gefragt, warum er sich jetzt darauf festgelegt hatte, den Artikel zu schreiben, hätte er es selbst nicht recht zu sagen gewußt, und er bereute seine Entscheidung prompt. Hatte er damit seine Wertschätzung für Fenimore als Schriftstellerin demonstrieren oder aber Schuldgefühle in ihr wecken wollen, weil sie gedachte, ihn im Stich zu lassen? Offenbar aber fühlte sich ihr Gewissen nicht angesprochen.

»Dann bin ich froh, daß ich abreise«, erklärte sie und sah ihn nun wieder voll an. »Mit Ihnen zusammen zu sein und dabei zu wissen, daß Sie meine Werke lesen und über sie zu Gericht sitzen – das wäre mir unerträglich.«

»Ich kann nicht versprechen, Ihnen nicht nach Florenz nachzureisen«, sagte er. »Allein der Klang des Wortes ›Florenz‹ im schmutzig-nebligen London weckt in mir die Sehnsucht nach seinen sonnenumspülten Mauern und Spaziergängen im kühlen Schatten des Parco delle Cascine.«

»Ich würde mich natürlich sehr freuen, Sie dort zu sehen. Aber was würde Alice sagen?« fragte sie lächelnd, aber in ihrem ruhigen, unbewegten Blick lag etwas Kämpferisches.

»Sie würde nie etwas sagen, was nicht absolut schicklich und liebenswürdig wäre«, erwiderte Henry verbindlich.

Als Fenimore sich auf den Weg nach Florenz machte, war Henry durch die zahllosen praktischen Probleme seines Umzugs so in Anspruch genommen, daß er ihre Abreise kaum zur Kenntnis nahm; als er dann im April erstmals ein wenig Luft holen konnte und wieder unter die Leute kam, stellte sich willkommene neue Gesellschaft ein: Die Du Mauriers kamen auf längere Zeit nach London. George Du Maurier, ein kontaktfreudiger Mann, der Abendgesellschaften und Partys liebte und zahlreiche Einladungen erhielt, ärgerte sich schon lange über die Unbequemlichkeit, so weit außerhalb zu wohnen. Eine Droschke zu mieten sei verteufelt kostspielig, klagte er häufig, denn die Fahrer verlangten einen erheblichen Aufpreis, wenn sie die Fitzjohn's Avenue oder Haverstock Hill hochfahren mußten. Dort, wo er wohnte, gab es nur eine Droschke, um die er häufig mit einem Freund, Samuel Jealous, Herausgeber des *Hampstead and Highgate Express*, kämpfen mußte. Manchmal benutzten sie das Fahrzeug gemeinsam und machten sich einen Spaß aus dieser Sparmaßnahme, indem sie den Droschkenkutscher anwiesen, »Sir Hampstead Landaus Kutsche« zu melden, wenn er sie abends mit seinem klapprigen Gefährt bei ihren jeweiligen Gastgebern abholte, aber unter dem Scherz verbarg sich ein ständiges Gefühl der Unzufriedenheit. Hätte Du Maurier New Grove House aufgegeben, hätte er seine Familie der gesunden Luft von Hampstead beraubt, und deshalb kam er auf die glückliche Idee, drei Monate im Jahr ihr Heim zu vermieten und ein möbliertes Haus in Bayswater zu nehmen, wo er und Emma so vielen Einladungen folgen konnten, wie sie wollten. Dieser erste Versuch erwies sich als so erfolgreich, daß er beschloß, von nun an regelmäßig so zu verfahren. Henry besuchte die Familie oft in Gloucester Gardens 27 und schlenderte abends mit dem Freund durch die Straßen von Bayswater.

In jenem Sommer besuchte Guy de Maupassant London, und Henry, der ihn von Paris her kannte, gab ihm zu Ehren ein Abendessen in Greenwich, zu dem er Du Maurier, Edmund Gosse und andere einlud. Du Maurier schmeichelte es, daß man ihn zu diesem hochstehenden literarischen Beisammensein gebeten hatte, und Henry war froh, wenigstens einen Gast zu haben, der mühelos französische Konversation machen konnte (Gosse war zwar offizieller Übersetzer für die Handelskammer, sein gesprochenes Französisch aber war entsetzlich). Der Abend verlief sehr erfolgreich, vor allem wohl auch deshalb, weil es ein kleiner Kreis war, der nur aus Männern bestand. Ein paar Tage zuvor hatte Henry in einem beliebten Londoner Restaurant mit Maupassant zu Mittag gegessen, und der Franzose hatte ihn in Verlegenheit gebracht, indem er mit seiner Hilfe die Bekanntschaft einer Dame hatte machen wollen, die auf der anderen Seite des Speisesaals allein an einem Tisch saß.

»Gehen Sie mal hin und fragen Sie, ob sie sich nicht zu uns setzen will, Henri«, sagte Maupassant. (Glücklicherweise führten sie die Unterhaltung auf Französisch).

»Das geht nicht, Guy«, gab Henry zurück. »Ich kenne sie doch gar nicht.«

»Dann schicken Sie einen Kellner mit einem Briefchen hin. Schreiben Sie, daß wir sie gern kennenlernen würden.«

»Kommt nicht in Frage.«

»Ich würde ihr ja selber schreiben, aber mein Englisch reicht dafür nicht.«

»So was kann man hier nicht machen, Guy«, protestierte Henry. »Das ist unmöglich.«

»Warum denn nicht?« Maupassant schenkte sich Wein nach, zum Ärger des wartenden Kellners, der dies als Eingriff in seine Zuständigkeit betrachtete. »Sie ist bestimmt zu haben. Warum sitzt sie sonst allein in einem öffentlichen Restaurant?«

»Hierzulande gibt es eine neue Spezies wohlanständiger, aber emanzipierter Damen, die so manches traditionelle Vorrecht der Männer für sich beanspruchen. Zu dieser Kategorie dürfte sie gehören.«

Maupassant schnaubte verächtlich. »Ich brauche eine Frau«, nörgelte er. »Keine Emanze, sondern eine ganz normale Frau. Hauptsache, sie hat ein hübsches Gesicht und einen netten Hintern. Seit ich in London bin, hab ich keine Frau mehr gehabt.«

Henry war froh, daß es ihnen gelang, das Restaurant zu verlassen, ohne daß es zu einer Szene kam. Der Auftritt bestätigte all seine Vorurteile im Hinblick auf die Moral französischer Schriftsteller. Wie recht hatte er daran getan, aus Paris zu flüchten!

Du Maurier interessierte sich, nachdem er Maupassant in Greenwich kennengelernt hatte, zunehmend für dessen Werke und vertiefte sich in seine Romane. Im März schrieb er an Henry: *»Haben Sie* Une Vie *von Maupassant gelesen? – Es hat mir einen Regentag in Brighton vertrieben – gewisse verbotene Dinge werden darin erstaunlich geschickt mit simulierter Naivität behandelt – es gibt da eine Flitterwochenszene in einem Wald in Korsika, die man entweder hinreißend oder widerwärtig finden kann – zu meiner Schande muß ich gestehen, daß ich zu der erstgenannten Ansicht neige.«*

Dieser Brief erreichte Henry in Venedig. Er hielt sich seit Anfang Dezember in Italien auf, nachdem der Drang, dem frostig-feuchten englischen Winter und den kleinkarierten weihnachtlichen Festivitäten der Engländer zu entfliehen und in Florenz Fenimore wiederzusehen, übermächtig geworden war. Er war erschöpft von seinen Mühen mit *Prinzessin Casamassima* und entmutigt von der kühlen Aufnahme, die der Roman gefunden hatte, als er Ende Oktober in Buchform herauskam. Du Maurier lobte ihn in den höchsten Tönen – *»so lang er ist, hat er doch nicht eine Zeile zu viel«*, schrieb er an Henry, der ihm ein Exemplar mit Widmung hatte zukommen lassen. Die Rezensenten konnten sich mit der Länge des Buches nicht so leicht abfinden, und Kikis Meinung war zwar willkommen, fiel aber nicht wesentlich ins Gewicht, schließlich war er ja auf literarischem

Gebiet Dilettant. Henry, der sich nach Fenimores moralischer Unterstützung sehnte, bat sie in einem Brief um Hilfe bei der Quartiersuche in Florenz. Zufällig hatte sie gerade mehrere Räume in der Casa Brichiera in dem malerischen Dörfchen Bellosguardo oberhalb der Stadt angemietet, aber noch nicht bezogen, die sie jetzt Henry anbot, während sie selbst bis zum neuen Jahr in ihrem Quartier in der Villa Castellani nebenan bleiben konnte. Die Villa gehörte gemeinsamen Freunden, den Bootts, die im Winter in die Stadt hinuntergezogen waren, so daß Henry und Fenimore dort ungestört waren. Es lag nahe, daß sie das Abendessen gemeinsam in der einen oder anderen Wohnung einnahmen. Fenimore bedachte die *Prinzessin*, wie er gehofft hatte, mit kritischem Lob und tröstete die wunde Autorenseele. Das Wetter war mild, die Aussicht bezaubernd. Als Fenimore in die Casa ziehen mußte, suchte sich Henry eine Bleibe in Florenz und schwang sich auf das gesellschaftliche Karussell der Florentiner Ausländergemeinde, war aber nach wie vor häufig mit Fenimore zusammen. Da er gern noch länger in Italien bleiben wollte, stellte er Alice für einige Monate seine Wohnung zur Verfügung, die ihr größere Bequemlichkeit bot und die Smiths nötigte, für ihr Gehalt auch eine Gegenleistung zu erbringen. Alice genoß die Annehmlichkeiten von De Vere Gardens, auch wenn sie die Trinkgewohnheiten der Smiths und Henrys Motive für seinen Verbleib im Ausland mit einigem Argwohn betrachtete. *»Henry zieht mit einem schriftstellernden Weibsbild auf dem Kontinent herum«*, schrieb sie an William, der diese Bemerkung amüsiert an seinen Bruder weitergab.

Henry hielt es für geraten, sich eine Weile aus Florenz zurückzuziehen, einmal um derlei Klatsch zu entkräften und zum zweiten wegen einer kleinen Verstimmung, die zwischen ihm und Fenimore eingetreten war. Sein Artikel für die Zeitschrift *Atlantic* unter dem schlichten Titel *Miss Woolson* sollte in Kürze erscheinen, und er hatte ihr an einem Abend beim Abschied einen Fahnenabzug gegeben. Als sie sich am nächsten Tag wie verabredet zu einem Spaziergang im Boboligarten trafen, wirkte sie gedrückt, ja verbittert. Zunächst schrieb er das den düsteren Bäumen und Sträuchern und deren übertrieben geometrischer Anordnung zu – es war ein Effekt, den er nicht zum erstenmal bei Besuchern beobachtete –, doch dann, als sie auf einer Bank mit Blick auf die Zypressenallee Platz genommen hatten, gab sie ihm mit frostigem Dank die Fahnen zurück.

»Ich konstatiere mit Bedauern, daß der Artikel Ihnen mißfällt, Fenimore«, sagte er.

»Aber nein.« Das klang wenig überzeugend. »Sie haben ja sicher recht.«

»Recht? Womit?«

»Mit dem bescheidenen Ausmaß des von mir Erreichten.«

»Aber ich lobe doch Ihr Werk sehr«, widersprach Henry.

»Wirklich? Mal sehen.« Fenimore nahm den Artikel wieder an sich und überflog ihn rasch. »Sie schreiben, daß *Anne* – der Roman, durch den ich recht eigentlich bekannt wurde – mein schlechtester ist.«

»Nicht Ihr ›schlechtester‹«, protestierte Henry. »*›Der am wenigsten glücklich abgefaßte‹*, so habe ich es formuliert, wenn ich nicht irre.«

»Und daß *East Angels* mein bester ist«, fuhr sie fort. Das war ihr bisher letztes Buch, das im Jahr davor herausgekommen war.

»Ja, bei weitem Ihr bester«, bestätigte er.

»Und dann schreiben Sie: *›Und wenn es ihrem Talent in einem weiteren Roman gelingt, einen Fortschritt zu erzielen, der dem von diesem Werk in Bezug zu seinen Vorgängern erzielten gleich-*

kommt, wird sie einen wesentlichen Beitrag zu unserer neuen Prosaliteratur geleistet haben.‹ Wenn ich bei diesem Satz richtig rechne, liegt noch ein langer Weg vor mir, ehe ich etwas von Belang zustande gebracht habe.«

Henry war bestürzt, betreten und überrascht, und seine Sätze purzelten, wie immer in solchen Fällen, einigermaßen zusammenhanglos heraus. »Meine liebe Fenimore – das ist ein Mißverständnis – das Letzte, was ich Ihnen zu unterstellen wünschte … ich wollte natürlich sagen – ich maß Sie an den besten, den größten Schriftstellern – den Riesen – Balzac – nein, vielleicht doch nicht – aber George Sand – George Eliot – die Schwestern Brontë …«

Fenimore hörte sich seine Beteuerungen ungerührt an, dann lachte sie ihm plötzlich ins Gesicht. »Henry, Sie sind unbezahlbar«, sagte sie. Ihre gute Laune war wiederhergestellt, aber für Henry war diese unverständliche Bemerkung das Verwirrendste an dem ganzen Gespräch. Am nächsten Tag nahm er eine Einladung seiner Freundin Mrs. Bronson an, zu einem längeren Besuch nach Venedig zu kommen.

Die wohlhabende Dame der Gesellschaft, die aus Neuengland stammte, bewohnte die Casa Alivisi am Canale Grande gegenüber der Kirche Santa Maria della Salute, und ihre Gastfreundschaft in diesen imposanten Räumen, in deren Genuß vor allem Größen der Literatur und bildenden Kunst kamen, war legendär. Für Henry aber war der Besuch eine Enttäuschung. Venedig, das er im Winter und zu Beginn des Frühjahrs 1881 so sehr genossen hatte, war in diesem Jahr eher kühl und naß. Einmal schneite es sogar, was zu einer allerdings nur kurzzeitigen Verwandlung der Stadt führte – die Kuppel des Doms trug einen weißen Helm, die schwarzen Schnäbel der Gondeln durchschnitten das Schneetreiben. Danach senkte sich wieder grauer

Nebel herab. Seine Räume, die ziemlich dunkel und feucht waren, befanden sich in einem Anbau hinter der Casa und gingen auf einen düsteren kleinen Kanal hinaus. Daß erst kürzlich Robert Browning sie bewohnt hatte, machte sie nicht einladender. Henry fühlte eine Depression nahen und redete Du Maurier brieflich zu, mit Emma Urlaub in Venedig zu machen. Von Kikis Gesellschaft und seiner amüsanten Konversation versprach er sich eine aufmunternde Wirkung. Er hätte sich gern als *corriere* zur Verfügung gestellt und mit seinen Kenntnissen über die Kunstschätze Venedigs geglänzt. Deshalb beschrieb er seinen derzeitigen Aufenthaltsort in vielleicht allzu leuchtenden Farben: *»Das Wetter strahlt – die Lagune glitzert, und die alten Marmorfassaden der Paläste sehnen sich nach Ihnen«*, schrieb er. Du Maurier antwortete in seinem besten Plauderstil mit einem langen, wehmütig-neidvollen Brief: *»Florenz – Venedig – für mich sind das magische Worte – aber ich habe nicht viel Hoffnung, jemals mit eigenen Augen sehen zu können, wofür sie stehen. Sie führen ein beneidenswertes Leben. Wohl dem, der an solchen Orten überwintern und einer wunderbaren Arbeit nachgehen kann, zu der man weder die Geschicklichkeit der Hand noch das kostbare Auge benötigt!«* Dennoch schien er guter Laune zu sein. Er hatte erneut New Grove House für ein paar Monate vermietet, ein Haus in Bayswater Terrace genommen und sein Zeichenbrett am Fenster des Salons aufgestellt, wo die ständig wechselnde Stadtlandschaft zuverlässig für Zerstreuung und Eingebungen sorgte. Er war oft mit dem *armen Millais* zusammen, sie machten lange Spaziergänge *bras dessus bras dessous*, und zwischen die Briefzeilen hatte er eine Miniaturzeichnung von zwei untergehakten Herren geklemmt. Er fragte, ob Henry die Geschichte von dem Bischof gehört habe, der Mrs. Gladstone einen Besuch abgestattet hatte. *»Mrs. G: Ach, Herr Bischof, das Land geht vor die Hunde. Bischof: Glauben*

Sie mir, meine Beste, es gibt Einen da oben, der alles zum Besten wendet. Mrs. G: Ja, das ist wahr. Er kommt gleich herunter.« Als er das las, lachte Henry zum ersten Mal seit Tagen laut auf und sehnte sich mehr denn je nach seinem Freund. Offenbar aber drückten Kiki die finanziellen Sorgen und die Verantwortung für die Familie zu sehr, als daß er es gewagt hätte, den Dunstkreis der *Punch*-Redaktion zu verlassen. Sie hätten Weihnachten und Neujahr in Brighton verbracht, berichtete er, wo er viele französische Romane, insbesondere *Une Vie* gelesen habe.

Henry verbrachte zwei Monate in Venedig, an denen er wenig Freude hatte. Er argwöhnte, daß er sich eine Gelbsucht zugezogen hatte, und da er den einheimischen *doctores* nicht traute, konsultierte er den amerikanischen Arzt William Baldwin, der die Ausländergemeinschaft in Florenz betreute. Mit der Post schickte er ihm sorgfältig verpackte, mit *vormittags* und *nachmittags* beschriftete Urinproben. Unübersehbares Selbstmitleid prägte seine Briefe an Fenimore, und sie machte ihm großmütig den Vorschlag, er möge wieder nach Florenz kommen, in der Casa Brichieri seien Räume frei. Gesagt, getan: Kaum war er angekommen, fühlte er sich besser. Der Blick aus den Fenstern der Casa auf das Gedränge der Dächer, Kuppeln und Türme der Stadt, die der braune Arno durchschnitt, wirkte allein schon wie ein Tonikum, und die toskanische Sonne tat ein übriges. Weder er noch Fenimore kamen noch einmal auf *Miss Woolson* zurück. Sie nahmen – jetzt unter einem Dach – ihre Schriftstellerfreundschaft wieder auf.

Er begann auf der Basis einer Anekdote, die er im Januar gehört hatte, an einer neuen Geschichte zu arbeiten. In der Anekdote ging es um einen amerikanischen Büchermenschen, der entdeckt hatte, daß Clare Claremont, Byrons Geliebte und Shelleys Schwägerin – inzwischen eine alte

Dame – mit ihrer Nichte in Florenz lebte und einen unbezahlbaren Byron-Shelley-Briefwechsel besaß. Der Mann hatte sich, um die Briefe in seinen Besitz zu bringen, als Untermieter in den Haushalt eingeschlichen, was schwerwiegende Folgen hatte. Henry verlegte den Schauplatz von Florenz nach Venedig und machte den Autor der heißbegehrten Briefe zu einem fiktionalen amerikanischen Lyriker namens Jeffrey Aspern. Die Arbeit ging gut voran, denn das Thema regte seine Phantasie an. Er konnte die Besessenheit nachvollziehen, mit der sein Protagonist der Vergangenheit seines Autors nachspürte, denn hin und wieder war es ihm mit Byron und George Sand und anderen Schriftstellern ebenso gegangen. Je intensiver er sich aber mit seiner Geschichte beschäftigte, desto mehr wurde ihm bewußt, wie schändlich es im Grunde war, die Geheimnisse toter Dichter ans Licht zu zerren, sich ihrer geheimsten Gedanken und Handlungen zu bemächtigen und sie der Welt zugänglich zu machen. Der Gedanke, auch seine Unterlagen könnten nach seinem Tod geplündert werden, war ihm schrecklich.

Anfang Mai mußte er wieder nach Venedig, um sich weitere Notizen für den Schauplatz seines Romans zu machen, und danach war es Zeit für die Rückkehr nach London. Mit Fenimore machte er einen letzten Spaziergang durch den Parco delle Cascine, am Arno entlang, der jetzt mit zunehmender Wärme eine viskose gelbgrüne Farbe angenommen hatte und träge wie Olivenöl zwischen den Ufern dahinfloß. »Sie schreiben mir, wenn es Ihre Zeit erlaubt, und berichten mir, wie Ihre Arbeit vorangeht?« fragte sie.

»Selbstverständlich. Und ich hoffe, Sie halten es genauso. Sie wissen, wie sehr ich unsere Korrespondenz schätze. Aber darf ich etwas vorschlagen?«

»Nämlich?«

»Daß wir in Zukunft unsere Briefe verbrennen, nachdem wir sie gelesen haben.«

Sie blieb stehen und sah ihn groß an. »Wozu das? Sind sie so kompromittierend? Fürchten Sie, man könnte sie irgendwann einmal vor Gericht verlesen?«

Er lächelte verlegen. »Seien Sie nicht albern, Fenimore, natürlich nicht. Sie sind keineswegs kompromittierend. Aber sie sind … privat. Die Vorstellung, sie könnten gelesen werden, wenn wir tot sind, ist mir zuwider.«

»Tot? Was für ein morbider Gedanke.«

»Und nicht nur gelesen, sondern veröffentlicht werden, um Geld damit zu verdienen. So geht es doch zu in diesem schrecklichen amerikanisierten Zeitalter, in dem wir leben. Es gibt keine Privatsphäre, keinen Anstand mehr. Journalisten, Interviewer, Biographen – das sind Parasiten, Heuschrecken, sie fressen noch das letzte Blatt ab. Die Kunst, mit der wir so verschwenderisch umgehen, die Mühe, die wir uns machen, um Phantasiewelten zu schaffen, ist auf sie vergeudet. Ihnen geht es nur um triviale Fakten. Wir müssen uns ihnen verweigern, müssen sie schlagen, das ist unsere Pflicht, finde ich. Wenn wir tot sind, wenn wir unsere Privatsphäre nicht mehr verteidigen können, werden sie mit zuckenden Fühlern, mahlenden Kiefern anrücken. Und dann sollen sie nichts finden außer verbrannter Erde. Asche.«

Fenimore setzte sich nachdenklich schweigend wieder in Bewegung. »Das beschäftigt Sie offenbar sehr, Henry«, sagte sie schließlich.

»In der Tat.«

»Und Sie haben diese Rede vorbereitet, um mich zu überzeugen.«

»Das gebe ich zu.«

»Darf ich fragen, ob Sie mit anderen Briefpartnern ähnliche Abmachungen getroffen haben?«

»Nein. Es gibt niemanden, dem ich meine Hoffnungen, Bestrebungen, Zweifel so rückhaltlos anvertraut habe wie Ihnen.« Fenimore errötete, sichtlich geschmeichelt von diesem Geständnis. Er nutzte seinen Vorteil. »Wenn Ihnen das nicht recht ist, werde ich natürlich nicht aufhören, an Sie zu schreiben, aber meine Briefe werden nicht mehr so spontan, so unbekümmert sein wie bisher.«

»Nun gut, ich bin einverstanden«, sagte sie seufzend.

Nach London zurückgekehrt, las Henry alle Briefe Fenimores noch einmal und vernichtete sie dann. Zu seinem Ärger fand er den, in dem sie geschrieben hatte, das Beste aus ihrem Werk sei es nicht wert, den Saum seiner geringsten Arbeiten zu berühren, nicht wieder: Er hätte sich gern noch einmal an diesem grandiosen, der Selbsterniedrigung geschuldeten Lob geweidet. Er hatte ihn offenbar verloren oder in Boston gelassen.

Den Brief Du Mauriers, den er in Venedig bekommen hatte, behielt er, reagierte aber nicht auf die Bemerkung über Maupassants *Une Vie.* Insgeheim war für ihn mit diesem Roman stets Beatrix Millar verbunden, auch wenn ihm dieses Geständnis oder eine Erklärung keine zehn Pferde entrissen hätten. Kurz nach der Hochzeit war Trixys Mann mit ihr nach Amerika und Kanada gereist, wo sein Handelshaus Niederlassungen hatte, und sie waren fast ein Jahr unterwegs gewesen, aber als Henry aus Italien zurück war, sah er sie häufig, denn sonntags stellten sie sich mit ihrem kleinen Sohn Geoffrey regelmäßig in New Grove House ein. Die Ehe war, soweit er das als Außenstehender beurteilen konnte, sehr viel glücklicher als die der armen Jeanne in Maupassants Roman. Die Mutterschaft hatte Trixys Schönheit noch reifer und vollkommener werden lassen, und der kleine Geoffrey war dem lockigen Cherub auf den

»Bubbles«-Reklamen für Pears-Seife zum Verwechseln ähnlich. Als sie einen zweiten Sohn zur Welt brachte, der nach seinem Onkel Guy genannt wurde, bat sie Henry, bei ihm Gevatter zu stehen. Er war gern bereit, diese Pflicht auf sich zu nehmen, machte aber die Eltern darauf aufmerksam, daß seine Bindungen an die Kirche denkbar locker waren. »Meine religiöse Erziehung vollzog sich ... wie soll ich sagen ... nicht in Kirchenbänken«, erklärte er. »Mein Vater ließ sich zu den Lehren von Swedenborg bekehren, als ich erst ein halbes Jahr alt war.«

»Woran glauben die Swedenborgianer, Sir?« fragte Charles Millar eifrig.

»Mein lieber Junge, woran glauben sie nicht?« erwiderte Henry seufzend. William hatte – ein Akt der Sohnesliebe – gerade die *Literary Remains* von Henry James Sr. ediert und publiziert, einen schön gedruckten und gebundenen Band, den die Leser mit ohrenbetäubendem Schweigen aufgenommen hatten. Bei der (mehr oder weniger kursorischen) Lektüre erinnerte sich Henry wieder an jene Ideen, die auf so spektakuläre Weise jeder Grundlage entbehrten und deren Aufhellung sein Vater fast sein ganzes Leben lang seine beträchtlichen intellektuellen Fähigkeiten gewidmet hatte. Es gab aus Henrys Sicht nichts Traurigeres als ein Buch, dessen Leser man an den Fingern einer Hand abzählen konnte.

Du Maurier hingegen hatte so gut wie gar keine religiösen Überzeugungen. »Ich glaube, ich bin schon als Skeptiker zur Welt gekommen«, sagte er zu Henry, als sie wieder einmal auf ihrer Beichtbank saßen. Er war wegen der hugenottischen Herkunft seines Vaters und weil die Familie seiner Mutter anglikanisch war, als Protestant erzogen worden, aber die Einstellung der Eltern zur Religion war nicht so sehr dogmatisch als pragmatisch. »Mein Bruder Eugène ist einem adligen Freund der Familie zuliebe, nach dem er benannt wurde, in einer katholischen Kirche getauft worden. Wahrscheinlich hätten sie ihn auch zum Hindu gemacht, wenn das seine Aussichten verbessert hätte.« Du Maurier lachte ein wenig geniert. »Nein, das ist nicht fair – sie waren irgendwie schon Christen, wenn auch keine besonders frommen. Priester und Pastoren konnte mein Vater nicht ausstehen – *les corbeaux* nannte er sie wegen ihrer schwarzen Gewänder. Er und *Maman* gingen selten zur Kirche. Sie lehrten mich zu beten – aber schon als kleiner Junge sah ich keinen Sinn darin. Wenn Gott so großartig war, warum mußte ich ihm das noch sagen? Und wozu sollte ich ihn um etwas bitten, wenn er, falls es ihn gab, doch schon wußte, was ich wollte?«

»Sie waren ein bemerkenswert altkluger kleiner Atheist«, sagte Henry.

»Nein, ein Atheist war ich nie«, erwiderte Du Maurier. »Ich bin das, was Huxley einen ›Agnostiker‹ nennt – ein sehr nützlicher Begriff. Ich weiß nicht, ob es ein Höchstes Wesen gibt, aber sollte das der Fall sein, ähnelt Er – oder vielmehr Es – bestimmt nicht dem reizbaren alten Mann mit dem langen weißen Bart, mit dem einem als Kind Angst gemacht wurde, oder seinem humorlosen Sohn.«

Henry mußte über diese satirische Charakterisierung des Göttlichen schmunzeln. »Weiß Emma von Ihren Ansichten?« wollte er wissen.

»Ja, aber wir sprechen nicht darüber. Es würde sie nur aufregen, die Gute ist so konventionell. Ich hatte für mich dem Christentum schon abgeschworen, ehe wir uns ineinander verliebten.«

»Haben Sie in einem bestimmten Augenblick aufgehört zu glauben, oder war es ein allmählicher Vorgang?«

»Gewissermaßen beides. Doch zur Krise kam es, als ich

auf dem einen Auge die Sehkraft verlor und um das andere bangte. Ich war verzweifelt. Ausnahmsweise war ich versucht zu beten. Ich wohnte damals in Malines, wo ich einen Spezialisten konsultierte, der aber nicht viel für mich tun konnte. Ich weiß nicht, ob Sie den Ort kennen. Nein? Er ist voller Kirchen – ich kenne keinen anderen, der im Verhältnis zu seiner Größe so viele hat. Die meisten Gotteshäuser – jedenfalls alle schönen alten – sind römisch-katholisch, aber als ich einmal besonders niedergeschlagen war, kam ich an einer lutherischen Kirche vorbei, ging hinein, setzte mich in die Bank und versuchte zu beten – ohne daß es viel geholfen oder mir Erleichterung gebracht hätte. Nach einer Weile kam ein Pastor herein. Als ich mich zum Gehen wandte, verwickelte er mich in ein Gespräch, und ich sprach ihm von meiner Not. Er wollte genau wissen, in welcher Situation ich meine Sehkraft verloren hatte. Wie Sie wissen, zeichnete ich damals ein lebendes Modell, ein junges Mädchen. Ob das Modell nackt gewesen sei, fragte er. ›Unbekleidet‹ war der Ausdruck, den er benutzte, wenn ich mich recht erinnere. Das bejahte ich. ›Dann hat Gott Sie vielleicht dafür bestraft‹, sagte er.«

»Um Himmels willen!« entfuhr es Henry. »Das war ja eine ungeheuerliche Behauptung!«

»Reizend, nicht? Nach seiner Theorie hatte Gott mich auf einem Auge mit Blindheit geschlagen, weil ich etwas gemalt hatte, dessen Anblick dazu angetan war, meine und anderer Menschen Lust zu wecken, und daß ich nur hoffen könne, mein gesundes Auge zu behalten, wenn ich dieser Kunst auf immer entsagte.«

Henry mußte an jenen Tag vor vielen Jahren denken, als er Hunts Atelier in Newport betreten hatte, in dem Gus Barker nackt posierte – der arme Gus, der drei Jahre später durch die Kugel eines konföderierten Banditen am Rappahannock River ums Leben kommen sollte –, und an seine damaligen Gefühle, aber darüber sprach er mit Du Maurier nicht. »Ungeheuerlich«, wiederholte er halblaut. »Und grausam.«

»Ja, ich denke mir manchmal, daß Grausamkeit die einzige wirkliche Sünde ist«, meinte Du Maurier. »Ich sagte ihm, daß ich an einen Gott, der so kleinlicher Gehässigkeit fähig sei, nicht glauben wolle. In Wirklichkeit hatte ich damals das Zeichnen und Malen praktisch aufgegeben, um mein Auge zu schonen, aber es war ein guter Abgang. ›Du sollst Gott deinen Herrn nicht versuchen!‹ rief er mir nach. Und ich gebe gern zu, daß mich in den folgenden Tagen hin und wieder gewisse … abergläubische Ängste heimsuchten. Wie wäre mir zumute, fragte ich mich, wenn ich auch das andere Auge verlöre? Nach gründlicher Überlegung kam ich zu dem Schluß, daß es eben einfach Pech wäre. Meine Augenschwäche war ausschließlich physisch bedingt, niemand konnte etwas dafür. Daß die Dinge sind, wie sie sind, hat natürliche Gründe, und früher oder später wird die Naturwissenschaft eine Erklärung dafür finden oder hat sie in vielen Fällen bereits gefunden. Das war mein endgültiger Abschied von der Religion. Und wie steht es mit Ihnen, Henry?«

»Das zu erklären wäre eine lange Geschichte«, erwiderte James. »Kurz gesagt – im Hinblick auf die Doktrin bin ich ebenso skeptisch eingestellt wie Sie. Ich muß aber gestehen, daß ich mich gefühlsmäßig – emotional und ästhetisch – durchaus zur römisch-katholischen Kirche hingezogen fühle. Ich verehre die italienische Malerei von Giotto und Botticelli bis – ja bis Tintoretto, Tizian … diese alten Meister vermenschlichen die biblische Geschichte auf eine Art, die mich sehr anrührt. Und meine Sicht der menschlichen Natur ist wohl ein wenig düsterer als Ihre, Kiki. Ich glaube daran, daß es das Böse gibt – die Erbsünde, wenn Sie so wollen – und daß die Menschheit vielleicht die Religion als Bollwerk dagegen braucht. Und ich beneide die Katholiken ein wenig um ihre Rituale und Symbole – die Singmessen, die Votivkerzen, die Krankensalbung ...«

»Aber Sie würden doch nicht konvertieren?« fragte Du Maurier besorgt.

»Nein, keine Angst«, lächelte Henry. »Das Bewußtsein ist meine Religion, das menschliche Bewußtsein. Das zu verfeinern, zu schärfen und zu bewahren ist mir heilige Pflicht.«

Der kleine Guy Millar wurde in der Pfarrkirche von Hampstead von Kanonikus Ainger, einem Nachbarn von Du Maurier, getauft, dem er bei seinen Spaziergängen auf der Heath an den Wochentagen regelmäßig Gesellschaft leistete. Da Ainger am Sonntag anderweitig beschäftigt war, hatte Henry ihn bisher noch nicht kennengelernt, allerdings viel von ihm gehört. Wie Du Maurier war er klein von Wuchs, hatte eine imposante weiße Mähne und ein etwas theatralisches Gehabe (tatsächlich hatte er bei einigen der gefeierten Laienproduktionen von Charles Dickens mitgewirkt). Für Henry hätte die beruhigende Toleranz der Church of England gegenüber der Vielfalt der Glaubensrichtungen nichts besser veranschaulichen können als die Freundschaft dieser beiden Menschen. Ainger war ein gelehrter Kirchenmann, der die orthodoxen Ansichten der Low Church vertrat, und ein beliebter Prediger im Temple, wo er die Position eines Dozenten innehatte. Er wußte natürlich, daß Du Maurier außer zu Hochzeiten, Taufen und Beerdigungen im Familienkreis nie zur Kirche ging, aber das schien ihrer gegenseitigen Wertschätzung keinen Abbruch zu tun, die auf gemeinsamen weltlichen Interessen beruhte – dem Spazierengehen, der Musik, amüsanten Gesprächen und Geselligkeit. Henry hatte insgeheim gefürchtet, Ainger könne entweder vor der Taufe oder bei dem anschließenden Empfang in New Grove House seine Befähigung als Patenonkel auf die Probe stellen, aber Du Maurier beruhigte ihn. »Ainger ist viel zu vernünftig, um bei so einem Anlaß die Religion ins Spiel zu bringen«, sagte er verschmitzt. »Außerdem gibt es ja noch einen zweiten Paten, von dem ich weiß, daß er konfirmiert ist, Sie brauchen sich also keine Sorgen zu machen.« Der zweite Pate war Edward Warren, ein junger Architekt, der mit Charles Millar zur Schule gegangen war, ein Schüler von Bodley und Jünger von William Morris. Henry fand großen Gefallen an ihm und seiner hübschen Verlobten, so daß sich eine bleibende Freundschaft zwischen ihnen entwickelte.

Freunde! Freunde! Ständig gewann Henry neue. Sie verschlangen sich ineinander wie Stiche einer Stickerei, und er sah sich im Mittelpunkt einer immer größer werdenden Tapisserie von Beziehungen, die durch gesellschaftlichen Umgang oder Korrespondenz aufrecht zu erhalten einen erschreckend großen Teil seiner Zeit in Anspruch nahm. Andererseits war er auf Freunde angewiesen; durch sie bekam er Kontakt zu anderen Menschen und geistige Anregungen, hin und wieder brachten sie ihm eine Anekdote, die womöglich den »Keim« eines neuen Prosastückes in sich trug, und als Junggeselle brauchte er Freunde als Gegenmittel zu der hin und wieder drohenden Einsamkeit. Gerade jetzt war wieder ein neuer Freund hinzugekommen, Jules Jusserand, *chargé d'affaires* an der französischen Botschaft, ein zierlicher, gepflegter Mann, noch kleiner als Du Maurier und Ainger, aber ein hochgebildeter Gelehrter und Kritiker, gleichermaßen beschlagen in französischer wie in englischer Literatur. Henry machte ihn mit Du Maurier bekannt, der sogleich eine offene Einladung für die Sonntage aussprach. Zu seiner Freude konnte Henry nun häufig den langen Weg von Kensington nach Hampstead und zurück mit Jusserand zurücklegen, und das Niveau der Gespräche in New Grove House stieg auf der Skala gebildeter Beziehungen um mehrere Striche, was den jüngeren Du Mauriers fast schon zu hoch war. Die Sonntagnachmittagsspaziergänge wurden gesetzter und blieben jetzt eher den Erwachsenen – meist Henry, Du Maurier, Jusserand und dem alle drei überragenden Charles Millar – vorbehalten. Sie schritten, in angeregte Gespräche vertieft, paarweise dahin, auf dem Weg zur Fahnenstange oder zur Spaniards Road ging Henry mit Du Maurier und Charles mit Jusserand, auf dem Rückweg tauschten Du Maurier und sein Schwiegersohn die Plätze. Wenn sie zurückgingen, bestritt meist Henry das Gespräch, und Charles hörte höflich und ehrerbietig zu, auf dem Hinweg aber war er der Zuhörer, Du Maurier unterhielt ihn mit einer Flut von Witzen, Anekdoten und Geschichten, von denen manche autobiographisch, andere reine Phantasieprodukte waren. Auf einem dieser Spaziergänge erwähnte Du Maurier dem Freund gegenüber zum erstenmal seine Idee für eine Erzählung, die später als *Trilby* um die Welt gehen sollte – er hätte später nicht mehr zu sagen gewußt, wann es war, denn an jenem Tag achtete er nicht weiter darauf. Als Du Maurier zum zweitenmal davon sprach, blieb der Eindruck haften, und Henry hielt ihn am folgenden Tag, dem 25. März 1889, in einem langen Tagebucheintrag fest.

3

Als das Jahr 1880 zu Ende ging, beobachtete Henry den Fortgang seiner Schriftstellerlaufbahn – oder vielmehr deren Stillstand – mit wachsender Besorgnis. Zu Beginn des Jahrzehnts hatte er sich das ehrgeizige Ziel gesetzt, drei bedeutende Romane zu schreiben, die auf dem mit dem *Bildnis einer Dame* Erreichten aufbauen und ihn als rechtmäßigen Nachfolger der großen Schriftsteller der vorhergehenden Generation, von Dickens, Thackeray und George Eliot (um nur die obersten Hänge des Parnaß anzuvisieren), etablieren sollten, deren Werke bei all ihren Verdiensten in Form und Inhalt zunehmend verstaubt wirkten. Der als erste Stufe dieses Vorhabens entstandene Roman *Die Damen aus Boston* war auf geringes Interesse gestoßen, wenn man einmal davon absah, daß Beschwerden aus Boston kamen, er habe in der Figur von Miss Birdseye ein respektloses Konterfei von Miss Peabody, eines stadtbekannten Blaustrumpfs, gezeichnet (was zutraf, auch wenn er es im Briefwechsel mit William abstritt). Henry selbst war mit dem Roman nicht hundertprozentig zufrieden. Das Thema – ein junges Mädchen, das hin und her gerissen ist zwischen den Reizen eines reaktionären, aber männlich kraftvollen Galans aus dem Süden und einer dominanten feministischen Seelenfreundin aus Neuengland – war reizvoll, aber er gab bereitwillig zu, daß der Roman mit zu vielen Kommentaren behaftet und im Tempo zu gemächlich war. Noch mehr Zeit und Mühe kostete ihn sein nächstes größeres Werk, *Die Prinzessin Casamassima*, von dem er sich aber auch noch mehr versprach. Es war dies ein Gesellschaftspanorama auf dem Niveau eines Dickens oder Balzac, übervoll von Figuren aus allen Schichten und Berufen, von der Aristokratin bis zum Anarchisten. Er recherchierte das Umfeld für diesen Roman mit der Hingabe eines französischen Naturalisten und wagte sich auch in das berüchtigte Millbank-Gefängnis, um die Szene, in der man den jugendlichen Helden zu einem Besuch bei seiner inhaftierten Mutter bringt, so authentisch wie möglich zu gestalten. Der Roman hatte einen Umfang von fast 200 000 Worten und lief über ein Jahr in der Zeitschrift *Atlantic*. Das Honorar war gut, aber der erleichterte Seufzer, mit dem man dort die letzte Fortsetzung in Empfang nahm, war fast bis nach England zu hören. Beunruhigender war der enttäuschende Absatz des Buches, er brachte dem Verlag nicht einmal den an Henry James gezahlten Vorschuß wieder ein. In einer Bilanz, die Henry am Neujahrstag 1888 zog, schrieb er an seinen amerikanischen Schriftstellerfreund William Dean Howells: *»Ich durchlebe – aber das ist nur für Sie ganz persönlich bestimmt – eine schlimme Zeit. Ich wanke noch immer unter dem rätselhaften und (für mich) unerklärlichen Schlag, der – offenbar durch meine beiden letzten Romane, von denen ich so viel erhoffte und die meine Hoffnungen so schnöde enttäuschten – mich und meine Situation so schwer getroffen hat.«*

Mit der »Situation« meinte er nicht nur seinen literarischen Status, sondern auch seine Finanzen, denn das Leben eines Gentleman, an das er sich gewöhnt hatte, ließ sich nur mit den Einahmen aus seiner schriftstellerischen Tätigkeit führen. Zu der Miete und den laufenden Kosten für die große, moderne Wohnung in Kensington einschließlich Personal kamen die Kosten für häufige Reisen innerhalb Englands und gelegentliche Abstecher ins Ausland, Schneider-

und Stiefelmacherrechnungen, Mitgliederbeiträge für Klubs und Gesellschaften, der Kauf von Büchern und vieles andere. Doch wenn er sich Gedanken um seine pekuniäre Lage machte, waren das mehr als buchhalterische Erwägungen – sie berührten auch seinen persönlichen Stolz. Insgeheim hatte er immer die Hoffnung gehegt, durch seine Arbeit nicht nur berühmt, sondern auch reich werden zu können. Nicht weil es ihn nach Gold gelüstete, denn der Luxus, den man damit kaufen konnte – Jachten und Equipagen und brillantene Krawattennadeln – hatten keinen Reiz für ihn, sondern weil ein Romancier nur dadurch, daß er viel Geld verdiente *und* die Kunst des Erzählens voranbrachte, daß er also dieses doppelte Ziel gewissermaßen mit einem einzigen Pfeil durchbohrte, dem materialistischen neunzehnten Jahrhundert imponieren konnte. Dickens und George Eliot hatten es geschafft. Warum nicht HJ?

Dieser Ehrgeiz erklärte sich zum Teil aus seiner Herkunft. Sein Großvater, William James, der fast hundert Jahre zuvor aus dem irischen Bailieborough in der Grafschaft Cavan ausgewandert und mit kaum mehr als einem roten Heller in der Tasche in Albany, New York, angekommen war, häufte durch geschickte geschäftliche Transaktionen mit Kurzwaren, Tabak, mit Grundstücken und im Transportwesen rasch ein enormes Vermögen an und gehörte, als er starb, mit seinen drei Millionen Dollar zu den zwei oder drei reichsten Männern Amerikas. Henrys Vater hatte (nach einem Rechtsstreit, denn man hatte ihn aus dem Testament ausgeschlossen) einen Anteil aus der Erbmasse von $ 10 000 im Jahr, genug, um sich und seiner Familie ohne große eigene Anstrengung ein angenehmes Leben zu ermöglichen und seine Nachkommen gut versorgt zurückzulassen, wenn er das Zeitliche gesegnet hatte.

Als dann aber dieses betrübliche Ereignis eintrat, hatte er den größten Teil des Geldes für unüberlegte Investitionen und die wiederholte Begleichung der Schulden seiner beiden jüngsten Söhne, Wilky und Bob, verzettelt. Nach dem Bürgerkrieg hatte er in einer idealistischen Anwandlung den Versuch unternommen, mit befreiten Sklaven eine Plantage in Florida zu betreiben, die sich aber wirtschaftlich als völliger Fehlschlag erwies. Keiner der Brüder war später in irgendeiner anderen geschäftlichen Unternehmung erfolgreich, und Wilky war – verbittert und enttäuscht – jung gestorben. William war nach Jahren der Unentschlossenheit jetzt endlich dabei, sich eine erfolgreiche akademische Laufbahn in Harvard aufzubauen, die ihn aber vermutlich nicht reich machen würde, selbst wenn es ihm endlich gelingen sollte, die *Principles of Psychology* abzuschließen, ein Werk, mit dem er sich seit einem Jahrzehnt mühte. Kein Mitglied der Familie James war arm, keins aber andererseits ganz frei von finanziellen Sorgen. Der unter die fünf Kinder verteilte Nachlaß des Vaters stellte kein Vermögen dar, und Henry ließ seinen Anteil auf Alice überschreiben, um sie finanziell zu sichern. Mit dieser großmütigen Geste dokumentierte er auch das Vertrauen, das er in seine Zukunft als Schriftsteller setzte. Daß sich das Familienvermögen seit den Tagen von Großvater James so sehr dezimiert hatte, beschäftigte ihn sehr. Diese negative Entwicklung durch das Werk seiner Feder umzukehren, seine Leser und seine Tantiemen nach Zehntausenden zählen zu können, dabei aber höchsten künstlerischen Maßstäben treu zu bleiben – das war Henrys Traum. Doch die Jahre vergingen, und die Aussicht, dieses Ziel zu erreichen, rückte in immer weitere Ferne.

Dabei hatten es Schriftsteller nicht etwa schwerer als früher, reich zu werden, ganz im Gegenteil – nur traf es immer die Falschen. Rider Haggard zum Beispiel setzte von seinem blutig grotesken Machwerk *Sie-der-man-gehorchen-muß* bei der Erstveröffentlichung im Jahre 1887 vierzigtausend Exemplare ab, während sich Robert Louis Stevenson, dessen Abenteuergeschichten qualitativ weit höher standen, mit weit bescheideneren Verkaufszahlen begnügen mußte (auch wenn sie zweifellos besser waren als die von Henry). Henry, der mit Louis im vergangenen Sommer in Bournemouth Freundschaft geschlossen hatte, als er mit Alice dort ein paar Ferientage verbrachte, und Stevenson nicht nur menschlich schätzte, sondern auch dessen Werke bewunderte, schrieb an ihn: *»Die fette Vierzigtausend auf der Titelseite von* Sie *weckt meinen heiligen Zorn. Es ist nicht erfreulich, daß ein Buch von so vulgärer Brutalität bei den heutigen Engländern derart erfolgreich ist.«* Aber noch demütigender war es, wenn literarische Freunde einen unverdienten Erfolg für sich verbuchen konnten.

Zu seinem großen Bekanntenkreis gehörte auch Mary Ward, eine Nichte von Matthew Arnold und Ehefrau von Humphry Ward, einem früheren Oxfordprofessor, der Kritiken und Leitartikel für die *Times* schrieb. Henry war häufig Gast in ihrem Haus in der Russell Square und wurde für Mary bald zum literarischen Freund und Berater. Sie war eine ernsthafte, intelligente Frau mit gemäßigt progressiven Ansichten und dem Ehrgeiz, Romane zu schreiben. 1884 hatte sie *Miss Bretherton* herausgebracht, einen kurzen leichten Roman über das Leben einer Schauspielerin, zu dem sie durch einen Theaterbesuch mit Henry angeregt worden war, bei dem sie die berühmte amerikanische Schauspielerin Mary Anderson erlebte. Als Erstling war der Roman löblich und wurde freundlich aufgenommen, verkaufte sich aber nicht gut. Mary Ward hatte einige Schwierigkeiten, einen Verleger für ihren nächsten Versuch zu finden, einen langen Roman über die Seelenqualen eines anglikanischen Geistlichen, der seinen Glauben verliert und eine neue Berufung darin findet, den Armen zu dienen. Als *Robert Elsmere* Anfang 1888 glücklich erschien, gab es zunächst nur wenige und recht kühle Kritiken, aber die Themen des Romans – bedrängter Glaube und ehrliche Zweifel, soziale Ungerechtigkeit und philanthropischer Idealismus – trafen offenbar einen Nerv der gebildeten Leser, so daß ihn bald einer dem anderen eifrig empfahl. Mudie's gab Großbestellungen auf. Mr. Gladstone höchstpersönlich fühlte sich bemüßigt, einen langen Artikel über das Buch zu schreiben, der mit der Überschrift »*Robert Elsemere* und der Kampf für den Glauben« in der Mai-Ausgabe des *Nineteenth Century* erschien und in dem er den Roman als *»glänzend, aber verderblich«* bezeichnete, was den Absatz noch weiter ankurbelte. Wer in jener Saison in der Londoner Gesellschaft verkehrte, *mußte* das Buch gelesen haben, und es erlebte eine Auflage nach der anderen. Als Henry in dieser hysterischen Atmosphäre sein mit einer persönlichen Widmung versehenes Exemplar gelesen hatte, war er völlig ratlos. Erkannten denn die Leser nicht, daß der Roman, so gut gemeint und erbaulich er auch war, so interessant die darin aufgegriffenen sozialen und theologischen Fragen auch sein mochten, von der fiktionalen Form her gesehen absolut antiquiert war? Die Perspektive wechselte immer wieder unvermittelt, ohne Rücksicht auf Logik oder Effekt; die Figuren erörterten die anstehenden Themen in langen gestelzten Reden, die wenig Ähnlichkeit mit dem echten gesprochenen Wort hatten; die Beschreibungen strotzten vor Klischees, und die Handlung stellte sich unverhohlen in den Dienst der ideologischen Debatte. Gewiß, ganz wertlos war das Buch nicht – zum Glück, denn er mußte der Autorin einen Glückwunschbrief schreiben und war sich darüber klar, daß es dabei mit einigen wenigen schmeichelhaften Zeilen nicht getan war. Mrs. Humphry Ward (wie sie sich für ihre Bücher nannte) würde von ihrem Mentor eine detaillierte Kritik erwarten. Er schob diese Aufgabe so lange vor sich her, daß er sich für die verspätete Reaktion vielmals entschuldigen und die Autorin durch eine besonders salbungsvolle Lobhudelei versöhnen mußte, bei der er sich nur ein winziges Schlupfloch für sein künstlerisches Gewissen gelassen hatte: *»Wie Sie Ihren Helden im Griff haben, ist bemerkenswert«*, schrieb er, *»und so viel Sie auch über ihn erzählen – Sie bringen ihn damit nie um, obschon man bisweilen die Befürchtung hegt, durch das hohe steile Licht Ihrer Bewunderung könne er sich einen Sonnenstich zuziehen.«* Sie bedankte sich schriftlich für seine hochherzigen Worte und erwähnte beiläufig, daß ihr Verlag eine einbändige Sechs-Shilling-Ausgabe des Romans vorbereitete und mit einem Gesamtabsatz von dreißigtausend Exemplaren bis Ende des Jahres rechnete. Henry hatte jüngst *Die Aspern-Schriften* zusammen mit zwei weiteren Erzählungen in einem Band herausgebracht. Macmillan hatte nur 850 Exemplare aufgelegt; ein Nachdruck war nicht geplant.

Die Aspern-Schriften gehörten nach Henrys eigener Einschätzung mit zu dem Besten, was er je zustande gebracht hatte, und er hatte in letzter Zeit noch ein paar kurze Stücke geschrieben, mit denen er ebenfalls sehr zufrieden war, insbesondere eine beißend ironische Erzählung mit dem Titel *Die Lektion des Meisters* über einen begabten Romancier, der seine künstlerische Integrität den *»Idolen des Marktes«* geopfert hatte, nämlich *»dem Geld, dem Luxus, ›der Welt‹; einer guten Position für die Kinder, der Garderobe seiner Frau – allem, was einen Menschen dazu treibt, den kurzen und bequemen Weg zu wählen«*. Nachdem er einem bewundernden jungen Protegé gegenüber dieses Geständnis abgelegt und ihn entsprechend gewarnt hat, begeht der Romancier zynisch Verrat an ihm – mit einer narrativen Wendung, auf die Henry besonders stolz war. Diese Erzählungen waren erstklassig, das stand für Henry fest, aber Kurzgeschichtenbände »verkauften sich nicht« und hinterließen keinen bleibenden Eindruck. Was auf dem literarischen Markt zählte, war der Roman, wie Mary Wards dreibändiger Wälzer auf so entmutigende Weise zeigte.

In jenem Jahr begann er seinen neuesten Versuch in dieser Erzählform, *Die tragische Muse*, einen Roman über Politik und das Theater, der vom Aufbau und dem sozialen Umfeld her der *Prinzessin* ähnlich war. Er hatte ursprünglich nicht so lang wie sein Vorgänger werden sollen, aber er wuchs und wuchs unter seinen Händen wie ein immer höher steigendes Gefäß auf der Töpferscheibe. Er mühte sich sehr mit dem Buch, wußte er doch, wieviel davon abhing, hatte aber im Grunde keine Freude an der Arbeit, und eine leise innere Stimme, die er vergeblich zu überhören suchte, flüsterte ihm zu, daß die *Tragische Muse* nicht erfolgreicher sein würde als die *Prinzessin*. Wenn er aufs Geratewohl in sein umfangreiches Manuskript griff, hatte er zwar an dieser oder jener Passage, an dieser oder jener Szene nichts auszusetzen, aber er spürte, daß es dem Roman an jener undefinierbaren Kraft fehlte, die den Leser veranlaßt, ihn nur ungern aus der Hand zu legen und begierig wieder danach zu greifen. Auch wenn er sich das nur unhörbar und nur in stillen Nachtstunden eingestand, war es eine traurige Erkenntnis. Hatte Fenimore womöglich in ihrem Artikel mit der Feststellung recht gehabt, ihm fehle die *»genuine Gabe des Geschichtenerzählens«*? Die Zeitschrift *Atlantic* hielt ihm die Treue und brachte *Die Tragische Muse* ab Januar 1889 in Fortsetzungen, aber Henry, der gerade die letzten Kapitel schrieb, wartete vergebens auf ein ermutigendes

Wort zur Reaktion der Leser. Indessen bot ihm sein englischer Verlag, Macmillan, für das neue Buch einen sehr viel geringeren Vorschuß auf die Tantiemen.

»Also ganz im Vertrauen – er bietet nur siebzig Pfund«, sagte Henry.

»Siebzig Pfund! Soviel hat ja *Punch* schon mal für eine einzige Zeichnung gezahlt«, erwiderte Du Maurier.

Sie schlenderten an einem überraschend linden Abend Ende März durch die Wohnstraßen, die vom Porchester Square abgingen. Henry war von den Du Mauriers eingeladen worden, in dem Haus, das sie zur Zeit in Bayswater zur Miete bewohnten, *en famille* zu essen. Weil er ein wenig zu früh gekommen war und die Abendmahlzeit nach einer Krise in der Küche noch auf sich warten ließ, hatte er vorgeschlagen, bei dem schönen Wetter ein wenig an die frische Luft zu gehen. Auf den Straßen war es still, nur wenige Mietdroschken und Equipagen waren unterwegs. In dieser Dämmerstunde zeigte sich London im günstigsten Licht. Die Gaslampen wurden gerade angezündet, und ihr Licht zeichnete die Schatten der laublosen Platanen auf den Gehsteig, und hier und da stand die rosa Wolke eines früh blühenden Kirschbaums vor den nüchternen Backsteinwänden.

»Siebzig Pfund für *Die Tragische Muse* ist eine Unverschämtheit«, stellte Du Maurier fest.

»Ich weiß, aber was soll ich machen? Macmillan hat mit der *Prinzessin* und den *Damen von Boston* Verlust gemacht. Im Grunde kann ich es ihm nicht verdenken. Meine Bücher verkaufen sich einfach nicht.«

»Das liegt auch am Verleger. Macht er denn Reklame für Ihre Romane?«

»Nicht viel.«

»Eben! Nehmen Sie zum Beispiel Rider Haggard...«

»Nein, besten Dank!«

Du Maurier lachte. »Schon gut – aber warum ist er so erfolgreich? Er hat einen cleveren Verleger – Cassell, nicht? Wissen Sie noch, wie sie *König Salomons Diamanten* herausgebracht haben?«

»Zum Glück war ich damals im Ausland.«

»Es war ja sein erstes Buch, er war total unbekannt. Cassells Mitarbeiter kleisterten ganz London am Vorabend mit Plakaten zu, auf denen stand: KÖNIG SALOMONS DIAMANTEN – DAS ERSTAUNLICHSTE BUCH, DAS JE GESCHRIEBEN WURDE. Als am nächsten Morgen die Londoner zur Arbeit gingen, sahen sie überall diese Plakate, wurden neugierig und wollten mehr wissen. Es funktionierte auf Anhieb.«

»Ich glaube nicht, daß so was bei mir funktionieren würde«, sagte Henry James. »Die Vorstellung, Bücher zu verkaufen wie Markenseife, ist mir ohnehin schrecklich.«

»An etwas so Ordinäres habe ich natürlich nicht gedacht...« meinte Du Maurier.

»Etwas anderes wäre es, wenn Mr. Gladstone die *Tragische Muse* rezensieren würde«, sagte Henry melancholisch lächelnd. »Meiner Freundin Mary Ward hat er diesen Dienst erwiesen. Aber dazu wird es bei mir wohl nicht kommen.«

Robert Elsemere? Du Maurier verzog das Gesicht. »Wir haben uns den ersten Band aus Mudie's Leihbibliothek geholt, aber weder Emma noch ich wollten die nächsten beiden Bände lesen. Sie kann nicht *schreiben*, Henry – nicht wie Sie.«

»Lieb, daß Sie das sagen, Kiki, ich will auch gar nicht so tun, als wäre ich anderer Meinung, aber tatsächlich ist die Nachfrage nach meinen Büchern rückläufig. Es ist eine beängstigende Aussicht – ich sage Ihnen das ganz im Vertrauen«, wiederholte er und packte Du Maurier am Arm, um seinen Gefühlen noch mehr Nachdruck zu verleihen. »Sie belastet mich seit geraumer Zeit, und ich mußte mit jemandem darüber sprechen.«

»Ihre Zeit wird kommen, Henry«, sagte Du Maurier.

»Ich habe eher das Gefühl, daß sie fast abgelaufen ist. Es fällt mir immer schwerer, mir Handlungen auszudenken.«

»Wirklich? Mein Kopf ist voll davon. Nur fehlt mir Ihre Wortgewandtheit, aus einem Plot eine Erzählung zu machen.«

»Tja, wenn Sie welche übrig haben ...« scherzte Henry.

»Wollen Sie nicht die Geschichte verwenden, die ich Ihnen vor einem Jahr erzählt habe? Die von dem jungen Mädchen und dem Hypnotiseur ...«

»Von dem jungen Mädchen und dem Hypnotiseur? Asche auf mein Haupt, Kiki, aber die Einzelheiten sind mir entfallen«, sagte Henry. »Helfen Sie mir auf die Sprünge.«

»Es geht um eine junge Frau, ein Dienstmädchen, das eine ungewöhnlich schöne Stimme hat, aber total unmusikalisch ist – sie kann keine Note von einer anderen unterscheiden ...« Während Du Maurier die Geschichte noch einmal in Kurzfassung erzählte, fiel sie auch Henry wieder ein. Das Mädchen wurde auf dem Kontinent unter der Obhut eines kleinen ausländischen Juden, eines Musikers, zur berühmten *chanteuse.* Ein verarmter junger Künstler, der sie als gut aussehende, aber stupide Tochter seiner Zimmerwirtin gekannt hatte, suchte sie auf und war von ihrem Erfolg fasziniert und verblüfft. Er besuchte eine ihrer Vorstellungen und war überwältigt von der Schönheit ihres Gesanges. »Er ist drauf und dran, sich in sie zu verlieben«, fuhr Du Maurier fort. »Aber dann entdeckt er, daß der Jude

Hypnotiseur ist und das Mädchen nur singen kann, wenn es unter seinem Einfluß steht. Als der Jude plötzlich stirbt – mitten in einer Vorstellung – ist sie wieder ein ganz gewöhnliches Mädchen mit einer Stimme wie eine Krähe. Über das Ende bin ich mir noch nicht im Klaren.«

»Sehr interessante Idee«, sagte Henry. »Wo haben Sie die her?«

»Selbst ausgedacht, als ich einmal so in den Tag hineinträumte. Das ist Jahre her, damals sparte ich noch für unsere Hochzeit. Ich habe die Geschichte an eine Zeitschrift geschickt, aber die haben sie nicht gebracht, und das Manuskript ist verlorengegangen. Sie können sich gern daran versuchen, Henry.«

»Sehr großzügig, lieber Kiki, aber ... ich weiß nicht, ob mir so etwas liegt.« Henry überlegte ein paar Minuten schweigend, während sie auf dem ebenen Gehsteig voranschritten. Aus einem geöffneten Fenster drang die Stimme eines Mannes, der zu Klavierbegleitung einen deutschen Text sang.

Du Maurier hielt an und hob die Hand. »Ah, Schuberts ›Serenade‹.«

Sie hörten unter dem Fenster stehend zu, bis das Lied zu Ende war. Du Maurier applaudierte begeistert, und gleich darauf erschienen im Fensterrahmen zwei bestürzte Gesichter, das eines Mannes und das einer jungen Frau. »Bravo« rief Du Maurier. Die beiden lächelten, winkten und zogen sich zurück – zugleich erfreut, belustigt und verlegen.

»So eine Melodie würde ich nie erkennen«, bemerkte Henry, während sie ihren Weg fortsetzten.

»Es ist eins meiner Lieblingsstücke«, meinte Du Maurier.

»Ja, aber Sie erkennen Hunderte. Und eben das ist bei Ihrem großzügigen Angebot mein Problem. Ich verstehe für diese Geschichte nicht genug von Musik.«

»Unsinn. Bei den musikalischen Fachfragen könnte ich Ihnen helfen.«

»Warum schreiben Sie sie nicht selber?« fragte Henry.

»Meinen Sie das im Ernst?«

»Sie haben mir doch erzählt, daß Sie mal einen Roman angefangen haben.«

»Ja, aber der ist nie fertig geworden.«

»Ein Roman ist ein großes Unternehmen – eine manchmal entmutigende Aufgabe, wer wüßte das besser als ich. Aber eine Kurzgeschichte … Die Texte zu Ihren Zeichnungen beweisen, daß Sie ein Gespür für Dialoge haben.«

»Das ist nett gesagt, Henry. Ich muß zugeben, daß ich manchmal mit dem Gedanken gespielt habe, wieder zur Feder zu greifen. Aber die Vorstellung, daß ich scheitern könnte, schreckt mich. Ich weiß nicht, ob ich für so etwas wirklich Talent habe.«

»Wer nicht wagt, der nicht gewinnt«, sagte Henry.

Auf ihrem Spaziergang und während des Essens ging es dann um andere Themen und um Neuigkeiten aus der Familie. Sylvia wurde seit einiger Zeit von einem vielversprechenden jungen Anwalt umworben, einem gewissen Arthur Llewelyn Davies, und die offizielle Verlobung stand kurz bevor. Du Maurier mochte den jungen Mann, der gut aussah, sportlich und fleißig war und sein Studium durch Stipendien und Preise selbst finanziert hatte, statt seinem Vater auf der Tasche zu liegen. Emma allerdings hatte den Verdacht, daß er einen problematischen Charakter hatte. Gerade war ein Brief von Guy eingetroffen, der als Offizier bei den Royal Fusiliers in Indien diente, darin berichtete er von einer Weihnachtsaufführung, die er mit großem Erfolg für die einfachen Soldaten in den Kasernen produziert hatte. Guy war bei den kleinen burlesken Stücken, die in New Grove House dargeboten wurden, immer die treibende Kraft gewesen. »Und jetzt bringt ihn das sogar in seiner militärischen Laufbahn voran«, sagte Du Maurier stolz. »Sein jüngerer Bruder allerdings hat offenbar nur noch das Theater im Kopf.« Gerald sollte in ein oder zwei Jahren seinen Schulabschluß in Harrow machen, und Du Maurier wußte nicht recht, was er mit ihm anfangen sollte.

An jenem Abend kam die Geschichte von der Sängerin und dem Hypnotiseur nicht mehr zur Sprache, aber als Henry nach dem Abendessen durch den Park nach Hause ging, ließ er sie sich noch einmal durch den Kopf gehen und fand immer mehr Gefallen daran. Am nächsten Morgen hielt er eine Zusammenfassung in seinem Notizbuch fest, die er noch durch den einen oder anderen eigenen Gedanken ergänzte. Das Interessanteste an der Sache war für ihn die Beziehung zwischen dem Mädchen und ihrem anrüchigen Mentor als Beispiel für die einzigartige Macht des wahren Künstlers. »Sie hatte diese prachtvolle Stimme, aber kein Talent – er hatte das heilige Feuer, das seltene musikalische Verständnis, er spielte in sie hinein und durch sie hindurch«, notierte Henry. Er bereute jetzt, daß er Du Maurier zugeredet hatte, sich an der Geschichte zu versuchen. Auch wenn es ihm an musikalischem Fachwissen fehlte, hätte er nicht übel Lust gehabt, irgendwann einmal selbst zu sehen, was sich daraus machen ließ.

Ein, zwei Wochen später trafen sie sich bei einem der Sonntagnachmittage von Gosse in dessen Haus mit Blick auf den Regent's Park Canal. Henry hatte kaum den überfüllten Salon betreten, als schon Kiki auf ihn zukam; in der einen Hand hielt er eine Teetasse, in der anderen schwenkte er eine Zigarette. Er strahlte über das ganze Gesicht. »Gratulieren Sie mir, Henry! Ich habe schon vierzig Seiten geschrieben, das heißt, Emma hat sie geschrieben, ich habe sie diktiert.«

»Sie haben also Ihre Geschichte angefangen?« Henry verspürte einen leisen Stich der Enttäuschung, die er aber mit einem Lächeln kaschieren konnte.

»Ja«, bestätigte Du Maurier. »Aber nicht die, von der ich Ihnen erzählt habe.«

»Nicht die Geschichte von der jungen Sängerin und dem jüdischen Hypnotiseur?«

»Nein, es geht um ein ganz anderes Thema … Eins, das ich schon lange mit mir herumtrage, ich habe mich nur nicht getraut, es anzupacken. Was Sie neulich gesagt haben, hat mir den Mut dazu gegeben. Als Sie fort waren, war ich die halbe Nacht auf und habe mir Notizen gemacht. Es ist ein ziemlich langer Text. Ein Roman, keine Erzählung.«

»Das freut mich aber«, sagte Henry aufrichtig.

»Ich kann es kaum erwarten, Ihnen etwas davon zu zeigen. Aber noch ist es zu früh.«

»Jederzeit gern! Wann Sie wollen …«

»Sie müssen ganz ehrlich sein«, sagte Du Maurier. »Sie müssen mir sagen, ob ich mich komplett zum Narren mache.«

Henry wußte aus Erfahrung, daß sich Anfänger, wenn sie ihm ihre Arbeiten zeigten und ihn baten, ganz ehrlich zu sein, gewöhnlich alles andere als Ehrlichkeit wünschten, und wenn es sich um Freunde handelte, konnte das heikel werden. Er verstand sich inzwischen darauf, Kritik durch eingestreutes Lob zu mildern, aber wenn es um literarische Werte ging, konnte er einfach nicht über den eigenen Schatten springen. Er sah deshalb dem Tag, an dem er Du Mauriers *work in progress* sehen würde, nicht ohne Besorgnis entgegen. Zunächst bekam er es allerdings nicht zu sehen, sondern zu hören. An einem Sonntagabend im Mai las Du Maurier ihm und Jusserand das erste Kapitel in New Grove

House vor, in das die Familie zurückgekehrt war, nachdem sie die Mietwohnung in Bayswater aufgegeben hatte. Henry war erleichtert und angenehm überrascht von dieser Kostprobe. Bei dem Roman *Peter Ibbetson* handelte es sich der Form nach um die Memoiren des Titelhelden, die er im Gefängnis verfaßt hatte – aus Gründen, die zunächst nicht ersichtlich waren. Wie sein Schöpfer hatte Peter Ibbetson einen französischen Vater und eine englische Mutter und war in einem Randbezirk von Paris aufgewachsen. Der Anfang war praktisch eine liebevoll nostalgische Beschwörung von Du Mauriers glücklicher Kindheit in Passy. Normalerweise war Henry kein Freund von Pseudo-Autobiographien. Ein Ich-Erzähler war unter Umständen gut geeignet für eine Erzählung oder Kurzgeschichte, verleitete aber in einem langen Roman leicht zu Weitschweifigkeit und Beliebigkeit. Für einen Anfänger allerdings hatte die Ich-Form als narrative Methode ihre Vorteile; sie löste viele potentielle Probleme einfach durch Elimination und eignete sich gut für Du Mauriers lyrische Erinnerung an Liebe, Hoffnungen und Ängste eines Kindes und die Mühen des Erwachsenen, sich eine verlorene Welt von Eindrücken zurückzuholen. Es gab in dem Text eine Wendung »das süße Weh des Erinnerns«, die das Klima des Romans sehr gut erfaßte. Der Text kam durchaus charmant und feinfühlig daher, und Henry konnte, als die Lesung beendet war, dem Autor gratulieren, ohne heucheln zu müssen, und ihm guten Gewissens zureden, so fortzufahren. Jusserand schloß sich seinem Lob an und verbürgte sich für die Authentizität des französischen Lokalkolorits.

Du Maurier war entzückt über diese Reaktion. Henry spürte, daß er von dem Projekt ganz aufgewühlt war und darauf brannte, die Arbeit daran fortzusetzen. Es war eine zweite Chance für sein Leben als Künstler, die um so willkommener war, als sein Augenlicht ihm große Sorgen machte. Er trug jetzt fast immer eine getönte Brille, die Gläser waren dunkelblau, so daß man auf den ersten Blick meinte, einen Blinden vor sich zu haben, besonders wenn er einen Spazierstock in der Hand hielt. Die Sehkraft seines gesunden Auges verschlechterte sich, was sich auf die Qualität seiner Zeichnungen auswirkte, denn er mußte nun eine breitere, gröbere Ätztechnik benutzen. Er fragte sich ernsthaft, wie lange er mit diesem Handicap als Künstler noch würde arbeiten können, und die Aussicht, auf ein anderes Medium zurückgreifen zu können, bei dem keine so genaue Koordination von Hand und Auge erforderlich war, ermutigte ihn sehr. Um sein Auge zu schonen, hatte er sich dafür entschieden, Emma die Geschichte zu diktieren. Henry war fasziniert von der Schilderung, die ihm die beiden von diesem Vorgang gaben. Sie schrieb, so schnell sie konnte, die Sätze mit, die er – behaglich in seinem Sessel im Atelier sitzend und eine Zigarette nach der anderen rauchend – flüssig herunterdiktierte, und machte später eine Reinschrift, die er dann lesen und überarbeiten konnte. Henry beneidete Kiki ein wenig um diese für ihn relativ mühelose Methode, einen Text zu Papier zu bringen, und sagte ihm das auch.

Du Maurier lächelte. »Tja, dann müssen Sie sich eben eine liebe kleine Frau wie Emma anschaffen, die Sie anbetet und eine schöne klare Schrift hat.«

»Ich fürchte, dazu ist es zu spät. Außerdem würde ich die Bedauernswerte mit meinem langwierigen Herumtasten nach dem *mot juste* in den Wahnsinn treiben.«

»Zu Ihrem brillanten Stil werde ich es natürlich nie bringen«, sagte Du Maurier bescheiden.

»Das wollte ich damit nicht angedeutet haben, lieber Freund«, protestierte Henry. »Sie besitzen eine natürliche ungezwungene Beredsamkeit, um die ich Sie beneide. *Continue, mon bon!*«

In den folgenden Monaten las Du Maurier ihm weitere Kapitel des Romans vor, die den ersten günstigen Eindruck nicht bestätigten. Die Geschichte nahm eine recht melodramatische Wendung. Der junge Held wurde, als er zur Waise geworden war, von einem Verwandten, Oberst Ibbetson, adoptiert, der ihn zu einem englischen Gentleman machen wollte, selbst aber ein Schuft war (vermutlich, dachte sich Henry, würde sich zu gegebener Zeit herausstellen, daß Peter deshalb im Gefängnis saß, weil er diesen Menschen getötet oder verletzt hatte). Peter wurde Architekt und verliebte sich rettungslos in eine schöne junge Herzogin, die sich als seine Jugendliebe entpuppte. Während die ersten Kapitel einen naiven, aber überzeugend lebensechten Ton gehabt hatten, trieb der Roman nun mehr und mehr auf die fatalen Klippen des Kitsches zu. Auch hatte Du Maurier mit den philosophischen Betrachtungen des Helden, der die Vorbehalte seines Schöpfers gegenüber der konventionellen Religion teilte, des Guten ein wenig zu viel getan. Henry fühlte sich nicht aufgerufen, den Hoffnungen des Autors eine kalte Dusche zu verpassen, eines Tages aber sagte er: »Zeigen Sie mir nichts mehr. Sie müssen jetzt Ihren Weg selbst finden. Ich will Ihren Roman gern lesen, wenn er gedruckt ist, denn an einer Veröffentlichung besteht kein Zweifel.« Mit dieser Ausflucht wollte er vermeiden, noch mehr Zeit und Mühe auf Du Mauriers Roman zu verwenden, denn er war jetzt vollauf von einem eigenen spannenden Vorhaben in Anspruch genommen – dem Plan, Dramatiker zu werden.

4

Das Theater hatte ihn schon immer fasziniert. Während seiner Kindheit in New York gingen seine Eltern, die selbst fleißige Theaterbesucher waren, häufig mit ihm und William zu den Pantomimen, in den Zirkus und zu ähnlichen Veranstaltungen. Besonders lebhaft erinnerte sich Henry später eines Winterabends, an dem seine Eltern das Haus in der Fourteenth Street verließen, um die damals sehr berühmte Schauspielerin Charlotte Cushman in *Heinrich der Achte* zu sehen, während er, der Siebenjährige, mit seinem achtjährigen Bruder inzwischen die Hausaufgaben für den nächsten Tag machen sollte. Eine Stunde später platzte sein Vater herein, packte William und hastete mit ihm (soweit das von einem Mann gesagt werden konnte, der seit einem Unfall in der Jugend ein Holzbein hatte) zurück ins Theater. Der erste Akt war für Henry Senior eine so sublime Erfahrung gewesen, daß er fand, sein Erstgeborener müsse unbedingt das restliche Stück sehen, und sich kurzerhand ins Taxi geworfen hatte, um ihn ins Theater zu schleppen. Henry, der nach Meinung seines Vaters zu jung war, um Shakespeare würdigen zu können, blieb mit Groll im Herzen ob dieser Benachteiligung im Licht der Lampe allein zurück. Sein Vater gab sich alle Mühe, ihn später durch den Besuch klassischer und moderner Stücke am Broadway zu entschädigen, aber keine Vorstellung, die er je sah – ob als Knabe oder als Erwachsener, ob in New York, Paris oder London –, kam an den dramatischen

Höhepunkt heran, den für Henry jene sagenhafte, nie gesehene Inszenierung von *Heinrich dem Achten* darstellte. Sie verfolgte ihn seither ständig als eine Art platonisches Ideal theatralischer Ekstase, die er mit jedem realen Theaterbesuch von neuem und immer wieder vergeblich zu erreichen suchte. In seinen Pariser Jahren war er häufig in der *Comédie Française* und lernte das Repertoire von Scribe, Sardou und Dennery kennen. Auch in London war er regelmäßig im Theater zu finden, allerdings kamen seiner Ansicht nach die breit ausgespielten Melodramen und Farcen an die Inszenierungen der Pariser Bühnen bei weitem nicht heran. Die Gewohnheitssünde der englischen Nation, das Spießertum, schien ihm nirgends klarer aufzuscheinen als im Drama. Abend für Abend hoffte er im Parkett darauf, von dem Geschehen gefesselt oder bezaubert zu werden, und trat unweigerlich – manchmal noch vor Ende der Vorstellung – enttäuscht den Heimweg an.

Als er im Dezember 1888 in Paris wieder einmal die Freuden der dort üblichen weltläufigen dramatischen Darbietungen genoß, erhielt er einen Brief des englischen Schauspielers und Intendanten Edward Compton mit der Anfrage, ob er bereit sei, den *Amerikaner,* einen seiner frühen Romane, für die Compton Comedy Company zu bearbeiten. Zuerst wollte er rundweg ablehnen. Der leichtlebige Name der Truppe schien wenig verheißungsvoll, und vor zehn Jahren hatte sich ein ähnliches Projekt – man hatte ihn gebeten, für die New Yorker Bühne *Daisy Miller* zu bearbeiten – letztlich zerschlagen. Er hatte sich, nachdem er das nie aufgeführte Stück veröffentlicht hatte, fest vorgenommen, seine Zeit nie mehr mit solchen Vorhaben zu vergeuden. Nach reiflicher Überlegung aber schickte er Compton eine vorsichtig positive Antwort und zog, sobald er wieder in England war, Erkundigungen über ihn ein, die ermutigend klangen. Compton hatte als Schauspieler wie als Intendant einen guten Namen. Das Repertoire seiner Truppe umfaßte hauptsächlich klassische englische Komödien von Shakespeare, Garrick, Goldsmith und anderen, mit denen er Woche für Woche durchs Land zog. Compton wollte nun sein Programm durch ein neues Stück eines angesehenen Autors aufwerten und bei Erfolg damit nach London gehen. Eine Bühnenfassung des *Amerikaners* schien ihm dafür sehr geeignet und verhieß ihm, seiner Frau, Virginia Bateman Compton, und dem Ensemble lohnende Rollen.

Je länger Henry über diesen Vorschlag nachdachte – und das tat er häufig und manchmal mehr, als es den letzten Kapiteln der *Tragischen Muse* gut tat – desto besser gefiel er ihm. Im Mai 1889 hatte er sich grundsätzlich bereit erklärt, das Stück zu schreiben, mehr noch, er hatte bei sich beschlossen, mehrere Stücke zu schreiben, ein halbes Dutzend, ein Dutzend – so viel wie nötig waren, um die englische Bühne zu erobern. Bühnenstücke waren, mochten sie auch vulgär und ästhetisch primitiv sein, für einen Autor der kürzeste Weg zu Ruhm und Wohlstand – immer vorausgesetzt, er hatte Erfolg. Aber warum sollte er keinen Erfolg haben? Er glaubte, in den vielen Jahren, in denen er an der Quelle der dramatischen Kunst, der *Comédie Française,* verbracht hatte, das Handwerk des Stückeschreibens gründlich in sich aufgenommen zu haben, und hatte weiß Gott lange genug englische Theaterbesucher aus eigener Anschauung erlebt, um zu wissen, was bei ihnen »ankam«. Comptons zunächst um ein Haar vorschnell abgelehnter Vorschlag erschien ihm jetzt wie ein Wink des Schicksals, ein Ausweg aus der beruflichen Krise, die er Du Maurier bei ihrem Spaziergang um den Porchester Square an jenem linden Märztag vor einem Jahr gestanden hatte. Ausgestattet mit einem Polster dicker Geldsäcke voller Tantiemen aus seinen Aufführungen würde er nicht mehr mit Verlagen um ihre lumpigen Vorschüsse feilschen oder darüber trauern müssen, daß beklagenswert wenige anspruchsvolle Leser in der Lage waren, seine Romane zu würdigen. Mit den Einnahmen aus seinen kommerziell erfolgreichen Stücken würde er sich Zeit und Bewegungsfreiheit zum Verfassen wahrer Literatur kaufen können, ohne sich Gedanken um ihre Vermarktbarkeit zu machen. Ein zusätzlicher Anreiz bestand darin, daß er beim Stückeschreiben, der einen Hälfte seiner geplanten Doppelkarriere, zwar gewisse Zugeständnisse an den Publikumsgeschmack würde machen müssen, die Arbeit selbst aber keine seelenlose Plackerei wäre, sondern sogar Spaß machen konnte. Die Aussicht, sich mit den praktischen Aspekten einer Aufführung zu befassen, die Schauspieler kennenzulernen, Proben beizuwohnen und beratend bei Kostümen und Bühnenbildern mitzuwirken, weckte in ihm eine Art prickelnder Vorfreude. Und dann das aufregende Erlebnis, das eigene Werk vor Zuschauern aufgeführt zu sehen, ihr Gelächter, ihren Applaus zu hören… An diesem Punkt überließ er sich gern einer von goldenem Rampenlicht umflossenen Träumerei, sah, wie er in makellosem Abendanzug halb widerstrebend aus der Seitenkulisse gezerrt wurde, weil das Publikum lautstark nach ihm verlangte, sah, wie er sich errötend ein ums andere Mal verbeugte.

Er wußte nun schon, daß er die Handlung seines Romans in drei oder vier Akte aufteilen, komprimieren und mit starken Abgängen versehen, daß er das aufdringlichlaute Amerikanertum seines Helden übertreiben mußte, damit die Engländer sich darüber amüsieren konnten, und daß er genötigt sein würde, sich für die Geschichte einen glücklichen Ausgang einfallen zu lassen. Im Roman lassen die aristokratischen Bellegardes zunächst zu, daß der reiche amerikanische Selfmademan Christopher Newman, ein argloser Ausländer in Paris, einer ihrer Verwandten, der schönen jungen Witwe Comtesse Claire de Cintré, den Hof macht, nur um ihn später hochnäsig zu desavouieren. Das Schicksal bietet ihm die Möglichkeit, die Bellegardes bloßzustellen oder ihnen mit der Androhung gesellschaftlicher Blamage die Erlaubnis zur Heirat mit der Comtesse abzuringen, aber in einer Geste des Abscheus vor dem Zynismus und der Verderbtheit des alten Europa entsagt Newman der Liebe wie der Rache und kehrt in seine Heimat zurück, während die Comtesse ins Kloster geht. Henry sah auch ohne Edward Compton ein, daß man englische Theaterbesucher nicht mit der Erinnerung an einen so düsteren Schluß im Kopf in ihren Droschken und Omnibussen und Vorortzügen nach Hause schicken konnte, allerdings versäumte es Compton trotzdem nicht, ihn in seiner Korrespondenz taktvoll, aber unmißverständlich darauf hinzuweisen.

Aus verschiedenen Gründen – bei Henry waren es andere dringende Verpflichtungen, bei Compton eine gewisse Saumseligkeit, die Henry als ein allen Theaterleuten gemeinsames Berufslaster kennenlernen sollte – vergingen sieben Monate, ehe er die Bühnenfassung in Angriff nehmen konnte. Bis dahin erzählte er niemandem von seinem großen Plan – bis auf Fenimore, die ihn billigte; und auch als er endlich – Anfang 1890 – mit dem Schreiben begann, erfuhren das nur Alice und ihre Gefährtin Katharine Loring, und auch die nur unter der Auflage strenger Vertraulichkeit. Später weihte er William ein, wieder mit umständlichen, fast freimaurerischen Beschwörungen, das Geheimnis nicht preiszugeben. Seine Angst vor dem Scheitern war so stark wie seine Gier nach Erfolg auf diesem ihm neuen Betätigungsfeld, denn nur der Erfolg würde rechtfertigen, daß er die feine Feder des Romanciers aus der Hand gelegt hatte, um das gröbere Schreibwerkzeug des Stückeschreibers aufzunehmen. Besonders demütigend wäre es, wenn die Presse von dem Vorhaben berichten und das Stück letztlich dann nie auf die Bühne kommen würde, wie es ihm mit *Daisy Miller* ergangen war. Er zögerte deshalb so lange wie möglich, seinen literarischen Freunden, auch George Du Maurier, von der Dramatisierung des *Amerikaners* – oder des *Kaliforniers,* wie er das Stück genannt hatte – zu erzählen.

Die Arbeit ging ihm gut von der Hand. Im Februar schickte er Entwürfe für die ersten beiden Akte an Compton, die für den dritten und vierten Akt folgten im April. Die Reaktion des Intendanten war erfreulich positiv, allerdings auch merkwürdig kurz und pauschal. Ein wenig verwunderlich fand Henry, daß sie bisher noch keine Gelegenheit gefunden hatten, sich persönlich kennenzulernen. Compton war ständig in der Provinz unterwegs, jede Woche in einer anderen Stadt, und hielt er sich zufällig einmal in London auf, hatte Henry die Hauptstadt bestimmt gerade verlassen. Endlich aber, Anfang Mai, kamen sie doch in Henrys Wohnung in De Vere Gardens zusammen.

In den Entwürfen zu seinem Stück blätternd, um seinem Gedächtnis auf die Sprünge zu helfen, erwartete er Compton in seinem großen lichten Arbeitszimmer, das auf die Straße hinausging. Tosca, die hübsche Dackelhündin, die sich zu seinen Füßen zusammengerollt hatte, stellte die Ohren auf und bellte, als sie die Ankunft des Besuchers witterte, und gleich darauf öffnete Smith die Tür und meldete: »Mr. Edward Compton und Master Compton.« Smith nannte die Namen mit dem übertrieben sonoren Klang, den er sich im Dienste des Earls angewöhnt hatte und der

Henry immer an einen Butler in einem Bühnenstück erinnerte. Vielleicht deshalb war Edward Compton von dieser Darbietung weder überrascht noch eingeschüchtert. Etwas beunruhigt war Henry, als er den aufgeweckten, gut aussehenden Jungen von sieben oder acht Jahren in weißem Matrosenanzug erblickte, der, ein in blaues Leder gebundenes Buch in der Hand, neben seinem Vater stand. Auch Comptons äußere Erscheinung brachte ihn ein wenig aus der Fassung. Compton, ein Mann Mitte dreißig, sah gut aus, war glattrasiert, hatte ein nobles Profil, eine straffe, aufrechte Figur – und eine spiegelblanke Glatze.

»Ich bitte um Verzeihung, Mr. James«, sagte Compton, nachdem sie sich mit Handschlag begrüßt hatten. »Wie Sie sehen, habe ich mir erlaubt, meinen Sohn mitzubringen.« Er warf einen liebevollen Blick auf den Jungen, der schon dabei war, sich mit Tosca anzufreunden. »Ich weiß noch, was für ein Erlebnis es für mich war, als ich in seinem Alter von *meinem* Vater Thackeray vorgestellt wurde – übrigens nicht weit von hier, wir sind gerade an Kensington Gardens vorbeigekommen – und mit welcher Freude ich mich in späteren Jahren an diese Begegnung erinnert habe. Die Möglichkeit, eine ähnliche Erfahrung zu machen, wollte ich ihm nicht vorenthalten.«

»Natürlich, natürlich, er ist sehr gern gesehen«, sagte Henry halblaut, geschmeichelt von dem indirekten Kompliment, aber leicht nervös angesichts der gesellschaftlichen Zumutung, die der junge Mann darstellte. »Aber womit wird er sich zerstreuen, solange wir unsere Angelegenheit besprechen?«

»Er hat strikte Anweisung stillzusitzen und nicht dazwischenzureden«, sagte Edward Compton. »Aber wenn Sie so liebenswürdig wären, erst noch sein Geburtstagsbuch zu signieren ...«

»Gewiß, mit dem größten Vergnügen.« Henry nahm dem Jungen das Buch aus der Hand, das dieser ihm hinstreckte, und las den goldgeprägten Titel auf dem Buchdeckel. »*Das Tennyson-Geburtstagsbuch.* Sehr gut. Und wie heißt du, junger Mann?«

»Edward Montague Compton Mackenzie«, erwiderte der Junge klar und deutlich.

»Ein trefflicher Name. Aber wie kommt es ...« Henry runzelte ein wenig ratlos die Stirn und ließ den Satz unbeendet.

Compton lachte. »Ich heiße eigentlich Mackenzie, genau wie mein Vater. Der trennte sich von diesem Namen, als er zum Theater ging, weil seine schottischen Verwandten den Beruf mißbilligten, und ich bin seinem Beispiel gefolgt. Gewöhnlich nennen wir unseren jungen Burschen hier ›Monty‹.«

»Verstehe. Und was soll ich in diesen Prachtband schreiben, Monty?«

»Ihren Namen, bitte, Sir. Unter dem Datum Ihres Geburtstages.«

»Am fünfzehnten April also.« Henry blätterte das Buch durch, das wie ein Schreibtischkalender eingerichtet war und für jeden Tag ein Tennyson-Zitat vorsah. »*Gorgonisiert ›von Kopf bis Fuße mich / mit steinig britischem Blick.‹ Maud.*« las er laut. »Hmmm ... Ein etwas düsteres Motto für meinen Geburtstag, auch wenn mir dieser Blick nicht unbekannt ist. Weißt du, was ›gorgonisiert‹ bedeutet, Monty?«

Der Junge errötete. »Nein, Sir.«

»Von Gorgo hast du doch schon gehört, Monty«, half sein Vater nach.

»Ja, richtig, Gorgo ... Der war ein Ungeheuer, das die Menschen mit einem Blick zu Stein verwandeln konnte.«

»Vortrefflich«, sagte Henry beeindruckt, »allerdings war

das Monster, soweit ich weiß, weiblichen Geschlechts.« Er ging mit dem Buch zu seinem Stehpult und schrieb seinen Namen mit Schwung an die vorgesehene Stelle. Der Junge beobachtete diesen Vorgang neugierig.

»Schreiben Sie immer im Stehen?« wollte er wissen.

»Monty«, mahnte sein Vater, der fürchtete, die Frage könne als Impertinenz ausgelegt werden.

»Nein«, lachte Henry. »Manchmal schreibe ich dort ...«, er deutete auf den Schreibtisch am Fenster, der mit Entwürfen seines Theaterstücks bedeckt war ... – »und manchmal schreibe ich im Liegen.« Er führte Vater und Sohn zur Chaiselongue, an der ein kleines Pult mit einem Schwenkarm angebracht war, und demonstrierte die Funktion dieser Vorrichtung. »Ich habe Schwierigkeiten mit dem Rücken«, erklärte er, an Compton gewandt, »und muß meine Stellung von Zeit zu Zeit ändern.«

»Eine sehr sinnreiche Einrichtung«, sagte Compton und bewunderte das schwenkbare Schreibpult.

»Und machst du dir Hoffnungen, einmal in die Fußstapfen deines Vaters und Großvaters zu treten, Monty?« fragte Henry. Der Junge machte ein verständnisloses Gesicht.

»Mr. James fragt, ob du Schauspieler werden willst, wenn du groß bist«, erläuterte Compton. »Wir glauben eher, daß er einmal Schriftsteller werden könnte«, sagte er zu Henry. »Er hat ständig ein Buch vor der Nase.«

»Wenn das so ist, müssen wir dir jetzt etwas zum Lesen suchen.«

Seinen Gästen eine Lektüre auszuwählen für die Zeit, in der er sich nicht mit ihnen beschäftigen konnte, war eine Aufgabe, die Henry sehr ernst nahm, wobei er stets bestrebt war, Leser, Text und Kontext möglichst perfekt aufeinander abzustimmen. »Sehr viel Jugendliteratur habe ich leider nicht zu bieten.« Nachdenklich ließ er den Blick an den Bücherregalen entlanggehen und griff hier und da einen Band heraus, nur um ihn kopfschüttelnd und mit einem Seufzer wieder zurückzustellen. »Die Märchen von Andrew Lang sind recht fade, finde ich … Robert Louis Stevenson ist vielleicht ein wenig zu anspruchsvoll …«

»Stevenson ist vortrefflich geeignet, Mr. James«, sagte Compton mit leichter Ungeduld. »Ich möchte Ihre wertvolle Zeit nicht zu lange in Anspruch nehmen, und wir haben ein Stück zu besprechen.«

»Ja, ja, natürlich«, sagte Henry. Monty bekam *Die Schatzinsel*, und die beiden Erwachsenen kamen unverzüglich zur Sache.

»Ich habe Ihren vierten Akt gelesen«, sagte Compton und holte den Entwurf aus der Jackentasche.

»Und ihn für gut befunden, wie ich hoffe?« fragte Henry.

»Er ist gut geschrieben, aber etwas deprimierend.«

»Deprimierend? Aber er endet glücklich. Der Held bekommt seine Braut.«

»Erst in den letzten beiden Zeilen. Bis dahin ist die Stimmung düster und unheilschwanger, einer Tragödie gemäßer als einer Komödie. Vergessen Sie bitte nicht, daß wir die Compton Comedy Company sind. Der Tod des Bruders, Valentin, trübt die Stimmung erheblich.«

Sie diskutierten diesen Punkt des längeren. Henry verteidigte den Tod Valentins, der bei einem Duell verletzt worden war, mit großer Hingabe. Das Duell mit seinem antiquierten und im Grunde überholten Ehrbegriff machte auf dramatische Weise die ethischen Unterschiede zwischen Europa und der Neuen Welt deutlich, und die bewegende Versöhnung zwischen Valentin und seinem Gegner an Valentins Sterbebett bereitete die Zuschauer auf die Vereinigung von Held und Heldin vor. Henry fand, daß er gegen den Geist der Romanvorlage schon hinreichend verstoßen hatte, indem er die beiden heiraten ließ. Compton, offenbar ein Pragmatiker, gab sich geschlagen.

»Also meinetwegen, aber sehen Sie zu, daß Sie die Zuschauer ein wenig früher wieder aufrichten«, sagte er.

Sie sprachen die anderen Akte durch, und Compton machte zahlreiche Vorschläge für mögliche Änderungen, die Henry in den meisten Fällen akzeptieren konnte.

»Tja, das wär's dann wohl.« Compton legte die fliegenden Blätter wieder ordentlich zusammen. »Ich erwarte dann so bald als möglich einen vollständigen Text. Ach, noch eins: Ihr neuer Titel gefällt mir nicht.«

»O je! Wenn ich Newman zum Kalifornier mache, dachte ich mir – im Roman ist er bekanntlich ein Mann aus dem Süden –, könnte ich es mir erlauben, ihn ein wenig ungehobelter auftreten zu lassen, was in einem Pariser Umfeld möglicherweise noch witziger wirkt.«

»Nach Kalifornien können Sie ihn gern versetzen«, sagte Compton, »aber behalten Sie um Himmels willen den Originaltitel bei. Viele Leute werden sich das Stück ansehen wollen, weil sie das Buch gelesen haben.«

»Meinen Sie wirklich? Ich hätte eher gedacht, daß der Roman sie abschrecken würde«, meinte Henry. Insgeheim hatte er gehofft, mit dem neuen Titel den Eindruck eines neuen Werkes erwecken zu können, aber er beugte sich dem erfahrenen Urteil des Intendanten.

»Vorzüglich«, sagte Compton. »*Der Amerikaner* von Henry James – das macht sich bestimmt gut auf den Reklametafeln.«

»Bedeutet das … darf ich daraus schließen … Wollen Sie wirklich …« Henry wagte aus Angst vor einer negativen oder mehrdeutigen Antwort kaum, den Satz zu beenden. »Wollen Sie es wirklich *bringen*?« hauchte er schließlich.

»Ja, natürlich. Habe ich das nicht deutlich gemacht?«

»Nicht so ganz. Das freut mich sehr.«

»Mit Ihrem Agenten stehe ich wegen der Bedingungen in brieflichem Kontakt, aber da dürfte es kaum Schwierigkeiten geben.«

Henry hatte unlängst die mit seiner literarischen Tätigkeit verbundenen geschäftlichen Dinge Charles Wolcott Balestier anvertraut, einem liebenswürdigen und tatkräftigen jungen Amerikaner, der in London den relativ neuen Beruf eines Literaturagenten ergriffen hatte. Henry schätzte ihn persönlich, vertraute seinen Fähigkeiten und war heilfroh, daß er sich nicht mehr mit unerfreulichen finanziellen Verhandlungen herumzuschlagen brauchte. »Wann? Und wo?« lauteten seine nächsten Fragen.

»Das Stück soll zum ersten Mal im Januar in den Winter Gardens von Southport über die Bühne gehen«, war die Antwort.

Henrys Euphorie bekam einen kleinen Dämpfer. »Erst im nächsten Jahr?«

»Soviel Zeit brauchen wir sicher. Bei einem neuen Stück gibt es viel zu tun, das werden Sie noch merken.«

»Und warum Southport? Ich weiß nicht einmal genau, wo das liegt.«

»Bei Liverpool. Sehr angenehmer Ort. Ein Seebad, in dem viele wohlhabende Leute leben, die gern ins Theater gehen.«

»Es ist weit weg von London.«

»Um so besser.« Compton bedachte Henry mit einem gleichzeitig wissenden und forschenden Blick. »Ich gehe davon aus, daß Ihnen daran liegt, mit diesem Stück Geld zu verdienen, Mr. James?«

»Zu meiner Schande muß ich gestehen, daß ich mich hauptsächlich deshalb auf dieses für mich neue Gebiet gewagt habe.«

»Gutes Geld verdienen können Sie nur mit einer guten Londoner Spielzeit. Bei unseren Provinztourneen bleiben wir in jedem Ort eine Woche und spielen jeden Abend ein anderes Stück, so daß *Der Amerikaner* nur einmal in der Woche zum Zuge kommt. Bei den in der Provinz üblichen Eintrittsgeldern machen Sie damit kein Vermögen, auch nicht bei vollem Haus. In London, wo ein Sperrsitz eine halbe Guinee kostet, sieht das anders aus. Bei einem erfolgreichen Stück könnten Sie hundert Pfund an Tantiemen in der Woche einstreichen. Mehr.«

»Wirklich?« Henry machte große Augen. »Würde das Stück also beispielsweise ein halbes Jahr laufen ...«

»... könnten Sie zwei- oder dreitausend verdienen. Wenn ein Stück wirklich ankommt, spricht sich das herum, dann wird es in Amerika nachgespielt, in Australien, überall. Henry Arthur Jones hat mit seinem letzten Stück in einem Jahr zehntausend verdient.«

»Gütiger Himmel!« Henry meinte fast zu hören, wie in einem fensterlosen kleinen Kontor hinter der Bühne klimpernd die Goldstücke gezählt wurden.

»Aber hüten Sie sich davor, das Fell des Bären zu verkaufen, ehe Sie ihn haben«, warnte Compton, als habe er Henrys Gedanken gelesen. »Das Londoner Publikum ist anspruchsvoll, und die Konkurrenz ist gnadenlos. Deshalb möchte ich in der Provinz an Ihrem Stück arbeiten – es auf der Tournee gründlich auslüften, beobachten, wie es bei den Zuschauern ankommt, und entsprechend polieren, ehe wir damit nach London gehen. Verstehen Sie?«

»Allerdings, und ich bin Ihnen sehr verbunden für die Erklärung«, erwiderte Henry.

»Southport ist als Auftakt fast ideal. Die Winter Gardens sind das erste Theater, in dem die Truppe gespielt hat, es hat mir immer Glück gebracht. Theaterleute sind in diesen Dingen etwas abergläubisch. Sonst noch Fragen, Mr. James?«

Henry hatte in der Tat noch eine Frage, wußte aber nicht recht, wie er sie formulieren sollte. Compton aber erfaßte die Bedeutung seines unwillkürlich nach oben gerichteten Blickes.

»Ja«, sagte er lächelnd, »ich werde für die Rolle des Newman ein Toupet tragen.«

»Das dachte ich mir«, sagte Henry, war aber doch sehr erleichtert über die Bestätigung.

Henry erfuhr die Geschichte von Comptons vorzeitiger Kahlheit – eine sehr dramatische Geschichte – ein paar Monate später von dem Inspizienten und Souffleur der C.C.C., der seit Gründung der Truppe dabei war. Vor einem Jahrzehnt oder mehr war Compton mit einer Schauspielerin verlobt gewesen, mit der zusammen er schon seit mehreren Jahren auf der Bühne gestanden hatte. Auf einer Reise nach Paris, wo sie ihre Aussteuer kaufen wollte, brach sie nach dem Genuß von einem Glas eisgekühlter Milch plötzlich zusammen und starb in Comptons Armen. Der Schock war so groß, daß ihm alle Haare ausgingen; sie wuchsen nie wieder nach. Compton erkannte, daß seine Zukunft als Schauspieler in Kostümstücken lag, bei denen sich ein kahler Kopf leicht unter Perücken verbergen ließ, und gründete mit Hilfe einer kleinen Erbschaft, die ihm seine Verlobte hinterlassen hatte, eine Schauspieltruppe, die vor allem klassische englische Komödien zur Aufführung brachte. Nach einiger Zeit lernte er die Schauspielerin Virginia Bateman kennen, die er heiratete, und inzwischen war die Compton Comedy Company eine beliebte und angesehene Institution des englischen Provinztheaters. *Der Amerikaner* war deshalb kein geringes Wagnis für Compton: Es war nicht nur sein erster Versuch, mit einer Inszenierung nach London zu kommen, sondern auch sein erster Auftritt nach vielen Jahren in einem modernen Stück mit Toupet statt mit Perücke.

Das Schicksal dieses Mannes, der sich aus tiefstem Leid entschlossen und einfallsreich wieder herausgearbeitet hatte, bewegte Henry in ähnlicher Weise wie George Du Mauriers tapferer Umgang mit seiner partiellen Blindheit. Comptons Geschichte verkörperte die »Romantik des Theaters«, die ihn seit seiner Kindheit fasziniert, ihn Abend für Abend in den Zuschauerraum gelockt und letztlich dazu bewogen hatte, den Schritt auf die andere Seite der Rampe und ihrer Lichter zu tun. Allerdings war von Romantik im täglichen Leben einer Tourneetheatertruppe nicht viel zu spüren, in einem Leben, das Henry nun beobachten konnte und das zunehmend, nachdem die Proben zu *Der Amerikaner* im Herbst 1890 begonnen hatten, auch das seine wurde. Es war kein Zuckerschlecken, tagsüber in düsteren und oft frostigen Theatern zu proben, jeden Abend, von Montag bis Samstag, ein anderes Stück aufzuführen, in Unterkünften von oft fragwürdigem Komfort zu schlafen und zu essen und jeden Sonntag in Bummelzügen mit schlechten Anschlüssen zum nächsten Gastspiel zu reisen. Das machten die Schauspieler sechsundvierzig Wochen im Jahr. Erholung boten nur die Karwoche, in der alle Theater geschlossen waren, und eine vierwöchige Sommerpause.

Eingeführt in diese Welt wurde Henry im September in Sheffield; dort sollte er der Truppe im Theatre Royal, wo sie ihr aktuelles Programm aufführte, das fertige Stück vorlesen. Compton holte ihn von der Bahn ab und brachte ihn in sein Hotel. Henry war noch nie in Sheffield gewesen, der Name war ihm nur als Prägung auf der Rückseite von Eßbesteck ein Begriff, und er sah überrascht, wie weiträumig die Stadt war, die – eine Masse aus grauem Stein und rostendem Eisen – im schrägen Licht der Spätnachmittagssonne über die Yorkshire-Hügel hingebreitet war, eine Stadt mit rußgeschwärzten Giebeln, rauchenden Fabrikschloten, Straßen voller Lärm und Menschen – und mit einem Theater. Dort saß er am nächsten Morgen auf der Bühne, auf einem harten Stuhl, hinter sich den verdunkelten Zuschauerraum, vor sich in einem Halbkreis die Darsteller auf nicht weniger unbequemen Sitzgelegenheiten. Henry las das Stück in einem Zug, mit nur ganz kurzen Pausen zwischen den einzelnen Akten. Er warf sich mit Schwung in seine Aufgabe, wobei ihm die schauspielerischen Fertigkeiten zugute kamen, die er sich bei den Scharaden in New Grove House und ähnlichen Gesellschaftsspielen in seiner Jugend in Neuengland angeeignet hatte. Er wußte, wie wichtig es war, die Schauspieler für die Rollen zu begeistern, die ihnen zugedacht waren, und wollte die gute Gelegenheit nutzen, um ihnen vorzuführen, wie sie ihren Text zu sprechen hatten, denn an Comptons amerikanischem Akzent oder auch der Fähigkeit der anderen Schauspieler, französische Aristokraten darzustellen, hatte er doch gewisse Zweifel. Er wußte nicht, was bei solchen Anlässen üblich war oder welche Reaktion er von seinem kleinen Publikum erwarten durfte. Der erste Akt schien gut anzukommen, die Schauspieler schmunzelten oder lachten hin und wieder sogar laut heraus; je weiter die Handlung voranschritt, desto stiller wurden sie, aber das lag wohl daran, daß im Text nun auch ernstere Töne angeschlagen wurden. Als er heiser und erschöpft zum Schluß gekommen war, gab es dünnen Applaus, höfliches Lächeln und halblaute Dankesworte von den Schauspielern, dann aber sprangen sie auf und waren erschreckend schnell verschwunden.

»Wo sind denn alle hin?« fragte Henry verwundert, als Compton ihm in den Mantel half.

»Zum Essen«, erklärte Compton, »und ich denke, für uns ist es auch höchste Zeit, Mrs. Compton erwartet uns.« Mrs. Compton, die die Claire Cintré spielen sollte, hatte sich für die Lesung entschuldigen lassen, da sie mit dem Stück von Henrys zahlreichen Entwürfen her schon hinreichend vertraut war. Der Intendant führte Henry hinaus, und sie gingen nebeneinander die London Road entlang.

»Die Straße nach London – ein gutes Omen«, scherzte Henry.

»Hoffentlich«, erwiderte Compton, ohne eine Miene zu verziehen.

Henry wartete vergeblich auf mehr. Schließlich fragte er: »Was ist also Ihr erster – Ihr spontaner Eindruck, mein lieber Compton?«

»Das Stück ist zu lang.«

»Zu lang?« wiederholte Henry ehrlich überrascht. »Davon haben Sie mir im Mai nichts gesagt.«

»Seither ist aber auch einiges an Text dazugekommen«, bemerkte Compton grimmig.

»Eine Zeile hier und da vielleicht …«, sagte Henry.

»Sehr viel mehr. Ich habe Ihnen gesagt, daß das Stück nicht länger als zweidreiviertel Stunden dauern darf – einschließlich Pausen.« Compton holte unter dem Revers seines Überziehers seine Taschenuhr hervor und sah auf das Zifferblatt. »Sie haben heute um elf mit Ihrer Lesung angefangen. Um drei waren Sie fertig. Das sind vier Stunden.«

»Aber ich habe auch die Bühnenanweisungen mitgelesen«, machte Henry geltend.

»Die müssen ja auch gespielt werden, das kostet alles Zeit. Wenn wir die Pausen mitzählen, wird es, wenn wir um sieben anfangen, fast Mitternacht, bis der letzte Vorhang fällt. Ganz unmöglich.«

»Aber was sollen wir denn jetzt machen?« stieß Henry hervor.

»Kürzen«, sagte Compton.

Vor lauter Schreck blieb Henry mitten auf dem Gehsteig stehen. Er hatte sich wochenlang abgemüht, jede Zeile gewichtend und polierend wie ein Goldschmied seine Juwelen, um ein nahtloses, glitzerndes Geschmeide aus Worten zu schaffen. Die Vorstellung, dieses schöne Kunstwerk rücksichtslos zerhacken zu müssen, schnitt ihm ins Herz. »Kürzen? Wie denn?«

»Mit einem Blaustift.« Compton feixte – eine recht herzlose Reaktion, wie Henry fand. »Es gibt kein Stück, das nicht von Kürzungen profitiert hätte. Meine Frau versteht sich sehr gut darauf.«

Zwei sehr schmerzliche Monate folgten, in denen Compton höflich, aber unerbittlich seinen Autor zwang, nach und nach etwa ein Viertel seines kostbaren Textes zu opfern. Dieser Vorgang vollzog sich vor allem brieflich und telegraphisch. Henrys Telegrammkosten erreichten beängstigende Höhen und drohten einen wesentlichen Teil der 250 Pfund Vorschuß zu verschlingen, die Balestier für ihn ausgehandelt hatte. Dieses zweifelsohne bequeme Kommunikationsmedium stürzte Henry stets in einen quälenden Konflikt zwischen wirtschaftlichen Erwägungen auf der einen und literarischer Geschmeidigkeit auf der anderen Seite. In dem Bemühen, die beiden Erfordernisse in Einklang zu bringen, kam es zu telegraphischen Mitteilungen, die bisweilen an japanische Haikus erinnerten, beispielsweise EINTREFFE VORZEITIG 5.38 MIT GEPLANTEM 1.50 HENRY JAMES. Bei Fachfragen machte er gar nicht erst den Versuch, sich von der Länge her einzuschränken oder Bedeutungsnuancen zu opfern, um ein, zwei Shilling zu sparen, und es kostete ihn häufig hundert telegraphierte Worte, um die Beibehaltung eines einzigen Satzes zu verteidigen, von dem er sich dann doch oft trennen mußte. Es war eine mühsame und frustrierende Tätigkeit, aber er ließ nicht locker und sagte sich dabei immer wieder, daß er so die Ketten finanzieller Zwänge würde sprengen können. Ein zusätzlicher Ansporn war die Erkenntnis, daß er dies mit seiner Prosa nie erreichen konnte. *Die Tragische Muse* war im Frühjahr als Buch herausgekommen. Er hatte sich zwar bei Macmillan's mit der Drohung, das Buch anderswo unterzubringen, einen Vorschuß von 250 Pfund gesichert, aber der Absatz war enttäuschend, und im November stand fest, daß der Verlag auch an diesem Buch Geld verlieren würde. Im gleichen Monat wurde Henry zum ersten Mal eine Kurzgeschichte abgelehnt, und zwar ausgerechnet von dem Herausgeber des *Atlantic*, die so lange verläßliche Abnehmer gewesen waren. Er brachte *The Pupil* bald anderweitig unter, spürte aber die Ablehnung wie einen kalten Hauch im Nacken und machte sich entschlossener denn je ans Kürzen seines Schauspiels. Das erfolgreiche Ringen mit den willkürlichen Zwängen des Theaterbetriebs und den hartnäckigen Vorurteilen von Schauspieler-Intendanten gewährte ihm eine gewisse grimmige Genugtuung. Er konnte durchaus stolz darauf sein, daß es ihm gelungen war, den dramatischen Stoff so zurechtzustutzen, daß er in den starren Rahmen der von Compton vorgegebenen Aufführungszeit paßte, ohne ihm dadurch bleibenden Schaden zuzufügen.

Im November fuhr er nach Portsmouth, wo die Truppe eine Woche lang gastierte, um das überarbeitete Stück mit den Darstellern durchzugehen, und war angenehm überrascht, wie lebendig es wirkte und wie wenig man von den Narben der brutalen Kürzungen merkte. Die Darstellung, besonders in den Nebenrollen, machte ihm Sorgen, und er verbrachte mindestens eine Stunde damit, Notizen an die Schauspieler zu verteilen und sie bestimmte Zeilen und Szenen mit mehr Ausdruck wiederholen zu lassen, aber es war ein bitter kalter Tag, und die Schauspieler mußten in dem ungeheizten Theater ihre Mäntel anbehalten, was ihnen einiges an Schwung nahm. Es hielt schwer, wie Mrs. Compton entwaffnend bemerkte, eine Liebesszene zu spielen, wenn einem ständig ein Tropfen an der Nase hing. Henry hatte von dieser Dame inzwischen eine sehr hohe Meinung, und zwar nicht nur, weil sie Intelligentes und Anerkennendes über die *Tragische Muse* zu sagen wußte, die er ihrem Mann überreicht hatte (der seinerseits nicht erkennen ließ, ob er überhaupt schon einen Blick in das Buch geworfen hatte). Er wußte die gut gelaunte Geduld zu würdigen, die sie in ihren Debatten über die Kürzungen an den Tag gelegt hatte, und in die Rolle der Claire Cintré hatte sie sich bereits sehr erfreulich eingelebt. Compton selbst war noch ein wenig enttäuschend, aber vor den anderen Darstellern mochte Henry ihn auf seine Schnitzer nicht aufmerksam machen. Er begleitete deshalb die Comptons in ihr Quartier und verbrachte noch einmal zwei Stunden mit dem Schauspieler allein, wobei er jede Zeile seiner Rolle auf Ausdruck, Intonation und Akzent hin überprüfte (besonders das amerikanische ›a‹ beherrschte Compton nur unvollkommen).

Als er wieder in London war, schrieb er an Wiliam: *»Bei einem Theaterstück ist für den Verfasser das Niederschreiben erst der Anfang, und der Schöpfungsakt – das habe ich jetzt erkannt – ist erst dann zu Ende, wenn man es auf Schritt und Tritt begleitet hat bis zu dem Moment, da der Vorhang sich zur Premiere öffnet.«*

Er sollte noch merken, daß auch dann das Ende noch nicht erreicht war, aber zur Zeit konnte er, was den *Amerikaner* betraf, nicht über die Premiere hinausdenken, von der ihn jetzt nur noch wenige Wochen trennten und der er mit einem Gemisch aus Angst und Erregung entgegensah. Inzwischen hatte er ein zweites Stück in Angriff genommen, das den Arbeitstitel *Mrs. Vibert* trug, und hatte schon die Idee zu einem dritten.

Am Samstagnachmittag, dem 3. Januar 1891, wenige Stunden vor der ersten öffentlichen Vorstellung des *Amerikaners*, lief Henry unruhig, geplagt von Rülpsern und Darmwinden, in seinem Privatsalon des Prince of Wales Hotel in Southport hin und her. Er hatte Comptons Einladung ausgeschlagen, ihm beim Essen Gesellschaft zu leisten, das dieser, wenn er abends spielte, stets pünktlich um drei einnahm, und sich einen kalten Imbiß aufs Zimmer bestellt, was vielleicht ein Fehler gewesen war. Eine warme Mahlzeit wäre wohltätiger für seine Gedärme gewesen, in denen die Aufregung wühlte. Er rief den Kellner, ließ das schmutzige Geschirr abräumen und setzte sich an den Tisch, um Briefe zu schreiben – nicht viel anders, dachte er bei sich, als ein Soldat am Vorabend einer Schlacht, die er vielleicht nicht überleben würde. Bei Du Maurier und Gosse bedankte er sich für deren gute Wünsche und schrieb, er zähle darauf, daß sie *»diesen Abend mit Fasten, Schweigen und im Gebet«* verbringen würden. William gratulierte er zur glücklichen Ankunft seines dritten Sohnes, zog eine Parallele zu der bevorstehenden Geburt seines dramatischen Erstgeborenen und schrieb, er befände sich »in einem Zustand erbärmlicher, einsamer Angst«. In dem Brief an einen französischen Freund hieß es: *»Je fais du Théatre – je suis tombé bien bas – priez pour moi.«* Von diesen Briefen würde keiner den Empfänger erreichen, ehe sich sein Schicksal entschieden hatte, aber das Ersinnen solch humorvoller Hyperbeln brachte ihm ein wenig Erleichterung.

Die Generalprobe des Vorabends bestärkte ihn in seiner Ansicht, daß über Erfolg oder Mißerfolg seines Stückes seine inhaltlichen Qualitäten entscheiden würden, denn die Darstellung war eher schwunglos und die Ausstattung unbeachtlich (auch wenn es zweifellos ein Fortschritt war, endlich ein Toupet auf Comptons kahlem Schädel und obendrein auf seiner Oberlippe ein Schnurrbärtchen zu sehen). Henry hatte sich bemüht, dem Stück zu folgen, als habe ein anderer es geschrieben, und hatte einen positiven Eindruck von der Logik der Handlung und dem Tempo der Inszenierung. Allerdings war das schwer zu beurteilen, da das riesige Theater bis auf einige wenige Zuschauer, meist Mitarbeiter der Truppe mit ihren Angehörigen, gähnend leer war. Zur Premiere waren alle fünfzehnhundert Karten verkauft, und er würde unter den Zuschauern sitzen und ihr Urteil zur Kenntnis nehmen müssen. William Archer, der einflußreiche Kritiker der *World*, hatte in einem Brief an Henry die Aussicht auf ein neues Stück eines angesehenen Literaten begrüßt und die Absicht kundgetan, zur Premiere zu kommen. Die Mitteilung versetzte, so schmeichelhaft sie auch war, Henry in Angst und Schrecken. Archer betrachtete es als seine Mission, das literarische Niveau der englischen Bühne zu heben, was durchaus in Henrys Sinne war, allerdings war er ein glühender Anhänger von Ibsen, gegen den Henry gewisse Vorbehalte hatte, und seine Kritik über Arbeiten, die ihm mißfielen, konnte sehr harsch ausfallen. Henry hatte in seiner Antwort auf die begrenzten Möglichkeiten einer Aufführung in der Provinz hingewiesen und ihm empfohlen, die Inszenierung in London abzuwarten, auf die sie hofften, aber Archer hatte es abgelehnt, sich hinhalten zu lassen.

Um die Zeit totzuschlagen, zog Henry den Mantel an und trug seine Briefe, die er sonst am Empfang abzugeben pflegte, selbst zur Post. Er blieb aber beim Concierge stehen, um für sich, die Comptons und Balestier, der mit dem Zug von London kommen wollte, ein spätes Abendessen zu bestellen – als Festmahl oder Leichenschmaus, je nachdem … Vom Postamt aus schlenderte er zur Uferpromenade, auf der an diesem kalten Winternachmittag nur wenige Menschen unterwegs waren. Es herrschte Ebbe, und die fast gänzlich von Wolken verdunkelte Sonne ging über dem flachen nassen Sand und einer nahezu unsichtbaren See unter. Ein unmäßig langes skelettartiges Pier reckte sich vom Strand in Richtung Horizont, als habe es dazu angesetzt, die Irische See zu überspannen, dann aber den Mut verloren. Es schien grotesk, daß er, Henry James, der »angesehene Literat«, der kosmopolitische Autor, der in London, Paris, Rom und New York gleichermaßen zu Hause war, mitten im Winter hier gelandet war, in diesem faden, gesichtslosen Provinznest, scheinbar am Rande der Zivilisation, und voller Sorge darauf wartete, wie sich sein Schicksal als angehender Dramatiker entscheiden mochte. Unwillkürlich lachte er laut und bellend auf. Der selbstironische Laut brachte ihm den mißbilligenden Blick eines Passanten ein, der offensichtlich der Meinung war, er habe einen über den Durst getrunken.

Henry setzte seinen Weg ins Theater fort. Der Mann in dem Verschlag am Bühneneingang erkannte ihn. »Von der Truppe ist niemand da, Mr. James. Die ruhen sich heute nachmittag alle aus.«

»Ich weiß«, erwiderte Henry. »Trotzdem schönen Dank. Ich wollte nur noch etwas am Bühnenbild überprüfen.«

Er träumte eine Weile auf der Bühne vor sich hin, spielte im matten Licht einer einzigen Gaslampe mit den Requisiten für die erste Szene – *Ein Pariser Salon* – und verrückte die Sessel um zwei, drei Zentimeter. Aus irgendeinem Grund war der Vorhang unten. Spontan schob er die beiden Teile ein Stück weit auseinander, trat vor und sah in das gewaltige Maul des dunklen, leeren Zuschauerraums. Er wartete kurz, bis sich seine Augen an das Dunkel gewöhnt hatten und er ganz sicher sein konnte, daß er allein war. Dann probierte er ernst und gemessen eine Verbeugung.

Falls das eine Anwandlung von Selbstüberhebung gewesen war, blieb eine Strafe aus. Wenige Stunden später stand er an derselben Stelle, geblendet vom Rampenlicht, und verbeugte sich, den tosenden Beifall von fünfzehnhundert Zuschauern in den Ohren. Die Ovationen waren laut und so lang, daß sie drei Verbeugungen rechtfertigten. Der strahlende Compton, den man auch schon mehrmals herausgerufen hatte, umschloß mit beiden Händen Henrys Hand und schüttelte sie kräftig. Seine Lippen formten das Wort: »Gratuliere!« Dann senkte sich der Vorhang zum letzten Mal, und der Applaus verlor sich in dem Stimmengewirr der Zuschauer, die unter angeregten Gesprächen das Theater verließen.

Compton wandte sich an die Schauspieler. »Gut gemacht, meine Damen und Herren!«

»In der Tat. Sie waren alle wunderbar. Wunderbar!« sekundierte Henry, der händeschüttelnd die Runde machte. Sein besonderer Dank galt Mrs. Compton, der er ehrfurchtsvoll die Hand küßte. Die Schauspieler zogen sich zufrieden lächelnd in ihre Garderoben zurück. Henry und Compton folgten ihnen hinter die Kulissen. »Offenbar lief es recht gut«, sagte Henry in gespielt beiläufigem Ton.

»Gut? Es war ein Triumph.«

»Wirklich?«

»Absolut.«

»Sie waren hervorragend, mein lieber Compton.« Das Lob kam Henry von Herzen. Die Darstellung des Intendanten war eine Offenbarung gewesen. Nach den Proben hatte er so viel Kraft und Leidenschaft nicht erwartet.

»Mit Publikum ist eben alles anders.«

»Wie wahr«, bestätigte Henry. Es war eine außerordentliche Erfahrung gewesen, an diesem Abend Teil des Publikums zu sein, sein Stück durch fremde Ohren und Augen zu sehen, als habe das große schwarze Maul des Zuschauerraums, in das er am Nachmittag geblickt hatte, ihn verschluckt, als sei er wie Jona im Wal Teil dieser großen lebendigen, atmenden Kreatur und doch ein separates Individuum. Er spürte jeden Tremor, jede Schwingung der Zuschauerreaktion auf das Bühnengeschehen, er registrierte die Stärke jeden kollektiven Lachens und Kicherns, maß die Intensität jeder Pause im Augenblick dramatischer Spannung und war dabei selbst doch seltsam distanziert, ungerührt, unbelustigt. Es war eine so neue Empfindung, daß er zunächst den Anzeichen des Erfolgs mißtraute. In der Pause nach dem ersten Akt war er nach hinten geeilt und hatte sich Compton gegriffen. »Um Himmels willen, sagen Sie mir eins: Läuft es?« – »Ob es läuft? Und ob!« war die ermutigende Antwort. »Man hätte eine Stecknadel zu Boden fallen hören.« Und nach den Reaktionen nach Ende des Stückes zu schließen waren die übrigen drei Akte ebensogut gelaufen.

Jetzt kam Balestier auf ihn zu, mit wippendem Kopf auf einem langen zaundürren Körper und mit strahlendem Gesicht. Er schüttelte Henry kräftig die Hand. »Herzlichen Glückwunsch, mein Lieber! Wir haben einen Hit gelandet!«

»Glauben Sie wirklich?« fragte Henry.

»Fragen Sie den da.« Balestier nickte zu Compton hin.

»Ich habe es ihm schon gesagt«, bestätigte Compton. »Und bis wir in London sind, ist das Stück noch besser geworden.«

Henry überließ sie ihrem Gespräch und eilte zurück ins Hotel, um zum Abendessen Champagner zu bestellen. Die Euphorie umschloß ihn wie eine Blase, die auch der Begegnung mit einem etwas kratzbürstigen William Archer standhielt. Während Henry in seinem Privatsalon im Hotel das Eindecken der Tafel beaufsichtigte, wurde ihm zu seiner Überraschung die Karte des Kritikers überbracht, und er bat ihn hinauf. Henry fand, daß er erstaunlich jung war; in der äußeren Erscheinung und in seinem Gehabe erinnerte er ein wenig an einen protestantischen Pfarrer.

»Wie ich sehe, bereiten Sie eine Party vor«, sagte Archer und bedachte die Champagnerflaschen, die auf Eis gebettet in ihren Kühlern lagen, mit einem mißbilligenden Blick. »Ich halte Sie auch nicht lange auf, wollte Ihnen aber doch meinen ersten Eindruck übermitteln. Im Theater ergab sich keine passende Gelegenheit.«

»Freut mich sehr«, sagte Henry höflich, auch wenn er sich diese Freude lieber zu einem späteren Zeitpunkt gegönnt hätte. »Es ist wirklich äußerst liebenswürdig, daß Sie so weit gepilgert sind, um den Versuch eines Anfängers zu begutachten.«

Diese tiefstapelnde Beschreibung seines Werkes forderte nicht den erhofften heftigen Widerspruch heraus. »Für ein erstes Bühnenstück ist es durchaus löblich«, sagte Archer gelassen. »Aber es gibt etliche Mängel, auf die ich Sie gern aufmerksam machen wollte ...«

Archer kritisierte dann einzelne Punkte, die den Aufbau des Stückes betrafen, und die Henry sich mit nur mühsam verhehlter Ungeduld anhörte. Zum Zurechtrücken und Polieren war später noch Zeit genug. Jetzt wollte er erst einmal im Erfolg schwelgen. »Sie werden mir zugeben müssen, daß das Stück heute abend sehr gut aufgenommen wurde«, sagte er mit einem etwas herben Unterton.

»In der Tat. Aber Stücke dieser Art kommen in der Provinz besser an als in London«, sagte Archer. Kurz darauf verabschiedete er sich.

Henry war nach diesem Gespräch ein wenig geknickt, aber kurz darauf trafen bestens gelaunt die Comptons und Balestier ein, und nach ein paar Gläsern Champagner hüllte die Blase der Euphorie ihn wieder ein. Als er erzählte, wie kleinlich Archer herumkritisiert und wie wenig Eindruck ihm offenbar die Begeisterung des Publikums gemacht hatte, und als er dabei die pedantisch-humorlose Art des jungen Mannes nachmachte, lachten seine Zuhörer Tränen. Archers großer Fehler sei es, sagte Balestier, daß er sich als selbsternannter Gewissenshüter des englischen Theaters einbildete, jeder, der ein Stück schreiben wolle, müsse ihn vorher um Erlaubnis und um seinen Rat bitten. Sie aßen langsam und mit Genuß und ließen dabei die vielen Höhepunkte des Abends Revue passieren – Soldaten gleich, die in ihrem Zelt ausgestreckt eine siegreiche Schlacht zum zweiten Mal durchleben. Es war fast zwei, als die fröhliche Gesellschaft auseinanderging. Ehe sich Henry zu Bett legte, verfaßte er noch die versprochene Depesche an Alice, die ihr gleich am nächsten Morgen zugestellt werden sollte. Ausnahmsweise ließ er sich eine nicht streng den Regeln der Grammatik folgende Flut von Worten und Sätzen durchgehen. VOLLER TRIUMPHALER HERRLICHER ERFOLG GLÜCKWÜNSCHE RUNDUM GROSSE OVATIONEN FÜR AUTOR GROSSE ZUKUNFT FÜR STÜCK COMPTONS STRAHLEN

UND SEIN SPIEL BEWUNDERNSWERT BRIEF FOLGT HENRY. Damit war alles gesagt, was er an jenem Abend empfand.

Am nächsten Tag reiste die Truppe weiter nach Wolverhampton, wo sie sechs Tage im Grand spielen sollte. Henry begleitete sie; die Bahnfahrt war, wie immer am Sonntag, langwierig und unbequem, mit lästigen Wartezeiten beim Umsteigen in Liverpool und Crewe, wo wegen der Sonntagsruhe auch die Erfrischungsräume geschlossen waren, so daß sie sich in kahlen, ungeheizten Warteräumen aufhalten mußten. Die Züge hielten an jeder Milchkanne, wie es so schön heißt, und nur selten fand sich ein Zugbegleiter zum Austausch der Fußwärmer in den Abteilen. Der guten Laune des Autors und des Intendanten taten auch diese Mißhelligkeiten keinen Abbruch, und als die Truppe in Wolverhampton ausstieg, gab es einen herzlichen Abschied. Henry fuhr bis zur Endstation Birmingham und übernachtete dort im Midland Hotel. Am nächsten Tag wollte er weiter zu Fenimore nach Cheltenham.

Fenimore war nach Monaten rastlosen Reisens nach England zurückgekehrt. Ihre alte Feindin Depression setzte ihr wieder zu, und sie kämpfte mit dem bewährten Gegenmittel eines Ortswechsels oder zahlreicher Ortswechsel in rascher Folge gegen sie an. Im Herbst 1889 war sie in England, dann in Frankreich, im Winter und im Frühjahr darauf unternahm sie mit ihrer Schwester eine abenteuerliche Tour durch Griechenland und Ägypten, die sie anschaulich in mehreren Artikeln für *Harper's Bazaar* schilderte. Großen Gefallen fand Henry an ihrer lyrischen Schilderung von Korfu und an dem humorvollen Bericht über ihre Rettung vor einer Bande wilder, räuberischer Gepäckträger am Kai von Patras durch einen unerschütterlichen deutschen

Hotelier. Nach diesen Reisen kehrte sie nicht nach Florenz zurück, angeblich hatte sie die nur um sich selbst kreisende, klatschsüchtige Ausländergemeinde dort satt. Statt dessen ließ sie sich in Cheltenham nieder. Warum Cheltenham? Als Erklärung brachte sie nur vor, daß es ein angenehmer Kurort mit einer Fülle komfortabler Unterkünfte sei. Leamington Spa kam nicht mehr in Frage, denn dort lebte Alice James mit Katharine Loring, die nach Henrys langem Italienaufenthalt seine Wohnung in De Vere Gardens hatte verlassen müssen. Gefragt, warum sie sich für Leamington entschieden hatte, nannte Alice als reichlich banalen Grund, sie habe gehört, daß man von einigen Quartieren aus die Musikkapelle hören könne, die täglich an einer Ecke der Parade spielte. Henry dachte bei sich, ihre Wahl habe wohl eher etwas mit der Tatsache zu tun, daß Alice, die wußte, daß Fenimore einige Zeit in Leamington zugebracht hatte, die Hoffnung hegte, mehr über sie zu erfahren, indem sie ihren Spuren folgte. Die Motive dieser beiden Frauen, die ihn umkreisten wie Monde und ihm bestenfalls eine Hälfte ihres Ichs zeigten, waren nie ganz durchschaubar, aber bei Alice war der unbekannten Fenimore gegenüber zugleich Faszination und Eifersucht im Spiel. Als William einmal ohne Voranmeldung in England eingetroffen war, reiste er in Henrys Begleitung nach Leamington, und dort ging Henry voraus, um Alice auf Williams Besuch vorzubereiten. »Ich muß dir etwas sagen«, begann er. »Du willst doch nicht etwa *heiraten*?« stieß sie hervor. Henry brauchte nicht zu fragen, wen sie als seine künftige Frau in Verdacht hatte.

Beiden Damen gemeinsam war, abgesehen von ihrem Interesse an seiner Person, die Vorliebe für eine typisch englische Institution – das möblierte Zimmer oder die Wohnung, die es unverheirateten Damen ermöglichte, die Mahlzeiten in den eigenen Räumen einzunehmen. Auf dem

Kontinent aß man entweder an einer allgemeinen *table d'hôte* oder mußte ein Haus mieten und Personal einstellen. Fenimore wohnte noch nicht lange in Cheltenham, als Alice Leamington verließ. Ihr Gesundheitszustand verschlechterte sich im Sommer 1890 dramatisch, und im Herbst zog sie mit Katharine zurück nach London und mietete sich in einem Hotel in Kensington ein, um in Henrys Nähe zu sein; auch waren dort Fachärzte nicht weit. Alice und Katharine waren jetzt in einer Beziehung verbunden, die, wie Henry klar erkannte, erst mit Alices Tod enden würde. Wenn Katharines Hingabe etwas mehr als reiner Altruismus war, eine emotionale Zuwendung der Art, wie er sie in den *Damen aus Boston* beschrieben hatte, gedachte er das weder zu kommentieren noch zu kritisieren. Er dankte täglich dem Himmel, daß seine Schwester eine so aufopferungsvolle Pflegerin hatte, die ihm die Last der Verantwortung abnahm. Seine Aufgabe sah er vor allem darin, Alice mit Nachrichten aus der großen Welt und von seinem Tun und Treiben in diesen Kreisen aufzuheitern.

Sein Eintauchen in die unbekannten und trüben Fluten des Theaterlebens hatte den unerwarteten Nebeneffekt, daß diese neue Welt seiner Schwester eine Fülle von Anregungen und Zerstreuung lieferte. Sie hatte als Erste und mit großer Begeisterung den vollständigen Text von *Der Amerikaner* gelesen, jeden Schritt des Stückes in Richtung Premiere mit größter Aufmerksamkeit verfolgt und seine schwankenden Hoffnungen und Ängste nachempfunden. Wie schon telegraphisch zugesagt, hatte er ihr und Katharine vor seiner Abreise aus Southport einen längeren Brief geschrieben, in dem er als erste Rate eines nach seiner Rückkehr fälligen ausführlichen Berichtes Einzelheiten der triumphalen Erstaufführung schilderte. Damit wollte er unter anderem einer möglichen Eifersuchtsattacke von Alice vorbeugen, weil der erste mündliche Bericht Fenimore zugedacht war. Daß er so etwas möglicherweise zu befürchten hatte, war ihm durchaus klar, trotzdem hatte er die Verabredung mit Fenimore getroffen, weil er sie, falls das Stück scheiterte, für am besten geeignet hielt, sein beschädigtes Selbstbewußtsein zu reparieren. Erfreulicherweise erwies sich das als unnötig, aber er hoffte auf einen anderen Dienst von ihr.

Fenimore bewohnte mehrere hübsche Räume in einer Zeile von Stadthäusern im Regencystil mit Blick auf die hinter einer Doppelreihe von Bäumen liegende Parade und ihre Geschäfte. Henry hatte sie dort schon ein- oder zweimal besucht und in einer Frühstückspension nebenan übernachtet. Sie stand am Fenster ihres Wohnzimmers, als das Dienstmädchen ihn hereinführte.

»Herzlichen Glückwunsch«, sagte sie lächelnd.

Henry machte große Augen. »Woher wissen Sie das?«

»Ich habe nach Ihnen Ausschau gehalten. Als ich Sie kommen sah, war Ihr Schritt so federnd, Ihr Gesicht so heiter, daß ich wußte: Das Stück muß ein Erfolg gewesen sein.«

»Es war ein Triumph«, erwiderte er, begann zu erzählen und hörte erst auf, als das Dienstmädchen klopfte und Nachschub an Kohlen brachte. Er schlenderte zum Fenster und sah hinaus, während Fenimore dem Mädchen Anweisungen für den Mittagsimbiß gab.

»Eine vortreffliche Lage, Fenimore«, sagte er, als sie wieder allein waren. »Ruhig, aber nicht zu ruhig.«

»Nicht übel«, sagte sie schulterzuckend, »aber Cheltenham geht mir allmählich auf die Nerven.«

»Erstaunlich, wie rasch Sie Ihre Aufenthaltsorte ›verbrauchen‹«, neckte er sie freundlich.

»Ich bin zur Nomadin geworden. In Europa gehöre ich nirgendwo hin, aber um nach Amerika zurückgehen zu können, bin ich schon zu lange weg.«

»Bei mir ist es nicht viel anders«, sagte er, »aber ich finde, diese Situation ist literarischem Schaffen durchaus förderlich.«

»Bei Ihnen war es so, Henry, aber mir fällt das Schreiben zunehmend schwer.«

»Sie schreiben aber doch noch viel für Zeitschriften«, sagte er.

»Ja, aber mein neuer Roman schleppt sich hin.« Fenimore hatte seit *East Angels* noch einen Roman, *Jupiter Lights*, geschrieben, der 1889 erschienen war, aber die Weiterentwicklung, die Henry in seinem *Miss Woolson*-Artikel als Hoffnung angedeutet hatte, war ausgeblieben. Beiden war das bewußt, und der unausgesprochene Gedanke ließ sie einen Augenblick verlegen schweigen.

»Sie haben also tatsächlich eine neue Karriere angefangen«, sagte sie schließlich.

»Man darf das Fell des Bären nicht verkaufen, ehe man ihn hat, wie der vortreffliche Compton sagt, aber ich bin zuversichtlich. Durchaus zuversichtlich. Ich habe schon ein zweites Stück geschrieben … es ist nämlich … wenn es nicht zu aufdringlich wäre … ob ich es Ihnen wohl vorlesen dürfte … ein Stück weit vielleicht … wenn ich schon mal hier bin? Ich lege großen Wert auf Ihre Meinung.«

»Natürlich. Es wäre mir eine Ehre.«

Nach dem Essen machten sie einen Spaziergang durch den Pitville Estate zu dem großen klassizistischen Brunnenhaus auf dem höchsten Punkt der Anlage und tranken in dem hallenden Gewölbe ein paar Schluck von dem brackig schmeckenden Wasser. Bei Einbruch der Dämmerung waren sie wieder in Fenimores behaglichem Wohnzimmer, zogen die Vorhänge zu, setzten sich in bequeme Sessel rechts und links vom Kamin, und Henry las Fenimore sein neues Stück vor. Die Handlung von *Mrs. Vibert* war in großen Zügen der Erzählung eines einigermaßen obskuren französischen Schriftstellers, Henri Rivière, entnommen, die Henry vor fünfundzwanzig Jahren in *La Revue des Deux Mondes* gelesen und in ein englisches Landhaus verlegt hatte. Der junge Held ist in das Mündel seines Vaters, eine Erbin, verliebt. Unerwartet taucht die frühere Geliebte des Vaters, Mrs. Vibert, mit dem erwachsenen unehelichen Sohn der beiden und einem schurkischen Tutor im Schlepptau auf. Mrs. Vibert versucht, das Mündel mit ihrem Sohn zu verbandeln, und der Tutor arbeitet mit Erpressung, um die Situation für sich auszunutzen. Schließlich wird er von der moralisch wiedergeborenen Mrs. Vibert in seine Schranken verwiesen, und alles löst sich in Wohlgefallen auf. Es handelte sich um eine Komödie. Fenimore hörte mit konzentriert gerunzelter Stirn zu. Sie benutzte ihr Hörrohr und legte den Kopf schief, um die Wirkung des Instruments zu verstärken. Schließlich erklärte sie, das Stück sei »höchst bemerkenswert«.

»Sie haben nicht sehr viel gelacht«, sagte er.

»Nur innerlich«, erwiderte Fenimore. »Ich wollte nichts verpassen. Sie schreiben wunderbare Dialoge, Henry.«

»Danke, Fenimore.«

»Wenn nur im wirklichen Leben die Leute immer in so formvollendeten Sätzen sprechen würden«, seufzte sie. Henry beobachtete sie scharf, um möglicher Anzeichen von Ironie gewahr zu werden, aber Fenimore machte ein Gesicht, als könne sie kein Wässerchen trüben.

5

Nachdem er in Southport von dem berauschenden Wein eines Bühnenerfolges gekostet hatte, konnte Henry es ohne sein Stück, das nun in den Midlands auf Tournee ging, nicht länger als ein paar Tage hintereinander aushalten. Er sah es in Wolverhampton, in Leamington und in Stratford-on-Avon, wo die Zuchauer ihn erkannten und nicht ruhten, bis er auf die Bühne kam und sich verbeugte – was ihm inzwischen so selbstverständlich war wie die Geste, mit der ein Kardinal seinen Ring zum Kuß reicht. Bei jedem Besuch beriet er mit Compton, wie man das Stück durch kleine Änderungen am Text und zusätzliche Anweisungen für die Schauspieler noch besser machen könnte, und in Leamington nahm er sich außerdem noch die Zeit, einige der überarbeiteten Szenen zu proben. Es hielt schwer, sich in Geduld zu fassen, bis *Der Amerikaner* in neuer, verbesserter Form in London vorgestellt werden konnte. September war der frühestmögliche Zeitpunkt, denn bis Juli war die Truppe an ihre Tourneetermine gebunden.

Er machte sich nicht mehr die Mühe, vor seinen Freunden zu verbergen, daß er sich aufs Theater eingelassen hatte, auch wenn er so tat, als verachte er diese ihm durch pekuniäre Zwänge aufgenötigte »knechtliche Tätigkeit«. In Wirklichkeit stand er ganz im Bann des neuen Mediums, war fasziniert von dem, was es dem Einfallsreichtum des Autors abverlangte, und verführt durch vage Visionen von

Ruhm und Geld. Im Februar nahm er ein weiteres Stück, sein viertes, in Angriff, und gestand William in einem Brief: *»Jetzt, da ich Blut geleckt habe,* c'est une rage *(der Entschlossenheit, zu wagen und zu siegen), denn ich habe endlich das Gefühl, meine wahre Form gefunden zu haben, in der ich es weit bringen kann, und für die jenes blasse kleine Etwas, die Kunst der Prosa, nur ein begrenzter, ein stark limitierter Ersatz ist.«* Als er den Brief noch einmal durchlas, ehe er ihn verschloß, kam ihm diese Ansicht doch ein wenig extrem vor, aber er ließ sie stehen. Sie drückte das aus, was er im Augenblick empfand.

Kurz darauf erhielt er von Compton eine Mitteilung, die ihre gemeinsamen Pläne zunichte zu machen drohte: Mrs. Compton war guter Hoffnung und würde sich, wenn die Tournee durch die Provinz beendet war, vorübergehend von der Bühne verabschieden müssen. Das war ein schwerer Schlag, der Henry früher in ratlose Verzweiflung gestürzt hätte. Jetzt aber überlegte er unverzüglich, wie und wo Ersatz für seine Hauptdarstellerin zu finden sei, und eine nüchterne Stimme (vermutlich das »Organ« des Theatermannes) flüsterte ihm zu, daß sich hier möglicherweise eine Chance bot, durch das Engagement einer Schauspielerin mit ein wenig mehr Glanz, als die gute Mrs. Compton ausstrahlte, die Aussichten seines Stückes zu verbessern. Er hatte unlängst Ibsens *Hedda Gabler* gesehen – in der Übersetzung von Gosse (einer sehr schlechten Übersetzung, wenn man dem rivalisierenden Ibsenjünger William Archer glauben durfte) und mit einer jungen amerikanischen Schauspielerin, einer gewissen Elizabeth Robins, in der Hauptrolle, die ihn tief beeindruckt hatte. Mit dieser Meinung stand er nicht allein – Archer schrieb in der *World*, daß *»Sarah Bernhardt es nicht besser hätte machen können«.* Nach dieser Vorstellung kam Henry der Gedanke, sie als Claire

Cintré zu besetzen. Er schleppte Compton in eine Matinee, damit er Miss Robins besichtigen konnte, und sicherte sich dessen Einwilligung. Dann schrieb er ihr einen mit subtilen Schmeicheleien gespickten Brief, verabredete ein Treffen zwischen ihr und Compton und erfuhr im April als Lohn für seine Mühen, daß sie die Rolle übernehmen würde. Die Aussicht, nun einen kommenden »Star« für sein Stück zu haben, festigte seinen Glauben an das Stück.

Daß eine amerikanische Schauspielerin seine französische Heldin und ein englischer Schauspieler seinen amerikanischen Helden verkörpern würde, störte ihn nicht im mindesten. Im Theater war – wie in jeder Kunst – erfolgreiche Illusion nur durch die professionelle Beherrschung der entsprechenden Technik zu erreichen und nicht durch amateurhafte Authentizität. Ein hübsches Beispiel dafür war eine Geschichte, die er von George Du Maurier hatte. Ein Paar aus gutem Hause, das Pech im Leben gehabt hatte, kam auf Empfehlung von Frith zu ihm und fragte, ob sie ihm Modell stehen könnten. Zu diesem Schritt waren die beiden genötigt, weil sie zwar untadelige Manieren hatten, aber sonst keinerlei Befähigungen oder Fertigkeiten besaßen. »Sie wußten, daß ich häufig Damen und Herren der guten Gesellschaft zeichne«, sagte Du Maurier, »und boten sich als echte Exemplare aus diesen Kreisen an. Ich habe es mal mit ihnen versucht, aber es war hoffnungslos – sie waren so steif, als hätten sie Besenstiele verschluckt. Jessie, mein kleines Cockneymädchen, das abends in einer Wirtschaft hinter dem Tresen steht, gibt die Dame der Gesellschaft, die einen Gast begrüßt, so überzeugend, wie es Mrs. Harrington nie im Leben fertigbringen würde.« Henry notierte sich die Geschichte als potentiellen Kern für eine Kurzgeschichte; zunächst aber nahmen ihn seine Theaterstücke ganz in Anspruch. In dem gleichen Monat, in dem Elizabeth Robins sich bereit erklärte, in seinem *Amerikaner* mitzuspielen, erhielt er eine weitere erfreuliche Nachricht. Vor einiger Zeit hatte er sein Stück *Mrs. Vibert* der Schauspielerin Geneviève Ward vorgelesen, die es an den bekannten Intendanten John Hare weitergegeben hatte. Der schrieb, nachdem er sich wochenlang in Schweigen gehüllt hatte, es sei in seinen Augen »ein meisterhaft konstruiertes Drama«, und er würde es gern in London auf die Bühne bringen, sobald er seiner derzeitigen Verpflichtungen ledig sei. Dieser Beweis des Vertrauens in seine dramatischen Fähigkeiten beflügelte Henry noch zusätzlich. Sein großer Plan, die englische Bühne zu erobern, entwickelte sich offenkundig sehr zufriedenstellend.

Nur der sich immer mehr verschlechternde Gesundheitszustand seiner Schwester warf einen Schatten über den Sommeranfang. Inzwischen hatte Henry sie und Katharine in einem kleinen Haus in der Argyll Road, Kensington, untergebracht, nicht weit von De Vere Gardens. *»Ein sehr hübsches Haus zum Kranksein«*, wie er an William schrieb – nur sah es jetzt so aus, als sei es notgedrungen ein Haus zum Sterben geworden. Seit einiger Zeit machte ihr ein Knoten in der Brust Beschwerden. Der Ende Mai konsultierte Spezialist, Sir Andrew Clark, eröffnete ihr, daß es sich um ein Krebsgeschwür handelte, das weder operabel noch auf andere Art zu heilen war. Es sei nur eine Frage der Zeit, sagte er – eine Frage nicht von Jahren, sondern von Monaten –, und mehr als ihr mit Hilfe von Morphium so weit wie möglich die Schmerzen zu nehmen, könne man nicht tun. Seltsamerweise – aber bei genauerer Überlegung war es eben so seltsam nicht – hob sich nach diesem Todesurteil Alices Stimmung. Ein Leben lang hatte sie an Krankheiten laboriert, für die man letztlich nur ihr überempfindliches Nervensystem verantwortlich gemacht hatte, und war darüber so unglücklich geworden, daß sie mindestens einmal ernsthaft an Selbstmord gedacht hatte. Jetzt endlich war sie unleugbar, unwiderruflich sterbenskrank. Diese Tatsache und das Wissen darum verhalfen ihr zu einer nie gekannten Autorität. Gegen einen Tumor gab es keine Argumente. Sie bereitete sich tapfer und mit einem manchmal erschreckend schwarzen Humor auf den Tod vor. »Ich arbeite mich fleißig ans Totsein heran«, sagte sie etwa, »um Katharine und Henry von ihrer Bürde zu befreien.«

Nur aus einem einzigen Grund hätte sie gern ihr Leben noch ein wenig verlängert. Zu gern hätte sie die aufregende Erstaufführung von Henrys Stück in London miterlebt. Es sei jammerschade, sagte sie, daß Henry nicht ein wenig früher angefangen habe, sich als Dramatiker zu betätigen, denn dann hätte man sie vielleicht noch im Rollstuhl zur Premiere bringen können. Er bemühte sich, sie immer auf dem neuesten Stand der Vorbereitungen zu halten, und brachte ihr einmal sogar ein Muster des Stoffes für eine von Elizabeth Robins' Roben mit, den er selbst ausgesucht hatte.

Compton hatte für das Londoner Debüt seiner Truppe die Opera Comique gemietet, ein weitgehend unter der Erde befindliches, am Ende des Strand in Richtung Aldwych gelegenes Theater. Henry empfand den Namen als unglücklich und die Lage als reizlos, aber das Theater war unlängst renoviert worden und rühmte sich »der modernsten sanitären Einrichtungen«, ein Punkt, dem Compton große Bedeutung beimaß. Den ganzen September über fanden dort Proben statt, die Henry gewissenhaft besuchte. »Sie brauchen nicht *jeden* Tag zu kommen, mein lieber James«, versicherte ihm Compton, aber wenn er einen oder zwei Tage übersprang, ließen die Schauspieler ihren Akzent schleifen oder schmuggelten unbefugte Zwischenbemerkungen ein. Außerdem war es sinnlos, zu Hause zu bleiben und so zu tun, als arbeite er. In Gedanken war er immer bei dem Stück. Compton schien manchmal ungehalten über seine Bemerkungen und Unterbrechungen, aber die Schauspieler ließen sie gutmütig über sich ergehen. Er hatte sich bei ihnen durch seine Sorge um ihr leibliches Wohl beliebt gemacht. Schockiert von der Feststellung, daß man von ihnen verlangte, von vormittags um zehn bis nachmittags um vier zu proben, ohne etwas zu sich zu nehmen – und weil ihm selbst zwischendurch auch häufig der Magen knurrte –, wies es Mrs. Smith an, täglich einen Korb mit Sandwiches und sonstiger kalter Verpflegung zu packen, den ihr Mann mittags ins Theater brachte und aus dem sich die Schauspieler bedienen konnten, wenn sie gerade nicht auf der Bühne standen. Daß ein Stückeschreiber daran gedacht hatte, seine Truppe zu verköstigen, sei in ihrer Erfahrung einmalig, erklärte Miss Robins.

Sie war eine interessante und intelligente junge Frau, die sich wesentlich von dem gängigen Typ der Schauspielerin unterschied. Als er ihr sagte, daß *Hedda Gabler* ihn nun doch zu Ibsen bekehrt und ihn davon überzeugt habe, daß der Norweger ein wahrhaft großer Dramatiker sei, freute sie sich sehr, denn sie hatte das Stück zusammen mit einer anderen Schauspielerin inszeniert, und die beiden hofften, früher oder später eine Truppe gründen zu können, mit der sie Stücke von Ibsen und anderen bedeutenden europäischen Dramatikern aufführen wollten. Sie hatte Amerika vor allem deshalb verlassen, um Abstand von einer persönlichen Tragödie zu gewinnen: Ihr Mann, der auch Schauspieler war, hatte sich in einer Theaterrüstung im Charles River ertränkt – eine symbolträchtige Geste, wie sie auch Ibsen nicht besser hätte ersinnen können. Henry sympathisierte mit ihren kulturellen Zielen und ihrem missionarischen Eifer und erlag ihrem persönlichen Charme und dem Zauber ihrer großen, kristallblauen Augen. Beim Spielen erfaßte sie bemerkenswert rasch den dramatischen Sinn jeder Szene, jeder Zeile, und die Zuschauer waren von ihr gefesselt, sobald sie sich bewegte oder anfing zu sprechen. Henrys einzige Sorge war, sie könnte ihre relativ bescheidene Rolle zu sehr aufwerten, indem sie der eher passiv-bewegenden Figur der Claire Cintré den leidenschaftlichen, unabhängigen Geist Hedda Gablers einhauchte. »Sie haben die Dame schließlich haben wollen«, erwiderte Compton ziemlich schroff, als Henry ihm diese Bedenken anvertraute. »So ist sie nun mal. Ich kann jetzt nicht verlangen, daß sie ihren Stil ändert.« Das Stück sollte in einer Woche, am 26. September, Premiere haben.

Bei Henry stellten sich wieder die angstvollen Zweifel ein, die ihn vor der Premiere in Southport heimgesucht hatten. »Was meinen Sie – wird es ›laufen‹, mein lieber Compton?« fragte er nach der ersten Kostümprobe. »Werden wir London erobern?« Compton trug noch sein Kostüm, bei dem besonders der Rock ins Auge fiel, ein erstaunlich geschnittenes Stück aus braunem Velourssamt mit hellblauen Paspeln und riesigen Perlmuttknöpfen. Offenbar war das die Vorstellung des Kostümbildners von dem üblichen Aufzug eines amerikanischen Millionärs, und Henry bereute bitter, daß er der Bekleidung der Herren nicht ebensoviel Aufmerksamkeit geschenkt hatte wie den Roben der Damen. »In vier Wochen kann ich Ihnen die Frage beantworten«, erwiderte der stets nüchterne Intendant trocken. »Wer Erfolg in London haben will, braucht zweierlei – gute Kritiken und gute Mundpropaganda. Am besten natürlich beides, aber manchmal bekommt man es auch nur mit dem einen oder dem anderen hin. Wer beides nicht hat, kann einpacken.« Nach der Uraufführung in Southport waren nur zwei Rezensionen erschienen, die beide keine verläßlichen Anhaltspunkte lieferten – eine neutrale von Archer, die sich freundlich zum Autor, aber mit Vorbehalten gegenüber dem Stück äußerte, und eine schmeichelhafte, aber törichte im Lokalblatt.

Die Reaktion auf das Stück bei der Londoner Premiere war vielversprechend: Es gab herzlichen Schlußbeifall, und man verlangte laut nach dem Autor. Henry begnügte sich, allein vor dem Vorhang stehend, mit einer einzigen tiefen, würdevollen Verbeugung. Daß so viele Freunde und Bewunderer im Zuschauerraum saßen – unter anderem Fenimore, George und Emma, Du Maurier, die Gosses, John Singer Sargent, George Meredith –, versüßte ihm die Ehrung noch zusätzlich. Zu seiner Freude war auch Prominenz aus der Theaterwelt gekommen – der Dramatiker Arthur Pinero beispielsweise, der amerikanische Impresario John Augustin Daly und Geneviève Ward, die in der von Hare zugesagten, aber verschobenen Inszenierung von *Mrs. Vibert* die Titelrolle übernehmen sollte. Besonders erfreulich aber war es, daß William – typischerweise ganz kurzfristig – über den Großen Teich gekommen war, vor allem, um seine leidende Schwester zu besuchen, aber auch, um an dem großen Abend seines Bruders teilzuhaben. Auch er war in Ruhmeswolken gehüllt, denn sein monumentales Werk *Principles of Psychology*, das im vergangenen Jahr endlich erschienen war, wurde weltweit mit Lobeshymnen überhäuft. Ihr Leben lang hatten die beiden Brüder miteinander gewetteifert, die Aufmerksamkeit erst ihrer Familie, dann der Öffentlichkeit zu erringen, jetzt aber war in der ehrlichen Freude über den Erfolg des anderen das Konkurrenzdenken zunächst vergessen.

Henry gab für William, die Comptons, Miss Robins, ihre gemeinsame Freundin Mrs. Hugh Bell und ihren Ehemann, Balestier und die Du Mauriers ein Abendessen in De Vere Gardens. Nach einigem Zögern hatte er davon abgesehen, Fenimore einzuladen, weil man daraus auf eine engere Freundschaft zwischen ihnen hätte schließen können. Überdies hätte er dann auch ihre langweilige Schwester einladen müssen, die gerade bei ihr zu Besuch war. Es gelang ihm aber, in der zweiten Pause mit Fenimore allein zu sprechen, während die Schwester anderweitig beschäftigt war. Strahlend genoß Fenimore die glanzvolle Veranstaltung und bewunderte die blendende Erscheinung der Damen. *»Ich habe noch nie so viel teuren Schmuck an einem Ort versammelt gesehen – und im übrigen auch noch nie so viel Busen«*, erklärte sie. Fenimore selbst trug sich wie stets hochgeschlossen, aber ihr langes taubengraues Kleid mit der kleinen schwarzen Samtstola war elegant, und Henry machte eine schmeichelhafte Bemerkung darüber, die sie sichtlich freute. Sie gratulierte ihm zu dem Stück, das sie auf der Provinztournee gesehen hatte. »Gefallen hat es mir auch damals schon«, sagte sie, »aber es hat inzwischen immens gewonnen. Ich kann verstehen, warum Sie von der Welt des Theaters so fasziniert sind, Henry. Das Bewußtsein, daß dies alles Ihr Werk ist, muß geradezu berauschend sein.« Sie deutete mit behandschuhter Hand auf die glitzernde, schwatzende Menge unter dem Kronleuchter im Foyer, auf die vielen Zuschauer, die ihr Eis aßen, ihre Zigaretten rauchten und sich mit ihren Programmen auffächelten.

»Bei einer Vormittagsprobe in einem dunklen ungeheizten Theater in Sheffield oder Portsmouth ist es nicht gar so berauschend, das dürfen Sie mir glauben.« Er sprach direkt in ihr Hörrohr, denn der Geräuschpegel in dem geschlossenen Raum war kolossal. Dennoch war er nicht sicher, ob sie ihn verstanden hatte.

»Ich trage mich mit dem Gedanken, es auch einmal mit einem Schauspiel zu versuchen«, sagte sie. »Vielleicht könnten wir irgendwann einmal gemeinsam eins schreiben.«

»Eine spannende Idee«, erwiderte er höflich und wechselte das Thema. »Wie ist Ihre neue Unterkunft?« Fenimore war unlängst nach Oxford gezogen, was ihr, wie sie sagte, mehr zusagte als Cheltenham, aber es war nicht leicht, in der Stadt langfristig Quartier zu bekommen, und sie war schon zweimal umgezogen.

»Sehr bequem, danke der Nachfrage. Der Mann meiner Wirtin ist der Küchenmeister von Exeter College, so daß ich in den Genuß von Mahlzeiten aus der College-Küche komme. Die Professoren lassen es sich offenbar recht gut gehen.« Ob es an der Atmosphäre von Oxford lag oder an der Qualität des Essens, das von der Hohen Tafel des Exeter College für sie abgezweigt wurde – jedenfalls wirkte Fenimore ungewohnt aufgeräumt.

»Wer war die lebhafte kleine Dame, mit der du gesprochen hast? Die mit dem Hörrohr?« wollte William wissen, als sie später mit einer Droschke zu Henrys Wohnung in De Vere Gardens fuhren, und als Henry ihm Auskunft gab, sagte er: »Ah, das schriftstellernde Weibsbild! Der hätte ich gern die Hand geschüttelt.« Henry schlug ein wenig das Gewissen, weil er sie nicht zu seinem Essen eingeladen hatte, doch in der Hochstimmung der Party war das schnell vergessen. Mrs. Smith übertraf sich selbst mit einem Hummersalat, und Smith schenkte mit majestätischer Würde den Wein ein, dem er selbst, wie Henry mutmaßte, schon fleißig zugesprochen hatte, als er auf die Ankunft seines

Herrn und der Gäste wartete. William hielt eine Rede, die mit einem Toast auf »Henry und sein brillantes Stück« endete.

Bedauerlicherweise teilten die Berufskritiker Williams Ansicht nicht. Die Kritiken waren, wie Compton feststellte, nicht ausgesprochen schlecht, aber auch nicht gut. Henry empfand sie als entsetzlich, grausam, vernichtend. Besonders verletzten ihn Andeutungen, sein Stück sei an den ernsten Stellen zu melodramatisch und an den komödiantischen Stellen zu breit ausgespielt, denn genau das waren die Mängel, die er selbst an den meisten englischen Stücken beanstandete. *»Ist es wirklich denkbar, daß der Romanschriftsteller mit dem Stück zufrieden ist?«* fragte *The Academy*, und dieser Satz schmerzte. Archers Besprechung war zu Henrys Überraschung noch eine der freundlichsten. Er spürte in dem Stück »die Hand des geborenen Bühnenschriftstellers«, aber wenn er von den *»hübsch gedrechselten und charmanten Dialogen«* sprach, die *»dem Ohr angenehm sind, auch wenn sie von der Dramaturgie her nicht überzeugen«*, war das ein zweischneidiges Kompliment. Fast alle Kritiker hatten etwas zu Comptons unglückseligem Rock zu sagen, und manchmal hatte man den Eindruck, daß sie nicht so sehr das Stück als dieses Kleidungsstück rezensierten. »Warum Christopher Newman in einem schokoladefarbenen, himmelblau abgesetzten Überrock steckt, bleibt ein Geheimnis, das wohl nur er selbst und sein Schneider uns verraten könnten«, bemerkte einer, während ein anderer sich über die *»käsetellergroßen Perlmuttknöpfe«* verwunderte. Comptons Darstellung galt als allenfalls adäquat, und Elizabeth Robins schien hin und wieder, wie ein Rezensent es ausdrückte, in einem anderen Stück, vielleicht einem von Ibsen, zu agieren.

Es war nun klar, daß die Kritiken dem Stück nicht zum Erfolg verhelfen würden, und die Hoffnungen ruhten ganz auf dem, was Compton »Mundpropaganda« nannte. Über mehrere Wochen beobachteten sie die bescheidenen Einnahmen an der Kasse und warteten vergeblich auf Anzeichen eines Aufschwungs. Henry witzelte Alice gegenüber, er müsse sich nun um zwei Kranke kümmern, um sie und um sein Stück, aber der Scherz verbarg düstere Versagensängste. Die Aussichten hellten sich kurz auf, als der Prince of Wales im Oktober zu erkennen gab, daß er das Stück zu sehen wünsche, und Henry ließ alle Würde fahren und bot seinen ganzen Einfluß auf, um zu diesem Anlaß das Theater mit distinguierten Freunden und Bekannten zu füllen. Auch Comptons kleiner Sohn durfte die Vorstellung besuchen und stand neben seinem Vater, als Henry danach hinter die Bühne ging. Monty war inzwischen ein tüchtiges Stück gewachsen und trug ein flottes marineblaues Norfolkjackett mit dazu passenden Beinkleidern. Henry fragte, ob ihm das Stück gefallen habe.

»Ja, Sir, sehr. Aber ich finde, es war ein Jammer, daß der Bruder der Dame sterben mußte. Ich war richtig traurig.«

»Hab ich's Ihnen nicht gleich gesagt?« fragte Compton mit grimmiger Genugtuung. »Bei Theaterstücken hat Monty ein sehr sicheres Urteil.«

»Tja, ändern läßt sich der Schluß jetzt nicht mehr«, erwiderte Henry säuerlich. Er hatte den Verdacht, daß Compton den Jungen im Hinblick auf den letzten Akt negativ beeinflußt hatte.

»Was glauben Sie – wie hat es wohl Seiner Königlichen Hoheit gefallen?« fragte Compton.

»Das weiß ich nicht«, gestand Henry. »Ich hielt es für unhöflich, zur Königsloge hochzustarren.«

Durch die Publicity, die sie dem Besuch des Prince of

Wales zu verdanken hatten, besserten sich in der Woche darauf die Einnahmen, im November aber gingen sie wieder zurück. Als Compton seinem Autor eröffnete, es bliebe ihm nichts anderes übrig, als das Stück abzusetzen, hatte dieser der Entscheidung keine Argumente entgegenzusetzen. Die Spielzeit endete am 3. Dezember nach siebzig Aufführungen. Henry hatte seinen Vorschuß nicht herausgespielt, und hätte er sich die Mühe gemacht, die Kosten zu addieren, die ihm von Anfang an durch das Stück entstanden waren – Telegramme, Kopistenhonorare, Fahrkosten, Hotelrechnungen, Verpflegungskörbe und Abendeinladungen – hätte er wohl festgestellt, daß er Verlust gemacht hatte, aber so zu kalkulieren, brachte er nicht übers Herz.

Compton hatte bei dem Unternehmen sehr viel mehr Geld verloren, und zu allem Übel war das Stück, das er eiligst in Szene setzte, um das Loch in seinem Programm zu stopfen, eine Bühnenfassung von Longfellows *The Courtship of Miles Standish*, ein totaler Flop, wie man am Broadway sagte, und mußte nach nur einer Woche abgesetzt werden. Compton fand sich stoisch damit ab, daß sein Versuch, in London Fuß zu fassen, gescheitert war, beendete den Mietvertrag mit der Opera Comique und traf alle Vorbereitungen, im neuen Jahr wieder durch die Provinz zu tingeln. Auch wenn es finanziell nicht viel brachte, wollte er den *Amerikaner* im Repertoire belassen. Was William Archer in Southport vorausgesagt hatte, bestätigte sich nun: Es war ein Stück, das in der Provinz mehr Chancen hatte als in London. Wie eitel und töricht schienen jetzt die überzogenen Hoffnungen und Träume jener Premiere!

Zu allem Unglück hatte das Schicksal noch einen weiteren schweren Schlag bereit. Am 11. Dezember erhielt Henry die erschütternde Nachricht, daß Wolcott Balestier, der mit dem Geschick des Stückes so eng verbunden gewesen war, bei einem Besuch in Dresden ganz plötzlich an Unterleibstyphus verstorben war. Er war nur dreißig Jahre alt geworden. Wenige Tage später trat Henry die lange Reise zur Beerdigung in Dresden an. Er weinte, neben Balestiers verwitweter Mutter und seinen Schwestern stehend, als der Sarg in die verschlammte Grube gesenkt wurde. Es schien unglaublich und mit der Vorstellung von einer gütigen Vorsehung unvereinbar, daß durch etwas derart Banales wie ein Glas kontaminierten Wassers, das Balestier vermutlich in London vor seiner Abreise nach Deutschland getrunken hatte, ein so vielversprechendes junges Leben ausgelöscht worden war. Doch er weinte auch in Gedanken an sich selbst. Balestier war nicht nur ein tüchtiger Agent gewesen, sondern hatte ihm trotz ihrer relativ kurzen Bekanntschaft sehr nahe gestanden, fast wie ein Sohn oder jüngerer Bruder, und war eine Quelle der Kraft und Ermutigung, Stütze und Stab in schweren Zeiten gewesen. Einen Ersatz für ihn zu finden schien Henry kaum vorstellbar.

Als die Leidtragenden das Grab verließen, flüsterte Balestiers Schwester Caroline, eine zierliche, ernsthafte junge Frau, die sich bei aller Trauer während der Beerdigungsfeierlichkeiten tapfer beherrscht hatte, Henry zu, daß sie gern mit ihm zusammen in einer der prunkvollen schwarzsilbernen Kutschen zu dem geplanten Empfang fahren würde. In den tiefen Polstern dieses Gefährts, wo niemand sie belauschen konnte, überraschte sie Henry mit der Mitteilung, daß sie mit einem von Balestiers Klienten, Rudyard Kipling, verlobt war, und seine Überraschung steigerte sich noch, als sie ihn fragte, ob er bereit sei, anstelle ihres Bruders ihr Brautführer zu sein. »Wolcott verehrte Sie so sehr«, sagte sie eindringlich. »Für ihn waren Sie so etwas wie ein Vater. Ich könnte mir keinen Geeigneteren vorstellen.« In dieser hochemotionalen Situation sah Henry keine Möglichkeit, ihr diese Bitte mit Anstand abzuschlagen, aber die Vorstellung erfüllte ihn eher mit Mißbehagen, obwohl Caroline versichert hatte, es handle sich um eine kleine intime Zeremonie. Er hatte Kiplings Kurzgeschichten und Gedichte über Indien, die Armee und das Empire gelesen und bewunderte, wie alle, deren Kraft und Originalität. Kipling erlebte, besonders nachdem er 1889 aus Indien nach England zurückgekehrt war, einen phänomenalen »Boom«, der aber künstlerisch durchaus verdient war. Er war kein zweiter Rider Haggard, sondern in eine ganz andere Kategorie einzuordnen. Jedes neue Buch von ihm bestätigte diese Einschätzung, dabei war er noch nicht einmal dreißig! Wie hatte doch Du Maurier in einem Brief über ihn geschrieben? *»Die kleine Bestie ist titanisch!«* Tatsächlich hatte sein Werk etwas Wildes, einen derben Zug maskuliner Arroganz, der Henry fremd bleiben mußte. Wenn Rudyard Kipling das war, was sich die britischen Leser unter einem großen Schriftsteller vorstellten, dann würde HJ – soviel war klar – dieser Vorstellung nie entsprechen können. Es drängte ihn nicht, mit diesem jungen Löwen in näheren persönlichen Kontakt zu treten, und die Aussicht, bei Kipling als eine Art Pseudo-Schwiegervater zu fungieren, barg einiges an potentiellen Peinlichkeiten.

Im vergangenen Jahr hatte Henry nicht so oft wie früher den Sonntag mit Du Maurier verbracht, einmal, weil der lange Marsch nach Hampstead ohne die Gesellschaft von Jusserand, den man befördert und nach Kopenhagen versetzt hatte, nicht mehr so verlockend war, und zum zweiten, weil seine Theaterarbeit so viel Zeit in Anspruch nahm, daß er die Sonntage brauchte, um seine Korrespondenz zu erledigen und anderen Verpflichtungen nachzukommen. Er und Kiki trafen sich weiterhin regelmäßig bei gesellschaftlichen Anlässen in London und schrieben sich zwischendurch Briefe – so betrauerten sie ausführlich ihren Freund Lowell, der im August fern von ihnen jenseits des Atlantiks gestorben war –, aber Henry schlug doch das Gewissen, weil er ihn in der zweiten Jahreshälfte ein wenig vernachlässigt hatte. Seine Schuldgefühle rührten vor allem daher, daß er mit einiger Erleichterung den Vorwand seiner Theaterarbeit genutzt hatte, um einem ausführlichen Gespräch unter vier Augen über *Peter Ibbetson* aus dem Weg zu gehen. Der Roman erschien von Juni bis Dezember mit Du Mauriers Illustrationen bei *Harper's* in Fortsetzungen und kam in dieser Zeit auch als Buch heraus. Der erste lange Abschnitt über die Kindheit des Helden überzeugte auch bei der zweiten Lektüre, aber je weiter Henry in dem ihm noch neuen Text las, desto mehr sah er seine früheren Bedenken bestätigt. Eine Weile plätscherte die Geschichte ziellos dahin, während der nur unzureichend hinter der Maske des Erzählers verborgene Autor sich offenbar fragte, wie es nun weitergehen sollte. »*Wenn ich diese Seiten noch einmal durchgehe, merke ich, daß ich unverzeihlich egoistisch, unerhört weitschweifig und diffus war*«, räumt Peter ein. »Da hast du leider recht«, bemerkte Henry halblaut, als er diesen Satz gelesen hatte. Danach begab sich der Roman mit einem jähen Schwenk ins Übernatürliche. Peter, nach seinem Mord an seinem schurkischen Stiefvater in einem Gefängnis für straffällig gewordene Geistesgestörte eingekerkert, und seine Liebste, die Herzogin von Towers, können dank einer Technik des »Wahrträumens« auf wunderbare Weise miteinander kommunizieren und – wenn auch in Grenzen – ein gemeinsames Leben führen. Das »Wahrträumen« macht es ihnen möglich, eine Zeitreise in ihre idyllische Kinderzeit zu unternehmen und auch als Erwachsene eine virtuelle Welt nach ihrer Wahl zu bewohnen, mühelos durch Europa zu reisen und sich etwa von einer Galerie im Louvre nach Lust und Laune in eine Loge der Scala zu versetzen. Nach vielen Seiten solch wunderlicher Schilderungen stirbt die Herzogin im wirklichen Leben, weil sie sich bei einem Eisenbahnunglück aufopfert, um ein Kind zu retten, kehrt aber im Traum zu dem Helden zurück, um ihn mit einer mystisch-evolutionären Vision der menschlichen Zukunft und des Lebens nach dem Tod zu trösten. *»So mag denn ein lebendiges Fünkchen des individuellen Bewußtseins sanft leuchtend an deine fernsten Nachkommen weitergereicht werden.«* All das war schrecklich peinlich und erinnerte Henry schmerzlich an den Swedenborgianismus seines Vaters. Warum nur mußten sich anscheinend vernünftige Menschen, die aus rationalen Gründen die konventionelle Religion ablehnten, an ihrer Stelle unbedingt etwas zusammenzimmern, das sehr viel weniger plausibel war? Aus literarischer Sicht war es ein verhängnisvoller Fehler von Du Maurier gewesen, daß er das Element des Unheimlichen nicht so mehrdeutig dargestellt hatte, daß eine natürliche, materialistische Erklärung des »Wahrträumens« möglich gewesen wäre. So aber mußte man das Phänomen entweder ernst nehmen oder es ganz abschreiben, und jeder intelligente Leser würde sich für Letzteres entscheiden. Henry überlegte kurz, ob er diesen Fehler hätte verhindern können, wenn er den Fortgang des Romans mit größerer Teilnahme begleitet hätte, aber dann fiel ihm ein, daß Du Maurier sich vor Erscheinen des Buches bitter über die Einmischung der Lektoren von *Harper's* beklagt hatte. Wie bei vielen Anfängern in der Kunst des Erzählens verbanden sich bei ihm bescheidene Anforderungen an sein Werk mit einem recht eigensinnigen Festhalten an der einmal gefundenen Form.

Natürlich behielt Henry seine Meinung für sich und schickte Du Maurier vage formulierte, aber herzliche briefliche Glückwünsche, während der Roman in Fortsetzungen erschien und das Buch die Runde zu machen begann. Zum Glück beurteilten die Rezensenten Du Mauriers ersten Ausflug in die Welt der Prosa alles in allem milde, und ein Großteil seiner Freunde und Bekannten war offenbar ehrlich beeindruckt. Daß er einen langen Roman zustande bringen würde, hätten sie dem Künstler nie zugetraut, und daß er ihn selbst illustriert hatte, war für seine Leser eine hochwillkommene Zugabe. Der Absatz hielt sich in Grenzen, war aber durchaus respektabel, was Du Maurier nicht unmittelbar berührte, da er sich für das Copyright eine Pauschalsumme von tausend Pfund hatte auszahlen lassen, statt sich mit dem Verlag auf eine kleinere Summe als Vorschuß auf Tantiemen zu einigen. Ihm war Bargeld auf die Hand lieber als die ungewisse Aussicht auf künftigen Gewinn, und es war, fand Henry, auch wenn er diese Einstellung im Prinzip mißbilligte, kein schlechtes Geschäft für einen Erstlingsroman.

Du Mauriers Gedanken kreisten mehr denn je ums Geld, und um sein Einkommen aufzubessern, verpflichtete er sich für den Winter und das Frühjahr 1891–92 sogar zu einer Vortragstour, die ihn in achtzehn Orte in England und Schottland führen sollte. Der Titel seines in allen Orten gleichbleibenden Vortrags war »Die Künstler des *Punch*« (vor allem Leech und Keene), illustriert mit sechzehn Diapositiven. Henry bekam einen witzigen brieflichen Bericht von Du Mauriers erstem Auftritt am 12. November in der Wolverhampton Literary and Scientific Society, wohin ihn die treue Emma begleitet hatte. *»Als wir den Saal sahen & erfuhren, daß er ausverkauft sei, wurden wir beide blaß, taten aber nicht dergleichen. Als wir hörten, daß die Zuschauer für jeden Witz,* *jedes Bonmot eines berühmten Künstlers vom Punch dankbar wären, überlegten wir, daß es in dem ganzen Vortrag keinen einzigen Witz gab, taten aber wieder nicht dergleichen – als wir bei Ostwind auf der reizlosesten Straße der Stadt auf und ab spazierten und an das dachten, was uns bevorstand, packte uns kaltes Grauen …«* Henry erinnerte die Schilderung an seine Premiere in Southport; auch Du Maurier hatte zum Schluß offenbar eine erfreuliche Ovation entgegennehmen können. Überhaupt sah er gewisse Parallelen zwischen Du Mauriers Aufbruch zu abgelegenen Vortragssälen und seinem Stück, das in Kürze wieder auf Reisen durch die Provinz gehen würde.

»Wir sind nun beide alte Gaukler, Kiki«, sagte er, Du Maurier brüderlich eine Hand auf die Schulter legend, »die immer noch genötigt sind, neue Kunststücke zu erlernen und sie vorzuführen, wo immer sich ein Publikum dafür findet.« Es war ein schöner, aber sehr kalter Sonntag kurz vor Weihnachten, und Henry hatte sich zu Fuß auf den Weg nach Hampstead gemacht, um nach alter Sitte Du Maurier auf seinem Verdauungsspaziergang Gesellschaft zu leisten. Sie waren allein, nur der Terrier Don schnoberte – offenbar enttäuscht von dem Mangel an interessanten Gerüchen – auf dem gefrorenen Boden herum. Die Kälte hinderte sie daran, sich auf ihre Lieblingsbank zu setzen; es war so kalt, daß man auf den gefrorenen Teichen Schlittschuh laufen konnte. Beim Anblick der Schlittschuhläufer fiel Du Maurier wieder ein, wie er sich vor langer Zeit in das frostige Wasser des Whitestone Pond gestürzt hatte, um einen Hund zu retten, der ins Eis eingebrochen war. »Der dankbare Besitzer wollte mir eine halbe Krone Trinkgeld geben, und als ich den Kopf schüttelte, legte er noch eine halbe Krone drauf, woraufhin ich ihn wohl ein bißchen dumm angeredet habe. ›*Entschuldigen Sie vielmals*‹, *sagte er,* ›*ich hab nicht gewußt, daß Sie ein Gentleman sind.‹«* Henry lachte, obgleich er die Geschichte nicht zum erstenmal hörte – sie war zur Familienlegende geworden. Niemand würde heutzutage Du Maurier, der mit seinem Stock und der dunklen Brille sehr gebrechlich wirkte, solche Heldentaten zutrauen.

»Sehen Sie zu, daß Sie sich mit Ihren vielen Vorträgen nicht übernehmen, Kiki«, mahnte Henry. »Das Programm scheint schauderhaft strapaziös zu sein.«

»Emma kommt immer mit und schaut darauf, daß es mir an nichts fehlt«, sagte Du Maurier. »Sie sorgt dafür, daß in den Hotels die Betten gelüftet sind und wärmt meine Nachthemden am Feuer, die Gute. Außerdem brauche ich die Kröten. Mein Augenlicht wird immer schlechter. In den letzten Wochen habe ich überhaupt nicht mehr zeichnen können.«

»Mein lieber Freund«, sagte Henry mitfühlend.

»Gerald wird bald seinen Schulabschluß in Harrow machen, und wir haben entschieden, ihn Anwalt werden zu lassen. Das kostet einiges, denn er wird bestimmt nicht, wie sein künftiger Schwager, sein Studium mit Stipendien und Zuschüssen selbst finanzieren. Und im nächsten Jahr haben wir durch Sylvias Hochzeit auch wieder Kosten.«

»Ist das Jurastudium Geralds eigene Entscheidung?« fragte Henry.

Du Maurier lachte ein wenig bitter. »Keine Idee! Er möchte Schauspieler werden, aber davon will seine Mutter nichts wissen. Ich übrigens auch nicht.«

»Ich verstehe Ihre Bedenken«, sagte Henry. »Allerdings muß ich sagen, daß die Comptons äußerst achtbare Leute sind, ebenso die meisten anderen englischen Schauspieler, die ich kenne. Mit den französischen Mimen sieht es anders aus, sie sind wendiger und amüsanter, aber gesellschaftlich unmöglich. Wenn Gerald Talent hat – und ich erinnere mich an so manche Familienfeier, bei der seine Darstellung zu den schönsten Hoffnungen berechtigte –, könnte womöglich …« Henry zuckte die Schultern, um anzudeuten, daß Du Maurier vielleicht seine Entscheidung noch einmal überdenken sollte.

»Talent hat er, das steht fest«, sagte Du Maurier. »Einmal, da kann er nicht älter als zwölf oder dreizehn gewesen sein, hat er sich Männersachen angezogen – du weißt ja, daß ich zu Hause immer einen Korb mit Kleidung für meine Modelle habe –, hat sich Brille und Perücke aufgesetzt, einen falschen Bart angeklebt und einen Unbekannten gespielt, der mich anpumpen wollte. Volle zehn Minuten habe ich gebraucht, um ihm auf die Schliche zu kommen. Ich mit meinen schlechten Augen bin natürlich besonders leicht hinters Licht zu führen, aber trotzdem …« Du Maurier lachte, als er sich an die Szene erinnerte. »Der kleine Teufel! Sie macht er übrigens auch sehr gut nach, Henry.«

»Mich?« wiederholte Henry bestürzt. »Darf ich fragen, wie er das zuwege bringt?«

»Sie wissen ja, daß Sie eine recht typische Art haben, sich auszudrücken, besonders, wenn Sie animiert sind. Das hat Gerald aufs Haar getroffen.«

»Soso«, sagte Henry etwas gezwungen.

»Sind Sie jetzt beleidigt?« fragte Du Maurier erschrocken.

»Aber nein«, widersprach Henry nicht ganz wahrheitsgemäß. »Aber es würde mich interessieren zu erfahren … welche Charakteristika … will sagen … welche typischen Merkmale … welche Idiosynkrasien von Vokabular oder Syntax Ihr frühreifer Sprößling … aufs Haar … auch wenn ich nicht anstehe zu bekennen, daß ich nicht weiß, was ich in diesem Zusammenhang mit Haaren zu schaffen hätte ...« Einen Augenblick lief er Gefahr, den Faden zu verlieren, bekam ihn aber dann erfolgreich wieder zu fassen: »... so trefflich zu kopieren verstand.«

»Genau so, Henry«, lachte Du Maurier. »Genau so hat er Sie gegeben.«

Auch Henry mußte lächeln, aber beim Abendessen behielt er Gerald, der über Weihnachten zu Hause war, wachsam im Auge und trug weniger als sonst zum allgemeinen Gespräch bei.

Zwei oder drei Monate sah er Du Maurier nicht mehr. Im neuen Jahr galt es eine Welle von Krankheiten zu überstehen, von denen er selbst zum Glück verschont blieb. In London herrschte eine Influenza-Epidemie, die auch die Smiths traf, und etwa eine Woche mußte er in seinem Klub essen oder sich mehr schlecht als recht in der Küche in De Vere Gardens selbst verköstigen. Auch Carrie Balestiers Mutter und Schwester waren erkrankt, so daß sie nicht zu Carries Hochzeit mit Kipling kommen konnten, worüber allerdings Henry nicht böse war, denn nun war der Kreis der Hochzeitsgäste noch kleiner, die Feier selbst noch kürzer und maßvoller als ursprünglich geplant, und er konnte sich seiner Aufgabe entledigen, die Gäste begrüßen und sich empfehlen, ohne, wie bei solchen Anlässen sonst vom Brautführer erwartet wurde, eine joviale Rede halten zu müssen. Fenimore schrieb, daß sie entsetzlich an Kopf- und Ohrenschmerzen litt. Schuld daran waren vermutlich die ihr vom Arzt gegen ihre Hörschwäche empfohlenen »falschen Trommelfelle«. Daß sich daraufhin ihre Depression wieder gemeldet hatte, war kein Wunder. Und natürlich war da auch noch Alice, die allmählich, aber unaufhaltsam dem Tod entgegenging.

Henry besuchte sie fast täglich, aber es war anstrengend,

an ihrem Bett zu sitzen und ihre Hand zu halten, ihr abgezehrtes Gesicht und ihr tapferes Lächeln zu sehen, zu wissen, daß sie Schmerzen hatte und nichts zu ihrer Linderung tun zu können. Die aufopferungsvolle Katharine war die Hüterin des Morphiums, das Alices Leiden gerade noch erträglich machte. »Sie weiß, daß ich ihr so viel geben würde, wie sie möchte, selbst auf die Gefahr hin, damit ihr Leben zu verkürzen«, vertraute Katharine ihm eines Tages an, »aber sie hat sich dafür entschieden, ihrem Tod Schritt für Schritt entgegenzugehen, bis zum bitteren Ende.« Henry bewunderte den Mut seiner Schwester, auch wenn er ihre Einstellung nicht ganz nachvollziehen konnte. Er für sein Teil glaubte nicht, daß er unter diesen Umständen den Wunsch hätte, sein Leben zu verlängern. Ihm war, als müsse er den bewegenden, sich unerträglich lang hinziehenden letzten Akt einer Tragödie mit ansehen, und er konnte sich nicht verhehlen, daß er das Fallen des Vorhangs herbeisehnte, der sie alle aus dieser Spannung erlösen würde. Er versuchte sich mit Arbeit abzulenken, entwickelte Ideen für Schauspiele, schickte Entwürfe und Szenarien an Intendanten, die ihm geeignet erschienen, und schrieb, bis ihre stets saumseligen Antworten eintrafen, Kurzgeschichten und Artikel. Einen langen Roman wollte er während seiner Bemühungen, als Bühnenschriftsteller Fuß zu fassen, nicht in Angriff nehmen.

Zu Henrys Überraschung schrieb Du Maurier ihm im Februar, daß er seinerseits einen neuen Roman angefangen hatte, den er – wie schon den ersten – Emma diktierte. Henry war davon ausgegangen, daß sein Freund zu den Menschen gehörte, die einen einzigen Roman in sich tragen, mit dem sie sich zufriedengeben, wenn sie ihn sich von der Seele geschrieben haben; doch der bescheidene Erfolg von *Peter Ibbetson* hatte Du Maurier offenbar ermutigt, einen zweiten Versuch zu wagen. Es handelte sich um die Geschichte, die er einmal Henry angeboten hatte – die Geschichte des jungen Mädchens, das nur unter Hypnose singen konnte, *»la chanteuse magnétisée«*, wie Du Maurier sie in seinem Brief nannte. Dieser Brief war passenderweise ganz auf Französisch abgefaßt, denn er hatte sich entschlossen, die Geschichte vor etwa dreißig Jahren in Paris spielen zu lassen und dabei aus seinen Erinnerungen als Kunststudent im Quartier Latin zu schöpfen. Er genieße das Schreiben *énormément*, schrieb er und deutete in einem auf die Rückseite des Umschlags gekritzelten Postskriptum gewisse Gewagtheiten des Stoffes an: *›Le nouveau roman n'est pas pour les petites filles.‹* Henry hatte seit Jahren nicht mehr daran gedacht, die Geschichte selbst zu schreiben, aber nachdem ihm nun diese Möglichkeit für immer verbaut war, gab es ihm einen Stich – er hatte das paradoxe und kindische Gefühl, als habe man ihm etwas weggenommen. Du Maurier hatte natürlich keine Ahnung davon, daß dieser erzählerische »Keim«, wie Henry gern den Ausgangspunkt eines Prosawerkes nannte, im dunklen Humus seines Notizbuches geschlummert und des Tages geharrt hatte, an dem Henry ihn von dort auf das Kanzleipapier seines Schreibblocks holen würde. Um dieser verlorenen Chance nicht sinnlos nachzutrauern, nahm er sich sogleich eine Idee vor, die er ebenfalls Du Maurier verdankte – die Geschichte von dem eleganten Paar, das bei ihm Modell stehen wollte und dem es so katastrophal mißlungen war, den eigenen Typ darzustellen. Die Arbeit ging ihm leicht von der Hand, und nach knapp einer Woche war die Erzählung fertig. Er nannte sie *The Real Thing* und schickte sie an die Zeitschrift *Black and White*, deren Herausgeber sie sofort zur Veröffentlichung im April akzeptierte.

Wenn es nur so schnell und leicht ginge, Stücke auf die

Bühne zu bringen! Hare, der vor fast einem Jahr den Empfang seines Schauspiels *Mrs. Vibert* mit so schmeichelhaftem Lob quittiert hatte, zog sich seither mit tausend Ausreden aus der Affäre, obwohl Henry dem Stück einen neuen Titel gegeben hatte – es hieß nun *Tenants* – und Hares Vorschlägen zur Überarbeitung gefolgt war. Compton wiederum hatte die ihm von Henry angebotenen Köder – Szenarien und Entwürfe für den ersten Akt von zwei weiteren Komödien – nicht geschluckt. Sein Mangel an Begeisterung war angesichts des kommerziellen Mißerfolgs von *Der Amerikaner* vielleicht verständlich, aber Henry glaubte jetzt, daß jenes Projekt von Anfang an keine Chance gehabt hatte. Es war falsch gewesen, einem komplexen und subtilen Roman die unvermeidlichen Straffungen und Kompromisse einer Bühnenfassung zuzumuten. Wer den Roman kannte, war unzufrieden mit dem Stück, und diejenigen, die ihn nicht kannten, standen ratlos vor Elementen der Handlung, die aus Zeitmangel nicht hinreichend entwickelt werden konnten. Henry war nun überzeugt davon, daß er die englische Bühne nur mit einer Idee erobern konnte, die von Anfang an für das Schauspiel konzipiert war.

Er ging inzwischen nicht mehr als unvoreingenommener Konsument mehr oder weniger erfreulicher Begebenheiten ins Theater, sondern als schmallippiger, scharfäugiger Profi, immer Ausschau haltend nach geeigneten Darstellern und Produzenten, aufmerksam die dramaturgischen Tricks erfolgreicher Stückeschreiber studierend und sich an anderen Neulingen auf diesem Gebiet messend. Besonders ergiebig war in dieser Hinsicht die Premiere von Oscar Wildes *Lady Windermeres Fächer* im St. James's Theatre. Weder der Mensch noch der Schriftsteller Wilde war Henry sonderlich sympathisch. Als vor zehn Jahren einer seiner Privatbesuche in Amerika mit einer von Wildes triumphalen Vortragstourneen zusammenfiel, hatte er Wilde, ermutigt durch dessen angebliche Bemerkung, kein zeitgenössischer englischer Romancier könne James und Howells das Wasser reichen, in seinem Hotel in Washington aufgesucht und sich über dessen empörendes Betragen gründlich geärgert. Wilde begönnerte ihn, quittierte seine Bemerkungen mit albernen Epigrammen, rühmte sich der Freundschaft von Menschen, die Henry viel besser kannte als er, und benahm sich alles in allem unglaublich eitel und exhibitionistisch. Auch meinte Henry in Wildes Person und Persönlichkeit etwas Lüstern-Ungesundes zu spüren, einen Hauch jener sittlichen Dekadenz, die ihm in krasserer Form begegnet war, als er Schukowskij in Neapel besucht hatte. Seither hatte er Abstand zu Wilde gehalten, und dessen *détermination à épater les bourgeois* im Leben wie in seinen Schriften hatte ihm gezeigt, daß er klug daran getan hatte. In der Londoner Gesellschaft wurden die Gerüchte immer lauter, daß Wilde seine Frau zugunsten dubioser männlicher Gefährten vernachlässige.

Zweifellos aber war er ein raffinierter Schriftsteller, wie *Lady Windermeres Fächer* wieder einmal bewies. Die Handlung hatte so wenig Gehalt, war so wenig glaubhaft, daß man sie eigentlich nicht einen Augenblick lang ernst nehmen konnte, aber alles war so witzig arrangiert, mit einer solchen Fülle amüsanter *mots*, die wie Federbälle quer über die Bühne geschlagen wurden, daß einem das kaum auffiel – zumindest dem Premierenpublikum fiel es nicht auf. Wie sie lachten! Und wie sie zum Schluß klatschten! Natürlich gab sich Wilde alles andere als schüchtern, als man lautstark nach dem Autor verlangte. Mit einer grünen Nelke im Revers seines Abendanzugs, eine Zigarette zwischen den Fingern, die in einem malvenfarbenen Handschuh steckten, hielt er eine lange Rede und schloß: »Das Ensemble hat uns mit einer *hinreißenden* Darbietung eines *herrlichen* Stücks unterhalten, und Ihr Urteil ist *höchst* verständig. Ich gratuliere Ihnen zu ihrer *großartigen Darbietung*, die mir die Gewißheit gibt, daß Sie das Stück beinahe ebenso schätzen wie ich.« Auch wenn dies eine typische Provokation war und als solche mit viel Gelächter aufgenommen wurde, hielt Henry Wildes hochmütige Haltung für durchaus ehrlich. Was die Darstellung betraf, war er mit Wilde einer Meinung. George Alexander, der Schauspieler-Intendant, hatte als Lord Windermere eine besonders beachtliche Leistung erbracht. Er war in Henry Irvings Truppe ein beliebter *jeune premier* gewesen; seine Spezialität waren romantische Kostümrollen, in denen sein gutes Aussehen vorteilhaft zur Geltung kam. Inzwischen hatte er aber bewiesen, daß er, wie Oscar es ausgedrückt hätte, mehr war als ein Paar hübscher Beine. Vor zwei Jahren, mit erst zweiunddreißig, hatte er sich als Intendant selbständig gemacht, das St. James's Theatre gemietet, elektrisches Licht legen und die Sitze renovieren lassen, und brachte nun auch neue Stücke, die ihm geeignete Hauptrollen boten und kommerziell lohnend, aber durchaus nicht ohne künstlerische Meriten waren. Damit hatte er bisher großen Erfolg gehabt. Henry war beeindruckt von der Sorgfalt, die er seiner Produktion bis in die kleinsten Einzelheiten angedeihen ließ, und merkte sich vor, Alexander als potentiellen Produzenten seiner eigenen Werke im Auge zu behalten.

Alice starb am 5. März. Ehe sie ins Koma fiel, diktierte sie Henry eine Depesche für William: *»Zärtliche Grüße an alle. Lebt wohl. Ich gehe bald. Alice.«* Später half Henrys schriftstellerische Gabe ihm, diese kurzen bewegenden Worte noch um Einzelheiten zu ergänzen. *»Gegen Ende, etwa eine Stunde lang, wurde der Atem zu einem ständigen erstickten Pfeifen in der*

Lunge«, schrieb er an William. *»Der Puls flackerte und blieb aus, belebte sich wieder ein wenig und ließ sich dann trotz merkbaren Herzschlags nicht mehr fühlen, ehe der Atem stockte. Um drei Uhr trat eine willkommene Veränderung ein – sie schien ohne Mühe zu schlafen – ich meine zu atmen – sanft, friedlich und natürlich, wie ein Kind. Das ging eine Stunde so, bis zwischen den noch immer deutlich wahrnehmbaren Atemzügen immer längere Pausen eintraten – in den letzten sieben oder acht Minuten war es nach der Uhr nur noch einer pro Minute.«* Henry hielt inne. Manche mochten eine so minuziöse Beobachtung des Sterbens seiner Schwester für nahezu gefühllos halten, aber William als Wissenschaftler würde seine Bemühungen um eine wahrheitsgemäße und präzise Berichterstattung zu würdigen wissen. Trotzdem durfte auch ein wenig menschliche Wärme nicht fehlen. *»Ihr Gesicht schien dann auf eine seltsame, vage, ergreifende Weise klarer zu werden. Ich ging zum Fenster, um etwas mehr von dem Nachmittagslicht einzulassen (es war ein heller, stiller, freundlicher Sonntag), und als ich wieder ans Bett trat, hatte sie ihren letzten Atemzug getan.«* Er las den Absatz noch einmal durch, strich das Klischee ›letzter Atemzug‹ und schrieb statt dessen: *»... den Atemzug, dem kein weiterer folgen sollte.«*

Danach war er mehrere Wochen damit beschäftigt, Briefe im Zusammenhang mit Alices Tod zu schreiben und ihre Angelegenheiten zu regeln. Sie hatte sich eine Feuerbestattung gewünscht, eine für sie typische unkonventionelle Entscheidung, die eine Eisenbahnfahrt zum Krematorium von Woking nötig machte, die aber der kleinen Zahl der Leidtragenden – Henry selbst, Katharine und Alices ergebene Pflegerin Annie Richards – angemessen war, und diese Erfahrung bekehrte auch ihn zu dieser Bestattungsart. Alles war schlicht, schicklich und würdevoll. Es war ein kalter Tag mit Schneeregen, und er war froh, daß er die Asche seiner Schwester mit nach London nehmen konnte, von wo sie später zum Grab der Eltern in Amerika überführt werden sollte, statt ihre sterblichen Überreste in der feuchten Erde eines für sie immer fremden Landes vermodern zu lassen.

Dann galt es, Alices Letzten Willen zu verlesen und zu vollstrecken. Sie hatte ihren Nachlaß zu gleichen Teilen Henry, William und Katharine zugedacht. Bob hatte sie übergangen mit der Begründung, er habe in eine reiche Familie eingeheiratet und habe das Geld nicht so nötig wie seine Brüder. Henry sagte voraus, daß es durch diese Bestimmung Verdruß geben würde, was sich als völlig richtig erwies. Bob, dem seine finanzielle Abhängigkeit vom Schwiegervater schrecklich war, protestierte energisch und gab sich erst zufrieden, als Henry sich erbot, ihm fünftausend Dollar von seinem eigenen Anteil zu übereignen.

»Das ist sehr großzügig«, sagte Katharine, als sie von Henrys Geste erfuhr.

»Aus unerfindlichen Gründen streitet man in der Familie James immer über Testamente. Ich finde das sehr bedauerlich«, erwiderte Henry. Sein vorgebliches Motiv für diese Entscheidung war der Wunsch, den Disput damit schnell zu beenden. Tatsächlich versuchte er damit aber auch ein gerüttelt Maß an übertragener Schuld Bob und seinem toten Bruder Wilky gegenüber abzuzahlen, einer Schuld, die noch von ihrem Vater herrührte und bis zum Bürgerkrieg zurückging. Henry James Senior hatte seinen beiden älteren Söhne abgeraten, sich gleich zu Beginn des Bürgerkrieges freiwillig zu den Waffen zu melden und ihnen Rückenstärkung gegeben, als sie sich aus medizinischen Gründen hatten freistellen lassen. Begründet hatte er diese Haltung damit, daß keine noch so ehrenhafte Sache es wert war, dafür zu sterben, ehe ein junger Mann Gelegenheit gehabt hatte zu erfahren, was das Leben – besonders Liebe und Ehe – ihm bieten konnte. Mit typischer Inkonsequenz aber hatte er offenbar nach ein, zwei Jahren seine Meinung geändert, denn nun drängte er seine beiden jüngeren Söhne, die noch halbe Kinder waren – Wilky war siebzehn, Bob, der sich auf dem Papier älter gemacht hatte, erst sechzehn –, als Freiwillige in den Krieg zu ziehen. Beide hatten an der Front gekämpft und große Tapferkeit bewiesen. Beide waren verwundet worden, und Wilky wäre fast gestorben – einem der Sanitäter, die ihn auf einer Bahre vom Schlachtfeld trugen, hatte eine explodierende Granate den Kopf abgerissen. Kurzum, die beiden waren Helden, neben denen Henry sich seinerzeit recht klein, fast beschämt vorgekommen war. Das spätere Leben dieser beiden Brüder aber war persönlich wie beruflich eine lange traurige Geschichte des Scheiterns, der Enttäuschung und zerrütteten Gesundheit gewesen. Die traumatischen Kriegserlebnisse hatten sie offenbar für ein Leben im Frieden unfähig gemacht und dazu beigetragen, daß Wilky früh verstorben war, während Henry selbst und William den Krieg über in schnöder Sicherheit erfolgreich ihr Studium absolviert und sich auf ihren jeweiligen Gebieten ausgezeichnet hatten. Bob einen erheblichen Anteil des Erbes zu überlassen, das ihm Alice zugedacht hatte, war schwerlich eine Entschädigung für diese so ungleichen Lebensläufe, entlastete aber doch Henrys Gewissen ein wenig. Von William, der vier Kinder zu versorgen hatte, verlangte er so eine Geste nicht, und sein Bruder bot sie auch nicht an.

William war sich hingegen mit Henry darüber einig, daß die Katharine betreffenden testamentarischen Bestimmungen, mit denen Alice sie auf eine Stufe mit ihren Brüdern gestellt hatte, angesichts der hingebungsvollen Pflege, die ihre Freundin ihr über so viele Jahre hatte angedeihen lassen, völlig richtig und angemessen waren. Zu seiner Überraschung aber erfuhr Henry durch das Testament, daß Alice auch ihr Tagebuch Katharine vermacht hatte. Daß sie Tagebuch geführt hatte, wußte er nicht, und er erschrak doch ein wenig bei dem Gedanken, daß ein so privates Dokument damit der Kontrolle der Familie entzogen wurde.

»Sie hat es vor drei Jahren angefangen, als wir nach Leamington zogen«, sagte Katharine. »In letzter Zeit, als sie zu schwach zum Schreiben war, hat sie mir diktiert, was ihr so durch den Kopf ging, deshalb ist mir, als hätte ich Anteil daran. Auf jeden Fall ist das Tagebuch das kostbarste Andenken, das ich von ihr habe.« Als Henry durchblicken ließ, er würde das Tagebuch gern lesen, zeigte sich Katharine wenig entgegenkommend. »Alice hat mir gesagt, ich solle es abschreiben lassen, deshalb wird sie wohl gewollt haben, daß es einmal gelesen wird«, sagte sie. »Aber zu diesem frühen Zeitpunkt möchte ich es Außenstehenden eigentlich noch nicht zugänglich machen – nicht einmal Ihnen, Henry. Und ehrlich gesagt ist es für mich ein so großer Schatz daß ich mich nicht einmal wenige Stunden davon trennen könnte. Wenn es abgeschrieben ist, sollen William und Sie, es natürlich lesen.«

Aus der gleichen Quelle erfuhr er noch etwas recht Spannendes, daß nämlich Alice in ihrer letzten Lebenswoche Katharine gebeten hatte, ihr eine Erzählung von Fenimore vorzulesen, die den Titel *Dorothy* trug und unlängst bei *Harper's* erschienen war. »Sie hat die Geschichte sehr gelobt«, sagte Katharine. »Glücklicherweise haben wir sie noch kurz vor ihrem Ableben zu Ende lesen können.«

Natürlich nahm sich Henry nun bei erster Gelegenheit die Erzählung auch vor. Sie war ein typisches Erzeugnis aus Fenimores Feder, ein aus kunstreicher Perspektive auf die Geheimnisse und Kaprizen weiblichen Gefühlslebens gerichteter Blick, eine Sittenkomödie, die sich unvermutet zu einer sentimentalen Tragödie wandelte. Henry erkannte mühelos in dem Hauptschauplatz sofort – literarisch leicht verfremdet – die Villa Castellani in Bellosguardo mit ihren traumhaften Blicken und schwindelerregenden Balkonen, auf denen eine Gruppe amerikanischer Expatriierter flirtet und schmachtet. Dorothy, eine attraktive junge Amerikanerin – Typ Daisy Miller –, überrascht ihre Freunde damit, daß sie einen gewissen Mackenzie ehelicht, der zwar wohlhabend, aber schon ein Mann in mittleren Jahren ist. Als er wenig später plötzlich stirbt, nehmen alle an, sie würde eine zweite, glänzendere und romantischere Ehe schließen, statt dessen aber stirbt sie auch – offenbar aus Kummer. Alice hatte wohl vor allem deshalb Gefallen an der Erzählung gefunden, weil darin dem Tod als Idee oder Ziel ein so hoher Wert beigemessen wurde – eine Vorstellung, die der breiten Masse unverständlich bleiben mußte. In Fenimores Werk gehörte diese Erzählung zu einer langen Reihe von Prosastücken über Frauen, die ihren edlen Charakter beweisen, indem sie der Aussicht auf normales weltliches Glück entsagen.

Kurz darauf besuchte er Fenimore in Oxford und freute sich schon darauf, ihr zu erzählen, wie gut seiner Schwester ihre Erzählung gefallen hatte. Sie würde angenehm überrascht sein, und mit diesem Thema hatte er dann einen willkommenen Vorwand dafür, einem Gespräch über komplexere Gefühlsregungen im Zusammenhang mit Alice aus dem Weg zu gehen. Sobald Fenimore ihn in ihrem kleinen Salon in der Beaumont Street begrüßt hatte, platzte er mit seiner Entdeckung heraus, worauf sie zu seiner Bestürzung nur kühl bemerkte: »Ja, ich weiß.«

»Sie wissen es? Wie das?«

»Ihre Schwester hat mir kurz vor ihrem Tod durch Miss Loring eine Nachricht geschickt und mich darin unter anderem ihr Urteil über meine Erzählung wissen lassen.«

Henry hatte Mühe, die unhöfliche Frage zu unterdrükken, was mit diesem »unter anderem« wohl gemeint sei. Er habe nicht gewußt, daß sie in brieflichem Kontakt gestanden hatten, sagte er.

»Das war auch nicht der Fall«, erwiderte Fenimore. »Aber natürlich wußten wir durch unsere Beziehung zu Ihnen voneinander. Ich wußte, daß sie eifersüchtig auf mich war, daß sie mir die Zeit neidete, die ich mit Ihnen verbrachte – auch wenn das nicht gar so viel ist.« Fenimore errötete ein wenig und wandte den Kopf ab, um einem Lumpensammler nachzusehen, der mit seinem Pferdekarren unten vorbeirumpelte und dabei mit heiseren, unverständlichen Rufen auf sich aufmerksam zu machen suchte. »Aber in Anbetracht ihrer traurigen Lage hatte ich Verständnis für diese Empfindungen. Als es zu Ende ging, wünschte sie wohl – nein, keine Versöhnung, denn wir hatten ja nie gestritten, aber ... nun, Sie wissen sicher, wie ich es meine.«

»Ich denke schon«, sagte Henry, noch immer ein wenig ratlos. Er hatte das unbestimmte Gefühl, daß Fenimore ihm etwas verschwieg. Sie betrachtete ihn nachdenklich, aber ein wenig zerstreut, während das Gespräch sich banaleren Themen zuwandte – der wohltuenden Ruhe des Universitätsgeländes in den Osterferien, den Schätzen der Bodleian Library, für die sie mit einigem Glück einen Leserausweis ergattert hatte, dem herrlichen Chorgesang in der Christ Church Cathedral am Sonntag, an dem sie sich trotz ihrer Schwerhörigkeit freuen konnte.

»Erzählen Sie mir mehr von diesen abscheulichen falschen Trommelfellen«, bat er. »Es scheinen ja wahre Folterinstrumente zu sein.«

Genau so fühlten sie sich offenbar an. Es war, sagte Fenimore, als schnitten einem ständig zwei scharfkantige Instrumente ins Ohr. Zwei Wochen hatte sie die Schmerzen ausgehalten, und als sie die Geräte herausnahm, dauerten Kopf- und Ohrenschmerzen noch einen Monat an.

»Konnten Sie denn mit ihnen besser hören?« wollte Henry wissen.

»Keine Spur.«

»Warum haben Sie sich dann so gequält, meine liebe Fenimore?«

»Ich habe immer noch gehofft, sie würden funktionieren, wenn ich mich erst dran gewöhnt hätte. Ich würde fast alles tun, fast alle Leiden auf mich nehmen, um so hören zu können wie früher.«

Das Wetter war schön, so daß sie einen Spaziergang machen konnten. Von der Beaumont Street aus ließen sich trefflich die Straßen und Gassen und Innenhöfe der altehrwürdigen Gelehrtenstadt erkunden. Sie stöberten eine genußvolle halbe Stunde in der ausgezeichneten Blackwellschen Buchhandlung herum und überprüften verstohlen, wie es alle Schriftsteller machen, welche ihrer Bücher man dort auf Lager hatte. Henry entdeckte zu seiner Freude mehrere Exemplare seiner neuesten Kurzgeschichtensammlung, *Die Lektion des Meisters*, auf dem Tisch mit den Neuerscheinungen.

»Das ist eine scheußliche Geschichte, Henry«, sagte Fenimore, als er beim Essen von seinem Fund berichtete. Sie dinierten im Randolph Hotel, wo er übernachtete. »Raffiniert, aber scheußlich. Eine Verleumdung des weiblichen Geschlechts.«

»Unsinn, Fenimore, das lasse ich nicht gelten«, protestierte Henry. »Mrs. St. George ist eine Tyrannin, das gebe ich zu, aber ebensogut könnten Sie behaupten, die Erzählung sei eine Verleumdung des männlichen Geschlechts. Denken Sie nur an die Tücke, mit der St. George nach dem Tod seiner Frau seinem jungen Protégé das Mädchen stiehlt.«

»Aber er ist durch den Materialismus seiner Frau verdorben. Und letztlich ist das Mädchen genauso schlimm. Nein, Henry, die Moral der Geschichte ist klar: Frauen geht es darum, ihr Schäfchen ins Trockene zu bringen, folglich sind sie der Kunst feind.«

»Sie übertreiben, meine liebe Fenimore.« Henry lächelte – entwaffnend, wie er hoffte. »Aber Sie werden mir zugeben, daß es zu einem Interessenkonflikt nicht zwischen Frau und Kunst, aber zwischen *Ehe* und Kunst kommen kann.«

Fenimore errötete leicht und kaute eine Weile schweigend an ihrem Schnitzel. »Befürworten Sie demnach freie Liebe als *modus vivendi* für den Künstler?« fragte sie dann ironisch.

»Natürlich nicht, Fenimore, Sie wissen doch, wie sehr mir all diese … diese bohemienhaften Schmuddeleien widerstreben.« Unwillkürlich hatte Henry sich ereifert. »Und natürlich leugne ich nicht, daß es erfolgreiche Künstler gibt, die glücklich, eine bedeutend größere Zahl allerdings, die unglücklich … doch, einige sind und waren in der Tat glücklich verheiratet, mein Freund Du Maurier zum Beispiel – aber wer weiß, was er ohne die ständige Sorge um seine wachsende Familie hätte erreichen können? Jetzt zwingt sie ihn sogar dazu, Romane zu schreiben, was ganz und gar nicht sein *métier* ist.«

»Wer heiratet, muß nicht *notwendigerweise* Kinder in die Welt setzen.« Fenimore legte Messer und Gabel aus der Hand. Das Hörrohr lag neben ihrem Teller bereit wie ein spezielles Teil des Eßbestecks, aber in dem stillen Speiseraum mit der hohen Decke hatte sie es nicht gebraucht.

»Nein, aber das ist die übliche Folge – und der vornehmste Zweck, wenn wir dem *Book of Common Prayer* glauben wollen.« Henry lächelte ein wenig gezwungen. Er rechnete rasch nach, daß Fenimore jetzt über fünfzig sein mußte, weit über das gebärfähige Alter hinaus. Träumte sie womöglich von einer Ehe mit einer Vereinigung nicht der Körper, wohl aber zweier gleichgestimmter Seelen, schwebte ihr vor, sie könnten in getrennten Studierstuben ihrer Arbeit nachgehen und wie in Bellosguardo zu freundschaftlichen Mahlzeiten und Spaziergängen zusammenkommen? Dort war das gut gegangen, doch der Reiz dieser Regelung lag ja gerade im Vorläufigen, zeitlich Offenen, jederzeit Beendbaren. Eine Ehe bedeutete unvermeidlich die Preisgabe der eigenen Freiheit. Und war nicht selbst im reifen Alter bei einer Ehe wenn schon nicht Leidenschaft, so doch eine gewisse physische Zärtlichkeit wünschenswert? Fenimore war für ihr Alter durchaus ansehnlich. Er schätzte ihre gute Figur, ihre diskrete, aber geschmackvolle Garderobe, ihre runden, überraschend faltenarmen Wangen, die großen ruhigen graublauen Augen, den leicht amüsierten Zug, der im Ruhezustand um ihre Lippen lag, den noch straffen Hals mit dem unvermeidlichen Samtband. Das alles betrachtete er mit Vergnügen, er war gern mit ihr zusammen, aber er verspürte nicht das mindeste Verlangen danach, die Hand auszustrecken, um sie zu berühren, geschweige denn die Arme um sie zu legen und sie auf die Lippen zu küssen, geschweige denn … Er setzte diesen Gedankengang nicht fort. Eine etwas verlegene Pause trat ein, bis Fenimore bat:

»Erzählen Sie von Ihren Stücken, Henry.«

»Leider gibt es da nichts Neues zu berichten. Theaterintendanten sind die saumseligste, zögerlichste, unbeständigste Kaste, die mir je untergekommen ist.«

»Sie erinnern sich vielleicht«, sagte Fenimore schüchtern, »daß wir einmal darüber sprachen, zusammen ein Stück zu schreiben.«

»Ja, natürlich«, erwiderte Henry. Er hatte damit gerechnet, daß dieses Thema zur Sprache kommen würde, und war vorbereitet. »Aber ich denke nicht daran, Sie in dieses klägliche und demoralisierende Geschäft hineinzuziehen, bis meine eigene Position dort gefestigter ist.«

»Sehr rücksichtsvoll«, sagte sie, aber er sah ihr die Enttäuschung an.

Henry hätte sich nie vorstellen können, ein Prosawerk als Gemeinschaftsarbeit zu schreiben – dieser Vorgang war zu privat und persönlich; aber bei der Inszenierung eines Theaterstückes ergaben sich zwangsläufig Aspekte gemeinschaftlichen Wirkens, so daß in diesem Rahmen auch die Zusammenarbeit von zwei Verfassern nicht von vornherein unvorstellbar war. Allerdings gedachte er nicht, sich auf so ein Experiment einzulassen, bis seine derzeitigen Bühnenprojekte verwirklicht und ihm die Ideen für neue ausgegangen waren. Man vergab sich aber wohl nichts, wenn man der armen Fenimore unverbindlich ein wenig Mut machte. »Wir sprechen wieder darüber, sobald ich sicher sein kann, daß unser Werk auch den Weg auf eine Bühne findet«, sagte er.

»Einverstanden, Henry«, sagte sie, sichtlich aufgeheitert durch das Wort »unser«.

»Eine Aussicht, die zur Zeit noch in weiter Ferne liegt«, warnte er. Aber er wußte nicht, ob sie ihn richtig verstanden hatte.

»Gut«, sagte sie.

6

Gegen Frühjahrsende hatte er das Bedürfnis, sich für längere Zeit von London und der Pflicht zu erholen. Die anspruchsvolle Aufgabe, Alices Nachlaß zu regeln, war abgeschlossen, und seine Theaterschiffe schienen fern von jedem Hafen in einer Flaute festzuliegen. In England hielt ihn nichts mehr, und er hatte unbeschreibliche Sehnsucht nach Italien. Er machte ein Treffen mit dem französischen Schriftsteller Paul Bourget und seiner jungen amerikanischen Frau in Siena aus und verbrachte danach bei Mrs. »Jack« Gardner, einer bekannten Gastgeberin und Kunstmäzenin, eine Woche in dem von ihr in Venedig angemieteten Palazzo. Es gehörte zu den Vorzügen des Junggesellenlebens, daß man solche Pläne relativ kurzfristig machen konnte, und dank der Entwicklung des Eisenbahnnetzes in Europa war es lächerlich einfach geworden, sie in die Tat umzusetzen. Man stieg in der Victoria Station oder Waterloo Station in den Zug und zwei oder drei Tage später in einer warmen historisch reizvollen Stadt des Südens wieder aus – eine Reise, für die man Anfang des Jahrhunderts mit der Postkutsche Wochen benötigt hätte. Natürlich hatte dieser verkehrstechnische Fortschritt auch einen Pferdefuß – daß nämlich zu viele Menschen ihn nutzten, was zu einer wahren Plage englischer und amerikanischer Touristen führte, die jetzt die interessantesten und besonders malerischen Orte Europas heimsuchten, aber Henry James hoffte, den ärgsten Menschenansammlungen zu entgehen, indem er seine Italienreise in die Monate Juni und Juli legte, die schon immer als zu heiß für Angelsachsen galten.

Unmittelbar vor seiner Abreise hörte er sich Du Mauriers Vortrag über die Künstler von *Punch* an, der nach seiner langen Rundreise durch die Provinz Ende Mai endlich in die Hauptstadt gekommen war. Die Prince's Hall in Piccadilly war nicht so gut gefüllt, wie man es sich hätte wünschen mögen, denn die Saison war in vollem Gange, und die Kaminsimse der *Society* ächzten unter der Last der Einladungen, aber neben Henry stellte sich noch eine Reihe weiterer treuer Freunde ein. Man bat sie, als »Podiumsgesellschaft« hinter dem Vortragenden Platz zu nehmen, eine öffentliche Zurschaustellung, die Henry nicht goutierte, die er aber seinem Freund zuliebe ertrug. Den Vorsitz hatte Alma-Tadema, ein witziges Zusammentreffen, denn die beiden Künstler sahen sich so ähnlich, daß sie häufig miteinander verwechselt wurden. Wenn enthusiasmierte Damen Du Maurier versehentlich zu Alma-Tademas Gemälden gratulierten, nahm der zuweilen ihre Hand, den starken flämischen Akzent seines Kollegen imitierend und sagte – zumindest erzählte er es so: »Tanke, tanke, vielmals tanke, komme Sie zu meine Dienstage?«, wobei er anzufügen pflegte: »Möchte wissen, ob sie tatsächlich hingegangen sind.«

Du Maurier hatte seinen Vortrag inzwischen so oft gehalten, daß er ihn auswendig konnte und nur hin und wieder einen Blick auf den Text zu werfen brauchte, den er sich in einer Achtzehn-Punkt-Schrift hatte drucken lassen, um ihn leicht lesen zu können, und den er, wie man deutlich merkte, herzlich satt hatte. Er trug ihn ohne schmückende Gesten oder besonderen Ausdruck vor, brachte es aber trotzdem irgendwie fertig, daß seine Zuhörer sich nicht langweilten. Er hatte etwas so spürbar Aufrichtiges, Anständiges und Bescheidenes an sich, daß man ihn einfach gern haben mußte, und auch wenn seine Darlegungen den Intellekt nicht übermäßig forderten – der einzige Brosamen an ästhetischer Nahrung, den Henry mitnahm, war die Feststellung: »Man muß bedenken, daß es in der Natur so etwas wie eine Linie nicht gibt« –, gelang es ihm, vor den Zuschauern das Wesen seiner großen Vorgänger, Leech und Keene, erstehen zu lassen, indem er sein persönliches Wissen um ihren Charakter und ihr Werk einbrachte.

Hinterher aß Henry mit ihm und Emma zu Abend – die arme Emma, wie oft hatte sie jenen Vortrag schon über sich ergehen lassen? Aber Emma beteuerte, daß sie nie müde wurde, ihrem Mann zuzuhören. Sie wirkte ein wenig blaß und angegriffen, da sie sich gerade erst von einem schlimmen Erlebnis erholt hatte, von dem sie nun Henry ausführlich berichtete. Im April war Trixy an Bauchtyphus erkrankt, als sie zu einem Besuch auf der Isle of Wight weilte, und Emma reiste nach Shanklin, um sie zu pflegen, wobei sie sich prompt ansteckte, so daß Mutter und Tochter in nebeneinander liegenden Zimmern mit der Krankheit kämpften, Du Maurier ihnen aber wegen seiner Vortagsverpflichtungen nicht zu Hilfe eilen konnte. Henry, der Trixy immer noch mit großer Zärtlichkeit zugetan war und seit Balestiers Tod Typhuserkrankungen besonders fürchtete, hörte sich diese aufregende Geschichte voller Mitgefühl an. Dann erkundigte er sich nach dem Fortgang des neuen Romans. Hatte Du Maurier bei *Peter Ibbetson* schon sehr früh Meinungsäußerungen erbeten, so hielt er mit diesem zweiten Versuch bisher weitgehend hinter dem Berg und sagte auch jetzt nur bescheiden: »Danke, recht gut.«

»Er ist wunderbar«, begeisterte sich Emma. »Ich kann es immer kaum erwarten zu erfahren, was im nächsten Kapitel passiert.«

»Du bist befangen, mein Schatz«, sagte Du Maurier liebevoll. »Wir müssen abwarten, wie *Harper's* sich dazu stellt.«

»Haben Sie schon einen Titel?« fragte Henry.

»Ja, ich nenne ihn *Trilby*«, erwiderte Du Maurier. »So heißt die Heldin.«

»›Trilby‹«, wiederholte Henry. »Ist das ihr Vorname oder ihr Nachname?«

»Ihr Vorname. ›Trilby O'Farell‹.«

»Ach, ist sie Irin?«

»Schottin. Das Kind ziemlich anrüchiger schottischer Eltern, aber in Paris geboren und erzogen. Das heißt, erzogen wäre zu viel gesagt. Ihr Vater war ein Trunkenbold, und ihre Mutter war nicht viel besser.«

»Sie wird mit fünfzehn Waise, die Ärmste, und muß sich um ihren kleinen Bruder kümmern«, ergänzte Emma. »Deshalb arbeitet sie als Künstlermodell.«

»›Trilby‹«, wiederholte Henry nachdenklich und rollte die Silben auf der Zunge, als könne er damit dem Namen seine assoziativen Aromen entlocken. Der Titel war entschieden wohlklingender und einprägsamer als *Peter Ibbetson* (er wußte, wenn er den Nachnamen schrieb, nie genau, wohin das e und wohin das o gehörte). »Kommt mir irgendwie bekannt vor, aber nicht als Mädchenname.«

»Ich habe ihn als Kind in einem französischen Märchen gefunden«, sagte Du Maurier. »Da hieß die Fee so, aber aus irgendeinem Grund spielte die Geschichte in Schottland. Ob der Name französisch oder schottisch ist, könnte ich nicht sagen, aber er hatte es mir angetan, ist mir im Gedächtnis geblieben und schien mir jetzt wie geschaffen für meine *chanteuse*.«

»Jetzt weiß ich's wieder«, erklärte Henry triumphierend. »So hieß Eugénie Gúerins Schoßhündchen.«

»Donnerwetter!« Du Maurier lachte. »Nur gut, daß der Großteil meiner Leser sich nicht so gut in der französischen Literatur auskennt wie Sie, James.« Abergläubisch klopfte er auf die hölzerne Tischplatte. »Das heißt – wenn ich das Glück habe, überhaupt Leser zu finden.«

Henry genoß seinen Italienurlaub. Siena war bezaubernd, noch nicht von so vielen Touristen »entdeckt« wie Florenz oder Rom, und das überfüllte, von Vaporettos wimmelnde Venedig bot dem anspruchsvollen Besucher noch immer Refugien, Schätze und unvergleichliche Ausblicke, besonders wenn er das Glück hatte, in einem Palazzo am Canale Grande zu residieren, wo stets eine Gondel bereitstand, um ihn zu einer wenig besuchten Kirche oder auf eine unverdorbene Insel in der Lagune zu entführen. Von Venedig aus fuhr er nach Lausanne, wo William, in Harvard zu einem akademischen Sabbatjahr beurlaubt, mit Alice und den vier Kindern den Sommer verbrachte. Zwei der Kinder waren so klein, daß Henry sie noch gar nicht kannte, während Harry und Peggy tüchtig gewachsen waren, seit er sie bei seinem letzten Amerikabesuch auf den Knien geschaukelt hatte. Er war irritiert, als William nicht lange nach seiner Ankunft zu einer Wanderung aufbrach – bei der Planung hatte es Mißverständnisse gegeben – und beendete seinen Besuch nach zehn Tagen, die aber genügten, um seine Pflicht als jovialer Onkel zu erfüllen, und auch hinreichend für die Schweiz waren, mit der er noch nie viel hatte anfangen können. Er kehrte nach nur kurzem Zwischenaufenthalt in Paris Mitte August nach London zurück. Im Gepäck hatte er den fertigen Entwurf für ein neues Stück – *Mrs. Jasper* –, das er auf seinen Reisen verfaßt hatte.

Es handelte sich um eine heitere Sittenkomödie, fast schon eine Farce, die sich inhaltlich locker auf eine seiner

Kurzgeschichten stützte, aber nicht in Italien, sondern in England spielte. Alles dreht sich um die Bemühungen einer skrupellosen Mutter, einen jungen Mann so zu kompromittieren, daß er ihre Tochter heiraten muß. Die Titelheldin unterstützt diesen Plan zunächst, schreckt aber dann davor zurück und will dem jungen Mann helfen, sich aus dieser Bindung zu befreien, wobei sie sich prompt in ihn verliebt und er sich in sie. Unter den Figuren kommt es zu zahlreichen weiteren Flirts, Eifersüchteleien, zu unerwiderter Liebe und zu Mißverständnissen, die zu einer raschen Abfolge von Auftritten und Abgängen führen, zu Verfolgungen und Versteckspielen, und im ersten Akt wird viel Aufhebens um einen Photoapparat gemacht, womit Henry dem Publikum etwas ganz Neues zu bieten gedachte. Er sah das Stück als pure Unterhaltung; sein Reiz für die Zuschauer lag in dem geschickten Jonglieren der Bälle eines zugegebenermaßen dürftigen Plots. Natürlich brauchte man dazu Schauspieler mit komödiantischer Begabung und perfektem Timing sowie eine charismatische Aktrice in der Titelrolle.

Die Schauspielerin, an die er dachte, war Ada Rehan, der irisch-amerikanische Star der Inszenierungen von Augustin Daly, der seinerseits eine interessante Erscheinung in der Theaterwelt war. Nachdem er sich als Intendant am Broadway etabliert hatte, war er in den letzten Jahren mit seiner Truppe mehrmals zu sehr erfolgreichen Gastspielen ins Londoner Lyceum gekommen. Er hatte es gewagt, in sein umfangreiches Repertoire Inszenierungen von Shakespeares *Der Widerspenstigen Zähmung* und *Wie es euch gefällt* aufzunehmen, und zwar in Fassungen, die sich enger als üblich an die Originaltexte hielten, und diese Produktionen waren begeistert aufgenommen worden, wobei die Kritik Ada Rehans Leistungen als Katherina und Rosalind besonders herausgestellt hatte. Der ehrwürdige Poet Laureate Alfred Lord Tennyson war so hingerissen, daß er Daly *The Foresters* anbot, ein Schauspiel in Versen über Robin Hood, unter der Bedingung, daß dieser die Rolle der Maid Marion mit Ada Rehan besetzte, und es hieß, eine Inszenierung sei in Vorbereitung und Daly habe die Musik bei Arthur Sullivan in Auftrag gegeben.

Henry hatte Miss Rehan im vergangenen Herbst, kurz vor der Premiere des *Amerikaners*, kennengelernt. Bei dieser Gelegenheit hatte Daly ihm durch sie ausrichten lassen, er, Henry James, möge ihm ein Stück mit einer guten Rolle für Miss Rehan anbieten. Der Vorschlag war um so verlockender, als Daly gerade verkündet hatte, daß er am Leicester Square ein neues Theater als ständige Londoner Bühne für seine Truppe bauen, dabei aber auch seine Arbeit in New York fortsetzen wolle, was seinen Autoren die Chance bot, ihre Werke diesseits und jenseits des Atlantik von demselben Intendanten in Szene setzen zu lassen. Henry hatte Daly zur Premiere des *Amerikaners* eingeladen und ihm zwei Exposés für Theaterstücke geschickt, aber nie eine Antwort erhalten. Jetzt aber glaubte er etwas in der Hand zu haben, was sowohl dem Intendanten als auch seinem Star gefallen könnte. Er fragte brieflich bei Miss Rehan an, ob er ihr das Stück vorlesen dürfe; sie stimmte bereitwillig zu und schlug einen Nachmittag im Haus von Mr. und Mrs. Barrington vor, ihren gemeinsamen Bekannten, bei denen sie sich auch kennengelernt hatten.

Die beiden stellten mit Vergnügen ihren Salon für die Lesung, sich selbst als Publikum und Erfrischungen zwischen den einzelnen Akten zur Verfügung. Ada Rehan kam ein wenig zu spät, was möglicherweise Absicht war, denn es war offensichtlich, daß sie große Auftritte liebte. Sie war Schauspielerin von den Spitzen ihrer zierlichen Schuhe bis zum Scheitel ihrer kunstvoll frisierten Haare und entschuldigte sich für die Verspätung lächelnd, gestenreich und mit betörendem Augenaufschlag. Sie war groß und schön und besaß das, was ein Kritiker einmal eine »samtene Stimme« genannt hatte. Als sie ihre kleine Vorstellung beendet hatte, ließ sie sich in den für sie bereitstehenden Lehnsessel sinken und nahm eine aufmerksame Pose ein, indes Henry ihr gegenüber Platz nahm und die Barringtons sich bereit machten, der Lesung aus den bequemen Tiefen eines Sofas heraus zu folgen. Miss Rehan lachte nicht ganz so viel, wie Henry lieb gewesen wäre, bestimmt nicht so viel wie die Barringtons, er meinte sie aber immerhin recht häufig lächeln zu sehen, und als er fertig war, sagte sie: »Das war ganz reizend. Vielen herzlichen Dank, Mr. James.«

Auch die Barringtons sparten nicht mit Lobesworten und zogen sich dann diskret zurück, damit Autor und Schauspielerin unter vier Augen konferieren konnten.

»Glauben Sie, daß es ankommen würde?«

»Ja, warum denn nicht?« fragte sie zurück.

»Und könnten Sie sich vorstellen, Mrs. Jasper zu sein? Für mich wären Sie die Idealbesetzung.«

»Doch, das könnte ich mir durchaus vorstellen«, sagte sie zu seiner Freude. »Die Rolle hat große Möglichkeiten. Ich weiß nicht, ob ich allen Verwicklungen des Plots habe folgen können ...«

»Durchaus verständlich. Aber später auf der Bühne ...«

»Ja, auf der Bühne wird bestimmt alles klar. Ich kann natürlich nicht für Augustin sprechen, aber am besten schicken wir ihm das Stück und warten ab, was er dazu meint.«

Henry hätte gern sein Werk noch detaillierter besprochen, aber sie griff bereits nach ihren Siebensachen, um zu gehen, offenbar war sie zu einem anderen Termin schon zu spät dran. Sie versprach aber, das Stück mit ihrer Empfehlung Daly persönlich zuzustellen, und Henry ging federnden Schrittes nach Hause.

Etwa eine Woche später traf ein kurzer Brief des Intendanten ein. Das Stück habe ihm gefallen, ihn aber nicht zufriedengestellt, er sei gern bereit, sich in einem persönlichen Gespräch näher zu erklären. Henry deutete das als Absage, die aber immerhin so ermutigend war, daß er es der Mühe wert hielt, auf den Vorschlag einzugehen. Ein paar Tage darauf suchte er nach vorheriger Verabredung Daly in seinem Büro in der Shaftesbury Avenue auf. Der Intendant, ein stattlicher Mann um die fünfzig mit langgezogenem, gut geschnittenen, ein wenig melancholischem irischen Gesicht und dunklem, in der Mitte gescheiteltem Haar, das auffällig von dem hellgrauen Schnurrbart abstach, bot ihm nachmittags um drei Whisky an, den Henry höflich ablehnte. Daly hatte die Baupläne für sein neues Theater auf dem Schreibtisch ausgebreitet, machte sich ein Vergnügen daraus, sie Henry zu zeigen und sich mit den dafür vorgesehenen modernsten Umbau- und Beleuchtungsmöglichkeiten zu brüsten und auf die Pracht der öffentlichen Einrichtungen hinzuweisen. Als die Sprache schließlich auf *Mrs. Jasper* kam, blieb die von Henry erwartete Leichenschau aus, statt dessen präsentierte ihm Daly Vorschläge für operative Hilfsmaßnahmen. Er kritisierte einige Szenen und machte etliche Vorschläge, von denen Henry die meisten akzeptieren konnte. Unter anderem betonte Daly, daß es wichtig sei, Ada Rehans Rolle auszubauen und dafür zu sorgen, daß sie am Ende eines Aktes das letzte Wort bekam. Henry erklärte sich bereit, in einem neuen Entwurf diese Punkte zu berücksichtigen und ihn Daly zukommen zu lassen.

Er eilte nach Hause und machte sich noch am gleichen

Tag, solange er alles deutlich im Gedächtnis hatte, an die Arbeit. In wenigen Wochen war das Werk vollendet, und Henry schickte das überarbeitete Stück an Daly, der wieder nach New York gereist war, um seine dortigen Inszenierungen zu beaufsichtigen. Sehr bald traf ein kurzer Brief des Intendanten ein, in dem er Henry mitteilte, daß er das Stück akzeptierte, und ihm eine Pauschale von 25 Dollar für jede Vorstellung bot. Henry war überglücklich. Die Sache hatte nur einen Haken: Er würde sich gedulden müssen, bis das neue Theater in London fertig war, denn Daly wollte das Stück als Zugpferd für seine erste Spielzeit haben, stellte aber in Aussicht, es inzwischen in New York zu produzieren.

Dann geriet auch dieses Projekt ins Stocken – ein Vorgang, der Henry nur zu vertraut war. Wochenlang hörte er nichts mehr von Daly. Er versuchte, seine Ungeduld zu zügeln und lenkte sich damit ab, sein altes Schlachtroß neu zu striegeln. Compton hatte aus der Provinz signalisiert, daß der vierte Akt von *Der Amerikaner* nach wie vor das Publikum deprimierte, und hatte angeregt, es so umzuschreiben, daß Claire Cintrés Bruder das Duell überlebte. Die von Compton vorgeschlagene unbeholfene Lösung war nicht nach Henrys Geschmack, aber sein agiles Hirn beschäftigte sich fast gegen seinen Willen ständig mit dem Problem, und sehr bald glaubte er eine Möglichkeit gefunden zu haben, den gewünschten Effekt auf bessere Art erzielen zu können.

Rasch schickte er Compton einen begeisterten Brief, in dem er schnellstmögliche Lieferung des neuen Aktes versprach, aber die Aufgabe erwies sich als komplizierter und zeitraubender als gedacht, denn um die drei vorhergehenden Akte mit dem umgeschriebenen vierten logisch zu verbinden, waren auch dort zahlreiche kleinere Änderungen sowie ausführliche Beratungen per Brief und Telegramm mit den Comptons erforderlich. Immer wieder mußte er sich das Soufflierbuch erbitten und es wieder zurückschicken, da dies der einzige zuverlässige Text des Stückes war, immer wieder mußten die neuen Szenen in verschiedenen Entwurfsphasen abgeschrieben werden, und wenn er sie an die Comptons auf den Weg brachte, ließ er es sich nicht nehmen, ausführliche dramaturgische Begründungen der Änderungen anzufügen sowie ebenso ausführliche Anmerkungen zum Sprechen des neuen Textes. Henry schien es, als hinterließen seine Stiefel mit der Zeit eine wahrnehmbare Spur auf dem Gehsteig zwischen De Vere Mansions und dem Postamt West Kensington.

Er wußte, daß nach rationalen Kriterien diese Kraftanstrengung unsinnig war. So sehr er auch den *Amerikaner* verbessern mochte – das Stück würde keine zweite Chance auf der Londoner Bühne bekommen, und selbst wenn Compton sich entschloß, es aus dem Repertoire seiner Provinztournee zu nehmen, hätte er, Henry James, dadurch kaum einen Verlust an Geld und Ansehen. Trotzdem brachte er es nicht fertig, es im Orkus gescheiterter Stücke verschwinden zu lassen, so lange noch die Möglichkeit bestand, es über Wasser zu halten. Schließlich war es bisher das einzige seiner dramatischen Werke, das professionell über eine Bühne gegangen war, und er hatte die Hoffnung, daß Compton irgendwann ein zweites Stück von ihm annehmen würde. Also plagte er sich weiter mit dem *Amerikaner*, zurrte die Dialoge zusammen, trennte sie wieder auf, um sie neu zusammenzufügen, bis er, wie er Compton schrieb, so viel getan hatte, »wie ein Mensch nur ertragen kann«. Mitte November fuhr er nach Bath, wo das C.C.C. in dem bezaubernden Theatre Royal gastierte, um das gänzlich überarbeitete Stück persönlich abzuliefern. Die

Comptons waren hoch erfreut über den neuen vierten Akt, aber als sie ihn in Bristol ausprobierten, stellten sich neue Probleme ein, die weitere Anpassungen, weitere Streichungen und noch einmal neue Dialoge nötig machten – eine Arbeit, die Henry in der letzten Novemberwoche in London vornahm, umgeben von der gefürchteten »Erbsensuppe«, einem dichten Nebel, der wie ein bedrohliches Miasma in den Straßen hing, so daß selbst im vierten Stock von De Vere Mansions den ganzen Tag die Lampen brennen mußten.

Als er endlich, endlich fast fertig war, hörte er wieder von Daly, der weitere Streichungen und Überarbeitungen von *Mrs. Jasper* wünschte und anfragte, ob er ein paar witzige Reime in Coupletform verfertigen könne, die Ada Rehan – wie in den Komödien der Restaurationszeit – am Schluß des Stückes zum Vortrag bringen sollte. Henry erschrak gehörig, denn er hatte seit seiner Jugend keine einzige Verszeile geschrieben, aber da er aus diesen Forderungen meinte schließen zu können, daß der Beginn der New Yorker Produktion vor der Tür stand, verfaßte er tapfer eine artige kleine Rede in rhythmischer Prosa für den gewünschten Zweck und erledigte zügig die übrigen von dem Intendanten angesprochenen Punkte. Dann schickte er ihm das überarbeitete Manuskript und wartete mehrere Wochen wie auf glühenden Kohlen, bis er schließlich erfuhr, daß eine New Yorker Produktion doch nicht machbar war und die Londoner Inszenierung sich verzögerte, da der Bau von Daly's Theatre (so der einigermaßen hochtrabende Name) durch einen landesweiten Bauarbeiterstreik ins Hintertreffen gekommen war. Offenbar aber war das überarbeitete Stück zur Zufriedenheit des Intendanten ausgefallen, denn eine gegenteilige Nachricht blieb aus. Nach Hares Plänen für *Mrs. Vibert* fragte Henry gar nicht mehr, denn die endlose Folge von Finten, leeren Versprechungen und durchsichtigen Ausflüchten, mit denen man seinen Fragen begegnete, empfand er als erniedrigend. So ging denn das Jahr zu Ende, und sein Plan, als Stückeschreiber ein Vermögen zu verdienen, war noch immer mehr Traum als Wirklichkeit.

Indessen hatte Du Maurier mehr Glück, sich als Romanschriftsteller zu etablieren, wie Henry aus einem Brief erfuhr, den er Anfang Dezember erhielt. Du Maurier hatte mit Clarence McIlvaine von *Harper's* zu Abend gegessen, der ihm eröffnete, man habe *Trilby* mit Vergnügen gelesen und wolle den Roman diesseits und jenseits des Atlantiks herausbringen – vorbehaltlich der Entfernung gewisser kontroverser Stellen, »antiklerikaler Tiraden und so weiter«. Sie zeigten Du Maurier Gutachten der Lektoren. Aus einem zitierte er in seinem Brief an Henry: *Gegenüber* Peter Ibbetson *entschieden ein Fortschritt, eine wunderschöne Arbeit, voller Mängel, aber auch voll von jenem erleuchteten Etwas, das sich der Kritik entzieht – das Buch ist so großherzig, so menschlich, so intensiv, daß es bei einer breiten Leserschaft Anklang finden wird.* Harper bot die gleichen Bedingungen wie zuvor, aber Du Maurier war zuversichtlich, daß er den Verlag dazu würde bewegen können, für das »erleuchtete Etwas« mehr herauszurücken. In einem französischen Postskriptum beschrieb er scherzhaft die zu erwartenden Erleuchtungen: *Lampions anticléricaux. Spécialité d'eclairage moral. Nudité – chasteté &c&c siehe »Trilby«.* Henry erfaßte ein Anflug von Neid – so hymnisch hatte sein Werk noch kein Lektor gelobt –, den er sich aber sofort als unwürdig und grotesk verbot. Er schickte umgehend einen Glückwunschbrief: *»Brava Trilby – Bravo Harper & Harpers Lektoren & Harpers McIlvaine & bravi tutti! Ich freue mich von ganzem Herzen über dieses großartige Urteil.«*

Inzwischen war er schon sehr gespannt auf den Roman, aber Du Maurier hatte es offenbar nicht eilig, ihn herauszubringen. Er ließ sich zweitausend Pfund für das Copyright des neuen Buches auszahlen, doppelt so viel wie für das erste, verpflichtete sich, es selbst zu illustrieren, und bekam ein Jahr zugebilligt, um die nötigen Zeichnungen zu liefern und seinen Text zu überarbeiten.

7

1893 begann für Henry nicht eben glücklich, nämlich mit einer Gichtattacke. Es war seine erste Erfahrung mit diesem schmerzhaften Leiden, möglicherweise ausgelöst durch den heißen Punsch, mit dem er bei einem Treffen von Freunden im Haus von Gosse auf das Neue Jahr getrunken hatte. Gosse war bei diesen Anlässen – vermutlich als Ausgleich für die strenge Abstinenz seiner puritanischen Erziehung – immer sehr großzügig mit alkoholischen Getränken. Zum Stillsitzen in seiner Wohnung gezwungen, schrieb Henry nur halb im Scherz an seinen Freund: *»Für mich ist das der Anfang vom Ende.«* Im April würde er fünfzig werden. Selbst bei optimistischster Einschätzung war die Lebenszeit, die noch vor ihm lag, kürzer als diejenige, die er schon hinter sich gelassen hatte, und das Bewußtsein nicht erreichter Ziele, nachlassender Vitalität und abnehmender Zeitreserven bedrückte ihn. Er fürchtete, seine Identität als Schriftsteller zu verlieren, in ein Niemandsland zwischen seinem verblassenden Ansehen als Romancier und einem noch fraglichen als Dramatiker zu geraten. Gelänge es ihm, Letzteres zu erreichen, traute er sich die Kraft und das Selbstvertrauen zu, auch Ersteres neu zu beleben. Inzwischen aber war es ihm eine Qual, mit ansehen zu müssen, wie andere Schriftsteller – etwa Rudyard Kipling, Oscar Wilde, Thomas Hardy, von Mrs. Humphry Ward gar nicht zu reden – jene Aufmerksamkeit auf sich zogen, jene Lobeshymnen einheimsten, die seiner Meinung nach ihm gebührten, was er aber nicht einmal den eigenen Freunden anvertrauen konnte, ohne als kläglicher Schwächling und Neidhammel dazustehen. Deshalb schrieb er sich die komplizierten Zweifel und Sehnsüchte mit einer Kurzgeschichte von der Seele, der er den Namen *Die mittleren Jahre* gab.

Der Held, Dencombe, ist ein Romancier, dessen langsam und unter großen Schmerzen hervorgebrachtes Werk geachtet, aber nicht allgemein gewürdigt wird, und jetzt, in mittleren Jahren, leidet er an einer Krankheit, die seine Hoffnung, berühmt zu werden, zunichte zu machen droht. *»Dies war der quälendste Schmerz der vergangenen Jahre – das Wissen um die verrinnende Zeit, sinkenden Chancen. Er hatte alles getan, was er je tun würde, und doch nicht das, was er hatte tun wollen.«* Dieser trostlose Gedanke bewegt den matten Dencombe, der in Bournemouth auf einer Bank mit Blick aufs Meer sitzt, im Schoß ein Päckchen, das er soeben von seinem Verlag erhalten hat und in dem sich ein Exemplar seines jüngsten – und fast sicher letzten – Romans befindet. Nachdem er sich dazu aufgerafft hat, das Buch aus der Verpackung zu schälen, und während er es mit einem Anflug neu erwachter Selbstachtung durchblättert, sieht er ein Exemplar eben jenes Buches, das er am Umschlag erkennt, in der Hand eines jungen Mannes, der zwei weibliche Wesen, eine alte und eine junge Dame, über den Klippenpfad führt. Auch die Personen selbst erkennt er, denn sie wohnen in seinem Hotel. Wie sich herausstellt, hat der junge Mann, Doktor Hugh, sich ein Vorabexemplar von Dencombes Roman besorgt, weil er ein glühender Verehrer von Dencombes Werken ist. *»Durch Zufall stand nun vor dem müden Literaten einer der größten Bewunderer der neuen Generation, den man sich vorstellen konnte.«* Dr. Hugh beginnt nun, sich um den kranken Autor zu kümmern und ihn womöglich zu kurieren, der *»von den schwachen Flügeln der Rekonvaleszenz getragen und tief beeindruckt von der glücklichen Vorstellung einer organisierten Rettung zu einer neuen Beredsamkeit fand, um die Sache eines großartigen, sogenannten ›späten‹ Stils zu vertreten, die Zitadelle seines Ansehens, wie sich zeigen sollte, die Festung, in der er seinen eigentlichen Schatz zusammentragen würde.«* Dies war auch ein regelmäßig wiederkehrender Tagtraum von Henry, den er zu verwirklichen gedachte, wenn er sich als Romanschriftsteller nicht mehr mit der schnöden Jagd nach Erfolg zu plagen brauchte, weil er inzwischen bewiesen hätte, daß er als Dramatiker erfolgreich sein konnte, den er aber wohlweislich weitgehend für sich behielt. Der Anstand im landläufigen wie auch im literarischen Sinne verlangte, daß dem fiktionalen Autor diese schöne Erfüllung versagt blieb. Dencombe muß am Ende der Geschichte als Mann in mittleren Jahren sterben, sein Lebenswerk bleibt unvollendet. Henry verfaßte für seinen Helden, sich in Gedanken selbst in dessen traurige Lage versetzend, eine Rede auf dem Sterbebett, deren melancholische Eloquenz ihm beim Schreiben die Tränen in die Augen trieb. *»Eine zweite Chance – das ist der Irrglaube. Es sollte nur die eine geben. Wir arbeiten im Dunkeln – wir tun, was wir können – wir geben, was wir haben. Unser Zweifel ist unsere Leidenschaft, und unsere Leidenschaft ist unsere Aufgabe. Der Rest ist der Wahnsinn der Kunst.«* Er hätte selbst nicht recht sagen können, was die letzten beiden Sätze bedeuteten. Wie die Reden von Hamlet oder Lear hatten sie mehr an Gehalt, als sich durch eine prosaische Paraphrase ausdrücken ließ. Für den Fall, daß er morgen sterben sollte, wäre das aus seiner Sicht eine passende Inschrift für seinen Grabstein.

Um in der Erzählung besonders herauszuarbeiten, welche Werte auf dem Spiel stehen, sollte Dr. Hughs hingebungsvolle Zuwendung zu dem Schriftsteller die alte

Dame, seine Gönnerin, gegen ihn aufbringen, so daß es ihm versagt bleibt, die junge Dame, ihre Gesellschafterin, zu heiraten. Als Henry die Geschichte noch einmal durchlas, dachte er bei sich, daß Fenimore sagen würde, er habe wieder einmal einen Gegensatz zwischen Frauen und Kunst oder der Ehe und der Kunst aufgezeigt, womit sie sogar recht hätte: Der Beweis dafür wird unübersehbar auf der letzten Seite erbracht, als der Doktor erklärt, er opfere bereitwillig seine Neigung zu der jungen Dame, und das literarische Werk des sterbenden Schriftstellers preist: *»›Sie sind ein großer Erfolg!‹ sagte Doktor Hugh, und es war, als schwinge in seiner jungen Stimme der Klang einer Hochzeitsglocke.«* Henry erwog kurz, die ironische hochzeitliche Trope zu streichen oder durch eine andere zu ersetzen, entschied sich dann aber dagegen. Fenimore würde, wenn sie den Satz las, einerseits irritiert sein, sich andererseits aber bestätigt sehen, in jedem Fall war es gut, wenn sie sich über seine wahren Gefühle keiner Täuschung hingab. Über manche Themen kommunizierten sie in ihrer Prosa ehrlicher als in ihren Gesprächen.

Es gab inzwischen mehrere Gegenstücke zu der Figur des Dr. Hugh in Henrys Leben – gescheite, charmante junge Männer, meist amerikanische Expatriierte, die Henrys durch die Nichtbeachtung in der Öffentlichkeit entstandenen Wunden mit dem Balsam ihrer Bewunderung im Privaten zu heilen suchten. Einer von ihnen war der arme Balestier gewesen. William Morton Fullerton, ein gut aussehender, hochintelligenter Journalist, der 1890 von Boston nach London gezogen war und schnell eine Anstellung bei der *Times* gefunden hatte, half ein wenig die durch Balestiers Ableben entstandene Lücke zu füllen, ebenso Henry Harland, ein begabter Schriftsteller und weitblickender Verleger, der etwa um die gleiche Zeit von Amerika nach England zog und sich als Herausgeber John Lane im Verlag The Bodley Head zugesellte. Dazu kam Jonathan Sturges, der an den Folgen einer Kinderlähmung litt, sein Schicksal aber tapfer trug und glücklicherweise über ein beträchtliches privates Einkommen verfügte, das er mit journalistischen Arbeiten, *belles lettres* und Übersetzungen aufbesserte, unter anderem auch mit einem Sammelband von Maupassant-Erzählungen, die er mit Henrys Unterstützung in Angriff genommen und fertiggestellt hatte. Henry war sich darüber im klaren, daß keiner dieser jungen Männer dem anerkannten angelsächsischen Modell herzhafter Männlichkeit entsprach, auch wenn sie auf verschiedene Weise und aus unterschiedlichen Gründen davon abwichen: der arme Sturges durch seine körperliche Behinderung, Fullerton, weil ihn männliche Schönheit offenbar nicht minder anzog als weibliche, und der verheiratete Harland wegen seines Hanges zu dem, was früher unter dem Namen Ästhetizismus gelaufen war und jetzt, da das *fin de siècle* näher rückte, immer öfter Dekadenz genannt wurde. Alle drei waren mit Oscar Wilde befreundet, dem führenden Kopf dieser Kunstrichtung in England. Henry hielt zwar weiter Distanz zu Wilde und der Aura von Sexskandalen, die den Schriftsteller umgab, doch tat das seinen freundschaftlichen, aber völlig korrekten Beziehungen zu den drei jungen Männern keinen Abbruch. Das verstörende Erlebnis mit Schukowskij in Neapel, das in gewisser Weise seine enge Beziehung zu Fenimore beschleunigt hatte, gehörte zu seinem jüngeren Ich. Nachdem er nun die ruhigen Gewässer der mittleren Jahre erreicht, die mit dem Geschlechtlichen im frühen Mannesalter verbundenen Fährnisse und Probleme, unbestimmten Sehnsüchte und körperlichen Beunruhigungen überstanden hatte, glaubte Henry gefahrlos die Freundschaft gleichgestimmter junger Männer pflegen zu dürfen.

Alte Genossen wie Du Maurier und Gosse waren natürlich von unschätzbarem Wert, aber deren Unterstützung nahm man als etwas Selbstverständliches hin und ihr Lob nicht immer ganz wörtlich. Nichts tat dem verletzten Selbstwertgefühl so wohl wie der Tribut eines intelligenten, talentierten jungen Mannes, wie die Hochachtung des Jüngers vor dem Meister. Morton trieb die Verehrung so weit, daß er in seinen Schreiben an Henry dessen Stil imitierte, ja, in einen seiner Briefe sogar ganze Sätze aus einem veröffentlichten Henry-James-Artikel eingebaut hatte, und Henry hielt es für geraten, ihm dafür einen sanften Tadel zu erteilen. Man konnte schließlich des Guten auch zu viel tun.

Besagter Brief kam aus Paris, wo Fullerton seit Anfang des Jahres im Büro der *Times* arbeitete. Ohne die Gesellschaft und die Gespräche des jungen Mannes fehlte Henry etwas, und vor allem deswegen begab er sich Mitte März zu einem längeren Besuch in die französische Hauptstadt. Er stieg in seinem Lieblingshotel ab, dem Westminster in der Rue de la Paix, gleich am Place Vendôme. Seine Gicht plagte ihn noch immer, aber er konnte zumindest über die Boulevards humpeln, um sich mit Morton in den Cafés und Restaurants zu treffen, die dieser »entdeckt« hatte. Zufällig war zur gleichen Zeit auch Henry Harland in Paris, und bei einem geselligen Abendessen legte dieser eifrig seine Pläne dar, eine neue, hochrangige literarische Zeitschrift zu gründen, die nicht so sehr wie eine Wochenschrift, sondern mehr wie ein Buch gestaltet sein sollte – weshalb er sie auch *The Yellow Book* zu nennen gedachte –, und mit der er die muffige Spießerwelt der englischen Literatur herausfordern und verändern wollte. Die besten Arbeiten der jüngeren Schriftstellergeneration, die sich an den jüngsten Entwicklungen in der französischen Literatur orientierten, sollten dort erscheinen und von einem Künstlergenie namens

Aubrey Beardsley illustriert werden. Harland bat aber auch Henry um Beiträge, da diese, wie er sagte, eine Garantie für gediegene literarische Qualität seien. Henry hatte hier und da Schwarzweißzeichnungen von Aubrey Beardsley gesehen, die denen von Du Maurier in Stil und Inhalt so unähnlich wie nur möglich waren, und war sich nicht sicher, ob seine Arbeiten und die des jungen Künstlers zwischen zwei Buchdeckeln friedlich miteinander würden auskommen können, reagierte aber auf Harlands Bitte vorsichtig positiv und versprach, über einen geeigneten Beitrag zu dem *Yellow Book* nachzudenken, wenn der Zeitpunkt des Erscheinens absehbar war. »Alles, was Sie beitragen könnten, wäre wunderbar«, versicherte Harland. »Und es darf gern so lang sein, wie Sie wollen.« Das war durchaus ein Anreiz, denn Henrys Erzählungen hatten eine Art, unversehens den vorher mit den Redakteuren vereinbarten Umfang zu sprengen. Gerade erst hatte er einen heroischen Kampf geführt, die *Mittleren Jahre* unter der Sechstausend-Wort-Grenze zu halten, auf der ein unerbittlicher Redakteur bei *Lippincott* bestanden hatte, wo die Erzählung im Mai erscheinen sollte.

In Paris erfuhr er von Gosse, daß John Addington Symonds gestorben war, ein Mann, der Henry seit langem lebhaft interessierte; die Betrachtung von Symonds' Leben hatte ihm geholfen, seine eigene Position im Hinblick auf die heikle Frage mehr als freundschaftlicher Beziehungen zwischen Männern zu definieren und zu klären. Aufgefallen war ihm Symonds um 1870 als Verfasser einer vielbändigen Studie über die italienische Renaissance, die ihn, wie auch spätere gelehrte und kritische Werke aus der gleichen kultivierten Feder, sehr beeindruckt hatte. Symonds, der an Tuberkulose litt, lebte mit Frau und Kindern in der Schweiz und reiste von dort aus häufig nach Italien. Henry war ihm nur einmal – Ende der siebziger Jahre in London – begegnet, schickte ihm aber einige Jahre später als *hommage* einen seiner Essays über Venedig und erhielt eine schmeichelhafte Antwort. Laut Gosse, der Symonds bedeutend näher stand, war dieser unglücklich mit einer streng puritanischen Frau verheiratet, die den Tenor von Symonds' Werk zutiefst mißbilligte, weil es aus ihrer Sicht heidnisch und hyper-ästhetisch war und der Unmoral Vorschub leistete. Henry notierte sich diese Mitteilung und verarbeitete sie später zu der düsteren kleinen Erzählung *The Author of Beltraffio*, die erste seiner Geschichten aus dem literarischen Leben, in der die Frau eines Schriftstellers dessen Arbeiten derart verabscheut, daß sie ihren Sohn sterben läßt, um zu verhindern, daß dieser sie als Erwachsener kennenlernt. (Noch mehr Wasser auf Fenimores Mühle, dachte Henry, als er sich die Erzählung ins Gedächtnis zurückrief.) Sie spielte in England und war natürlich kein erkennbares Porträt von Symonds, auch wenn der italianisierte Titel des von dem fiktiven Autor verfaßten Romans für einige wenige wissende Leser ein Fingerzeig war. Warum *Beltraffio* so skandalös war, ließ Henry offen – nicht einmal er selbst wollte es so genau wissen. Mit der Zeit aber kam heraus, daß Symonds vom Temperament her und wahrscheinlich auch in der Praxis Uranist oder »homosexuell« war – ein Begriff, der gerade erst gebräuchlich wurde – und daß dies der wahre Grund für die Mißhelligkeiten zwischen ihm und seiner Frau war. Nur wenige Monte vor Symonds' Tod hatte Henry von Gosse ein von Symonds als Privatdruck herausgebrachtes Büchlein erhalten, das sich *A Problem in Modern Ethics* nannte, nicht mehr und nicht weniger war als ein Plädoyer für die Duldung körperlicher Liebe zwischen Männern, auf den Präzedenzfall derartiger Beziehungen zwischen erwachsenen Bürgern und Jugendlichen in Platos Athen hinwies und daraus folgerte, daß sie mit einer Hochkultur nicht unvereinbar seien. Henry fand das athenische oder platonische Modell von Mentor und Ephebe, bezogen auf ihn und seine jungen Bewunderer, durchaus attraktiv, aber nur, soweit es nicht zu derben körperlichen Handlungen kam. Eine Umarmung unter Freunden zur Begrüßung oder zum Abschied war etwas ganz Natürliches, und die frostige angelsächsische Ablehnung von derlei Demonstrationen der Zuneigung – oder Liebe, warum nicht Liebe sagen? – unter Männern fand er beklagenswert, aber sein empfindsames Gemüt schreckte vor jedem Gedanken an sexuelle Intimkontakte zurück, bei denen Nacktheit im Spiel war, das Betasten und Ineinandergreifen von Geschlechtsteilen und der Samenerguß. Zugegebenermaßen fiel es ihm leichter (auch wenn er das nur in geheimster Zwiesprache mit dem eigenen Ich einräumte), sich bei solchem Tun mit einem schönen Jüngling vorzustellen als mit einer schönen Maid, aber das verstärkte nur seinen Widerstand gegen potentielle Versuchungen, solche verstörende Wunschvorstellungen in die Tat umzusetzen. Wenn es Männer gab, die sich zu Männern hingezogen fühlten und nicht in der Lage waren, Liebe von Sinnlichkeit zu trennen, mochten sie sich Letzterem unter Ausschluß der Öffentlichkeit hingeben, bei der Gesellschaft aber nicht um Verständnis werben oder durch die Zurschaustellung ihrer Abartigkeiten die Gesellschaft herausfordern – das war Henrys wohlerwogene Meinung. Offen konnte die Gesellschaft nur den normalen Geschlechtstrieb billigen, der von der Fortpflanzung nicht zu trennen war, jener großen Lebenskraft, welche die Zukunft der menschlichen Rasse sicherte. Daß Symonds diese Apologie in Druck gegeben hatte, war in Henrys Augen bodenloser Leichtsinn und hochgefährlich für den Schriftsteller und seine Familie, und daß Gosse (ein lieber Kerl, aber bei seinem Namen drängten sich unweigerlich Assoziationen zu *goose* – Gans – und *gossip* – Klatsch – auf) sie zirkulieren ließ, fand Henry unklug. Er retournierte sein Exemplar so schnell wie möglich mit einem Begleitbrief, dessen sorgfältige Formulierungen seine wahren Gefühle hinter einer Maske weltmännisch amüsierter Distanz verbargen. Es war vielleicht ein Segen für den armen Symonds, daß er, erst dreiundfünfzig Jahre alt, gestorben war, ehe ihn die volle Wucht gesellschaftlicher Mißbilligung hatte treffen können.

Henry hatte eine Idee für ein neues Stück mitgebracht, an dem er nun arbeitete, wenn er sich nicht gerade mit seinen Freunden traf, Galerien besuchte, ins Theater ging oder sich andere Zerstreuungen gönnte. Ausgangspunkt war eine Geschichte, die er im vergangenen Sommer in Venedig gehört hatte, die Geschichte von einem Mann aus alter venezianischer Familie, der Mönch geworden war oder kurz davor stand, Mönch zu werden, aber aus seinem Kloster entführt und zur Heirat praktisch gezwungen wurde, weil er der letzte überlebende männliche Nachkomme der Linie war, die sonst erloschen wäre. Henry ließ sein Stück im ausgehenden achtzehnten Jahrhundert in England spielen, in einem der katholischen Einsprengsel, in denen der Landadel in den Tagen vor der Gleichstellung der Katholiken in aller Stille am alten Glauben festhielt, und hatte als dessen Hauptdarsteller Edward Compton im Auge, dem ein historisches Stück mit einer großen Rolle – einschließlich Perücke – vermutlich sehr viel mehr entgegenkam als die Ideen für moderne Komödien, die ihm Henry im Laufe des letzten Jahres vergeblich angeboten hatte. Vor seiner Abreise aus London hatte er Compton wissen lassen, daß ein neues Stück heranreifte. Der Intendant verlangte ungeduldig danach, Näheres zu erfahren, aber Henry wollte den ersten Akt abschließen, ehe er Compton sein Stück zur Prüfung unterbreitete, denn er ahnte, daß es diesen in einer nüchternen Zusammenfassung nicht unbedingt ansprechen würde. Er selbst war hoch zufrieden, machte den Comptons mit kurzen Mitteilungen über den Fortgang Appetit und ließ sie zappeln. Für die mühevolle Überarbeitung des *Amerikaners* hatte er die Dienste einer Kopistin in Anspruch genommen, die eine Remington-Schreibmaschine besaß und zu bedienen wußte (eine Erfindung, die aus seiner Sicht einer der wenigen nützlichen amerikanischen Beiträge zur Zivilisation war) und hatte sich nun ganz auf diese Methode des Kopierens und Verbreitens von Theatermanuskripten eingestellt, aber seine handgeschriebenen Entwürfe aus Paris an Miss Gregory in Hampstead zu schicken, zu warten, bis er sie zurückbekam, um sie zu korrigieren und – unvermeidlich, unwiderstehlich – weitere Verbesserungen anzubringen und sie zum nochmaligen Schreiben erneut zu verschicken, kostete Zeit. Er mußte den Versand des ersten Aktes, den er Compton versprochen hatte, mehrfach verschieben.

Dieser erste Akt beginnt damit, daß Guy Domville, Hauslehrer des Sohnes einer attraktiven jungen Witwe, einer Mrs. Peverel (eine Paraderolle für Mrs. Compton) Vorbereitungen trifft, sich am nächsten Tag ins Benediktinerkloster von Douai zu begeben, um seiner Berufung zum Priester zu folgen. Mrs. Peverel ist in Guy verliebt, hat sich aber aus Achtung vor der ihnen gemeinsamen Religion ihre Gefühle nicht anmerken lassen; er seinerseits bringt ihr eine züchtig-keusche Verehrung entgegen, die sich, wie diskret angedeutet wird, unter anderen Gegebenheiten vielleicht zu einem stärkeren Gefühl hätte wandeln können.

Guys Freund Frank Humber, der nichts von Mrs. Peverels Gefühlen weiß, wirbt um sie. Obwohl ihr klar ist, daß er ein guter Ehemann und ihrem Sohn ein guter Stiefvater wäre, bringt sie es nicht über sich, Frank vor Guys Abreise ihr Ja-Wort zu geben. Er möge sich bis zum Abend gedulden, sagt sie, dann wolle sie ihm ihre Antwort zukommen lassen. Frank bittet Guy, sich bei ihr für ihn zu verwenden, und Guy willigt ein – warum auch nicht? Dann erscheint ein Verwandter von Guy, Lord Devenish – in dessen Namen passenderweise etwas Teuflisches (devilish!) anklingt –, mit der Nachricht, daß Guys zügelloser Vetter plötzlich ohne legitime Nachkommen gestorben sei und er das Familienvermögen geerbt habe. Devenish hat einen Brief von Mrs. Domville mitgebracht (es handelt sich nicht um Guys Mutter, die bereits verstorben ist, sondern um eine verwitwete ältere Dame aus der Familie, Devenishs Geliebte), in der sie Guy mitteilt, es sei seine Pflicht, zu heiraten und den Fortbestand des Geschlechts zu sichern. Nach langen Seelenqualen läßt sich Guy von Mrs. Peverel, die in dieser Entwicklung eine glückliche Wendung für sich sieht, davon überzeugen, daß die Berufung hinter dieser Pflicht zurückzustehen hat, und er macht sich zusammen mit Devenish sofort auf den Weg, um sein Erbe anzutreten. Als Frank Mrs. Peverels Antwort einfordert, schlägt sie seinen Antrag aus, und er schließt daraus voller Bitterkeit, daß sie offenbar Guy liebt. Guy wiederum, der ja um die Zuneigung seines Freundes zu Mrs. Peverel weiß, läßt nicht zu, daß sich nun, da er frei ist, seine Gefühle für sie entfalten. Am Schluß des ersten Aktes eröffnet Devenish der bestürzten Mrs. Peverel, Mary, die Tochter von Mrs. Domville aus ihrer ersten Ehe, sei die ideale Gattin für Guy, »eine Braut, wie man sie sich besser nicht wünschen könnte, katholisch, bildschön und vermögend«.

Der zweite Akt sollte nach Henrys Vorstellungen einige Monate später in Mrs. Domvilles Haus am Vorabend von Guys Hochzeit mit Mary spielen. Guy entdeckt, daß sie in Wirklichkeit die Tochter von Devenish ist, der sie zu seinem eigenen Vorteil zu dieser Verbindung gedrängt hat, obwohl sie einen weiteren Verehrer hat, einen ehrbaren Marineleutnant, mit dem sie nun – unterstützt von Guy – durchbrennt. Im dritten Akt soll Guy – wie, das hatte Henry noch nicht entschieden – seine wahren Gefühle für Mrs. Peverel und sie die ihren für ihn entdecken. Unfähig, seinen Freund zu verletzen und überhaupt enttäuscht von Materialismus und Verderbtheit in der weltlichen Gesellschaft legt er Frank Mrs. Peverel ans Herz und reist ab, um nun doch seiner geistlichen Berufung zu folgen. Diese beiden Akte wollte Henry allerdings nur als Exposé an Compton schicken.

Endlich war alles bereit. Aus seiner Sicht war es das Beste, was er bisher als Dramatiker geleistet hatte: Unter dem fein gesponnenen Netz aus moralischen Bedenken und zärtlichen Gefühlen, das die Hauptfiguren (bis auf den Schurken Devenish) miteinander verband und das sich unter dem Druck der Umstände verfestigte und immer mehr zusammenzog, entwickelten sich nahtlos ineinandergreifende bewegende persönliche Konflikte, die alle Zuschauer gewiß gebannt verfolgen würden und die den Schauspielern großartige Möglichkeiten boten. Am 16. April schrieb er an Compton, er habe den ersten Akt mit getrennter Post nach Hartlepool auf den Weg gebracht, wo die C.C.C. derzeit gastierte und hoffe, die Sendung würde am Nachmittag des nächsten und nicht erst am Vormittag des darauffolgenden Tages eintreffen, *»denn es wäre mir ein lieber Gedanke, daß Sie und Mrs. Compton ihn nach der Vorstellung unter der stillen mitternächtlichen Lampe gemeinsam prüfen«.*

Mit diesem traulichen Bild vor Augen traf es ihn besonders hart, daß sich wenige Tage darauf Compton in seinem Brief enttäuscht über den ersten Akt und bedenklich im Hinblick auf den Fortgang des Stückes äußerte. Er sei nicht glücklich über ein Drama, das den Akzent so stark auf die moralischen Probleme und religiösen Überzeugungen von Katholiken legte, mit denen britische Theaterbesucher nur wenig würden anfangen können, und fürchte nach den wenigen Andeutungen, die Henry gemacht habe, daß er entschlossen sei, sein Stück noch trauriger ausgehen zu lassen als die erste Fassung des *Amerikaners.* Henry antwortete postwendend und ausführlich, verteidigte seine Themenwahl und schloß: *»Vor allem sah ich es als dramatisches Problem. Ich akzeptiere selbstverständlich Ihre Feststellung, daß ich für Ihre Zwecke (die allein hier in Frage stehen) das falsche Stück geschrieben habe. Es genügt, daß Ihnen das Sujet mißfällt – damit ist die Sache erledigt.«*

Diese gequälte, aber würdevolle Mitteilung führte immerhin dazu, daß Compton in seiner ebenfalls umgehenden Antwort seine Kritik zurücknahm oder zumindest mäßigte. Es sei keinesfalls seine Absicht gewesen, das Stück in diesem Stadium rundheraus abzulehnen, und er sähe den nächsten beiden Akten mit größtem Interesse entgegen. Allerdings rate er ihm ernsthaft zu bedenken, wie wichtig es sei, mit einer Verbindung von Guy und Mrs. Peverel dem Stück einen glücklichen Ausgang zu geben. Der Briefwechsel setzte sich über mehrere Wochen fort. In dieser Zeit reiste Henry von Paris nach Luzern, um sich dort mit William nebst Familie zu treffen, dessen Sabbatjahr in Europa dem Ende zuging. Es war sinnlos, fand er, Compton noch mehr Einblick in sein Stück zu gewähren, so lange sie über den Ausgang so grundlegend anderer Meinung waren. *»Der von Ihnen befürchtete Schluß des Stückes ist die* *einzige Möglichkeit, die ich je erwogen habe«*, schrieb er. Guy auf seine Berufung verzichten zu lassen, um Mrs. Peverel heiraten zu können, »wäre nicht nur kein Sujet, sondern eine sehr üble und unerfreuliche (und außerdem fade und dramaturgisch unbefriedigende) Ersatzlösung«. Compton aber ließ sich nicht überzeugen. Henry beschloß, an dem Stück so weiterzuarbeiten, wie er es für richtig hielt, in der Hoffnung, eines Tages eine geeignete Heimat dafür zu finden. Compton versuchte er inzwischen bei der Stange zu halten, indem er ihm die Idee für eine Komödie anbot, die in Monte Carlo spielte.

Daß Henry den vorgesehenen Schluß so energisch verteidigte, hatte nicht nur die Gründe, die er Compton gegenüber vorgebracht hatte, nämlich die Rücksicht auf dramaturgische Notwendigkeiten und den guten Geschmack, sondern sein Held war für ihn auch so etwas wie eine Identifikationsfigur, da er in Guys heroischem Verzicht auf Liebe und Ehe um der religiösen Berufung willen eine Parallele zu seiner zölibatären Hingabe an den Schriftstellerberuf sah. Möglicherweise ließ er in die Figur der Mrs. Peverel etwas vom Wesen Fenimores einfließen – ihr Pathos, ihre Schwermut, ihre uneingestandene, aber immer anklingende Sehnsucht, geliebt zu werden. Der Gedanke an Fenimore beschäftigte ihn in jener Zeit sehr, denn sie war wieder einmal dabei, England den Rücken zu kehren, um sich auf Dauer in Venedig niederzulassen. Mit diesem Plan trug sie sich schon lange. Der graue Himmel und die frostigen Winter Englands machten sie anfälliger für Depressionen, sagte sie und erklärte, von allen Orten dieser Welt, die sie kannte, habe Venedig am meisten ihre Sinne angesprochen und ihre Seele getröstet. Sie hatte den Umzug nur verschoben und einen weiteren englischen Winter erduldet, um ihren Roman *Horace Chase* fertigzustellen, mit dem sie sich seit mehreren Jahren mühte. Nachdem er abgeschlossen war und in Fortsetzungen bei *Harper's* erschien, hielt sie nichts mehr. Sie habe ihrer Hauswirtin gekündigt, schrieb sie an Henry und sei beim »Packen«. Das ominöse Gewicht dieses Wortes war Henry durchaus klar. Die Bereitstellung und Befüllung von Koffern, die Fenimores größeren Umzügen stets vorangingen, waren eine komplizierte und langwierige Unternehmung, die sie so ernsthaft und systematisch anging wie der Generalquartiermeister einer Armee. Wenn sie »packte«, war ihr Entschluß wohl unumstößlich.

Nicht daß er ihn hätte umstoßen wollen oder das Recht gehabt hätte, sie zu so einer Entscheidung zu bewegen. Zumindest gegen ihre Ortswahl hatte er nichts einzuwenden. Auch für ihn war Venedig die zauberhafteste Stadt der Welt, und er hatte sogar mit dem Gedanken gespielt, sich dort einen *pied à terre* zuzulegen, zu dem er sich flüchten konnte, wenn Schmutz und Nebel von London, wenn der Druck der vielen Menschen (und die vielen Menschen von Druck und Presse) unerträglich wurden. Aber wie auch sonst in seiner Beziehung mit Fenimore bewegten ihn in der Frage ihres Umzugs ambivalente Gefühle. Wenn sie da war, bedrückte ihn auf unbestimmte Weise das Gefühl, für ihr Wohlergehen verantwortlich zu sein, aber nicht genug dafür zu tun, war sie fern, fehlte sie ihm. Auf jeden Fall aber fand er, daß es nicht in Ordnung war, wenn sie sich in seiner Abwesenheit und ohne einen ordentlichen Abschied davonmachte. Er vereinbarte deshalb, sich Mitte Mai auf ein paar Tage in Paris mit ihr zu treffen, wo sie ihre Reise nach Italien und er seine Rückreise aus der Schweiz unterbrechen konnte.

Sie stiegen nicht im gleichen Hotel ab. Fenimore gab vor, das Westminster sei viel zu vornehm und zu teuer für sie, aber Henry wußte, daß sie wußte, wie peinlich es ihm wäre, mit ihr unter einem Dach zu nächtigen, unter aller Augen neben ihr seinen Schlüssel am Empfang entgegenzunehmen, und war ihr dankbar für ihren Takt. Sie traf einen Tag vor ihm in Paris ein und hinterließ im Westminster den Namen des Hotels, in dem sie untergekommen war, einer bescheideneren Bleibe ganz in seiner Nähe, in der Rue des Capucines. Er traf am späten Abend mit dem Express aus Genf ein, suchte sie am nächsten Morgen auf und fand sie blaß und mitgenommen. Die vorher so runden glatten Wangen waren voll kleiner Runzeln wie zu lange gelagerte Äpfel. Als er nach ihrem Befinden fragte, sagte sie, das »Packen« habe sie mehr als sonst ermüdet, und in London, wo sie nach der Abreise aus Oxford noch eine Woche verbracht hatte, mußte sie sich einer unangenehmen Zahnbehandlung unterziehen und hatte sich eine starke Erkältung zugezogen.

»Paris wird Sie neu beleben«, sagte Henry. »Paris um diese Jahreszeit ist ein treffliches Tonikum.«

»Sie hier anzutreffen, hat mich schon belebt, Henry«, sagte sie lächelnd.

Er bot ihr seinen Arm, und sie traten ins Freie. Nach wenigen Schritten waren sie auf der Place Vendôme mit ihren eleganten Fassaden und der mächtigen Säule, die ein Standbild Napoleons krönte. »Die Statue ist eine Nachbildung«, bemerkte Henry. »Das Original hat die Commune 1871 gestürzt.« Sie umrundeten das gewaltige Monument und bewunderten die bronzenen Basreliefs heroischer Schlachtszenen, die sich von unten bis zur Spitze zogen.

»Sie sieht aus wie die Trajanssäule in Rom«, sagte Fenimore. »Wir haben zusammen davorgestanden, wissen Sie noch? Wann war es doch – einundachtzig?«

»Ganz recht. Diese Säule ist eine bewußte Nachbildung der Trajanssäule. Das Metall stammt von zwölfhundert in Austerlitz erbeuteten Kanonen.«

»Himmel, Henry, Sie sind ja ein wandelnder Reiseführer!«

»Dieser Platz hat für mich eine besondere Bedeutung. Er ist gewissermaßen meine früheste Erinnerung.«

»Wie früh?« fragte sie.

»Ich war noch nicht zwei.«

»Unmöglich, Henry. Das müssen Sie geträumt haben.«

»Nein, schon als ganz kleiner Junge hatte ich vor meinem inneren Auge ein Bild – ein immer wiederkehrendes anschauliches Bild – von mir, wie ich in einer rollenden Kutsche sitze, auf dem Schoß meiner Tante Kate ... in langen Kleidern ..., mir gegenüber Mutter und Vater, und durchs Fenster eine hohe, mit menschlichen Gestalten geschmückte Säule sehe. Meine Eltern waren auf ihrer ersten Europareise mit mir hier. In keiner anderen Stadt, in die ich als kleines Kind kam, gibt es so eine Säule. Als ich zum zweiten Mal nach Paris kam, war ich zehn. Meine Erinnerung muß sich aus diesem ersten Besuch herleiten.«

»Erstaunlich«, bemerkte Fenimore.

»Seit ich dieser Erinnerung nachspüre, bin ich von Napoleon fasziniert«, sagte Henry. »Gehen wir weiter?«

Sie schlenderten über die Rue de la Paix und die Rue de Castiglione, stärkten sich mit Kaffee und Kuchen in der Patisserie an der Ecke, überquerten die Rue de Rivoli und schritten im Jardin des Tuileries über die sauber gekiesten Wege zum Louvre. Es war einer von etlichen Spaziergängen, die sie in den kommenden Tagen unternahmen – zum Glück hatte Henrys Gicht sich gegeben, und Fenimore war wie immer gut zu Fuß. Er hatte recht gehabt: Die französische Hauptstadt zeigte sich von ihrer verführerischsten Seite. Die Temperaturen waren mild, die Lüfte lind. Die

Sonne glitzerte auf den goldenen Statuen, Kreuzen und Wetterhähnen, die hellgraue Hausfassaden krönten, auf dem schäumenden Kielwasser der Vergnügungsboote, die auf der Seine auf und ab glitten, auf den Schaufensterscheiben der *grands magasins* und auf dem klingelnden Geschirr der Kutschpferde, die über die breiten Boulevards trabten. Die Kastanien an den Avenuen standen in üppigem Laub und prachtvoller Blüte, die Parterres in den Parks flammten in leuchtenden Farben. Im *Salon des Indépendants* gab es eine umstrittene Ausstellung, und die Comédie Française brachte einen vorzüglichen *Misanthrope.*

Einige Tage schrieb Henry, was für ihn ungewöhnlich war, überhaupt nichts, nicht einmal einen Brief, sondern widmete sich ganz dem Vergnügen und der Aufgabe, Fenimore zu unterhalten. Dankbar stimmte sie allem zu, was er vorschlug und arrangierte und sah nun merklich besser aus, hatte mehr Farbe und einen beschwingteren Gang, doch spürte er die unterschwellige Melancholie, die unberührt von all diesen Zerstreuungen still in der Tiefe lag wie ein Teich in einer dunklen unterirdischen Höhle. Daß ihr jetzt in Fortsetzungen erscheinender neuer Roman in Amerika sehr gut aufgenommen wurde, schien ihr keinen Auftrieb zu geben. Sie überarbeitete derzeit den Text für die Buchausgabe und bat Henry inständig, ihn erst in dieser Form zu lesen. Es sei ihr letzter Roman, erklärte sie, sie könne die Mühe, noch einen zu schreiben, nicht noch einmal auf sich nehmen, außerdem seien ihr die Ideen ausgegangen.

»Venedig wird Sie auf Ideen bringen«, sagte Henry ermutigend.

»Kaum. Was gibt es über Venedig noch zu sagen? Die besten Schriftsteller – auch Sie – haben dort alles so gründlich abgegrast, daß nichts mehr übrig ist.« Allenfalls würde sie noch ein oder zwei Erzählungen zustande bringen. »Ich sehe voraus, daß meine Stimme bald verstummen wird«, sagte sie und setzte lächelnd hinzu: »Es sei denn, wir würden jenes Stück zusammen schreiben.«

Er seufzte. »Leider bin ich mit meinen Bemühungen noch nicht weiter als bei unserem letzten Gespräch.« Und er breitete die ganze Geschichte seiner jüngsten Verhandlungen mit Compton vor ihr aus.

»Immerhin haben Sie ein neues Stück geschrieben, Henry.«

»Zu einem Teil geschrieben ...«

»Früher oder später kommt der Erfolg bestimmt«, sagte sie überzeugt.

Als letzten Dienst verabschiedete er sie am Gare de Lyon, von wo sie einen Tag vor seiner eigenen Abreise die nächste Etappe ihrer Italienfahrt antreten wollte. Die Karawane der Schrankkoffer und Umzugskisten war schon auf dem Weg nach Venedig, trotzdem hatte sie noch eine beeindruckende Zahl an Taschen und Schachteln und Handkoffern, um deren Transport vom Hotel zur Droschke und von dort auf den Bahnsteig er sich kümmerte. Nachdem er sich überzeugt hatte, daß alles wohlbehalten im Gepäckwagen angekommen war, kehrte er zu Fenimore zurück, die auf dem Bahnsteig an der geöffneten Tür des *wagon lit* stand.

»Sie können ganz beruhigt sein, man wird sich um Ihr Gepäck kümmern«, sagte er. »Ich habe dem Schaffner ein Trinkgeld gegeben und es seiner besonderen Aufmerksamkeit empfohlen.«

»Danke, Henry.« Sie sah ihn liebevoll an. »Sie sind ein guter Mensch.«

Das Kompliment machte ihn verlegen. »Also wirklich, Fenimore, so eine ... eine alltägliche Aufmerksamkeit verdient es nicht, daß ...«

»Ich meine nicht nur das Gepäck«, sagte sie. »Sie waren in diesen Tagen so besonders lieb, so besonders rücksichtsvoll. Ich bin Ihnen sehr dankbar.«

»Es war mir ein Vergnügen, liebe Fenimore.«

»Ich hasse Abschiede«, sagte sie.

Der Bahnhof war voll von Dampf und Rauch und diffusem Licht wie eins der extremen Impressionistengemälde, die sie sich am Vortag angesehen hatten. Er machte, weil ihm nichts anderes einfallen wollte, eine diesbezügliche Bemerkung, aber über den vielfältigen Geräuschen, die sie auf dem Bahnsteig umgaben – dem Zischen von Dampf, Klingeln, Rufen, Fluchen und irgendwo weit weg den Klängen einer Musikkapelle –, schien Fenimore ihn nicht gehört zu haben. Ihr Hörrohr hatte sie nicht bei der Hand.

»Wann sehe ich Sie wieder?« fragte sie.

»Ich weiß nicht – vielleicht im Herbst. Ein wenig Italien versuche ich mir jedes Jahr zu gönnen, wenn es sich einrichten läßt. Und Venedig ist immer eine Reise wert.«

»Was?« Sie legte die Hand ans Ohr.

»Venedig ist immer eine Reise wert«, wiederholte er lauter. »Ich habe schon oft überlegt, ob ich mir dort nicht eine kleine Wohnung zulegen sollte.«

»Wirklich?« Fenimores Gesicht erhellte sich.

»Nur ein, zwei Zimmer, etwas ganz Billiges.«

»Ich sehe mich mal nach etwas Passendem um.«

»Es ist eigentlich nur so eine Idee … ein Traum …« Schon bereute Henry, daß er darüber gesprochen hatte.

»Dann könnten wir zusammen unser Stück schreiben.«

»Gewiß, aber zuerst, wissen Sie … zuerst muß ich einen Erfolg auf eigene Rechnung haben.«

Ein Eisenbahnbeamter neben ihnen setzte die Pfeife an die Lippen und entlockte ihr ein markerschütterndes Signal. Überall an der langen Reihe der Waggons schlugen Türen zu. *»Montez, madame, s'il vous plaît«*, sagte der Mann zu Fenimore.

»Leben Sie wohl, Henry.« Sie streckte ihm die Hand hin. »Auf Wiedersehen in Venedig.«

»Ganz recht.« Er nahm ihre Hand und hob sie – man war schließlich in Paris – galant an die Lippen, aber zu seiner Überraschung und leisen Bestürzung legte sie hastig die Arme um ihn und gab ihm, das Gesicht in seinem Bart verbergend, einen schnellen Kuß auf die Wange. Der Eisenbahner schlug die Tür hinter ihr zu, und Henry sah durchs Fenster, wie sie im Gang winkend und schüchtern lächelnd in seine Richtung schritt und dann, als der Zug den Bahnhof verließ, kleiner und kleiner wurde. Er blieb mit dem Hut in einer Hand stehen und winkte mit der anderen, bis der letzte Waggon außer Sicht war. Dann setzte er den Hut auf, zog ein Taschentuch hervor und wischte sich die bärtige Wange. Er drehte sich um und ging mit einem gewissen Gefühl der Erleichterung und in dem angenehmen Bewußtsein, daß er noch einen Tag in Paris vor sich hatte, an dem er machen konnte, was er wollte, auf das *Sortie*-Schild zu. Er würde im Büro der *Times* vorbeischauen – vielleicht hatte Morton Fullerton Zeit, abends mit ihm zu essen.

8

Ziemlich weit oben auf dem Stoß von Briefen, der ihn nach seiner Rückkehr aus Paris in De Vere Gardens erwartete, lag die Einladung zur Premiere eines neuen Stückes von Arthur Pinero, *The Second Mrs. Tanqueray*, im St. James's Theatre. Henry betrat zu dieser Aufführung das Theater besonders gespannt, weil er durch seine gute Bekannte Elizabeth Robins schon einiges über die Produktion wußte. Es handelte sich offenbar um ein gewagtes Stück à la Ibsen über eine Frau mit Vergangenheit, von der sie schließlich eingeholt wird und die ihr Glück und ihre Ehe zerstört. Pinero und George Alexander hatten die Heldin mit einer relativ unbekannten, aber überaus vielversprechenden jungen Schauspielerin, einer Mrs. Patrick Campbell, besetzen wollen, aber da sie vertraglich an eine andere Intendanz gebunden war, hatte man Elizabeth Robins die Rolle angeboten, und sie hatte zugegriffen. Im letzten Moment stellte sich heraus, daß Mrs. Campbell sich doch freimachen konnte, man appellierte an Miss Robins, und diese ließ der Kollegin großzügig den Vortritt. Henry fand, daß man Miss Robins schlecht behandelt hatte, auch wenn sie das abstritt. Welch hohen Preis sie für ihre Großherzigkeit gezahlt hatte, zeigte sich bei der Premiere. Die quecksilbrige, verzweifelte und rettungslos verlorene Paula Tanqueray war eine wunderbare Rolle, in der Mrs. Patrick Campbell, gekonnt unterstützt von Alexander als liebender Gatte, beweisen konnte, daß sie eine wunderbare Schauspielerin war. Das Publikum war wie gebannt, der Schlußapplaus stürmisch. Henry hatte im Theater die Atmosphäre des Erfolges noch nie so deutlich gespürt, sie war nahezu sinnlich wahrnehmbar – wie der Duft köstlicher Speisen, der einem bei einem Bankett in die Nase steigt. Begierig sog er ihn ein und spürte erneut das Verlangen, sich auch an so einem Festmahl zu laben. Wie beneidete er Pinero, der sich am Schluß unzählige Male verbeugen mußte! Wie bemitleidete er die arme Elizabeth Robins, die er in der Pause gesprochen, die tapfer die Leistung ihrer Rivalin gelobt hatte und jetzt in aller Eile das Theater verließ, um ihre Selbstbeherrschung nicht noch weiteren Belastungsproben aussetzen zu müssen.

Es war keine Überraschung, daß *The Second Mrs. Tanqueray* von der Kritik allgemein gelobt wurde und daß am St. James's Theatre bald Schilder mit dem Hinweis AUSVERKAUFT prangten. Besonders beeindruckend fand Henry, daß Pinero und Alexander einen populären Erfolg mit einem Stück erreicht hatten, das dem Publikum einen unerbittlich »traurigen«, ja tragischen Schluß zumutete. Tanqueray wußte, als er heiratete, um die fragwürdige Vergangenheit seiner Frau und glaubte, sie durch seine Liebe retten zu können, mußte aber erkennen, daß die Vorurteile der Gesellschaft und die Widersprüche im Charakter seiner Frau diese Absicht vereitelten und sie schließlich in den Selbstmord trieben. Dieser Erfolg, der so bald auf den von *Lady Windermeres Fächer* folgte, steigerte noch Alexanders Renommé als Schauspieler und Intendant. Was er auch anpackte, schien ihm zu gelingen. Was würde er nicht für Henrys Stücke tun können, zumal jenes eine, an dem er derzeit arbeitete!

Er schrieb also an Alexander, suchte um ein Gespräch mit ihm nach und erhielt umgehend eine zusagende Antwort. Er sei immer auf der Suche nach neuen Stücken guter Autoren, schrieb der Intendant. Sie trafen sich in seinem Büro im St. James's Theatre in der King Street. Es war das einzige Theater in diesem exklusiven Londoner Viertel, das in einiger Entfernung vom eigentlichen Vergnügungsbezirk lag. Henry kannte die Gegend gut und fühlte sich dort zu Hause. Gleich um die Ecke, in St. James's Square, war die London Library, und sein Klub, der Reform Club in der Pall Mall, war in wenigen Minuten zu Fuß zu erreichen. Das Theater hatte eine elegante georgianische Fassade mit vorgebautem Säulenportal, über dem sich ein Balkon befand, auf dem an warmen Abenden die Besucher in den Pausen Luft schöpfen konnten. Henry blieb kurz auf dem Gehsteig stehen, sah an dem Gebäude hoch und überlegte, um wieviel vorteilhafter und angemessener sein dramatisches Werk dort aufgehoben wäre als in der Unterwelt der Opera Comique am heruntergekommenen Ende des Strand. Schon der Name, der auch der Name seines Schutzheiligen war, schien ihm ein glückliches Vorzeichen. Er sprang die Stufen hoch und schob sich durch die polierte Drehtür, fester denn je entschlossen, Alexander für sich zu gewinnen.

Das Gespräch verlief höchst zufriedenstellend. Daß Henry sich für den jungen Schauspieler und Intendanten begeistert hätte, wäre zu viel gesagt, aber der Eindruck, den dieser bei ihm hinterließ, war durchaus günstig. Man merkte ihm an, daß er genau wußte, was er wollte, und was zu tun war, um es zu erreichen. Das Theater vermittelte den Eindruck eines Schiffes, das sicheren Kurs hielt und dessen Kapitän bei der Mannschaft geachtet und ein wenig gefürchtet war. In Alexanders Büro herrschte beispielhafte Ordnung; nur der große Spiegel an einer Wand schien ein wenig unangebracht und deutete auf eine gewisse Eitelkeit des Mannes hin, der in diesem Raum residierte. Allerdings sah er zweifellos sehr gut aus mit seinem kräftigen, energischen Kinn und dem vollen, natürlich gewellten Haar, so daß man es ihm wohl nachsehen mußte, wenn er hin und wieder einen selbstzufriedenen Blick auf sein Spiegelbild warf. Er empfing Henry in tadellos geschnittenem hellgrauen Anzug, nach der neuesten Mode mit rasiermesserscharfer Bügelfalte im Beinkleid, schüttelte ihm die Hand und rückte ihm mit ernster Höflichkeit einen Stuhl heran. »Ich stehe eine Dreiviertelstunde zu Ihrer Verfügung, Mr. James«, sagte er.

Henry skizzierte kurz drei Stücke aus seiner derzeitigen Sammlung halbfertiger Dramen und Exposés, die er ausgewählt hatte, weil alle einem Hauptdarsteller vielversprechende Rollen boten, propagierte aber besonders das Stück über Guy Domville, dem er den Arbeitstitel *Der Held* gegeben hatte, und zu seiner Freude schien Alexander gerade bei diesem »anzubeißen«. Henry versprach, ihm Entwürfe oder Exposés aller drei Stücke zur Prüfung zukommen zu lassen, beschloß aber bei sich, dem *Helden* Vorrang zu geben. Er zog sich deshalb im Juni und Juli mehrere Wochen in ein Hotel in Ramsgate zurück und überließ seine Wohnung William und Alice, die, ehe sie ihre Kinder aus der Schweiz holten und schließlich nach Amerika zurückkehrten, gern eine Weile London allein genießen wollten. Ramsgate hatte er gewählt, weil es billig, aber auch für seine vielen Cockney-Feriengäste bekannt war, so daß er kaum zu befürchten brauchte, dort Bekannten über den Weg zu laufen, die ihn von der Arbeit hätten abhalten können. Er hatte seinen Spaß an dem Gegensatz zwischen der munteren Menge, die unbekümmert weißrote Zuckerstangen lutschte, Muscheln aß und die englische Sprache malträtierte, und dem historischen Edeldrama, an dem er arbeitete.

Anfang Juli schickte er Alexander eine überarbeitete Fassung eines ersten sowie ausführliche Exposés des zweiten und dritten Aktes. Er räumte ein, daß »mein *dénouement* nicht das ist, was man landläufig einen ›glücklichen‹ Ausgang nennt« und zog taktisch geschickt als Präzedenzfall Alexanders jüngsten Erfolg heran: »*Mrs. Tanqueray* hat verdienstvollerweise bewiesen, daß das arme, liebe dumme britische Publikum fähig ist, ein *dénouement* zu akzeptieren, das nicht eitel Glück und Wonne ist.« Mit gleicher Post schickte er Alexander kurze Exposés der beiden anderen Stücke, aber zu seiner Freude entschied sich Alexander zielstrebig für den *Helden*. Es sei, schrieb er in seiner Zusage, »das schönste, poetischste Stück, das hierzulande seit *Olivia* für die Bühne geschrieben wurde«. Offenbar wußte er nicht – oder hatte vergessen –, daß Henry *Olivia*, eine schwache Bühnenfassung von Goldsmiths *Vikar von Wakefield*, bei der Premiere 1878 alles andere als wohlwollend besprochen hatte. Der Vergleich nahm Alexanders Worten etwas von ihrem Glanz, aber das Lob war, da offenbar ehrlich gemeint, trotzdem sehr schmeichelhaft. Als es ums Finanzielle ging, war Alexander ganz nüchterner Geschäftsmann – fünf Pfund pro Vorstellung und ein Limit von zweitausend Pfund an Tantiemen –, aber auch hier war Henry wieder beeindruckt von seiner fairen, klaren Verhandlungsführung. Nur eins warf einen leichten Schatten auf diese neue, aufregende Partnerschaft – daß wieder einmal mit einer Wartezeit zu rechnen war. Nicht genug damit, daß es aussah, als würde *Mrs. Tanqueray* erfreulich lange laufen – Alexander räumte auch ein, daß er grundsätzlich eingewilligt hatte, gleich danach ein neues Stück von Henry Arthur Jones auf die Bühne zu bringen. Allerdings ließ er durchblicken, daß womöglich das Stück von Jones nicht rechtzeitig fertig werden würde, und Henry bemühte sich – in der durchaus eigensüchtigen Hoffnung, Alexanders Vermutung möge sich bestätigen –, seinen *Guy Domville (*auf diesen Titel hatten sie sich schließlich geeinigt) so rechtzeitig fertigzustellen, daß er zur Verfügung stand, sobald sich abzeichnete, daß die letzten Tage von *Mrs. Tanqueray* gekommen waren.

Inzwischen kam Dalys Produktion nach langer Flaute endlich in Sicht. Das neue Theater war Ende Juni mit einer Wiederaufnahme der beliebten Shakespeare-Komödie *Der Widerspenstigen Zähmung* eröffnet worden, aber die nächsten Stücke waren weder bei der Kritik noch beim Publikum gut angekommen. Das Melodrama *The Hunchback* beurteilten beide als zu altmodisch, die französische Komödie *Love in Tandem* als zu frivol und die Farce *Dollars and Sense* als zu breit ausgespielt und somit Ada Rehans Talent nicht würdig. Als Henry zu Besprechungen über Bühnenbild und Kostüme im August aus Ramsgate kam, schien der Intendant weniger selbstsicher und mitteilsam als bei ihrer ersten Begegnung und beklagte die Cliquenwirtschaft und Rückständigkeit des Londoner Theaterpublikums. »Jedes Haus hat einen kleinen Stamm von Zuschauern, die wie Schafe angelaufen kommen, egal was gespielt wird«, sagte er, heftig an einer angekauten Zigarre ziehend. »Als wir im Lyceum gastierten, kamen die Leute, die in Irvings Aufführungen gingen, auch zu uns. Jetzt, wo wir das nagelneue Theater haben, bleiben sie weg. Es ist eine verwünschte Geschichte.« Er wollte *Mrs. Jasper* im Spätherbst herausbringen und hoffte, daß Daly's Theatre bis dahin die Zuschauer für sich hatte gewinnen können. Er zeigte Henry ein Modell des Bühnenbildes und Entwürfe für Kostüme. Henry hatte schon länger nicht mehr an dem Stück gearbeitet und wartete ungeduldig auf den Beginn der Proben, um die Ärmel hochkrempeln zu können und es wieder in den Griff zu bekommen.

Nachdem nun zwei führende Londoner Intendanten zwei seiner Stücke akzeptiert und in Aussicht gestellt hatten, sie in absehbarer Zeit aufzuführen, sah es so aus, als sei er tatsächlich kurz davor, sich in der Theaterszene einen Namen zu machen, allerdings war ihm nach so vielen Enttäuschungen auch klar, wie fragil dieser erfreuliche Zustand im Grunde war – einem Kartenhaus vergleichbar, das man nur mit äußerster Vorsicht und angehaltenem Atem berühren darf. Er verzichtete schweren Herzens darauf, seine Intendanten zur Festlegung von Terminen oder sonstigen Entscheidungen zu drängen, aus der völlig unlogischen Angst heraus, damit seinen geliebten Projekten zu schaden. Mehr denn je erhoffte er sich finanziellen Gewinn aus dieser Quelle, denn sein Einkommen aus schriftstellerischer Tätigkeit war erschreckend gesunken. Bislang hatte er in jenem Jahr nur eine neue Arbeit – *Die mittleren Jahre* – veröffentlicht, und die Absatzzahlen seiner Bücher, sofern sie überhaupt noch lieferbar waren, hatten einen deprimierenden Tiefstand erreicht. *»Verbreiten Sie es nicht in Samoa – oder zumindest nicht in Tahiti: Ich habe nicht zehn Exemplare verkaufen können«*, schrieb er an Louis Stevenson, und das war kaum übertrieben. Es war ein Glück, daß die amerikanischen Wertpapiere, die er nach dem Tod des Vaters Alice geschenkt hatte, entsprechend ihrem Letzten Willen wieder an ihn gegangen waren, sonst hätte er ernstlich in Schwierigkeiten kommen können.

Er entschied sich gegen die Italienreise im Herbst, die er Fenimore vage in Aussicht gestellt hatte – zum Teil aus wirtschaftlichen Gründen, zum Teil aber auch, weil ihm ihr Erwartungsdruck lästig war. Mitte Juli kam ein Brief von ihrer gemeinsamen Freundin Mrs. Curtis, die schon lange in Venedig wohnte und Fenimore bei der Suche nach einem Dauerquartier behilflich war. Sie hatte von Fenimore gehört, auch Henry suche dort ein *pied à terre* und bot ihre Hilfe an. Er antwortete umgehend, er habe sich wohl Miss Woolson gegenüber mißverständlich ausgedrückt, eine Bleibe in Venedig sei im Grunde für ihn nur eine Wunschvorstellung, der er hin und wieder nachhinge, die aber wohl nie Wirklichkeit werden würde. Er vertraute darauf, daß Mrs. Curtis das Wesentliche dieser Mitteilung Fenimore übermitteln würde, und fügte an, er habe die Hoffnung, im Winter nach Italien zu kommen, die Erfahrung habe ihn aber gelehrt, daß es nicht ratsam sei, sich allzu sehr festzulegen. Auch diese Bemerkung war letztlich für Fenimore bestimmt.

Auch wenn die Italienpläne auf unbestimmte Zeit vertagt waren, fand Henry, daß er nach Fertigstellung und Ablieferung von *Guy Domville* einen bescheidenen Urlaub nötig und auch verdient hatte, und folgte deshalb Du Mauriers Vorschlag, sich im September ihm und seiner Familie in ihrem geliebten Whitby anzuschließen. Er hatte das schon einmal, 1887, gemacht, als auch Lowell dort weilte, und zwei Jahre später hatte er sich nur mit Lowell dort getroffen, da die Du Mauriers in jenem Sommer Whitby zugunsten von Dieppe untreu geworden waren. In beiden Fällen war es ihm schwer gefallen, die Begeisterung seiner Freunde für diesen Ort uneingeschränkt zu teilen, und ohne den Anreiz ihrer Gesellschaft hätte er sich dort wohl kaum länger aufgehalten. Auch diesmal war er hin und her gerissen. Whitby war ein zweifellos historischer und malerischer Ort, aber Klima und Topographie waren für den Besucher nicht so einfach. An einem sonnigen Tag aus der Ferne hoch oben vom Moor aus gesehen, boten die eng aneinandergeschmiegten roten und braunen Häuser am Hafen, überragt von der beeindruckenden Klosterruine auf grasbewachsenem Fels, und der Hafen selbst, der lange Arme in die schaumgekrönten blauen Wellen hinausstreckte, deren einer einen Leuchtturm wie eine Kerze in der Faust hielt, ein bezauberndes Bild. Aber schon im September trafen bitterkalte Winde von der Nordsee her die zerklüftete Yorkshireküste, überdies zog sich der Ort an einer Flußmündung in einem tiefen schmalen Tal entlang, so daß man, wollte man ihn verlassen, immer anstrengende Steigungen zu bewältigen hatte.

Der Familie Du Maurier oder vielmehr der Sippe, wie Henry sie gern nannte, denn es waren jetzt so viele – nicht nur Kinder, sondern auch Schwiegersöhne und Enkel –, schien allerdings der Aufenthalt in einem britischen Seebad mit so belebendem Klima vortrefflich zu bekommen. Sie badeten an dem Strand, der sich nordwestlich vom Hafen erstreckte, im eisigen Wasser, und spielten bei Ebbe Cricket auf dem Sand. Sie ruderten, ihr Boot über den niedrigen Deich schleppend, den Fluß Esk hoch und nahmen eine Kletterpartie über schroffe Fußpfade in Kauf, um am Wasserfall von Cock Mill ein Picknick einzunehmen. Diese Ausflüge und Vergnügungen kannte Henry und mit ihm ein Großteil der britischen Bevölkerung von den illustrierten Abenteuern der »Familie Brown« her (hinter der sich, nur sehr unvollkommen kaschiert, die Familie Du Maurier verbarg), die regelmäßig im *Punch* erschienen. Allerdings war den Zeichnungen weder anzusehen, wie kalt die Winde wehten, noch wie steil die Hänge waren. Der erstgenannte Nachteil war vielleicht früher im Jahr, im Juli oder August, nicht ganz so spürbar, aber der sparsame Du Maurier pflegte seine Ferien in den September zu legen, weil dann alles billiger war. Zugegebenermaßen benötigte er jetzt ein geräumiges Haus für seine umfangreiche Familie nebst Personal – Trixy und Charles waren in diesem Jahr mit ihren drei Söhnen da und Sylvia und Arthur mit ihrem Erstgeborenen George, der nach seinem Großvater benannt war. Henry lehnte höflich das angebotene Bett in St. Hilda's Crescent ab, wo man ständig Sand und Muscheln unter den Sohlen knirschen hörte und die Bewohner unermüdlich die Treppe hinauf- oder hinunterrannten, mit den Türen knallten und laut nacheinander riefen, wobei sein Patensohn Guy den anderen in nichts nachstand. Statt dessen bezog er Lowells früheres Quartier in einem Cottage am Hafen neben der Zugbrücke, die eine schmale Einfahrt zu der sich verbreiternden Flußmündung überspannte. Liebe Erinnerungen an den Freund wurden wach, wenn er, wie Lowell es so gern getan hatte, die Zugbrücke beobachtete, die sich hob, um die großen Schiffe durchzulassen, denen rechts und links nur einige Handbreit Abstand vom Ufer blieben.

Da Henry auf niemanden Rücksicht zu nehmen brauchte, gelang es ihm hin und wieder, sich vor besonders anstrengenden Expeditionen der Du Mauriers zu drücken und auch Kiki von ihnen wegzulocken. Henry hatte den Eindruck, daß sein Freund Gefahr lief, sich zu überanstrengen, weil er nicht von den Familientraditionen lassen mochte, die sich in Whitby eingebürgert hatten, erklärte sich aber bereit, Kiki auf einer seiner Lieblingswanderungen über den Klippenpfad zu dem kleinen Fischerhafen Staithes zu begleiten. Es waren zwar gute zehn Meilen, aber wenn man sich erst aus Whitby hochgekämpft hatte, war der Weg fast eben, und für die Rückfahrt hatten sie sich einen Ponywagen nach Staithes bestellt.

Es war ein herrlicher sonniger Vormittag. »Man könnte fast meinen, es wäre warm«, bemerkte Henry, als sie an den Klippen entlang in Richtung Sandsend gingen und dabei auch an dem Bauernhaus vorbeikamen, das angeblich das

Modell für die Behausung der Heldin in *Sylvia's Lovers* gewesen war.

Du Maurier, dem Henrys Vorbehalte gegenüber dem Klima im nördlichen Yorkshire wohlbekannt waren, lächelte. »Wir haben diesmal Glück mit dem September«, sagte er. »Ich kann mich nicht erinnern, daß er hier jemals schöner war.«

Er war bester Laune – nicht nur des Wetters wegen, sondern auch, weil er endlich die Zeichnungen für *Trilby* fertiggestellt hatte. »Es war eine schreckliche Plackerei«, sagte er. »Hunderteinundzwanzig sind es geworden.«

»Hunderteinundzwanzig«, wiederholte Henry verblüfft. »Hoffentlich wissen sie bei *Harper's* Ihre Anstrengungen zu würdigen.«

»Doch, sie sind sehr dankbar. Der Text bereitet ihnen leichte Bauchschmerzen, aber die Bilder gefallen ihnen gut.«

»Warum bereitet ihnen der Text Bauchschmerzen?«

»Sie wissen ja, daß meine Heldin nicht ganz so beschaffen ist, wie es in der bekannten Redensart heißt ...«

»In der bekannten Redensart?«

»Rein wie frisch gefallener Schnee. Das heißt, sie hat ein reines Herz und ist im Grunde ein unschuldiges Wesen, aber eben keine *virgo intacta*.«

»Das wird den Lesern von *Harper's* nicht schmecken«, meinte Henry. »Besonders nicht den amerikanischen.«

»Genau das ist die Befürchtung des Verlages. Aber wie könnte sie es sein? Sie ist Waise und verdient sich ihren Lebensunterhalt mehr schlecht als recht, indem sie im *Quartier Latin* der fünfziger Jahre unseres Jahrhunderts Künstlern Modell steht. Sie hat keine Familie, keine Freunde, die sich um sie kümmern. Sie läßt sich als Akt malen – *pour l'ensemble*. Solche Mädchen galten schlicht und einfach nicht als anständig. Ich weiß Bescheid, ich war selbst da.«

»Das glaube ich gern«, sagte Henry. »Aber in den Augen von Mrs. Grundy, dieser Symbolfigur britischer Prüderie, war Lebensechtheit noch nie eine hinreichende Entschuldigung. Ich staune, daß *Harper's* es wagt, sich die Mißbilligung dieser Dame zuzuziehen. Was erlebt denn Ihre Heldin sonst noch so? Abgesehen davon, daß sie ihre herrliche Singstimme entdeckt und wieder verliert?«

»Abwarten!« Du Maurier lächelte verschmitzt. »Im Januar kommt der Roman in Fortsetzungen heraus.«

»Und dürfen wir auch eine Zeichnung von *Trilby* erwarten, wie sie den Künstlern *pour l'ensemble* sitzt?«

Du Maurier warf lachend den Kopf zurück. »Wo denken Sie hin? Das Äußerste, was man in dieser Beziehung zu sehen bekommt, sind ihre nackten Füße.«

Am frühen Nachmittag trafen sie in Staithes ein. Für einen so kleinen, abgelegenen Ort, der in einer schmalen, schroff vom Moor zur See hin führenden Schlucht lag, die auf einer Seite von der Boulby Cliff beschattet wurde – laut Du Maurier der höchste Punkt der Ostküste –, herrschte in Staithes erstaunlich viel Leben und Treiben. Als sie die steile, gewundene, kopfsteingepflasterte Hauptstraße heruntergingen, mußten sie immer wieder zur Seite treten und sich an die Wände der Cottages drücken, um die Pferdekarren vorbeizulassen, die den Fang des Tages zu dem Bahnhof auf der Höhe transportierten oder auf dem Rückweg leer den Hang herunterpolterten. Frische Luft und Bewegung hatten ihnen Appetit gemacht, und sie suchten deshalb unverzüglich die Wirtschaft *Zum Kabeljau und Hummer* auf, um dort ein »eponymes Essen« einzunehmen, wie Henry sich ausdrückte (worauf die Wirtin ein verständnisloses Gesicht machte und sich die Wünsche der Herren in schlichtem Englisch von Du Maurier sagen ließ), das sie mit gutem Yorkshire-Ale hinunterspülten.

Womöglich war das Ale ungewöhnlich stark, denn Du Maurier war beim Essen besonders redselig. Er kam wieder auf seine Verhandlungen mit *Harper's* zu sprechen. In *Trilby* gab es, wie er sagte, eine auktoriale Polemik zugunsten der Nacktheit, und der Verlag wollte diese Passage streichen.

»Ich habe nämlich eine Theorie, Henry, daß wir uns, wäre unser Klima danach, ohne Kleider viel wohler fühlen würden. Am menschlichen Körper ist von Natur aus nichts Unanständiges, nichts, dessen wir uns schämen müßten.«

»Bei den Wetterverhältnissen im nördlichen Yorkshire jedenfalls verbietet sich so ein Experiment von selbst«, bemerkte Henry, eine Hummerschere knackend. »Aber sogar in Samoa, wo die Eingeborenen, wenn ich Louis Stevenson recht verstehe, mit sehr wenig äußeren Hüllen auskommen – sogar dort würde ich keinen gesteigerten Wert darauf legen, meinen Freunden im Naturzustand zu begegnen. Die meisten Menschen sind einfach nicht schön genug.«

»Ja, aber nur, weil wir unseren Körper vernachlässigen. Und wir vernachlässigen ihn, weil wir ihn in Stoffschichten packen – und weil die Frauen seine natürlichen Formen mit Fischbein, Tournüren, geschnürten Taillen und dergleichen verhunzen. Wenn wir uns üblicherweise im Naturzustand sehen würden, wie Sie es nennen, würden wir versuchen, uns Bewegung zu verschaffen und Diät zu halten, damit unsere Körper stark und gesund und attraktiv werden.«

»Und was ist mit denen, die hoffnungslos häßlich oder mißgebildet sind?« hielt Henry dagegen.

»Sie würden sich nicht fortpflanzen, weil niemand sie heiraten würde«, erklärte Du Maurier siegesbewußt; offenbar war dies für ihn ein schlagendes Argument. *»Nach Darwins Gesetz der natürlichen Auslese hätten wir damit im Lauf eini-*

ger weniger Generationen die menschliche Rasse von der Häßlichkeit befreit. Damit wären auch die verstohlene Lüsternheit, die grinsend vorgetragenen Zoten gegenstandslos, mit denen wir es heute sofort zu tun bekommen, wenn der menschliche Körper in guter Gesellschaft auch nur erwähnt wird, und die das Verhältnis zwischen Männern und Frauen vergiften.«

»Eine interessante, wenn auch ziemlich utopische Idee«, bemerkte Henry, insgeheim belustigt darüber, daß der magere Hänfling Du Maurier sich so leidenschaftlich für diese Sache einsetzte.

»Deshalb ist der Akt so wichtig in der Kunst«, fuhr Du Maurier fort. »Er ist das Idealbild, an dem wir uns orientieren, dem wir nacheifern können. Das geht aber nicht, ohne daß Künstlermodelle wie meine Trilby sich ausziehen. Und da es sich in unserer Gesellschaft eben nicht gehört, den Körper vor dem anderen Geschlecht zu entblößen, wird das arme Modell automatisch ausgegrenzt. Kein Wunder, daß die meisten keine Heiligen sind – zumindest war das in Paris in meiner Jugend so.«

»Malen oder zeichnen Sie immer noch nach dem Leben?« fragte Henry vorsichtig.

Du Maurier lächelte. »Nein. Emma wäre das nicht recht. Außerdem brauche ich es nicht für meine Arbeit, auch wenn Sambourne mir da nicht zustimmen würde – Sie kennen doch Sammy?«

»Ich bin ihm ein paarmal begegnet«, sagte Henry. Edward Linely Sambourne war einer der bei *Punch* fest angestellten Künstler, der sich vor allem mit politischen Karikaturen beschäftigte, aber auch Zeichnungen aus dem Gesellschaftsleben lieferte, auf denen oft hübsche junge Frauen zu sehen waren.

»Weil er keine richtige künstlerische Ausbildung hat, arbeitet er nach Photos. Er photographiert die Modelle nackt und danach angezogen. Angeblich muß er die Stellung der Gliedmaßen unter der Kleidung sehen, damit die Pose überzeugend wirkt.«

»Und was sagt Mrs. Sambourne dazu?« frage Henry belustigt. »Oder ist er nicht verheiratet?«

»Doch, aber erstaunlicherweise scheint sie sich daran überhaupt nicht zu stoßen. Ich glaube allerdings, daß sie nicht viele Zeichnungen von ihm gesehen hat. Er hat mir mal ein paar gezeigt, und ehrlich gesagt ...« – Du Maurier sah sich um und senkte die Stimme – »... ehrlich gesagt würde man die meisten eher in einer anrüchigen Graphikhandlung in Paris suchen. Da springen Mädchen pudelnackt herum ... oder schlimmer noch, räkeln sich, nur in Strümpfen oder mit einem Hut oder einer Maske auf einem Sofa, und zeigen ... nun ja, zeigen alles. Er hat Tausende von diesen Bildern.«

»Tausende?«

»Ja. Er ist Mitglied im Camera Club in der Charing Cross Road, dort kann man ein Atelier mieten und die Modelle stundenweise engagieren. Irgendwie finde ich das Ganze ein bißchen halbseiden. Dabei sind manche Frauen ausgesprochen schön. Andere allerdings nicht. Und natürlich haben sie alle Haare.«

»Haare?« wiederholte Henry verblüfft.

»Schamhaare. Das wirkt pornographisch.«

»Aber Kiki«, widersprach Henry, »wenn wir nach Ihrer Vorstellung alle nackt herumlaufen würden, müßten wir uns an dieses Merkmal der menschlichen Anatomie gewöhnen.«

»Bei Künstlern – echten Künstlern, wohlgemerkt – werden Sie keine Darstellung von Schamhaar finden.« Daß Henry ihm Inkonsequenz unterstellte, ging ihm offenbar nach, denn er setzte gedankenvoll hinzu: »Im übrigen könnten die Frauen ja immer noch lernen, sich zu rasieren. Wie die Männer, nur an anderen Stellen.«

Henry lachte laut heraus, und Du Maurier, der keinen Witz beabsichtigt hatte, sah verlegen drein.

Hinterher bummelten sie am Kai herum, sahen den Männern zu, die ihre Netze flickten und für den nächtlichen Fischzug in die langen, schmalen offenen Boote luden, schlenderten durch die krummen Gäßchen, warfen einen Blick in die Schuppen, in denen die Fische ausgenommen, geräuchert und gesalzen wurden, und verteilten Pennys an die barfüßigen Kinder, die sie aus den Hauseingängen der Fischerkaten mit großen Augen ansahen. Für Henrys Geschmack lag hier allzuviel Rauch und Fischgeruch in der Luft, aber Du Maurier war in seinem Element, zog immer wieder den kleinen Zeichenblock aus der Tasche und skizzierte mit Bleistift etwas, was ihm aufgefallen war, ein Boot oder ein Haus oder eine Haube – denn die Frauen von Staithes trugen sehr charakteristische Kopfbedeckungen. Er wollte gern bis zum Abend bleiben, um vom Ende der Kaimauer aus zuzusehen, wie die Fischerflotte in See stach, und Henry willigte ein. Es war tatsächlich ein bewegender Anblick, wie die scheinbar so gebrechlichen Boote unter der finsteren Wölbung des hohen Felsens Segel setzten, um der heraufziehenden Dunkelheit entgegenzufahren. Nach einem wärmenden Schluck in der Wirtschaft fanden sie glücklich den bestellten Ponywagen und kehrten, sehr zufrieden mit ihrem Ausflug, in diesem Gefährt nach Whitby zurück. Doch Henrys gute Laune war schlagartig dahin, als er in seinem Quartier eine Mitteilung von Daly vorfand, daß die Premiere von *Mrs. Jasper* noch einmal verschoben worden sei, und zwar in den Januar.

Diese enttäuschende Nachricht lieferte Henry immerhin den Vorwand, seinen Urlaub abzukürzen – vorgeblich, um den Gründen für die Verzögerung nachzugehen – und nach London zurückzukehren, denn für diesmal hatte er die Freuden von Whitby und Umgebung hinreichend genossen. Du Maurier fühlte mit seinem Freund, als dieser ihm am nächsten Tag Bericht erstattete. »Es ist empörend, einen angesehenen Schriftsteller wie Sie so zu behandeln«, sagte er. »Aber Theaterleute sind eben unzuverlässig, man kann ihnen nicht über den Weg trauen. Das sage ich auch immer zu Gerald, aber es hilft nichts. Er will unbedingt Schauspieler werden. Nächstes Wochenende kommt er her, ich hatte gehofft, Sie würden mal mit ihm reden, Henry.«

Der Plan, Gerald Anwalt werden zu lassen, war längst aufgegeben. Er hatte zunächst eine kaufmännische Ausbildung gemacht und war bei einer Schiffahrtsgesellschaft angestellt, wirkte aber in seiner Freizeit ständig – manchmal zusammen mit seiner Schwester May – bei Laientheater- und Konzertveranstaltungen mit, wurde dadurch allmählich bekannt und in Kritiken erwähnt.

»Damit werden Sie sich abfinden müssen, Kiki«, sagte Henry. »Es ist ein seltsamer Sog um das Theater – ob man nun Theater spielt oder für das Theater schreibt oder Stücke inszeniert. Vernunftgründe verfangen da nicht. Wenn Ihr Sohn wirklich Schauspieler werden will, kann ihn keine Macht der Welt daran hindern.«

Und dabei dachte er natürlich ebenso an sich wie an Gerald.

Als er wieder in London war, suchte er möglichst rasch das Gespräch mit Daly. Der Intendant erklärte ihm ganz offen, daß sein Theater noch keinen festen Boden unter den Füßen und auch noch nicht sein Publikum gefunden habe. Die Proben zu Tennysons *The Foresters* hatten begonnen, die Premiere war für Anfang Oktober geplant, und Daly fürchtete offensichtlich einen Mißerfolg. »Das Interesse ist minimal, der Vorverkauf nicht der Rede wert.« Er hielt es nicht für günstig, gleich danach ein neues Stück von einem relativ unerprobten Autor zu bringen, wollte deshalb *Mrs. Jasper* auf die Zeit nach Weihnachten verschieben und als Lückenbüßer einen zuverlässigen Klassiker des Genres, *The School for Scandal,* einsetzen, ein Stück, das ihm seit vielen Jahren gute Dienste leistete. Henry akzeptierte die Entscheidung widerspruchslos. Es wäre ihm gar nicht recht gewesen, sein Stück einem durch den schlechten Ruf der Truppe von vornherein skeptischen Publikum vorstellen zu müssen. Mißerfolge am Theater waren ansteckend. Also übte er sich in Geduld, sehnte sich aber, wie er an William schrieb, »nach der Lebensnähe und dem Einfallsreichtum der Proben, die ebenso amüsant wie *degoutant* sein können.«

Das, was Daly für *The Foresters* gefürchtet hatte, trat ein. Dem Premierenpublikum gefiel das Stück, die Kritik besprach es wohlwollend, aber kommerziell war es ein Mißerfolg, das Haus wurde zu jeder Vorstellung angeblich durch großzügige Verteilung von Freikarten gefüllt. Henry überlegte nicht ohne Genugtuung, daß Daly, wenn das so weiterging, bald zur Rettung seiner Spielzeit und seiner Reputation auf *Mrs. Jasper* zählen und deshalb alles daransetzen würde, um dem Stück zum Erfolg zu verhelfen. Dieses Argument war zwar einleuchtend, manifestierte sich aber in der nächsten Mitteilung des Intendanten Ende Oktober auf sehr unliebsame Weise. Er habe *Mrs. Jasper* noch einmal gelesen, fände das Stück immer noch zu lang und bäte um weitere Streichungen und Überarbeitungen. Henry willigte resigniert ein, sein Stück noch einmal durchzugehen, meldete aber nach sechs Tagen »Fehlanzeige«. Er glaube nicht, etwas Wesentliches herausnehmen zu können, ohne *»die* *grundsätzliche Klarheit, die rigide Logik der Handlung und die schrittweise Entwicklung der Geschichte zu beschädigen«.* Falls Daly selbst Kürzungsvorschläge habe, würde er mit sich reden lassen, signalisierte er, aber auf dieses Angebot ging der Intendant nicht ein und bat statt dessen um einen »flotteren« Titel. Henry machte ein oder zwei Vorschläge, die Daly ablehnte. In kaum verhülltem Ärger schickte Henry ihm eine Liste mit vierundsechzig Titeln zur Auswahl: *»Die Rettung. Die Richtschnur. Rivalen. Rückwendung. Tröstung. Teilnahme. Thesen. Tiraden. Toleranz...«.* Die Liste ging dreispaltig über ein ganzes Blatt. Daly, dem offenbar mit Ironie nicht beizukommen war, lehnte sie alle ab mit der Begründung, daß sie Ada Rehans Rolle nicht hinreichend herausstellten, was ja bei dem ursprünglichen Titel der Fall gewesen war. Schließlich einigten sie sich auf *Mrs. Jaspers Way.*

Danach herrschte wieder Schweigen. Ende November wurde Henry unruhig: Wenn das Stück im Januar anlaufen sollte, mußten die Proben bald beginnen. In diesem Sinne äußerte er sich Ada Rehan gegenüber, als er sie an einem Sonntagabend auf einer Party traf, und mußte erfahren, daß kommende Woche, soweit sie wisse, ein oder zwei Leseproben im Theater stattfinden sollten. Als er sagte, das habe man ihm nicht mitgeteilt, erklärte sie verlegen, man habe wohl auch noch keinen Termin festgelegt. Im Beisein Dritter konnten sie das Gespräch nicht fortsetzen, und bald darauf ging sie, ohne daß sie noch ein Wort hatten wechseln können. Henry wartete bis zum Samstagvormittag vergeblich auf eine Nachricht von Daly.

An diesem Tag saß er beim Frühstück, als Smith mit der ersten Post auf einem Silbertablett unter der Tür zum Speisezimmer erschien. »Möchten Sie Ihre Briefe hier lesen, Sir, oder soll ich sie auf den Schreibtisch im Arbeitszimmer legen?«

»Bringen Sie die Post her, Smith. Danke.«

Smith legte die Briefe auf den Tisch neben Henry und zog sich zurück. Henry, der auf einem der Umschläge Dalys Handschrift erkannt hatte, zog ihn aus dem Stapel hervor. Er enthielt die kurze Mitteilung, daß sich bei Leseproben in jener Woche größere Probleme herausgestellt hätten und daß Daly am Mittwochvormittag eine weitere Leseprobe mit allen Darstellern angesetzt habe, auf der sich Henry selbst vom Stand der Dinge überzeugen könne. »Hauptsächlich«, schloß Daly, »fehlt es dem Stück an Handlung.«

Henry hatte erst eins der drei pochierten Eier verzehrt, die er üblicherweise beim Frühstück zu sich nahm. Jetzt schob er die Schüssel mit den anderen beiden zur Seite, stützte den Kopf in die Hände und stöhnte laut auf. Nach so langer Wartezeit, nachdem das Stück ohne Vorbedingungen angenommen und ein Vertrag geschlossen worden war, nach so vielen Überarbeitungen und Kürzungen und Feineinstellungen der Dialoge und Regieanweisungen von Daly zu erfahren, es fehle dem Stück an Handlung...! Wie um Himmels willen sollte er die jetzt noch einarbeiten? Zuerst war er niedergeschmettert, dann wurde er wütend. Offenbar war Daly, von den nicht abreißenden Mißerfolgen seiner berühmten »Saison« schockiert, so nervös geworden, daß er das Vertrauen zu *Mrs. Jaspers Way* gänzlich verloren hatte. Was Henry am meisten verdroß, war die Hinterhältigkeit, das Stück mit den Schauspielern zu proben, ehe Henry Gelegenheit gehabt hatte, es vorzustellen und ihnen die Rollen zu erläutern.

Als er am Mittwoch zur Leseprobe ging, war er fest entschlossen, das nachzuholen, die Darsteller beim Kragen zu packen und ihnen klarzumachen, worum es hier ging, mußte aber feststellen, daß man ihn geschickt ausmanövriert hatte. Die Schauspieler waren, die Textbücher in der Hand, schon in einem mißtrauisch schweigenden Halbkreis auf der Bühne versammelt, als James eintraf. Selbst Ada Rehan schenkte ihm nur ein kurzes, mattes Lächeln, während Daly die Anwesenden flüchtig vorstellte und sie nacheinander beim Namen nannte. Sie wirkte blaß und mitgenommen. Als Henry seine Notizen herausnahm, um das Wort an die Darsteller zu richten, bat Daly ihn, im Parkett Platz zu nehmen.

»Sollte ich nicht erst ein paar Worte sagen?« fragte Henry.

»Das ist kaum nötig, Mr. James«, erwiderte Daly. »Wir haben, wie gesagt, das Stück schon zweimal zusammen gelesen.« Er sah auf seine Taschenuhr. »Am besten fangen wir gleich an. Sind Sie bereit, meine Damen und Herren?« Mit einem knappen Nicken, das würdevollen Groll signalisieren sollte, ging Henry die seitlichen Stufen hinunter in den Zuschauerraum.

Daly verlas die erste Bühnenanweisung. *»Eine altmodische Grünanlage oder ein kleiner Lustgarten, ein wenig vernachlässigt oder aufgelassen, an einem Hang, von dem aus der Blick, in die Ferne schweifend, ein schimmerndes Flüßchen erfaßt, das sich jenseits des Tales –«* Er unterbrach sich. »Die Beschreibung kann ich mir wohl schenken. Sie wissen Bescheid. Sir Montagu und Mrs. Wigmore bitte.« Die Schauspieler lasen ihren Text eintönig stammelnd wie Kinder, die man in der Schule aufgerufen hat, mit gesenktem Kopf, den Blick auf das Textbuch gerichtet. Die nächsten machten es nicht besser. Sie haspelten ihren Text herunter, als könnten sie ihn nicht schnell genug hinter sich bringen, sie stolperten über die Syntax, betonten an der falschen Stelle oder schenkten sich die Betonung ganz. Vor allem hatte man nicht den Eindruck, als fänden sie das, was sie darstellten, auch nur im entferntesten fesselnd oder amüsant oder glaubhaft. Es war bei weitem die miserabelste Präsentation eines dramatischen Textes durch professionelle Schauspieler, die Henry je erlebt hatte. Selbst Ada Rehan waren ihr Temperament und das Gefühl für Timing offenbar gänzlich abhanden gekommen. Sie war jetzt noch blasser, und je länger die schaurige Travestie ging, desto elender sah sie aus. Als erfahrene Theaterfrau durchschaute sie natürlich, was hier gespielt wurde, und daß sie dabei mittun mußte, war ihr sichtlich unangenehm. Was gespielt wurde, hatte auch Henry nach zehn Minuten begriffen: Man hatte ihn in eine Falle tappen lassen. Daly hatte für einen denkbar schlechten Verlauf der Leseprobe gesorgt, weil er wegen seiner finanziellen Nöte (die wiederum aus seinem Unvermögen als Intendant resultierten) bereits beschlossen hatte, auf die Produktion von *Mrs. Jaspers Way* als ein zu großes Risiko zu verzichten, und weil er hoffte, Henrys Zustimmung dadurch erreichen zu können, daß er ihm ein sicheres Scheitern des Stückes vor Augen führte. Er hätte seine Schauspieler nicht einmal ausdrücklich anweisen müssen, das Stück schlecht zu präsentieren, es hätte schon genügt, ihnen jede Regieanweisung, jeden Rat zu versagen, mit höhnischem Grinsen und Seufzen anzudeuten, wie hoffnungslos der Fall war – und vor allem den Autor fernzuhalten.

Henry ließ die Veranstaltung mit steinerner Miene über sich ergehen, obgleich er innerlich kochte. Um nicht unversehens die Fassung zu verlieren, legte er sich das, was er Daly zu sagen gedachte, genau zurecht. Das Ende kam zum Glück bald, denn die Lesung ging ohne Pause und in halsbrecherischem Tempo vonstatten. Ada Rehan trat vor, stotterte sich durch den kurzen Epilog, den er eigens für sie geschrieben hatte, sah ihn mit einem Leidensblick an wie eine Seele im Fegefeuer und flüchtete hinter die Bühne. Die übrigen Darsteller folgten ihr rasch, und Daly stapfte in den Zuschauerraum herunter. Henry stand auf, knöpfte den Mantel zu und sah ihm entgegen.

»Nun, Mr. James?« fragte Daly. »Was denken Sie?«

Henry wartete einen Augenblick, dann sagte er: »Ich werde einige Stunden brauchen, um mir Klarheit darüber zu verschaffen, welche Überlegungen ich – auch im Zusammenhang mit Ihrem Brief vom Samstag – anzustellen habe. Dann werde ich Ihnen schreiben. Guten Tag.« Ohne die Wirkung seiner Worte abzuwarten, drehte er sich auf dem Absatz um und verließ das Theater.

Abends verfaßte er einen Brief an Daly, der am nächsten Morgen zur Post gehen sollte. Er hätte im Laufe des Jahres, in dem der Intendant sein Stück in Händen gehabt hatte, gern zu einem früheren Zeitpunkt erfahren, daß es grundsätzlich ungeeignet für seine Zwecke sei. *»Ihre Nachricht vom Samstag macht trotz ihrer Kürze – oder vielleicht gerade deswegen – so deutlich, daß Ihr Interesse an meinem Stück unwiderruflich dahin ist, daß ich es unverzüglich zurückziehe und um Rückgabe des Manuskriptes bitte. Was mich betrifft, kann ich nicht behaupten, daß das, was ich gestern auf Ihrer Bühne erleben mußte, dem Stück Gerechtigkeit widerfahren ließ.«*

Daly schickte postwendend das Manuskript zurück und verteidigte in einem Begleitbrief seine Haltung, wobei er die ihm im Sommer entstandenen Kosten für Bühnenbilder und Kostüme (an die zwölf Guineen) als Beweis dafür anführte, daß er sich für das Stück engagiert hatte. Er schloß: *»Sie haben mir seinerzeit das Stück angeboten, und Sie fordern es jetzt zurück. Ich deute mit voller Überzeugung damals wie heute Ihre Entscheidung als Verbeugung vor meinem Urteil.«* Diese hochfahrende Antwort provozierte Henry zu einem weiteren, viel längeren Brief, in dem er die ganze Geschichte ihrer Verhandlungen über das Stück noch einmal darlegte, um zu beweisen, daß nichts ihn auf den von Daly im letzten Moment vorgebrachten grundsätzlichen Einwand vorbereitet habe. Allerdings schrieb er diesen Brief mehr zu seiner eigenen Genugtuung und Erleichterung als in der Hoffnung, in Daly Reue oder Betroffenheit zu wecken. Der Mann war, wie er sich Elizabeth Robins gegenüber ausdrückte, ein Schuft.

Seine Freundschaft mit dieser jungen Dame hatte sich in den letzten ein, zwei Jahren sehr erfreulich entwickelt. Er hatte sie bei Stücken von Ibsen, Dumas *fils* und anderen ausländischen Autoren beraten, deren Inszenierung sie und ihre Partnerin planten, und sie wiederum war gern bereit, sich sein *work in progress* vorlesen zu lassen und ihre professionelle Meinung zu äußern. Unter seinen Bekannten war sie dank ihrer Erfahrung diejenige, die das größte Verständnis dafür hatte, wie schändlich Henry von Daly behandelt worden war. Sie war deshalb auch die erste, die noch am gleichen Tag durch einen kurzen Brief Henrys von der katastrophalen Leseprobe erfuhr, und kurz darauf besuchte er sie in ihrer Wohnung am Manchester Square, zu der man siebzig gemauerte Stufen hochsteigen mußte, und verbreitete sich bis nachts um eins über die bittere Schmach des Verrats, den man an ihm begangen hatte. »Daly wird sich ins Fäustchen lachen«, sagte er. »Denn er hat gesiegt. Er hat mich dazu gebracht, mein Stück zurückzunehmen, und kann es jetzt so darstellen, als hätte ich mich aus freien Stücken dazu entschlossen. Ich hätte ihn zwingen können, den ersten Schritt zu tun, von sich aus die Produktion zu stornieren.«

»Nein, es war die richtige Entscheidung«, widersprach Miss Robins. »Wenn ein Produzent nicht mehr an ein Stück glaubt, ist es ohnehin verloren. Sie haben noch mal Glück gehabt.«

»Inwiefern?« Von Glück, fand Henry, konnte hier wirklich nicht die Rede sein.

»Angenommen, Sie hätten ihn gezwungen oder überredet, das Stück zu inszenieren, hätten sämtliche von ihm geforderten Änderungen vorgenommen, es nach jeder Probe, bis zur Premiere, wieder und wieder umgeschrieben – und dann wäre es trotzdem kein Erfolg geworden, weil er und die Schauspieler nicht daran glaubten. Ich weiß Bescheid, ich habe selbst schon solchen Horror erlebt.« Sie schüttelte sich vielsagend.

»Ein großer Trost ist mir das nicht«, sagte Henry. »Das schmerzliche Erlebnis vom Mittwoch ist stärker als jede hypothetische Horrorszenerie.«

»Vielleicht interessiert sich ein anderer Intendant dafür.«

»Nein, mit diesem Stück bin ich fertig. Daly hat mir ein für allemal den Spaß daran verdorben«, sagte Henry düster. »Die Vorstellung, jetzt auf die Suche nach einem anderen Intendanten gehen zu müssen, ekelt mich an. Jetzt muß ich aber gehen«, fügte er hinzu, als er sah, daß sie ein Gähnen unterdrückte.

»Es ist wirklich spät geworden.« Sie stand auf. »Aber Sie werden doch jetzt nicht angewidert alles hinwerfen?«

»Nein«, sagte er. Und nach einer nachdenklichen Pause: »Ich versuche es noch ein Jahr.«

Der Gedanke machte ihn ruhiger und wurde in den folgenden Tagen und Wochen sein Mantra. Noch ein Jahr. Daß ein Kalenderjahr zu Ende ging und bald ein neues beginnen würde, ließ seine Entscheidung hinreichend logisch erscheinen. Da ihm der Sinn nicht nach weihnachtlichen Lustbarkeiten stand, schlug er mehrere Einladungen aus, die er erhalten hatte, und verbrachte den Weihnachtstag zufrieden ganz für sich in De Vere Gardens mit Lektüre, dem Aufarbeiten seiner Korrespondenz oder auch nur mit Nachdenken, wobei er Tosca, die es sich auf seinem Schoß bequem gemacht hatte, das glänzende Fell streichelte. Zum Weihnachtsdinner zog er sich um, obwohl er allein war, und Smith servierte mit angemessener Feierlichkeit, aber beim Essen hatte Henry ein Buch vor sich stehen. Draußen unter seinem Fenster herrschte wohltuende Stille. Am zweiten Weihnachtsfeiertag ging er mit Tosca im Hyde Park spazieren, sah den Reitern auf der Rotten Row zu und den Schwimmern, die ihr traditionelles Kurzbad in der Serpentine nahmen, ohne daß er Bekannte getroffen oder gesichtet hätte. Als er abends am Kamin saß, notierte er die Idee für ein neues Stück, ein düsteres Melodrama, dem er den Arbeitstitel *The Promise* gab. Zum ersten Mal in seinem literarischen Werk sollte ein Mord darin vorkommen – der Mord an einem Kind. Die üble Tat, die seine Phantasie da heraufbeschworen hatte, schockierte ihn sehr, aber auch diesmal empfand er allein die Bestätigung, daß er in der Lage war, eine neue Idee hervorzubringen, als ungemein ermutigend.

Am 29. Dezember schrieb er an William und Alice: »Ich habe dank der allgemeinen Flucht der Gesellschaft aufs Land das Weihnachtsfest so egoistisch-zufrieden wie nie verbracht.« Gegen Ende des langen Briefes berichtete er ausführlich über das Scheitern der Produktion von *Mrs. Jaspers Way* und gab sich erleichtert darüber, daß er alle Brücken zu Daly, dem Schuft, abgebrochen hatte, räumte aber ein: *»Nichtsdestoweniger empfand ich eine Zeitlang starken Widerwillen und tiefe Enttäuschung angesichts all meiner geduldigen Mühen und der Geldmittel, die ich darangegeben habe. Aber* à la guerre comme à la guerre. *Ich gedenke diesen Krieg noch ein weiteres Jahr – 1894 – erbittert zu führen und dann (sofern sich das Verhältnis des Anteils von Sieg und Beute zu Demütigung, Abge-*

schmacktheiten und Mißhelligkeiten, erlittenem Unrecht und chronischen Kränkungen bis dahin nicht verbessert hat) das unleidliche Experiment ganz ›hinzuwerfen‹ und wieder erhabenere und unabhängigere Wege zu gehen.«

Noch ein Jahr.

TEIL III

I

»Noch ein Jahr.« Er hatte nicht vergessen, daß er sich Ende 1893 auf diese Abmachung mit dem Schicksal eingelassen hatte, dann aber hatte er noch ein wenig länger – bis zum fünften Tag des Jahres 1895 – warten müssen, um zu erfahren, ob sich der erhoffte Erfolg als Dramatiker nun endgültig einstellen würde oder nicht. Er hatte (auch wenn er es nach seinen bisherigen Erfahrungen hätte besser wissen können) die ständigen Verzögerungen, die Frustrationen, die Vielzahl unvorhergesehener Hindernisse unterschätzt, die in der Theaterwelt offenbar unvermeidlich waren. Das ganze Jahr 1894 hindurch hatte *Guy Domville* hinter der Bühne des St. James's Theatre ungeduldig auf seinen Auftritt warten müssen, da man nach der langen Laufzeit von *Mrs. Tanqueray* fast ebenso lange Jones' *The Masquerades* gespielt hatte. Der Erfolg der *Masquerades* war überraschend und darum besonders frustrierend gewesen, obwohl Henry den Verdacht hegte, daß Alexander ihn über die Aussichten des Jones-Stücks getäuscht hatte, um sich die Option auf *Guy Domville* zu sichern. Theaterleute – zumindest die Intendanten – schwindelten, wenn es um diese Dinge ging, unbekümmert das Blaue vom Himmel herunter, sie erzählten einem das, was man in einer bestimmten Situation ihrer Meinung nach zu hören wünschte und was sie einen glauben machen wollten. Hätte Alexander ihm bei ihren ersten Gesprächen im Sommer 1893 offen und ehrlich gesagt, daß er *Guy Domville* vermutlich erst in eineinhalb Jahren würde auf die Bühne bringen können, hätte Henry womöglich versucht, das Stück anderswo unterzubringen. Nicht, daß das unbedingt von Vorteil für ihn gewesen wäre, denn dann hätte er sich mit ganz ähnlichen Verzögerungen, Frustrationen und Hindernissen herumschlagen müssen, die dann nur aus einer anderen Richtung gekommen wären. Zumindest war Alexander ein tüchtiger, hart arbeitender Theatermann. Er konnte nichts dafür, daß er, nachdem er *The Masquerades* abgesetzt hatte, an den Röteln erkrankt war und die Proben für *Guy Domville* um drei Wochen verschoben werden mußten. Ohne diesen unglücklichen Umstand hätte das Stück, auf dem nun Henrys ganze Hoffnung ruhte, noch innerhalb des Kalenderjahres, das er sich als Frist gesetzt hatte, seine Bewährungsprobe gehabt. Jetzt aber war das Warten nur noch eine Sache von Stunden.

Wie viele Stunden es waren, konnte er nicht genau ausmachen. Er hatte in der Ferne eine Uhr die halbe Stunde schlagen hören – aber welche? Es konnte drei oder vier oder fünf sein. Halb drei wohl kaum, da er erst kurz nach Mitternacht zu Bett gegangen war (Alexander hatte eine zweite späte Generalprobe angesetzt), und er hatte das Gefühl, zumindest ein paar Stunden geschlafen zu haben, aber nach sechs konnte es wohl auch noch nicht sein, dazu war es draußen zu still. Daß es in dem Schlafzimmer mit den fest zugezogenen Vorhängen stockfinster war, hatte nichts zu sagen – im tiefsten Londoner Winter wurde es erst weit nach sieben hell. Gewiß, er konnte nach einem Streichholz tasten und auf seine Uhr sehen, die auf dem Nachttisch lag, wo er sie immer deponierte, wenn er sich zu Bett legte, aber eigentlich wollte er gar nicht wissen, wie spät es war. Wenn es erst Viertel nach drei oder vier war, würde ihn der Gedanke an die vielen Stunden, die es noch zu überstehen galt, bis Smith klopfte und ihm sein heißes Wasser brachte, nur niederdrücken. Er war hellwach. Es würde eine lange Wartezeit werden, bis sich abends im St. James's der Vorhang hob – nein, er würde sich sogar noch länger in Geduld fassen müssen, denn er hatte nicht die Absicht, im Theater zu sitzen und zu leiden, wenn dort über sein Schicksal entschieden wurde.

Zunächst hatte er mit Gosse ausgemacht, sich abends in eine ruhige Gastwirtschaft in der Nähe des Theaters zu setzen, wo ihm der Freund in den Pausen kurz würde berichten können, wie die Vorstellung lief, aber nach einigem Nachdenken verwarf er diesen Plan. Er sah sich allein bei einem Ale in einer Ecke sitzen, dem langsam vorrückenden Zeiger der Uhr über der Bar folgen und nutzlos über das Stück spekulieren, unfähig, an etwas anderes zu denken. Unerträglich! Am Nachmittag hatte er deshalb Gosse eine Nachricht geschickt, mit der er ihre Verabredung rückgängig gemacht hatte. Er würde sich, um die Zeit zu überbrücken, das Stück eines Kollegen ansehen, hatte er geschrieben, und dabei an Oscar Wildes Schauspiel *Ein idealer Ehemann* gedacht, das gerade im Haymarket seine Uraufführung erlebt hatte. Die *Times* hatte es günstig, aber nicht allzu günstig besprochen. Der Kritiker teilte Henrys Meinung – auch wenn er sie milder formulierte –, daß Wildes dramatische Kunst ausschließlich darin bestand, ein matt gewordenes Theaterinstrumentarium mit Bonmots oberflächlich aufzupolieren. Wie hatte er doch geschrieben: *»Mr. Wildes große Leidenschaft ist es, das Alltägliche mit Epigrammen zu verzieren.«* Etwas in diesem Sinne jedenfalls ... Doch die Besprechung klang, fand Henry, als sei das Stück unterhaltsam genug für seine Zwecke – er wollte sich schließlich nur ablenken. Wenn es zu Ende war – notfalls auch vorher –, würde er so rechtzeitig zum St. James's hinübergehen, daß er hinter der Bühne verfolgen konnte, wie die

Darsteller ihren Beifall entgegennahmen und daß er sich danach – falls die Reaktion des Publikums das rechtfertigte – ebenfalls verbeugen konnte. Das dürfte etwa um elf sein. Gott im Himmel! Er mußte noch fast einen ganzen Tag durchstehen, ehe sich die Spannung für ihn – so oder so – löste.

Die ferne Uhr schlug die Dreiviertelstunde.

»Noch ein Jahr.« Wo war es hin? Was hatte er an Kreativem in diesem Jahr zustande gebracht? Nichts fürs Theater, wenn man von dem üblichen entnervenden Streichen und Zusammenstutzen von *Guy Domville* im Verlauf der Proben absah. Er hatte Compton ein Exposé für *The Promise* geschickt, weil er glaubte, die Rolle des Helden könnte ihn interessieren, aber Compton hatte es so prompt und nachdrücklich abgelehnt und war so entsetzt vor dem Thema zurückgewichen, daß Henry nicht den Mut aufbrachte, anderswo sein Glück zu versuchen. Vielleicht konnte er ja irgendwann einmal eine Novelle daraus machen. Auch mit der in Monte Carlo spielenden Komödie, die er Compton vorher angeboten hatte, war er nicht angekommen: Nach einer langwierigen Korrespondenz wurde klar, daß Compton an der Handlung nichts wirklich gefiel und daß seine Änderungsvorschläge auf ein Rezept hinausliefen, ein völlig anderes Stück zu schreiben. Welche Zeitverschwendung! Seither hatte er keine neuen Ideen für die Bühne mehr gehabt, die über die Seiten seines Notizbuchs hinausgekommen wären.

Und was hatte er im vergangenen Jahr veröffentlicht? Zwei Erzählungen für *The Yellow Book* und zwei Stücke für *Theatricals*, *Tenants* (ursprünglich *Mrs. Vibert*) und *Disengaged* (ursprünglich *Mrs. Jasper*), die trotz seiner Bemühungen nicht den Weg auf die Bühne gefunden hatten – ein trauriges Zeugnis des Scheiterns. Zwar hatte er dem Band ein ostentativ devotes Vorwort vorangestellt, in dem er den Mißerfolg einräumte und an den geneigten Leser appellierte, sich zum Ausgleich mit einer virtuellen Aufführung in seiner Phantasie zu begnügen, hatte insgeheim aber gehofft, der eine oder andere Rezensent würde seine Partei gegen die Produzenten ergreifen, die seine Arbeit erst ermutigt und sich dann von ihr abgewandt hatten, würde beklagen, daß den Zuschauern das Vergnügen versagt geblieben war, die Stücke auf der Bühne zu sehen, und einen neuen Anlauf für ihre Inszenierung fordern. Welch eitle Hoffnung! Der Ton der Besprechungen reichte von lau bis frostig, und keine hätte Hare oder Daly auch nur eine schlaflose Minute gekostet. Besonderen Kummer machte ihm, daß Dalys Geschick sich unmittelbar nach dem bewußt herbeigeführten Reinfall von *Mrs. Jasper Way* zum Besseren gewendet hatte. Die von ihm als Ersatz gedachte Inszenierung von *Was ihr wollt* war mit großem Beifall aufgenommen worden, und seither konnte Daly's Theatre einen Erfolg nach dem anderen verbuchen.

Zwei Erzählungen und ein Band mit Theaterstücken also – war das wirklich alles, was er für 1894 vorzuweisen hatte? Gewiß, da war noch der kleine Artikel, mit dem er in *Harper's Bazaar* Du Mauriers *Trilby* gepriesen hatte – aber wenn er an diese Arbeit zurückdachte, stand ihm sofort wieder vor Augen, in welcher Verfassung er damals gewesen war: Noch immer im Schock nach Fenimores Tod, war es ihm nur unter Aufbietung aller Kräfte gelungen, ihn abzuschließen und an die Zeitschrift zu schicken, ehe er die Reise nach Italien antrat, um sich mit den Nachwehen der furchtbaren Tragödie zu beschäftigen.

Leise stöhnend drehte er sich auf den Bauch und vergrub das Gesicht im Kopfkissen. Die Erinnerung an die arme Fenimore hatte ihm gerade noch gefehlt – jetzt würde er überhaupt nicht mehr einschlafen können. Doch die schöpferische Flaute, die ihn gerade in Gedanken beschäftigt hatte, ging zumindest zum Teil auf ihren Tod zurück. Fast ein Jahr hatte er gebraucht, um darüber wegzukommen – falls es ihm überhaupt gelungen war. Offenbar war das eben doch nicht der Fall, denn schon stieg eine quälende Erinnerung an die Gefühle, mit denen er die schreckliche Nachricht erhalten hatte – ratenweise und immer niederschmetternden Inhalts –, ununterdrückbar in seinem Bewußtsein hoch wie eine Welle der Übelkeit. Da waren zunächst Schock und Fassungslosigkeit, als er Ende Januar ein Telegramm von Fenimores Schwester Clara Benedict in New York erhalten hatte, in dem sie ihn kurz und knapp und ohne weitere Erklärung von Fenimores Tod unterrichtete und fragte, ob er sofort nach Venedig reisen könnte; dann Ratlosigkeit, als er ebenfalls telegraphisch – aber noch immer ohne ein Wort über die Todesursache – erfuhr, die Beerdigung sei in Rom. An dem Tag, als er die Reisevorbereitungen für Rom abgeschlossen hatte, unmittelbar nach der Rückkehr vom Reisebüro Thomas Cook, las er voller Grauen den Ausschnitt aus einer venezianischen Zeitung, den ein Bekannter ihm geschickt hatte und dem er entnahm, daß Fenimore am Mittwoch, dem 24. Januar, in den frühen Morgenstunden aus ihrem Schlafzimmerfenster im zweiten Stock der Casa Semitecolo gefallen war oder sich hinusgestürzt hatte.

Für ihn stand sofort fest, daß sie sich das Leben genommen hatte, und so berichteten es in den nächsten Tagen auch die englischen Zeitungen. Die Umstände waren allerdings nicht ganz klar, und daran klammerten sich nun Fenimores Schwester und andere Angehörige in ihrer Not. Fenimore hatte mehrere Tage vor dem verhängnisvollen Ereignis krank zu Bett gelegen, und die Erklärung der Familie lautete, sie sei im Fieberwahn versehentlich aus dem Fenster gefallen. Henry hätte das gern geglaubt, kannte aber Fenimores Charakter, ihre chronische Traurigkeit, ihre Anfälligkeit für lähmende Depressionen, jene dunkle Grotte der Melancholie, die unter ihrem äußerlich so gefaßten gesellschaftlichen Ich verborgen lag, so gut, daß er keinen Zweifel an einem Selbstmord hatte. Es lag nahe, daß die Krankheit die schreckliche Tat beschleunigt hatte – er griff diesen Umstand nicht minder begierig auf als die Familie –, aber sie war nicht die Ursache. Nach seiner Theorie, die er in einer hektisch geführten Korrespondenz mit gemeinsamen Freunden und Bekannten verbreitete, hatte die fiebrige Erkrankung zu plötzlichen Wahnvorstellungen oder einer geistigen Störung geführt, und in diesem Zustand hatte sich die chronische Depression bis zur Selbstzerstörung gesteigert. Es handelte sich demnach um »eine im Zustand vorübergehender geistiger Unzurechnungsfähigkeit begangene Tat«, wie die forensische Formulierung lautete, die deswegen natürlich nicht weniger tragisch war. Unter der Last des Entsetzens und des Mitgefühls fast zusammenbrechend sagte er die Reise nach Rom ab, weil er sich nicht in der Lage sah, die Tortur der Beerdigung durchzustehen. Statt dessen erbot er sich, zu einem späteren Zeitpunkt nach Venedig zu reisen, um Clara Benedict beim Ordnen von Fenimores Habe zu helfen. Es sollte ein sehr viel späterer Zeitpunkt werden ...

Den ganzen Februar und fast den ganzen März hindurch wartete er in London auf die Ankunft von Clara Benedict und ihrer Tochter aus Amerika, zunehmend beunruhigt und angespannt im Gedanken an das, was sich in den versiegelten Räumen der Casa Semitecolo und insbesondere in der versiegelten Kassette finden mochte, von der Fenimores Cousine Grace Carter gesprochen hatte.

Grace Carter, die sich zu jener Zeit zufällig in Europa aufhielt, war als Erste am Unglücksort gewesen und berichtete, Fenimore habe unlängst Anweisungen gegeben, im Falle ihres Todes die Wohnung vom amerikanischen Konsul bis zum Eintreffen ihrer Angehörigen versiegeln zu lassen und den Wunsch geäußert, auf dem Protestantischen Friedhof von Rom beerdigt zu werden, weil ihr vor der düsteren Bestattungsinsel Venedigs graute. Offenbar – so jedenfalls sahen es ihr Arzt und ihre Sekretärin – hatte Fenimore ihre Indisposition ernster genommen, als sie war, und sich morbiden Todesgedanken hingegeben. Natürlich gab es für ihr Verhalten noch eine andere mögliche Erklärung, die ihn in große Unruhe versetzte, daß sie nämlich von Anfang an kühl und gezielt ihren Freitod geplant und eine durch Krankheit ausgelöste geistige Verwirrung nur vorgegeben hatte. Das Wort »versiegelt«, das in diesen Mitteilungen immer wieder auftauchte und an gewichtige, noch unentdeckte Geheimnisse denken ließ, ängstigte ihn. Er hatte keinen Zweifel daran, daß Fenimore sich das Leben genommen hatte, und war von ihrer Tat tief erschüttert; wovor er aber wirklich zitterte, war die Möglichkeit, es könnte sich irgendein Hinweis darauf finden, sie habe es seinetwegen getan. Daß seine erste Vermutung richtig war, bestätigte sich, sobald er in der Wohnung das Unglücksfenster sah – versehentlich konnte dort kein Erwachsener, und sei er noch so sehr im Fieberwahn, hinausfallen –, aber festzustellen, wie es sich mit der zweiten Möglichkeit verhielt, hatte sich als bedeutend schwieriger erwiesen, und eindeutig geklärt war die Frage nach wie vor nicht, was ihm noch immer nachging.

Gütiger Gott! Mußte er denn wirklich noch einmal über diese *via dolorosa* der Erinnerungen schreiten? Da waren zunächst seine beschämenden Manöver, um sicherzustellen, daß er der kleinen Gruppe angehörte, die das Siegel an der Tür von Fenimores Wohnung erbrach. Er war eigens nach Genua gereist, um die Benedicts vom Schiff abzuholen, mit dem sie aus New York gekommen waren, hatte sie in den Zug nach Rom gesetzt, wo sie Fenimores Grab besuchen wollten, und war dann nach Venedig weitergereist, um dort Quartier für sie zu machen. Er selbst bezog die Wohnung in der Casa Biondetti, wo Fenimore vorübergehend gewohnt, ehe sie in die nahegelegene Casa Semitecolo gewechselt hatte – in der vergeblichen Hoffnung, der Aufenthalt in diesen Räumen könnte ihm helfen, sich im nachhinein in ihre Seele zu versetzen. Tagelang strich er um das Semitecolo herum, sah von Landestegen aus an der verwitterten Fassade hoch, überlegte, ob die Tatsache, daß die Wohnung nach Norden auf den Canale Grande hinausging und selten von einem Sonnenstrahl erwärmt wurde, zu Fenimores letzter tödlicher Depression beigetragen hatte, und betrachtete vom Ramo Barbaro aus, der schmalen, dunklen übelriechenden Gasse hinter dem Haus, das Fenster, aus dem sich Fenimore auf das harte Pflaster gestürzt hatte. Das war der Preis, den man für eine Schriftstellerphantasie zahlte: Nur zu gut, nur zu emotional konnte er die letzten Momente der Ärmsten nachvollziehen – den sausenden Sturz durch die Lüfte, den furchtbaren Schmerz des Aufpralls, den nur halb bewußten Kampf der verzweifelten Seele, die sich aus dem zerschlagenen Körper zu befreien suchte. Der Zeitung hatte er entnommen, daß die beiden Männer, die kurz nach ein Uhr nachts die zusammengesunkene Gestalt in der dunklen Gasse fanden, sie zunächst für ein helles Bündel Kleidung oder Bettwäsche gehalten hatten, und erst als einer sie mit dem Stock anstieß und die beiden ein leises Stöhnen hörten, begriffen sie, daß sie ein menschliches Wesen vor sich hatten, und schlugen

Alarm. Sie mit einem Stock anzustoßen... Nachdem er sich diese Situation an Ort und Stelle vergegenwärtigt hatte, war er vom Ramo Barbaro zum nächstbesten Nebenkanal gelaufen und hatte sich erbrochen. Man hatte Fenimore ins Haus getragen und auf ihr Bett gelegt, aber sie war ins Koma gefallen und noch vor dem Morgengrauen gestorben.

Die gewaltsame Todesart aber ließ seine Theorie, daß sie sich in einem Augenblick zeitweiliger Unzurechnungsfähigkeit das Leben genommen hatte, glaubhaft erscheinen. Sicher würde sich doch niemand, der bei klarem Verstand war, für ein so grauenhaftes und schmerzvolles Ende entscheiden? Ein Ende, das Familie und Freunde zutiefst schockieren mußte? Als Alice Ende der siebziger Jahre ihren zweiten schweren Zusammenbruch erlitt und ihren Vater fragte, ob es unrecht sei, daß sie versucht war, Selbstmord zu begehen, hatte der alte Herr gelassen erklärt, er habe nichts dagegen, immer vorausgesetzt, »du gehst dabei so rücksichtsvoll vor, daß du deinen Freunden keinen Kummer machst...« – wobei der Begriff »Freunde« in dem früheren, inzwischen fast veralteten Sinn naher Angehöriger gemeint war. Als William ihm davon erzählte, empfand er die Bemerkung seines Vaters als grausam und herzlos, immerhin aber hatten dessen Worte die gewünschte Wirkung gehabt, daß Alice nun wild entschlossen gewesen war weiterzuleben. Hätte aber Fenimore ganz bewußt die Entscheidung getroffen, ihrem Leben ein Ende zu machen, hätte sie im Sinne des pragmatischen Ratschlags von Henry James Sr. wohl eine Möglichkeit gewählt, die für sie und die ihr Nahestehenden weniger betrüblich war als ein Fenstersturz. Welche Möglichkeit? Den Tod durch Ertrinken beispielsweise – im wasserreichen Venedig hätte sich das leicht so bewerkstelligen lassen, daß es wie ein Unfall aussah.

Dieser Gedankengang aber beschwor wieder die von allen wohl unangenehmste Erinnerung an Fenimores Ableben herauf – die Expedition zur Lagune, in der er ihre Kleidung versenken wollte. Er versuchte das Bild zu verdrängen, aber es tauchte gleich wieder auf – wie die luftgefüllten Kleidungsstücke selbst. Die Idee hatte ihm damals gut gefallen, und auch die Benedicts begrüßten sie als einfallsreiche Lösung eines heiklen Problems. Nachdem sie schon siebenundzwanzig Schrankkoffer und Kisten mit Fenimores Habe gefüllt hatten – die Obsession des »Packens« schien ein Familienübel zu sein –, legten sie keinen Wert darauf, auch noch ihre Kleidung nach Amerika zu schaffen. Wollte man sie aber verbrennen, lief man Gefahr, die alten Kamine des Semitecolo in Brand zu setzen, sie in den Müll zu werfen war beschämend, und wenn man sie wegschenkte, begegnete man womöglich an irgendeinem Kanal oder auf einer Brücke einer Wiedergängerin von Fenimore. War es dann nicht das Beste, ihre Kleider in der Lagune zu versenken, die sie so geliebt und auf den letzten Seiten ihres Notizbuches so wortmächtig beschrieben hatte? Gesagt, getan. An einem trüb-dunstigen Abend (nicht in dem erhofften golden strahlenden Sonnenuntergang à la Turner) ließ Henry sich mit einer Gondel voller Damenkleidung weit auf die Lagune hinausfahren und warf die Kleidungsstücke unter dem verwunderten und einigermaßen schockierten Blick von Tito, Fenimores treuem Gondoliere, über Bord. Hinterher sah er ein, daß er die Sachen hätte beschweren müssen, aber auf diesen Gedanken war er gar nicht gekommen, ihm schwebte vor, daß die durchnäßten Kleidungsstücke elegant in den Fluten versinken würden. Statt dessen umgaben sie, dank der in den üppigen Falten eingeschlossenen Luft an der Oberfläche treibend, die Gondel wie aufgedunsene Leichen, wie lauter ertrunkene Fenimores. Es war ein ebenso makabrer wie bizarrer Anblick, und das Demütigende und Törichte dieses von ihm veranstalteten Spektakels war ihm schmerzlich bewußt. Weil er fürchtete, ein vorbeifahrendes Boot könnte sich für sein Tun interessieren, wies er Tito an, mit seinem Ruder die Kleidungsstücke nach unten zu stoßen, was sich als schwierig erwies, denn Samt und Seide klammerten sich an das Ruderblatt, als flehten sie stumm um Rettung, und er war genötigt, dem Mann mit einem Bootshaken zu Hilfe zu kommen. Was als zärtlich-poetischer Abschied von seiner Freundin geplant war, hatte sich zu einer Groteske gewandelt, die eher an ein schuldbeladenes Gewissen denken ließ, dem es darum zu tun war, die Spuren eines Verbrechens zu beseitigen.

Und natürlich ließ sich ja auch nicht leugnen, daß er sich in gewisser Weise mitschuldig oder zumindest mitverantwortlich an Fenimores Tod fühlte. Immer wieder meldeten sich diese Überlegungen, wenn er, wie jetzt, überaus verletzlich war, besonders intensiv aber waren sie in jenen Wochen in Venedig gewesen, als er täglich in der Casa Semitecolo vorsprach und viele Stunden lang den Benedicts dabei half, Fenimores Bücher und die »versiegelte Kassette« mit ihren Papieren durchzusehen und zu entscheiden, was aufhebenswert war und was verbrannt werden sollte. Er lebte in der Angst, einen Abschiedsbrief zu finden, in dem es hieß: *»Ich bringe mich um, weil Henry James mich nicht liebt.«* Natürlich fand er kein solches Schriftstück, ebensowenig aber fand er trotz eifrigen Suchens den Brief, den Alice unmittelbar vor ihrem Tod an Fenimore geschrieben hatte. Er konnte sich durchaus vorstellen, daß Alice auf dem Sterbebett ihrer unbekannten Rivalin in einer spontanen, fraulich großzügigen Geste Henry Fenimores Fürsorge empfohlen und erklärt hatte, Fenimore sei die

Einzige, die sie sich als Henrys Ehefrau vorstellen könne, die Einzige, die sich das Recht verdient habe, seine Frau zu werden, und ihr Geist werde im Jenseits erst dann Ruhe finden, wenn sie ein Paar wären. Daß er die durch so eine Botschaft genährten Hoffnungen später nicht erfüllt hatte, hätte Fenimore durchaus zu einer Verzweiflungstat treiben können. Alices Brief aber blieb unauffindbar, und auch vertrauliche Briefe von seiner Hand waren nicht vorhanden. Offensichtlich hatte Fenimore sich gewissenhaft an die Absprache gehalten, ihre Korrespondenz zu vernichten, denn nur ein paar kurze Schreiben aus jüngster Zeit, meist banale Mitteilungen über seinen geplanten Besuch in Venedig, waren erhalten, die er kurz entschlossen beseitigte. Der Verdacht, seine wiederholte Verschiebung des Besuches könnte ihre Depression verstärkt haben, machte ihm nach wie vor zu schaffen.

Sehr getroffen hatte ihn ein Satz aus ihrem Notizbuch, offenbar die Idee für eine Erzählung: *»Man stelle sich einen Mann vor, der ohne Herz geboren wird. Er ist ein guter Mensch, zumindest nicht grausam, nicht verderbt, wohlerzogen, aber er hat kein Herz.«* Hatte sie dabei ihn vor Augen gehabt? An ihn gedacht? Natürlich stimmte es nicht, daß er kein Herz hatte, aber konnte man womöglich diesen Eindruck gewinnen? Der Satz erinnerte ihn an etwas, was er in den siebziger Jahren von Flaubert gehört hatte, an einem jener Sonntage, an denen sich die Schriftsteller in Flauberts Wohnung hoch oben im fünften Stock des Hauses im Faubourg St. Honoré zu treffen pflegten. Ungerührt hatte Flaubert von einem niederschmetternden Vorwurf seiner Mutter berichtet, ohne dessen Wahrheitsgehalt zu leugnen. *»Deine Sucht nach Sätzen hat dein Herz verdorren lassen«*, hatte Mme. Flaubert an ihren Sohn geschrieben. Schon damals und obgleich diese Worte an einen anderen gerichtet waren, hatte sich in

Henry die leise Angst geregt, man könnte dies eines Tages auch ihm vorhalten, denn er teilte Flauberts Sucht nach Sätzen, die perfekt ausbalanciert waren, eine kunstvolle Konstruktion und einen subtilen Rhythmus hatten und so prallvoll mit Bedeutung gefüllt waren wie eine Nußschale mit der Nuß. Konnte so eine Obsession das Herz verdorren lassen? War das der unvermeidliche Preis, den man für künstlerischen Erfolg zu zahlen hatte? Manchmal hatte er diese Befürchtung. *Nicht grausaum, nicht verderbt, wohlerzogen.* Gewiß, Flaubert war verderbt, war Frauen gegenüber der Grausamkeit fähig gewesen. Zumindest aber wußte er, was Leidenschaft war. Er, Henry James, hingegen war immer ... der Wohlerzogene. Es war, als habe ihm Fenimore eine Botschaft hinterlassen, mit der sie ihm zu verstehen gab: Du hast nicht wirklich gelebt. Wenn er an den Moment dachte, da er den Satz in ihrer gestochen klaren, sauberen Schrift gelesen hatte, war ihm, als ob sich ein Abgrund düsterster Verzweiflung vor ihm auftat.

Die Uhr schlug die volle Stunde. Froh um die Ablenkung hörte er genau hin und zählte die Schläge. Eins ... zwei ... drei ... vier. Dann wieder Stille. Vier Uhr. Noch vier Stunden, ehe Smith klopfte, noch sechzehn, bis der Vorhang sich zum ersten Akt von *Guy Domville* hob: *»Der Garten in Porches«*. Um die Flut der dunklen Gedanken zurückzudrängen, sagte er sich leise die Regieanweisungen vor, die er auswendig kannte: *»Der Garten eines alten Hauses im Westen von England, der Teil unmittelbar hinter dem Haus, der von der Straße her nicht einsehbar ist. In der Mitte eine flache altmodische Steinplatte auf einem Sockel, auf der eine Sonnenuhr angebracht ist. Daneben eine Gartenbank. Rechts ein niedriges hölzernes Tor, das zu einem anderen Bereich der Anlagen führt. Links eine hohe Gartenmauer mit einer grünen Tür. Ein Teil des Hauses ist im Hintergrund zu sehen, mit einer Tür, einer Veranda und einer kleinen*

Treppe.« Es war ein ansprechendes Bühnenbild; an der materiellen Umsetzung seines Stückes war nichts auszusetzen. Ausstattung und Kostüme waren von hoher Qualität und hatten in der elektrischen Beleuchtung des St. James's bei den Generalproben sehr eindrucksvoll gewirkt. Vielleicht mit Ausnahme von W. G. Elliot als Lord Devenish waren alle Darsteller guter Durchschnitt und manche sehr viel besser. Marion Terry spielte, obwohl ihrer Schwester Ellen nicht ganz ebenbürtig, feinfühlig und bewegend die schwierige Rolle der Mrs. Peverel, die nur ganz gelegentlich Emotionen zeigen durfte, meist aber damit kämpfen mußte, sich ihre Gefühle nicht anmerken zu lassen. Ihr Einfall, unmittelbar vor dem Ende des ersten Aktes das Gesicht an den Verandapfosten zu legen und so einen Augenblick gedankenverloren zu verharren, war ganz bezaubernd. Und wenn Alexander einmal nicht damit beschäftigt war, seinen schönen Kopf und die wohlgeformten Beine in den eng anliegenden Kniehosen besonders günstig zur Geltung zu bringen, konnte er das Dilemma des zwischen zwei Verpflichtungen hin und her gerissenen Helden wunderbar vermitteln. Als Regisseur war er hervorragend. Die Proben waren ruhig und geordnet verlaufen, ohne die Empfindlichkeiten und Temperamentsausbrüche, die es bei den Proben zum *Amerikaner* gegeben hatte. Schade, dachte Henry, jammerschade, daß ihm bei der ersten Leseprobe eine Laryngitis die Sprache geraubt hatte, so daß er nicht selbst das Wort an die Darsteller hatte richten können, um ihnen den richtigen Weg zur Interpretation ihrer Figuren zu weisen, sondern sich in stummer Qual hatte anhören müssen, wie Alexander diese Aufgabe übernahm. Er hatte sich bemüht, sie von diesen vorhersehbar geglätteten und verschliffenen Feinheiten des Textes wieder herauszuarbeiten, indem er bei den nachfolgenden Proben an den entsprechenden Stellen eingegriffen hatte. Und was den Text selbst betraf – wie hatte er sich gemüht, um ihn, Alexanders unersättlichen Forderungen folgend, zu kürzen, ohne daß wichtige dramatische Substanz verloren ging. Jedes verbleibende Wort war mehrmals gründlich abgeklopft worden, um auch noch so belanglose Redundanzen zu entdecken und zu beseitigen, das Ganze gesiebt und gerupft und verschlankt worden, bis keine überflüssige Silbe mehr vorhanden war. Kurzum – alle an der Inszenierung Beteiligten hatten ihr Bestes gegeben. Weshalb dann diese Nervosität? Weil man bei noch so gewissenhafter Vorbereitung nie sicher sein konnte, daß ein Stück »angekommen« war, bis man es vor Publikum gespielt hatte.

Er drehte sich auf den Rücken und faltete die Hände auf dem Leib wie eine Grabsteinfigur in einem Dom. Fenimores Grab schmückte keine Figur, sondern nur ein schlichtes Kreuz. Im Mai, nach seiner Flucht aus dem durch die Touristenmassen unerträglich gewordenen Venedig, war er endlich einmal dagewesen, und das hatte ihm wider Erwarten gut getan, so daß er es bedauerte, mit dieser Wallfahrt so lange gezögert zu haben. Er liebte den Protestantischen Friedhof im Schatten der hohen Zypressen, dessen bescheidene Grabstellen einen so bemerkenswerten Kontrast zu der nahe gelegenen großen heidnischen Pyramide des Caius Cestius bildete. Shelley und Trelawney hatten dort ihre letzte Ruhe gefunden und Keats unter seinem erschütternden, verzweiflungsvollen Grabspruch: »Hier liegt einer, dessen Name in Wasser geschrieben wurde.« Auf Fenimores Grabstein standen nur der Name CONSTANCE FENIMORE WOOLSON und das Jahr, 1894, eine Zurückhaltung, die sie wohl ebenso gefreut hätte wie der üppige Bewuchs von Efeu und Veilchen auf dem feinen weißen Marmor. Wieder Fenimore. Es sah aus, als könne er ihr in dieser langen durchwachten Nacht nicht entkommen, am besten versuchte er es also gar nicht erst. Hätte ihn, wenn er kein Herz hätte oder nur eines, das die Sucht nach Sätzen hatte verdorren lassen, ihr Tod so nachhaltig verstört, hätte er so viele Stunden darüber nachgegrübelt? Er hatte sich unnötigen Kummer dadurch bereitet, daß er den Satz in ihrem Notizbuch so persönlich genommen hatte. Aber die Vorstellung eines Mannes, der ohne Herz geboren wird, ein guter Mensch, wohlerzogen, dem aber die unerläßliche Befähigung zum Gefühl fehlt, hatte etwas Fesselndes. Angenommen, der Mann spürt, daß ihm etwas fehlt, angenommen, er wartet sein Leben lang darauf, daß ihm etwas widerfährt, etwas sehr Wichtiges, auch wenn er nicht sagen könnte, was es ist, und vertraut diese vage, aber zwanghafte Erwartung einer Freundin an, nur um nach ihrem Tod festzustellen, daß das, was ihm fehlte, die Fähigkeit war, die Liebe dieser Frau, die sie ihm die ganze Zeit angeboten hatte, zu erkennen und zu erwidern – doch, mit dieser Idee ließ sich etwas anfangen. Nicht gleich, vielleicht erst viele Jahre später, aber eines Tages bestimmt würde er diese Geschichte für Fenimore schreiben. Der Vorsatz brachte ihm so etwas wie Genugtuung, ja Frieden, und endlich merkte er, daß er schläfrig wurde.

Bewußt nahm er erst wieder wahr, daß Smith mit den Fingerknöcheln an die Schlafzimmertür klopfte.

»Acht Uhr, Mr. James«, meldete er mit gedämpfter Stimme.

»Danke, Smith«, kam es halblaut aus dem Schlafzimmer zurück.

Gleich darauf trat Smith mit einem dampfenden Krug ein, den er auf den Waschtisch stellte. Dann ging er zum Fenster, zog den Vorhang zurück und gab den Blick auf

Dächer und Schornsteinköpfe und einen Streifen trübgrauen Himmels frei. »Ein kalter Morgen, Sir«, stellte er fest, »mit scharfem Wind. Aber was kann man im Januar schon verlangen!«

»Wenn es nur nicht schneit«, sagte Henry. Bei starkem Schneefall würde die Hälfte des Premierenpublikums zu Hause bleiben.

Die Gedanken des Dieners gingen offenbar in die gleiche Richtung. »In der Zeitung hat gestanden, daß es ein paar Flocken geben könnte, aber schlimmer soll's nicht werden.« Er kniete sich unter den Kaminsims und hielt ein Streichholz an das Gasfeuer, das mit einem Plopp ansprang. »Soll ich Ihnen das Bad einlaufen lassen, Sir?«

»Ja, danke, Smith.«

»Und die übliche Garderobe für einen Samstag in der Stadt? Das weiche schwarze Jackett und die graue Kammgarnhose?«

»Ja, danke.«

Als Smith die Tür hinter sich geschlossen hatte, stieg Henry aus dem Bett und entleerte seine Blase ausgiebig in den Nachttopf, den er danach in das Nachtschränkchen zurückstellte. Dabei plagte ihn, wie immer, ein wenig das Gewissen, daß er dem Zimmermädchen, das ihn hinausbringen mußte, damit zusätzliche Arbeit machte, aber er war zu träge, um Morgenrock und Hausschuhe anzuziehen, über den Gang zum WC zu tappen, zurück ins Schlafzimmer zum Rasieren, dann erneut hinaus ins Badezimmer und in die Badewanne. Er nahm die kleine schwarzseidene Schlafmütze ab, zog die Pyjamajacke aus und fröstelte ein wenig, denn die Gasheizung hatte das Zimmer noch nicht erwärmt. Er goß Wasser ins Handwaschbecken, wusch und trocknete das Gesicht und machte sich dann mit Rasierseife, einem frisch geschliffenen Rasiermesser und einer

Herrenschere ans Bartschaben und -stutzen. Im Hinblick auf den kommenden Abend verwandte er auf diese Tätigkeit besondere Sorgfalt. Er hatte weder einen geometrisch exakt geschnittenen Knebelbart wie etwa De Maupassant noch eine wallende Patriarchenzier wie William, sein Bart war graumeliert, buschig und stumpf in der Form – ein Soldatenbart oder der Bart eines Kapitäns zur See, hatte mal jemand gesagt, ein Vergleich, der ihm nicht unlieb gewesen war. Ab und zu hatte er schon mit dem Gedanken gespielt ihn abzunehmen, aber nachdem auf seinem Kopf jetzt fast alle Haare ausgegangen waren, fand er, daß als Ausgleich eine üppig behaarte Kinnpartie erst recht erforderlich war. Außerdem war er durchaus angetan von dem leicht Geheimnisvollen, das ein Bart an sich hatte, von der Möglichkeit, einen verräterischen Gesichtsausdruck dahinter verstecken zu können.

Er schlüpfte in Morgenrock und Hausschuhe und betrat das dampferfüllte Badezimmer. Smith hatte langjährige Erfahrung darin, ihm das Bad so zu richten, daß es die seinem Herrn genehme Temperatur hatte; er ließ das Wasser stets um einige Grade abkühlen, während Henry sich rasierte. Der legte sich jetzt genüßlich in dem heißen Wasser zurück, aus dem sein Bauch aufragte wie eine kleine rosafarbene Insel. Er hatte alle Hoffnung aufgegeben, seinen Leibesumfang zu reduzieren – die langen Fußmärsche hatten nicht geholfen, und auch ein Fechtkurs hatte keinerlei Wirkung gezeigt. Der Bauch war – wie die Glatze, wie die Gicht – ein Anzeichen für den unvermeidlichen Verfall des Körpers. Diese Symptome – die schlaffen Zitzen, den Hängebauch – hatte Du Maurier in seiner utopischen Vision einer zu paradiesischer Nacktheit zurückgekehrten Welt, die er in dem Gasthaus von Staithes entwickelt hatte, nicht berücksichtigt. Der Abschnitt in *Trilby,* der darauf

Bezug nahm, war im Fortsetzungsroman gestrichen, in die Buchausgabe aber wieder aufgenommen worden.

Den erstaunlichen Erfolg von *Trilby* hatte das kaum beeinträchtigt. Anscheinend hatte *Harper's* noch nie einen Fortsetzungsroman gebracht, der den Absatz der Zeitschrift in so ungeahnte Höhen hatte schnellen lassen – nur Fenimores *Anne* war, wie man Du Maurier bei *Harper's* sagte, dem auch nur nahe gekommen –, und in Amerika waren seit Erscheinen des Buches im Herbst hunderttausend Exemplare verkauft worden. Der Absatz in England war zunächst schleppender angelaufen, inzwischen aber erschien der Roman schon in der siebenten Auflage. Der arme Du Maurier bereute bitter, daß er für lächerliche zweitausend Pfund auf das Copyright verzichtet hatte, aber *Harper's* hatte das einzig Anständige getan und zugesagt, ihm ab Anfang dieses Jahres Tantiemen zu zahlen, so daß die Zeiten des »armen« Du Maurier wohl bald vorbei waren. Osgood McIlvaine hatte eine illustrierte Sechs-Shilling-Ausgabe angekündigt, die man dem Verlag aus den Händen reißen würde, und in Amerika war eine Bühnenfassung in Vorbereitung, durch die sich zweifellos noch mehr Gold in Du Mauriers aufgehaltene Hände ergießen würde.

Henry rührte verdrossen mit dem Fuß im Wasser, so daß kleine Wellen sich an seinem Bauch brachen. Er mußte an ein Epigramm von Wilde in dessen Essay *Die Seele des Menschen unter dem Sozialismus* im *Fortnightly* denken, in dem es etwa hieß: *»Jeder kann für die Leiden eines Freundes Mitgefühl empfinden, aber es erfordert ein durch und durch edles Wesen – eben das Wesen eines wirklichen Individualisten –, um auch am Erfolg eines Freundes teilhaben zu können.«* Wie so oft war es Wilde gelungen, mit einem zynischen Bonmot den Finger auf eine unbequeme Wahrheit zu legen. Henry freute sich natürlich, daß Kikis Geldsorgen ein für allemal vorbei waren, und Ruhm und Verehrung, mit denen das Schicksal den Autor von *Trilby* überhäuft hatte, hätte keinem redlicheren und würdigeren Mann zuteil werden können. Trotzdem konnte er nicht leugnen – hoffte allerdings, daß man es ihm nicht anmerkte –, daß die Situation nicht ohne Ironie und einen bitteren Beigeschmack für ihn war. Mit hoher Wahrscheinlichkeit hatte Du Maurier von seinem zweiten Roman mehr Exemplare verkauft als er, HJ, von seinem ganzen literarischen Werk. Dabei hätte er – und das war die größte Ironie an der Sache – die Geschichte einmal gratis und franko haben können, auch wenn das, was bei ihm aus dem Geschenk vielleicht geworden wäre, den Publikumsgeschmack sicher nicht ebenso getroffen hätte. Warum Du Maurier ihm auf so beispiellose Weise gerecht geworden war, blieb allerdings ein Rätsel. Auch Du Maurier selbst war offenbar ratlos und von seinem Ruhm eher eingeschüchtert.

Er würde mit Emma heute abend im Theater sein, wenn der Vorhang zum letzten Mal gefallen war, mit aller Macht klatschen und nach dem Autor rufen, zusammen mit vielen anderen Freunden und Weggefährten, aber vielleicht mit aufrichtigerer Zuneigung als alle anderen. Es war wohl so, daß Du Maurier dieses »durch und durch edle Wesen« besaß. Sollte *Guy Domville* ein Triumph werden, würde er ehrlich über den Erfolg des Freundes jubeln. Es war ein ernüchternder Gedanke, fand Henry. Eigentlich mußte er sich seiner hohl klingenden Glückwünsche zum Erfolg von *Trilby* schämen und konnte nur hoffen, daß lediglich er selbst wußte, wie sehr er damit leeres Stroh gedroschen hatte. *Basta!* Genug von dieser griesgrämigen Selbstbespiegelung. Er setzte sich so plötzlich in der Badewanne auf, daß eine Flutwelle auf den Linoleumboden schwappte, griff nach dem Luffaschwamm und machte sich daran, mit dem Eifer eines mittelalterlichen Flagellanten seinen Rükken zu bearbeiten.

In der ersten Post, die Smith ihm an den Frühstückstisch brachte, war ein Brief von Du Maurier, der ihm die besten Wünsche für die Premiere übermittelte – *»Ich glaube, Schauspieler haben eine abergläubische Abneigung dagegen, sich bei diesen Anlässen Glück zu wünschen«*, schrieb er, *»aber dieses Verbot gilt doch sicher nicht für Schriftsteller.«* Auch viele andere Freunde und Anhänger hatten geschrieben: Gosse (der die Änderung der Pläne für den Abend bestätigte), Elizabeth Robins, Mrs. Hugh Bell, Mary Ward, Henry Harland, Jonathan Sturges und Morton Fullerton. Minnie Bourget meldete sich mit einem lieben Brief aus Paris. Eine amerikanische Freundin, die sich als große Verehrerin von Henry James zu erkennen gab, eine Mrs. Edith Wharton, habe ihr von dem Stück erzählt und sie gebeten, ihm unbekannterweise auch deren besten Wünsche zu übermitteln. Soweit die Absender nicht im Ausland weilten, würden sie heute abend im Theater sein, zusammen mit anderen Freunden und Bekannten – fast alles Namen, mit denen sich Staat machen ließ, neben Du Maurier eine ganze Akademie bekannter bildender Künstler – Sir Edward Burne-Jones, Sir Frederick Leighton, George Frederick Watts, John Singer Sargent … Als Alexander die von seinem Vorverkaufsbüro zusammengestellte Liste der Karten sah, die von diesen bekannten Persönlichkeiten angefordert oder dankbar entgegengenommen worden waren, gestattete er sich einen leisen ehrfürchtig-bewundernden Pfiff. »Respekt, Henry«, sagte er (inzwischen nannten sie sich beim Vornamen), »ein so erlesenes Premierenpublikum hat das West End seit Jahren nicht mehr erlebt.« Er wußte nicht recht, ob er sich auf eine positive Resonanz dieser Zuschauer freuen oder eine kollektive Verurteilung fürchten sollte.

Die *Times* kam, wie oft am Samstag, mit ärgerlicher Verspätung, aber als Henry sein Frühstück gerade mit einer zweiten Scheibe Toast und Orangenmarmelade und einer dritten Tasse Kaffee beendete, brachte Smith sie herein. Henry schlug sie sofort auf und suchte begierig in den Anzeigen nach der Ankündigung für *Guy Domville*. Da war sie: »St. James's Theatre, *Too Happy By Half*, Komödie in einem Akt von Julian Field, und *Guy Domville* von Henry James, 19.40«. War das alles? Sein Drama nur beiläufig erwähnt wie das Anhängsel zu Fields belanglosem kleinen Stück? Er merkte, wie ihm vor Zorn ob dieser Kränkung die Röte ins Gesicht stieg, und sann bereits auf Rache an dem unbekannten Missetäter, als er in der nächsten Spalte eine zweite, viel längere Anzeige entdeckte: »St. James's Theatre, alleiniger Pächter und Intendant George Alexander. Heute und jeden Freitag um 20.20 *Guy Domville*, Drama in drei Akten von Henry James.« Es folgten die vollständige Darstellerliste und eine genaue Beschreibung der Schauplätze aller drei Akte. Angefügt war noch ein kurzer Hinweis auf Fields Farce. Sein Zorn legte sich. Er las die Anzeige ein zweites Mal sehr sorgfältig, fand keine Fehler und ließ dann seinen Blick müßig die Spalte hinunterwandern. Die 372. Aufführung von *The New Boy* war angekündigt »Ein kapitaler Spaß.« – *Daily Telegraph*. »Schallendes Gelächter« – *The Times*. Was mochte hier in der nächsten Woche über *Guy Domville* stehen? »Ein Stück von höchster Sensibilität mit tiefen menschlichen Einblicken.« »Ein Schauspiel von selten intelligenter und poetisch wortmächtiger Qualität.« »Ein Meisterwerk dramatischen Aufbaus.« Seine kindische Eitelkeit ließ ihn fast erröten, aber welcher Autor hätte sich noch nie solchen Wunschträumen hingegeben? Sein Blick wanderte weiter. »Haymarket Theatre. *Ein idealer Ehemann*, ein neues und originelles Stück über das moderne Leben von Oscar Wilde.« Er würde später zu Fuß zum Haymarket gehen und sich eine Karte kaufen, damit ließ sich einige Zeit herumbringen, danach würde er im Reform Club essen.

»Darf ich abdecken, Sir?«

Er fuhr zusammen, denn er hatte nicht bemerkt, daß Smith wieder hereingekommen war. »Ja, bitte. Danke, Smith.« Er stand auf und ging mit seinen Briefen und der *Times* ins Arbeitszimmer. Er hoffte auf das vertraute Grummeln in seinen Gedärmen, um sich erleichtern zu können, das aber ausblieb.

Er setzte sich in einen Sessel und blätterte in der Zeitung, fand aber nichts, was seine Aufmerksamkeit länger als ein, zwei Minuten hätte fesseln können. In Osteuropa schien es zu rumoren – aber das war ja nichts Neues –, in Armenien gab es Probleme und in Neufundland eine Krise. Die Japaner hatten von den Chinesen Port Arthur erobert, die Chinesen hatten einige japanische Soldaten gefangen genommen, in Stücke gehauen und auf Stangen herumgetragen, woraufhin die erbosten Japaner fünftausend Chinesen massakriert hatten. Wirklich grauenhaft – aber so fern, daß es schwer hielt, darüber in Wallung zu geraten. Der Polizeibericht enthielt banalere, aber menschlich fesselndere Geschichten. Vor dem Untersuchungsrichter in Marylebone erschien eine gut gekleidete Frau unter der Anklage, zwei Damen, die in katholischen Kirchen des West Ends im Beichtstuhl saßen, die Schirme gestohlen zu haben. In Clerkenwell stand Ernest Henry Peckham, 33, Kontorist, vor Gericht, angeklagt wegen unsittlichen Verhaltens am Donnerstagabend in der St. Paul's Road. Als Zeuginnen traten zwei junge Mädchen auf. Peckham, angesehenes

Mitglied seiner Kirchengemeinde (Congregational Church), wurde zu drei Monaten Zuchthaus verurteilt. Weh, armer Peckham, dein Leben ist zerstört. Leserbriefe befaßten sich mit der Alkoholfrage und der geplanten Änderung der Billiardregeln. Anzeigen warben für neue Bücher. *A Dark Interlude* von Richard Dowling. *The Worst Woman in London* von F. C. Phillips. *Mrs. Jervis: A Romance of the Indian Hills* von B. M. Croker. Von diesen Schriftstellern hatte er noch nie gehört, dann aber fiel sein Blick auf einen vertrauten Namen, und das Herz wurde ihm schwer: *Mein erstes Buch* von Robert Louis Stevenson und 21 berühmten Autoren. Mit einer Einleitung von Jerome K. Jerome.

Armer Louis, mit sechsundvierzig Jahren gestorben in Samoa, und offenbar nicht an den Bronchialbeschwerden, die ihn sein Leben lang geplagt und die ihn auf der Suche nach einem milden Klima in die Südsee getrieben hatten, sondern an einer Gehirnblutung, die jedermann an jedem Ort treffen konnte. Die Nachricht war in der ersten Probenwoche von *Guy Domville* nach England gelangt, so daß Henry die Muße zu angemessener Trauerarbeit gefehlt hatte, und wenn ein Zufall wie diese Anzeige die Erinnerung wieder wach werden ließ, schmerzte das tief. Was war wohl Louis' erstes Buch gewesen? *Reise mit dem Esel durch die Cevennen*? Und wer waren die anderen einundzwanzig berühmten Autoren? Er hätte mit *A Passionate Pilgrim and other tales* auch einen hübschen Beitrag leisten können, aber man hatte sich nicht an ihn gewandt, vermutlich war sein Berühmtheitsgrad nicht groß genug.

Es klopfte, und Mrs. Smith kam herein, wie meist um diese Zeit, um ihre Anweisungen entgegenzunehmen und Haushaltsfragen zu besprechen. Er hielt sie nicht lange auf.

»Ich werde im Klub zu Mittag essen, Mrs. Smith. Und wie Sie wissen, esse ich heute abend auswärts. Vielleicht sind Sie so freundlich, mir gegen sechs eine leichte Mahlzeit zu bereiten, damit ich den Abend gut überstehe.«

»Ein Welsh Rarebit vielleicht?« schlug Mrs. Smith vor. »Mit einer ausgebratenen Scheibe Speck?«

»Ganz recht.«

»Und soll ich Ihnen ein Sandwich machen und in die Küche stellen, damit Sie was haben, wenn Sie nach Hause kommen?«

»Das wird kaum nötig sein, ich werde sehr spät speisen.« Da er sich nicht traute, wie nach der Premiere des *Amerikaners* zu Hause den Gastgeber zu spielen, hatte er Alexander und das ganze Ensemble nach der Vorstellung in ein Restaurant in der Duke Street eingeladen.

»Sehr wohl, Sir. Und der Lunch morgen?«

»Ah ja, gut, daß Sie mich daran erinnern. Ich erwarte vier Herren.« Er warf einen Blick auf die Gästeliste: Julian Sturgis, ein alter Freund aus Boston, der zur Zeit England bereiste, Philip Burne-Jones (Sir Edwards Sohn), der Romancier William Norris und Gosse. Diese Einladung gab ihm nicht nur Gelegenheit, sich für genossene Gastfreundschaft zu revanchieren, sondern bot auch die Möglichkeit, mit verständnisvollen Freunden eine Art Manöverkritik zu betreiben, nachdem sich der Premierenwirbel gelegt hatte. Er hatte erwogen, auch Du Maurier einzuladen, aber ihn zum zweiten Mal in zwei Tagen aus Hampstead zu holen war wohl nicht fair.

»Ich hatte an Lammbraten gedacht«, schlug Mrs. Smith vor. »Und Schollenfilet als Fischgang. Und eine Apfelcharlotte als Dessert.«

»Vortrefflich.«

Er unterschrieb etliche Bestellungen für Lebensmittel und gab sie ihr zurück.

»Danke, Mr. James.« Mrs. Smith verstaute ihren Notizblock in der Schürzentasche, wandte sich zum Gehen, zögerte. »Und darf ich – dürfen wir beide Ihnen alles Gute für heute abend wünschen?«

»Danke, Mrs. Smith.« Er wurde rot, ohne daß er hätte sagen können warum. »Sehr freundlich, in der Tat sehr freundlich. Ich habe die Karten nicht vergessen.« Er hatte versprochen, ihnen für den nächsten freien Abend Eintrittskarten für sein Stück zu besorgen.

»Danke, Sir.«

Als Mrs. Smith gegangen war, trat er ans Fenster und sah mit leerem Blick hinaus. Ein Aspekt der Überlegungen, die er gerade angestellt hatte, machte ihm zu schaffen. Der wahre Grund dafür, Du Maurier nicht einzuladen, war nämlich nicht die Befürchtung, er könnte dem Freund damit Umstände machen, sondern der Gedanke, daß man im Beisein von Du Maurier bestimmt mehr über *Trilby* als über *Guy Domville* sprechen würde – was zugegebenermaßen ein unwürdiges Motiv war. Er trat an den runden Tisch, auf dem stapelweise Bücher lagen – jüngst gelesene, angelesene, noch nicht gelesene –, und ging mit den drei blau gebundenen Bänden von *Trilby,* die der Autor mit einer handschriftlichen Widmung für ihn versehen hatte, zum Schreibtisch am Fenster. Er nahm sie hin und wieder zur Hand und blätterte in ihnen, als könnte der Roman, dergestalt überrumpelt, das Geheimnis seiner erstaunlichen Popularität preisgeben. Im Umschlag des ersten Bandes steckten ein paar lose Blätter, die er herausnahm und auseinanderfaltete: zwei Seiten aus *Harper's Weekly* vom 14. April 1894 mit seinem *Trilby*-Artikel und ein Brief von Du Maurier, mit dem dieser sich dafür bedankte. Die Herausgeber hatten bei Henry James angefragt, ob er bereit sei, die ersten vier Folgen der in Harpers Monatsschrift erscheinenden Fortsetzungsserie zu besprechen, und er hatte eingewilligt, einerseits, um einem alten Freund einen Gefallen zu tun, andererseits, weil er sehr gespannt auf den Roman war. Daraufhin hatte ihm der Verlag sämtliche Fortsetzungen zur Verfügung gestellt mit der Bitte, den Fortgang der Handlung nicht zu »verraten«. Die ersten Kapitel, die unter verarmten Künstlern, Kunststudenten und Künstlermodellen im Pariser Quartier Latin in der Mitte des 19. Jahrhunderts spielten, waren bei weitem die besten, und er hatte sie guten Gewissens, wenn auch mit sehr überlegt gewählten Formulierungen loben können. Du Maurier hatte geschrieben: »Ich danke Ihnen für all die schönen Dinge, die Sie in *Harper's Weekly* in so wohlgesetzten Worten über mich gesagt haben, ich bin fast eitel genug, mir zu wünschen, Sie wären nicht mein Freund und hätten alles trotzdem so geschrieben, wie es da steht.«

Zum Glück hatte Du Maurier keinerlei Vorbehalt in Henrys abschließender Bemerkung zu dessen Stil entdeckt: *»Ein Roman, in dem gesprochen und geraucht, gezeichnet, getanzt, gespielt, gepfiffen und gesungen wird, so daß wir gar nicht auf die Idee kommen zu fragen, wie er geschrieben ist.«* Würde man sich diese Frage stellen, müßte man wohl zugeben, daß er nicht sehr gut geschrieben war. Aber die Fülle nostalgischer Reminiszenzen und Anekdoten voller Lokalkolorit, aufgelockert durch Liedfragmente und Verszeilen und Dialoge in unterschiedlichen Registern der französischen und englischen Sprache – gehobene und Umgangssprache, Dialekt, literarische Ausdrucksweise, Parodie und gebrochenes Englisch – war unwiderstehlich für jeden Leser, der dem Sujet wohlwollend gegenüberstand, und Kritteleien und Bedenken wurden durch den Elan, das überschäumende Temperament dieser Erzählweise einfach vom Tisch gewischt. Henry bewunderte Du Mauriers Mut, die französischen Dialoge weitgehend im Original zu belassen. Er hätte jede

Wette eingehen mögen, daß nur ein verschwindend kleiner Teil der breiten Massen, die das Buch verschlungen hatten – besonders in Amerika –, die Sprache gut genug beherrschte, um diese Stellen übersetzen zu können, aber seines Wissens hatte sich niemand beschwert. Vielleicht fühlten die Leser sich geschmeichelt, weil man ihnen zutraute, den französischen Text zu verstehen. Vielleicht machte es ihnen Spaß zu raten, was er bedeutete. Vielleicht verstärkte seine Unverständlichkeit aber auch die Illusion exotischer und unvertrauter Zeiten und Orte. Daß sie deswegen bei der Handlung den Faden verlieren würden, war kaum zu befürchten, denn sie war denkbar schlicht.

Da gab es die drei jungen aufstrebenden Maler, die »drei Musketiere des Pinsels«, den riesigen Taffy aus Yorkshire, den bärtigen Schotten, den sie den Laird nannten, und den englischen Helden des Romans, Little Billee, den Engländer, dessen Spitzname, wie so vieles andere in dem Buch, von Thackeray entlehnt war.

Da war Trilby, das schöne, natürliche, großherzige und meist barfüßige Künstlermodell, das alle drei Männer liebten – jeder auf seine Art; und dann war da noch Svengali, der geniale jüdische Musiker deutsch-polnischer Herkunft, der erkannte, daß Trilby eine ungewöhnliche Stimme hatte, und begriff, daß er ihr fehlendes musikalisches Gehör durch Hypnose wettmachen und damit ein Vermögen verdienen konnte. Der in Trilby verliebte Little Billee ist schockiert, als er sie eines Tages in einem Atelier entdeckt, wo sie jungen Malern *pour l'ensemble* sitzt (oder »mit ohne was an«, wie sie es ausdrückt), und verläßt fluchtartig den Raum, besinnt sich aber später eines Besseren und versöhnt sich mit ihr. Sie willigt ein, seine Frau zu werden, aber als seine entrüstete Mutter an sie appelliert, leistet sie edelmütig Verzicht, verschwindet von der Bildfläche und wird später von Svengali aus bitterster Not gerettet. All das war ziemlich offenkundig aus den *Scènes de la Vie de Bohème* und Dumas' *Kameliendame* entlehnt, wie Du Maurier auch offen zugab – mit Ausnahme der Figur des Svengali. Auch Svengali hatte seine Vorläufer und Ahnen – Shylock beispielsweise und den Fagin in *Oliver Twist* von Dickens –, dennoch war er eine durchaus eigenständige Schöpfung, ein Schurke, äußerlich abstoßend mit seinen langen schmierigen Locken, den schweren Lidern, dem gelben Raubtiergebiß und der krächzenden Stimme, aber er war vitaler und eloquenter als die »Guten« des Romans, und sein virtuoses Klavierspiel war glaubhafter als Little Billees angebliches Talent als Maler. Du Mauriers Einstellung der hebräischen Rasse gegenüber war im wirklichen Leben ebenso ambivalent – er äußerte sich mit der herkömmlichen englischen Abneigung gegen Juden, wenn sie gehäuft auftraten, war aber andererseits mit Juden befreundet und schätzte ihre künstlerischen und intellektuellen Gaben. Von Little Billee hieß es, unter seinen Vorfahren seien auch Juden gewesen, und der Erzähler bemerkt dazu, *›daß wir fast alle ein wenig von diesem kostbaren Saft in den Adern haben‹*.

Beim Blättern stieß Henry auf die erstaunliche Passage, in der Svengali, erbost darüber, daß seine Annäherungsversuche Trilby kalt lassen, sie mit einer Vision aus dem Leichenschauhaus in Angst und Schrecken zu versetzen sucht.

»Aber du hörst ja nicht zu, sapperment! Dumme kleine Gans, die du bist – blöde Kuh! Dummkopf! Donnerwetter! Guckst die Schornsteinaufsätze an, wenn Svengali mit dir spricht. Guck ein Stück weiter nach unten, zwischen den Häusern hindurch, auf das andere Flußufer. Da ist ein häßliches kleines graues Haus, und in dem Haus sind acht schräge Messingplatten in einer Reihe wie Betten im Schlafsaal einer Schule, und eines Tages wirst du auf einer

dieser Platten schlafen – du, Trilby, die nicht auf Svengali hören wollte und ihn deshalb verloren hat... Und über deinem Leib wird eine kleine Lederschürze liegen und über deinem Kopf ein kleiner Messinghahn sitzen, und den ganzen Tag und die ganze Nacht wird das Wasser rinnen, unablässig wird es über deinen schönen weißen Leib zu deinen schönen weißen Füßen herunterrinnen, bis sie ganz grün geworden sind, und deine armen nassen schmutzigen Lumpen werden über dir an der Decke hängen, damit deine Freunde dich erkennen können. Tropf, tropf, tropf. Aber du wirst keine Freunde haben...«

Das Bild, das er von der nackten Leiche des armen Mädchens zeichnete, war eine bemerkenswerte Transposition des Aktes als *beau idéal* in eine Art hämisches *memento mori*, und es ließ tief blicken, daß der Tod, der Svengali der armen Trilby drohend voraussagte, ein Tod durch Ertrinken war, das traditionelle Ende gefallener Frauen im Roman. Indem er diese Vorstellung mit seinem Schurken verband, schloß Du Maurier dieses Schicksal für seine Heldin aus und verstärkte dadurch die Identifikation der Leser mit Trilby, ungeachtet gelegentlicher Hinweise auf ihre Affären mit diversen Künstlern (die im übrigen für einen Spießer wie Little Billee ein viel größeres Problem gewesen wären als ihr Modellstehen »mit ohne was an«). Nach Henrys Rezension in *Harper's* hatte eine redliche amerikanische Matrone sich bemüßigt gefühlt, ihm einen Verweis zu erteilen, weil er die Heldin deswegen nicht verurteilt hatte (den Brief hatte er an Du Maurier weitergeleitet, der Freund sollte auch seinen Spaß haben), aber alles in allem hatte sich der Protest der notorisch prüden amerikanischen Leserschaft erstaunlich in Grenzen gehalten. In der Presse war über den Roman ausführlich debattiert worden, und auch einige Pfarrer hatten sich von der Kanzel zu *Trilby* geäußert, aber allgemein angeprangert worden war der Roman nicht. Für die Akzeptanz der Leserschaft war es wohl hilfreich gewesen, daß die Heldin starb, ehe der Held sie hatte heiraten können.

Er griff nach dem dritten Band (der zweite, in dem Little Billee sich als Künstler in England einen Namen macht, ohne daß darüber sein gebrochenes Herz wieder heilt, war der langweiligste) und schlug gleich den Schluß auf. Nachdem Svengali in einem Konzert, das auch Little Billee und seine Freunde besuchen, der Tod ereilt, verliert Trilby ihre wundervolle Singstimme und siecht langsam dahin. Als man ihr eines Tages ein Porträt ihres bösen Geistes zeigt, ist allein die Wirkung dieses Bildes so stark, daß sie noch einmal ein Musikstück – Chopins *Impromptu* in As-Dur – makellos nachsingt, dann fällt sie tot in die Kissen zurück. Little Billee folgt ihr wenig später ins Grab, was sich im letzten Absatz, einem typischen Beispiel auktorialer Unverfrorenheit, so liest: »*In dieser Geschichte ist schon zu viel von Krankheit die Rede gewesen, und deshalb will ich so wenig wie möglich von der langen Krankheit des armen Little Billee erzählen, von seiner langsamen und nur teilweisen Wiederherstellung, der Lähmung seiner künstlerischen Begabung, seinem rasch einsetzenden Siechtum und frühen Tod, seiner männlich gefaßten, ergreifenden Ergebung in sein Schicksal – der Vereinigung des Nachtfalters mit dem Stern, der Nacht mit dem Morgen.*« Hatte sich jemals ein Schriftsteller vor der Verantwortung seiner eigenen Geschichte und seinen Lesern gegenüber so schamlos gedrückt? Und dennoch liebte die Öffentlichkeit das Buch. Das Manuskript hatte für sehr viel Geld die London Fine Arts Society angekauft, man würde es für einen Shilling in ihren Räumen unter Glas bestaunen können wie eine First-Folio-Edition von Shakespeare oder die Handschrift der *Pickwick Papers*. Die Sache war und blieb ein Rätsel!

Er klappte das Buch zu und legte die drei Bände wieder auf den Büchertisch zurück. Er hatte es geschafft, sich seit dem Frühstück eine Weile die Zeit zu vertreiben. Jetzt konnte er langsam zum Haymarket gehen und sich seine Karte für den *Idealen Ehemann* besorgen.

Weil das eine längere Exkursion war, mußte er Tosca zu Hause lassen und ihr Winseln und ihre vorwurfsvollen Blicke ertragen, als er die Wohnung verließ – Smith würde sie später ausführen. Er lief durch Kensington Gardens und quer durch den Park zum Piccadilly, mit Handschuhen und Hut und in Schal und Überzieher eingemummt. Es war, wie sein Diener vorausgesagt hatte, ein kalter grauer Tag mit scharfem Wind geworden, aber die Bewegung tat ihm gut. Auf dem Serpentine Lake war eine Eisschicht, aber sie war dünn und durchsichtig wie Glas, und Schilder warnten erwartungsvolle Schlittschuhläufer und Schlitterer vor der Gefahr. Unentwegte Reiter bewegten ihre Rösser über die Row, von Reitern und Pferden stiegen weiße Dampfwolken in die kalte Luft. Ein Graupelschauer schien im Anzug zu sein; Henry spähte besorgt nach oben und versuchte abzuschätzen, wie bedrohlich der Himmel aussah. »Werden wir Schnee bekommen?« fragte er einen Parkwächter, der den Fußweg kehrte. »Glaub ich nicht, Meister«, sagte der. »Schlimm kann's jedenfalls nicht werden.« – »Das freut mich zu hören«, sagte Henry James. »Guten Tag.« Am Tor zur Park Lane kam er an einem Bettler ohne Beine vorbei, der auf einem kleinen Untersatz mit Rädern saß, und warf eine halbe Krone in die umgedrehte Mütze »Danke, Sir, Sie sind ein wahrer Christ«, sagte der Mann, ergriff die Münze und biß hinein, womit er einen recht unchristlichen Argwohn erkennen ließ. Allerdings war es für den armen Schelm, in dessen Mütze zuvor nur ein paar Kupfermünzen gelegen hatten, wohl eine erstaunlich großzügige Gabe. Es kam nicht jeden Tag vor, daß ein

Bühnenschriftsteller des Weges kam, der, nervös der Premiere seines Stückes entgegensehend, abergläubisch bestrebt war, das Schicksal mit allen nur greifbaren Mitteln zu bestechen, um ein günstiges Ergebnis zu erzielen.

Er ging den Piccadilly entlang bis zum Circus, wo Alfred Gilberts vor einigen Jahren errichtetes anmutiges Denkmal für Lord Shaftesbury sich trotz der Londoner Rußluft noch seinen makellosen Silberglanz erhalten hatte – wohl weil es, wie es hieß, aus Aluminium gefertigt war. Die Begegnung mit dem Bettler erinnerte ihn daran, daß die geflügelte Figur, die sich, elegant auf einem Fuß balancierend, nach vorn beugte, um einen Pfeil abzuschießen, laut Aussage des Künstlers den Engel der christlichen Nächstenliebe darstellte, wohingegen die meisten Betrachter den jungen Gott der weltlichen Liebe darin sahen, eine Deutung, die dem Schatten des frommen Philanthropen peinlich sein mußte, allerdings zu dem nächtlichen Treiben in dieser Gegend des West End tatsächlich besser paßte. Henry ging den Haymarket hinunter, durchschritt den bombastischen Portikus mit seinen mächtigen Säulen und betrat das Theater, um an der Kasse seine Karte zu erstehen. Er verlangte einen Sitz am Ende einer der vorderen Parkettreihen, so daß er notfalls vor Schluß der Vorstellung unauffällig den Zuschauerraum verlassen konnte, mußte sich aber mit einem Platz ziemlich weit hinten zufriedengeben, denn offenbar war die Vorstellung fast ausverkauft. Das Stück versprach wieder ein Hit für Oscar zu werden.

Vom Haymarket aus war über die Pall Mall der Reform Club schnell erreicht. Der Anblick der großzügig geschnittenen, einem römischen Palazzo nachgebauten Räume war immer Balsam für seine Seele – ja, er hatte sich diesen Klub nicht so sehr nach den Mitgliedern, sondern eher wegen seiner Architektur ausgesucht. In der Bibliothek, einem großen, ruhevollen Raum mit hoher Decke, der nach Leder roch, schrieb er einen kurzen Brief, datiert »Samstag, jetzt« an Marion Terry. *»Ich möchte Ihnen nicht lästig fallen, ganz im Gegenteil, deshalb nur kurz ein Wort für den Fall, daß ich vor ein paar Tagen nicht deutlich genug gemacht habe, wie unübertrefflich ich Ihren Einfall am Schluß des ersten Aktes finde, wo Sie Ihr Gesicht an den Verandapfosten schmiegen ...«* Seit ihm in der schlaflosen Nacht die Szene wieder eingefallen war, plagte ihn der Gedanke, sie könne im letzten Augenblick – Schauspieler waren so wetterwendisch und impulsiv – diese ausdrucksvolle Geste weglassen oder verändern. Er würde den Brief am Bühneneingang von St. James' abliefern lassen, wo sie ihn heute nachmittag vorfinden würde. Er hätte ihn auf dem Heimweg auch ohne weiteres selbst abgeben können, aber er hatte sich irgendwie in die Idee verrannt, es könnte – so wie es angeblich Unglück bringt, wenn der Bräutigam seine künftige Frau im Brautkleid sieht, ehe sie die Kirche betritt – für ihn Unheil verheißen, vorzeitig, das heißt vor der festgesetzten Abendstunde, das mit Plakaten und Anschlagzetteln für die Premiere von *Guy Domville* bepflasterte St. James's Theatre in Augenschein nehmen, weshalb er auch auf seinem Vormittagsspaziergang bewußt den Umkreis der King Street gemieden hatte. Bei der Premiere des *Amerikaners* in Southport hatte er derlei Hemmungen nicht gehabt, aber damals war er noch ein Theaterneuling gewesen, hatte noch kein Gespür für die Gesetze, die Etikette und die abergläubischen Bräuche der Bühne gehabt, hatte noch nicht bis ins Detail begriffen, was bei der Uraufführung eines Theaterstückes auf dem Spiel stand. Seine damalige Nervosität war nichts gegen die zunehmende Panik, die ihn jetzt ergriff. Kaum zu glauben, daß er bei der Premiere des *Amerikaners* ganz gelassen im Zuschauerraum

Platz genommen hatte! Heute hätte man ihn dafür unter Chloroform setzen müssen.

Er drückte den Brief nebst einem Shilling einem Dienstmann in die Hand und sagte ihm, wohin er ihn bringen solle. Dann ging er in den Speisesaal. Zum Lunch ließ er sich Mulligatawny Soup, Steak and Kidney-Pie und Sherry Trifle bringen, dazu einen Viertelliter von dem Hausrotwein. Er saß allein, geflissentlich den Blick aller Eintretenden meidend für den Fall, daß ein Bekannter auf den Gedanken käme, ihm seine Gesellschaft aufzudrängen. Das Essen hatte ihn müde gemacht. Er ging zurück in die Bibliothek, nahm die *Saturday Review* zur Hand und ließ sich in einen Sessel am Kamin sinken. Er las den Anfang eines Leitartikels, der sich gegen einen indischen Einfuhrzoll auf britische Baumwollwaren wandte, verfiel aber sehr bald in einen wohltuenden Schlaf, aus dem er zu seinem Bedauern schon eine halbe Stunde später wieder hochfuhr. Er hob die *Saturday Review* auf, die ihm entglitten war, und blätterte zum Feuilleton und zu den Buchbesprechungen. Die Zeitung hatte einen neuen Theaterkritiker, der mit den Initialen GBS zeichnete. Das mußte der junge irische Journalist George Bernard Shaw sein, der früher amüsante Opernbesprechungen für die *World* verfaßt hatte. Elizabeth Robins kannte ihn, er sei ein hochintelligenter Mann, sagte sie, man könne ihm aber nicht über den Weg trauen. Daß er intelligent war, hatte er ebenso wie seinen bissigen Wortwitz mit seinem schmalen Band *The Quintessence of Ibsenism* unter Beweis gestellt. In der heutigen Ausgabe besprach er das Melodrama *Slaves of the Ring* von Sydney Grundy, dessen Ungereimtheiten er gnadenlos verriß. Shaw schloß: »Wir haben es hier nicht mit Kunst zu tun, sondern mit einem wenig wirksamen Kunstgriff, das Theaterprogramm aufzufüllen.« Shaw habe selbst Ambitionen als Stückeschreiber, hatte

Elizabeth erzählt, und im Frühjahr – James war zu der Zeit im Ausland gewesen – sei ein Stück von ihm mit einigem Erfolg gelaufen. Was würde Shaw, der höchstwahrscheinlich *Guy Domville* rezensieren und folglich heute im Theater sitzen würde, von dem Stück halten? Was würde Will Archer, was würden die anderen davon halten? Zumindest würden sie nicht bestreiten können, daß er mit seinem Drama ein Stück Kunst geschaffen oder sich zumindest darum bemüht hatte.

In seinen Gedärmen entstand willkommene Bewegung, und er ging zur Toilette hinunter, einer feuchten Tropfsteinhöhle, die aussah, als habe man diese sanitäre Einrichtung, die knapp bemessen und weiß gekachelt war wie in einer Anstalt, schamhaft noch nachträglich in diesem prachtvollen Gebäude untergebracht. Beim Händewaschen geriet er in einen grotesken Wortwechsel mit einem Klubkollegen, der in gleicher Weise beschäftigt war und erklärte, dies sei ein großer Tag mit aufregenden Aussichten, und er wünschte, er könnte dabei sein. In der Annahme, er spräche von der *Guy-Domville*-Premiere, verbreitete sich Henry James recht ausführlich über sein Lampenfieber, bis ihm aufging, daß der Mann von einem Rugbyspiel zwischen England und Wales gesprochen hatte, das an diesem Nachmittag in Swansea stattfinden sollte.

Es war fast drei. Wenn er nicht allzu forschen Schrittes nach Hause ging, hatte er damit wieder fünfundvierzig Minuten hinter sich gebracht. Er ließ sich an der Garderobe Hut, Überzieher und Spazierstock geben und trat über die Pall Mall, durch den Green Park und Hyde Park den Heimweg an. Der Bettler war verschwunden, vermutlich investierte er gerade seine halbe Krone in Schnaps, und auf der Row waren keine Reiter mehr zu sehen. Der wolkenverhangene Himmel, der den ganzen Tag den Blick auf die

Sonne nicht freigegeben hatte, verdunkelte sich, der Abend rückte näher. Hinter den Fenstern des Kensington-Palastes brannte schon Licht. Er mußte unbedingt einmal die Staatsgemächer besichtigen, die vor ein paar Jahren von der Königin der Öffentlichkeit zugänglich gemacht worden waren, aber bekanntlich schob man, wenn man eine Sehenswürdigkeit vor der Haustür hatte, den Besuch immer wieder auf. Sollte er ihn jetzt nachholen? Nein, er war nicht in der rechten Stimmung, überdies brauchte er dringend eine Tasse Tee.

Mrs. Smith brachte ihm den Tee und einen gebutterten Muffin ins Arbeitszimmer, dazu weitere Briefe, die in seiner Abwesenheit gekommen waren, unter anderem einen von Edward Warren, mit dem zusammen er bei Guy Millar Gevatter gestanden hatte. Die guten Wünsche seiner Freunde zu beantworten war vielleicht die beste Art, die verbleibenden ein, zwei Stunden hinzubringen, bis es Zeit zum Umkleiden war, also zündete er eine Lampe an und setzte sich an den Schreibtisch. Er begann mit Warren. *»Ich befinde mich in einem Zustand der Verzagtheit, der in keinem Verhältnis – ich will nicht sagen, zu meinem möglichen Schicksal – aber zu der Bedeutung des Unternehmens steht. Im Theater können sogar Kleinigkeiten zur Gefahr werden.«* Letztlich war das der eigentliche Grund für seine Unruhe: Daß man in Kürze mit beispielloser Öffentlichkeitswirkung und im Beisein von Freunden und Zeitgenossen das Urteil über ein Werk fällen würde, das nicht zu den Schwerpunkten seines künstlerischen Schaffens gehörte und das in einer Form vermittelt wurde, die er selbst nur unvollkommen steuern konnte.

Smith klopfte und steckte den Kopf zur Tür herein, um sich nach der Abendgarderobe zu erkundigen. »Frack, Sir?«

»Selbstverständlich, Smith. Danke.« Sollte er sich vor so illustrem Publikum verbeugen dürfen, mußte er schon entsprechend auftreten.

2

In seiner Erfahrung als Verfasser von Romanen und Kurzgeschichten hatte Henry die überlegene Ausdruckskraft und Glaubwürdigkeit der begrenzten Perspektive schätzen gelernt. Nach seiner Überzeugung hatte der Autor fiktiver Erzähltexte das Leben so darzustellen, wie es in der Realität von einem individuellen Bewußtsein erfahren wurde – mit allen Lücken, Rätseln und Fehldeutungen in Wahrnehmung und Betrachtung, die so eine Perspektive unweigerlich mit sich brachten; und falls sich im Lauf des Romans mehrere Figuren in diese Aufgabe teilten, hatten sie diese Erzählweise nach einem festgelegten Plan weiterzugeben wie den Stab beim Staffellauf. Ein gutes Beispiel für das entgegengesetzte Verfahren war *Trilby*, wo der auktoriale Erzähler seine Marionetten à la Thackeray aus der Schachtel holte, sie ihre Kapriolen schlagen ließ, dem Leser in vertraulich-nachdenklichem Ton ausführlich erklärte, was sie jeweils trieben, und ihnen Zensuren für gutes oder schlechtes Benehmen gab, damit nur ja niemand auf den Gedanken kam, sich an einer eigenen Interpretation zu versuchen.

Wenn Henry aber später auf jenen Tag zurückblickte, der für ihn der längste seines Lebens werden sollte, kam er zu dem Schluß, daß weder die eine noch die andere narrative Methode – und ganz gewiß nicht die von ihm bevorzugte – der Ironie, den Torheiten, Rätseln, merkwürdigen Duplizitäten und Koinzidenzen jener Stunden, besonders denen nach Anbruch der Dunkelheit, hinreichend gerecht geworden wäre. Er bewegte sich in einer Art Trance durch jenen Tag, seine Gedanken eine wirre Mischung aus Hoffnungen und Ängsten und Wunschträumen, ohne zu wissen, was sich an dem für ihn wichtigsten Ort abspielte. Erst hinterher konnte er das, was Dritte ihm erzählten – Alexander und die anderen Schauspieler, seine Freunde im Publikum und Personen, die ihm seinerzeit unbekannt waren, denen er erst Monate oder Jahre später begegnen sollte oder deren Erinnerungen an jenen Abend ihm von gemeinsamen Bekannten aus zweiter Hand zugetragen wurden oder auf die er lange nach dem Ereignis unvermutet in Memoiren und Biographien stieß –, zu einem Gesamtbild zusammenfügen. Erst im Rückblick wurde ihm bewußt, daß an jenem endlosen Samstag, während er zu Fuß von De Vere Gardens zum Piccadilly und zurück ging, während er in seinem Arbeitszimmer am Schreibtisch saß und einen überflüssigen Brief nach dem anderen schrieb, indes draußen die Dämmerung tiefer wurde, während im Theatre Royal Haymarket das Gelächter des Publikums in Wellen über ihn, den unaufmerksamen Zuschauer, hinschwappte – daß, während diese Geschichte, *seine* Geschichte mit ihrer drastisch begrenzten Perspektive ablief, andere Geschichten im Gange, andere Perspektiven im Spiel waren, gleichzeitig oder parallel, gewissermaßen in Klammern.

(George Alexander betrat – allerdings mehr in seiner Eigenschaft als Intendant denn in der des Schauspielers – als Erster das Theater. Seine Frau Florence war stets darauf bedacht, daß er sich vor einer Premiere zu Hause in Knightsbridge ausruhte, aber Alexander war Perfektionist und delegierte ungern, so daß es ihn immer wieder sehr schnell zu seinem Wirkungsbereich zurückzog. Am späten

Nachmittag ging er in seinem Büro mit seinem Kaufmännischen Leiter, Robert Shone, die Vorbestellungen durch. Shone berichtete, daß die Bibliotheken Karten im Wert von sechzehnhundert Pfund gekauft hatten, was durchaus ermutigend war. Der Portier am Bühneneingang kam mit einem Telegramm herein. »Antwort nicht erforderlich. Wurde soeben zugestellt.«

»Der nächste Freund und Gönner«, bemerkte Alexander mit selbstzufriedenem Lächeln und öffnete den Umschlag. Auf seinem Schreibtisch häuften sich bereits Karten, Briefe und Telegramme. Beim Lesen veränderte sich sein Gesichtsausdruck.

»Was ist?« fragte Shone.

Alexander las langsam vor, was als Textstreifen auf das Formular geklebt war: MIT DEN BESTEN WÜNSCHEN FÜR EINEN GRÜNDLICHEN REINFALL AM HEUTIGEN ABEND.

»Großer Gott«, stieß Shone hervor. »Von wem ist das?«

»Anonym.« Alexander reichte ihm das Telegramm.

Shone betrachtete es genauer. »Aufgegeben im Postamt Sloane Square. Ich erkundige mich mal.«)

An Minnie Bourget schrieb er: »Es ist fünf Uhr, und heute abend um halb neun *le sort en est jeté* – mein armes kleines Stück wird in die Arena geworfen wie eine kleine weiße christliche Jungfrau, auf die schon die Löwen und Tiger warten.« Er bat sie, der unbekannten Mrs. Wharton seinen Dank für ihre guten Wünsche zu übermitteln; dafür, daß sie Minnie auf die bevorstehende Premiere aufmerksam gemacht hatte, war er der Dame allerdings keineswegs verbunden. »Ich hatte gehofft, du würdest von diesem kleinen Abenteuer nur im Falle eines Erfolges hören«, schloß er, »aber jetzt beeile ich mich, diesen Gruß an Dich auf den

Weg zu bringen, ehe meine mögliche Schande offenbar wird.« Er wählte einen großen Umschlag, um dem Brief einen der knallroten Theaterzettel für *Guy Domville* beilegen zu können. Dann fiel ihm ein, daß so ein Andenken auch William und Alice Spaß machen könnte. »Ich stecke an diesem beklommenen Nachmittag dieses Prachtexemplar von einem Plakat in einen Umschlag«, schrieb er, »um mir die Stunden bis halb neun zu vertreiben und Euch an meiner Verzagtheit teilhaben zu lassen. Die Vorzeichen stehen gottlob recht günstig. Aber was bedeuten schon Vorzeichen? *Domine, in manus tuus*! In so einer Stunde wäre man gern fromm. Aber meine Hand zittert, und damit verbleibe ich Euer beherzter, wenn auch zur Zeit einsamer und angsterfüllter Henry.«

(Das St. James's als ein in jeder Hinsicht modernes Theater war mit einem Telephon ausgerüstet, das es Robert Shone ermöglichte, mit dem Amtsvorsteher des Postamts Sloane Square zu sprechen. »Offenbar haben zwei Damen das Telegramm aufgegeben«, berichtete er. »Natürlich ohne ihre Namen zu nennen. Die Schalterbeamtin fand den Text befremdlich, aber die beiden behaupteten, das habe schon alles seine Ordnung.«

»Wie sahen sie aus?«

»Beide trugen Hüte mit Schleier, so daß sie darüber nicht viel sagen konnte, aber sie glaubt, daß die eine relativ jung und die andere in mittleren Jahren war, beide seien gut gekleidet gewesen und hätten sich gewählt ausgedrückt.«

»Wer zum Teufel könnte das sein?«

»Jemand, der etwas gegen Henry James hat?« meinte Shone.

»Aber das Telegramm war an mich gerichtet«, widersprach Alexander. »Vielleicht eine Schauspielerin, die mir etwas übel genommen hat, die ich beim Vorsprechen abgelehnt habe.«

»Aber für dieses Stück hast du nicht vorsprechen lassen.«

»Stimmt. Dann eben eine Schauspielerin, die ein Rollenangebot erwartet hatte und keins bekommen hat. Oder eine, die um ein Gespräch nachgesucht hat und abgewiesen wurde. Ich bekomme ständig Briefe von Schauspielerinnen, die mich sprechen wollen, du kennst das ja, Bob. Es könnte eine Sache sein, die ich schon total vergessen habe.«

Sie sannen – beide mit einem unguten Gefühl – einen Moment schweigend dem Rätsel nach. Premieren waren so risikoreich und unberechenbar, daß eine zusätzliche Belastung durch telegraphische Boshaftigkeiten Unbekannter höchst unwillkommen war. »Behalt das bitte für dich, Bob«, sagte Alexander schließlich. »Kein Wort davon zum Ensemble, und natürlich vor allem nicht zu James. Der Mann ist sowieso nur noch ein Nervenbündel.«

»Die Vorstellung sieht er sich nicht an«, sagte Shone. »Er kommt nach Schluß hinter die Bühne, hat er zu mir gesagt.«

»Was will er denn mit sich anfangen?«

»Er wollte sich den *Idealen Ehemann* ansehen.«

Alexander hegt die Hoffnung, Oscar Wilde zu einem weiteren Stück für das St. James's überreden und damit den Erfolg von *Lady Windermeres Fächer* fortsetzen zu können. »Interessant«, bemerkte er jetzt, »da käme ich gern mit.« Beide lachten – vielleicht, um die Spannung abzubauen, ein wenig lauter, als es der kleine Scherz rechtfertigte. Im übrigen hatte Alexander es auch nicht ernst gemeint, denn er konnte es kaum mehr erwarten, als Guy Domville die Bühne zu beherrschen. Es war eine ergiebige Rolle mit drei gleichermaßen kleidsamen Kostümen und besonders flotten Reitstiefeln im dritten Akt.)

Um halb sieben setzte er sich – schon im Frack – ins Eßzimmer, um Mrs. Smiths Welsh Rarebit mit ausgebratenem Speck zu verzehren, wobei er sich zum Schutz der gestärkten Hemdbrust eine große Serviette in den Hemdkragen steckte. Unwillkürlich ging ihm die Redensart von der *Henkersmahlzeit* durch den Kopf. Er bat Smith, ihm zu seinem Imbiß einen trockenen Sherry einzuschenken. Dieser beschrieb mit der Karaffe einen schwungvollen Bogen, ehe er sie über dem Glas anhielt und den Stöpsel herausnahm. Im Lauf des Tages wurden die Bewegungen des Butlers – je nach der Menge der genossenen flüssigen Stärkung – immer ausufernder. Auch heute meinte Henry bei Smith eine Alkoholfahne zu riechen und beschloß – nicht zum erstenmal –, ihn deswegen zur Rede zu stellen. Aber nicht an diesem Abend, nein, an diesem Abend nicht.

Er warf einen Blick auf die Kaminuhr und überschlug seinen Zeitplan. Er würde mit einer Droschke zum Haymarket fahren; für heute war er genug zu Fuß gegangen, und ein Omnibus war diesem bedeutsamen Anlaß nicht angemessen. Wenn er um Viertel nach sieben oder kurz davor das Haus verließ, blieb ihm reichlich Zeit, bis acht zum Haymarket zu kommen. *Der ideale Ehemann* war ein Vierakter und hatte deshalb kein Vorlaufstück. Glücklicher Wilde! Henry James war kein Freund dieser sogenannten *Curtainraiser*; waren sie sehr gut, enttäuschte womöglich das eigentliche Stück, waren sie sehr schlecht, konnten sie dem Publikum die Laune verderben. Zu welcher Kategorie Fields Farce gehörte, wußte er nicht, da er bei keiner der Proben gewesen war, aber diese kurzen Stücke dienten ohnehin hauptsächlich dazu, den Theaterbesuchern aus den besseren Kreisen die gewohnten drei Pausen zu sichern, in denen sie herumschlendern, klatschen und ihren Putz zur Schau stellen konnten. Sein eigenes Stück, dessen

Handlung sich gewissermaßen wie von selbst in drei Akte gliederte, hatte brutal gekürzt werden müssen, um den Abend nicht zu lang werden zu lassen. Solche eingefleischten Gewohnheiten ließen den Künstler häufig an der Arbeit fürs Theater verzweifeln.

(In der King Street kam in den beiden langen Schlangen der Wartenden, die auf einen der billigen, nicht reservierten Plätze im Olymp-Rang und in den letzten Parkettreihen hofften, Unruhe auf. Die Ersten waren schon seit ein paar Stunden da, und allen machte die Kälte zu schaffen. Sie stampften mit den Füßen auf und bliesen in die Hände und schlugen ungeduldig an die Türen, obgleich sie ganz genau wußten, daß man sie erst eine halbe Stunde vor Beginn der Vorstellung öffnen würde. Viele kannten sich vom Sehen, manche sogar dem Namen nach, und ließen als Verehrer von George Alexander, auf den sie seit seinen Anfängen als junger Hauptdarsteller in Irvings Truppe eingeschworen waren, keine Premiere aus. Manchmal bezeichneten sie sich scherzhaft als »Alicks Army«. Es gab viel Gefrotzel und Geflachse hin und her und allerlei Spekulationen über den Autor des Stückes, das an diesem Abend die Hauptattraktion darstellte. »Hennery James – wer is'n das?« – »Keinen Schimmer, nie gehört von dem Mann.« – »Und wer is Guy Domville?« – »Muß der Held sein, weil Alick ihn spielt, so steht's auf den Plakaten.« – »Der Alick wird's schon richten!«

Zwei Straßenmusikanten in zerschlissenen Mänteln – der eine spielte auf einer zerschrammten Fiedel, der andere sang dazu und reichte die Mütze herum – liefen an den Reihen der Wartenden entlang. Der Mann mit der Mütze schmetterte mit heiserer Stimme einen beliebten Gassenhauer:

Was haste da für'n schönen Hut,
Wo haste den denn her?
Die neue Mode steht dir gut,
die gibt den richt'gen Flair.

Hurrarufe ertönten, als die Türen zu den Rängen geöffnet wurden und die Menge in Bewegung geriet. Am Eingang saß ein junger Mann auf einem hohen Schemel hinter einem schmalen Tresen und kassierte einen Shilling pro Person. Schimpfend, witzelnd, drängelnd erklommen sie die vier läuferlosen Treppen zum Olymp und beeilten sich, die besten Plätze zu belegen.)

Er begutachtete sich im Wandspiegel der Diele, zupfte die Frackschleife zurecht und strich sich über den Bart. Der frisch gebügelte Abendanzug machte sich gut. Smith hielt ihm den schwarzen Überzieher hin. Er fuhr in die Ärmel und zog beim Zuknöpfen den Bauch ein. Der Überzieher war bedenklich knapp geworden, und auslassen konnte man so ein Kleidungsstück nicht. Er streifte die schwarzen Glacéhandschuhe über, setzte den seidenen Zylinder auf, den Smith ihm reichte, und überprüfte den Sitz im Spiegel.

»Sie brauchen nicht auf mich zu warten, Smith«, sagte er. »Es kann sehr spät werden.«

»Sehr wohl, Sir.«

»Also dann guten Abend.«

Smith hielt ihm die Wohnungstür auf. »Auch ich darf Ihnen einen angenehmen Abend wünschen, Sir.«

(Sämtliche billigen Plätze waren jetzt belegt, und allmählich füllten sich auch die vorderen Reihen. In Reihe J sah sich der junge Kritiker der *Pall Mall Gazette* gespannt und aufmerksam um, denn für ihn war es völlig neu, im Theater so weit vorn zu sitzen und einer Premiere im Frack beizuwohnen. Herbert G. Wells war erst seit Mittwoch Theaterkritiker bei der *Pall Mall Gazette*. Harry Cust, der Chefredakteur, hatte ihm seinerzeit die erste frei werdende Stelle in der Redaktion versprochen, und wie es der Zufall wollte, war das die des Theaterkritikers gewesen. Er hatte Cust gestanden, daß er – abgesehen von der englischen Weihnachtspantomime und der einen oder anderen Gilbert-und-Sullivan-Operette – bisher nur zweimal im Theater gewesen war, aber aus Custs Sicht war das offenbar eher von Vorteil. »Genau das, was ich brauche: Ein neuer Ansatz! Hier sind Ihre Karten für diese Woche – morgen Oscar Wilde und am Samstag Henry James, da können Sie sich schon mal einarbeiten.« Da Herbert schon beträchtliche Erfahrungen als freiberuflicher Journalist gesammelt hatte, traute er sich diese Aufgabe durchaus zu, der allenfalls seine Garderobe nicht gewachsen war. »Frack?« fragte er. Cust, Sohn und Erbe des Earl of Brownlow, war sichtlich überrascht von der Frage. Er stutzte kurz. »Ja, natürlich«, bestätigte er, woraufhin sich Wells eiligst zu einem Schneider in der Charles Street begab, der Kredit zu geben pflegte und ihm innerhalb von vierundzwanzig Stunden, rechtzeitig für den *Idealen Ehemann* im Haymarket, einen Frack schneiderte. Schnelle Arbeit, dachte Wells und freute sich – zumal Jane gesagt hatte, er sähe sehr gut aus, als sie ihm die Frackschleife zurechtgerückt und ihn in ihrer Wohnung mit einem Kuß verabschiedet hatte. Aber nicht alle auf den teuren Plätzen trugen an diesem Abend Frack – Wells sichtete einen Mann in brauner Norfolkjacke, der sich gerade hinsetzte. Das war George Bernard Shaw, der soeben als Rezensent für Frank Harris bei der *Saturday Review* angefangen hatte. Wells kannte den brandroten Schopf und den wie eine Feuerzunge leuchtenden Bart von den Fabierversammlungen her, die er als Student besucht hatte, um Shaws Reden zu hören. Es war typisch für dessen furchtlosen Radikalismus, daß er die Kleidervorschriften für einen Theaterbesuch souverän mißachtete, und Wells war plötzlich nicht mehr gar so stolz auf seine neue Abendgarderobe.)

Am Kensington Gore hielt Henry James eine Droschke an und nannte den Haymarket als Ziel, da er aber etwas zu früh dran war, ließ er sich am Piccadilly, gegenüber von Hatchard's, absetzen, um von dort seinen Weg zu Fuß fortzusetzen, was er sehr bald bereute. Auf den Gehsteigen um den Piccadilly Circus flanierte das übliche lockere Samstagabendvolk – Stutzer mit Zylinder, Cockneypärchen, Blumenmädchen und Zeitungsjungen, untergehakt flanierende junge Frauen, die den schüchternen jungen Männern, die vor ihnen zur Seite traten, kecke Einladungen zuriefen. Sie waren so etwas wie Amateurflittchen, denen es nicht nur um Geld, sondern auch um den Spaß ging. Als Henry in den Haymarket einbog, wurden die Prostituierten, die versuchten, seine Aufmerksamkeit auf sich zu lenken oder die absichtlich mit ihm zusammenstießen, um sich anzubieten, ausgesprochen lästig. Drei überfielen ihn praktisch aus dem Hinterhalt und versperrten ihm den Weg, als er sich dem Portikus des Theatre Royal näherte. »Einsam, du Hübscher? Welche von uns hättest du denn gern? Nur einen halben Sovereign für ein kurzes Pläsier«, plagten sie ihn.

»Lassen Sie mich bitte durch«, sagte er gemessen.

»Och, sei doch nicht so!«

Sie umdrängten ihn und grapschten nach seinen Sachen. Billiges Parfüm und Mundgeruch stiegen ihm in die Nase, und er wich zurück.

»Oi, laßt den alten Knaben in Ruhe, Mädels! Haut ab!«

Ein junger Mann mit Stoffmütze und in langem abgewetzten Mantel mit mottenzerfressenem Pelzkragen scheuchte die Frauen weg. Henry wollte sich gerade bedanken, als sein Retter mit vielsagendem Zwinkern hinzufügte: »Der steht nicht auf euresgleichen, stimmt's, Süßer?« Er hatte eine kleine Gruppe junger Leute in ähnlich zusammengewürfelter Kleidung im Schlepptau, die grinsend die Szene verfolgten. Die Frauen zogen johlend und lachend ab. »Bist du nicht 'n Freund von Oscar?« fragte der junge Mann.

»Nein, gewiß nicht. Entschuldigen Sie mich ...« Er drängte sich an ihm vorbei.

»Grüßen Sie ihn schön von mir, wenn Sie ihn sehen«, rief der junge Mann ihm nach. »Charlie heiß ich.«

Henry atmete auf, als er glücklich den klassischen Portikus erreicht hatte und das Foyer mit den gleißenden Kronleuchtern betrat, in dem sich eine gepflegte Menge drängte. Sein Herz schlug schnell nach dieser unerfreulichen Begegnung, und erst als er Hut und Mantel in der Garderobe abgegeben und seinen Platz im Zuschauerraum eingenommen hatte, wurde er ruhiger. Inzwischen mußte Fields Farce begonnen haben, und jetzt fuhren wohl die letzten Droschken und Equipagen vor dem St. James's Theatre vor und setzten die besonders wohlhabenden und weltläufigen Zuschauer ab, die es vorgezogen hatten, auf den Curtainraiser zu verzichten.

(»Donnerwetter noch mal!« Du Maurier zog in der Droschke seine Uhr heraus und konsultierte sie im Licht der Gaslaternen am Straßenrand. »Wir haben den Einakter verpaßt!« Die Fahrt mit der Hampsteader Mietdroschke hatte länger gedauert als sonst, und jetzt steckten sie in einer langen Schlange von Fahrzeugen auf der Regent Street fest.

»Reg dich nicht auf, mein Lieber«, sagte Emma sanft. »Zu Henrys Stück kommen wir bestimmt noch rechtzeitig.«

»Aber ich sehe gern Komödien«, murrte Du Maurier. Dabei wußten beide ganz genau, worüber er sich in Wirklichkeit ärgerte – daß er nämlich, nachdem er für zwei Stücke gezahlt hatte, nicht den vollen Gegenwert für sein Geld bekam. Daß sich dank des Erfolgs von *Trilby* seine finanzielle Lage schlagartig verbessert hatte, änderte nichts an seiner Sparsamkeit. »Hoskins ist ein miserabler Droschkenkutscher«, sagte er. »Er hält sich immer nur an die Hauptstraßen, die regelmäßig verstopft sind, während seine Londoner Kollegen sämtliche Schleichwege durch die Nebenstraßen kennen...«

»Aber er ist zuverlässig und fährt sehr sicher.«

»Ich hab diese endlos langen Fahrten in der zugigen alten Klapperkiste gründlich satt«, ereiferte sich Du Maurier. »Wir sollten in die Stadt ziehen, und zwar auf Dauer und nicht nur ein paar Monate im Jahr. Schließlich können wir es uns jetzt leisten.« Es war typisch für ihn, daß er sich mit einer großen Investition eher anfreunden konnte als mit kleinen Ausgaben.

»Ach, ich weiß nicht, Kiki. Die Heath würde dir fehlen.«

»In London gibt es Parks, in denen man spazierengehen kann. Auf ebenen Wegen. Die Steigungen in Hampstead werden mir allmählich zu viel. Wenn ich glücklich wieder zu Hause bin, bekomme ich kaum noch Luft.«

»Ich weiß, aber...«

»Jetzt, wo Gerald so viel Erfolg hat, gehen wir bestimmt auch öfter ins Theater. Und hinterher mit der Droschke nach Hampstead zurückzuschaukeln ist verteufelt lästig.«

»Ich hoffe immer noch, daß das Theater bei ihm nur eine vorübergehende Phase ist«, seufzte Emma. »Daß er irgendwann Schluß damit macht und wieder einen anständigen Beruf ergreift.«

»Das kannst du dir aus dem Kopf schlagen, Pem. Sobald ich ihn als Kellner in *The Old Jew* sah, wußte ich, daß er sein *metier* gefunden hatte. Vom Text her war an der Rolle überhaupt nichts dran, aber so, wie er sie gespielt hat, brachte jede Zeile einen Lacher.« Er schmunzelte. Die Erinnerung hatte seine schlechte Laune vertrieben. »Übrigens war das fast auf den Tag vor einem Jahr – am sechsten Januar. Wollen hoffen, daß James' Premiere genauso erfolgreich ist.«)

»Heute abend noch zu den Hartlocks – gehst du hin, Margaret?«

»Ich denke schon. Und du?«

»Ja. Furchtbar langweilig, die Partys, die sie geben, nicht wahr?«

»Furchtbar langweilig! Ich weiß nie, wieso ich hingehe. Ich weiß nie, wieso ich überhaupt irgendwo hingehe.«

»Ich komme her, um mich zu bessern.«

»Ach, ich hasse es, verbessert zu werden.«

»Ich doch auch. Das bringt einen beinahe auf das Niveau der gewerbetreibenden Klassen hinunter.«

Schon nach den ersten Zeilen des *Idealen Ehemann* war ihm klar, daß die Entscheidung für ausgerechnet dieses Stück ein Fehler gewesen war. Er konnte nicht mitgehen, konnte nicht über die Witze lachen und auch der Handlung nicht folgen, weil er in Gedanken bei einem anderen Stück war – oder zumindest mit einer Hälfte seiner Gedanken oder aber die halbe Zeit mit allen Gedanken. Es war, als bekäme er Informationen aus zwei Quellen gleichzeitig, von denen ihn nur eine wirklich interessierte. Er hörte die Worte der Schauspieler, erkannte, daß es englische Worte waren, und merkte, daß seine Nachbarn darüber lachten, aber sie ergaben zunächst keinen Sinn für ihn – nur wenn er sie mühsam rekapitulierte, wobei er die geistigen Bilder seines eigenen Stückes beiseite schieben mußte (in wenigen Minuten würde im St. James's der Vorhang hochgehen), konnte er sich eine Zeile des Wildeschen Textes ins Gedächtnis zurückrufen und vage verstehen, warum sie als witzig gelten mochte, aber inzwischen war der Dialog schon ein Stück weiter, und er geriet immer mehr ins Schwimmen. Wie versteinert saß er auf seinem Platz, mit einem Gesicht, in dem sich kein Muskel rührte, während die Zuschauer um ihn herum sich schüttelten vor Lachen und einander ausgelassen in die Seite stießen.

(Im St. James's war *Too happy by half* zu Ende gegangen und freundlich beklatscht worden, und Nachzügler wie die Du Mauriers nahmen, Freunden und Bekannten zuwinkend, ihre Plätze ein, während das Orchester die *Guy Domville Ouvertüre* anstimmte, ein von dem musikalischen Leiter und Dirigenten des Theaters, Walter Slaughter, zusammengestelltes Medley hübscher alter Melodien, die das Publikum atmosphärisch auf das 18. Jahrhundert vorbereiten sollte, in dem das Stück spielte. In Reihe G strich sich Cécile, Theaterkritiker von *Woman*, über den Schnurrbart und klopfte mit den Füßen den Takt – denn Cécile war in Wirklichkeit ein junger Mann namens Arnold Bennett, stellvertretender Redakteur jener Wochenschrift, die gemäßigt feministischen Tendenzen huldigte (Motto: *Fortschritt, aber nicht zu schnell*). Er gab nicht nur Artikel und kurze Beiträge über Themen wie »Die berufstätige junge Frau zu Hause«, »Streiten reiche Frauen öfter als arme?« und »Wie hält man Petersilie frisch?« in Auftrag und redigierte sie, sondern verfaßte unter dem Namen Cécile auch eine regelmäßige Kolumne über Theaterveranstaltungen mit dem Titel *Musik und Mimen* und eine wöchentliche Buchbesprechung, die er mit »Barbara«

zeichnete. Wer bei solchen Publikationen arbeitete, mußte flexibel sein.

Walter Slaughter beendete die Ouvertüre mit einem Tusch und verbeugte sich lächelnd, um den höflichen Beifall der Zuschauer entgegenzunehmen. Der Zuschauerraum verdunkelte sich langsam. Nach der Elektrifizierung ließ sich dieser Effekt mühelos erreichen, allerdings war Alexander nicht der Versuchung erlegen, dem modischen Trend zu folgen, den Zuschauerraum während der Vorstellung in fast völlige Finsternis zu stürzen. Er wußte, daß das mondäne West-End-Publikum, für das er spielte, Wert darauf legte, zu sehen und gesehen zu werden – und zwar den ganzen Abend über und nicht nur in den Pausen.

Das Orchester setzte noch einmal ein und leitete mit leiseren Tönen zum ersten Akt über, und im Publikum breitete sich erwartungsvolle Stille aus. Arnold Bennett griff zu Block und Bleistift. Der Vorhang hob sich, und im Zuschauerraum gab es Ahs und Ohs. Er notierte in Kurzschrift: *»Vorzügliches Bühnenbild, alter Garten, entzückende Blumen, wie echt.«* Die Beherrschung der Stenographie war für einen Theaterkritiker eine sehr nützliche Fertigkeit. Daß er diese Kunst erlernt hatte, hielt er für die gescheiteste Tat seines Lebens. Er hätte sonst sicher nicht die Stellung als Anwaltsgehilfe in London bekommen, sondern säße vielleicht immer noch im Büro seines Vaters in Hanley, hörte gelangweilt gähnend zu, wie die Uhr gemächlich den langen Tag vertickte, und sähe vor dem schmutzigen Fenster den Rauch von hundert Töpfereien entlangziehen. Statt dessen bezahlte man ihn dafür, sich in einem Londoner Theater ein Stück von Henry James anzusehen, für dessen Romane und Erzählungen er, auch wenn sie ihm nicht immer gefielen, große Bewunderung hegte. Aus seiner Sicht war James unbestrittener Meister in der Kunst der Prosa, einem Fach, in dem auch er gewisse Ambitionen hatte (in seinem Logis in Chelsea lag ein halb fertiger Roman in der Schublade, und das *Yellow Book*, für das auch James schrieb, hatte schon eine Kurzgeschichte von ihm angenommen). Er sah sich suchend nach dem Autor um, allerdings würde er es, selbst wenn er ihn sichtete, wohl nicht wagen, ihn anzusprechen, denn er stotterte stark, was ihm immer dann die Sprache verschlug, wenn er gern besonders beredt sein wollte.)

Er überlegte, ob er gehen sollte – da er am Ende einer Reihe saß, wäre das nicht weiter schwierig gewesen –, aber wohin? Nicht zurück in seine Wohnung, die Smiths würden denken, er hätte den Verstand verloren; nicht in die Gastwirtschaft mit der tickenden Uhr, die er als mögliches Schlupfloch bereits verworfen hatte; nicht in den Reform Club, wo ihn bestimmt ein Bekannter zu fassen bekommen und gefragt hätte, warum er nicht auf seiner Premiere war; und gewiß nicht auf die Straße, wo es von Prostituierten und Lumpenpack jeder Art wimmelte. Nein, da half nichts: Er würde die Zähne zusammenbeißen und sich so gut wie möglich auf das Geschehen konzentrieren, das auf der Bühne ablief. Es ging, soweit er das ausmachen konnte, um einen aalglatten englischen Politiker mit einer tugendhaften Frau, in dessen Vergangenheit es einen dunklen Punkt gab. Trotz seiner Verfehlung wird den Zuschauern zugemutet, Verständnis für seine Notlage zu haben, als die Bloßstellung durch eine skrupellose Abenteurerin droht, und den Rettungsversuchen eines weibischen adligen Freundes Beifall zu zollen. Der weibische Aristokrat, für den offensichtlich der Autor Modell gestanden hatte, kann den Mund nicht aufmachen, ohne daß ein Paradox oder ein Epigramm herauskommt.

»Ich unterhalte mich liebend gern über nichts, Vater. Es ist das einzige, wovon ich etwas verstehe.«

»Für mich sieht es so aus, als würdest du ausschließlich zum Vergnügen leben.«

»Wozu sollte man denn sonst leben?«

Die Zuschauer gickerten. Jetzt hatte gerade der erste Akt von *Guy Domville* angefangen. Er sah die Bühne vor sich, die hübsche Gartenkulisse, den Auftritt von Frank Humber, der durch das hölzerne Tor und von Fanny, dem Dienstmädchen, das vom Haus her kommt: *»Man fragt nach Ihnen, Sir! Entschuldigen Sie, Sir, ich hielt Sie für Mr. Domville.« »Ist Mr. Domville nicht im Haus?« – »Nein, Sir, ich soll ihn ja suchen.«* – und begriff – jetzt, da es zu spät war –, daß er im Grunde nur ein Stück sehen wollte – sein eigenes! Was war er doch für ein Narr!

(Der erste Akt lief sehr gut. Elizabeth Robin, die mit Mrs. Hugh Bell auf Einladung von Henry James in dessen Loge saß, fiel ein Stein vom Herzen, vor allem im Hinblick auf den Autor, nicht zuletzt aber auch in ihrem eigenen Interesse, denn sie hatte nicht vergessen, wie anstrengend es gewesen war, nach den enttäuschenden Kritiken des *Amerikaners* und der Streichung von *Mrs. Jaspers Way* Henrys gesträubtes Gefieder zu glätten, und hoffte sehr, daß ihr so eine Aufgabe nicht noch einmal bevorstand. Sie bewunderte Henry als Romancier und Kritiker und schätzte die Freundschaft mit ihm hoch, wurde aber in ihrer Beziehung, die von ihrer beider Engagement für das Theater nicht zu trennen war, nie ganz eine gewisse Befangenheit los. In den tiefsten Tiefen ihrer Seele saß der Zweifel, ob Henrys dramatisches Talent wirklich ausreichte. Die Stücke, die er ihr vorlas oder ihr in unterschiedlichen Entstehungsphasen vorlegte, waren grundsätzlich bühnengeeignet – gut gebaute Handlung, flüssige Dialoge –, aber es fehlte ein Element, das man aus ihrer Sicht am besten eine große Liebe zum Theater als künstlerischem Ausdrucksmittel bezeichnen konnte. Das Theater faszinierte ihn, gleichzeitig aber sah er darauf herab und gönnte ihm nur seine zweitbesten Ideen (die überdies oft aus zweiter Hand stammten). Manchmal erinnerte Henrys Einstellung sie an einen ältlichen Onkel, der sich dazu aufgerafft hat, mit seinen kleinen Neffen und Nichten zu spielen und sich dieser Aufgabe überaus ernsthaft, ja feierlich widmet, sich hinhockt, um so klein wie sie zu werden, gewissenhaft die Spielregeln erlernt und sich bemüht, seine kindlichen Gegner zu besiegen – und dann ernstlich, ja unverhältnismäßig heftig mit ihnen wetteifert, Stunden mit diesem Zeitvertreib verbringt, die er besser auf eine seinen Gaben angemessenere Tätigkeit verwandt hätte.

Der erste Akt von *Guy Domville* allerdings ließ sie an ihrem Urteil zweifeln. Seit Henry ihr diesen Akt vorgelesen hatte, war einige Zeit vergangen, inzwischen war er wesentlich besser geworden, und die Darsteller, insbesondere Alexander und Marion Terry, spielten großartig. Henrys eleganter Stil, der die Texte manchmal gestelzt und künstlich wirken ließ, entsprach der Zeit, in der das Stück spielte, und die Handlung war fesselnd. An einer Stelle wurde oben auf dem Olymp gehustet, aber den Schlußszenen, das war zu spüren, folgte das ganze Haus aufmerksam und voller Anteilnahme. Als Marion Terry, auf der Bühne allein geblieben, nachdem ihre Hoffnungen sich so schnell zerschlagen hatten, wie sie geweckt worden waren, mit einer ergreifenden Bewegung ihr Gesicht an den Verandapfosten schmiegte und der Vorhang fiel, war der Beifall so laut und so spontan, daß man ihn nicht nur

Henrys zahlreichen Freunden im Publikum zuschreiben konnte.

»War das nicht wunderbar?« sagte Florence Bell dicht an ihrem Ohr und unter kräftigem Klatschen.

»Wunderbar«, bestätigte Elizabeth. »Wie schade, daß Henry das nicht miterlebt hat.«

»Besonders den Beifall!«

»Gut gemacht, meine Liebe«, sagte Alexander halblaut zu Marion Terry, als sie hinter die Bühne kam.

»Richtig so, Alec? Die Sache auf der Veranda, meine ich.«

»Perfekt.«

Die Schauspieler lächelten einander kurz zu, ohne ein Wort miteinander zu wechseln, und verschwanden in ihren Garderoben. Alle wußten, daß der Akt gut gelaufen war, aber es brachte Unglück, laut darüber zu frohlocken. Außerdem, überlegte Alexander, versprach der zweite Akt sehr viel heikler zu werden.

»Ganz reizend, wirklich«, sagte George Du Maurier zu Emma, als es im Zuschauerraum wieder strahlend hell geworden war, der Applaus allmählich verebbte und durch das Gesumm vieler Gespräche überlagert wurde. »Hat es dir auch gefallen?«

»Sehr. So ein hübsches Bühnenbild! Was meinst du, ob die Blumen echt sind?«

»Die sind mir gar nicht aufgefallen, Pem, ich habe auf das Stück geachtet.«

»Ja, das war auch sehr nett.«

Du Maurier lachte. »Hoffentlich gratulierst du James nicht zu den Blumen!«

»Sei nicht albern, Kiki, das würde ich doch nicht tun!«

»Vertreten wir uns in der Pause ein wenig die Beine?«

Im trägen Strom der Menge durch den Mittelgang treibend, begegneten sie Tom Guthrie, den die Leser des *Punch* als den Humoristen »F. Anstey« kannten.

»Hallo, Du Maurier. Na, wie finden Sie es?«

»Ein wahrhaft herausragendes Stück Dramenliteratur.«

»Herausragend schon, aber wohl leider Kaviar fürs Volk. Hinter mir, auf den billigen Plätzen, wurde ziemlich viel gehustet. *Trilby* soll ja in Amerika auf die Bühne kommen. Schreiben Sie das Stück selbst?«

»Nein, nein, das besorgt ein gewisser Paul Potter. Soll ein sehr erfahrener Mann sein.«

»Da scheffeln Sie also noch ein paar Schekel.«

»Leider nein, die Bühnenrechte sind nicht in meinem Besitz.«

»Soso. Aber eine gute Werbung für das Buch ist es sicher allemal.«

»Das wohl.«

»Obgleich es die kaum mehr nötig hat.« Guthrie entfernte sich, um einen anderen Bekannten zu begrüßen.

»Alle glauben, daß mich *Trilby* zum Millionär gemacht hat«, nörgelte Du Maurier.

Die meisten Zuschauer auf den besseren Parkettplätzen waren, wie die Du Mauriers, aufgestanden, um sich die Beine zu vertreten, gingen zu den Erfrischungsräumen und ins Foyer, um eine Stärkung einzunehmen oder sich nach ihren Freunden umzusehen. Nur ein paar Herren saßen mit gesenktem Kopf da und schrieben die Notizbücher voll, die sie auf den Knien balancierten. Vermutlich Kritikerkollegen, dachte Herbert, die ihre Eindrücke zum ersten Akt festhielten. George Bernard Shaw war schnell fertig damit, nach wenigen Minuten sprang er auf und ging den Mittelgang hoch. Herbert folgte ihm in der Hoffnung, sich mit ihm bekannt machen zu können, lief aber zu seiner Verblüffung im Foyer dem befrackten Harry Cust und einem Kollegen in die Arme, der ebenfalls in Abendgarderobe war. Cust begrüßte ihn mit leicht verlegenem Grinsen. »Was sagen Sie zu dem Stück?«

»Das lesen Sie noch früh genug«, sagte Wells.

»Denken Sie an den roten Umschlag, wenn Sie Ihren Text auf die Post geben«, mahnte Cust.

»Wird gemacht. Gehen Sie häufig zu Premieren?«

»Kommt drauf an«, erwiderte Cust, und sein Begleiter betrachtete seine Schuhspitzen.

»Waren Sie am Donnerstag im Haymarket?« wollte Herbert wissen.

»Ja. Hat sich zufällig so ergeben.«

Herbert begriff, daß die beiden gekommen waren, um für den Fall, daß er keine brauchbare Kritik ablieferte, einspringen zu können.

»Schicker Frack, Wells«, stellte Cust fest. »Neu?«

»Nein, den hab ich schon seit Jahren«, sagte Herbert.

Mrs. Alexander und ihr Gast, die Schauspielerin Lily Hanbury, blieben in der Pause auf ihren Plätzen. Die Loge war bei Premieren stets für Florence Alexander reserviert und gewährte den besten Blick auf Bühne und Zuschauerraum.

»Wunderbares Bühnenbild, Florence«, sagte Miss Hanbury, »und wie immer hinreißende Kostüme. Hast du bei den Roben mitgewirkt?«

»Nur insoweit, als ich Savage und Purdue einige historische Zeichnungen zur Verfügung gestellt habe, damit sie sich eine bessere Vorstellung machen konnten. Und wie üblich habe ich Stoffe und Farben daraufhin überprüft, ob sie mit dem Bühnenbild harmonieren.«

Florence Alexander, die in ihrer Jugend selbst Schauspielerin gewesen war, nahm lebhaften Anteil an den beruflichen Belangen ihres Mannes. In der ersten Zeit seiner Intendanz hatte sie ihm geholfen, Kosten zu sparen, indem sie die Kostüme der Schauspielerinnen entwarf und manche sogar selbst nähte. Sie sah auch dem Inspizienten ein wenig auf die Finger und kontrollierte vor Premieren persönlich, daß alle Requisiten an Ort und Stelle waren. Premieren waren immer anstrengend, weil so vieles schiefgehen konnte, aber diese lief sehr gut. Wie stattlich Alec in seinem schlichten Priestergewand aussah!

»Die Blumen wirken geradezu echt«, sagte Miss Hanbury.

»Sind sie auch!« Florence lachte. »Sie sitzen in kleinen Töpfen und müssen täglich gegossen werden.«

»Das nenne ich Perfektionismus!«

»Was hältst du von dem Stück?«

»Ich finde es wunderbar. Bis jetzt jedenfalls.«

Die Besucher auf dem Olymp und den billigen Parkettplätzen waren von dem ersten Akt nicht ganz so angetan wie die Zuschauer weiter vorn und in den Logen. Sie hätten sich mehr Handlung und weniger Gerede gewünscht, und einen Teil der Dialoge hatten sie gar nicht verstanden. Allgemeine Zufriedenheit allerdings herrschte darüber, daß Guy Domville sich gegen den Priesterberuf entschieden hatte – »schon deshalb«, wie einer sagte, »damit Alick aus der tristen schwarzen Kutte rauskommt« –, aber besonders unter den Zuschauerinnen gab es lebhafte Debatten darüber, ob er einfach noch nicht gemerkt hatte, daß die gut aussehende junge Witwe in ihn verliebt war, oder ob er ihre Liebe nur deshalb nicht erwiderte, weil er wußte, daß sein Freund in sie verliebt war. Daß die beiden zum Schluß doch heiraten würden, stand für diesen Teil des Publikums fest, die Frage war eigentlich nur noch, womit oder vielmehr mit wem der Autor den netten Freund für den Verlust der Witwe entschädigen würde. »Ich tippe auf die Erbin«, sagte einer, ein anderer meinte, wahrscheinlich würde sich Fanny, das Dienstmädchen, letztlich ebenfalls als Erbin entpuppen, so daß sie den Gentleman heiraten konnte. Die Frauen aßen Apfelsinen und Kuchen, den sie in braunen Papiertüten mitgebracht hatten, und reichten Flaschen mit Ingwerbier herum. Die meisten Männer gingen hinaus, um sich etwas Stärkeres zu Gemüte zu führen, kamen leicht angeheitert zurück und hofften auf handfesteres Amüsement im zweiten Akt.)

»Tee, Lady Markby?«

»Nein danke, meine Liebe. Ich habe nämlich der armen Lady Brancaster versprochen, auf zehn Minuten vorbeizuschauen, da sie in sehr großen Schwierigkeiten steckt. Ihre Tochter hat doch tatsächlich vor, einen Hilfsgeistlichen aus Shropshire zu heiraten, dabei hat das Mädchen eine durchaus standesgemäße Erziehung genossen. Es ist sehr traurig, wirklich sehr traurig. Ich begreife die moderne Vorliebe für Hilfsgeistliche nicht. Zu meiner Zeit haben wir jungen Mädchen natürlich auch gesehen, daß sie überall herumrennen wie die Kaninchen. Aber ich muß nicht betonen, daß wir von ihnen weiter keine Notiz genommen haben. Doch heutzutage sind sie in unseren Herrensitzen, wie ich höre, die reinste Landplage geworden, wie die Heuschrecken. Ich finde, das hat nichts mehr mit Religion zu tun.

So ging das mehrere Minuten lang. Diese Lady Sowieso hatte in dem Stück keine eigentliche Funktion, sie trat nur hin und wieder auf, um solche und ähnliche Reden zu führen, die für die Handlung unerheblich waren. Die Zuschauer schien das nicht zu stören, denn sie gickerten und gackerten oder lachten lauthals über jeden Satz. Der zweite Akt war halb vorbei, demnach fing der zweite Akt von *Guy Domville* gerade an. *›MRS. DOMVILLES Villa in Richmond. MRS. DOMVILLE und GEORGE ROUND.‹*

(Meine ›niederträchtige Rückkehr‹, Ma'am, ›erklärt sich aus dem Respekt, den ich Ihnen, und dem Respekt, den ich meiner Cousine, Ihrer liebenswürdigen Tochter, schulde.‹

›Haben Sie vergessen, daß ich Sie vor einem halben Jahr wissen ließ, wie Sie mir diesen Respekt am besten erzeigen können?‹

›Indem ich Ihnen nicht unter die Augen trete, indem ich Ihnen ermögliche, meine Existenz zu vergessen und Sie in der Hoffnung bestärke, ich hätte die Ihre vergessen? Ihr Wunsch war mir Befehl, Ma'am; ich habe mich unverzüglich auf mein Schiff begeben. Aber mein Schiff kam letzte Woche zurück.‹

Wie schnell die Zuschauerstimmung umschlagen, wie rasch die mühsam gewonnene Aufmerksamkeit in alle Winde zerstieben konnte! Elizabeth spürte, feinfühlig wie sie war, die Anzeichen, und ihre Stimmung sank wenige Minuten, nachdem der Vorhang hochgegangen war, so rapide wie ein Barometer, wenn ein Gewitter im Anzug ist. Es war ein fataler Fehlgriff, den zweiten Akt mit zwei dem Publikum unbekannten Figuren beginnen zu lassen, die im ersten Akt nur kurz erwähnt worden waren und einander Geschehnisse aus der Vergangenheit ins Gedächtnis riefen, von denen die Zuschauer nichts wissen konnten. Im Theater wurde nun – sehr viel auffälliger als zuvor – allenthalben gehüstelt, ein sicheres Anzeichen für Ungeduld und mangelnde Konzentration. Auch die Schauspieler spürten natürlich die Unruhe und waren verunsichert. Besonders Mrs. Edward Saker als Mrs. Domville war die Nervosität anzumerken. Sie trug ein raffiniertes Kleid mit Reifrock aus teuren, unterschiedlich gemusterten Stoffen mit zahlreichen Rüschen, Falbeln und Volants und einen wunderlichen Hut. Vermutlich, überlegte Elizabeth, hatte eine historische Abbildung als Vorbild gedient, aber gesehen hatte sie so eine Kopfbedeckung noch nie. Mrs. Domvilles Hut erinnerte eher an einen riesigen Muff oder einen dieser kleinen Polsterhocker, auf die man ein gichtgeplagtes Bein legen kann. Er war aus schwarzem Pelz und mehr oder weniger zylindrisch in der Form, aber oben breiter als unten, mindestens sechzig Zentimeter hoch und mit einem Busch langer schwarzer Federn versehen, die bei jeder Kopfbewegung der Trägerin nickten und wippten. Es war ein Hut, der seiner Trägerin sehr viel Selbstsicherheit abverlangte, und die kam Mrs. Saker sichtlich immer mehr abhanden. Die Zuschauer folgten jeder Bewegung des Hutes inzwischen gespannter als der Handlung. Wie war er befestigt? Würde er nach vorn kippen? Würde er herunterfallen? Elizabeth sah, wie Zuschauer im Parkett und im Rang flüsterten und feixend die Köpfe zusammensteckten, und als vom Olymp her jemand den Refrain *»Was haste da für'n schönen Hut?«* anstimmte, wurde auf allen Plätzen herzhaft gelacht. Der letzte Rest von Illusion verflüchtigte sich. Elizabeth beschlich das unbehagliche Gefühl, daß Mrs. Sakers Hut womöglich bei *Guy Domville* die gleiche unselige Rolle spielen würde wie Edward Comptons Überrock seinerzeit bei dem *Amerikaner*.

Florence Alexander, die in der Nachbarloge neben Elizabeth Robins saß, war zwischen Wut und Beklommenheit hin und her gerissen. Wie konnten die Menschen so grausam sein – und solche Banausen? Am liebsten wäre sie aufgestanden und hätte dem Unruhestifter zugerufen, daß hoher kunstvoller Kopfputz bei den Damen Ende des

18. Jahrhunderts groß in Mode gewesen war, aber sie beherrschte sich. Vielleicht, flüsterte eine leise Stimme ihr zu, war das Kostüm tatsächlich zu ambitioniert. So etwas mußte man tragen können; sie hatte bei der Generalprobe leise Bedenken gehabt, ob Rose Saker diesem Anspruch gerecht werden würde, hatte sie aber verdrängt. Jetzt hatte die Aktrice vollends die Nerven verloren, und als Alec auftrat, sah sie ihm mit angstvoll geweiteten Augen entgegen, worauf er in einem verzweifelten Versuch, die Aufmerksamkeit der Zuschauer wieder auf das Bühnengeschehen zu lenken, die Rolle des liebenden Bräutigams überzog. Florence konnte nicht mehr hinsehen. Sie schloß die Augen und wartete mit ineinander verkrampften Händen auf Mrs. Sakers Abgang. Aber die nächste Szene war genauso schlimm.

»Warum zieht Alexander den Mund auf einer Seite so schief? Sein Gesicht ist ja ganz verzerrt«, flüsterte John Singer Sargent seinem Begleiter Graham Robertson zu.

»Weil er sich keinen Rat mehr weiß«, flüsterte Robertson zurück, »und das kann ich ihm nicht verdenken. Verstehst du, worum es in dieser Szene geht?«

»Nein. Ich habe gehofft, du würdest es mir in der Pause erklären«, sagte Sargent halblaut.

Die Szene führt Guy Domville, der vorgeblich der bevorstehenden Hochzeit mit Mrs. Domvilles Tochter Mary entgegenfiebert, mit Lieutenant George Round zusammen, Marys wahrem Liebsten, dem ihre Mutter und Lord Devenish vor Monaten die Tür gewiesen hatten, der aber in der verzweifelten Hoffnung, doch noch seinen Schatz gewinnen zu können, zurückgekehrt ist. Sinn und Zweck dieser Begegnung ist nach dem Willen des Autors, daß Guy von dieser Beziehung erfährt, seinem Anspruch auf Mary entsagt und den Liebenden zur Flucht verhilft. Der Held soll, erstaunt über Rounds Auftauchen, dessen Absichten zu ergründen suchen, indem er ihn betrunken macht, während Round sich seinerseits mit der gleichen Methode bemüht, Guys Argwohn zu zerstreuen. Also greifen beide zum Glas und tun so, als ob sie sich betrinken, während sie heimlich den Inhalt in Blumentöpfen, Vasen und ähnlichen bequem erreichbaren Gefäßen verschwinden lassen. Nur war das Stück ja offenkundig nicht als Farce gedacht, so daß zumindest die Zuschauer auf den teuren Plätzen zögerten, über dieses wenig überzeugende Treiben zu lachen. Da aber beide Figuren als wackere, rechtschaffene Männer gedacht waren und sich sämtliche Mißverständnisse durch ein paar freimütige Fragen und Antworten hätten klären lassen, ergab dieser an den Haaren herbeigezogene Versuch, einander hinters Licht zu führen, keinen Sinn. Kurzum: Die Trinkszene war absolut überflüssig. Es war George Alexanders Pech, daß er diesen dramaturgischen Fehler erst erkannte, als er die Szene zum ersten Mal vor Publikum spielte und die Welle von Ratlosigkeit und Unverständnis über die Rampe bis zu seinen Füßen schwappte. Bei seinem Abgang (der George Round Gelegenheit geben sollte, Mary zur Flucht zu überreden) fand er hinter der Bühne Mrs. Saker vor, die am Rand eines Nervenzusammenbruchs war. »Riechsalz her!« blaffte er. »Sie muß gleich wieder raus.« Er schloß die Augen und versuchte, sich vor seinem nächsten Auftritt mit tiefen Atemzügen zu beruhigen. »MIT DEN BESTEN WÜNSCHEN FÜR EINEN GRÜNDLICHEN REINFALL AM HEUTIGEN ABEND...« Es sah ganz so aus, als könnte aus dem bösen Wunsch Wahrheit werden.

Die Freunde des Autors klatschten tapfer, aber ohne die überzeugende Begeisterung, mit der sie auf den ersten Akt reagiert hatten. Befangene Blicke tauschend standen sie auf und bewegten sich langsam in Richtung Foyer.

In der Herrentoilette stand Edmund Gosse neben William Norris am Urinal. »Nicht so gut wie der erste Akt«, sagte er.

»Nein«, erwiderte Norris. »Aber auf dem Olymp sitzen offenbar einige Krawallmacher. Sie geben dem Stück keine faire Chance. Ist James da?«

»Nein. Er will kurz vor Schluß der Vorstellung kommen.«

»Ist vielleicht auch besser so.«

Gosse nickte. Was für ein Glück, daß James von seinem ursprünglichen Plan Abstand genommen hatte. Es wäre für ihn, Gosse, kein reines Vergnügen gewesen, zu ihm ins Pub zu gehen und über den Verlauf des zweiten Aktes zu berichten. Bei dem Gedanken an den Witzbold, der *»Was haste da für'n schönen Hut?«* gerufen hatte, konnte er sich ein treuloses Lächeln nicht verkneifen. »Ich wußte gar nicht, daß Sie in London sind, Norris«, sagte er, während er den Hosenschlitz zuknöpfte.

»Ich bin eigens hergekommen. Wir sind ja wohl beide morgen zum Lunch bei James.«

»Ach, sind Sie auch mit von der Partie? Sehr gut«, sagte Gosse. Er hatte Norris mit James bekannt gemacht und wunderte sich ein wenig, wie gut die beiden miteinander auskamen – James hatte letzten Sommer bei Norris in Torquay gewohnt und ihm in einem begeisterten Brief von dem Besuch erzählt. Norris war ein braver, langweiliger Mann und Verfasser braver, langweiliger Romane, deren etliche Stufen unter Trollope angesiedelter Stil bestimmt nicht Henry James' Geschmack entsprach. Von

Gosse auf das Thema angesprochen, hatte James nur gesagt: »Ich empfinde seine Gesellschaft als erholsam.« Möglicherweise war ja genau diese Eigenschaft morgen gefragt.)

Außer Henry blieben noch zahlreiche Zuschauer in der dritten Pause auf ihren Plätzen. Er sah auf die Uhr. Zehn nach zehn. Der dritte und letzte Akt von *Guy Domville* würde gleich beginnen. *»Der Weiße Salon in Porches. Tür zur Halle links; Tür zur Bibliothek rechts. MRS. PEVEREL sitzt am Kamin. Auftritt FANNY aus der Halle mit einem Brief auf einem Tablett.«* Sollte er jetzt aufstehen, rasch zum St. James's hinübergehen und sich dort ins Parkett schleichen? Er hatte nicht das mindeste Verlangen danach zu erfahren, ob Sir Robert Chiltern der wohlverdienten Schande entgehen würde. Aber er würde es nicht mehr rechtzeitig zu Beginn des Aktes in den Saal schaffen und womöglich jene hübsche erste Szene stören. Nein, am besten hielt er sich an seinen ursprünglichen Plan. *Guy Domville* war gegen elf zu Ende. Eine Viertelstunde vorher würde er gehen, ob der *Ideale Ehemann* nun zu Ende war oder nicht, und wenn er dabei eine Ruhestörung auslöste – *tant pis.*

(Zunächst hegte Elizabeth Robins die Hoffnung, der dritte Akt würde das Stück vor dem Absturz retten. Als der Vorhang hochging, erblickten die Zuschauer ein bezauberndes Bühnenbild – einen Salon, der so komfortabel, so elegant, so spürbar real war, daß man sich dort selbst gern aufgehalten hätte. Und in den ersten Szenen zwischen Mrs. Peverel und Fanny und Mrs. Peverel und Frank Humber lebte der Zauber des ersten Aktes wieder auf. Die Darsteller hatten sich im zweiten Akt in ihren Garderoben ausruhen können und deshalb unter dessen holprigem Ablauf nicht gelitten. Sie spielten feinfühlig und in guter Haltung und eroberten nach und nach die Anteilnahme und Sympathie der Zuschauer zurück. Doch mit dem Auftritt von Lord Devenish (der nun aus eigensüchtigen Motiven eifrig darauf bedacht war, eine Verbindung zwischen Guy und Mrs. Peverel zu fördern) und kurz danach dem des Helden selbst geriet alles wieder ins Wanken. W. G. Elliot, der ohnehin dazu neigte, das Schurkische seiner Figur zu übertreiben, war von Anfang an das schwächste Glied in der Darstellerkette gewesen, und jetzt wurden sein hämisches Grinsen und seine tückischen Blicke immer mehr zur Groteske. George Alexander, der nach dem Trauma des zweiten Aktes noch immer um Haltung kämpfte, wirkte manieriert in der Gestik und gezwungen in der Diktion. Dazu kam, daß in diesem Stadium die Motivation der von ihm verkörperten Figur immer komplexer und spitzfindiger wurde. Guy ist zurückgekehrt, um Mrs. Peverel seine Liebe zu gestehen, aber als er erfährt, daß Devenish Frank Humber von seiner Absicht in Kenntnis gesetzt hatte, überlegt er es sich wieder anders und beschließt, nun doch Priester zu werden, obgleich sein Freund ritterlich versucht, ihm das auszureden. Die vorderen Parkettreihen und der erste Rang hörten sich seine Begründung respektvoll an, für den Olymp und die oberen Ränge aber hatte das Stück jeden Reiz und jede Glaubwürdigkeit verloren. Schnöde Bemerkungen und unpassendes Gelächter von dort oben vereinten sich mit ähnlichen Bekundungen aus den hinteren Parkettreihen. Einige Zuschauer von den teuren Plätzen sahen tadelnd über die Schulter oder nach oben, und ein paar zischelten: »Psst!«, richteten damit aber nicht viel aus. Elizabeth Robins und Florence wechselten erschrockene Blicke. Die Stimmung im Theater wurde bedrohlich.)

»Gertrude, ist es Liebe, was du für mich empfindest, oder lediglich Mitleid?«

»Es ist Liebe, Robert. Liebe und nur Liebe. Für uns beide fängt ein neues Leben an.«

Als der Vorhang fiel, sprang er auf und verließ den Zuschauerraum, als hätte der explodierende Beifall ihn gleich einer Kugel aus einem Kanonenrohr katapultiert. Die auf den Gängen bereitstehenden dienstbaren Geister machten große Augen, als er die Türen zum Ausgang aufstieß, ohne ihre Hilfe abzuwarten. Während er Hut und Mantel aus der Garderobe holte, hörte er gedämpft immer wieder aufbrausenden Beifall, und erst auf der Straße wurde er dieses Geräusch los, das so eindeutig von einem Erfolg kündete. Er überquerte die Straße und eilte die Charles II Street hinunter, ohne auf die Frauen zu achten, die aus dunklen Hauseingängen leise lockend nach ihm riefen oder sich in den Hüften wiegten und an ihren Röcken zupften, wenn er unter den Gaslaternen an ihnen vorbeiging. Was für ein zynisches, triviales Stück. Der ideale Ehemann ein Schwindler und Heuchler, dem seine dünkelhafte Frau nur deshalb verzeihen muß, weil sie sich kompromittiert hat! Und das sollte ein Minister der Krone sein! In einer bitteren Satire über politische Korruption wäre so ein Schluß gerechtfertigt gewesen, aber eigentlich war das Stück doch als sentimentale Komödie angelegt. Das Publikum aber war hingerissen! Es machte einen Buckel und schnurrte selig, es warf sich auf den Rücken und schwenkte die Pfoten, auf daß Oscar ihm mit seinen seichten Bonmots den Bauch kraule.

Er hatte den St. James's Square schon halb überquert, als die ganze Tragweite seiner Überlegungen ihn mit aller Wucht, ja fast körperlich spürbar traf und innehalten ließ. Wenn es Stücke in der Art des *Idealen Ehemann* waren, die das zeitgenössische Publikum im West End ansprachen, konnte dieses Publikum an *Guy Domville* mit seinen altväterischen Umfangsformen, seiner gehobenen Sprache, den moralischen Skrupeln des Helden, einem echten sittlichen Konflikt und einem Schluß, der Selbstaufopferung und Entsagung das Wort redete, keinen Gefallen finden. So sehr ihn in den letzten Tagen und Stunden seine Ängste zermürbt hatten, rechnete er doch erst jetzt wirklich mit der Möglichkeit, daß sein Stück durchfallen könnte, und setzte seinen Weg langsamer und voll düsterer Ahnungen fort.

(Auf der Bühne quälte sich *Guy Domville* dem Ende zu, einem Ende, das die meisten Freunde des Autors herbeisehnten. Sie konnten es kaum erwarten, daß die unglücklichen Schauspieler erlöst wurden, daß den Heckenschützen auf dem Olymp ihr Ziel entzogen wurde und sie selbst ihr Unbehagen abschütteln konnten. »Lieber Gott, laß bald Schluß sein«, betete Elizabeth Robins lautlos und versuchte den Schauspielern eine schnellere Gangart zu suggerieren. Paradoxerweise hatte das offenbar bei Alexander die gegenteilige Wirkung, er verschleppte das Tempo und zog seine immer seelenvoller vorgetragenen Texte unnötig in die Länge. Die Szene, in der Guy Domville letztlich doch zugunsten höherer Dinge der Welt entsagt und selbstlos seinen Freund und die Frau, die er liebt, zusammenführt, hätte sein großer Auftritt sein sollen – und hätte das Stück bis hierher das Publikum in seinen Bann geschlagen, wäre er es auch gewesen. Doch der Zauber war schon längst dahin. Die aufdringlichen Wiederholungen in Diktion und Tonfall, die der Szene einen bewegend elegischen Anstrich hatten verleihen sollen, reizten die verärgerten Zuschauer nur noch mehr. Im Verlauf des Stückes hatte man schon des öfteren den Ausdruck *»der Letzte der Domvilles«* gehört, und als Alexander zu Beginn seiner langen Schlußrede mit noch größerer Emphase wiederholte: *»Ich bin der Letzte der Domvilles, Mylord!«*, ließ sich vom Olymp eine laute Stimme vernehmen: »Und das ist auch verdammt gut so.« Elizabeth Robins hielt sich die Ohren zu, um das Gelächter nicht hören zu müssen, das dieser Zwischenruf auslöste. Sie war Alexander nicht besonders zugetan, aber die Demütigung eines Kollegen miterleben zu müssen tat weh. Sie konnte jetzt nur noch hoffen, daß Henry so spät eintreffen würde, daß ihm diese Erfahrung erspart blieb.)

Er betrat das Theater durch den Bühneneingang, nickte dem Portier zu und schlängelte sich, da er sich inzwischen vor Ort auskannte, durch die trüb beleuchteten Gänge, in denen es schwach nach Gas und Abflußrohren roch, bis zu dem Bereich hinter der Bühne. Das hatte er offenbar gut abgepaßt: Er hörte noch Marion Terrys letzte Zeile: *»Es war ein Traum, aber der Traum ist vorbei!«* Dicht gedrängt standen Esmond, Evelyn Millard und Irene Vanbrugh in ihren Kostümen als Round, Mary und Fanny beieinander und warteten darauf, sich zu verbeugen, wenn der Vorhang gefallen war. Als sie seine Schritte hörten, drehten sie sich um. Einen Augenblick waren die Gesichter ausdruckslos vor Überraschung über sein plötzliches Erscheinen, dann lächelten alle drei ihm zu. Waren seine Ängste schuld daran, daß ihm das Lächeln gezwungen vorkam? »Ist es gut gelaufen?« flüsterte er. Esmond legte einen Finger an die Lippen – um ihn zur Ruhe zu mahnen oder um nicht antworten zu müssen? Auf der Bühne bewegte sich Alexander langsam und ziemlich unbeholfen rückwärts auf die Tür des Salons zu. »Sei gut zu ihm«, sagte er mit eigenartig erstickter Stimme im Abgehen zu Marion Terry, und ›Sei gut zu ihr!‹ zu Herbert Waring. Auf der Schwelle blieb er stehen, wiederholte *›Sei gut zu ihr!‹* und schloß langsam die Tür. Gleich darauf erschien er in den Kulissen und tupfte sich mit einem Taschentuch den Schweiß von der Stirn. Er sichtete Henry auf der anderen Seite der Bühne, während die anderen beiden Schauspieler ihre letzten Worte wechselten – *›Mrs. Peverel – Ich werde hoffen!‹ ›Warten Sie!‹* – und warf ihm einen Blick zu, den dieser nicht zu deuten wußte. Dann fiel der Vorhang, und Henry hörte einen Applaus, wie er ihn noch nie vernommen hatte. Er war laut und lang, aber in das Klatschen mischten sich andere Geräusche, Rufe und Schreie und Pfiffe. Ob es Begeisterungsstürme oder die Meinungsäußerungen eines wütenden Mobs waren, hätte er nicht sagen können. Der Vorhang ging wieder hoch, und die Schauspieler verbeugten sich – erst alle zusammen, dann einzeln. Von seinem Standort aus sah er eine Loge, in der die Zuschauer – er meinte die Burne-Joneses zu erkennen – heftig applaudierten. Als Mrs. Saker mit wippenden schwarzen Federn am vorderen Bühnenrand knickste, war ihm, als würde im Zuschauerraum ein Lied angestimmt, und sie ging leichenblaß ab, ohne Henry einen Blick oder Gruß zu gönnen. Was ging hier vor? Er sah sich um, fand aber niemanden, den er hätte fragen können. Der Vorhang fiel erneut, und ein Bühnenarbeiter öffnete ihn in der Mitte, damit Alexander wie gewohnt die speziell ihm geltenden Ovationen entgegennehmen konnte. Stürmischer, offenbar ehrlich herzlicher Beifall schlug ihm entgegen, der zwei oder drei Minuten andauerte. Und dann hörte Henry unsäglich erleichtert die Zuschauer nach dem Autor rufen. Es war also doch gut gelaufen.

(Elizabeth Robins begriff die Gefahr sofort. Die Rufe nach dem Autor waren zuerst vom Olymp gekommen und wurden dann von Henrys Freunden im Parkett und im ersten Rang begeistert aufgenommen, aber die beiden Gruppen verfolgten durchaus unterschiedliche Absichten damit, ihn herauszurufen. Die Zuschauer klatschten weiter, die Rufe nach dem Autor wurden nachdrücklicher. Sie sah, wie Alexander zögerte und nach hinten blickte. Er würde doch nicht so töricht sein, Henry nach einer derart mißglückten Vorstellung mit diesem gespaltenen und unberechenbaren Publikum zu konfrontieren?)

Er sah, wie Alexander ihm winkte und mit ausgestreckter Hand und ermutigendem Lächeln ein paar Schritte hinter die Kulissen tat. Er holte tief Atem, straffte die Schultern und trat in das gleißende Rampenlicht. Alexander schüttelte ihm die Hand, zog ihn auf die Mitte der Bühne, und als er sich zum Publikum umdrehte ... als er sich umdrehte ...

(Als Henry James sich zum Publikum umdrehte und zu einer eleganten Verbeugung ansetzte, traf ein Hagel von Buhrufen sein wehrloses Haupt. Auch Zischen und Pfiffe und Hohngelächter mischten sich darunter, aber der beherrschende Ton in der Geräuschkulisse war dieser langgezogene Vokal, das dumpfe »uhhh«. James war betäubt, verwirrt, unfähig zu begreifen, was hier geschah, unfähig zu entscheiden, wie er reagieren sollte. Er war wie gelähmt, kippte bei seiner Verbeugung nach vorn, das breite Gesicht, der kahle Kopf hob sich hell vor dem dunklen Bart und der schwarzen Abendkleidung ab. Er machte ein paarmal langsam und lautlos den Mund auf und zu wie ein Flossentier im Goldfischglas. »Buh! Buh!« Seine empörten Freunde und Anhänger konterten mit noch kräftigerem Applaus und »Bravo«-Rufen, was die Buhrufer zu verstärkten Anstrengungen provozierte.

»Das ist unerträglich!« John Singer Sargent war aufgesprungen. Am liebsten wäre er über die Reihen vor ihm geklettert und auf die Bühne gestürzt, um seinen Landsmann vor diesen Schmähungen zu retten.

»Warum machen sie diesen Krach, Kiki?« fragte Emma, erschrocken Du Mauriers Arm umklammernd, womit sie ihn am Klatschen hinderte.

»Ich weiß nicht… das heißt doch, ich weiß es schon, aber es ist unfair, es ist gemein«, sagte er. »Schufte sind das! Armer James.«

»Wie schrecklich!« rief Florence Bell Elizabeth Robins zu. Sie mußte schreien, um das Getöse zu übertönen. »Was ist mit Alexander los? Warum bringt er Henry nicht weg?« Alexander stand einen Schritt hinter dem Autor, machte ein halb verlegenes, halb zerknirschtes Gesicht und trat unruhig von einem Fuß auf den anderen.

»Wenn ich das wüßte«, sagte Elizabeth grimmig. »Warum hat er ihn überhaupt auf die Bühne geholt?«

Das Ganze dauerte nur zwei oder drei Minuten, aber seinen Freunden schien es, als habe Henry James, von stürmischem Lärm umtost, eine Stunde dort gestanden, bis er sich mit einem hilflosen Schulterzucken umwandte und gefolgt von dem betretenen Alexander hinter die Bühne flüchtete.

Der Olymp buhte weiter, das Parkett applaudierte weiter. Philip Burne-Jones stand in seiner Loge auf und klatschte ostentativ in Richtung der oberen Ränge, was eine weitere Salve von Buhs und Pfiffen auslöste.

Arnold Bennett zückte sein Notizbuch und vermerkte in Kurzschrift: *›Eine Schlacht zwischen den Rüden und den Reichen.‹*)

Im Schock, betäubt von dem Lärm und noch immer geblendet vom Rampenlicht taumelte er nach hinten, warf ein

Möbelstück um und blieb ratlos stehen, bis Alexander zu ihm trat.

»Es tut mir leid, Henry«, sagte er halblaut.

»Warum haben Sie mich dieser – dieser schändlichen Behandlung ausgesetzt?«

»Damit habe ich nicht gerechnet«, sagte Alexander. »Sie haben doch gehört, daß sie nach dem Autor gerufen haben.«

»Hatten Sie demnach den Eindruck, daß das Stück ein Erfolg war?« fragte Henry sarkastisch.

»Nein, das nicht. Der erste Akt lief traumhaft, aber im zweiten Akt kam alles ins Rutschen. Wir müssen die Trinkszene streichen, sie funktioniert nicht.«

»Die Trinkszene streichen? Ist dies das Einzige, was diese … diese Barbaren … machen sie deshalb diesen infernalischen Lärm? Weil die Trinkszene sie nicht überzeugt hat?«

»Nein, aber …«

»In meinem ganzen Leben bin ich noch nie so beleidigt worden«, erklärte Henry bitter.

Sie horchten dem andauernden Tumult im Theater nach.

»Für mich ist es auch nicht sehr angenehm«, sagte Alexander. »Ich bin Durchfälle nicht gewöhnt.« Dann fiel ihm etwas ein. »Vielleicht sind wir Opfer einer Kabale geworden.«

»Wie bitte?«

»Ich habe heute nachmittag ein Telegramm bekommen … Ohne Unterschrift natürlich.«

»Was sagen Sie da? Wer würde …«

»Keine Ahnung. Offenbar ein Widersacher.« Er drehte den Kopf, als eine neue Welle von Lärm über den Zuschauerraum schwappte. »Ich muß dem ein Ende machen. Entschuldigen Sie mich.«

Alexander betrat wieder die Bühne, und Henry zog sich tiefer in die Kulissen zurück.

(Alexander trat in der Mitte der Bühne dicht an die Rampe heran und hob bittend die Hände. Die Buhrufe verstummten, man hörte von allen Plätzen nur noch Beifall und Rufe »Eine Rede! Eine Rede!« Alexander bedeutete den Zuschauern, er würde ihnen den Wunsch erfüllen, und es wurde still.

»Meine Damen und Herren, in meiner kurzen Karriere als Intendant haben Sie mir so viel Wohlwollen entgegengebracht, daß die Mißtöne heute abend mich sehr verletzt haben ...«

Von hoch oben ließ sich eine Stimme vernehmen: »Du kannst ja nichts dafür, Alicks, es liegt an dem miserablen Stück!«, und von derselben Stelle kamen Gelächter und »Hört-hört!«-Rufe.

»Ich kann nur sagen«, fuhr Alexander fort, »daß wir unser Bestes gegeben haben, und wenn wir versagt haben, können wir uns nur bemühen, uns Ihrer Zuneigung würdig zu erweisen, indem wir es in Zukunft besser machen.«

Er verbeugte sich, und wieder brandete Beifall auf.

»Die Rede eines Speichelleckers«, sagte Du Maurier halblaut.

»Wie kann man nur so zu Kreuze kriechen«, knurrte Sargent.

Lily Hanbury wandte sich an Mrs. Alexander. »Alex hat den Abend gerettet.«

»Den Abend vielleicht. Aber die Spielzeit?«

Auf ein Zeichen von Alexander gab Walter Slaughter dem Orchester den Einsatz zur Nationalhymne. Die Zuschauer erhoben sich und blieben schweigend stehen, bis der letzte Ton verklungen war. Der ereignisreiche Abend war vorbei, hatte aber allen reichlich Gesprächsstoff für den Heimweg geliefert.

Wells drängte sich durch die Menge, stieß mit einem etwa gleichaltrigen und ihm auch äußerlich nicht unähnlichen jungen Mann zusammen und schlug ihm ein mit Kurzschrifthieroglyphen bedecktes Notizbuch aus der Hand. »Entschuldigen Sie bitte«, sagte er, hob das Notizbuch auf und gab es dem Unbekannten – vermutlich einem Kritikerkollegen – zurück.

»Da- … da- … da- …« stotterte der junge Mann. Wells hastete weiter, ohne den Rest des Satzes abzuwarten. Ihm war bewußt, daß er sich unhöflich verhielt, aber er hatte einen anderen Kritiker im Visier. Im Foyer sah er gerade noch, wie George Bernard Shaw sich durch die Schwingtür schob, und holte ihn in der King Street ein, wo er in flottem Tempo in Richtung St. James's Square ging.

»Mr. Shaw!«

Shaw drehte sich um, hob das Kinn und reckte angriffslustig den Bart vor. »Ja?«

»Darf ich mich vorstellen? Herbert G. Wells. In den Achtzigern habe ich sie oft reden hören, bei den Versammlungen im Haus von William Morris in Hammersmith.«

Shaw grinste. »Sieh mal einer an«, sagte er mit seiner Dubliner Tenorstimme. »In dem alten Gewächshaus, wo es immer durchgeregnet hat. Das vergeß ich nie!«

»Und wir schreiben beide für die *Saturday Review*.«

»Wie war doch gleich der Name?«

»Herbert Wells. Ich schreibe als H. G. Wells.«

»Richtig, ich hab das eine oder andere von Ihnen gelesen. Sie interessieren sich für Naturwissenschaften, nicht?«

»Ja, sehr.«

»Was hat Sie dann zu *Guy Domville* gelockt – denn da waren Sie doch wohl heute abend?«

»Ich soll das Stück besprechen. Für die *Pall Mall Gazette.*«

»Soso. Und wie lange machen Sie so was schon?«

»Ich habe erst diese Woche angefangen.«

»Und ich erst in der vorigen Woche, da sind wir also gewissermaßen beide Anfänger.«

»Aber Sie waren vorher Opernkritiker, Sie verstehen etwas von Dramen...«

»Allerdings. Ich kann wohl in aller Bescheidenheit behaupten, daß ich vom Drama mehr verstehe als die meisten Trottel, die für die Zeitung darüber schreiben – nichts für ungut, junger Mann.«

»Schon in Ordnung. Ich kenne mich da nicht besonders gut aus, und es würde mich interessieren, was Sie von dem Stück halten – und von den Buhrufen.«

Shaw sah ihn nachdenklich an. »Wo wohnen Sie, Mr. Wells?«

»Mornington Crescent.«

»In die Richtung muß ich auch. Gehen wir zusammen?«

Im Foyer stieß Gosse auf Norris, der gerade mit Grabesmiene den Mantel zuknöpfte.

»Schlimm«, sagte Gosse.

»Schauderhaft.«

Beiden war peinlich bewußt, daß sie unabsichtlich zu der Demütigung des Freundes beigetragen hatten

»Hätte ich gewußt, daß die auf dem Olymp sich so schlecht benehmen, hätte ich nicht nach dem Autor gerufen«, sagte Gosse.

»Genau«, bestätigte Norris. »Ich auch nicht.«

»James wird es schwer treffen.«

»Sollen wir ihn suchen gehen und uns ein bißchen um ihn kümmern?« fragte Norris.

»Nein, er hat das Ensemble zum Abendessen eingeladen.

Dürfte kein sehr heiteres Mahl werden. Aber morgen müssen wir unbedingt versuchen, ihm den Rücken zu stärken.«

»Ja, natürlich.«

Sie wünschten einander eine gute Nacht und trennten sich. Beide verspürten keine Neigung, über das Stück zu sprechen.

»Der zweite Akt war eine Katastrophe«, sagte Shaw, während sie nebeneinander die Shaftesbury Avenue hochgingen. Wells, der nur einen Meter fünfundsechzig groß war, mußte sich anstrengen, um mit dem langbeinigen Shaw Schritt zu halten. »Die Trinkszene war purer Nonsense – aber das hätte Alexander bei den Proben merken und in Ordnung bringen müssen. Davon haben sich das Stück und die Schauspieler nicht mehr erholt. Aber der erste Akt war bezaubernd. Es ist ein echtes Vergnügen, in einem Londoner Theater so eine Sprache zu hören. Henry James bedient sich der Worte wie ein Lyriker, obgleich er Prosa schreibt.«

»Aber reden die Leute denn in Wirklichkeit so?«

»Haben die Leute zur Zeit von Shakespeare in Blankversen geredet?« konterte Shaw. »Wohlgemerkt – es ist in meinen Augen kein großes Stück. Es hat seine Fehler, es hat Längen, es behandelt ein sehr kleines Segment menschlichen Lebens. Aber der Mann, der es geschrieben hat, ist ein Künstler, was man bei den Verfassern von neun Zehnteln aller Stücke, die im West End über die Bühne gehen, nicht behaupten kann.«

»Und warum haben sie ihn dann ausgebuht?«

»Gebuht wurde vor allem auf dem Olymp, auf den billigen Plätzen. Dort hat man das Stück überhaupt nicht verstanden, und das ist schließlich kein Wunder, nachdem man diese Leute über Jahrzehnte mit primitiven Melodramen und derben Farcen gefüttert hat. Mit Guy Domvilles ehrenwerten moralischen Bedenken konnten sie nichts anfangen, und daß er sie um einen glücklichen Ausgang betrogen hat, indem er nun doch Priester wurde, war der Tropfen, der das Faß zum Überlaufen brachte. Die Zuschauer auf den teuren Plätzen waren zurückhaltender, aber ob sie das Stück tatsächlich begriffen oder mehr Gefallen daran gefunden haben als der Olymp, möchte ich bezweifeln. Es waren viele Freunde von Henry James da – vielleicht mehr, als ihm gut tat. Kann sein, daß die auf dem Olymp das Gefühl hatten, unten säße eine Oberschicht-Claque. Da haben sie eben eine Konkurrenzveranstaltung aufgezogen. Alexander war ja wohl von allen guten Geistern verlassen, als er James zum Schluß auf die Bühne geholt hat.«

»Mir sah das fast nach einem Racheakt aus«, sagte Herbert.

Shaw schmunzelte. »Da könnten Sie recht haben.«

»Kommt es oft vor, daß so gebuht wird?«

»Nicht sehr oft. Mich haben sie bei der Premiere von *Widowers' House* ausgebuht – allerdings weiß ich nicht genau, ob das dem Stück galt oder der Rede, von der ich mich nicht habe abhalten lassen.«

Daß Shaw nicht nur Journalist, sondern auch Bühnenschriftsteller war, hatte Herbert nicht gewußt, ließ sich aber seine Ignoranz nicht anmerken. »Wie viele Stücke haben Sie schon geschrieben?« fragte er, als sie in die Charing Cross Road einbogen.

»Mehrere, aber aufgeführt wurden bisher nur zwei. Sie gelten allgemein als zu kontrovers und anfällig für den Zorn des Zensors. Ich habe gerade wieder eins geschrieben, es heißt *Candida.* Wyndham hat geweint, als er den letzten Akt gelesen hat, aber er meint, die Londoner

Bühne könnte so ein Thema frühestens in einem Vierteljahrhundert verkraften. Dann habe ich es Alexander angeboten ...«

»Sie meinen George Alexander?«

»Dem nämlichen. Er wäre bereit, es aufzuführen, hat er gesagt, wenn ich ihm einen blinden Helden hineinschreiben würde.«

»Warum denn das?« fragte Wells verdutzt und lachte.

»Weil das seiner Ansicht nach die Figur sympathischer gemacht hätte. Er wollte den Helden nämlich selber spielen. Natürlich habe ich abgelehnt.«

»Sind Sie nicht in einer ziemlich heiklen Position«, sagte Herbert vorsichtig, »wenn die Stücke, die Sie besprechen, in einem Haus laufen, dessen Intendanten Sie für Ihre eigenen Arbeiten interessieren wollen?«

»Das habe ich mir genau überlegt, als Frank Harris mir den Posten anbot«, sagte Shaw. »Aber ich bin unbestechlich. Wovon leben Sie, Mr. Wells? Nur vom Schreiben?«

»Ich versuche es. Früher habe ich in einem Fernlehrinstitut unterrichtet, aber da bin ich ausgestiegen.«

»Verheiratet?«

»Ich liege in Scheidung und lebe mit der Frau zusammen, die ich liebe«, erklärte Wells in der Hoffnung, damit den Freidenker Shaw beeindrucken zu können.

»Klingt kostspielig«, bemerkte der Ire trocken.

»Solange ich gesund bleibe, komme ich immer durch«, sagte Herbert. »Ich habe gerade einen Fortsetzungsroman für hundert Pfund an *The New Review* verkauft.«

Das beeindruckte Shaw tatsächlich. »Herzlichen Glückwunsch. Wie heißt er?«

»Die Zeitmaschine.«

»Spannender Titel«, sagte Shaw.)

So war es denn vorbei. Er steckte in einer Sackgasse, saß auf dem ausgetrockneten Grund eines Brunnens, stand vor der Felswand am Ende des Tunnels. Gescheitert. Er hatte einen Pakt mit dem Schicksal geschlossen – »noch ein Jahr« –, und das Schicksal hatte ihn über die ganze Zeitspanne warten, ihn hoffnungsvoll an der Strickleiter hängen lassen, die zum Erfolg führte und dann mit einem einzigen bösartigen Streich die Stränge durchtrennt und ihn in den Abgrund stürzen lassen. Sein Stück war durchgefallen, und das mußte er akzeptieren. Als Alexander von einer Kabale gesprochen und ihm von dem rätselhaften Telegramm erzählt hatte, war kurz die Hoffnung aufgekeimt, er sei ohne eigene Schuld in eine Vendetta gegen den Schauspieler und Intendanten hineingeraten, aber dann waren die Buhrufe verstummt, und der aufbrandende Beifall, als Alexander auf die Bühne zurückkehrte und seine kriecherische Rede hielt, hatte ihn davon überzeugt, daß die *canaille* im Olymp es nicht auf »Alick« abgesehen hatte, sondern auf ihn. *Guy Domville* war sein letzter Wurf gewesen – *le sort en est jeté* –, und er hatte verloren. Auf eine weitere Demütigung dieser Art würde er sich nicht einlassen. Gewiß, da war die Ahnung des Scheiterns gewesen, die ihn beim Überqueren des St. James's Square beschlichen hatte, aber daß ihn ein johlender Mob vor fast all seinen Londoner Bekannten an den Pranger stellen würde – darauf hatte sie ihn nicht vorbereitet. Bei der Erinnerung an diesen grauenvollen Augenblick, an das aufbrandende Crescendo, das ihm entgegenschlug, als er sich dem Meer von Gesichtern zuwandte, an das »Buh! Buh! Buh!« rötete sich noch jetzt, als er durch die kalten dunklen Straßen am Rande von Green Park ging, seine Stirn. Die Prostituierten belästigten ihn nicht mehr, sein versteinertes Gesicht, sein zielstrebiger Gang hatten sie wohl davon überzeugt, daß es sinnlos gewesen wäre, ihn anzusprechen.

Er bog auf den Piccadilly ein. Eine Droschke verlangsamte die Fahrt, und der Kutscher sah hoffnungsvoll in seine Richtung. Sollte er einsteigen? Nein, er wollte laufen. Er würde den Heimweg – über Piccadilly, Knightsbridge, Kensington Road und Kensington Gore – ganz zu Fuß zurücklegen. Er war müde, aber er sehnte sich nach einer noch tieferen Erschöpfung. Er wollte so müde werden, daß er einschlief, sobald er den Kopf aufs Kissen gelegt hatte. Und vorher brauchte er Zeit zum Nachdenken, brauchte Zeit, die bittere Niederlage bis zur Neige auszukosten, sich seinem Jammer ganz allein und ohne Zeugen hinzugeben. Seit einer Stunde war ihm, als käme er nach einer Chloroformbetäubung gerade wieder zu sich, noch benommen, aber mit dem Wissen, daß knapp jenseits der Schwelle des Bewußtseins ein schneidender Schmerz lauerte und nur darauf wartete, daß er wieder aller Sinne mächtig war. Diesem Schmerz stellte er sich jetzt, packte ihn an, überantwortete sich ihm.

Als Alexander von der Bühne gekommen war, hatte er Henry zu verstehen gegeben, daß niemand eine Absage des Abendessens für die Darsteller übelnehmen würde, er aber hatte darauf bestanden, es durchzuziehen. Es war ein gespenstisches Mahl gewesen. Mrs. Saker hatte sich entschuldigen lassen – Alexander murmelte etwas Unverständliches von einem Hut –, andere waren unter fadenscheinigen Vorwänden früher gegangen. Henry James hatte mehr schlecht als recht den Gastgeber gespielt, hatte Konversation gemacht, auch wenn er sich inzwischen an nichts von dem erinnern konnte, was er gesagt hatte, und ab und zu sogar einen Scherz riskiert. Marion Terry hatte sehr lieb versucht, ihn aufzuheitern und ihm versichert, Mrs. Peverel sei die beste Rolle, die sie je gehabt hatte, und Elliott hatte zu viel Wein getrunken und eine von den anderen mit

Schweigen quittierte schlüpfrige Geschichte erzählt. Von den Buhrufen war nicht die Rede gewesen. Alexander hatte bewußt einen Platz am anderen Tischende gewählt und Henry erst angesprochen, als die Gesellschaft sich auflöste, um noch einmal auf die Trinkszene im zweiten Akt zurückzukommen. Henry hatte zugehört und genickt, ohne auch nur ein Wort von dem Gesagten aufzunehmen, hatte aber versprochen, am Montagmorgen eine überarbeitete Szene abzuliefern, so daß die Darsteller sie noch proben und am Abend spielen konnten. Inzwischen schien es ihm sehr fraglich, ob er es über sich bringen würde, sein Stück auch nur anzusehen, geschweige denn zu überarbeiten, ohne daß ihm übel wurde. »Buh! Buh!«

Trotzdem würde er wohl die Zähne zusammenbeißen und es zumindest versuchen. Den Schauspielern zuliebe, und um seiner Berufsehre willen würde er seinem schon aus zahllosen Wunden blutenden Stück einen letzten »Schnitt« beibringen. Vor dem kommerziellen Scheitern würde sein chirurgisches Flickwerk es nicht retten, da machte er sich nichts vor, und selbst wenn dies wie durch ein Wunder doch gelingen sollte, stand sein Entschluß fest, sich nie mehr einer so rüden Ablehnung auszusetzen, wie er sie an diesem Abend erlebt hatte. Voller Bitterkeit überlegte er, wieviel Zeit und Kraft er auf den Versuch vergeudet hatte, Dramatiker zu werden. Fünf ganze Jahre! Fünf Jahre, nach deren Ablauf er nichts vorzuweisen hatte als einen halben Erfolg und einen totalen Durchfall auf der Bühne und Schubladen voller Entwürfe von Stücken, die nie aufgeführt worden waren. Fünf Jahre, verbracht mit endlosem Umschreiben, zahllosen Briefen und Telegrammen und Sitzungen, fünf Jahre voll geweckter und zerstörter und erneut geweckter Hoffnungen – und was war letztlich dabei herausgekommen? Nichts. Welche Eitelkeit!

Welche Vergeudung! Ihm schien, als läge in der Zeile, die er Marion Terry hatte sprechen hören, als er hinter der Bühne stand, seine ganze Laufbahn als Dramatiker beschlossen:

»Es war ein Traum, aber der Traum ist vorbei!«

Aus dem dunklen Himmel fiel jetzt kalter Nieselregen. Die Gaslaternen, die den fast menschenleeren Piccadilly säumten, warfen Lichtkreise auf den Gehsteig, zwischen denen die Dunkelheit noch tiefer wirkte. Verbissen marschierte er weiter in Richtung Kensington.

3

Langsam nur begann die Seele zu genesen.

Am Sonntag wachte er, noch ehe es hell geworden war, mit einem lastenden Gefühl der Bedrückung auf. Sofort kam ihm die Ursache wieder in den Sinn. An Schlafen war nun nicht mehr zu denken; so lag er denn da wie der Überlebende eines Schiffbruchs, zu erschöpft und demoralisiert, um sich über die Flutlinie zu retten, gleichgültig, ob er lebte oder starb, und ließ die wie Wellen heranbrandenden jammervollen Gedanken über sich wegspülen. Am meisten schmerzte der Gedanke, daß der demütigende Mißerfolg sich in Windeseile in seinem großen Bekanntenkreis herumsprechen würde. Von den Menschen, die ihm in den nächsten Wochen begegnen würden oder mit denen er im Briefwechsel stand, gab es bestimmt nicht einen einzigen, der nicht wußte, daß er, Henry James, auf der Bühne des St. James's Theatre ausgebuht worden war. Alle Zeitungen würden über das Ereignis berichten, in Klubs und Salons und Dienstbotenquartieren würde man darüber reden, der Klatsch würde Grenzen und Meere überwinden. Jede gesellschaftliche Begegnung, jede Korrespondenz würde die bange Frage belasten, ob man das Thema anschneiden oder ignorieren sollte, und wenn man sich für Ersteres entschied, wie man damit umgehen sollte.

Die erste Prüfung dieser Art stellte das Essen dar, zu dem er vor allem deshalb eingeladen hatte (was sich im

Rückblick wie überhebliche Torheit ausnahm), um Meinungen über *Guy Domville* einzuholen. Nichts hätte ihm an diesem Tag ungelegener kommen können, aber er würde es – wie das Trauermahl für die Schauspieler am Vorabend – durchstehen müssen. Sein erster Gast war William Norris. Er schüttelte Henry die Hand und bedachte ihn mit einem traurig besorgten Blick. »Mein lieber Freund«, sagte er, »ich will über den gestrigen Abend nur eines sagen und dann schweigen. Sie haben ein wunderbares Stück geschrieben – ein Stück voller Poesie und Gefühl und mit ernsthaftem moralischen Anspruch. Die Rüpel, die es ausgebuht haben, disqualifizieren sich selbst als ungebildete Banausen. Verständlich, daß zur Zeit nur schmerzliche Gefühle Sie bewegen, aber die Zeit heilt Wunden. Sie sind ein großer Schriftsteller.«

»Danke, William«, sagte er ehrlich bewegt.

»Und jetzt lassen Sie uns von etwas anderem sprechen.«

Das aber war leichter gesagt als getan. Der nächste Gast war Philip Burne-Jones, in dem noch immer Aufregung und Empörung wühlten. Er hatte sich nach der Vorstellung zunächst noch im Theater aufgehalten, war dann auf der Straße mit Zuschauern aus dem Olymp aneinandergeraten und brannte darauf, Henry gleichsam als Beweis für seine Unterstützung von diesem Abenteuer zu erzählen. Daß sein Gastgeber es vielleicht vorgezogen hätte, das Fiasko mit Schweigen zu übergehen, kam ihm nicht in den Sinn. Henry war dem jungen Mann, der im vergangenen Jahr ein sehr passables Porträt von ihm gefertigt hatte – im Profil, mit einem Federkiel in der Hand am Schreibtisch sitzend und ins Leere blickend, als suche er nach dem richtigen Wort – durchaus zugetan, aber Philip war wild und disziplinlos und hatte durch seine Neigung zu einem Leben in großem Stil und zu durchbummelten Nächten, bisweilen in

Gesellschaft der zweifelhaften Entourage des Prinzen von Wales, seinem Vater schon viel Kummer gemacht. Er sah den Krawall im Theater als ein Scharmützel in dem Krieg zwischen Kultur und Anarchie – »den bewußten Versuch einer Bande ungebildeter Rabauken, anderen einen Abend zivilisierter Unterhaltung zu verderben«, wie er es ausdrückte. Erst als Gosse ziemlich laut sagte: »Wie wäre es mal mit einem anderen Gegenstand?« und ihn scharf ansah, ließ er davon ab. Gosse lenkte das Gespräch geschickt auf andere Themen: den neuesten Klatsch über Oscar Wilde, Lord Alfred Douglas und den Marquis von Queensberry, die Nachrufe auf Christina Rosetti, die gerade gestorben war, das umstrittene Kriegsgerichtsurteil über Hauptmann Dreyfus und – wie sollte es anders sein – den erstaunlichen Erfolg von *Trilby*.

Mrs. Smiths Lammkeule mit Minzsauce wurde einhellig gelobt, und Henry winkte Smith, den Rotwein großzügig nachzuschenken, so daß bald eine recht aufgeräumte Stimmung herrschte. Zur allgemeinen Belustigung erzählte Sturgis, wie Du Mauriers Roman in Amerika auf vulgärste Weise kommerziell ausgebeutet wurde. Zeitungsanzeigen im ganzen Land warben für »Trilby«-Stiefel und -schuhe, illustriert mit Abbildungen ihres nackten Fußes nach Little Billees berühmter Zeichnung an der Wand des Pariser Ateliers, und ein Broadway-Restaurateur hatte besagten Fuß sogar in Eiscreme verewigt. »Es soll auch eine ›Trilby-Kaminbürste‹, ja sogar eine ›Trilby-Wurst‹ geben, aber ob diese Gegenstände auch ihren Füßen nachgebildet sind, entzieht sich meiner Kenntnis«, sagte Sturgis, und alle lachten.

Henry beteiligte sich nur sporadisch an dem Gespräch, warf bei passender Gelegenheit eine Bemerkung ein und vermittelte offenbar allen den Eindruck eines Mannes, der im Vollbesitz seiner körperlichen und geistigen Kräfte ist.

Denn beim Abschied sagte Gosse leise: »Ich bin sehr froh, Sie so ruhig zu sehen, Henry, ich weiß nur zu gut, wie es ist, Zielscheibe öffentlicher Schmähungen zu werden, und ich erinnere mich gern an den guten Rat, den Sie mir damals gegeben haben.« Damit meinte er die vernichtende Attacke von Churton Collins anläßlich seines im Rahmen der Clark Lectures in Cambridge gehaltenen Vortrags *Von Shakespeare zu Pope*, der vor Jahren in der *Quarterly Review* erschienen war und in der er zahlreiche gravierende Sachfehler ausgemacht hatte. Gosse war ein guter Kerl und ein gescheiter Mann, neigte aber im Detail zu genialischer Schludrigkeit, was Collins als willkommenen Anlaß zu einem heftigen und kontroversen Angriff auf den Zustand der englischen Literaturkritik genutzt hatte. James hatte seinerzeit Gosse geraten, nach Möglichkeit keinen Blick in die Zeitungen zu werfen, bis Gras über die Sache gewachsen war, und diesem Ratschlag gedachte auch er jetzt zu folgen.

Gleich am nächsten Morgen aber wurde er diesem Vorsatz untreu. Den Sonntagabend hatte er damit verbracht, die Trinkszene aus dem zweiten Akt zu streichen und mit neuen Dialogen auf verständlichere Weise den gleichen dramatischen Effekt zu erzielen. Ein Bote sollte früh um neun das Manuskript abholen und ins Theater bringen, wo man es für die Darsteller abschreiben würde, damit sie die geänderte Szene proben konnten, wenn sie um elf kamen. Er selbst konnte sich nicht dazu aufraffen, zur Probe zu erscheinen, ja, es schien ihm zweifelhaft, ob er je wieder einen Fuß in das St. James's Theatre setzen würde, und er legte dem Manuskript einen Zettel für Alexander bei: *»Mehr kann ich in der zur Verfügung stehenden Zeit nicht tun – nutzen Sie den Text nach Belieben.«* Da ihm, als der Bote gegangen war, nach dem Frühstück nichts weiter zu tun blieb, zog er sich in sein Arbeitszimmer zurück und grübelte.

Smith hatte ihm die *Times* auf den Schreibtisch gelegt, zusammen mit einem Poststapel, der höher war als sonst. Zahlreiche Freunde, die am Samstag im Theater gewesen waren, beeilten sich, ihn ihrer Unterstützung und ihres Mitgefühls zu versichern. Die Briefe sagten alle mehr oder weniger dasselbe aus – *»hatte große Freude an Ihrem Stück – empörendes Verhalten der Galerie – schändliche Rede Alexanders – hoffen, daß Sie sich nicht entmutigen lassen und uns weitere schöne Dramen schenken werden«*. Das war lieb gemeint, aber so viel Mitleid wirkte eher bedrückend, und die meisten Schreiben überflog er nur. Dann griff er nach der *Times*, fest entschlossen, sofort weiterzublättern, wenn er auf eine Kritik von *Guy Domville* stieß. Da war sie – auf Seite 13, neben einem Artikel über »Mastfutterpreise im Vereinigten Königreich«, und er konnte der Versuchung nicht widerstehen, den Blick rasch über die lange Spalte gehen zu lassen, um das Wesentliche zu erfassen. Die Kritik war schlecht. Der anonyme Rezensent schilderte die kontroverse Aufnahme des Stückes bei der Premiere und schlug sich bedingungslos auf die Seite der Galerie. »›*Denn was Gesetz im Drama sei, bestimmt das werte Publikum.‹ Es ist sinnlos, bei einem schlechten Stück dessen literarische Meriten herausstreichen zu wollen oder Volkes Stimme, die es verdammt hat, in Frage zu stellen.‹* Der Verfasser lobte Alexander für sein Versprechen, in Zukunft Besseres zu bieten, auch wenn der Durchfall nicht seine Schuld sei. *Guy Domville* sei kein gutes Stück, schrieb er. *»Jede Szene, fast jede Zeile verrät den peinlichen und fehlgeleiteten Kraftaufwand.‹* Der Dialog habe möglicherweise literarische Qualitäten, aber *›treffend und lebendig ist er nicht, und den Schauspielern bleibt nichts anderes übrig, als ihren Text aufzusagen wie eine gut gelernte Lektion«*.

Bestürzt ließ Henry die Zeitung sinken. War ihm bisher noch ein Fünkchen Vertrauen zu seinem Stück geblieben, die letzte schwache Hoffnung, daß außer seinen wohlmeinenden Freunden noch andere einsichtige Theaterbesucher dessen Vorzüge zu würdigen wußten, beides wurde durch die bösartige Attacke dieses namenlosen Angreifers zerstört. Wenn die *Times* sich auf die Seite der Hooligans auf der Galerie stellte, gab es für ihn keinen Platz auf der englischen Bühne. ›Peinlicher und fehlgeleiteter Kraftaufwand‹ – die Worte waren wie eine Ohrfeige, wie ein Epitaph auf seine Laufbahn als Bühnenschriftsteller. Er hatte fünf Jahre mit der vergeblichen Suche nach einem illusionären Gral vergeudet – fünf Jahre, in denen er jene Kunst vernachlässigt hatte, in der er, wie ihm allseits bestätigt wurde, ein Meister war. Aber wen würde es schon interessieren, wenn er jetzt zu ihr zurückkehrte? Seit der *Tragischen Muse* hatte er keinen Roman mehr veröffentlicht, und sowohl dieses Buch als auch seine Vorläufer hatten sich in den letzten beiden Jahren kläglich – mit nur zwanzig Exemplaren von jedem Titel – verkauft. Zeitschriftenredaktionen hatten es praktisch aufgegeben, sich mit der Bitte um Beiträge an ihn zu wenden. Er lief ernsthaft Gefahr, als literarische Figur ausgelöscht und finanziell in den Ruin getrieben zu werden.

Ein Gefühl tiefster Hoffnungslosigkeit überkam ihn, und zum ersten Mal in seinem Leben war er ernsthaft versucht, sich umzubringen. Er hatte immer an das Bewußtsein als den obersten aller Werte geglaubt, aber was nützte dem Menschen ein bewußtes Leben, wenn er nur Scheitern, Demütigung und Reue vor sich sah? Diese düsteren Gedanken riefen ihm wieder Fenimore in Erinnerung, die offensichtlich zu dem Schluß gekommen war, daß sie vom Leben keine Freuden mehr zu erwarten hatte und danach konsequent ihren Weg gegangen war. Er schauderte, als er sie vor seinem inneren Auge als stöhnendes Häufchen

Elend auf dem Kopfsteinpflaster des Ramo Barbaro liegen sah – aber es gab leichtere Wege ins Nichts. Drogen, Opiate. *Ein Ende ohne nächtliche Beschwer.* Und in diesem Zusammenhang kam ihm wieder Alice in den Sinn, die wider alle Vernunft den Lethetrank verweigert hatte, obgleich sie jedes Recht darauf gehabt hätte und grundsätzlich der Meinung war, daß Selbstmord keine Sünde, sondern nur eine von vielen dem Menschen zur Verfügung stehenden Möglichkeiten war.

Er trat an den Schrank, in dem er ihr Tagebuch eingeschlossen hatte, um es vor unbefugten Blicken zu schützen. Als Katharina Loring es ihm im Frühjahr zugestellt hatte – eins von vier Exemplaren, die sie privat für sich und Alices überlebende Brüder hatte drucken lassen –, hatte ihn die Lektüre ebenso aufgewühlt wie die von Fenimores Notizbuch, in mancher Hinsicht vielleicht sogar mehr, denn die Bemerkungen über seine Person waren viel expliziter. Erstaunt und manchmal peinlich berührt stellte er fest, daß die beiläufigen Plaudereien, mit denen er die kranke Alice unterhalten hatte – einmal mit gemäßigt boshaften Spötteleien über seine Bekannten, dann wieder mit selbstenthüllenden Geständnissen – im Tagebuch seiner Schwester gewissenhaft festgehalten waren. Deren anschaulichen Prosastil fand er beeindruckend, Katharine Lorings Vorschlag aber, das Tagebuch in dieser Form zu veröffentlichen, hatte ihm einen gehörigen Schrecken eingejagt. Sein Gegenvorschlag lautete, eine sorgfältig edierte Fassung unter Weglassung aller kompromittierenden persönlichen Bemerkungen herauszugeben und die Originalkopien zu verbrennen. Es war zu keiner Einigung gekommen.

Er fand den Eintrag, nach dem er suchte, unter dem 5. August 1889, als Alice in Leamington Spa wohnte. Sie bezog sich dabei auf den Tod von Williams Freund, dem englischen Psychologen Edmund Gurney. *»Es heißt, daß Mr. Edmund Gurney mit ziemlicher Sicherheit Selbstmord begangen hat. Wie schade, so etwas zu vertuschen – jeder gebildete Mensch, der sich das Leben nimmt, trägt zum Abbau des Aberglaubens bei. Sehr bedauerlich, daß es sich dabei um eine so unleugbar unordentliche Angelegenheit handelt, denn man besudelt seine Freunde moralisch wie physisch, wenn man sie so viel tiefer in die eigenen Geheimnisse einweiht, als ihnen lieb ist. Aber wie heroisch, wenn man die eigene Eitelkeit so weit überwinden kann, daß man sich eingesteht: Das Spiel ist zu schwer.«* Sie hatte einen erstaunlich wachen Verstand gehabt, seine kleine Schwester! Als sie noch lebte, hatte er ihren Scharfblick und ihren Esprit unterschätzt. Jetzt war ihm, als spräche sie in diesem Absatz über das Grab hinaus zu ihm – so wie ihr Vater vor Jahren über das gleiche Thema mit ihr gesprochen hatte –, indem sie ihm den Selbstmord dadurch ausredete, daß sie ihn scheinbar empfahl. Wollte er wirklich seinen Freunden die ganze Tiefe seiner Verzweiflung enthüllen? Wollte er wirklich der Welt gestehen, daß das Spiel zu schwer war? Das denn doch nicht!

Es war ein Segen, daß Alice das schmähliche Scheitern seiner Theaterambitionen nicht mehr erlebt hatte – die Enttäuschung hätte sie fast so hart getroffen wie ihn. Er blätterte weiter und suchte nach Bemerkungen über seine dramatischen Unternehmungen. Zum erstenmal war *Der Amerikaner* am 25. März 1890 erwähnt. *›H. scheint, was sein Stück betrifft, zuversichtlich zu sein und hat offenbar kein Verständnis für mein Zittern und Zagen. Ich war schrecklich aufgeregt, als er mir vor einem halben Jahr als großes Geheimnis anvertraute, er habe damit angefangen.‹* Am 7. Januar 1891 fand sich ein langer Eintrag mit einer Zusammenfassung seines Berichts über die Premiere in Southport. *»Es war wunderbar zu sehen, wie er vor Glück über seinen ersten Beifall strahlte … bin sehr dankbar, daß der liebe Kerl so einen Erfolg hatte. Bei den nächsten Pre-*

mieren werden wir weniger zittern.« Das Tagebuch rief ihm zahlreiche Augenblicke erregter Vorfreude in Erinnerung, die sich später als unbegründet oder illusionär entpuppt hatten, zum Beispiel: *»Vor ein paar Tagen kam H. beschwingt von einem ausnehmend verständnisvollen Gespräch mit Hare zurück, der das zweite Stück,* Mrs. Vibert, *das H. vor Weihnachten für Miss Genevieve Ward schrieb, nicht nur angenommen, sondern mit Begeisterung aufgenommen hat und ›ein Meisterwerk dramatischen Aufbaus‹ nennt.«* Selbst Alice hatte erkannt, daß er bei der leisesten Ermutigung zu übertriebenem Optimismus neigte und nicht durchschaute, welche Gefahren der Arbeit für die Bühne innewohnten. In diesem Eintrag hieß es weiter: *»Erstaunlich, daß H. offensichtlich nicht sieht, wie viel mehr in diesem Stück, will er damit Erfolg haben, von den Schauspielern abhängt als im* Amerikaner.« Ihm schien, als sei in diesem und ähnlichen Absätzen seine ganze dramatische Laufbahn in verdichteter und ironischer Form zusammengefaßt, aber es bewegte ihn auch sehr, wie rückhaltlos sich Alice mit seinem Vorhaben identifizierte, die englische Bühne zu erobern. Sie bedauerte, daß er nicht ein paar Jahre eher angefangen hatte, weil damals ihre Kräfte es ihr vielleicht noch erlaubt hätten, eine Vorstellung zu besuchen. In einem der letzten Tagebucheinträge im September 1891 aber schrieb sie: *»Ein kleines Stück vom* Amerikaner *habe ich aber doch sehen dürfen, denn Mary hat mir neulich ein Stoffmuster von Madame de Cintrés Ballkleid mitgebracht, Henry hatte ihn mit Mrs. Compton zusammen ausgewählt.«* Als er das las, kamen ihm die Tränen.

Der einzige recht dürftige Trost, der ihm das Tagebuch gewährte, war die Erkenntnis, daß Alice für ihn persönlich kein Wort der Kritik hatte – im Gegenteil, sie lobte häufig seine Geduld und Güte in Formulierungen, die ihn fast erröten ließen: *»Ich habe ihm unendliche Mühe und Sorge gemacht,* *trotzdem habe ich ihn auch angesichts der bizarrsten Erscheinungen meiner Leiden nie ungeduldig gesehen oder ein böses oder mißverstehendes Wort von seinen Lippen gehört.«* Soviel Lob verdiente er nicht. Er hatte ihr Freundlichkeiten erwiesen, weil sie seinen Egoismus zufriedenstellten – sie hing so sehr an ihm, bewunderte ihn so sehr, war so eifrig auf seinen Erfolg bedacht und – das war der Schlüssel – sie war keine Konkurrenz für ihn. Fenimore gegenüber aber hatte er versagt, eben weil sie eine Konkurrentin war. Er hatte sich ihrer so bedient, wie er sich seiner Schwester bedient hatte – sie war ihm Vertraute und Ratgeberin gewesen und moralische Stütze in beruflich schwieriger Zeit, er aber hatte ihr das nie in vergleichbarer Weise vergolten, hatte auf ihre Sorgen und Selbstzweifel nie den heilenden Balsam uneingeschränkten, verschwenderischen Lobes geträufelt, den jeder Künstler hin und wieder braucht. Er wurde rot, als er an ihre Enttäuschung über seinen Artikel *Miss Woolson* dachte, ihren nur zu berechtigten Groll über sein dürftiges, widerwilliges Lob, seine verkniffenen Vorbehalte, seinen gönnerhaften Ton. Wie weit ließ sich das alles aus schlichtem Neid herleiten, weil sie von *East Angels* vierzigtausend Exemplare und er von *Bildnis einer Dame* nur achttausend verkauft hatte? Neuerdings ertappte er sich dabei, daß er sich George Du Maurier gegenüber ebenso kleinlich verhielt. Solange sie sich als Schriftsteller und bildender Künstler ergänzt hatten, hatte in ihrer Freundschaft unumschränkte Harmonie geherrscht, seit aber auch Du Maurier schriftstellerisch tätig war, hatte sich die Beziehung – zumindest aus Henrys Sicht – fast unmerklich verändert, wurde von innen her durch den Wurm des Neids und der Eifersucht zerfressen.

Er war unversehens in das geraten, was Katholiken Gewissenserforschung nennen und was, wie ein Monsignore aus seinem Bekanntenkreis ihm einmal erläutert hatte, zur Vorbereitung für die Beichte gehörte. Er warf sich Selbstsucht, Neid, Eifersucht, Ressentiments und daraus resultierend ein Defizit an Großzügigkeit, Demut, Edelmut und Seelenstärke vor. Es schien, als wollte die heutige Zeitung das strenge Urteil bestätigen, das er über sich gefällt hatte. Die *Times* brachte einen Bericht – vermutlich verfaßt von Morton Fullerton – über die Degradierung des Hauptmann Dreyfus, in dem geschildert wurde, wie der Unglückliche vor dreitausend Mann und einer gaffenden Menge, die sich am Zaun des Kasernenhofs drängte, hatte antreten müssen, um das von General Darras mit lauter Stimme verkündete Urteil anzuhören: *»Dreyfus, Sie sind es nicht wert, Waffen zu tragen, und wir degradieren Sie!«* Dann hatte ein Adjutant ihm die Epauletten und Streifen abgerissen und seinen Degen zertreten (dessen Klinge vorher angefeilt worden war). So ein Spektakel ließ Henry die eigene triviale Demütigung auf der Bühne des St. James's Theatre mit anderen Augen sehen. *»Dreyfus beteuerte hoch erhobenen Hauptes seine Unschuld: ›Vive la France! Je jure que je suis innocent.‹«* Henry war geneigt, dem Hauptmann zu glauben, in jedem Fall aber fand er dessen Tapferkeit und seine Haltung unter extremem Druck bewundernswert, während er selbst auf die ihm zuteil gewordene Ablehnung nur kindisch gekränkt reagiert hatte.

Die Leserbriefe lieferten weiteren Stoff zum Nachdenken. Sidney Colvin übermittelte einen ausführlichen Bericht über den Tod und das Begräbnis von Robert Louis Stevenson in Samoa, den ihm dessen Stiefsohn Lloyd Osbourne übersandt hatte. Samoanische Häuptlinge aus dem ganzen Distrikt waren zusammengekommen und hatten schöne Matten mitgebracht, an denen jeweils eine Frau ein ganzes Jahr gewebt hatte, Tücher, in die man nach den Bestattungsriten auf Samoa berühmte Männer hüllte. »*Einer nach dem anderen kam herein und küßte ihm die Hand. Ich notierte die Rede eines Mannes, der sich neben Louis auf die Knie warf. Er war alt und verarbeitet und konnte kaum sprechen, so sehr weinte er. ›Ich bin nur ein armer unwissender Schwarzer. Andere sind reich und können Tusitala Reichtümer zum Abschied schenken. Ich bin arm und kann an diesem letzten Tag, an dem Tusitala seine Freunde empfängt, nichts schenken. Und doch fürchte ich mich nicht, herzukommen und einen letzten Blick auf das Gesicht meines Freundes zu werfen. Wir waren im Kerker, und er hat sich um uns gekümmert. Der Tag war nicht länger als seine Güte. Ihr hier seid große Leute und voller Liebe. Und doch – wer ist hier so groß wie Tusitala? Wer ist mehr voller Liebe und Mitgefühl? Was ist eure Liebe gegen seine Liebe? O Tusitala, dies ist das letzte Mal, daß ich dein Gesicht erblicke, bis wir uns bei Gott wiedersehen.‹«*

Dieses außerordentliche Zeugnis trieb Henry wieder die Tränen in die Augen. Wie war es Louis gelungen, im Lauf der wenigen Jahre, die er unter diesen Menschen einer so anderen Rasse und Kultur verbracht hatte, so viel Hingabe zu wecken? Ihn würde man – da machte er sich nichts vor – nie auf diese ergreifende Weise betrauern, aber er beschloß, ein besserer Mensch zu werden, demütiger und weniger selbstbezogen. Er würde sein Scheitern beim Theater gefaßt hinnehmen, würde sich wieder dem einsamen Handwerk der Prosa widmen, würde versuchen, sich darin zu vervollkommnen, ohne nach Ruhm oder materiellem Lohn zu gieren, er würde Neid und Eifersucht von sich tun. Für eine Wiedergutmachung an Fenimore war es zu spät, aber er würde George Du Maurier aufsuchen und sich bemühen, das frühere unbefangene Miteinander wiederherzustellen.

Diesen »festen Vorsatz zur Umkehr«, wie die Katholiken es nannten, faßte er nachmittags um halb vier. Um vier kam ein Telegramm von Alexander: NEUE SZENE

VORZÜGLICH GUT GEMACHT VIELEN DANK ÜBERZEUGEN SIE SICH HEUTE ABEND SELBST ALEC

Sofort meldeten sich wieder Genugtuung über das Lob für eine gekonnt erledigte Aufgabe und der unwiderstehliche Drang, das, was er zustande gebracht hatte, auf der Bühne zu sehen. Ob das wohl unvereinbar mit seinen guten Vorsätzen war? Doch wohl nicht, sagte er sich.

Abends ging er im Straßenanzug ins St. James's und nahm auf dem Olymp Platz, wo die Zuschauer dem Stück aufmerksam folgten und offenbar davon angetan waren. Er mußte zugeben, daß der zweite Akt durch die Streichung der Trinkszene nicht gelitten hatte, er wirkte flüssig und sehr natürlich. Das Theater war fast ausverkauft, der Schlußbeifall herzlich, die Darsteller wurden mehrmals herausgerufen. Er mischte sich auf der Treppe und im Hauptfoyer unter die Menge und hörte etliche anerkennende Bemerkungen über das Stück. Dann ging er hinter die Bühne und sprach mit Alexander, der sich über die vielen bezahlten Plätze freute und ihm zwei Rezensionen überreichte, eine von Archer, die in der *World*, eine zweite von Clement Scott, die im *Telegraph* erschienen war. Beide waren sehr viel wohlwollender als die in der *Times*, und beide lobten besonders den ersten Akt – Scott bezeichnete ihn als *»seit langem eins der schönsten Dokumente der Menschlichkeit, die wir auf der Bühne sehen durften«*.

Henry überlegte schon, ob das Stück nicht doch noch zum Erfolg werden könnte, als Alexander sich warnend vernehmen ließ: »Ich denke mir, daß heute abend viele Zuschauer kamen, weil sie das Stück sehen wollten, um das es am Samstag so viel Wirbel gegeben hat. Wir können nicht erwarten, daß dieses Interesse das Theater auf lange Sicht füllt.«

»Was sie sahen, hat ihnen aber offenbar gefallen«, wandte Henry ein.

»Stimmt. Und wenn sie all ihre Freunde herschicken, können wir es vielleicht halten. Aber der Vorverkauf ist schleppend, und die Kritiken sind gelinde gesagt gemischt.«

»Die *Times* war niederträchtig, aber diese hier sind nicht schlecht.« Henry wies auf die Ausschnitte aus *World* und *Telegraph*.

»Ich hätte Ihnen auch andere zeigen können, aber ich glaube nicht, daß sie Ihnen viel Freude gemacht hätten«, unkte Alexander. »Wir werden auf Mundpropaganda setzen müssen. Ich halte Sie auf dem Laufenden.«

Auf dem Fußmarsch zurück nach Kensington bereute Henry seine spontane Entscheidung, ins Theater zu gehen. Schon zog es ihn zurück in den peinigenden Mahlstrom der Gefühle, der strudelnd jedes Theaterprojekt umgibt, der zu einem endlosen, nervtötenden Wechselbad von Hoffnung und Niedergeschlagenheit führt. Wie schnell hatte er sich doch von seinen hochgemuten Gedanken des Nachmittags wieder verabschiedet! Er schwor erneut, sich mit dem Mißerfolg abzufinden, seinen Bund mit der Muse der Prosa zu erneuern, danach zu streben, ein besserer Mensch zu werden, sich in Geduld zu üben. Aber das war nicht leicht. Nein, leicht war es nicht.

* * *

In den folgenden beiden Tagen war er hauptsächlich damit beschäftigt, den Schwung der mit jeder Post eingehenden Briefe von Freunden und Gönnern zu beantworten, eine Tätigkeit, bei der sich Kummer und Freude die Waage hielten. Einerseits wurde er durch diese Schreiben immer wieder an die schrecklichen Momente bei der Premiere erinnert, andererseits war er gerührt von der offenbar ehrlichen Begeisterung für *Guy Domville*, die aus vielen Briefen sprach. Mit am schwersten fiel ihm der Brief an William und Alice, in dem er als sein eigener Verteidiger auftreten mußte, weil sie das Stück nicht kannten – auch wenn sie bestimmt über Dritte schon von dem Debakel der Erstaufführung gehört hatten. Seitdem er 1880, in seinem Buch über Hawthorne, das gesellschaftliche und kulturelle Leben in Amerika unvorteilhaft mit dem in Großbritannien verglichen hatte, führte die amerikanische Presse eine Vendetta gegen ihn und seine Werke und hatte sicherlich mit Genuß über die Buhruf-Episode berichtet. Überdies mußte seinem Bruder und seiner Schwägerin aufgefallen sein, daß er ihnen nicht wie versprochen am Sonntag eine Depesche mit einem Kurzbericht über die Premiere geschickt hatte, woraus sie vermutlich schon ihre Schlüsse gezogen hatten. »Auch jetzt noch empfinde ich es als schwere Prüfung, mich schriftlich darüber äußern zu müssen«, gestand er gleich zu Beginn seines Briefes, »– müde und matt wie ich bin, versehrt, erschüttert, angewidert von der grausamen Tortur einer Inszenierung, die – nach der immensen Mühe der Vorbereitung und der unaussprechlichen Anspannung – in wenigen brutalen Augenblicken Schiffbruch erlitten hat. In drei Worten ...« Aber wie gewöhnlich benötigte er sehr viel mehr Worte, um das Ereignis selbst und dessen Auswirkungen auf seine Person zu schildern. Er begann den Brief am Dienstagabend und beendete ihn am Mittwochvormittag.

Der nächste Tag brachte mit dem schon länger verabredeten Besuch bei einem verhältnismäßig neuen Bekannten, Arthur Benson, im Haus seines Vaters Edward White Benson, des Erzbischofs von Canterbury, eine willkommene Erholung von London und von der Korrespondenz. Er hatte Arthur Benson, der in Eton unterrichtete, bei Frederick Myers in Cambridge kennengelernt und ihn bald in die kleine Bruderschaft gescheiter, ehrerbietiger und belesener junger Männer aufgenommen, mit denen er gern zusammen war. Arthurs jüngerer Bruder Edward, der sich ebenfalls für Literatur interessierte, war auch über Weihnachten zu Hause. Die erzbischöfliche Residenz in Addington hatte großzügige Proportionen und war komfortabel eingerichtet, und diese Atmosphäre eines professoralen Anglikanismus war Balsam auf Henrys wunde Seele; schon der Begriff »erzbischöfliche Residenz« klang, wenn er die Worte leise vor sich hin sprach, wie ein Segensspruch. Die Hoffnung, *Guy Domville* bei seinem kurzen Besuch ganz vergessen zu können, mußte er allerdings begraben: Seine Gastgeber hatten die Kritik in der *Times* gelesen und äußerten auf unterschiedliche Weise taktvolles Mitgefühl. Der Erzbischof war in Gesellschaft nicht so unterhaltend wie seine Söhne, aber als sie bei einer Tasse Tee am knisternden Kaminfeuer im Salon saßen und das Licht auf den ebenen Rasenflächen vor den hohen Fenstern allmählich schwand, erzählte er eine Gespenstergeschichte, die er kürzlich gehört hatte und die Henry aufmerken ließ. Es ging um zwei böse Dienstboten in einem Landhaus, einen Mann und eine Frau, die zwei ihrer Fürsorge anvertraute Kinder verdorben hatten, dann starben, aber als Geister wieder auftauchten und den Kindern von Zinnen herab und über Wasserflächen hinweg winkten, sie sollten zu ihnen kommen, was für die Kinder den sicheren Tod bedeutet hätte. Es war nur eine skizzenhafte, unbeholfen erzählte Anekdote, die aber möglicherweise als Ausgangspunkt für eine Kurzgeschichte taugte, und Henry machte sich, als er am nächsten Tag nach London zurückgekehrt war, eine entsprechende Notiz.

Sein Notizbuch, das berühmte *Notebook*, war prallvoll mit Ideen für Erzählungen und Romane, die nur darauf warteten, zu Papier gebracht zu werden, und er war fest entschlossen, eben dies zu tun, denn das war aus seiner Sicht der einzig mögliche Weg in die Zukunft. Arbeiten! Arbeiten! – so redete er sich zu, aber er zauderte und konnte sich nicht entschließen anzufangen. Er setzte sich an seinen Schreibtisch und schrieb in sein *Notebook*: *»Ich nehme meine alte Feder wieder auf – die Feder all meiner alten unvergeßlichen Anstrengungen und heiligen Kämpfe. Mehr brauche ich – heute – nicht zu sagen. Weit, reich und hoch liegt die Zukunft noch vor mir. Jetzt kann ich das Werk meines Lebens schaffen – und das werde ich tun.«* Dann legte er die Feder wieder aus der Hand. Er war noch nicht bereit. Das Selbstwertgefühl des Schriftstellers war schwer angeschlagen, und es wäre das denkbar Verkehrteste gewesen, übereilt ein neues Prosawerk in Angriff zu nehmen, das sich unter Umständen auch wieder als Enttäuschung erweisen konnte.

Überdies hielt es schwer, dem Theater endgültig den Rücken zu kehren, solange *Guy Domville* weiter am St. James's lief und die Zukunft des Stückes ungewiß war. Immer noch erschienen positive Kritiken, die Freunde ihm zuschickten: eine intelligente Besprechung von George Bernard Shaw in der *Saturday Review*, die sich sehr direkt und effektvoll gegen die banausischen Argumente der *Times* wandte und deren einziger Wermutstropfen das fast überschwengliche Lob für Alexanders Darstellungskunst war; eine Kritik in der *Pall Mall Gazette* von einem gewissen H. G. Wells, dessen Name Henry nicht geläufig war, und in der es hieß, das Stück sei »hervorragend konzipiert und wunderbar geschrieben« und die Rezension einer Dame in der Zeitschrift *Woman*, die sich »das Benehmen der Zuschauer auf den billigen Plätzen nicht erklären konnte« und mit den Worten schloß: »Das Bühnenbild des letzten Aktes, der weiße Salon in Porches, Mrs. Pevrels Heim, war eines der vollkommensten Bühneninterieurs, die ich je gesehen habe.« Über diese typisch weibliche Schwärmerei für Dekoratives mußte er lächeln, fand aber die Besprechung alles in allem durchaus vernünftig.

Dank dieser Quellen und durch Gespräche mit Freunden wie Gosse und Elizabeth Robins, die in der Premiere gewesen waren, gelang es ihm, nach und nach die Abfolge der Ereignisse bis zu seinem ahnungslosen Erscheinen in dem Augenblick zu rekonstruieren, als sie der Krise entgegentrieben. Da war der allgemein mit Beifall aufgenommene erste Akt, der einen großen Erfolg erwarten ließ; der zögerliche Anfang des zweiten Aktes, der rüde Hohn, mit dem die Zuschauer auf den billigen Plätzen Mrs. Sakers Kostüm bedachten, deren Verunsicherung und die katastrophale Wirkung auf ihre Kollegen; der sich ständig steigernde Tumult, das Höhnen und Krakeelen gegen Ende des dritten Aktes. Einzelheiten über das mysteriöse Telegramm, das Alexander erhalten hatte, waren an die Öffentlichkeit gelangt, und die Presse spekulierte darüber, ob womöglich die Vorstellung bewußt von einer bezahlten Claque gestört worden war. Ein Premierenbesucher schrieb in einem Leserbrief an die *Pall Mall Gazette*, die oberen Rängen seien voller Männer gewesen, die nach ihrem gewöhnlichen Aussehen zu urteilen selbst nie im Leben vier Shilling für eine Theaterkarte bezahlt hätten und die, wenn sie nach den Pausen zurückkamen, aussahen, als hätte man ihnen starke Getränke spendiert. Bewiesen werden konnte dieser Verdacht allerdings nie, und die Erinnerung an den herzlichen Empfang, der Alexander zuteil geworden war, als er wieder die Bühne betreten hatte, um seine Rede zu halten, brachte Henry zu der Überzeugung, daß die Ablehnung der Galerie hauptsächlich ihm und seinem Stück galt. Allerdings wurde ihm, je klarer er das Gesamtbild sah, noch deutlicher, daß Alexander ihm in den Rücken gefallen war. So wie Judas im Garten Gethsemane Jesus mit einem Kuß verriet, hatte der Intendant Henry, indem er ihn auf die Bühne holte, dem Hohn und Spott der Menge preisgegeben. Als sei es gestern gewesen, sah Henry ihn vor sich, wie er ihn aus dem Dunkel hinter der Bühne ins gleißende Rampenlicht holte, nur kam ihm im nachhinein sein Lächeln eher hinterhältig vor. Alexander mußte gewußt haben, daß das Stück ungeachtet des freundlichen Beifalls von den teuren Plätzen mit Ausnahme des ersten Aktes schlecht gelaufen war, und daß die Rufe nach dem Autor von der Galerie und den billigen Plätzen im Parterre keine Zustimmung zum Ausdruck brachten, sondern ganz im Gegenteil der Versuch waren, den Autor aus der Deckung zu holen, um ihn mit Schmährufen empfangen zu können. Trotzdem hatte Alexander ihn in diese Falle tappen lassen, vermutlich aus einem spontanen Wunsch nach Rache, aus dem Verlangen heraus, auch ihn etwas von dem Unbehagen spüren zu lassen, unter dem er und seine Kollegen in den vorangegangenen beiden Stunden gelitten hatten. Vielleicht, räumte Elizabeth ein, hatte Alexander den Sturm der Buhrufe in dieser Stärke nicht erwartet, aber er konnte sich keine Sekunde lang eingebildet haben, daß dieses Publikum Henry mit einhellig herzlichem Beifall empfangen würde.

Es war eindeutig Verrat, aber er konnte ihn nicht beweisen und war sich zu gut, um Alexander direkt darauf anzusprechen. Ihre Beziehung war jetzt geschäftlich kühl. Henry besuchte keine Vorstellung mehr, kam aber Ende Januar auf Alexanders Bitte hin vormittags ins Theater, wo der Intendant ihm eröffnete, er würde am Ende der vierten

Woche, am 2. Februar, das Stück absetzen. »Tut mir leid, Henry«, sagte er. »Ich bin genauso enttäuscht wie Sie, aber wir verlieren einfach zu viel Geld, und ein Aufschwung beim Kartenverkauf ist nicht auszumachen, stimmt's, Bob?« Alexander wandte sich an seinen kaufmännischen Geschäftsführer Robert Shone, den er zu seiner Unterstützung dazugebeten hatte. Shone war zunächst Inspizient gewesen, seine derzeitige Position war eindeutig ein Aufstieg, und er war sichtlich bemüht, seiner neuen Würde in Kleidung und Aufmachung gerecht zu werden. Shone trug einen dunklen Anzug mit einer Weste, die mit Füllfedern und Bleistiften gespickt war, und hatte ein dickes Hauptbuch aufgeschlagen vor sich auf dem Tisch liegen.

Jetzt nickte er gewichtig. »So ist es – leider. Wir haben im Durchschnitt weniger als vierzig Prozent zahlende Zuschauer.«

»Und wieviel darf ich zum Schluß an Tantiemen erwarten?« fragte Henry.

Shone sah durch ein Pincenez in das Buch und sog Luft durch die Zähne. »An die zweihundert Pfund, schätze ich. Ein wenig mehr vielleicht ...«

Das war ein dürftiger Lohn für so viel Arbeit, Sorge und Herzweh. Henry war diese Überlegung offenbar ins Gesicht geschrieben, denn Alexander sagte: »Ich selbst verliere fünfzehnhundert Pfund.«

»Mehr«, ergänzte Shone kummervoll.

»Jedes Stück ist ein Vabanque-Spiel«, sagte Alexander. »Man weiß vorher nie, ob man gewinnt oder verliert. Bisher habe ich an diesem Theater Glück gehabt, aber ...« Er zuckte die Schultern und ließ den Satz in der Luft hängen.

»Ich bedaure sehr, daß durch meine Schuld Ihre Glückssträhne abgerissen ist«, sagte Henry kühl.

»Wir setzen auf Oscar, um sie neu zu knüpfen«, sagte

Shone – vielleicht ein wenig vorschnell, denn Alexander sah ihn stirnrunzelnd an.

»Wilde?« fragte Henry James erstaunt. »Hat er schon wieder ein neues Stück geschrieben?«

»Wyndham hatte eine Weile die Option darauf«, sagte Alexander, »aber er kann es nicht aufführen und hat es mir überlassen. Es heißt *Ernst – und seine tiefere Bedeutung*. Guter Titel, was?«

Die ironischen Wendungen in der Geschichte von Henrys Scheitern als Dramatiker schienen kein Ende nehmen zu wollen. Er hatte die Vorstellung eines erfolgreichen Stücks von Wilde verlassen, um sich demütigenden Buhrufen auszusetzen, und jetzt wurde als Ersatz für sein verschmähtes Schauspiel in aller Eile ein Stück von Oscar Wilde, das gewiß nicht weniger dem Publikumsgeschmack entsprach als jenes im Haymarket, auf die Bühne des St. James's Theatre geholt.

Am Samstag, dem 2. Februar, dem Tag, an dem *Guy Domville* seine einunddreißigste und letzte Vorstellung erlebte, schrieb er an William, er habe die vier schrecklichsten Wochen seines Lebens hinter sich. Es war ein langer Brief, fast eine Beichte, und als er ihn noch einmal durchlas, begriff er, wie weit er noch davon entfernt war, sich von den negativen Gefühlen freizumachen, die ihn seit jener Premiere belasteten. »Inszeniere ein Stück, und du wirst wissen – genauer, als ich es Dir je sagen könnte –, wie so eine an sich grausame Tortur nur durch einen großen Erfolg erträglich wird und auf wie vielfältige Weise deshalb ein Mißerfolg quälend und tragisch sein, einem jede Stunde verbittern, sich in jeder Faser seines Bewußtseins einnisten kann.« Er selbst hielt diese Darstellung seines Gemütszustands für keinesfalls übertrieben.

Er kam zur letzten Vorstellung, um sich vom Ensemble

zu verabschieden und endlich den Vorhang über diesem unseligen Kapitel seines Lebens hinuntergehen zu lassen. Im Foyer aber erwartete ihn Shone und eröffnete ihm, daß sie noch eine Woche verlängert hätten, da Wildes Stück erst in zwei Wochen zur Verfügung stand. Er sah sich offenbar als Überbringer einer freudigen Nachricht, für Henry aber war sie überaus enttäuschend, denn nun würde er seine Seele immer noch nicht aus den giftigen Tentakeln des Theaters befreien können. Der Abend machte ihm wenig Freude. Nur Marion Terry spielte so feinfühlig wie eh und je, ansonsten war die Darstellung grob und mechanisch, was auch für Alexanders überdeutliche Interpretation des Helden galt. »Ach, mein verschandeltes, brutal simplifiziertes, massakriertes kleines Stück!« klagte er am nächsten Tag in einem Postskriptum an William.

Er berichtete seinem Bruder von dem Paradox, daß ihm *Guy Domville* weiterhin bedeutend mehr anerkennende Briefe von Zuschauern eingebracht hatte als irgendein anderes seiner Werke. Weder William noch sonst jemandem aber verriet er, daß einen dieser Briefe Ellen Terry geschrieben hatte, die zur Premiere gekommen war, um ihrer jüngeren Schwester den Rücken zu stärken. Sie beklagte das krude Verhalten der Galerie, beglückwünschte ihn zu *Guy Domville* und fragte an, ob er wohl bereit sei, einen Einakter für sie zu schreiben. Sie wolle im Lauf des Jahres mit Henry Irving eine Amerikatournee unternehmen und suche ein passendes Vorlaufstück. Damit wurde Henrys Vorsatz, dramatischen Ambitionen zu entsagen, auf eine harte Probe gestellt. Er war kein unkritischer Bewunderer von Ellen Terry, aber immerhin war sie die meistgefeierte Aktrice ihrer Generation auf der englischen Bühne, bei der bestimmt tagtäglich Bühnenschriftsteller als Bittsteller erschienen und versuchten, ihr neue Stücke aufzudrängen, und wenn etwas ihre Billigung fand, wurde es auch aufgeführt. Weil er es nicht über sich brachte, den schmeichelhaften Vorschlag rundheraus abzulehnen, gab er zunächst eine unverbindliche Antwort und willigte ein, sich mit ihr zu treffen.

Ellen Terry begrüßte ihn in einem kleinen Empfangsraum im Lyceum Theatre, wo Besuchern aus dem Königshaus und anderen Würdenträgern in den Pausen Erfrischungen gereicht wurden, und das Gespräch hatte tatsächlich etwas von einer Audienz – der Audienz bei einer Königin der Bühne. Inzwischen mußte sie nach Henrys Schätzung fast fünfzig sein, aber sie war noch immer eine gut aussehende Frau, und die berühmte Stimme, die kristallklar und leicht belegt zugleich klang, war, wenn man sie unter vier Augen vernahm, ebenso fesselnd wie im Theater. Stand man ihr gegenüber, drängten sich sogleich Erinnerungen an ihr skandalumwittertes und sensationsträchtiges Privatleben auf – die katastrophale Ehe mit Watts, die sie praktisch noch als Kind eingegangen war, danach – nicht immer in der herkömmlichen Abfolge – Trennungen, Scheidungen, Verhältnisse, Ehen und Kinder. All das und auch ihre derzeitige Beziehung mit Irving war jenen, die ihrer Welt angehörten, wohlbekannt, aber Ellen Terry beging nie den Fehler, den Wilde begangen hatte, es auf Skandale förmlich anzulegen. Sie achtete bewundernswert auf Diskretion und korrektes Verhalten, und Henry, der immer mehr davon überzeugt war, daß nur ein fein gesponnenes Netz harmloser gesellschaftlicher Lügen die Zerstörung der Zivilisation durch menschliche Leidenschaften verhindern konnte, achtete sie dafür. Sie hatte seine lange zurückliegenden negativen Besprechungen ihrer vielgelobten Darstellungen als Goldsmiths' Olivia und Shakespeares Portia vergessen oder vergeben oder vielleicht nie zu sehen bekommen, war charmant und beredt und erklärte, sie sei bereit, bis zum Sommer auf ihr Stück zu warten. Er gab so weit nach, daß er versprach, sich die Sache durch den Kopf gehen zu lassen, und war kaum zu Hause, als ihm auch schon eine Idee für eine Komödie kam, die Ellen Terry so sehr auf den Leib geschrieben schien, daß er seine ganze Willenskraft aufbieten mußte, um sich nicht sofort hinzusetzen und sie in einem Zug herunterzuschreiben. Statt dessen notierte er nur kurz und ein wenig beschämt das Wichtigste und richtete seine Gedanken wieder streng auf die Prosa.

Beim Blättern in seinem *Notebook*, dieser kostbaren Mine ungehobenen Rohmaterials für Romane und Erzählungen, war er besonders von zwei Ideen angetan; einmal ging es um einen verwitweten Vater und seine Tochter, die sehr aneinander hingen, beide zur gleichen Zeit heirateten, entdeckten, daß ihre jeweiligen Ehepartner ein Liebespaar waren, die unerfreuliche Situation aber durch edle Seelenstärke und gesellschaftliche List zu retten vermochten. Bei der anderen – über der Minny Temples Geist schwebte – stand im Mittelpunkt eine ebenso schöne wie reiche junge Frau, die sich durch eine unheilbare Krankheit um die Freuden der Liebe betrogen sieht und von weniger begüterten, dafür um so skrupelloseren Freunden ausgebeutet wird. Doch die mögliche erzählerische Entwicklung blieb in beiden Fällen zunächst vage, und ohne eine genauere Seekarte ging er nicht gern auf große Fahrt. Wenn man sich eine Geschichte beim Schreiben ausdachte, bestand immer die Gefahr, daß sie sich in so viele Richtungen verzweigte, im Bewußtsein so vieler Figuren lebte, so viele Themen ansprach, daß keine Einheit, kein konzentriertes Werk entstand. Genau so war es ihm, wie er zugeben mußte, bei seinen letzten beiden großen Romanen gegangen, der *Prinzessin Casamassima* und der *Tragischen Muse*, und vielleicht hatte es ihn deshalb gelockt, sich an einem Bühnenstück mit den ihm eigenen formalen Zwängen zu versuchen.

Doch dieser Gedanke war nur der Anstoß zu einer weiterführenden Überlegung. Angenommen, er wandte auf die erzählende Prosa das Verfahren an, nach dem er die Ideen für seine Schauspiele entwickelt hatte, nämlich das Szenarium, eine ausführliche, in Szenen gegliederte Zusammenfassung einer imaginierten Handlung? Damit hätte man gewissermaßen ein Modell des Romans oder der Erzählung in virtueller Form, könnte noch vor Beginn des eigentlichen Schreibprozesses seine Struktur als Ganzes, seine Einheit und Symmetrie beurteilen und eventuell erforderliche Änderungen vornehmen. Und könnte nicht dann, dachte er mit wachsender Erregung, das dramatische Prinzip, Erfahrungen szenisch darzustellen, die Geschichte durch Konfrontation und Interaktion der Figuren nicht so sehr zu »erzählen« als zu »zeigen« – könnte nicht dieses Prinzip der erzählenden Prosa jene strukturelle Kraft und Eleganz schenken, an der es ihr so oft fehlte, wobei aber der Verfasser erzählender Texte – im Gegensatz zum Dramatiker – zusätzlich die Möglichkeit hätte, die im Geheimen ablaufenden Funktionen des Bewußtseins in all ihren konzentrierten und delikaten Details offenzulegen? Dieses Aperçu gefiel ihm so gut, daß er es sogleich in seinem *Notebook* festhielt und anfügte: »Sollte ein *Teil* all dieser vergeudeten Leidenschaft und verschwendeten Zeit (fünf lange Jahre!) nun die wertvolle Lehre sein, die mir auf diesem indirekten, gewundenen, schmerzhaft kostspieligen Wege erteilt wurde, daß auch für die Planung eines Prosawerkes das (ich weiß nicht recht, wie ich es nennen soll) göttliche Prinzip des Szenariums von einzigartigem Wert ist? Sollte das tatsächlich eine Seite der Moral dieser unsäglichen, dieser tragischen Erfahrung gewesen sein, bin ich fast geneigt, ihre Schmerzen, Qualen und Kümmernisse als Segen anzusehen.«

Allerdings unterzog er diese in der Theorie so brillante und vielversprechende neue Kompositionsmethode nicht sofort einem Praxistest, und schon am nächsten Tag kam die durch diese Überlegung erzeugte optimistische Stimmung ins Wanken, als er in der *Times* eine ekstatische Besprechung der Komödie *Ernst – und seine tiefere Bedeutung* las, die gerade im St. James's mit Alexander in der männlichen Hauptrolle Premiere gehabt hatte. Diese günstige Beurteilung fand er in allen späteren Kritiken wieder, nur nicht in der von George Bernard Shaw, und die Äußerungen aller Bekannten, die das Stück gesehen hatten, gingen in die gleiche Richtung. Es schien Wildes bislang größter Hit zu sein, manche hielten das Stück für sein Meisterwerk. Wilde hatte etwa zur gleichen Zeit wie er und, wie er vermutete, aus den gleichen gemischten Motiven angefangen, für die Bühne zu schreiben – nämlich um Geld zu verdienen und gleichzeitig der heruntergekommenen englischen Bühne wieder zu einigem literarischen Ansehen zu verhelfen –, und für Henry James war er deshalb mehr als alle ande-ren zeitgenössischen Bühnenschriftsteller ein persönlicher Rivale. Es wurde Zeit, die Niederlage zuzugeben: In jeder Beziehung und welchen Maßstab man auch anlegte – Wilde hatte ihn überflügelt. Morton Fullerton hatte einmal ein verstörendes Epigramm von Wilde zitiert, das in diesem Zusammenhang leider nur allzu gut paßte: *»Es reicht nicht, selbst erfolgreich zu sein – man braucht auch den Mißerfolg der anderen.«* Es war offenbar sein Schicksal, mit seinem Scheitern Oscars Triumph noch zu versüßen.

Doch dann, im März, als am St. James's Abend für Abend die »Ausverkauft«-Schilder hingen, überschatteten Skandalgeschichten Wildes Erfolg, und wenig später ging es mit Wilde steil und unaufhaltsam bergab. Der Marquis von Queensberry, der mit seiner öffentlich geäußerten Entrüstung darüber, daß Wilde angeblich seinen Sohn verführt hatte, wochenlang dem Klatsch sämtlicher Londoner Klubs Nahrung geliefert hatte, prangerte Wilde als Sodomiten an, und Wilde leitete eine Verleumdungsklage gegen ihn ein. Queensberry wurde der Prozeß gemacht, am 3. April begann die Verhandlung im Old Bailey unter größter Anteilnahme der Bevölkerung und begleitet von einem gewaltigen Pressewirbel. Wilde verlor den Prozeß und wurde kurz darauf verhaftet und der Sodomie und unsittlichen Verhaltens angeklagt. Die öffentliche Meinung wandte sich entschieden, ja brutal gegen ihn. Das England der Philister, das über Jahrzehnte Wildes bissigen Witz und seine verhaßte Ästhetik hatte aushalten müssen, dürstete nach Rache, und nur noch wenige wagten es, ihn zu verteidigen oder sich seine Stücke anzusehen. Wyndham setzte *Ein idealer Ehemann* Mitte April ab, während Alexander in der verzweifelten Hoffnung, er könne *Ernst – und seine tiefere Bedeutung* doch noch weiterlaufen lassen, Anzeigen und Theaterzettel ohne Wildes Namen drucken ließ. Am 26. April begann der Prozeß gegen Wilde. Nach einer mehrere Tage währenden Beweisaufnahme mit belastenden und unsäglich schmutzigen Zeugenaussagen erklärten sich die Geschworenen außerstande, sich zu einigen, und eine weitere Verhandlung wurde angesetzt. Aber unabhängig vom Ausgang des neuen Prozesses war Wilde nun ein für allemal in Ungnade gefallen. Alexander setzte *Ernst – und seine tiefere Bedeutung* am 10. Mai ab. Wilde wurde Ende des Monats zum zweiten Mal vor Gericht gestellt, für schuldig befunden und zu zwei Jahren Zuchthaus verurteilt. Daß sein Meisterwerk noch einmal auf die Bühne kommen würde, schien unwahrscheinlich.

Henry empfand keine Schadenfreude über den jähen Sturz seines Rivalen. Die meisten veröffentlichten Kommentare zu dem Fall und die allgemeine Genugtuung über den Ausgang zeugten aus seiner Sicht von unerquicklicher Rachsucht und waren häufig abstoßend scheinheilig. Letztlich aber war aus seiner Sicht Wilde in seinem Leichtsinn, mit dem er es (wie man hörte) bis zuletzt abgelehnt hatte, ins Ausland zu fliehen, solange er noch die Möglichkeit dazu hatte, selbst schuld an dem Debakel. Das war nicht das Heldentum eines Mannes, der bereit war, seine Strafe auf sich zu nehmen, sondern die Arroganz eines Menschen, der meinte, ihr auf unbestimmte Zeit entgehen zu können. Wilde hatte sich konsequent über die von der Gesellschaft mit gutem Grund zur Abwehr abweichenden sexuellen Verhaltens errichteten Schranken hinweggesetzt und war in seiner maßlosen Eitelkeit überzeugt davon gewesen, das auch ungestraft tun zu können. Der Mann tat Henry leid, aber er konnte kein Verständnis für ihn aufbringen, er war bestürzt über seinen spektakulären Niedergang, hielt aber wohlweislich Abstand. Wie in der antiken Tragödie bewirkte Wildes Schicksal bei ihm eine Art Katharsis, eine Reinigung von Mitleid und Angst, wie Aristoteles gesagt hatte – in seinem Fall Selbstmitleid und Zukunftsangst. Endlich war er so weit, daß er den demütigenden Mißerfolg von *Guy Domville* akzeptieren und seinen Weg fortsetzen konnte.

Mitte Mai, in der Zeit zwischen dem ersten und dem zweiten Prozeß gegen Oscar Wilde, begann er die Arbeit an einem neuen Prosawerk und bediente sich dabei der Methode des vorbereitenden Szenariums, die er in seinem Notizbuch skizziert hatte. Der »Keim« war nicht die dort zuletzt notierte Geschichte der beiden Kinder, die von den Geistern früherer Dienstboten verfolgt werden, sondern eine Anekdote, die man ihm vor zwei Jahren bei einem Dinner erzählt hatte. Dabei ging es um eine Witwe und ihren Sohn, die sich über den Besitz eines Hauses voll schöner Dinge zerstritten; es waren Dinge, die die Mutter zu würdigen wußte und die der Sohn nur begehrte. Diese Geschichte nun wollte er aus der Perspektive einer Figur erzählen, die es in der ursprünglichen Fassung nicht gab. Dazu hatte er der Mutter eine Gesellschafterin beigegeben, eine junge Frau, die ebenso feinfühlig wie menschlich fehlbar war. Als Arbeitstitel wählte er *The House Beautiful*, einen von Walter Pater geprägten Begriff, den Oscar Wilde für den Titel eines seiner erfolgreichsten öffentlichen Vorträge übernommen hatte.

Von den Freunden war George Du Maurier einer der ersten gewesen, die nach der Premiere von *Guy Domville* mit dem für ihn typischen Feingefühl an ihn geschrieben, das Verhalten der Galerie beklagt und sich lobend über das Stück geäußert hatten, und als das Stück vorzeitig abgesetzt wurde, meldete er sich wieder mit einem loyalen und mitfühlenden Schreiben. Henry hatte sich für beide Briefe herzlich bedankt, und im Februar wechselten sie bei einer privaten Führung in der Grosvenor Gallery, bei der es laut und drangvoll eng zuging, kurz ein paar Worte, aber erst Anfang März führte er seinen »festen Vorsatz zur Umkehr« aus, indem er wieder den Weg nach Hampstead antrat, um ein langes, vertrauliches Gespräch mit seinem alten Freund zu führen. Er hatte dafür absichtlich einen Wochentag gewählt und nicht den geselligen Sonntag, an dem meist die Familie im Vordergrund stand. Zum Glück war es ein schöner, für die Jahreszeit ungewöhnlich warmer Tag. Er hatte sich vorgenommen, seine Verwunderung über den Erfolg von *Trilby* nicht zu verhehlen, sondern das Thema offen anzusprechen. Beim Anstieg nach New Grove House legte er sich eine entsprechende Rede zurecht, zu der er ansetzte, sobald Du Maurier in der Diele erschien, um ihn zu begrüßen.

»Möchten Sie einen Augenblick ablegen und sich ausruhen?« fragte Du Maurier, »oder wollen wir gleich zu unserem Spaziergang aufbrechen?«

»Lassen Sie uns zu unserer vertrauten Bank gehen, *cher ami*, dort wollen wir uns niederlassen und versuchen herauszufinden – falls es überhaupt möglich ist, hier ein Ergebnis zu erreichen – versuchen herauszufinden, sage ich, was es mit dem Erfolg von *Trilby* auf sich hat. Damit meine ich natürlich«, beeilte er sich anzufügen, denn laut gesprochen klang die vorbereitete Rede jetzt doch ein wenig unliebenswürdig – »nicht den Erfolg bei anspruchsvollen Lesern, der voraussehbar war, sondern bei so vielen Tausenden, denen allein das Wort ›anspruchsvoll‹ neu und unverständlich ist.«

»Nur zu.« Du Maurier lachte. »Aber ich warne Sie – eine griffige Erklärung habe auch ich nicht.«

Die Popularität seines Buches überraschte auch Du Maurier nach wie vor und schien ihm eher lästig zu sein als ihm zu schmeicheln. Ein großes Problem war die Korrespondenz. »Ich bekomme wenigstens fünf Briefe im Tag von amerikanischen Lesern – Harper schickt sie an mich weiter –, und die alle zu beantworten ist eine wahre Plage«, sagte er, als sie hügelab in Richtung Heath gingen und ihre Spazierstöcke fast im Gleichtakt auf das Pflaster schlugen, während der inzwischen bejahrte Don vor ihnen herhumpelte.

»Sie müssen sich eine Sekretärin anschaffen«, meinte Henry.

»Pem nimmt mir manches ab.« Du Maurier schmunzelte. »Ich habe den Verdacht, daß sie besonders glühende

Verehrerinnen ein wenig schroff abfertigt. Erstaunlich, daß jemand, der ein Buch gekauft hat, wie selbstverständlich meint, er habe das Recht, privat an den Autor zu schreiben, ihm allerlei persönliche Fragen zu stellen und allerlei Mitteilungen über sich selbst zu machen, die den Autor nicht im mindesten interessieren.«

»Sie könnten solche Briefe einfach ignorieren«, sagte Henry.

»Gewiß, aber das wäre mir unangenehm. Man hat mir beigebracht, daß es unhöflich ist, Briefe nicht zu beantworten, und über diese Regel kann ich mich nicht so ohne weiteres hinwegsetzen.«

»Was schreiben sie denn so?«

»Das übliche dumme Zeug – wie phantastisch das Buch sei, daß sie sich die ganze Nacht um die Ohren geschlagen hätten, um es auszulesen, und wie viele Tränen sie über Trilbys Tod vergossen hätten. Viele glauben offenbar, daß die Figuren reale Menschen sind oder waren. Mindestens drei Leser haben sich beschwert, weil sie die Bilder von Little Billee in der National Gallery nicht gefunden haben.« (Henry lachte und schlug mit seinem Spazierstock auf den Boden.) »Mehrere Geistliche haben geschrieben, sie seien gern bereit, mir klarzumachen, warum meine Freidenkerei ein Irrweg ist, und mich zu ihrer speziellen Abart des Christentums zu bekehren.« (»Das mußte ja kommen!« warf Henry ein.) »Und ein Gentleman aus Virginia hat sich eindringlich danach erkundigt, in welcher Beziehung Trilby zu Svengali stand, als er sie in den Konzertsälen Europas als La Svengali zur Schau stellte.«

»Und was haben Sie geantwortet?«

»Daß sie nur beim Singen unter seinem Bann stand und die beiden ansonsten in einer Vater-Tochter-Beziehung lebten. Er hat mir daraufhin noch einen überschwenglichen Brief geschrieben: Ich hätte ihn davor bewahrt, den Verstand zu verlieren – die Vorstellung, der widerliche Jude habe sein sündiges Spiel mit Trilby getrieben, habe ihn fast in den Wahnsinn getrieben.«

»Und haben sie – in Ihrer Vorstellung – wirklich wie Vater und Tochter miteinander gelebt?« wollte Henry wissen.

»Selbstverständlich«, sagte Du Maurier erstaunt, ja fast schockiert.

»Aber zu Beginn des Romans sieht es so aus, als habe Svengali es auf Trilby abgesehen«, wandte Henry ein. »Er schilt sie, weil sie seine Annäherungsversuche zurückweist, und droht ihr mit schrecklichen Folgen. Wäre es nicht denkbar, daß er, wenn er sie erst einmal in seinen Fängen hat, seine hypnotischen Kräfte auch für – für andere als musikalische Zwecke einsetzt?«

»Himmel, Henry, was haben Sie nur für eine Phantasie! Sie sind so schlimm wie Maupassant. Nein, nein, Trilby hätte sich – hypnotisiert oder nicht – nie mit ihm eingelassen. Nach Little Billee konnte es keinen anderen Mann in ihrem Leben geben.«

Henry amüsierte sich insgeheim darüber, daß Du Maurier die logischen Konsequenzen seiner eigenen Geschichte nicht wahrhaben wollte, ging aber auf den Punkt nicht weiter ein. Auf ihrer »Beichtbank« setzten sie sich in die blasse Frühlingssonne. Ein paar Krokusse schoben ihre Knospen schüchtern durch das lange Gras. »Sind Sie nicht trotz dieser immensen – dieser lästigen und oft albernen Korrespondenz hoch erfreut über den ungeheuren Erfolg von *Trilby*?« fragte er.

»Gewiß, das Geld ist sehr willkommen, auch wenn ich nicht so viel verdient habe, wie alle Welt zu denken scheint – die Gründe kennen Sie. Aber der Ruhm, die Prominenz – all das erschreckt und ängstigt mich. Man hat das Gefühl, nicht mehr Herr über das eigene Leben zu sein. Wußten Sie, daß in Amerika alle möglichen Gegenstände unter dem Namen ›Trilby‹ verkauft werden – Schuhe und Kaminbürsten und Küchenherde? Natürlich ohne meine Erlaubnis.«

»Das mit den Küchenherden wußte ich noch nicht«, sagte Henry, »dafür habe ich gehört, daß es eine Trilby-Wurst gibt.«

»Grundgütiger, was nicht noch alles!« stöhnte Du Maurier. »Hätten Sie mir das nur nicht erzählt.«

»Ja, das ist nun leider eine sehr amerikanische Spielart der Vulgarität«, sagte Henry. »Eine der weniger liebenswerten Folgen unserer Begeisterung für Demokratie und Kapitalismus.«

»Ich bekomme ständig Einladungen nach Amerika, in denen mir für eine Vortragsreise riesige Summen angeboten werden, aber ich werde keine annehmen.«

»Das dürfen Sie auch nicht«, sagte Henry nachdrücklich. »Die Journalisten würden Sie bei lebendigem Leib verschlingen. Aber wenn ich nicht irre, ist *Trilby* – und das finde ich interessant – in Amerika noch erfolgreicher als in England.«

»Ganz recht. Sie erinnern sich, daß die Kritiker, als das Buch hier herauskam, alles andere als überschwenglich reagiert haben. Erst als die Presse über den *Trilby*-Boom in Amerika berichtete, wurden die Leute neugierig und scherten sich nicht mehr um die Kritiken.«

»Und Sie haben keine Theorie, mit der sich die erstaunliche Anziehungskraft des Romans erklären ließe?«

»Nein. Sie vielleicht, Henry? Sie haben offenbar viel darüber nachgedacht.« Sein Lächeln sollte dem Freund zeigen, daß die Frage freundschaftlich neckend gemeint war und nicht sarkastisch.

»Ja, das habe ich«, räumte Henry ein. »Entscheidend ist offenbar Trilbys Charakter. Sie haben etwas sehr Bemerkenswertes geleistet, Kiki. Sie haben eine Heldin geschaffen, die in einem bestimmten Lebensabschnitt durchaus kein Engel war, und dennoch hat die angelsächsische Öffentlichkeit sie ins Herz geschlossen. So etwas hat es, soweit ich weiß, noch nie gegeben. Thomas Hardy hat hierzulande mit seiner Tess und George Moore mit seiner Esther Waters Ähnliches versucht. Beide haben sich damit nur Beschimpfungen und Anwürfe der Tugendwächter eingehandelt.«

»Aber ich mache ja deutlich, daß sie eigentlich unschuldig und nur ein Opfer ihrer schändlichen Erziehung ist«, sagte Du Maurier. »Niemand hat ihr sittliche Maßstäbe vermittelt. Mit den Künstlern hat sie sich als junges Mädchen aus reiner Gutmütigkeit eingelassen – sie hat nichts Unrechtes darin gesehen. Und ihre fürchterliche Mutter hat sie noch bestärkt. Erst als sie merkt, wie entsetzt Little Billee ist, weil sie als Aktmodell arbeitet, entwickelt sich bei ihr so etwas wie Schamgefühl. Von diesem Augenblick an lebt sie keusch.«

»Ja, es war sehr gescheit, daß Sie ihre sexuellen Eskapaden in die Vergangenheit verlegt haben und sich im Roman selbst auf ihre Tätigkeit als Aktmodell konzentrieren«, sagte Henry. Wie gewöhnlich, wenn er beim lauten Denken einen Spazierstock in der Hand hatte, kratzte er Linien in die Erde, wobei er den Stock wie eine Schreibfeder benutzte. Er dachte an Fenimore und ihre erste Begegnung in Florenz, als sie ihm, gerade erst aus dem Mittelwesten eingetroffen, gestanden hatte, sie habe Schwierigkeiten mit Aktdarstellungen. »Ich glaube, daß die amerikanische Öffentlichkeit es für eine überaus gewagte und schockierende – aber nicht allzu schockierende – Sache hält, wenn sich eine Frau vor Männern entkleidet. Es ist etwas, was sie ihr verzeihen können, zumal Trilby es prompt aufgibt, als sie sich in den Helden verliebt. Man könnte deshalb vielleicht sagen, daß ihre geschlechtliche Sünde – im Bewußtsein Ihrer Leser, meine ich natürlich – gewissermaßen in ihre Tätigkeit als Aktmodell eingegangen und in dieser Form verzeihlich ist.«

»Das ist mir alles zu hoch, Henry.« Du Maurier schüttelte den Kopf. »Und was heißt hier ›gescheit‹? Ich habe die ganze Geschichte spontan heruntergeschrieben, so wie sie mir in den Sinn kam. Aber ich muß zugeben, daß amerikanische Leser – zumindest diejenigen, die mir schreiben – sich auffallend für Trilby als Aktmodell interessieren. Ein Gentleman aus Chicago hat mir zehntausend Dollar für eine signierte Zeichnung von Trilby ›mit ohne was an‹ geboten.«

»Zehntausend«, staunte Henry. »Und haben Sie ihm seinen Wunsch erfüllt?«

»Natürlich nicht.«

»Ihre Grundsätze sind bewundernswert. Ich an Ihrer Stelle wäre in Versuchung gekommen.«

»Es war nicht nur eine Frage der Grundsätze.« Du Maurier lachte. »Ich hätte ein Aktmodell engagieren müssen, und das hätte Emma nicht zugelassen.«

»Nicht?«

»Nein. Die gute Pem ist eine sehr prüde Seele.« Du Maurier gab einen leisen, undefinierbaren Laut von sich, ein Luftausstoßen, das halb wehmütiger Seufzer, halb amüsiertes Knurren war, ausgelöst durch eine offenbar aus der Vergangenheit aufsteigende Erinnerung. »Als wir jung verheiratet waren, habe ich sie mal gefragt, ob sie für mich sitzen würde – *pour l'ensemble, compris*? Sie wollte nicht. Ich habe geschworen, daß die Zeichnung außer mir niemand zu Gesicht bekommen würde und daß sie das Blatt vernichten könne, wenn es ihr nicht gefiele, aber da war nichts zu machen. Und natürlich hatte sie ganz recht«, schloß er.

»Warum sagen Sie das?« fragte Henry.

»Die Beziehung zwischen Künstler und Modell sollte völlig unpersönlich sein, so wie die zwischen Arzt und Patient, sonst … könnten unschickliche Gefühle hochkommen – im wahrsten Sinne des Wortes.« Du Maurier warf ihm einen durchtriebenen Blick zu, um sicherzugehen, daß das *double entendre* angekommen war.

Henry wußte, daß Du Maurier in bestimmten Kreisen des *Punch* in dem Ruf stand, ganz gern derlei gewagte Witzchen zu machen, Henry aber pflegte er damit selten zu beglücken. Er lächelte pflichtschuldig. »Angeblich hat Leightons Haus eine spezielle Seitentür für die Modelle – so etwas wie der Separateingang eines Arztes für seine Praxis«, sagte er.

»Sehr richtig. Und was ich noch sagen wollte – verraten Sie Pem nur ja nicht, daß ich Ihnen von dieser Sache in unserer jungen Ehe erzählt habe«, mahnte Du Maurier.

»Wo denken Sie hin, mein lieber Freund«, sagte Henry.

Abends fühlte Emma sich nicht recht wohl und zog sich kurz nach dem Abendessen zurück. Als sie fort war, nahm Du Maurier eine zweite Flasche seines Lieblingsrotweins von der Anrichte und brachte sie, Henry zuwinkernd, mit ins Atelier, wo ein munteres Feuer im Kamin brannte. Wein nach dem Abendessen war ein Luxus, den Emma ihm jetzt nur noch selten gönnte.

»Fi! de ces vins d'Espagne«, zitierte Henry, als Du Maurier ihm einschenkte.

»Ganz recht, obgleich der hier mich mehr als *quatre sous* gekostet hat«, bestätigte sein Freund. Er setzte sich an den Flügel, spielte schwungvoll ein paar Takte des Liedes und sang dazu:

»›Fi! de ces vins d'Espagne.‹
Ils ne sont pas fait pour nous...«

Dann hielt er inne. »Ich will die arme Pem nicht stören.«

»Spielen Sie mir den Chopin, den Trilby singt, ehe sie stirbt«, bat Henry.

»Das *Impromptu*? Ja, das ist leise genug. Von mir erwarten Sie hoffentlich nicht, daß ich singe?« Er suchte sich die Noten heraus und begann zu spielen – sehr eindrucksvoll, wie Henry fand.

»Bravo!« sagte er, als Du Maurier geendet hatte.

Der verließ kopfschüttelnd seinen Klavierschemel und setzte sich in einen Sessel. »Ich habe ein paarmal danebengegriffen.«

»So etwas fällt mir nicht auf. Erinnern Sie sich, wie Sie mir vor vielen Jahren die Geschichte von Trilby angeboten haben?«

»Ja, natürlich, wie könnte ich das je vergessen? Mit diesem Gespräch begann meine Schriftstellerlaufbahn...«

»Und wie ich sagte, ich könne den Roman nicht schreiben, weil ich musikalisch nicht beschlagen genug sei? Es war die richtige Entscheidung – das Buch ist mit Musik gesättigt. Vor allem das macht seinen Charme aus.«

»Aber es ist frustrierend, daß man den Lesern nicht dazu verhelfen kann, im Geist die Musik zu hören, wenn sie ihnen nicht zufällig schon bekannt ist«, sagte Du Maurier. »Jetzt entsteht in Amerika eine Bühnenfassung von *Trilby*. Ich mag gar nicht daran denken, was sie mit der Geschichte anstellen werden, aber zumindest hören die Zuschauer nun etwas von der Musik.«

»Wollen Sie damit sagen, daß Trilby singen wird? Das *Impromptu* von Chopin?«

»Ja, vermutlich. Warum nicht?«

»Sie schreiben, daß ihre Stimme, wenn sie unter Svengalis Bann steht, von einzigartiger, von einmaliger Reichweite und Schönheit ist – und das nehmen wir Leser Ihnen auch ab. Aber ist es nicht von einer Schauspielerin zu viel verlangt, sich an Ihren Worten messen zu lassen?«

Du Maurier runzelte die Stirn. »Das hatte ich nicht bedacht.«

»Irgendwie werden sie es schon lösen«, tröstete Henry. »Theater ist nur Illusion – wie jede Kunst. Erinnern Sie sich an die Anekdote von dem eleganten Paar, das bei Ihnen Modell stehen wollte? Ich habe sie zu einer Kurzgeschichte verarbeitet. Das ›einzig Wahre‹ in der Kunst ist nie das wirklich Wahre.«

»Ja, daran erinnere ich mich sogar sehr gut.« Du Maurier rollte sich eine Zigarette. »Als ich Ihre wunderbare Erzählung las, hatte ich Angst, das betreffende Paar könnte sich darin wiedererkennen. Sie haben die beiden so genau geschildert, daß ich kaum glauben mochte, daß Sie selbst sie nie kennengelernt haben.«

»Nun ja . . .« Henry nickte ein wenig selbstgefällig. »Ein alter Hase wie ich versteht eben auch noch aus einem Minimum an Material das Beste zu machen. Wollen Sie denn noch einen Roman schreiben?«

»Ich bin schon dabei«, gab Du Maurier zurück.

Das war Henry neu und nicht sehr willkommen, trotzdem beglückwünschte er den Freund.

»Ich glaube, es wird das Beste, was ich bisher geschrieben habe, aber es geht langsam voran. Wenn ich eine Geschichte anfange, schöpfe ich immer aus eigenen Erfahrungen, aber die unerfreuliche Sache mit Whistler hat mich verunsichert.«

Henry hatte davon gehört, aber Du Mauriers Darstellung interessierte ihn. »Ich war damals in Italien. Es kam zum Prozeß, nicht wahr?«

»Ja. Whistler erkannte sich in der Figur des Joe Sibley wieder, als der Roman in Fortsetzungen bei *Harper's* herauskam, und war eingeschnappt. Sie wissen, was für ein Giftzwerg er ist – und ein verbissener Prozeßhansel. Einmal hat er Ruskin wegen einer unfreundlichen Kritik verklagt, erinnern Sie sich? Er hat sich bei der Presse beschwert, bei meinem Klub, bei meinem Verlag, bei Hinz und Kunz, und gedroht, mich wegen übler Nachrede zu belangen. Damit war mir die Freude an der Geschichte gründlich verdorben. Ich dachte schon, ich müßte den Text ganz zurückziehen. Schließlich habe ich eingewilligt, die Figur für die Buchpublikation zu streichen, und habe dafür eine andere erfunden.«

»Es war also tatsächlich ein Porträt von Whistler?«

»Ich konnte die Ähnlichkeit nicht leugnen. Und ich habe wohl wirklich Joe Sibley als etwas eitel und arrogant geschildert, aber daß Jimmy Whistler so ein Spielverderber sein würde, hatte ich nicht geahnt. Wir waren sogar mal befreundet. Und schließlich haben die anderen keinen Anstoß genommen.«

»Die anderen?«

»Meine übrigen Freunde im *Quartier Latin*, Armstrong, Lamont, Poynter … und so weiter. Sie haben in meinen Figuren alle etwas von sich erkannt, aber es hat sie nicht gestört. Noch Wein?«

»Nein, danke. Und Trilby selbst? Hatte sie ein Vorbild im wirklichen Leben?«

Du Maurier schenkte sich lächelnd nach. »Das werde ich immer gefragt. Nein, sie ist eine Ausgeburt meiner Phantasie.«

»Was ist mit Svengali?«

»Der auch.«

»Wirklich? Er wirkt so wunderbar lebensecht. Sie haben nie jemanden kennengelernt, der so war wie er?«

»Nicht direkt, aber … das bleibt doch unter uns?«

»Natürlich.«

»Haben Sie mal von einem gewissen George Lee gehört?«

»Nein.«

»Er war Musiklehrer und hat eine neue Technik für den Gesangsunterricht entwickelt, die sich angeblich auf anatomische Prinzipien stützte. Er hat ein Buch darüber geschrieben. Ende der siebziger und Anfang der achtziger Jahre hatte er ein Haus am weniger mondänen Ende der Park Lane gemietet, dort gab er Unterricht und hielt musikalische Soireen. Ich war ab und zu dort.«

»Jude?«

»Nein, Ire, aber er sah aus wie ein Zigeuner. Dunkler Teint, langes dichtes schwarzes Haar, schwarzer Schnurrbart. Ein besser aussehender Bursche als Svengali, aber der gleiche Typ.«

»Hat er seine Schüler hypnotisiert?«

Du Maurier lachte. »Nicht daß ich wüßte, aber seine Unterrichtsmethode war angeblich bei Frauen besonders effektiv … Er war gut mit der Mutter von George Bernard Shaw befreundet – sie war ein Protegé von ihm in Dublin und ist ihm nach London gefolgt. Manche Leute sagen, daß Shaw diesem Lee erstaunlich ähnlich sieht. Das dürfte ich Ihnen eigentlich gar nicht erzählen, Henry – die Gefahren der zweiten Flasche …«

»Auf meine Diskretion können Sie sich verlassen, *cher ami*. Aber Svengalis Magnetismus, das mitteleuropäische Judentum – wo kam das her?«

Du Maurier tippte sich mit dem Zeigefinger an die Schläfe. »Aus meinem Kopf. Aus Büchern. Aus Träumen.«

»Albträumen?«

Du Maurier nickte. Einen Augenblick sahen sie beide schweigend ins Feuer. Dann holte Henry seine Uhr heraus und sagte, er müsse gehen. Du Maurier zog den Mantel über und begleitete ihn ein Stück den Hang hinunter, bis Henry in ihn drang, er möge umkehren, weil er, Henry, es sich nicht mit Emma verderben wolle. Er blieb auf dem Gehsteig stehen und sah dem Freund nach, der langsam den Hügel hochstieg, bis er in der dunstigen Dämmerung verschwunden war – eine gebrechliche, gebeugte, ziemlich traurige Gestalt. Man hätte nie geglaubt, daß er einer der berühmtesten Schriftsteller der Welt war.

Und Du Maurier wurde immer berühmter. Als Henry im April – diesmal an einem Sonntag – wieder nach Hampstead kam, war die versammelte Familie in heller Aufregung, weil die Bühnenfassung von *Trilby*, wie man hörte, ein großer Erfolg war. Das Stück hatte kürzlich am Broadway Premiere gehabt, war begeistert besprochen worden und schon für Wochen ausverkauft. Beerbohm Tree, der in Amerika auf Tournee gewesen war, hatte es am letzten Abend vor seiner Abreise in New York gesehen und eingekauft, um es in London auf die Bühne zu bringen. Er selbst wollte den Svengali spielen.

»Die ideale Besetzung«, sagte Henry. »Es wird bestimmt ein durchschlagender Erfolg.« Sein fester Vorsatz zur Umkehr wurde auf eine harte Probe gestellt. Daß Du Maurier mit *Trilby* nicht nur in Buchform, sondern auch auf der Bühne Triumphe feierte, war nicht so leicht zu verkraften. »Da werden Sie bald der reinste Krösus sein, mein Lieber«, sagte er und zwang sich zu einem Lächeln.

Wie üblich bemühte sich Du Maurier, seine Einkünfte herunterzuspielen. »Ich besitze nicht mal die Bühnenrechte für Amerika«, sagte er, »und die britischen Rechte habe ich für eine läppische Summe abgegeben. Aber Beerbohm hat sie zurückgekauft, und ich habe die Hoffnung, daß er mir eine kleine Summe dafür zahlt. Im übrigen werde ich meine Beziehungen spielen lassen, um Gerald eine Rolle zu verschaffen.« Dieser Gedanke schien ihm mehr Freude zu machen als alles andere. Was Henry von Charles Millar erfuhr, klang vielversprechender. Tree hatte offenbar eine sehr ansehnliche Beteiligung geboten, und auch Paul Potter hatte sich bereit erklärt, die Tantiemen mit Du Maurier zu teilen.

Es war ein schöner sonniger Tag. Sie machten sich in einer großen Gruppe – Kinder, Enkel, Kinderwagen, Hunde – auf den Weg zur Heath und gingen dann in verschiedenen Richtungen auseinander. Henry und Du Maurier blieben allein auf dem Parliament Hill und sahen auf London hinab, das ihnen in braunem Kohlendunst zu Füßen lag wie auf einem ihrer ersten gemeinsamen Spaziergänge.

»Ich habe eine Neuigkeit für Sie, Henry«, sagte Du Maurier. »Wir ziehen nach London.«

»Auf Dauer? Du liebe Güte, wann denn?«

»So bald es sich einrichten läßt. Es wird Zeit. Die Kinder sind erwachsen. New Grove House bietet für ein altes Ehepaar wie Pem und mich nicht genug Bequemlichkeit. Und nachdem die Leute herausgefunden haben, wo wir wohnen, kommen sie her und gucken uns in die Fenster.«

»Was für Leute?«

»Leser von *Trilby*, denke ich mir«, sagte Du Maurier.

»Das ist eine Unverschämtheit«, empörte sich Henry. »Und wo ziehen Sie hin?«

»Wir haben ein passendes Haus am Oxford Square gefunden, ganz in der Nähe des Parks. Und wenn uns da jemand ausfindig macht und ins Fenster schaut, ist ein Polizist in der Nähe, der sie wegscheuchen kann.«

»Mir fehlen die Worte, Kiki! Das ist das Ende einer Epoche. Hampstead ohne Sie ist fast nicht vorstellbar.«

»Immerhin werden wir uns dann öfter sehen können, mein Alter.«

»Stimmt schon, nur ...«

»Nur?«

»Sie werden lachen – aber ich trage mich mit dem Gedanken, aus London wegzuziehen.«

»Was Sie nicht sagen. Wohin denn?«

»Das weiß ich noch nicht, der Gedanke ist mir erst kürzlich gekommen.« Tatsächlich hatte der Plan nach der Premiere von *Guy Domville* ganz allmählich und zunächst kaum bemerkt von ihm Besitz ergriffen. Gesprochen hatte er bisher mit niemandem darüber. Jetzt aber stand es für ihn fest: Er wollte weg aus London, weg von Menschen, Gesellschaften, Bühnenstücken (das besonders); weg von den ständigen Rangeleien um Aufmerksamkeit und Erfolg, weg von Lärm und Verkehr, den rußschweren Nebeln des Winters und den übelriechenden Hitzeschwaden des Sommers. Er wünschte sich ein kleines Haus an ruhiger, grüner Lage, vielleicht mit einem Streifen blauen Sees im Hintergrund, wo man, wenn man morgens die Vorhänge zurückzog und das Fenster hochschob, frische Luft atmete, die nach Heu oder Salzwasser roch und nicht nach Kohlenrauch und Unrat, wo man statt des Gepolters der Kutschwagen und des Gebrülls der Händler die Raben krächzen oder die Möwen schreien hörte. Er wünschte sich Ruhe und Frieden, um schreiben zu können und, wenn das Tagwerk vollbracht war, mit Tosca durch die Felder zu laufen.

»Es dürfte aber wohl noch eine Weile dauern, bis ich das Richtige gefunden habe«, sagte er.

4

»Dies ist ein halbmondförmiges Sträßchen, ein wenig *démodé* – ein sogenannter Crescent –, das über einem grünen, grünen Garten hängt, darüber hängt eine blaue, blaue See, über all dem hängt mein Balkon – und über meinem Balkon eine prächtige gestreifte Markise. Außer den Wellen, die sacht an den honigfarbenen Sand schlagen, ist kein Laut zu hören.« Diese Zeilen schrieb er, auf seinem Balkon im Osborne Hotel sitzend, an Anne Thackeray Ritchie, das Bild, das sich ihm bot, wie ein Künstler darstellend, der eine Landschaft *en plein air* malt. Es war die stille, schläfrige Stunde nach dem Mittagessen; zu einer anderen Tageszeit hätte er dem sanften Plätschern der Wellen noch etliche andere Geräusche beigeben müssen – Kinderstimmen, die leise vom Strand zu ihm herwehten, das gedämpfte Quietschen der Badenden, die sich von ihren rollenden Badehäuschen aus ins Meer wagten. Doch selbst jetzt im August, wo es in Torquay von Besuchern wimmelte, war der Strand von Meadfoot Sands nie überfüllt oder laut. Vielleicht war der Weg von der Stadtmitte für normale Urlauber zu lang und beschwerlich, überdies zogen die meisten wohl die Zerstreuungen und Annehmlichkeiten des Hafens, der Royal Terrace Gardens und der Strandpromenade vor, die sich gen Westen bis nach Torre Abbey erstreckte. Das Osborne selbst hatte wie die meisten besseren Hotels in Torquay im Winter Hochsaison, denn dann lockte das bekanntermaßen milde Klima die Reichen und Müßigen in diesen Ferienort. Jetzt war es halb leer und überraschend preiswert, ein segensreich friedliches Refugium für einen Autor, der von der Wunde, die man seiner Selbstachtung geschlagen hatte, noch nicht ganz genesen war.

Er hatte auf Empfehlung von William Norris im vergangenen Sommer kurz hier gewohnt und großen Gefallen an dem Hotel gefunden. *Démodé* hin oder her – der Crescent war auf ganz eigene Weise elegant, ein perfektes georgianisches Halbrund weißer Stuckvillen, die einen in Bath oder in Cheltenham nicht verwundert hätten, die aber hier überraschend allein standen. Es war, als sei eine Straße mit Stadthäusern vogelgleich aufgeflogen, über Vane Hill weggeschwebt und in elegantem Bogen am grünen Meeresstrand gelandet.

Ursprünglich eine exklusive Wohnsiedlung, waren später mehrere Häuser zu einem Hotel zusammengelegt worden, das man nicht ohne eine gewisse Berechnung nach der Sommerresidenz von Königin Victoria auf der Isle of Wight benannt hatte. Nach hinten schirmten Bäume das Hotelgelände ab, vor allem Kiefern, obgleich in diesem warmen feuchten Winkel des südlichen Devon auch Palmen und andere exotische Pflanzen gediehen. Im Hintergrund erhoben sich steile, üppig bewachsene Hänge; durch das Blattwerk schimmerten Villen mit roten Dächern und geschwungenen Auffahrten. Vielleicht gefiel es ihm in dieser Umgebung deshalb so gut, weil die Gegend ihn an die Hügel um Florenz erinnerte. Er bewohnte eine sehr angenehme Suite auf der Südseite mit freiem Blick aufs Meer, denn die Straße, die hinter den Dünen verlief, war unter dem Rand der sanft abfallenden Rasenflächen des Osborne nicht zu sehen. Eine Riesin von Zimmermädchen, mindestens eins achtzig groß (sie hätte für eine von Du Mauriers Herzoginnen Modell stehen können), hielt die Räume makellos in Ordnung und ließ ihm morgens sein Bad ein. Das Essen war leidlich – mehr konnte man von einem englischen Hotel nicht verlangen.

Es war eine glückliche Entscheidung in letzter Minute gewesen, sich nach Wochen der Unentschlossenheit für den Sommer hier einzumieten. Auf eine Italienreise hatte er in diesem Jahr verzichtet – er hatte kein Verlangen danach, schmerzliche Erinnerungen an Fenimore wieder aufleben oder sich von vulgären Touristenhorden bedrängen zu lassen, außerdem hätte er mit Rücksicht auf seine derzeitige finanzielle Lage die Kosten für so eine Reise kaum verantworten können. So hatte er denn im Mai und Juni in London ausgeharrt, abgelenkt durch den wie üblich reichlich gefüllten Veranstaltungskalender der Saison und eigene gesellschaftliche Verpflichtungen. Anfang Mai war Daudet zu einem längeren Besuch aus Paris eingetroffen, und für diesen ehrwürdigen *cher collègue* hatte er sich wohl oder übel ins Zeug legen müssen. Er begleitete ihn zu George Du Maurier nach Dorking, und es gab eine rührende Begrüßungsszene auf dem Bahnsteig, bei der die beiden alten Herren sich in den Armen lagen; allerdings waren beide so geschwächt, daß Henry Angst hatte, sie könnten dabei umfallen und unter die Räder eines Zuges geraten. Später gab er für Daudet ein Essen im Reform Club, zu dem Du Maurier und sämtliche angesehenen, des Französischen mächtigen Gäste kamen, die er in London hatte auftreiben können. Alles ging gut, auch wenn Daudets Blasenschwäche (vermutlich die Folge gewisser Jugendsünden) dem Gastgeber einige Sorgen bereitete, da Daudet sich im Lauf des Essens häufig erleichtern mußte und man ihm dafür den langen Weg zu den Toiletten unter der Haupttreppe ersparen wollte. Das Problem wurde schließlich so gelöst, daß man hinter Stellwänden an einer Ecke des separaten Speisesaals einen Nachttopf bereitstellte, und – um dem hohen Gast Peinlichkeiten zu ersparen – das Gespräch besonders laut und lebhaft werden ließ, wenn er genötigt war, abrupt hinter den Stellwänden zu verschwinden.

Die Wochen vergingen, inzwischen schrieb man schon Juli, London wurde unerträglich stickig und war voller Staub und übler Gerüche, und noch immer wußte er nicht, wohin er wollte. Es mußte ein Ort sein, an dem er in Gesellschaft war, um nicht trübsinnig zu werden, sich andererseits aber seine Unabhängigkeit bewahren konnte und Zeit und Platz zum Arbeiten hatte. Wären die Du Mauriers wieder nach Whitby gegangen, hätte er vielleicht sogar das rauhe Klima in Kauf genommen, aber selbst Kiki und Emma, die im vergangenen Sommer dort richtig krank geworden waren, hatten in diesem Jahr auf Whitby verzichtet und sprachen von Folkestone, das ihn nicht reizen konnte. Er erwog kurz, wieder ins Tregenna Castle Hotel in St. Ives zu gehen, wo er im vergangenen Sommer angenehm logiert und häufig Leslie und Julia Stephen in ihrem feuchten, zugigen Haus am Meer Gesellschaft geleistet hatte, aber nachdem Julia vor kurzem gestorben war, kam das nicht mehr in Frage. Möglicherweise würde die Familie auch diesen Sommer in Cornwall verbringen, aber er kannte sie nicht gut genug, um sie in ihrer Trauer zu stören, und schon die Vorstellung, ohne die bezaubernde Julia mit dem kummervoll schweigenden Leslie zusammensein zu müssen, während Vanessa und Virginia, diese entnervend gescheiten langnasigen jungen Frauen, ihn belauerten, um sich (so sein Verdacht) hinter seinem Rücken über ihn lustig zu machen, war unerträglich. Aber über St. Ives und die Stephens führten ihn seine Überlegungen zu Norris und Torquay, denn Stephen hatte, als er Herausgeber des *Cornhill* gewesen war, Norris als Erster ermutigt, Romane zu schreiben, und im vergangenen Sommer hatte Henry auf dem Weg nach St. Ives in Torquay Station gemacht. Nachdem ihm diese Eingebung gekommen war, bestellte er sofort telegraphisch Zimmer im Osborne und benachrichtigte Norris, der hocherfreut über das bevorstehende Wiedersehen war. Henry hatte die Suite für den Rest des Juli und den ganzen August gemietet und hielt sich die Möglichkeit offen, länger zu bleiben und sich bei dieser Gelegenheit vielleicht nach einem eigenen Haus in der Nähe umzusehen. Mittlerweile lebte er täglich mehr mit sich und der Welt in Frieden.

Die Tage verliefen in einem gleichmäßigen, beruhigenden Rhythmus. Vormittags arbeitete er an dem Einakter, den Ellen Terry in Auftrag gegeben hatte. Er genierte sich ein wenig, daß er so schnell seinen Schwur gebrochen hatte, dem Theater zu entsagen, aber letztlich hatte er der Versuchung nicht widerstehen können, und es fiel ihm in Torquay leichter als in London, sich mit seinem Gewissen zu vergleichen. Er sagte sich, daß es ja nur um ein kurzes Stück ging, das ihn nicht sehr lange beschäftigen würde; daß er auf direktem Wege und vertraulich mit einer Schauspielerin verhandelte, deren Protektion man nicht hoch genug einschätzen konnte; und daß er, wenn ihr das Stück nicht gefiel, daraus mühelos eine Kurzgeschichte würde machen können, ohne daß jemand etwas von der Vorgeschichte erfuhr. Nachdem er sich mit diesen Argumenten selbst überzeugt hatte, unterbrach er die Arbeit an *The House Beautiful* (die sich im übrigen schwieriger als erwartet gestaltete) und nahm eine Komödie in Angriff, der er den provisorischen Titel *Mrs. Gracedew* gab. Die gleichnamige Heldin – diese Rolle hatte er Ellen Terry zugedacht – war eine reiche, gut aussehende amerikanische Witwe, die für historische englische Landhäuser wie Summersoft schwärmt (eine Art Osterley), wo das Stück spielt. An einem einzigen Nachmittag soll sie das Haus vor dem Spießer retten, an den es verpfändet ist, es dem rechtmäßigen Besitzer zurück und diesem ihr Jawort geben und gleichzeitig die eheliche Zukunft der Tochter des Spießers regeln. Im Lauf dieser harmlosen Intrige muß sie als Fremdenführerin einer Gruppe primitiver Touristen das Haus zeigen – eine komische Paraderolle, die Ellen Terry auf den Leib geschrieben schien. Alles in allem war er hoch zufrieden über den raschen Fortgang der Arbeit.

Nachmittags arbeitete er seine Korrespondenz auf, las und lernte das Radfahren. Er hatte in einem Geschäft in der Stadt ein Veloziped erstanden, und ein junger Mann namens John Plater kam täglich ins Hotel, um ihm eine Unterrichtsstunde zu geben. Das hügelige Torquay war für einen Anfänger kein ideales Pflaster, aber die Meadfoot Road, die fast eine Meile weit am Strand entlang verlief, war flach und gerade und wenig belebt. Er konnte jetzt die ganze Strecke hin und zurück radeln, ohne hinzufallen, und seine Prellungen verfärbten sich langsam von blau zu gelb. Seinen Leibesumfang hatte, wie er zufrieden feststellte, die regelmäßige Bewegung schon reduziert. Danach nahm er, wenn er sehr erhitzt war, ein zweites Bad, und zwischen fünf und sechs ging er den Hügel hoch zur Villa Underbank und trank mit Norris Tee.

Das war der einzig mögliche Termin für ihr Zusammensein, weil Norris vormittags Golf spielte und täglich zwischen zwei und fünf seine Romane schrieb, aber diese eine Stunde reichte ihnen auch. Meist hatten sie sich nach zehn oder fünfzehn Minuten nichts mehr zu sagen und saßen zufrieden schweigend beieinander. Wenn Norris' Tochter Effie dabei war, überbrückte sie die Pausen mit Geschichten vom Jagen und Reiten, den einzigen Themen, für die sie sich zu interessieren schien. Effie war eine füllige, rotwangige junge Blondine von dreiundzwanzig Jahren, der Inbegriff der gesunden burschikosen Engländerin – so instinktgeleitet, so wenig von des Gedankens Blässe angekränkelt wie ein schönes Tier, ein Pferd beispielsweise. Henry hatte sie oft vor Augen, wenn er an der Figur der Mona Brigstock arbeitete, der energischen, aber für alles Ästhetische unempfänglichen Rivalin der Heldin in *The House Beautiful.* Effie war Norris' einziges Kind und seine einzige Gefährtin, ihre Mutter war vor fünfzehn Jahren gestorben. Auf die Umstände ihres Todes war Norris nie näher eingegangen, und Henry hatte nicht nachgefragt.

Norris, Sohn eines Oberrichters in den Kolonien, hatte seine Schulzeit in Eton verbracht, danach Jura studiert und die Zulassung als Barrister erworben, verspürte aber keine Neigung, als Anwalt zu arbeiten. Statt dessen führte er das Leben eines Landedelmannes und hatte sich Mitte der achtziger Jahre darauf verlegt – wie auf ein unterhaltsames und in bescheidenem Maße auch lukratives Hobby –, Romane über die englische Oberschicht, vor allem ihre Liebeshändel, Ehen und Erbschaften zu schreiben. Er produzierte ein, manchmal sogar zwei dieser Bücher im Jahr, jeweils drei Bände mit nicht allzu viel Text auf der Seite, perfekt abgestimmt auf die Bedürfnisse der Leihbibliotheken, seinen hauptsächlichen Absatzmarkt. Es waren erstaunliche Machwerke, denn so etwas wie ein unverwechselbares Flair fehlte ihnen völlig. Henry verglich sie bei sich mit Tee, der in einer Kanne aufgebrüht worden war, in die man versehentlich keine Teeblätter gegeben hatte, und den man Menschen einschenkte, die entweder zu höflich waren, um eine Bemerkung darüber zu verlieren, oder die nicht gern Tee tranken. Die Teekanne und die Tassen hatten eine ansprechende Form, das Wasser hatte die richtige Temperatur und floß ungehindert aus der Tülle, aber das Getränk war wasserklar und schmeckte nach nichts. Es waren Romane für Menschen, die Wert darauf legten, immer ein Buch griffbereit zu haben, sich aber aus der Lektüre selbst nicht viel machten. Man konnte seine Bücher so leicht weglegen, wie man sie zur Hand genommen hatte, und hätte fünf Minuten, nachdem man sie ausgelesen hatte, nicht mehr sagen können, wovon sie handelten. Natürlich hatte Henry sich Norris gegenüber nie in diesem Sinne geäußert. In ihrer Freundschaft galt die stillschweigende Übereinkunft, daß beide über ihre Arbeit nicht redeten. Norris war der perfekte englische Gentleman – eben deshalb war seine Gesellschaft so erholsam –, und dazu paßte, daß er alles, was auch nur annähernd Ähnlichkeit mit Fachsimpelei hatte, von Herzen mißbilligte. Beim Lunch am Tag nach der Premiere von *Guy Domville* hatte er zum ersten und einzigen Mal ausdrücklich Henrys schriftstellerisches Schaffen gelobt, was diesen deshalb besonders berührt hatte.

Nach einer Stunde bei Vater und Tochter Norris verabschiedete er sich gewöhnlich, weil sie sich zum Abendessen umziehen mußten – ein Ritual, an dem sie selbst in den Sommermonaten gewissenhaft festhielten –, und kehrte ins Osborne zurück, wo er, mit einem Buch vor sich auf dem Tisch, in aller Ruhe allein dinierte. Einmal hatte er eine Einladung zum Dinner in Underbank angenommen, aber festgestellt, daß alle Beteiligten mit ihrem Versuch, ein Gespräch zu dritt zu führen, restlos überfordert waren, so daß er sich danach stets mit dringenden Arbeiten zu entschuldigen pflegte. Manchmal verbrachte er nach dem Essen tatsächlich noch eine Stunde damit, das am Vormittag Geschriebene durchzulesen und zu überarbeiten, ehe er sich zu Bett begab und sich von dem leisen Flüstern der Wellen, die sich am Strand brachen, in den Schlaf singen ließ.

Sein Aufenthalt im Osborne erwies sich, wie er an Anne Ritchie schrieb, als ebenso produktiv wie stärkend.

Er schuldete ihr ohnehin einen Brief, der Anstoß dazu aber war die Gedankenverbindung zwischen Norris und Leslie Stephen gewesen, dessen Schwägerin aus erster Ehe sie war. Er beendete den Brief, unterschrieb und siegelte ihn und brachte ihn zur Rezeption, um ihn zur Post geben zu lassen. Gerade war eine Nachricht von John Plater, seinem Fahrradlehrer, eingetroffen, der zu seinem Bedauern die nachmittägliche Unterrichtsstunde hatte absagen müssen. Erst war er enttäuscht, dann aber sagte er sich, daß er ja auch auf eigene Faust eine kleine Spazierfahrt unternehmen konnte, schließlich war er bei seinem letzten Ausflug sehr gut zurechtgekommen. Gesagt, getan. Er zog Knickerbocker und ein Norfolkjackett an, setzte eine weiche Kappe auf und holte sein Fahrrad aus den Stallungen hinter dem Hotel, wo er es untergestellt hatte. Weil er den Gästen nicht das Vergnügen gönnen wollte, von ihren Fenstern und Balkonen aus mit anzusehen, wie er versuchte, sich aufs Rad zu schwingen, schob er es vom Hotelgelände auf die Meadfoot Road. Nach einem Fehlstart und kurzem gefährlichen Schwanken hatte er das Rad im Griff und strampelte los.

Es war ein schöner, sonniger Nachmittag mit einer leichten südlichen Brise, die, verstärkt durch den Fahrtwind, seinen Bart zauste und angenehm seine Wangen kühlte. Wie immer begeisterte er sich an der Bewegung, bei der man so viel schneller vorankam als beim Spazierengehen. Nach wenigen Minuten hatte er eine halbe Meile zurückgelegt. Was für eine wunderbare Erfindung, so simpel wie genial! Warum hatte die Menschheit so lange gebraucht, um zu begreifen, daß man – einen gewissen Schwung vorausgesetzt – auf zwei Rädern unbegrenzt das Gleichgewicht halten konnte? Die Kombination aus Schwung und Gleichgewicht – das war das Geheimnis, und hier bot sich eine Parallele zur Kunst des Erzählens an: Der Schwung war das vorwärtsdrängende Erzählen, das Stellen von Fragen, deren Beantwortung die Leser verlangten, das Gleichgewicht war die Symmetrie des Aufbaus, das Beseitigen von Irrelevantem, die Wiederholung von Motiven und Symbolen, das elegante Variieren von –

Als er in seinen Tagträumen so weit gekommen war, rollte ihm aus einer schmalen Seitenstraße plötzlich ein auffallend kleiner Kinderwagen vor das Rad, hinter dem eine junge Frau und ein kleines Mädchen herliefen. Er bremste scharf, das Vorderrad blockierte und schleuderte auf dem losen Kies, das Veloziped kippte um, und Henry James lag auf der Straße. Die Frau – offenbar ein Kinderfräulein – half ihm hoch. Das kleine Mädchen – es mochte etwa fünf sein – sah mit blassem Gesicht und großen Augen vom Gehsteig aus zu.

»Ist Ihnen auch nichts passiert, Sir?« fragte die Frau besorgt.

»Ich glaube nicht.« Er tastete sich ab und bog Arme und Beine. Er hatte sich die Hand aufgeschürft – zum Glück die linke, nicht die Schreibhand – und würde am nächsten Tag einen frischen blauen Fleck am Schienbein haben, war aber ansonsten offenbar unversehrt. Er richtete das Fahrrad auf. Der Lenker war an der Achse leicht verbogen, aber ernstlichen Schaden hatte auch das Rad wohl nicht davongetragen.

»Sie hätten Ihren Puppenwagen nicht loslassen dürfen, Miss Agatha«, schalt das Kindermädchen. »Das war sehr unbedacht. Sie hätten den Herrn umbringen können.«

»Das wohl kaum.« Agathas Unterlippe zuckte, und er lächelte der Kleinen beruhigend zu. »Es war auch meine

Schuld. Ich hatte versäumt, erst die Hinterbremse und dann die Vorderbremse zu betätigen.« Das war eine Vorsichtsmaßnahme, die Plater ihm immer wieder eingeschärft hatte. »Aber ich habe leider den Eindruck, daß deine Puppe nicht so gut davongekommen ist.« Der Puppenwagen war auf der Fahrbahn umgestürzt, die Puppe hatte alle Viere von sich gestreckt und lag da wie das Opfer eines Verbrechens.

»Nicht so schlimm, Sir«, sagte das Kindermädchen, das jetzt die Puppe aufhob und den Puppenwagen aufrichtete. »Hauptsache, Sie sind heil geblieben.«

»Ja, völlig heil. Guten Tag.« Plater bestand darauf, daß sein Schüler, wenn er hingefallen war, unverzüglich wieder aufstieg *(»Sonst trauen Sie sich später nicht mehr, Mr. James«)*, deshalb schwang er sich mutig wieder aufs Rad und strampelte weiter.

In diesem Mißgeschick sah er eine Warnung vor Überheblichkeit – nicht nur im Hinblick aufs Radfahren, sondern auch (um die Parallele weiterzuführen, mit der er sich unmittelbar vor seinem Sturz beschäftigt hatte) auf das literarische Leben. Er war hoch zufrieden mit seinem neuen Stück, das inzwischen den Titel *Summersoft* trug, rief sich aber, als er es Mitte August an Ellen Terry schickte, die vielen unvorhersehbaren Hindernisse und unerwarteten Widerstände in Erinnerung, die sich einem Erfolg entgegenstellten. Wie klug es war, die Dinge so philosophisch zu sehen, zeigte sich bald. Nach wenigen Tagen schrieb ihm Ellen Terry, das Stück gefiele ihr gut, aber sie würde es in Amerika nicht aufführen können, da das Tourneeprogramm festgelegt sei und ihre Abreise unmittelbar bevorstünde. Sie wolle jedoch gern die Rechte für eine Inszenierung im folgenden Jahr erwerben.

Er beschloß, Ende des Monats nach London zu fahren, um ihre Meinung über das Stück und seine Aussichten persönlich und ausführlicher einzuholen, bei dieser Gelegenheit noch andere geschäftliche Dinge zu erledigen und gesellschaftlichen Verpflichtungen nachzukommen. Er hatte sich mit Mutter und Tochter Benedict verabredet, um ihnen bei den Vorbereitungen für die Rückreise nach Amerika behilflich zu sein (was er nur aus Pietät Fenimore gegenüber tat, wenn nicht gar als Buße, denn er fand die beiden Damen ausgesprochen ermüdend). Schon vor längerer Zeit hatten die Humphrey Wards ihn auf ihren vornehmen neuen Landsitz in Hertfordshire eingeladen, und viel länger konnte er den Besuch nun, ohne unhöflich zu sein, nicht hinausschieben. Eigentlich hatte er auch die Du Mauriers in ihrem neuen Heim am Oxford Square aufsuchen wollen, aber am Tag seiner Abreise aus Torquay bekam er einen Brief von ihnen aus Folkestone, wo sie nach langem Hin und Her für ein paar Ferienwochen Quartier bezogen hatten. Sie würden sich sehr freuen, Henry dort zu sehen, schrieben sie. Du Mauriers Stimmung war offenbar nicht die beste, Gesundheit und Nerven waren angegriffen, und die bevorstehende Premiere der Bühnenfassung von *Trilby* machte ihm Sorgen. Henry schrieb rasch ein paar Zeilen zurück und versprach, dem *»Carino Kikaccio mio«* vor der Rückkehr an *»diesen lieblichen und erholsamen Ort, dem ich inzwischen so zugetan bin wie Sie Ihrem Whitby«*, einen kurzen Besuch abzustatten. Er fügte hinzu: »Es tut mir sehr leid zu hören, daß Sie nervös und unwohl sind, aber das läßt sich ändern. Warten Sie nur, bis ich bei Ihnen bin. Ich bin sehr gespannt, von Ihren Theatererfahrungen zu hören, und Sie müssen mir alles erzählen.«

Ellen Terry, die wegen der Reisevorbereitungen für die Amerika-Tournee wenig Zeit hatte, konnte ihm nur eine sehr kurze abendliche Unterredung in ihrer Loge im Lyceum gewähren, äußerte sich aber erfreulich schmeichelhaft, wenn auch eher allgemein zu *Summersoft* und war charmant und liebenswürdig wie immer. Am nächsten Tag schickte sie ihm einen Scheck über hundert Pfund für die Rechte an »Ihrem Schmuckstück« und versprach erneut, das Stück nach ihrer Rückkehr aufzuführen. »Das Jahr wird mir lang werden«, schrieb er, mit Dank den Eingang der Zahlung bestätigend, »aber lang ist die Kunst und so weiter, ach ja ... Wenn die Amerikaner das Schmuckstück schon nicht haben sollen, foltern Sie die guten Leute wenigstens mit einer Ahnung dessen, was ihnen damit entgeht.« Beim Siegeln des Briefes überlegte er, daß er sich, wenn er ehrlich war, wenig Hoffnung machen konnte, das Stück mit Ellen Terry in der Hauptrolle jemals auf der Bühne zu sehen, und stellte voller Genugtuung fest, daß dieser Gedanke ihn nicht deprimierte. Vielleicht hatte er endlich die nötige Distanz zu seinen Theaterambitionen gewonnen.

Am nächsten Wochenende fuhr er nach Folkestone, um den versprochenen Besuch bei den Du Mauriers zu machen. Warum sie sich gerade Folkestone als Sommerfrische ausgesucht hatten, obgleich sie sich praktisch jeden Winkel dieser Erde hätten leisten können, war rätselhaft, aber sie waren beide noch nie sehr unternehmungslustig gewesen, und die Anziehungskraft dieses Ortes bestand für sie wohl gerade in seiner Durchschnittlichkeit. Sie hatten sich in einem bescheidenen kleinen Hotel auf den hohen Klippen westlich der Stadt, den sogenannten Leas, eingemietet. Das Gebiet war großflächig erschlossen worden, um Urlauber anzulocken. Es gab eine breite, sehr lange Promenade, einen Serpentinenweg zu dem über hundert Meter tiefer liegenden Kieselstrand, einen hübschen gußeisernen Musikpavillon und eine Terrasse mit Blick auf die Mole, die wie ein langer Arm ins Meer hinausragte, und auf die Dampfer, die – klein wie Spielzeugboote – auf dem Ärmelkanal unterwegs waren. Zwischen der Promenade und den stattlichen weißen Stuckvillen und Hotels lagen gepflegte Gärten und Rasenflächen. Hätte man nicht gewußt, daß man an der See war, hätte man glauben können, man befinde sich in Bayswater.

Henry und Du Maurier schlenderten häufig über die Promenade und lehnten sich, wenn sie sich unterhalten wollten, bequem an die Terrassenbrüstung, denn wenn man den Weg zum Strand hinunterging, mußte man auf dem Rückweg eine beschwerliche Kletterpartie auf sich nehmen oder sich – was nicht unbedenklich war – einem Aufzug, dem knarrenden Sandgate Lift, anvertrauen. Meist waren sie dort allein, denn Emma mied in dem ungewöhnlich heißen Wetter die Promenade, auf der es keinen Schatten gab. Du Maurier war, wie er auch in seinem Brief geschrieben hatte, nicht recht auf der Höhe, und auch der anhaltende Erfolg von *Trilby* hatte ihn offenbar nicht aufheitern können. In fast melancholischem Ton teilte er Henry mit, daß in England und Amerika schon nahezu eine Viertelmillion Exemplare des Romans verkauft worden waren. Es war das gefragteste Buch in der Geschichte von Chicagos öffentlichen Bibliotheken. Die New Yorker Bühnenfassung war ein Hit, und an die zwanzig weitere Inszenierungen des Stückes liefen andernorts in den Vereinigten Staaten oder waren in Vorbereitung. Der Vorverkauf für Trees Londoner Produktion im Lyceum Theatre überstieg alle Erwartungen. Eine neue Stadt in Florida war Trilby genannt worden.

»Großartig, mein lieber Kiki«, sagte Henry. »Ich gratuliere zu Ihrem Erfolg.«

Du Maurier zuckte die Schultern. »Es ist mehr als ein Erfolg, es ist ein Boom, und dieses Phänomen hat, wie ich finde, etwas Abartiges. Warum ich? Thackeray hatte nie einen Boom, Sie hatten nie einen, Henry …«

»Und werde auch nie einen haben«, warf dieser ein.

»Vielleicht ist das ein verkappter Segen. Als junger Mann habe ich davon geträumt, ein berühmter Maler zu werden, einer wie Leighton oder Burne-Jones. Und ich glaube, das hätte ich auch schaffen können, denn ich begreife mich nach wie vor als bildenden Künstler. Das Bücherschreiben war gewissermaßen nur zweite Wahl, weil ich nicht mehr so gut sehen konnte. Natürlich habe ich auch auf diesem Gebiet mein Bestes gegeben, aber ich wäre viel lieber ein erfolgreicher Maler als ein erfolgreicher Romancier geworden. Maler haben keinen Boom.« Und nach einer kleinen Pause setzte er hinzu: »Jedenfalls jetzt noch nicht. Wer weiß, was die Zukunft bringt.«

»Wie geht es mit Ihrem neuen Roman voran?«

»Sehr langsam. Auch das ist eine Schattenseite des Booms – man merkt förmlich, wie sämtliche Kritiker darauf warten, daß man beim nächsten Mal strauchelt, deshalb ist man ständig am Überarbeiten.«

»Wie soll er heißen?«

»*Vom Erfolg vergrämt.*« Du Maurier lächelte ironisch. »Nein, er heißt *The Martian*. Mehr kann ich im Augenblick noch nicht sagen.«

Sie waren am östlichen Ende der Promenade angelangt, wo ein Denkmal des in Folkestone geborenen William Harvey stand, der den Blutkreislauf entdeckt hatte. »Dieser Mann hat wesentlich mehr für die Menschheit getan hat als unsereins«, sagte Du Maurier salbungsvoll, »und der hatte nie einen Boom.«

Als sie später in der Hotelhalle beim Tee saßen, versuchte Henry Näheres über die bevorstehende Londoner Inszenierung von *Trilby* in Erfahrung zu bringen, an der Kiki durchaus Anteil nahm, allerdings auf eine sonderbar distanzierte Art, als ob er auf einen Erfolg hoffte, sich aber des Stückes auch ein wenig schämte. »Die Handlung ist enorm vereinfacht, aber das muß wohl so sein«, sagte er entschuldigend. Tree lag offenbar viel daran, das Stück vom Autor des Romans sanktionieren zu lassen, er hatte Du Maurier Potters Script gezeigt, ihn um Verbesserungsvorschläge gebeten und ihn an dem wichtigen Casting für die Rolle der Trilby beteiligt. Du Maurier hatte sich für eine relativ unbekannte Schauspielerin, eine gewisse Dorothea Baird, stark gemacht, deren Familie mit Charles Millar befreundet war, und nach einigem Sträuben hatte Tree zugestimmt. Miss Baird brachte physisch offenbar alle Voraussetzungen mit – bis hin zu den großen, aber wohlgeformten Füßen – und hatte beim Vorsprechen einen ausgezeichneten Eindruck gemacht, aber jetzt drückte Du Maurier die Verantwortung für diese Wahl, und er wartete einigermaßen nervös auf das Urteil des Publikums.

»Genauso ging es mir, als wir uns entschieden, im *Amerikaner* Elizabeth Robins die Rolle der Claire Cintré zu geben«, erwiderte Henry lebhaft. »Haben Sie sie bei den Proben erlebt?«

»Nein, ich gehe nicht zu Proben«, gab Du Maurier zurück. »Aber Gerald sagt, daß sie sehr gut ist. Er spielt Dodor, den Dragoner, Vorbild für die Figur ist sein Onkel, er dürfte deshalb keine Schwierigkeiten mit der Rolle haben. Sie zahlen ihm vier Pfund die Woche, die er in einem Tag wieder ausgibt. Aber er bekommt von mir einen Zuschuß, weil er mich über das, was am Theater passiert, auf dem Laufenden hält. Und er hat Verbesserungen an dem Stück vorgenommen.«

»Gerald?« staunte Henry.

»Ja, aber er stellt es nach außen hin so hin, als kämen sie von Tree.«

»Ihr Sohn dürfte es am Theater noch weit bringen, Kiki.«

»Das glaube ich auch.« Du Maurier lächelte.

Die Uraufführung von *Trilby* sollte in einer Woche in Manchester sein, und nach einer kurzen Tournee durch die Provinz war dann die Londoner Premiere. Zu der Uraufführung in Manchester wollte Du Maurier nicht selbst fahren, sondern nur Charles hinschicken, der ihm Bericht erstatten sollte. »Kaum zu glauben, daß Sie da wegbleiben können«, sagte Henry. »Ich würde das nicht fertigbringen.«

»Das ist mir alles zu lästig. In London muß ich mich wohl oder übel zur Premiere sehen lassen, und das genügt mir vollauf. Sie kommen doch? Soll ich Plätze reservieren lassen? Der große Tag ist der 30. Oktober.«

»Sehr lieb, Kiki, aber ich glaube kaum, daß ich um diese Zeit schon wieder in London bin«, sagte Henry rasch. »Ich will so lange in Torquay bleiben, bis De Vere Gardens elektrisches Licht hat.« Das stimmte tatsächlich. Er wollte, während er verreist war, die längst überfällige Renovierung der Wohnung angehen und hatte ein günstiges Angebot seines Vermieters angenommen, sich mit diesem in die Kosten für das Legen elektrischer Leitungen zu teilen, das dann zur gleichen Zeit wie die Renovierung erfolgen konnte. Aber um die Premiere von *Trilby* hätte er sich in jedem Fall gedrückt. Das Stück versprach ein riesiger Erfolg zu werden, man würde Du Maurier zweifellos am Schluß auf die Bühne holen und feiern, und der Kontrast zu der Premiere von *Guy Domville*, bei der Henry eine so demütigende Niederlage erlebt hatte, wäre unerträglich bitter gewesen. Es fiel ihm schwer genug, den Freund seinen Neid auf dessen

Einkünfte aus der Buchausgabe nicht merken zu lassen. Eine Viertelmillion Exemplare! Als er wieder in Torquay war, berichtete er Gosse, daß Du Maurier niedergeschlagen war »trotz des Klirrens – was sage ich, trotz des ohrenbetäubenden Prasselns von schmutzigem Mammon, der auf ihn zurollt. Ich fühlte mich mehr denn je als Versager.«

Zu gegebener Zeit teilte Du Maurier ihm mit, die Aufführung in Manchester sei laut Bericht seines Sohnes ein Triumph gewesen. Tree habe die Zuschauer hypnotisiert, Dorothea habe sie verzaubert, und die Vorzeichen für London stünden ausnehmend günstig. Schriftliche Begeisterung fiel Henry leichter als mündliche. »Ich jubiliere aus vollem Herzen, mein lieber Kiki«, schrieb er, nüchtern an seinem Schreibtisch im Osborne sitzend, »ich klatsche in die Hände, tanze Fandangos, *je me livre à toutes les extravagances de la joie la plus folle. Allons*, es ist alles so, wie es sein sollte.« Um aber sicherzustellen, daß er nicht zur Londoner Premiere kommen konnte, lud er Jonathan Sturges für Ende Oktober auf eine Woche ins Osborne ein.

Nachdem *Summersoft* nun auf Eis lag, wandte er sich – wenn auch mit einiger Beklemmung – wieder dem in *The Old Things* umbenannten Roman *The House Beautiful* zu. Nicht, daß er den Glauben an die Möglichkeiten, die das Sujet bot, oder an die Eleganz der Form verloren hätte – aber das Problem bestand darin, daß die Geschichte länger und länger wurde und noch immer kein Schluß in Sicht war. Ursprünglich hatte er sie Scudder, dem Herausgeber des *Atlantic,* offeriert, der bei ihm – ein erfreuliches Angebot – drei Kurzgeschichten im Umfang von jeweils etwa zehntausend Worten in Auftrag gegeben hatte. Doch schon das »Szenarium« hatte bald dieses Limit überschritten, und als Scudder ihm weitere fünftausend Worte zubilligte, war das

Manuskript bereits auf fünfundzwanzigtausend angeschwollen und drohte sich zu einem kurzen oder gar mittellangen Roman auszuwachsen. Er legte es beiseite und nahm eine andere Erzählung in Angriff, die er *The Awkward Age* nannte und in deren Mittelpunkt debütierende junge Mädchen vor dem Hintergrund einer dekadenten Londoner Gesellschaft stehen sollten. Auch die blieb bald liegen, und in seiner Verzweiflung schrieb er, um Scudder zufriedenzustellen, in einem Zug die leichtgewichtige Kurzgeschichte *Glasses* herunter. Danach wandte er sich wieder den *Old Things* zu, die der Herausgeber eventuell bereit war als Fortsetzungsroman zu bringen.

Der Altweibersommer hielt sich bis in den Oktober hinein. Ein zarter perlmuttfarbener Dunst lag am frühen Morgen über den Hügeln, bis zum Mittag aber hatte die Sonne ihn vertrieben, der Himmel war strahlend blau, und nachts spiegelte sich der Mond silbern in der ruhigen See. Nicht ohne Bedauern gab er das Radfahren auf. Die Straßen in der Umgebung waren ihm zu steil, und auf der Meadfoot Road auf und ab zu radeln langweilte ihn bald. Um sich Bewegung zu verschaffen, ging er nun spazieren und begegnete dabei wieder der kleinen Agatha in Begleitung ihres Kindermädchens. Die Kleine zog an der Leine einen Welpen hinter sich her, ein Geschenk zu ihrem fünften Geburtstag. Er blieb stehen und unterhielt sich eine Weile mit ihr über Hundepflege, um zu zeigen, daß er ihr nichts nachtrug. Tosca, die derzeit von den Smiths betreut wurde, fehlte ihm, und ein wenig schlug ihm auch das Gewissen, weil er sie in der lärmenden Unrast der Elektrifizierung zurückgelassen hatte.

Das Wetter war noch schön, als Jonathan Sturges kam. Wie immer war die Art, wie er sich geschickt an den Gehstöcken fortbewegte und tapfer und findig mit seiner Behinderung umging, für Henry in seiner selbstbezogenen Unzufriedenheit Beispiel und Vorwurf zugleich. Allerdings war Sturges diesmal ungewohnt trübsinnig. Wie sich herausstellte, hatte er sich in Frankreich in eine Frau verliebt und war – überaus zartfühlend, aber deshalb nicht weniger schmerzlich – abgewiesen worden. Da war nichts zu machen, da halfen keine Worte, man konnte nur ganz allgemein Freundschaft und Trost bieten wie einen stillen Händedruck. Nur einmal brach bei Sturges die Bitterkeit durch – und auch da nur ganz indirekt und andeutungsweise. Als sie vor dem Abendessen im Garten der Familie Norris saßen, Zigaretten rauchten und sich an dem Farbenspiel des Sonnenuntergangs freuten, erzählte er, wie er vor eineinhalb Jahren im Garten der Whistlers in Paris William Howells begegnet war. Howells war sehr beeindruckt von Glanz und Glamour der Gesellschaft und dem Rahmen jenes Abends gewesen, um so mehr, als er, weil sein Vater gestorben war, Paris vorzeitig verlassen und nach Amerika zurückkehren mußte. Im Lauf des Gesprächs schien ihn plötzlich eine prophetische Einsicht zu überkommen, er legte Sturges die Hand auf die Schulter und äußerte sinngemäß: »Sie sind jung, Sie sind jung, freuen Sie sich darüber und leben Sie. Leben Sie mit aller Kraft, alles andere wäre falsch. In dieser Umgebung sehe ich plötzlich klar. Ich tat es nicht, und jetzt bin ich alt. Es ist zu spät, es hat mich übergangen. Sie haben Zeit. Leben Sie!« Sturges trat seine Zigarette mit dem Absatz aus und bemerkte ironisch: »Allerdings ist das leichter gesagt als getan, wenn man sich ohne diese Dinger keinen Meter weit fortbewegen kann.« Er griff nach den Gehstöcken, die an seinem Sessel lehnten, und hob sie müde wie beschnittene, nutzlose Schwingen.

Howells Bemerkung war wohl wirklich nicht sehr taktvoll gewesen, aber Henrys alter Freund war offenbar völlig von der Erkenntnis überwältigt, daß er sich das Leben durch die Finger hatte gleiten lassen, daß ihm die bedauernswerte Lage des jungen Mannes, an den er seine Worte gerichtet hatte, nicht zu Bewußtsein gekommen war. Henry berührte diese Geschichte sehr, und er identifizierte sich dabei mit Howells, vielleicht weil er diesem vom Alter her näher war als der jüngere Gesprächspartner in jener Szene – denn sogleich hatte er eine lebendige Szene vor Augen, sah einen alten Pariser Garten mit hohen Mauern, hörte Damenröcke über dem Rasen rascheln, zartes Porzellan und dünne Gläser klirren, hörte geistsprühende, kultivierte Gespräche, roch den Duft von Zigarren ... und sah als Zuschauer, mit spät erwachendem Appetit alles gierig in sich aufnehmend, einen graumelierten Amerikaner in mittleren Jahren. Das war eindeutig ein *sujet de roman.* Wie war er in diesen Garten gekommen – natürlich nicht Howells, sondern der fiktive Held, der in seiner Phantasie schon vage Gestalt annahm –, und was hatte diesen aus tiefster Seele kommenden Appell ausgelöst? Am nächsten Morgen hielt er die Anekdote in seinem *Notebook* fest und skizzierte den ersten Umriß einer Erzählung, die sich unter Umständen aus diesem Keim entwickeln konnte.

Datum des Eintrags war der 31. Oktober. Henrys langer Aufenthalt in Devon ging zu Ende – am nächsten Tag würde er Sturges, dem es gesundheitlich nicht gut ging und der deshalb einen Spezialisten konsultieren wollte, nach London begleiten. Er hatte sich im Osborne sehr wohl gefühlt, sich aber nicht nach einem eigenen Haus in der Umgebung umgesehen. Torquay war zwar bezaubernd, aber doch recht weit von London entfernt und zu hügelig, um es mit dem Fahrrad erkunden zu können. Er würde im nächsten Jahr anderswo nach seinem idealen Sommersitz suchen müssen.

Die Rückkehr nach London gestaltete sich weniger unerquicklich als gedacht. Daß Tosca außer Rand und Band war, ihn wiederzusehen, freute ihn sehr, und die im neu installierten elektrischen Licht erstrahlende renovierte Wohnung in De Vere Gardens versöhnte ihn etwas mit den kürzer werdenden Tagen und der verschmutzten Luft. Einer seiner ersten Privatbesuche galt den Du Mauriers in ihrem neuen Haus am Oxford Square, das ebenfalls bereits in den Genuß elektrischer Beleuchtung gekommen war, aber im Vergleich zu seiner Wohnung geradezu düster wirkte. Von Emma erfuhr er, daß Kiki zunächst – vor allem auch wegen seiner schlechten Augen – über die Neuerung begeistert gewesen war und das ganze Haus taghell hatte leuchten lassen, bis die erste Stromrechnung kam. Danach hatte er, obgleich ihm durch *Trilby* so viel Geld zufloß, eine Reihe von Wandleuchten ausgeschaltet. Das Haus war ansehnlich, gut ausgestattet und zweifellos bequemer als New Grove House (wo es nicht einmal ein richtiges Badezimmer gegeben hatte), aber es hatte keinen Charakter. Weder Kiki noch Emma schienen sich recht wohl darin zu fühlen, und die vertrauten Möbel, die sie aus Hampstead mitgebracht hatten, wirkten hier schäbig und fehl am Platz. In Hampstead war das Atelier der Mittelpunkt des Hauses gewesen, in dem gearbeitet wurde, in dem man musizierte und las und Gäste empfing. Am Oxford Square gab es eine größere Zahl von Räumen, deren jeder nach Art gutbürgerlicher Behausungen für einen bestimmten Zweck vorgesehen war, und Kiki und Emma zogen brav je nach Tageszeit von einem zum anderen, aber man merkte, daß sie sich in keinem wirklich behaglich fühlten.

Beerbaum Trees Inszenierung von *Trilby* aber war Stadtgespräch. Dorothea Baird war über Nacht zum Star geworden, und alle Kritiker hatten Tree als Svengali gelobt, mit Ausnahme von George Bernard Shaw (was Henry im Hinblick auf das Gespräch, das er Anfang des Jahres mit Du Maurier geführt hatte, besonders aufschlußreich fand), der Trees Darstellungsweise als primitiv und melodramatisch verriß. Dem Ansturm nach Karten tat das keinen Abbruch. »Kann sein, daß Sie mir da helfen müssen, Kiki«, sagte Henry.

»Jederzeit, ein Wort genügt. Aber Sie brauchen sich nicht zu beeilen, Tree meint, das Stück wird mindestens ein Jahr laufen«, erwiderte Du Maurier mit jener ratlos-resignierten Miene, die Henry nun schon an ihm kannte. Ein Ende des *Trilby*-Booms war offenbar nicht in Sicht. Sogar die königliche Familie war ihm verfallen: Der Prinz und die Prinzessin von Wales hatten die Premiere mit ihrer Anwesenheit beehrt, und Du Maurier war in die königliche Loge gebeten und vorgestellt worden.

»Hat ihnen das Stück gefallen?« wollte Henry wissen.

»Die Prinzessin fand es nicht gut, daß Dorothea Baird barfuß herumlief, woraus man schließen könnte, daß sie das Buch nicht gelesen hat.«

»Dann steht sie damit in ganz England allein da«, sagte Henry. »Was haben sie denn noch gesagt?«

»Das weiß ich nicht mehr«, sagte Du Maurier. »Ich war an dem Abend nicht ganz auf der Höhe.«

»Du warst krank, Kiki«, stellte Emmy richtig, »und hättest von Rechts wegen ins Bett gehört. Aber er hat sich aufgerafft«, erläuterte sie, an Henry gewandt, »weil die Leute sonst enttäuscht gewesen wären.«

»Und haben Sie eine Rede gehalten?« fragte der.

»Ja, aber an die kann ich mich auch nicht mehr erinnern.«

»Es war eine sehr schöne Rede«, beteuerte Emma, »er hat Dorothea Baird beglückwünscht und sich bei Mr. Tree bedankt und einen Witz über Gerald gemacht, und alle haben gelacht und geklatscht.«

»Und wie geht es Gerald?« fragte Henry.

»Der genießt das alles in vollen Zügen.« Du Maurier lächelte. »Und betet, daß Tree plötzlich krank wird, damit er in die Bresche springen kann. Aber ich habe ihm gesagt, daß man so ein Glück nur einmal im Leben hat.« Er sprach von Geralds schon legendärer Leistung bei seinem ersten Engagement als Kellner in *The Old Jew* am Garrick, bei dem John Hare die Titelrolle gespielt hatte. Gerald hatte Hares Darstellung so genau beobachtet und kannte dessen Text so gut, daß er, als Hare überraschend erkrankte, noch am gleichen Tag die Rolle übernehmen konnte. Die Beteiligung seines Sohnes an der *Trilby*-Inszenierung schien das einzige zu sein, was Du Maurier wirklich Freude machte. Er plagte sich noch immer mit *The Martian* und lieferte, obgleich er inzwischen fast blind war, Zeichnungen für den *Punch* – in sehr großem Maßstab gezeichnet, damit er seine Arbeit überhaupt erkennen konnte. Kurz nach diesem Gespräch mit Henry gelang ihm übrigens ein besonders guter Wurf. Die Schattierungen waren ziemlich grob und die Figuren nicht sehr fein durchgezeichnet, aber die Szene war geschickt komponiert und von überzeugendem Witz. Unter dem Titel *Wahre Demut* sah man einen beflissenen jungen Pfarrer, der mit seinem Bischof und dessen Familie frühstückte. Der Text lautete: »Bischof: ›Ich fürchte, Sie haben ein schlechtes Ei erwischt, Herr Pfarrer!‹ Pfarrer: ›O nein, Exzellenz, gewiß nicht. Teile davon sind ausgezeichnet.‹«

Henry hielt schon seit Jahren den *Punch* nicht mehr und war darauf angewiesen, ihn in seinem Klub oder bei Freunden zu lesen. Diesen Cartoon bekam er zu sehen, als er nach seiner Rückkehr aus Torquay bei Edward Warren und seiner reizenden Frau Margaret in dem hübschen Haus des Paares in Westminster eingeladen war, und sie amüsierten sich vor dem Essen gemeinsam darüber. Henry mochte die beiden sehr und war – durchaus passend in Anbetracht der Tatsache, daß sie sich bei einer Taufe kennengelernt hatten – Pate ihres ersten Kindes. Warren war ein erfolgreicher Architekt und betätigte sich auch künstlerisch. Eine kürzlich entstandene kolorierte Bleistiftzeichnung, die im Wohnzimmer hing, fiel Henry ins Auge. Auf dem Bild war ein kurioses Haus aus rotem Backstein mit heller abgesetztem Mauerwerk zu sehen, das im ersten Stock einen verglasten Erker, im Erdgeschoß aber nur eine schlichte Tür hatte, wie man sie eher in einem Stall oder in einer Scheune erwarten würde. »Sehr hübsch«, sagte er. »Was ist das für ein Haus?«

»Das ist das Gartenzimmer von Lamb House in Rye«, gab Warren Bescheid. »Ein Erker in georgianischem Stil. Das Haus selbst ist älter und dürfte das schönste in ganz Rye sein.« Er hatte mit Margaret den Sommer in einem Cottage in Playden, außerhalb von Rye, verbracht, und die beiden hatten sich in dieses Stück East Sussex geradezu verliebt. Sie hatten Henry eingeladen, sich von den Reizen der Gegend selbst zu überzeugen, er aber hatte, da er sich im Osborne so behaglich eingerichtet hatte, höflich abgesagt. Jetzt aber hörte er sich ihre begeisterten Schilderungen sehr aufmerksam an und erklärte, daß er auf der Suche nach einem Refugium für die Sommermonate des kommenden Jahres sei.

»Blomfields Cottage in Playden wäre genau das Richtige für Sie«, meinte Warren, und je mehr Henry darüber hörte, desto verlockender schien es ihm. Reginald Blomfield war ein Freund von Edward und ein angesehener Architekt. Er baute derzeit mehrere Villen auf einem Gelände, das sich

Point Hill nannte, mit Blick auf Rye und die Romney Marshes, und hatte selbst ein Sommerhaus dort, das er, wie Edward glaubte, für den Frühsommer Henry wohl billig überlassen würde.

»Und gibt es Wege durch die Romney Marshes, auf denen man radfahren könnte?« fragte er.

»Aber ja. Meilenweite ebene Wege. Und bezaubernde Dörfer mit wunderbaren alten Kirchen.«

»Das scheint mir genau der Ort zu sein, den ich suche«, sagte Henry, und Warren versprach, für ihn Erkundigungen einzuziehen.

Nach dem Essen ließ Margaret die Männer mit der Weinflasche allein, um nach ihrem kleinen Kind zu sehen. Warren wollte hören, woran Henry gerade arbeitete, und dieser erzählte ihm von *The Old Things*, dem Roman, den *Atlantic* zum Glück nun definitiv angenommen hatte und in Fortsetzungen bringen würde und den er Ende des Jahres abzuschließen hoffte.

»Und schreiben Sie weitere Bühnenstücke?« fragte Warren. »Ich hoffe doch, daß Sie sich von der unerfreulichen Erfahrung im Januar nicht haben abschrecken lassen.«

Henry zögerte einen Augenblick. Er hatte geschworen, nichts über *Summersoft* verlauten zu lassen. Sollte er diesen Schwur brechen? Das gute Essen, der Wein und die Wärme des Kaminfeuers hatten ihn entspannt, und er sehnte sich sehr danach, wenigstens einem Menschen zu sagen, daß Ellen Terry ein Stück bei ihm in Auftrag gegeben und daß er die Aufgabe zu ihrer Zufriedenheit gelöst hatte. Einen verläßlicheren und diskreteren Vertrauten als Warren konnte man sich nicht wünschen. »Also ganz unter uns ...« begann er und berichtete kurz über die Vorgeschichte des Stückes und die Aussicht auf eine Inszenierung im kommenden Jahr.

Warren war beeindruckt und hocherfreut. »Wunderbar, James! Das ist genau die richtige Antwort an die Kritiker.«

»Es kann natürlich sein, daß es nie aufgeführt wird«, sagte dieser. »Ich weiß inzwischen aus Erfahrung, daß man sich auf Zusagen beim Theater nicht verlassen kann.«

»Macht nichts! Das ist doch der Beweis, daß nicht nur Ihre Freunde *Guy Domville* zu schätzen wissen«, sagte Warren. »Ellen Terry muß das Stück beeindruckt haben – trotz des pöbelhaften Verhaltens der Galerie.«

»Damals hat mich dieser Gedanke tatsächlich ein wenig über das Debakel hinweggetröstet«, räumte er ein.

»Es war wirklich ein sehr gutes Stück, Henry«, bekräftigte Warren. »Sie können mit Recht stolz darauf sein.«

Henry überlegte einen Augenblick. »Sagen wir so: Teile davon waren ausgezeichnet – wie das Ei des Pfarrers.« Warren stutzte kurz, dann warf er den Kopf zurück und lachte schallend, und Henry, stolz auf sein Bonmot, stimmte ein. Wenn er auf Kosten von *Guy Domville* einen Scherz machen konnte, sagte er sich später, als er auf dem Heimweg an diesen unbeschwerten Augenblick zurückdachte, mußte wohl die Wunde, die dieser Mißerfolg seiner Seele beigebracht hatte, endlich verheilt sein.

5

Im späten Frühjahr des folgenden Jahres – 1896 – zog er in Blomfields Cottage in Playden, das er für drei Monate zu sehr maßvollen Bedingungen gemietet hatte. Er war hoch zufrieden mit seinem Quartier, das landschaftlich und vom Komfort her sogar dem Osborne überlegen war. Das Cottage stand am Rande von Point Hill, einem Steilhang, der sich schroff aus der Ebene der Romney Marshes erhob und von dem aus man auf die wenige Meilen entfernte See blickte. Von der Terrasse, auf der er viele Stunden verbrachte und wo er wegen des ungewöhnlich schönen Wetters meist sein Abendessen einnahm, bot sich ihm ein Bild, wie es ein italienischer oder flämischer Meister nicht schöner hätte malen können. Zu seiner Rechten erinnerte das Städtchen Rye, umgeben von einer alten Mauer, konisch im Umriß und von einem mittelalterlichen Kirchturm überragt, an die malerischen Bergstädte im Hintergrund frommer alter Bilder, die den Betrachter so häufig von den Martyrien oder Mirakeln im Vordergrund ablenken. Direkt unter ihm wand sich der Fluß Rother in Schlangenlinien träge in Richtung Meer, und zu seiner Linken waren die Marschen – üppig grüne Felder, auf denen Schafe und Rinder weideten – in dunstiger Weite hingebreitet, hier und da unterbrochen von Baumgruppen oder einem Kirchturm. Im Mittelalter, als das Meer hier weithin das Land bedeckt hatte, war Rye ein florierender Hafen gewesen. Doch das Meer hatte sich zurückgezogen, Deiche waren, um seine

Rückkehr zu verhindern, errichtet und die Marschen trokkengelegt worden. Rye saß also, mit dem Meer nur mehr durch einen schmalen Kanal verbunden, buchstäblich auf dem Trockenen, und ein ähnliches Schicksal hatte zwei weitere Häfen der Cinque Ports ereilt (wie man diese Orte zusammenfassend nannte), nämlich Winchelsea und Old Romney. Doch der Niedergang ihrer wirtschaftlichen Bedeutung hatte sie und die ganze Gegend weitgehend vor den Verunstaltungen der Industriellen Revolution bewahrt, so daß dieser kleine Winkel von Südengland zu einer historisch-geographischen Kostbarkeit geworden war, einem Geheimtip, der nur den Einheimischen und einer kleinen verschworenen Gemeinschaft gelegentlicher Besucher von außerhalb bekannt war (Ellen Terry beispielsweise hatte ein Cottage in Winchelsea).

Blomfields Cottage war ein bescheidener Bungalow, aber für Henrys Bedürfnisse durchaus ausreichend, und wurde von den einheimischen Dienstboten gut instand gehalten. Zur Gesellschaft hatte er sich Tosca mitgebracht und einen singenden Kanarienvogel im Käfig, Geschenk einer Freundin. Auch sein Fahrrad hatte er dabei, auf dem er nachmittags die Städte und Dörfer von Romney erkundete. Die Vormittage waren wie stets der Arbeit gewidmet. Er legte letzte Hand an seinen Roman *The Old Things*, der ab April in Fortsetzungen im *Atlantic* erschien (und zum Schluß auf 75 000 Worte angewachsen war), und nahm einen weiteren kürzeren Fortsetzungsroman für die *Illustrated London News* in Angriff, den er *The Other House* genannt hatte und der auf seinem nie aufgeführten Stück über die Ermordung eines Kindes durch eine eifersüchtige Frau aufbaute. Er hatte noch nie für eine so volkstümliche Zeitschrift und auch noch nie etwas zum Thema Mord geschrieben. In seinem ganzen Werk war diese Arbeit das, was einem »Sensationsroman« wohl am nächsten kam. Aber sie wurde gut bezahlt und kostete ihn wenig Mühe – er hielt sich weitgehend an den ursprünglichen dramatischen Aufbau und reicherte die Erzählung nur mit einigen wenigen zusätzlichen Dialogen und Landschaftsbeschreibungen an. Er betrachtete seine schriftstellerische Tätigkeit zunehmend pragmatisch – ein Lieblingswort von William. Wenn er mit dem Theater kein Geld verdienen konnte, mußte er sich seinen Verdienst anderweitig suchen.

Er hatte seine Freude daran, in Rye herumzuschlendern – zum Radfahren waren die steilen, schmalen, kopfsteingepflasterten Gassen ungeeignet –, in den Buchhandlungen herumzustöbern, Preise in den Antiquitätenläden zu vergleichen, an der Brustwehr des Ypres Tower zu lehnen und die Inschriften auf den Grabsteinen des Friedhofs zu lesen. St. Mary's war eine ursprünglich normannische, aber stark erweiterte und renovierte Kirche mit gotischen Strebebogen, einer Uhr aus dem 18. Jahrhundert mit beweglichen Figuren, die die Stunde schlugen, und einem kürzlich eingebauten schönen Fenster, die Geburt Christi darstellend, das Burne-Jones entworfen und Morris ausgeführt hatte. Stand man auf dem viereckigen Turm, ging der Blick zwanzig Meilen weit in die Runde. Die Kirche stand inmitten eines Friedhofs mit alten Gräbern, der auf allen vier Seiten von malerischen kleinen Holzhäuschen umgeben war. Als er einmal von dort aus zur West Street schlenderte, erkannte er mit freudiger Erregung die charakteristische Form des Gartenzimmers, das Edward Warren gezeichnet hatte. Der Erker war rechtwinklig an das Hauptgebäude angebaut, die Fenster gingen auf das kopfsteingepflasterte, grasbewachsene Sträßchen hinaus, das steil zur High Street hinunterführte. Die Architektur von Lamb House selbst war schlichter, aber nicht weniger ansprechend – das Heim eines englischen Gentleman, ehrlich und ohne Schnörkel, aus altem roten Backstein mit sieben Schiebefenstern, einer stattlichen Haustür mit Vordach, einem prächtigen Messingklopfer und drei steinernen Stufen, die zur Straße hinunterführten – ein Haus, das er sofort begehrte. Er drückte sich eine Weile auf der Straße herum und spähte ungeniert durch eins der Fenster im Erdgeschoß, ohne allerdings mehr als eine Ecke eines behaglichen, tapezierten Salons erkennen zu können. Der breite Wipfel eines Maulbeerbaumes, der zwischen Erker und Haupthaus die Mauer überragte, ließ – wie verlokkend! – einen weitläufigen Garten erahnen. Er erkundigte sich im nächstbesten Geschäft, einer Eisenwarenhandlung, ob man Lamb House vielleicht mieten könne. Die Antwort war entmutigend. Das Haus gehörte einem Bankier im Ruhestand, einem gewissen Francis Bellingham, der früher Bürgermeister von Rye gewesen war und es mit Frau und Sohn bewohnte. Vermutlich würde es nach dem Tod der Eltern der Sohn übernehmen. Henry war enttäuscht, hinterließ aber trotzdem seinen Namen und seine Adresse bei dem Eisenwarenhändler und bat dringend, man möge ihn sofort benachrichtigen, falls das Haus irgendwann doch frei würde.

Sein Mietvertrag für das Haus in Point Hill lief Ende Juli aus und konnte nicht verlängert werden, da die Blomfields die verbleibenden Sommerwochen dort verbringen wollten, aber er hatte so großen Gefallen an der Gegend gefunden und war so wenig gewillt, in den Hundstagen nach London zurückzukehren, daß er sich nach einem anderen Haus in Rye umsah. Er hatte Glück – ein Haus in der Nähe der Kirche, das sogenannte Alte Pfarrhaus, war frei. Es war in schlechterem Zustand als das Cottage der Blomfields und hatte keine modernen Sanitäranlagen, dafür war es geräumiger und hatte ein Gärtchen, das ihm in kleinerem Rahmen den gleichen Blick wie zuvor bot und über dem kreischende Möwen kreisten. Hier nahm er eine neue Erzählung in Angriff, aus der wohl früher oder später ein Roman werden würde. Darin ging es um ein kleines Mädchen namens Maisie, die zum Opfer, zur Zeugin und zum Faustpfand ihrer ehebrecherischen Eltern und deren Partner wurde; die technische Herausforderung, eine verderbte Erwachsenenwelt aus der Sicht eines scharfblickenden, aber unschuldigen jungen Wesens zu zeigen, erwies sich als überaus fesselnd.

Er ließ die Smiths aus De Vere Gardens kommen – zu seiner Betreuung und nicht zuletzt, um Smith, der in seiner Abwesenheit erschreckende Lücken in seine bescheidenen Weinvorräte gerissen hatte, besser im Auge behalten zu können. Henry hatte den Verdacht, daß der Mann sich in einem permanenten leichten Rauschzustand befand, aber es hielt schwer, ihm etwas zu beweisen, denn er verstand es geschickt, mit seiner gewohnt extravaganten Art um den Tisch zu tänzeln, Schüsseln und Karaffen aus der Luft zu greifen wie ein Zauberkünstler oder mit glasigem Blick und unbewegter Miene am Büffet Stellung zu beziehen, während sein Herr mit den Gästen speiste, die Symptome zu verschleiern. Der Schriftsteller Ford Madox Hueffer, ein großer schlanker junger Mann mit gelbem Haar und Mittelscheitel, der bei Verwandten in Winchelsea wohnte und Henry James unbedingt hatte kennenlernen wollen, weil er angeblich dessen Kunst so sehr schätzte, war, von Henry zum Lunch eingeladen, so irritiert von Smiths eigenwilliger Serviermethode – dabei pflegte er den Teller wie einen Diskus zu schwingen, wenige Zentimeter vor dem obersten Westenknopf des Gastes innezuhalten und ihn erst dann vor den Gast hinzustellen –, daß Henry seinen Butler scharf, aber vergeblich zur Rede gestellt hatte. Smith gab sich unnahbar wie eh und je und schien zu signalisieren: »*Wenn Sie von dem Butler eines Earls bedient werden wollen, müssen Sie schon einer gewisses Maß an Extravaganz tolerieren.*« Hueffer war ein Enkel des Malers Ford Madox Brown, eines der solideren Präraffaeliten, die Du Maurier in den Zeichnungen und Knittelversen seiner *Legend of Camelot* im *Punch* so wunderbar verspottet hatte. Henry hatte das Gedicht seinerzeit so begeistert, daß er es auswendig gelernt hatte, und die Verse über Rosettis Frauen konnte er auch jetzt noch hersagen:

»Wie prächtig, o wie wunderbar
prangt der Schopf von rotem Haar!
Wie lüstern sie die Lippen leckt,
wie stolz dabei das Kinn sie reckt!
Wie schrecklich ihrer Augen Blick,
bringt sie der Tod? – ein Traum zurück?«

Sie brachten ihn nach wie vor zum Lachen, die Belustigung des jungen Hueffer allerdings hielt sich in Grenzen.

Wenig später erhielt er einen besorgniserregenden Brief von Du Maurier, der unvernünftigerweise noch einmal mit Emma und der Familie nach Whitby gegangen war, sich dort den eisigen Nordseewinden ausgesetzt und sich mit den unbarmherzigen Steigungen gemüht hatte. Offenbar hatte darunter seine Gesundheit gelitten, auch wenn er diese Mitteilung typischerweise in einen Scherz verpackte: »Erst wenn du dich bergauf quälst, merkst du, wie rasch es mit dir bergab geht.« Sein alter Freund und Held Millais war Anfang August an Krebs gestorben, und man hatte Du Maurier bei der Trauerfeier in St. Paul's Cathedral als einen der Sargträger vorgesehen, eine Ehre, die er zu seinem Bedauern hatte ablehnen müssen, er hatte sich nicht einmal wohl genug gefühlt, um an der Trauerfeier teilzunehmen. Da Henry wußte, wie sehr sein Freund Millais verehrt hatte, konnte er ermessen, wie schlimm es um den Freund stand. *The Martian* hatte Du Maurier glücklich beendet, arbeitete aber noch an den Illustrationen und hoffte, wie er schrieb, diese Aufgabe mit seinem einen heilen Auge gerade noch bewältigen zu können. Henry gab eine mitfühlend besorgte Antwort und legte ihm ans Herz, sich mit seinem rigorosen Whitby-Programm nicht zu überfordern.

Als Nächstes erfuhr er, daß Kikis Arzt ihm eröffnet hatte, er habe sich mit dem Ersteigen so vieler steiler Hügel zu sehr angestrengt und müsse drei Wochen das Bett hüten – eine Anweisung, der er sich nur widerwillig fügte. Bei nächster Gelegenheit besuchte Henry den Freund am Oxford Square. Vor dem Haus traf er Tom Armstrong, Du Mauriers alten Kumpel aus *Trilby*-Tagen in Paris, jetzt angesehener Leiter des College of Art in Kensington, der in der gleichen Absicht gekommen war, so daß sie schließlich beide auf unbequemen Stühlen am Bett des Kranken saßen. Kikis Aussehen war ein Schock. Er war abgezehrt und hohlwangig und wirkte im Nachthemd, einen Schal um die knochigen Schultern, schmächtiger denn je. Er hatte verschiedene Beschwerden, die für sich genommen eher banal waren, zusammen aber entkräftend wirkten – akute Verdauungsstörungen, eine Mundschleimhautentzündung und einen pfeifenden asthmatischen Husten, bei dem erschwerend ins Gewicht fiel, daß er sich trotz ärztlichen Rates das Rauchen nicht nehmen ließ. »Ohne eine Zigarette ab und zu ist das Leben nicht wirklich lebenswert, besonders wenn man keine feste Nahrung zu sich nehmen kann«, sagte er, eine seiner selbst gerollten Zigaretten paffend und die Asche rasch vom Bettzeug streifend, damit Emma nichts merkte, mit durchtriebenem Lächeln.

Sie sprachen über den Erfolg von *Trilby*. Das Stück hatte gerade seine lange Laufzeit im *Lyceum* beendet, war jetzt noch einmal auf Tournee in der Provinz und ging dann nach Amerika – offenbar verzehrten sich die Amerikaner danach, Trees schon jetzt legendäre Inszenierung zu sehen, obgleich sie zahlreiche Produktionen im eigenen Land hatten. Henry hatte sich das Stück im Winter angesehen – eine erwartungsgemäß vulgäre, aber erträglich unterhaltsame Version des Romans, befand er, mit allerlei Anzüglichkeiten im Hinblick auf Trilbys Tätigkeit als Aktmodell »mit ohne was an« im ersten Akt und schwungvollen Gesangs- und Tanzeinlagen, unter anderem einem Cancan in der Weihnachtsfeierszene, bei der Gerald in seiner Dragoneruniform mit schweißtreibender Hingabe auf der Bühne herumsprang. Tree hatte die Rolle des Svengali stark ausgebaut – er spielte einen selbstgefälligen, Kapriolen schlagenden, augenrollenden Schurken mit gelben Zähnen und schmierigen Locken, der alle anderen Figuren wie Marionetten tanzen ließ. Henry bemerkte, daß der Schauspieler den Namen »Svengali« mit einem langen »a« aussprach, was viel unheimlicher klang als Du Mauriers Version, bei der Svengali sich auf »alley« reimte.

»Ja«, bestätigte Kiki, »und jetzt sagen alle, wie Tree, *Svenghaali*, da kann ich mich wohl nicht ausschließen. Ich habe kaum mehr das Gefühl, daß es meine Geschichte ist. Sie ist außer Kontrolle geraten. Wußten Sie, daß es jetzt einen Herrenhut gibt, der Trilby heißt? Er sieht aus wie der Hut, den Dorothea Baird im ersten Akt trägt.«

»Stimmt«, bekräftigte Armstrong, »und wie ich bei Lock's gehört habe, gehen die Dinger wie blöd weg.«

»In meinem Buch kommt so ein Hut überhaupt nicht vor«, murrte Kiki.

Im Beisein von Armstrong, den Henry nur flüchtig kannte, kam kein vertrauliches Gespräch zustande, was er später zutiefst bedauerte, denn er sollte den Freund nicht mehr lebend wiedersehen. Das Ende kam wenige Wochen später erschreckend plötzlich – oder zumindest schien es Henry so, der in der Abgeschiedenheit des Pfarrhauses von Rye intensiv gearbeitet hatte. Anfang Oktober kehrte er mit seinem Personal nach De Vere Gardens zurück, wo er einen Brief von Emma vorfand, in dem sie ihm mitteilte, daß Kikis Zustand sich verschlechtert habe. Als er anfragte, wann ihnen ein Besuch passen würde, schrieb sie zurück, er sei zu schwach, um Besucher zu empfangen. Sie hätten einen weiteren Spezialisten zugezogen, der die ominöse Diagnose »Ablagerungen am Herzen« gestellt hatte. Wenige Tage später war Kiki tot. Er wurde einundsechzig Jahre alt.

Es zeigte sich, daß Du Maurier – wie Alice – den unkonventionellen Wunsch geäußert hatte, verbrannt zu werden. So legte denn auch sein Leichnam die Bahnfahrt nach Woking zurück, in Begleitung einer kleinen Gruppe von Angehörigen, die ein paar Tage später seine Asche zur Bestattung auf den Friedhof der Pfarrkirche von Hampstead brachten. Obgleich Du Maurier nie ein Hehl daraus gemacht hatte, daß er sich als Agnostiker begriff, hatte sich Kanonikus Ainger sofort bereit erklärt, einen Trauergottesdienst abzuhalten, den er selbst zelebrierte und bei dem ihm zwei Geistliche der Gemeinde zur Seite standen. Es war ein kühler Oktobertag, die Blätter wehten von den Bäumen und legten sich wie ein Teppich auf die Fußwege. In der Kirche stand Du Mauriers mit Kränzen bedeckte Urne auf einer Bahre am Fuße der Kanzelstufen.

In den Bänken saßen dicht gedrängt Kollegen von *Punch*, Nachbarn aus Hampstead, alte Freunde aus Studienjahren in Paris, und in den ersten zwei oder drei Reihen die vielen Mitglieder der Familie Du Maurier, alle in Trauerkleidung bis auf Guy, der in seiner Paradeuniform gekommen war – die Männer ernst, die Frauen mit den Tränen kämpfend, die beiden Enkelkinder, die alt genug waren, um an der Beerdigung teilzunehmen, stumm und ehrfürchtig. Es war eine sehr anrührende Feier. Ainger gedachte in bewegenden Worten seines alten Freundes und Wandergefährten, und der Organist spielte Lieblingsstücke von Du Maurier – Schumanns *Nußbaum*, und die *Serenade* und das »Adieu« von Schubert – zumindest entnahm Henry das der Gottesdienstordnung. Er selbst erkannte die Stücke nicht, erinnerte sich aber lebhaft an den milden Märzabend vor vielen Jahren, als aus einem offenen Fenster am Porchester Square Klavierspiel und eine Tenorstimme gekommen und Kiki stehengeblieben war, den Zeigefinger gehoben und verkündet hatte: »Ah, Schuberts *Serenade*!«

Die Bahre wurde in feierlichem Zug zum New Churchyard auf der anderen Seite der Church Row getragen; auf dem alten Friedhof, auf dem die Toten vieler Jahrhunderte ihre letzte Ruhe gefunden hatten, war längst kein Platz mehr. Ainger las die letzten Gebete am offenen Grab. *»Ich bin die Auferstehung und das Leben…«* Dann wurde die Urne in die Grube gesenkt und mit Erde bedeckt. Du Mauriers Töchter stützten einander und weinten still, Emma aber stand kerzengerade da, einen Enkelsohn an jeder Hand, das Gesicht unter dem Schleier undurchdringlich.

Ainger hatte Familie und Freunde zu einem Imbiß in sein Haus eingeladen. »Sie kommen doch, Mr. James?« fragte Emma auf dem Friedhof, als er ihre Hand mit beiden Händen umfaßte und drückte. Selbst in diesem gefühlsbetonten

Augenblick hielt sie an der gewohnten Anrede fest, während er kaum wußte, was er sagen sollte.

»Meine liebe Emma … wenn ich mir die Freiheit nehmen darf … bitte sagen Sie Henry zu mir … dies ist … dies ist …« Er schüttelte hilflos den Kopf. »… so traurig«, schloß er lahm. »Wie können Sie es so tapfer tragen?«

»Ich wußte schon länger, daß Kiki nicht wieder gesund werden würde«, sagte sie. »Für mich war der Schock nicht so groß.«

»Mir war er ein lieber, lieber Freund, aber für Sie …«

»Er war ein wunderbarer Ehemann. Wir waren sehr glücklich miteinander. Dafür danke ich Gott.«

»Sie sehen, wie sehr er geliebt wurde.« Henry deutete auf die vielen Trauergäste, die vor der Kirche herumstanden.

»Ja, er hatte viele Freunde. Aber Sie standen ihm besonders nah … Henry.« Sie stockte einen Augenblick und errötete ein wenig, als sie den Vornamen aussprach. »Er hat es immer als Ehre betrachtet, einen so berühmten Schriftsteller zum Freund zu haben.«

»Unsinn«, sagte Henry halblaut.

»Doch, bestimmt.«

Unter den Ersten, mit denen er in Aingers Haus sprach, war Gerald, der von Bristol herübergekommen war, wo *Trilby* gastierte. Er stand im Wintergarten, hatte sich eine Zigarette angezündet und machte tiefe Lungenzüge. »Zwei Tage vor seinem Tod habe ich den alten Herrn noch gesehen«, sagte er. »Da war er schon sehr schwach. Er sah von seinem Kissen zu mir hoch, und seine fast geflüsterten letzten Worte waren: ›*Si c'est la mort, ce n'est pas gai.*‹« Vielleicht weil Gerald Schauspieler war, bewegten diese Worte ihn selbst so sehr, daß seine Augen sich plötzlich mit Tränen füllten. Rasch wischte er sie weg und schneuzte sich. »Immerhin habe ich ihm noch sagen können, daß die

Tournee ein großer Erfolg ist.« Lächelnd fügte er hinzu: »Aber daß Tree daran denkt, den vierten Akt zu streichen, habe ich ihm nicht erzählt, das hätte ihn wohl zu sehr aufgeregt.«

»Sie meinen – Trilby wird nicht sterben?«

»Ganz recht. Sie heiratet Little Billee. Es gibt ein Happy-End.«

»Ein Happy-End, soso … Nun, damit habe ich meine eigenen Erfahrungen. Zumindest das ist Ihrem Vater erspart geblieben – zu erleben, daß sein Buch derart entstellt wird.«

»Aber so ganz unrecht hat Tree ja nicht«, wandte Gerald ein. »Warum sollen sie nicht heiraten, nachdem Svengalis Bann gebrochen und er selbst unter der Erde ist?«

»Es würde zu lange dauern, das zu erklären, mein lieber Junge«, sagte Henry. »Aber die Tatsache, daß Sie diese Frage überhaupt stellen, sagt mir viel über die jüngere Generation.«

Gerald lächelte. »Ich muß los, Mr. James. Zur Abendvorstellung muß ich wieder in Bristol sein.«

Sie schüttelten sich die Hand, und als Gerald gegangen war, näherte sich Du Mauriers Verleger Clarence McIlvaine mit einem Sherryglas in jeder Hand und reichte Henry eins. »Ich mag eigentlich keinen Sherry, aber außer Kaffee und Tee gibt es nichts«, sagte er. »Bei solchen Anlässen braucht man Whisky.« Sie wechselten ein paar belanglose Worte über den Trauergottesdienst, dann kam McIlvaine rasch auf Geschäftliches zu sprechen. Er hatte in Princeton studiert und sich in relativ kurzer Zeit im Verlagswesen einen Namen gemacht. 1890 hatte er den Auftrag bekommen, zur Nutzung des neuen Copyright-Gesetzes eine Zusammenarbeit von *Harper's* mit dem britischen Verlag James Osgood in die Wege zu leiten, und seit Osgoods viel zu frühem Tod führte er den englischen Verlag allein. »Zum Glück hat Du Maurier seinen neuen Roman noch abliefern können«, sagte McIlvaine. »Er soll *The Martian* heißen.«

»Ich weiß«, erwiderte Henry.

»Sie haben ihn gelesen?« Der Verleger zog eine Augenbraue hoch.

»Nein, ich kenne nur den Titel.«

»Ah so. Ja, also wir bringen ihn in Fortsetzungen, und zwar schon ab der nächsten Nummer – wir haben die Veröffentlichung vorgezogen, als Huldigung gewissermaßen. Das öffentliche Interesse an seinem letzten Buch wird vermutlich enorm sein. Wenn ich mich recht erinnere, haben Sie damals, als *Trilby* bei *Harper's* in Fortsetzungen erschien, für uns einen sehr konstruktiven Artikel geschrieben. Könnten Sie sich etwas Ähnliches für *The Martian* vorstellen?«

»Hm...« Henry warf die Lippen auf und runzelte die Stirn. »Vielleicht ist das nicht der geeignete Zeitpunkt...«

»Ich dachte an eine Art Nachruf – persönlich gehalten, was Ihnen angesichts Ihrer Freundschaft nicht schwer fallen dürfte, mit einem Überblick über seine erstaunliche Karriere als Romancier so spät im Leben, wobei Sie natürlich auch auf *The Martian* eingehen sollten. Niemand wäre dafür geeigneter als Sie, Mr. James.«

»Ich weiß nicht recht...« Das Projekt war nicht ohne Reiz, aber er zögerte, weil er dafür Zeit und Kraft von seiner eigenen Arbeit würde abzweigen müssen. Andererseits bot sich hier die Gelegenheit, dem toten Freund noch eine letzte Ehre zu erweisen. »Wie lang?« fragte er.

»So lang, wie Sie wollen«, erwiderte McIlvaine. »Wir bringen ihn dann in der Monatsausgabe von *Harper's*.«

Das klang verlockend. Henry wußte inzwischen, daß er mehr Mühe damit hatte, etwas auf eine festgesetzte Länge zurechtzustutzen, als einer Arbeit ihren Lauf zu lassen, bis sie selbst den ihr gemäßen Umfang gefunden hatte. »Ich habe aber schon zugesagt, einmal monatlich für *Harper's Weekly* einen *Brief aus London* zu verfassen«, wandte er ein.

»Spielt keine Rolle. Wir könnten für jeweils tausend Worte hundert Dollar zahlen, bis zu einem Limit von fünfhundert Dollar.«

Das war ein großzügiges Angebot. »Einverstanden«, sagte Henry.

»Ausgezeichnet. Dann schicke ich Ihnen die Fahnen von *The Martian*, sobald ich sie bekomme.«

»Wie ist denn der Roman?«

»Interessant.« McIlvaine machte ein rätselhaftes Gesicht, und Henry sagte sich, daß er die Frage wohl schon früher hätte stellen müssen. »Eher wie *Peter Ibbetson* als in der Art von *Trilby*.«

Henry atmete auf. »Um so besser. Mir hat *Peter Ibbetson* sowieso besser gefallen.«

»Aber *Trilby* war der Bestseller.«

»Ich verabscheue diesen barbarischen Amerikanismus«, stieß Henry heftig hervor.

»Was haben Sie gegen das Wort ›Bestseller‹?«

»Es verwechselt Qualität mit Quantität und ist überdies unsinnig. Wie ich höre, veröffentlicht die amerikanische Presse jetzt sogenannte ›Bestseller-Listen‹ mit einer Rangordnung von eins bis zehn.«

»Ganz recht. *The Bookman* hat damit angefangen, und die Sache hat sich durchgesetzt. Geniale Idee!«

»Aber wie kann es mehr als einen ›best seller‹ geben? *Best* bedeutet doch: Besser als alle anderen‹.«

McIlvaine überlegte einen Augenblick. »Grundsätzlich haben Sie natürlich recht, Mr. James. Aber *Trilby* ist wirklich eins unserer bestverkauften Bücher. In der Geschichte des Verlages haben wir noch nie so viele Exemplare eines einzigen Buches abgesetzt. Und da Harper einer der größten Buchverlage der Welt ist und wenn Sie die Raubdrucke aus früherer Zeit außer acht lassen, für die es ohnehin keine Zahlen gibt, können wir davon ausgehen, daß *Trilby* einer der bestverkauften Romane überhaupt ist.«

»Großer Gott«, sagte Henry.

»Ein erhabener Gedanke, was? Noch einen Sherry?«

»Nein, danke. Ich brauche frische Luft.«

Es dauerte dann noch mindestens eine halbe Stunde, bis es ihm gelang, dem Empfang zu entkommen. Während er sich einen Weg durch den überfüllten Salon und die Diele bahnte, wurde er immer wieder von Bekannten angesprochen, die er begrüßen und mit denen er ein paar dem Anlaß gemäße Worte wechseln mußte. Er verabschiedete sich von den drei Du-Maurier-Töchtern Trixy, Sylvia und May und erneuerte die Bekanntschaft mit seinem inzwischen siebenjährigen Patensohn Guy Millar, dem er heimlich einen halben Sovereign zusteckte, wobei er ihn mit einem an die Lippen gelegten Finger zum Schweigen verpflichtete. Zuletzt sprach er mit Emma, der er anvertraute, daß *Harper's* ihn gebeten hatte, eine Würdigung für Kiki zu schreiben. »Wie schön, Henry«, sagte sie. »Ich freue mich schon jetzt darauf.«

Er nahm den kürzesten Weg zur Heath und steuerte die gute alte Beichtbank an. Dort ließ er sich nieder, um Ruhe in seine erst durch die Gefühle der Beerdigung und dann durch McIlvaines ein wenig derbe, aber durchaus aufschlußreiche Bemerkungen aufgewühlten Gedanken zu bringen. Der bestverkaufte Roman aller Zeiten! Das *Trilby*-Phänomen wurde immer unerklärlicher – zumindest entzog es sich jeder literarischen Erklärung. An einem entscheidenden Punkt in der Rezeption hatte der Roman eine Art Eigenleben entwickelt – je mehr Menschen ihn lasen, desto mehr Menschen gab es, die ihn »gelesen haben mußten«, und just in dem Moment, da man mit einem Abflauen des Interesses hätte rechnen können, lebte es durch den Erfolg der Bühnenfassung wieder auf. Kein Wunder, wenn Du Maurier das Gefühl gehabt hatte, daß sein Werk ihm immer mehr entglitt, ihm nicht mehr gehörte. Es war, als habe er einen Geist aus der Flasche seiner Phantasie entkommen lassen, der sich, zu erschreckender Größe aufgebläht, an die Brust schlug, brüllte, tanzte und tollte, einmal rund um den Erdball wirbelte und den Autor nach seiner Rückkehr unter einem Berg von Briefen, Zeitungsklatsch und Gold begrub. Nichts hätte – auf die Zunft der Schriftsteller bezogen – die Eitelkeit menschlicher Wünsche oder die Gefahr erhörter Gebete besser veranschaulichen können. Abgesehen von den ersten Monaten, in denen der Roman in Fortsetzungen erschienen und ehe Whistler mit seiner Beschwerde gekommen war, hatte der arme Kiki kaum je erkennen lassen, daß er Freude an dem Erfolg von *Trilby* gehabt hatte, und der Wohlstand, den ihm der Roman gebracht hatte, war so spät gekommen, daß er nichts mehr davon gehabt hatte. Bezeichnend war eine Geschichte, die Charles Millar von einem Lunch am Oxford Square erzählte. Ein Diener hatte einen eingeschriebenen Brief gebracht, Kiki öffnete ihn bei Tisch, warf einen Blick auf den Inhalt, reichte den Umschlag ohne Lächeln, ohne einen Hauch von Anteilnahme an Emma weiter und bemerkte müde: »Schon wieder ein Scheck von *Harper's*, meine Liebe.« Wie Millar später erfuhr, war es ein Scheck über siebentausend Pfund. Über siebentausend Pfund. Gewiß war es für Kiki ein befriedigendes Gefühl, daß die Zukunft seiner Familie durch diesen unverhofften Geldsegen gesichert war – viel lieber aber hätte er selbst diese Zukunft noch länger miterlebt.

Diese Überlegungen waren zweifellos lehrreich für Henry, und bezogen auf seine eigenen literarischen Ambitionen lagen einige dieser Lehren fast peinlich auf der Hand, aber die Erkenntnis, die er sich am meisten zu Herzen nahm, war auch die banalste: Daß das Geschenk des Lebens Vorrang vor allem anderen hatte. Kiki war tot. In seiner, Henrys Welt, hatte er ein Vakuum hinterlassen, das sich nie wieder füllen, im Lauf der Zeit allerdings immer weniger auffallen würde. Es ist schockierend, aber nicht zu leugnen, daß wir uns früher oder später an den Tod der uns Nahestehenden gewöhnen, selbst wenn es geliebte Freunde oder gar Eltern und Geschwister sind. Im Falle von Ehepartnern und Kindern mochte das anders sein – da er selbst beides nie besessen oder verloren hatte, verfügte er da über keine eigenen Erfahrungen, aber zu anderen Trauerfällen konnte er sich mit ehrlicher Überzeugung äußern. Wie tief und aufrichtig man auch um die Toten trauerte – es war unvermeidlich, daß sie einen im Lauf der Zeit bewußt immer weniger beschäftigten. Vor mehreren Jahren hatte er in der Erzählung *Der Altar der Toten* einen Mann geschaffen, der versuchte, diesen Vorgang aufzuhalten, indem er den Altar einer katholischen Kapelle in Besitz nahm und für seine verstorbenen Freunde Kerzen anzündete. Henry hatte diese Arbeit in Fenimores Todesjahr in ihren Räumen in Oxford begonnen – es war zum Teil wohl ein Versuch gewesen, ihr furchtbares Ende zu verarbeiten –, aber als er kürzlich Anlaß gehabt hatte, sie wieder zu lesen, kam ihm das Verhalten seines Helden unnatürlich und ungesund vor, was ihm seinerzeit nicht so klar bewußt geworden war. Ja, man sollte der Toten gedenken, aber man mußte sie auch nach und nach behutsam loslassen. Er würde seine Erinnerungen, seine Freundschaft, seine Liebe zu George Du Maurier in einen Essay einbringen, der so einfühlsam und wortmächtig wie möglich sein sollte, und dann würde er nach vorn blicken und in den ihm noch verbleibenden Jahren sein eigenes *oeuvre* vervollständigen und vervollkommnen – in jenem »späten Stil«, von dem der arme Dencombe, der Held einer anderen Erzählung, nur geträumt hatte.

Einen Vorsatz zu fassen ist bekanntlich immer leichter als ihn auszuführen. Zunächst stellte sich seinen literarischen Plänen ein rein physisches Hindernis in den Weg. Seit dem Frühjahr machten ihm zunehmend Schmerzen im Handgelenk zu schaffen, die offenbar darauf zurückzuführen waren, daß er täglich sieben oder acht Stunden mit einer Feder in der Hand am Schreibtisch verbrachte, und im Oktober waren sie unerträglich geworden. Es war nicht der übliche »Schreibkrampf«, der meist nach kurzer Schonzeit verschwindet, und auch nicht die nach dem produktiven Postmeister »Trollopes Daumen« genannte exklusivere Variante, sondern eher eine Art Rheuma, eine quälende Entzündung der Handgelenke und -sehnen, die sich bei jeder Bewegung bemerkbar machte. Eine Besserung dieses Zustandes, sagte ihm sein Arzt, sei nur durch eine wochen- oder monatelange Ruhepause zu erreichen, und die war natürlich ganz undenkbar. Er versuchte, mit der linken Hand zu schreiben, aber was dabei herauskam, sah aus wie der Versuch eines schwachsinnigen Kindes unter der Wirkung von Alkohol. Die einzig mögliche Lösung war die Einstellung eines Sekretärs.

Diese Idee kam ursprünglich von William, der ihm vorgeschlagen hatte, die Hand zu entlasten, indem er seine

Korrespondenz jemandem in eine Schreibmaschine diktierte, eine Methode, mit der er sich in Harvard viel Zeit und Mühe sparte. Henry konnte sich das allenfalls für die unpersönlichsten Geschäftsbriefe vorstellen, dann aber fiel ihm ein, daß Du Maurier seine Romane Emma diktiert hatte, und er dachte: Warum sollte ich es nicht mit einem Stenographen genauso machen? Er zog Erkundigungen ein und engagierte schließlich William MacAlpine, einen jungen Schotten, den das Beiwort »mürrisch« insofern unzureichend beschrieb, als dieses Adjektiv doch auch auf eine gewisse Aktivität verweist, der aber die Stenographie und das Maschineschreiben perfekt beherrschte. Zunächst stenographierte MacAlpine die Texte und übertrug sie zu Hause in die Schreibmaschine, bald aber erstand Henry für De Vere Gardens eine Remington-Schreibmaschine und diktierte direkt in die Maschine, was die Effizienz erheblich steigerte. MacAlpine machte weniger oder praktisch gar keine Fehler mehr und konnte Henry die tagsüber getippten Texte dalassen, der sie dann abends durchlas und mit Anmerkungen versah und am nächsten Tag eine überarbeitete Fassung diktierte. Beim Diktieren ging er manchmal im Arbeitszimmer auf und ab, dann wieder lag er bequem ausgestreckt auf der Chaiselongue. Das Klacken der Tasten störte ihn nicht, im Gegenteil, er fand es beruhigend, und MacAlpine war so still und leidenschaftslos, daß Henry zuweilen fast vergaß, daß ein menschliches Wesen mit eigenem Fühlen und Denken seine Worte aufnahm. Ihm war bewußt, daß seine Sätze durch dieses neue Verfahren länger und komplizierter wurden, das Stottern aber, das ihn in Gesellschaft so oft plagte, wenn er etwas Dringendes und Wichtiges zu sagen hatte, blieb beim Diktieren aus. Es gab keinen Druck, keine Eile. Er konnte im Kopf – oder gleichsam in der Luft – Sätze formulieren, Abschnitte ordnen und umstellen, Worte wählen oder verwerfen, ehe er sie aussprach; und später konnte er, den getippten Text in der Hand, den Absatz neu diktieren und neue Sinnzusammenhänge einfügen, um die Bedeutungsfülle noch zu verdichten.

Mit Hilfe dieses Verfahrens schloß er im Dezember *Maisie* ab und brachte die Erzählung bei einer Zeitschrift in Chicago unter, die sie ab Januar in Fortsetzungen veröffentlichte. Er korrigierte die Fahnen von *Die Schätze von Poynton*, der immer wieder überarbeiteten Buchfassung von *The Old Things*, die im Februar erscheinen sollte – aus seiner Sicht die erste reife Frucht seiner neuen Erzählmethode. Jetzt war sein Schreibtisch abgeräumt, und er konnte seinen Essay über George Du Maurier schreiben, den McIlvaine schon angemahnt hatte; vier Folgen von *The Martian* waren bereits in *Harper's* erschienen. Aber er zögerte und zauderte und säumte. Mit der Ausrede, er müsse schließlich monatlich einen *Brief aus London* abliefern, schob er den Du-Maurier-Artikel immer wieder auf die lange Bank. Das eigentliche Problem aber war, daß *The Martian* eine große Enttäuschung oder – um es ganz deutlich zu sagen – ein peinlich schlechtes Buch war. Der angeblich irgendwann in der nahen Zukunft schreibende Erzähler war ein langweiliger, konventioneller Engländer namens Robert Maurice, noch von der Schule her befreundet mit dem Helden, dem begabten, gut aussehenden aristokratischen Barry Josselin. Vorbild für diese Figur waren eindeutig Du Mauriers englisches und französisches Ich und seine eigene Lebensgeschichte. So studierte Maurice Chemie an der London University, während Barry Josselin die Kunstakademie in Antwerpen besuchte, wo seine Hoffnungen sich zerschlugen, als er auf einem Auge erblindete. (Belustigt nahm Henry zur Kenntnis, daß dieses einschneidende Ereignis eintrat, als Barry »einen alten Mann« malte, nicht ein hübsches junges Mädchen ›mit ohne was an‹.) Danach rutschte die Handlung ins Übernatürlich-Pseudowissenschaftlich-Prophetische ab, was schon bei *Peter Ibbetson* von Übel gewesen war, hier aber noch unbeholfener und unglaubwürdiger wirkte. Barry wurde aus seiner selbstmörderischen Verzweiflung durch einen weiblichen Geist gerettet, eine gewisse »Martia« vom Planeten Mars, dessen Bewohner wie sie sagte, moralisch und intellektuell menschlichen Wesen weit überlegen und in der Lage waren, vielerlei Gestalt anzunehmen. Sie selbst war vor hundert Jahren in einem Sternschnuppenstrom zur Erde gekommen, hatte dort in unterschiedlicher tierischer und menschlicher Form gelebt und nahm sich nun Barrys an. Nachdem sie sich in Briefen, die er beim Aufwachen an seinem Bett vorfand, bei ihm vorgestellt hatte, nahm sie die Gestalt eines der Kinder an, die ihm seine ihm treu ergebene jüdische Frau geschenkt hatte. (Ein interessantes ethnisches Detail, das vielleicht als Wiedergutmachung für die allzu negative Darstellung des Juden Svengali gedacht war.) Martia diktierte ihm, während er schlief, eine Reihe genialer visionärer Bücher mit Titeln wie *Die Vierte Dimension* und *Interstellare Harmonien*, durch die Barry zu einem weltberühmten Schriftsteller wurde – was nicht weiter verwunderlich war, da er laut Maurice *»dem Tod fast alle seine Schrecken genommen hatte; selbst für die Jugend ist er nicht mehr das grausige Gespenst, das er einst für uns war, sondern eher eine milde und gütige Erscheinung«*. Und der Erzähler stellt die rhetorische Frage: *»Wem anders als Barry Josselin verdanken wir es, daß unsere Rasse, Mann wie Frau, durchschnittlich vier bis sechs Zoll größer ist als vor dreißig Jahren?«* Als Henry in seiner Lektüre so weit gekommen war, lachte er laut und höhnisch auf, warf die Fahnen heftig zu Boden und erschreckte damit Tosca, die dösend am Feuer zu seinen Füßen gelegen hatte, derart, daß sie aufsprang und verärgert bellend davonwatschelte. »Mein Gott, Tosca«, sagte er, während er die fliegenden Blätter aufhob und ordnete, »was soll man zu so einem Unsinn sagen?«

Im Grunde ließ sich dazu gar nichts sagen – oder nur so viel, daß *The Martian* ein trauriges Zeichen für Kikis körperlichen und geistigen Verfall in seinen letzten beiden Lebensjahren war. Mit diesem Eindruck stand Henry nicht allein. Die bereits erschienenen Kapitel waren von den Kritikern erbarmungslos zerpflückt worden, und mehrere Bekannte hatten ihm vertraulich ihre Enttäuschung über das neue Buch gestanden. Was würden sie erst zu der Gestalt der Martia sagen? Die Händler, die an der Literaturbörse mit Reputationen jonglierten und, wie Kiki selbst vorausgesagt hatte, die Hoffnung hegten, er würde nach dem Erfolg von *Trilby* einen tiefen Fall tun, würden *The Martian* mit Hohn und Spott überhäufen. Henry gedachte nicht, sie darin noch zu ermutigen, aber mit Überzeugung verteidigen konnte er das Buch auch nicht. Seine Zusage zurückzuziehen war nicht mehr möglich, nachdem er unvorsichtigerweise Emma von dem geplanten Artikel erzählt hatte, deshalb schob er den Artikel immer weiter vor sich her, aber der Gedanke daran ließ ihn nicht los.

Eine Du-Maurier-Biographie von Felix Moscheles, *In Bohemia with Du Maurier*, die nicht lange nach dessen Tod erschienen war, beschäftigte ihn sehr. Er kannte Moscheles nicht persönlich und wußte von ihm nur so viel, daß er ein mäßig erfolgreicher Künstler und Sohn eines berühmten Musikers war, Freund der Brownings (deren Porträts er gemalt hatte), britischer Staatsbürger mit europäisch-jüdischen Wurzeln und kosmopolitischer Bildung. Er hatte mit Du Maurier an der Kunstakademie von Antwerpen studiert und war in den schwierigen Jahren danach eng mit ihm befreundet gewesen. Später hatte Du Maurier die Beziehung einschlafen lassen und sich bei Henry über Moscheles – wenn überhaupt – eher abschätzig geäußert. In seinem Buch stellte sich Moscheles allerdings auf ziemlich peinliche Art als langjähriger treuer Freund dar. In einem kurzen Vorwort schilderte er, wie er, in Venedig mit der Korrektur der Fahnen seines Buches beschäftigt, die Nachricht von Du Mauriers Tod erhalten hatte. *»Meine strahlend sonnige Welt versank plötzlich in Dunkelheit. Der liebenswürdigste aller Menschen, durch dessen Gegenwart allen, die ihn kannten und liebten, das Leben erst lebenswert wurde, war von uns gegangen.«* Für Henry schwang in dieser Komposition aus Klischees ein falscher Ton. Es war ein sehr kurzes Buch, reich illustriert mit flüchtig hingeworfenen witzigen Federzeichnungen und handschriftlichen Versen von Du Mauriers Hand, in denen Szenen aus ihren gemeinsamen Jahren in Flandern festgehalten waren. Moscheles hatte offenbar diese Blätter zusammen mit Briefen von Du Maurier sorgsam aufbewahrt, und Henry wurde den Verdacht nicht los, daß er jetzt versuchte, aus dem *Trilby*-Boom Kapital zu schlagen. Wie schon der Titel anklingen ließ, behauptete er, daß die in den ersten Kapiteln geschilderte Atmosphäre und die Figur der Trilby Du Mauriers Erlebnissen in Belgien und Paris zu verdanken war, und Moscheles' Stil hielt sich eng an die lyrische Nostalgie, das Lokalkolorit, die albernen Spitznamen und den neckischen Humor von *Trilby*. In seinem Vorwort schrieb er, Du Maurier habe dem Projekt »von Herzen zugestimmt« und ihm sogar bei der Fahnenkorrektur zur Seite gestanden, aber Henry überlegte, ob Kiki von dem Roman vielleicht gar nicht so begeistert oder die Korrektur der Fahnen womöglich mit einer Auseinandersetzung verbunden gewesen war, denn das Buch war in vieler Hinsicht durchaus kompromittierend. Auf Umwegen hatte Henry erfahren, daß die Familie Du Maurier über die Veröffentlichung verstimmt war, was ihn nicht wunderte.

Die interessanteste Enthüllung des Buches betraf ein junges Mädchen, eine gewisse Octavia, der Du Maurier und Moscheles den Spitznamen »Carry« gegeben hatten und die, wie Moscheles deutlich anklingen ließ, das Vorbild für Trilby war. Die beiden jungen Männer hatten sie in Malines kennengelernt, wo Du Maurier nach seiner Netzhautablösung lebte. Die siebzehnjährige Tochter eines kürzlich verstorbenen Tabakwarenhändlers, die das Geschäft zusammen mit ihrer Mutter weiterbetrieb, war ein hübsches Mädchen mit blauen Augen, vollem, braun gelockten Haar und einer »bemerkenswert elastischen Figur«. Ihre »Seele war durchdrungen vom Wesen des Trilbyismus«, hieß es in der Biographie, womit Moscheles wohl auf das unkonventionelle, freizügige Verhalten anspielte, das Du Mauriers junge Heldin an den Tag legte. Die beiden Kunststudenten fühlten sich sehr zu ihr hingezogen und es kam bald zu einem galanten Dreierbund, wobei Du Maurier und Moscheles so taten – oder vielleicht nicht nur so taten –, als wetteiferten sie um die Gunst des Mädchens. Moscheles merkte an, er sei in diesem Konkurrenzkampf im Nachteil gewesen, da er weiterhin in Antwerpen studierte und nur die Wochenenden in Malines verbringen konnte, wohingegen Du Maurier an den Wochentagen Carry ganz für sich hatte. Du Mauriers Skizzen zeigten – und das fand Henry besonders aufschlußreich – einen Moscheles mit schwarzem Bart, langem schwarzen Haar und Hakennase, der zur Unterhaltung von Du Maurier und Carrie häufig *con brio* Klavier spielte. Außerdem ging aus dem Text hervor, daß Moscheles zugab, in dieser Lebensphase erfolgreich mit dem Magnetismus experimentiert zu haben.

Die Idylle endete, als Du Maurier nach Düsseldorf zog und Moscheles nach England zurückkehrte. Carrys Geschichte endete betrüblich. Nach mehreren unbefriedigenden Beziehungen lernte sie einen Arzt kennen, der sie heiratete und mit nach Paris nahm, aber er starb, kurz nachdem sie ihm einen Sohn geboren hatte. »Wie mag es Carry ergangen sein, nachdem sie in Paris wieder auf sich selbst gestellt war und sich in der stets nach Liebe gierenden harten Welt behaupten mußte?« fragte Moscheles rhetorisch und fügte hinzu: »Wir haben es nie erfahren!«, aber der Hinweis auf die »nach Liebe gierende Welt« sprach für sich. Nach und nach entwickelte Henry eine Theorie zur Entstehung von *Trilby*. Es war durchaus denkbar, daß Du Maurier ein schlechtes Gewissen gehabt hatte, weil er und Moscheles die unschuldige Bereitwilligkeit der siebzehnjährigen Carry ausgenutzt und sie später sich selbst überlassen hatten. War sie vielleicht unter der Woche, wenn Moscheles aus dem Weg war, Du Mauriers Geliebte geworden – vielleicht mit der heimlichen Unterstützung ihrer verwitweten Mutter (auf diese Weise war Trilby zum »gefallenen Mädchen« geworden), vielleicht im Lauf der Sitzungen, bei denen sie hüllenlos für ihn Modell stand? Hatte er vielleicht seine Schuldgefühle auf eine dämonisierte Version seines jüdischen Freundes projiziert, aus Carry die Idealfigur Trilby gemacht und sich selbst als den keuschen, ritterlichen Little Billee dargestellt? Hatte Kiki mit seinen Andeutungen, George Lee sei das Vorbild für Svengali gewesen, nur die wahren Hintergründe des Romans verschleiern wollen?

Noch etwas Interessantes fand sich in Moscheles' Buch, was Du Mauriers erstaunlichen Erfolg in späten Jahren betraf. Die jungen Männer hatten in der Antwerpener Akademie einen dritten Freund mit den Initialen T.A.G. gehabt, was sie auf die Idee brachte, sich die Spitznamen

»Rag«, »Tag« und »Bobtail« (»Krethi und Plethi«, »Hinz und Kunz«, »Henry und Harry«) zuzulegen. In Moscheles' Buch fand sich ein an »Bobtail« (Moscheles) gerichtetes Gedicht, in dem darüber spekuliert wird, wie unberechenbar doch ihrer aller Schicksal sei, und das mit dem Vers schließt:

Wer wird wohl glücklich und wer wird wohl reich?
Alle drei oder zwei oder keiner von euch?
Fortuna, die Hexe, das verrat ich dir,
sagts weder Henry noch Harry noch mir!

Moscheles kam später auf diesen Vers noch einmal zurück und wandelte ihn folgendermaßen ab:

Wer wird wohl glücklich und wer wird wohl reich?
Wer mag wohl die Krone erringen?
Fortuna, die Hexe, die sagte es gleich:
Nur Du Maurier sollt' es gelingen.

Henry hatte den Eindruck, daß sich – ungeachtet Moscheles' Beteuerungen ewiger Freundschaft – durch das ganze Buch etwas wie Neid auf Du Mauriers Erfolg zog und vielleicht auch eine gewisse Verärgerung darüber, daß er als Vorbild für Svengali gedient hatte. Verifizieren ließen sich diese Theorien nicht, und selbst wenn sie zutrafen, konnte er sie in seinem Artikel nicht verwerten, aber sie sorgten dafür, daß seine Überlegungen zu Du Maurier im Hintergrund weiterarbeiteten, während er sich anderen Dingen zuwandte.

Da waren zunächst seine Londoner Briefe für *Harper's Weekly,* da waren Rezensionen der neuesten Bücher, Theaterstücke und Ausstellungen – im wesentlichen gut bezahlte

Lohnschreiberarbeiten. Solange das Problem eines ständigen Refugiums fernab von London während der Frühjahrs- und Sommermonate noch nicht gelöst war, hatte er keine Ruhe für gewichtigere Arbeiten. Die anläßlich der Vorbereitungen für Königin Victorias Thronjubiläum ausbrechende öffentliche Hysterie, die das Leben in London fast zum Erliegen brachte, bestärkte ihn nur noch in seinem Entschluß, der Hauptstadt – und sei es auch nur zeitweilig – den Rücken zu kehren. Er dachte daran, wieder nach Rye zu gehen, aber weder das Cottage in Point Hill noch das Alte Pfarrhaus waren frei, und er konnte sich nicht dazu aufraffen, nach einer dann womöglich enttäuschenden Alternative zu suchen. Er fuhr kurz nach Torquay und empfand das Osborne wieder als sehr wohltuend, aber weder das Hotel noch Norris' Konversation boten ihm etwas Neues. In letzter Minute entkam er dem Jubiläum, indem er – zusammen mit MacAlpine und der Remington-Schreibmaschine – nach Bournemouth fuhr, wo er leidlich angenehme Wochen verlebte, überhaucht von melancholischen Erinnerungen an zwei liebe Verstorbene, Alice und Louis Stevenson, die er in Gedanken stets mit diesem Ferienort in Verbindung brachte. Er radelte viel und kaufte auch für MacAlpine ein Fahrrad, um auf seinen Ausflügen Gesellschaft zu haben (wenn man denn diesen schweigsamen Begleiter als Gesellschafter bezeichnen konnte). Dann erhielt er – eine angenehme und vielversprechende Überraschung – einen Brief von Elly Emmett, geborene Temple, Minnys Schwester. Sie verbrachte mit ihren drei Töchtern den Sommer in Dunwich an der Küste von Suffolk und lud ihn ein, sie dort zu besuchen. Die Aussicht, die amerikanischen Verwandten wiederzusehen, noch dazu in einer Gegend, in der er noch nie gewesen war, reizte ihn sehr. Er sagte sofort zu und bat Elly, für ihn und MacAlpine Quartier zu machen.

Das Wiedersehen mit Elly nach so vielen Jahren berührte ihn nicht weniger als der Gedanke, daß auch Minny, wäre sie noch am Leben, jetzt womöglich eine grauhaarige Matrone mit fülliger Taille und breiten Hüften wäre. Ellys Töchter allerdings – alle Anfang zwanzig – waren bildschön und besaßen trotz gewisser Defizite in Bildung und Manieren einen unwiderstehlichen Charme. Nur MacAlpine erwies sich ihren mädchenhaften Neckereien und Flirtversuchen gegenüber als immun. In ihrem hemmungslosen Wissensdurst und Lebenshunger erinnerten die drei ihn an Minny, und manchmal schienen sie wie moderne Reinkarnationen von Daisy Miller in ihrer heiteren Mißachtung der Konventionen und ihrem Mangel an Respekt vor der älteren Generation. Auch sie hatten Fahrräder und begleiteten ihn und MacAlpine auf langen Erkundungsfahrten über die ebenen ungepflasterten Straßen von Suffolk. Er beklagte ihre schlampige amerikanische Aussprache und versuchte immer wieder, sie zu verbessern. Einmal hörte er, wie sie ihn nachmachten. »Nicht ›jook‹, Edith – ›jew-el‹! Nicht ›Yeah‹ – ›Yes‹!« und dabei hysterisch kicherten. Wenn er dabei war, taten sie, als seien sie tief beschämt von seiner Kritik. »Was bist du *crool*, Onkel Henry!« – »*Cru-el*, Rosina« – und er hatte heimlich seinen Spaß daran, sie zurechtzuweisen.

Die Landschaft von Suffolk mit ihren verschlafenen Dörfern, alten Wassermühlen und von Vogelschwärmen wimmelnden Flußmündungen sprach ihn auf eine stille, unspektakuläre Weise an, und bei trockenem Wetter war es eine ideale Gegend zum Radfahren. Eine Weile spielte er mit dem Gedanken, sich in dieser Gegend nach einem Cottage umzusehen, aber ohne die anregende Gesellschaft seiner Cousine mit ihren Töchtern war die Stille wohl doch nur schwer zu ertragen, überdies war die Entfernung von

London beträchtlich und die Verkehrsanbindung schlecht. Sein Traum, irgendwo auf dem Lande ein behagliches Nest zu finden, erfüllte sich vorerst nicht. Immerhin fühlte er sich durch den Aufenthalt in Suffolk so erfrischt, daß er sich endlich zutraute, den Artikel über George Du Maurier in Angriff zu nehmen.

Es wurde Zeit. *The Martian* war inzwischen als Buch erschienen und fast durchweg schlecht besprochen worden. (Du Maurier war es durch seinen frühen Tod wenigstens erspart geblieben, diese Kritiken zu lesen.) Da Henry deshalb voraussetzen konnte, daß die Leser den Roman kannten, brauchte er ihn nur noch flüchtig zu erwähnen und konnte sich ganz auf das ihn eigentlich interessierende Thema konzentrieren, nämlich das Paradox, daß Du Mauriers erstaunlicher Erfolg mit *Trilby* ihm offenbar mehr Kummer als Freude gemacht hatte, und die Frage, was dieses Phänomen über die zeitgenössische Kultur und Gesellschaft aussagte. In ihrem kleinen Wohnzimmer im Gasthof von Dunwich diktierte er MacAlpine einen langen Artikel, in dem er einen Überblick über Du Mauriers Leben und Persönlichkeit gab, wobei er an den entsprechenden Stellen auch eigene Reminiszenzen einfließen ließ, aber betonte, daß sich Leben und Denken Du Mauriers sehr viel besser aus seinem Werk selbst erschlossen. *»Ich habe – aufmerksamer, als dem Autor womöglich lieb sein kann – das Buch gelesen, in dem Felix Moscheles von ihren gemeinsamen Erlebnissen in Flandern und Deutschland erzählt«,* schrieb er in einem Absatz, mit dem er dem Biographen einen kleinen Stich zu versetzen und den Du Mauriers den Rücken zu stärken gedachte, *»wobei mich am meisten beeindruckte, wie behende unser Freund anderen Sammlern zuvorkam.«* Nachdem er ganz allgemein und in großen Zügen dem Charme von Du Mauriers Roman Tribut gezollt hatte, erklärte er, daß der Erfolg von *Trilby* ein einmalig interessanter Fall sei. »*Der Charme war das eine, der Erfolg das andere, und die Zahl der* missing links *zwischen beiden war so groß, daß sein müder Geist damit nicht mehr zurechtkam. Wie dem auch immer – es ist einer der kuriosesten Fälle unserer Zeit, und es könnte durchaus profitabel sein, eine Untersuchung darüber durchzuführen, deren Ergebnis ihn dann aber letztlich nur dazu bewegen würde, sich schweigend zur Wand zu drehen.*« In diesem letzten Satz glaubte er sein Thema hinreichend gepackt und festgehalten zu haben: Es war *Trilby*, die Du Maurier umgebracht hatte – oder vielmehr die durch den Roman ausgelöste ungeheuerliche Publicity. Der nächste Absatz war der apokalyptische Höhepunkt seines Artikels, der ihn die meiste Mühe kostete – einen ganzen Vormittag Diktat und einen Abend Überarbeitung. Am nächsten Tag diktierte er dann MacAlpine die revidierte Fassung.

»*Für mich ist ganz klar, daß eine so gewaltige Publizität nicht ohne negative Auswirkungen auf das Werk bleiben konnte, über das sie sich ergoß. Das Phänomen wuchs immer mehr an, bis es – zumindest für dieses spezielle Opfer – ein Quell der Verdüsterung und ein Tor zu Jammer und Weh wurde und ihm mit seiner unaussprechlichen Vulgarität gänzlich den Himmel verdunkelte. Es wandelte sich zu bloßem Lärm, zu dem sinnlosen Gebrabbel einer Million Presseerzeugnisse und dem unverantwortlichen Geschwätz von zwei Millionen Klatschmäulern. Dem schönen Gefühl, etwas Gutes geschaffen zu haben, wurde alles Bewegende, alles Private, alles Heilige genommen. Am lautesten war natürlich der Tumult in Amerika, hinter dem man monströseste Planungen erahnen konnte. Er präsentierte den Autor einem von siebzig Millionen Menschen bevölkerten Kontinent als Gegenstand einer Verehrung, wie sie bis dahin noch keinem Genie zuteil geworden war. Die Verlautbarungen und Enthüllungen umkreisten ihn wie ein* rondo infernale. *Er versank unter einem Erdrutsch von Obsessionen und dummen und unpassenden Briefen, bedrängt von Journalisten, Störenfrieden und Invasoren, von denen etliche harmlos genug, aber um so aufreizender waren, andere so unverhohlen die Messer wetzten, daß er wohl am liebsten freiwillig zur Schlachtbank gegangen wäre, um es hinter sich zu haben. War es nur ein Zufall, daß der Erfolg so spät kam? Man hat fast den Eindruck, als habe die böse Fee aus dem Märchen in ferner Vergangenheit an seiner Wiege gesagt: ›O ja, du sollst deinen Erfolg in vollem Maße bekommen, du sollst ihn bekommen, bis du dir die Ohren zuhältst, aber du sollst ihn zu einer Zeit bekommen, da er dir schon längst keine Freude mehr macht, da du den Mut verloren hast und deine Nerven blank liegen, du sollst ihn in einer Form bekommen, vor der du dich zur Flucht wendest – wohin?‹ Mir scheint, er hat sich den einzigen Zufluchtsort erwählt, an dem tiefer Frieden herrscht, denn der Fall hat – auch wenn er in meiner Darstellung übertrieben klingen mag – durchaus tragische Züge.«*

MacAlpine tippte die letzten Worte und sah Henry fragend an.

»Das ist vorläufig alles, MacAlpine«, sagte dieser.

»Ein starker Text«, bemerkte MacAlpine.

Henry sah ihn groß an, dann wandte er sich lächelnd ab. Zum ersten Mal hatte sich MacAlpine heute einen Kommentar zu dem Diktierten erlaubt. Henry war nicht unangenehm berührt, beschloß aber, so etwas nicht zur Gewohnheit werden zu lassen.

Als er den Artikel noch ein letztes Mal durchlas, ehe er ihn an *Harper's* schickte, begriff er, daß es in dem Text nicht nur um Du Maurier, sondern auch um ihn selbst ging – darum, wie er sich mit seinen literarischen Ambitionen auseinandersetzte, sie definierte und an ihnen feilte und wie er schließlich den Teufel des Neids ausgetrieben hatte, der in den letzten zwei Jahren zu einer großen Gefahr für ihre lange schöne Freundschaft geworden war. Zumindest das war ihm gelungen, und er konnte nur hoffen, daß andere den Artikel als würdigen Tribut an Du Maurier ansehen und darin etwas von der herzlichen Zuneigung spüren würden, die er für ihn empfunden hatte. Daß Edward Warren es so sah, beruhigte ihn sehr. Warren kam von Felixstowe, wo er ein Haus für den Sommer gemietet hatte, nach Dunwich, und Henry zeigte ihm den Durchschlag. Besonders bewegte Warren ein Absatz gegen Ende des Artikels, in dem Henry von seinen letzten Besuchen bei den Du Mauriers in Hampstead erzählte und von der *»allmählichen, halb stillschweigenden, halb offen besprochenen Aufgabe seines altgewohnten freundschaftlichen Brauchs, mich den Hügel hoch zu begleiten. Die Strecke war so lang, daß sie sich in Abschnitte einteilen ließ, die zu einem traurigen Register dessen wurden, was er nicht mehr vermochte, und so steil, daß ich ihn am liebsten wieder nach oben begleitet hätte, statt meiner Wege zu gehen und ihn allein in der Nacht verschwinden zu lassen.«*

»Großartig, James«, sagte Warren, nachdem er den Absatz laut gelesen hatte. »Ein wunderbares Bild – Du Maurier, der in der Nacht verschwindet. Es wird seine Frau zum Weinen bringen, aber es werden heilende Tränen sein.«

»Hoffentlich«, sagte Henry.

Sein Aufenthalt in Dunwich ging allmählich zu Ende. Er hatte ihn bis in den September hinein verlängert, und die Landschaft wurde langsam herbstlich, was ihm für seine elegische Stimmung durchaus passend schien. Warren hatte sein Fahrrad von Felixstowe mitgebracht, und gemeinsam holperten sie über die tief ausgefahrenen staubigen Pfade zwischen Feldern mit bernsteinfarbenem Getreide, das der Ernte harrte, und Obstbäumen, die schwer von reifenden Äpfeln waren. Sie sprachen über das Für und Wider von Suffolk als geeignete Gegend zum Erwerb eines Sommersitzes, waren sich schließlich darüber einig, daß die Nachteile überwogen, und Henry dachte sehnsuchtsvoll an den verlockenden Charme von Lamb House.

Zwei Tage später kehrte er nach London zurück, wo ihn ein Brief des Eisenwarenhändlers aus Rye erwartete:

Sehr geehrter Mr. James,

wenn Sie sich noch für Lamb House interessieren, würde ich Ihnen raten, so bald wie möglich herzukommen, weil es für einen langen Zeitraum zu mieten ist. Der alte Mr. Bellingham ist letzten Winter gestorben und Mrs. Bellingham im Juni, und der junge Mr. Bellingham will nach Kanada, um mit dem Goldrausch sein Glück zu machen.

In der Hoffnung, daß Sie bei guter Gesundheit sind, verbleibe ich hochachtungsvoll

Ihr

Die Unterschrift war unleserlich. Henry brach in ungläubiges Gelächter aus. Er konnte es kaum fassen, wie das Schicksal, gleichsam zu einem erzählerischen Trick reduziert, die alten Bellinghams kurz nacheinander hatte sterben lassen und den Sohn nach Klondike in den Goldrausch geschickt hatte, um dann ihm, Henry James, das Haus seiner Träume anzubieten, dessen vermeintliche Unerreichbarkeit er noch vor ein paar Tagen beklagt hatte. Diese erstaunliche Wendung erregte und ängstigte ihn zugleich. Er konnte sich lebhaft vorstellen, welche finanziellen und juristischen Belastungen, Probleme und Störungen mit diesem Haus auf ihn zukommen würden, aber er wußte auch, daß es unmöglich war, dieses Geschenk des Himmels auszuschlagen, sofern es nicht irgendeinen fürchterlichen, unüberwindbaren Defekt aufwies. Er hätte seinen Weg kaum klarer vor sich sehen können, wenn sich eine Riesenhand aus den Wolken gestreckt und ein Finger gebieterisch nach East Sussex gedeutet hätte. Er schrieb unverzüglich an Warren und erkundigte sich, ob dieser ihn in der folgenden Woche nach Rye begleiten könnte, um das Haus anzusehen und ihn zu beraten. Zwei Tage später aber geriet er in Panik bei dem Gedanken, er könnte es womöglich inzwischen verlieren, und telegraphierte an Warren, er würde es allein besichtigen.

6

Die Sonne, die durch einen Spalt im Vorhang fiel, weckte ihn früh. Sie ging über der Kirche auf, und an klaren Tagen gab es immer einen kurzen Moment, in dem sie, wenn er am Vorabend beim Zubettgehen die Vorhänge nicht fest zugezogen hatte, einen hellen Strahl die West Street hinunter und geradewegs in das Königszimmer und auf sein Kissen schickte. Die Vorhänge waren aus blaugrünem irischen Leinen und ein hübscher Kontrast zu den eichengetäfelten Wänden. Er hatte den Stoff selbst ausgesucht, es aber dankbar Margaret Warren überlassen, sich um die Näharbeiten zu kümmern. Wie hätte er das hochkomplizierte Geschäft des Umzugs nach Lamb House jemals ohne die Warrens bewältigt? Aber ohne die Warrens hätte er womöglich den Ort nie zu sehen bekommen oder auch nur gewußt, daß es ihn gab. Die Freundschaft war durch die enge Verbindung der Warrens mit dem Erwerb von Lamb House, in dem sie alle drei eine Fügung des Schicksals sahen, noch herzlicher geworden. Auch wenn ihn die erste Besichtigung hell begeistert hatte, die seine Erwartungen, geweckt durch begehrliche Blicke von der Straße aus, mehr als erfüllten, hätte er nie den Mut gehabt, den Mietvertrag über immerhin einundzwanzig Jahre zu unterschreiben, hätte Warren nicht einige Tage später diesen Entschluß gebilligt und ihm den Rücken gestärkt. Dennoch war er froh, daß er umgehend nach Rye geeilt war, um das Haus allein in Augenschein zu nehmen, so daß er sich einen unbeeinflußten und sehr persönlichen ersten Eindruck hatte verschaffen können.

Vor fast genau einem Jahr war er zum ersten Mal die drei Steinstufen hochgestiegen und hatte die Schwelle überschritten. Er erinnerte sich noch lebhaft daran, daß er wie im Traum durchs Haus gegangen war, weil die Zimmer seinen verschwommenen Wünschen, was ihre Größe und Lage betraf, so ideal entgegenkamen: Die stattliche quadratische Diele; der behagliche Wohnraum zur Linken mit Zugang zum Garten; das reizende kleine Zimmer zur Rechten, das er sogleich zum Schreibzimmer für Gäste bestimmte; die geschwungene Treppe hinauf in das helle, luftige Grüne Zimmer, das seinen Namen der gestrichenen Täfelung verdankte und mit einem Fenster auf den Garten, mit dem anderen auf Winchelsea hinausging; das große Schlafzimmer, das deshalb Königszimmer hieß, weil George I. nach einem Sturm auf den nahen Camber Sands gestrandet, dort vier Nächte verbracht hatte (mit Genuß hatte er sich sofort ausgemalt, wie er sich William und Alice gegenüber mit dieser königlichen Verbindung brüsten und ihre republikanischen Vorurteile hervorlocken würde); der Garten, in dem ein ehrwürdiger Maulbeerbaum seinen Schatten über einen weitläufigen flachen Rasen breitete und den Blumenbeete und eine alte Backsteinmauer begrenzten, deren sattrote, rosa und lila Farbtöne durch die Blätter und Zweige von Kletterpflanzen und Spalierobst schimmerten wie Kleckse auf einer Malerpalette; und letztlich – nein, nicht letztlich, eher als Höhepunkt seines Rundgangs – das Gartenzimmer aus Warrens Skizze, die ihm den Keim der Sehnsucht nach diesem Haus ins Herz gelegt hatte. James Lamb, der Bürgermeister von Rye, hatte den Raum als Bankettsaal geplant, Henrys angeregte Phantasie aber sah ihn sogleich als das ideale Arbeitszimmer –

zumindest in den Sommermonaten (im Winter konnte er dann in das Grüne Zimmer ausweichen), denn der Raum war fern von häuslichen Störungen, ging auf einer Seite erhöht auf den Garten und auf der anderen Seite auf die ruhige Straße hinaus, bot Platz für zwei große Schreibtische, einen für ihn und den anderen für MacAlpine, reichlich Raum zum Auf- und Abgehen und eine Chaiselongue am Kamin, auf der er ruhen und sinnen konnte. Ein Paradies!

Tatsächlich war dies sein alles beherrschender Eindruck an jenem ersten Nachmittag: Daß er durch die große grüne Tür mit dem Messingklopfer in der West Street den Weg zurück ins Paradies gefunden hatte. Es war eine Vorstellung, auf die er immer wieder zurückkam, besonders wenn er nach getaner Arbeit einen Rundgang durch den Garten machte, auf dem ihm Tosca, vergnügt schnobernd folgte. Zunächst aber hatte er sich noch von Warren bestätigen lassen, daß sein Paradies von der Bausubstanz her solide war, und dankbar dessen fachmännischen Verbesserungsvorschläge entgegengenommen. So hatte Warren entdeckt, daß sich unter der ziemlich grellen Tapete in den unteren Wohnräumen eine schöne Eichentäfelung verbarg, die jetzt – wieder sichtbar gemacht und neu eingelassen – die Würde und geschichtliche Atmosphäre des Hauses noch beträchtlich steigerte. Warren hatte auch den geeigneten Platz für den Einbau eines Badezimmers gefunden und Anregungen für die Modernisierung aller Sanitäreinrichtungen und der Küche gegeben, die das einheitliche architektonische Bild nicht beeinträchtigten. Diese Arbeiten, dazu das Streichen und Tapezieren, das Legen von Teppichen und Anbringen von Vorhängen hatten ärgerlich viel Zeit in Anspruch genommen, und erst im Juni, neun Monate nach Unterzeichnung des Mietvertrages, hatte er einziehen können. Mittlerweile aber fühlte er sich ganz zu

Hause und hatte beschlossen, bis Ende des Jahres in Lamb House zu bleiben. De Vere Gardens hatte er untervermietet und logierte, wenn er geschäftlich nach London fahren mußte, im Reform Club.

Die Vorhänge bewegten sich sacht in einem kleinen Windstoß, der durch das einen Spalt breit offen stehende Fenster drang und Salzgeruch und den klagenden Schrei einer Möwe mitbrachte. Die Kirchturmuhr schlug sieben. Daß er so früh wach geworden war, störte ihn nicht. Zufrieden lag er da und genoß das schlichte Glücksgefühl in dem Zimmer, in dem vor zwei Jahrhunderten ein vor dem Ertrinken geretteter König genächtigt hatte. Eine hübsche Geschichte besagte, daß die Frau des Bürgermeisters dem König ihr Schlafzimmer überlassen hatte, obwohl sie hochschwanger war. In der gleichen Nacht hatte sie einen Sohn zur Welt gebracht, bei dem der Monarch, den ein Schneesturm in Rye festhielt, zwei Tage später Pate gestanden und den er mit einer Schale aus vergoldetem Silber und hundert Guineen beschenkt hatte (natürlich wurde der Junge auf den Namen George getauft). Er fand es schön, daß sich das Motiv der Taufe, die ihm die Bekanntschaft mit den Warrens gebracht hatte, bis in die Frühgeschichte jenes Hauses zurückverfolgen ließ, in dessen Besitz er dank der Hilfe dieser beiden Menschen auf so wunderbare Weise gekommen war. Gewiß, es gehörte nicht eigentlich ihm, aber der Mietvertrag lief bis 1918, das heißt über die meisten, wenn nicht sogar alle ihm noch verbleibenden Jahre, und er war schon jetzt entschlossen, das Haus zu kaufen, falls sich vor Ablauf des Vertrages die Gelegenheit dazu bot.

Auf dem Treppenabsatz hörte er Schritte, das war wohl die Hausmagd, die aus der Dachkammer kam, um das Feuer in der Küche zu schüren. Er konnte sie rufen und bitten, ihm heißes Wasser zu bringen, aber es drängte ihn nicht, schon so früh aufzustehen und dadurch den Ablauf im Haus durcheinanderzubringen. Er fühlte sich auch deshalb so euphorisch, weil der Tag, der vor ihm lag, ganz und gar ihm gehörte, frei war von allen gesellschaftlichen Verpflichtungen und Ablenkungen, frei zu ungestörter Arbeit und ruhiger Entspannung. Gosse war am Vortag nach London zurückgefahren, und so gern er den Freund hatte, war auch er, wie alle Besucher – seit Juni waren es bereits etliche gewesen – eine gewisse Belastung. Es war immer eine Freude, die Gäste zu begrüßen und nicht nur ihren Worten, sondern auch ihren Mienen zu entnehmen, wie sehr sie von seinem neuen Wohnsitz angetan waren, aber diese schmeichelhafte Reaktion spornte ihn auch an, sich als Gastgeber dieses Hauses würdig zu erweisen, und er verwendete sehr viel mehr Zeit als in London darauf, sich Gedanken über die Bedürfnisse seiner Gäste zu machen und sie zu betreuen. Deshalb atmete er insgeheim doch immer auf, wenn sie Abschied nahmen, und freute sich ganz selbstsüchtig auf eine friedlich-beschauliche Atempause, bis der nächste Besuch anstand.

Zugegeben – mit Gosse hatte er keine Mühe gehabt. Vormittags saß der Freund zufrieden in dem kleinen Zimmer und las und schrieb, während Henry im Gartenzimmer seinem Sekretär diktierte. Gosse hatte sein Fahrrad mitgebracht, und sie machten mehrere lange Ausflüge auf die Romney Marshes, ein ideales Radfahrland – meilenweite leere Straßen, die sich zwischen Feldern mit grasenden Schafen schlängelten und zu verschlafenen kleinen Städten und Dörfern mit außergewöhnlichen Kirchen führten. Die in Lydd war so groß wie ein Dom, eine andere – in Brookland – sah aus wie aus einem Märchen mit Läden vor den Kirchenfenstern und einem frei stehenden konischen Kirchturm aus Holz. Der denkwürdigste dieser Ausflüge aber hatte sie nach New Romney geführt, wo sie H.G. Wells besuchten, der sich im Haus eines fürsorglichen Arztes von einer Nierenkolik erholte, die ihn ereilt hatte, als er mit seiner Frau auf einer Fahrradtour an der Küste von East Sussex gewesen war.

Sie waren in delikater Mission gekommen. Der Royal Literary Fund hatte, weil er erfahren hatte, Wells benötige vielleicht finanzielle Hilfe, Gosse gebeten, vertraulich die Bedürfnisse des jungen Autors in Erfahrung zu bringen, ohne ihn wissen zu lassen, daß sein Fall geprüft wurde. Gosse, der Wells nur flüchtig kannte, benutzte als Vorwand für seinen Besuch den Wunsch, Henry mit Wells bekannt zu machen, der sich dankbar seiner verständnisvollen Rezension von *Guy Domville* erinnerte und gern bereit war mitzuspielen. Wells hatte mit seiner *Zeitmaschine*, einer naturwissenschaftlichen Romanze – Henry hatte sich fest vorgenommen, das Buch irgendwann zu lesen –, und mit einigen Erzählungen im gleichen Stil Aufsehen erregt, arbeitete aber jetzt, wie sie bei ihrem Besuch erfuhren, an *Love and Mr. Lewisham*, einem realistischen Roman aus dem modernen Leben. Außerdem stellte sich heraus, daß Wells keiner besonderen finanziellen Unterstützung bedurfte, ja, er war solvent genug, um daran zu denken, sich, sobald er wiederhergestellt war, irgendwo in East Sussex ein Haus zu bauen. Er interessierte sich sehr für Wohnarchitektur und wandte sich so wütend wie wortgewandt gegen die Armseligkeit und Unbequemlichkeit der typischen modernen britischen Häuser mit ihren engen Räumen und endlosen Treppen, ihrer leistungsschwachen Heizung und mangelhaften Hygiene. Er hatte sich vorgenommen, das erste Haus in England zu bauen, in dem jedes Schlafzimmer eine eigene Toilette hatte – ein exzentrisches Ziel, das vermuten ließ, daß Lamb House nicht nach seinem Geschmack wäre.

Henry lud ihn trotzdem ein, ihn zu besuchen, wenn es ihm wieder besser ging. Sie hatten zwar bis auf Bücher und Fahrräder keine gemeinsamen Interessen, aber der Mut des jungen Mannes, sein Glaube an sich selbst und sein erfrischender Mangel an Ehrfurcht vor dem Erprobten und Bewährten imponierten ihm. Wells war die Verkörperung des neuen wissenschaftlichen Zeitalters und schwärmte von Erfindungen, die das Alltagsleben von Grund auf verändern würden. Als Henry erzählte, wie sehr er für seine schriftstellerische Arbeit auf das Diktieren angewiesen sei, prophezeite Wells, daß noch vor Ende des nächsten Jahrhunderts Maschinen zu erwarten seien, die ein Diktat aufnehmen, den Text sofort und ohne menschliche Mitwirkung zur Überarbeitung und Korrektur auf einen Bildschirm übertragen und auf einer Schreibmaschine ausdrucken würden. Was hatten sie über diese Zukunftsvision gelacht! Jane, Wells' reizende kleine Frau – offenbar war es, so jung der Autor auch war, schon seine zweite –, die während seiner Ausführungen bewundernd zu ihm aufgesehen hatte, war über die Respektlosigkeit der beiden Besucher sichtlich gekränkt gewesen.

Henry war recht froh, daß Wells daran dachte, sich in dieser Gegend niederzulassen, denn damit bestätigte sich einmal mehr, daß sie sich zu einem beliebten Standort für Schriftsteller entwickelte. Ford Madox Hueffer hatte ein Bauernhaus bei Hythe gemietet, wo er, wie man hörte, zusammen mit dem interessanten polnischen Expatriierten Joseph Conrad an literarischen Projekten arbeitete, und Stephen Crane, der geniale junge amerikanische Verfasser von *Die rote Tapferkeitsmedaille*, dem Henry in London kurz begegnet war, wollte sich in Brede, auf der anderen Seite von Rye, niederlassen, wenn er von seiner Kriegsberichterstattung aus Kuba zurückgekommen war. Seine Frau Cora hatte dort bereits ein großes heruntergekommenes Haus gemietet. Es war bedauerlich, daß die Moralauffassung dieser literarischen Clique (mit Ausnahme von Conrad) einigermaßen lax war – Wells hatte, als er noch in Scheidung lag, bereits mit Jane zusammengelebt, es gab Gerüchte über die Beziehung von Hueffer zu seiner Schwägerin, und von Cora munkelte man, sie sei vor ihrer Bekanntschaft mit Crane Bordellwirtin im Wilden Westen gewesen. Henry lag viel daran, in den Augen des stockkonservativen Rye als durch und durch ehrbarer Bürger zu gelten, aber solange er sich davor hütete, sich persönlich in diese Skandale verwickeln zu lassen, lieferten sie dem Romancier wertvolles Rohmaterial.

Die neuerdings allenthalben zu beobachtende erstaunliche Lockerung der moralischen Maßstäbe und die Freiheit, mit der diese Dinge in weltläufigen Kreisen besprochen wurden, waren ein zentrales Thema des Romans *The Awkward Age*, an dem er zur Zeit arbeitete, und es machte ihm Spaß, etwas von sich selbst in die Figur des Mr. Longdon einfließen zu lassen. Longdon ist ein älterer Junggeselle, der normalerweise auf dem Land lebt, die Dekadenz und den Zynismus der Londoner Kreise, in die er gerät, an seinen eigenen altmodischen Werten mißt und mitfühlend die Not zweier junger Mädchen beobachtet, die in diesem Milieu die schwierige Übergangszeit vom Schulzimmer zur Ehe durchleben. Henry hatte zunächst versucht, die Idee zu einer Kurzgeschichte zu verarbeiten, diese aber beiseite gelegt, als sie hartnäckig darauf bestand, sich zu einem Roman auszuwachsen. Jetzt machte er daraus einen Fortsetzungsroman für *Harper's Weekly*, der ihm so leicht und rasch von der Hand ging, daß er dem Abdruck ab Oktober zugestimmt hatte, obwohl er zu diesem Zeitpunkt noch nicht ganz fertig war.

Das Bemerkenswerteste und Erfreulichste an seinem Erwerb von Lamb House war die befreiende Wirkung auf seine schöpferische Phantasie. Kaum war der Mietvertrag unterschrieben, hatte er angefangen, *Die Drehung der Schraube* zu diktieren, die schon jetzt mehr Eindruck machte als alles, was er in den letzten Jahren veröffentlicht hatte. Dabei hatten bei ihrer Entstehung auch – oder überwiegend – finanzielle Motive eine Rolle gespielt. In leichter Panik angesichts der Ausgaben, die ihm ins Haus standen, hatte er auf der Suche nach einem Thema, das den übersättigten Geschmack der Leser reizen könnte, in seinen Notizbüchern geblättert mit dem Ergebnis, daß ihm das mit einer Gespenstergeschichte, inspiriert durch Erzbischof Bensons Anekdote von den beiden verwunschenen Kindern, wohl am ehesten gelingen würde. Der Erfolg hatte seine Erwartungen noch übertroffen. Die Erzählung – vom Umfang her eher eine Novelle –, die in den ersten Monaten des laufenden Jahres bei *Collier's* in Fortsetzungen erschienen war, hatte ihm einen großen Postsack mit schmeichelhaften Briefen von Bekannten und Unbekannten gebracht, dem Tenor der Schreiben aber war zu entnehmen, daß er bei seinen Lesern nicht nur genüßlichen Schauder geweckt, sondern tiefere Schichten des Bewußtseins angesprochen hatte. Die Vorstellung, daß ein erwachsenes Paar zwei Kinder verdarb und dann aus dem Grab zurückkehrte, um sich ihre Seelen zu holen, hatte etwas zutiefst Verstörendes, aber er hatte instinktiv erfaßt, daß ein allzu ausführliches Eingehen auf das Böse, daß allzu unheimliche Einzelheiten die Wirkung nur schmälern würden. Die Erzählung »funktionierte«, weil das verderbliche Tun nie direkt benannt wurde, und die übernatürlichen Erscheinungen wirkten in der idyllischen Landhausszenerie seltsam domestiziert – sie hätten sogar (wie die nüchterne Haushälterin Mrs. Grose andeutete) Fieberphantasien der empfänglichen jungen Gouvernante sein können, aus deren Perspektive die Handlung erzählt wurde. Die einsichtigeren unter seinen Lesern begriffen, daß er ganz bewußt für jeden unheimlichen Vorfall zwei Erklärungen gab, eine natürliche und eine übernatürliche, und vor allem dadurch, daß die Erzählung sich bis zuletzt nicht für die eine oder die andere Möglichkeit entschied, erzeugte sie eine schier unerträgliche Spannung. Immer wieder flehten Leser ihn in ihren Briefen an, er möge sie aus ihrer Not erlösen, indem er ihnen verriet, »wie es wirklich gewesen war«, was er stets höflich, aber entschieden verweigerte. Wenn im kommenden Monat die Erzählung in Buchform erschien, ergänzt durch *Covering End*, eine zweite umfangreiche Kurzgeschichte, würden noch mehr Anfragen dieser Art eingehen.

Bei *Covering End* handelte es sich um die Zweitverwertung seines Theaterstückes *Summersoft*, das Ellen Terry drei Jahre behalten hatte, ohne es auf die Bühne zu bringen. Daß er diese Enttäuschung mit einem Schulterzucken hatte abtun können und das Material mit Gewinn anderweitig verwendet hatte, bewies wohl, daß er vom Theater entwöhnt war. Doch hatte er an diesen trügerischen Brüsten nicht nur Bitternis gesogen, sondern auch Lehren erhalten, wie *The Awkward Age* zeigte, denn der Roman bestand vornehmlich aus »Szenen«, die man ohne große Änderungen auch auf eine Bühne hätte bringen können, allerdings mit einer Aufführungszeit von zehn oder zwölf statt der üblichen zwei oder drei Stunden. Die Verleger klagten gern (oder wiederholten angebliche Klagen ihrer Leser), seine Erzählungen enthielten zu viel Analyse und Introspektion, kämen zu langsam voran und seien nicht »glatt« genug. Manchmal ließen sie durchblicken, daß er das abstellen könnte, indem er dem Dialog mehr Platz einräumte – als gäbe es nicht viele wichtige Momente im Leben, in denen sich jede Art von Dialog von selbst verbietet (man denke nur an einen Mann, der allein im Bett liegt und darüber nachdenkt, wie gut das Schicksal es mit ihm gemeint hat). Schön, wenn sie Dialoge haben wollten, sollten sie Dialoge bekommen – *The Awkward Age* bestand fast ausschließlich aus Dialogen –, dann würde man ja sehen, wie das den Kritikern gefiel. Wahrscheinlich nicht besser als seine internalisierte Erzählmethode, sagte er sich nicht ohne Ironie.

Er hatte sich jetzt damit abgefunden, daß er nie ein wirklich populärer Schriftsteller werden oder einen »Bestseller« wie Du Maurier schreiben würde. Etwas war im Lauf der letzten Jahrzehnte in der Kultur der englisch sprechenden Welt in Bewegung gekommen, es hatte eine gewaltige seismische Verwerfung gegeben, verursacht durch unterschiedliche konvergierende Kräfte – die Ausbreitung und gleichzeitige Verflachung der Bildung, die nivellierende Wirkung der Demokratie, die ausufernden Einflüsse des Kapitalismus, die Verzerrung aller Werte durch Journalismus und Werbung –, die es dem Romancier unmöglich machten, Qualität und zugleich Popularität zu erreichen, wie es Scott und Balzac, Dickens und George Eliot in ihrer Blütezeit gelungen war. So konnte man nur auf anspruchsvolle Leser hoffen, die bereit waren, das Streben nach ästhetischer Vollkommenheit zu unterstützen. *»Wer wird wohl glücklich und wer wird wohl reich. Wer mag wohl die Krone erringen?«* Reich würde er nie sein, aber daß ihm Lamb House in den Schoß gefallen war, konnte man im wahrsten Sinne des Wortes als einen Glücksfall bezeichnen, und es gab mehr als einen Baum, von dessen Krone man mit einigem Stolz auf das Geleistete hinuntersehen konnte.

Ihm schien, als läge die Zukunft reich an Hoffnungen und Möglichkeiten vor ihm wie ein weites, ruhiges Meer unter der Morgensonne. Manchmal dachte er sich Lamb House als Schiff und sich selbst als Kapitän dieses Schiffes, mit dem er in die Zukunft dampfte, MacAlpine als Ersten Offizier an seiner Seite, die kleine Schar dienstbarer Geister als Mannschaft; das Schlafzimmer war seine Kabine, der Rasen das Hauptdeck und das Gartenzimmer die Brücke. Irgendwo weit draußen erwartete ihn ein großes Projekt: drei bedeutende Romane, so analytisch, so introspektiv und so bedächtig, wie er sie sich vorgestellt hatte, aber auch so tief, so kühn und so schön, wie nur er sie würde schreiben können. Alles Wesentliche stand schon in seinem Notizbuch. Ein Roman sollte von jenem graumelierten Amerikaner handeln, der in dem Pariser Garten, überwältigt von der Vorstellung verschenkter Chancen, seinen jungen Gefährten drängt, »mit aller Kraft« zu leben; ein zweiter von der kranken Erbin, die von der Liebe und ihren Freunden verraten wird; der dritte von Vater und Tochter, die mit Güte und Einfallsreichtum die zerstörerische Kraft der Leidenschaft besiegen. Noch war er nicht bereit, sie in Angriff zu nehmen, aber eine heitere innere Stimme sagte ihm, daß er sie in Lamb House schreiben würde.

Nach dem Frühstück sprach er wie gewöhnlich im Wohnzimmer mit Mrs. Smith. Da keine Gäste da waren und auch kein Besuch ins Haus stand, gab es zum Speisezettel wenig zu sagen, und er billigte ihren praktischen Vorschlag, das »aufzubrauchen«, was nach der Bewirtung von Gosse übriggeblieben war.

»Noch etwas?« fragte er, als sie sich nur zögernd zum Gehen wandte.

»Ja, schon, Sir...« Sie spielte ein wenig nervös mit ihren

Schürzenbändern. »Haben Sie schon mal daran gedacht, einen Hausdiener einzustellen?«

»Einen Hausdiener?« wiederholte er einigermaßen überrascht. »Brauchen wir einen?«

»Es wäre praktisch, Mr. James. Er könnte Besorgungen machen und den anderen im Haus zur Hand gehen, Alice beim Messerpolieren zum Beispiel, er könnte Stiefel putzen, Kohlen hereintragen. In einem so großen alten Haus gibt es vielerlei zu tun. Ich möchte nicht immer George Gammon darum bitten, er hat genug Arbeit im Garten.«

»Das ist wahr«, bestätigte er. Henrys Freund Alfred Parsons, seines Zeichens Landschaftsmaler und ein erfahrener Gartengestalter, hatte einen umfassenden Plan zur Verschönerung des eineinhalb Morgen großen Gartens von Lamb House erstellt, mit dem Gammon über Jahre vollauf beschäftigt sein würde. Allerdings hatte Henry den Verdacht, daß hinter dem Vorschlag noch etwas anderes steckte. Smiths Trunksucht hatte sich seit dem Umzug nach Rye verschlimmert – Lärm und Getriebe der Hauptstadt, das elektrische Licht und der moderne Komfort von De Vere Gardens fehlten ihm. Oft war er »unpäßlich«, ein Euphemismus für betrunken oder verkatert. Um seine Pflichtvergessenheit zu kaschieren, mußte Mrs. Smith so manche Aufgabe ihres Mannes mit übernehmen und dafür einige ihrer Obliegenheiten dem Stubenmädchen oder dem Hausmädchen aufbürden, so daß vermutlich in den unteren Rängen von Henrys kleiner Crew oft Not am Mann war und ein Hausdiener sicher eine Hilfe wäre.

»Hmmm«, sagte er. »Was müßte ich einem Hausdiener zahlen?«

»Vier Shilling die Woche«, erwiderte Mrs. Smith prompt. »Und Verpflegung. Aber er würde nicht im Haus wohnen.«

»Das klingt so, als hätten Sie schon jemanden im Sinn, Mrs. Smith.«

Sie wurde rot. »So ist es, Sir. Mrs. Noakes, die um die Ecke in der Winchell Street wohnt, eine sehr brave Frau, hat kürzlich ihren Mann verloren und ist nun mit sechs kleinen Kindern allein. Sie sucht dringend nach Arbeit für Burgess, ihren Ältesten.«

»Burgess?« Ein ungewöhnlicher Name. »Wie alt ist er?«

»Vierzehn, glaube ich, Sir. Ein netter Junge.«

Henry überlegte einen Augenblick. »Nun gut, Mrs. Smith, sagen Sie Mrs. Noakes, sie möge mir gelegentlich ihren Sohn bringen.«

»Danke, Sir.« Mrs. Smith zögerte noch immer. »Jetzt gleich würde es Ihnen wohl nicht passen?«

»Jetzt? Du liebe Güte, die beiden sind schon im Haus?«

»Sie sitzen in der Küche, Sir. Sarah Noakes ist schon ganz früh mit ihm hergekommen und hat mich gebeten, Sie zu fragen, Sir. Sie weiß nicht mehr aus noch ein.«

Er seufzte. »Meinetwegen, dann habe ich es hinter mir. Aber ich verspreche nichts, bis ich den Jungen gesehen habe.«

»Nein, Sir. Danke, Sir. Ich hole die beiden sofort.«

Sie wollte schon loslaufen, aber er hielt sie zurück. »Und vier Shilling sind bestimmt genug?«

»Es ist der übliche Satz hier in der Gegend«, sagte Mrs. Smith. »Sie können immer noch was zulegen, wenn Sie mit ihm zufrieden sind.«

»Das ist wahr.«

Gleich drauf kam Mrs. Noakes mit ihrem Sohn herein, knickste und bedankte sich überschwenglich, daß er bereit gewesen war, sich Zeit für sie zu nehmen.

»Das ist Burgess, Sir, mein Ältester. Ein sehr williger Junge, es wird Ihnen nicht leid tun, wenn Sie ihn nehmen.«

Sie schob ihren Sohn vor. Der lächelte schüchtern und schaute auf seine Stiefelspitzen. Er sah ein wenig einem Gnom gleich mit seiner Stupsnase, den runden Wangen, breiter Oberlippe und einem Schopf dichter, welliger Haare, aber am auffallendsten war sein extrem kleiner Wuchs.

»Er ist sehr klein, Mrs. Noakes.«

»Klein, aber kräftig, Sir. Bei meinem armen lieben Mann war's genauso.«

»Ist er wirklich vierzehn?«

»Fast«, erwiderte Mrs. Noakes ausweichend.

»Und er ist mit der Schule fertig?«

Mrs. Noakes zuckte die Schultern. »Er mußte abgehen. Ich hab noch fünf Mäuler zu stopfen.«

»Kannst du lesen und schreiben, Noakes?« fragte er den Jungen.

»Ja, Sir.«

»Und ob, Sir«, bekräftigte Mrs. Noakes. »Wenn ich mal einen Brief schreiben muß, besorgt das Burgess für mich. Er hat eine sehr schöne saubere Handschrift. Und er liest mir ganz wunderbar die Zeitung vor.«

»Sieh an. Gibt er die Polizei mit verschiedenen Stimmen?« fragte Henry schmunzelnd.

»Wie meinen Sie, Sir?« Mrs. Noakes machte ein verständlicherweise ratloses Gesicht.

»Nichts, nichts. Eine literarische Anspielung. Wie Sie vielleicht wissen, bin ich Schriftsteller von Beruf…«

»Ja, Sir, das hat Mrs. Smith mir gesagt.«

»Und deshalb benötige ich in Haus und Garten ein gewisses Maß an Ruhe, wenn ich arbeite oder lese. Bist du ein stiller Junge, Noakes?«

»Mäuschenstill«, versicherte Mrs. Noakes.

»Bitte lassen Sie den Jungen reden, Mrs. Noakes.« Er sah Burgess Noakes gerade an. »Pfeifst du am Ende?«

Der Junge dachte einen Augenblick nach. »Na ja, manchmal schon, aber ich kann's unterdrücken.«

Er hatte trotz seiner wenig beeindruckenden Erscheinung zweifellos etwas Gewinnendes an sich. Sie sprachen über die Aufgaben, die ihm zugedacht waren, und Burgess Noakes erklärte sich bereit und willens, sie zu übernehmen. Ob er noch Fragen habe, wollte Henry wissen.

»Kann ich weiter in den Klub gehen?«

»Den Klub?«

»Er meint den Sportklub von Rye, Sir«, sagte Mrs. Noakes. »Da ist er in der Jugendabteilung und ganz verrückt danach.«

»Du wirst sicher auch Freizeit bekommen«, sagte Henry. »Das mußt du dann mit Mrs. Smith regeln. Und welche Sportarten übst du aus, Noakes?«

»Fußball und Boxen.«

»Boxen?« Henry James konnte seine Überraschung nicht verhehlen. »Bist du dafür nicht ein wenig klein?«

»Bantamgewicht«, erwiderte Noakes.

»Ja so, Bantamgewicht ... In London habe ich im Sommer den Kampf Fitzsimmons gegen Corbett im Kinematographen verfolgt. Es war sehr aufregend. Hast du ihn zufällig auch gesehen?«

Burgess machte große Augen. »Leider nicht.«

»In Rye haben wir noch keinen Kinematographen, Sir«, sagte Mrs. Noakes.

»Das war die Schwergewichtsmeisterschaft, nicht wahr?«

»Fitzsimmons ist Halbschwergewicht, aber er ist der beste Boxer der Welt.« Burgess war plötzlich ganz lebhaft geworden. »Hat Corbett in der vierzehnten Runde auf die Bretter geschickt.«

»Es war zweifellos befriedigend, daß der Kleinere und Behendere gewonnen hat.« Er beeilte sich, das Gespräch zu beenden, ehe es zu technisch wurde. »Gut, Noakes, du kannst bei mir anfangen. Mit einem Monat Probezeit.«

Er ließ Mrs. Noakes' tränenreiche Dankesrede über sich ergehen und wies sie an, die erforderlichen Absprachen mit Mrs. Smith zu treffen, die er mit der Handglocke herberief. Er sah auf die Uhr: Zehn vor zehn. Um diese Zeit begann er gewöhnlich mit der Arbeit.

Er betrat, gefolgt von Tosca, durch die Terrassentür den Garten. Es war ein klarer, frischer, sonniger Septembertag. In tiefen Zügen atmete er die salzige Luft ein und winkte MacAlpine zu, der am Fuß der Stufen zum Gartenzimmer stand und eine Pfeife rauchte. Henry umrundete einmal den Rasen und begrüßte George Gammon, der ein Blumenbeet jätete und ihm fürs Frühjahr Krokusse, Tulpen und Hyazinthen versprach. Er wartete, Tosca höflich den Rücken zuwendend, bis diese in der dafür vorgesehenen Ecke des Gartens ihr morgendliches Geschäft erledigt hatte, und strebte dann mit schnellen Schritten dem Gartenzimmer zu. In *The Awkward Age* war er bis zu der Stelle gekommen, wo Nanda im Garten von Mr. Longdon mit Vanderbilt spricht, und gedachte, der Beschreibung dieser Szene seinen eigenen Garten zugrunde zu legen. Er konnte es kaum erwarten, sich an die Arbeit zu setzen.

TEIL IV

Der zweite Tag des Jahres 1916 fällt in Carlyle Mansions gegen den aufregenden Neujahrstag zwangsläufig ab, auch wenn weitere Glückwunschtelegramme und -briefe aus dem In- und Ausland eintreffen (und noch tagelang eintreffen werden). Mrs. James erkennt einige der erlauchten Absendernamen – William Dean Howells, Logan Pearsall Smith, Ellen Terry – und gestattet Theodora, die gekommen ist, um zu fragen, ob ihre Dienste benötigt werden, ihr bei den weniger bekannten auf die Sprünge zu helfen: Jean Jules Jusserand, französischer Botschafter in den Vereinigten Staaten; Paul Bourget, Mitglied der *Académie Française* und seine amerikanische Frau Minnie; Elizabeth Robins, Schauspielerin und Intendantin; Mr. und Mrs. Edward Compton, die Henrys erstes Stück inszeniert und darin gespielt haben, und der Sohn Lieutenant Mackenzie, Royal Marines, dessen Glückwunschtelegramm aus der britischen Gesandtschaft in Athen kommt und mit »Monty« unterschrieben ist.

»Sie kennen ihn vielleicht besser als den Schriftsteller Compton Mackenzie«, sagt Theodora.

»Den Autor von *Sinister Street*? Peggy hat mir abgeraten, den Roman zu lesen, er würde mich schockieren, meint sie.«

»Mr. James hält große Stücke darauf«, sagt Theodora, die sich mittlerweile abgewöhnt hat, im Gespräch mit Mrs. James das vertrauliche »HJ« zu benutzen. »Und dieser Brief ist von Ford Madox Hueffer, der letztes Jahr *The Good Soldier* herausgebracht hat, einen vorzüglichen Roman. Meiner Meinung nach besser als *Sinister Street*, auch wenn er lange nicht so viel Aufmerksamkeit gefunden hat.«

»Nie gehört«, sagt Mrs. James. Fast gegen ihren Willen ist sie beeindruckt von der Quantität der Schreiben wie auch von der Qualität der Absender. Henry selbst aber hat offenbar jedes Interesse an seiner Ehrung verloren. Er schließt mit gelangweilter Miene die Augen, wenn sie ihm die Briefe vorliest, und schiebt ungeduldig ihre Hand beiseite, wenn sie versucht, ihm Namen und Unterschriften zu zeigen. Schließlich gibt sie diese undankbare Tätigkeit auf und weist Burgess an, Henrys Couch ans Wohnzimmerfenster zu rollen, wo der Anblick der unermüdlich die braunen Fluten der Themse durchschneidenden Schiffe und die geduldige Zuwendung von Burgess wie immer ihre Wirkung tun.

Am nächsten Tag trifft Mrs. James' Tochter Peggy ein, die am Weihnachtsabend New York verlassen hat. An der Tatsache, daß sie sich über den winterlichen Atlantik und durch die gierige Meute der U-Boote gewagt hat, um ihren sterbenden Onkel zu besuchen, läßt sich ihre Zuneigung ermessen. Die beiden haben eine ganz besondere Beziehung, seit Peggy im Jahr 1900 in einem englischen Internat zurückblieb, während ihre Eltern auf der Suche nach Heilung für das Herzleiden ihres Vaters durch Europa zogen. Sie hatte damals zweimal Weihnachten und auch andere Schulferien in Lamb House verbracht und Henry gelegentlich in London besucht, wo er sie ins Theater, in Museen und in den Kinematographen führte und sich nach besten Kräften bemühte, ihr Heimweh zu lindern. Leider hatte sie den in der Familie James häufig vorkommenden Hang zu

Depressionen geerbt und erlitt als junge Frau – ähnlich wie ihre Tante Alice im gleichen Alter – einen Nervenzusammenbruch. Der Auslöser scheint bei Peggy die Heirat ihres Bruders gewesen zu sein. Als sie dann wieder in England und mit Henry zusammen war, erholte sie sich schnell, ja sie trug sich sogar mit dem Gedanken, ihren ständigen Wohnsitz in England zu nehmen. Doch dann kam der Krieg, und sie mußte in die Vereinigten Staaten zurückkehren. Der Onkel, der sie 1914 zum Zug gebracht hatte, war trotz seines Alters und des Kummers, den ihm dieser Krieg bereitete, ein gepflegter, selbstsicherer hellwacher Literat gewesen. Jetzt sitzt sie an der Couch, auf der er wie ein kleiner gestrandeter Wal liegt, hilflos, leidend und bewegungsunfähig, und drückt ihm mitfühlend die schlaffe Hand. Er scheint sich zu freuen, aber nicht zu wundern, daß sie da ist.

»Wie schön, dich zu sehen, Peggy«, sagt er. »Ich warte sehnsüchtig auf deinen Vater. Er ist der Einzige in Rom, auf den ich mich wirklich gefreut habe.«

»Heute glaubt er, daß er in Rom ist«, erläutert Mrs. James überflüssigerweise. »Gestern war es Dublin, morgen könnte es New York sein.«

Mrs. James ist sehr froh, ihre Tochter bei sich zu haben. Endlich ist da eine Verbündete, Landsmännin und Angehörige, die ihr helfen wird, die Krise zu bewältigen. So unterstützt Peggy sie zum Beispiel hundertprozentig in ihrer Haltung Theodora Bosanquet gegenüber und ist empört, als sie hört, daß diese regelmäßig mit Edith Wharton korrespondiert. »Wie sich diese Person und ihr Mann vor ihrer Scheidung aufgeführt haben, war eine Ohrfeige für die anständige Gesellschaft«, erregt sich Peggy. »Besonders ihre flagrante Affäre mit Morton Fullerton. Wir sollten jeden Kontakt mit ihr meiden.«

»Ganz meine Meinung«, bekräftigt Mrs. James. »Allerdings scheint sie Henry früher den einen oder anderen Gefallen getan zu haben. Sie ist ja sehr reich.«

»Wir brauchen ihr Geld nicht – und Miss Bosanquets Einmischung ebensowenig«, erklärt Peggy.

So wird denn die arme Theodora noch offenkundiger als zuvor aus dem Haus geekelt. Edith Wharton, die angesichts der dürftigen Informationen, die Theodora an sie weitergeben kann, etwas Derartiges vermutet, bietet Theodora eine Stellung als ihre Sekretärin an. Theodora überlegt sorgfältig. Auf den ersten Blick scheint das Angebot verlockend – die Chance, einen Blick in die glänzende kosmopolitische Welt von Staatsgemächern, Automobilen und Luxushotels zu tun, die sie bislang nur von außen kennt. Geht nicht Lambert Strethers Beschwörung *»Lebe mit aller Kraft!«* genau in diese Richtung? Schließlich aber lehnt sie ab. Ein einziges Gespräch mit Mrs. Wharton hat ihr gezeigt, was für eine erdrückende Persönlichkeit sie ist. Als ihre Sekretärin würde Theodora ein mit Luxus versüßtes Sklavendasein führen. Letztlich sind ihre Wertvorstellungen unvereinbar. Theodora ist überzeugte Christin mit einer Neigung zum Mystizismus (der orientalischen wie auch der westlichen Spielart). Sie beurteilt unkonventionelles Verhalten generell zwar weniger streng als Peggy James, lehnt aber im Grunde ihres Herzens Mrs. Whartons Lebensführung ebenso entschieden ab. Ihre Absage begründet sie mit unzureichenden Französischkenntnissen, obwohl sie die Sprache gut beherrscht. Sie sagt sich, daß sie, wenn ihre Anstellung bei HJ zu Ende geht – und das kann sehr bald sein –, sicher für die Dauer des Krieges Arbeit in einem der Ministerien finden wird. Vorerst aber ist sie entschlossen, auf ihrem Posten zu bleiben, auch wenn man sie daran hindert, sich dort nützlich zu machen. Als Theodora von Mrs. James ihren monatlichen Gehaltsscheck bekommt, schickt sie ihn zurück mit der Bemerkung, man habe ihr keine Möglichkeit gegeben, das Geld zu verdienen, aber die alte Dame, die offenbar wegen ihres Benehmens nun doch ein schlechtes Gewissen hat, besteht darauf, daß sie die Summe annimmt.

Den ganzen Januar hindurch bleibt Henrys Zustand stabil.

»Er liegt da wie ein müdes Kind«, formuliert es Alice in einem Brief in die Heimat sehr bildhaft, »aber ganz friedvoll und behaglich.« Er ist schwach, hat aber keine Schmerzen, und seine Wahnvorstellungen sind sanft und freundlich. Er erzählt, als sei es gestern gewesen, wie er mit Carlyle und seinem Vater um die Ecke in der Cheyne Row Tee getrunken hat. Manchmal – vielleicht weil er die Schlepper und Frachtkähne und Barkassen sieht, die unermüdlich unter seinem Fenster die Themse hinauf- und hinunterziehen – glaubt er auf einem Schiff zu sein, und einmal, als man ihm sagt, Burgess Noakes sei ausgegangen, um etwas zu besorgen, meint er: »Daß Burgess von Bord geht, um Besorgungen zu machen, finde ich schon erstaunlich.« Seit der Diener aus dem Krieg gekommen ist, nennt HJ ihn beim Vornamen, jetzt aber spricht er hin und wieder von ihm als »Burgess James«, als habe er ihn im Geiste als eine Art Sohn adoptiert. Wenn Burgess längere Zeit abwesend ist, wird er unruhig. Manchmal geht seine Hand über die Bettdecke, als schriebe er Worte – in dieser übergroßen lockeren Schrift, die der Familie von seinen Briefen her so vertraut ist.

Die Tage vergehen so still, und der häusliche Alltag verläuft so glatt und reibungslos, daß die beiden Damen James es wagen können, hin und wieder das Haus zu verlassen und sich ein wenig abzulenken. So sehen sie sich eines Abends *Peter Pan* an. Das Stück wird im Duke of York gespielt. Mrs. James hat es noch nie gesehen und ist sehr gespannt darauf, und Peggy denkt bei sich, daß es so mit die einzige Produktion im West End ist, die ihre Mutter weder langweilen, noch beleidigen oder schockieren dürfte. Alice ist bezaubert und erzählt Edmund Gosse, der am nächsten Tag vorbeikommt, um sich nach Henry zu erkundigen, begeistert von ihrem Theaterabend. Allerdings, sagt sie, habe sie vergeblich auf die Zeile gewartet, die Henry am Neujahrstag zitiert hat – vom Tod, der ein riesengroßes Abenteuer ist –, und Gosse sagt, man habe sie mit Rücksicht auf den Krieg gestrichen.

»Verständlich«, bemerkt Peggy trocken.

»Barrie hat der Tod von George schwer mitgenommen«, fährt Gosse fort. »Er war einer seiner Adoptivsöhne, der älteste, aber das wissen Sie ja bestimmt.«

»Nein, davon wußte ich nichts«, meint Mrs. James.

»Ich hab da mal was läuten hören«, sagt Peggy. »Aber erzählen Sie doch, Mr. Gosse.«

»Er hat die Söhne von Sylvia Llewellyn Davies adoptiert, einer Tochter von Du Maurier.« Gosse lehnt sich bequem zurück. Solche Geschichten erzählt er gern. Henry schläft, und sie sitzen zu dritt im Salon und trinken Tee. »Sie hatte Arthur Llewelyn Davies, einen Anwalt, geheiratet, und die beiden bekamen fünf Söhne. Barrie hatte die beiden ältesten mal mit ihrer Kinderfrau in Kensington Gardens getroffen – da waren sie noch ganz klein – und sich mit ihnen angefreundet. Hat ihnen Geschichten erzählt und Abenteuerspiele für sie erfunden. So ist ihm auch die Idee zu *Peter Pan* gekommen. Bald schloß er sich eng an die Familie an. Er selbst war kinderlos – aber das ist eine andere Geschichte ...«

»Gab es da nicht eine Scheidung?« fragt Peggy.

»Ja, eine sehr schmerzliche Sache für Barrie ... Die Llewelyn Davieses wurden so was wie seine Ersatzfamilie, und alles war eitel Glück und Sonnenschein, bis Arthur mit vierzig Jahren einen scheußlichen Kieferkrebs bekam, an dem er nach einer mißglückten Operation starb. Nur wenige Jahre später starb auch Sylvia an Krebs, und Barrie wurde der Vormund der fünf Waisen, die er abgöttisch liebte. Er schickte die Jungen nach Eton, Cambridge, tat alles für sie ... Der Älteste, George, ist im März in Flandern gefallen. Ein Heckenschütze hat ihn erwischt. Er war einundzwanzig. Eine Woche vorher war Sylvias Bruder Guy Du Maurier an der gleichen Front gefallen. Guy war Berufssoldat, Oberstleutnant. Gottlob hat die arme Emma das nicht mehr erlebt.«

»Emma?« Alice schwirrt der Kopf von all diesen unbekannten Namen.

»George Du Mauriers Witwe. Sie hatte schon erleben müssen, daß die beiden ältesten Töchter vor ihr gegangen waren – Sylvia und Trixy, beides reizende Mädchen. Wenn sie das von Guy und George Davies auch noch hätte erfahren müssen – das wäre zu grausam gewesen. Sie ist im Januar gestorben.« Er seufzt, und die grauen Schnurrbartspitzen scheinen sich angesichts dieser traurigen Geschichte noch tiefer zu senken. »Eine tragikumwitterte Familie, besonders wenn man bedenkt, wie fröhlich und vital sie in ihrer Jugend waren. Ich habe sie gut gekannt, Henry natürlich auch. Aber jetzt müssen ja wohl alle Familien mit Schicksalsschlägen rechnen ... Philip, mein Sohn, ist ebenfalls in Flandern ...«

Die Damen murmeln Mitfühlendes.

»Gottlob nicht bei der kämpfenden Truppe, er ist Arzt bei einer Sanitätseinheit. Aber das ist so nah an der Front auch gefährlich.«

»Ich begreife überhaupt nicht, worum es bei diesem schrecklichen Krieg eigentlich geht«, sagt Mrs. James.

»Ich glaube, niemand begreift, worum es ursprünglich ging«, sagt Gosse, »aber jetzt ist ganz klar, wofür wir kämpfen – wir müssen uns gegen die deutsche Aggression wehren. Henry hat das von Anfang an so gesehen. Bewundernswert, wie er in der Stunde der Not unser Land unterstützt. Es war für mich eine große Ehre, daß er mich bat, sein Bürge zu sein, als er die britische Staatsbürgerschaft beantragte.«

Mrs. James' Miene signalisiert Mißfallen, aber sie sagt nur: »Ich bin alt genug, um mich noch an den Bürgerkrieg zu erinnern und an die vielen prächtigen jungen Männer, die damals ums Leben kamen. Hoffentlich ist Amerika vernünftig genug, sich rauszuhalten.«

»Henry würde Ihnen da natürlich heftig widersprechen«, meint Gosse.

»Das wäre nicht das erste Mal«, erwidert Mrs. James.

Es gibt eine Pause.

»Ich will Sie nicht weiter aufhalten«, sagt Gosse und steht auf. »Es besteht wohl keine Chance, daß Henry die Ehrung aus der Hand des Königs im Buckingham Palace entgegennehmen kann?«

»Nicht die mindeste, leider«, sagt Mrs. James, und Peggy pflichtet ihr bei.

»Nun gut, dann gebe ich das an die Zuständigen weiter«, sagt Gosse. »Sicher läßt es sich einrichten, daß man die Ehrung hier vornimmt.«

Und so stellt sich denn am 19. Januar Lord Bryce, früherer britischer Botschafter für die Vereinigten Staaten und mit Henry persönlich befreundet, in Carlyle Mansions ein, um Henry James die Insignien des Order of Merit ans Krankenbett zu bringen. Der Geehrte ist während der schlichten Zeremonie kaum bei Bewußtsein, und Mrs. James muß in seinem Namen eine kurze Dankesrede halten, die ihr recht unbeholfen gerät. Sie fühlt sich unwohl in ihrer Rolle – nicht nur wegen ihrer republikanischen Gesinnung, sondern weil sie mit dem Gewese um Henrys Order of Merit und der daraufhin einsetzenden Flut von Telegrammen und Briefen prominenter Persönlichkeiten nicht umgehen kann. Seit jeher ist sie überzeugt davon, daß sie mit dem berühmteren der beiden Brüder verheiratet war. Williams internationaler Ruhm als Philosoph und Psychologe stellte sich relativ spät ein, kam aber nie ins Wanken, während Henry kämpfen mußte, um seinen frühen Erfolg als Schriftsteller halten zu können – zumindest klagte er in seinen Briefen ständig über schleppenden Absatz, stupide Rezensionen und die Interesselosigkeit der Leser seinem Werk gegenüber. Warum er je die Hoffnung hegte, er könne ein Bestseller-Autor werden, ist ihr ein Rätsel. Über die Unlesbarkeit seiner späteren Romane – in ihrem Fall sind das alle nach *Bildnis einer Dame* – mokierte sich die ganze Familie. William hatte ihm immer wieder zugeredet, schlichter und unmittelbarer zu schreiben, wenn er mehr Leser erreichen wollte, statt dessen wurde Henrys Stil immer elaborierter und obskurer, seine frühen Werke hatte er durch die Überarbeitung für die New Yorker Ausgabe verhunzt, die denn auch prompt ein kolossaler Fehlschlag wurde, und von seinen vergeblichen Versuchen, die Bühne zu erobern, schwieg man besser ganz. Objektiv gesehen war seine Karriere eine Geschichte des Scheiterns und der Enttäuschungen, aber so wie alle Welt auf seinen Order of Merit reagierte, konnte man denken, er sei ein wirklich großer Schriftsteller, auf seinem Gebiet nicht weniger bedeutend als William auf dem seinen. Alice steht ratlos und irritiert vor diesem Paradox. Gewiß, sie liebt ihren Schwager – täte sie es nicht, wäre sie jetzt nicht im kriegsgeplagten London –, aber daß man ihn auf einen ebenso hohen Sockel stellt wie ihren geliebten William, ist ihr unerträglich.

Ende Januar trifft Alices Sohn Harry in Carlyle Mansions ein. Er ist von Beruf Anwalt und ein Naturtalent im Organisieren. Bei Kriegsausbruch war er Geschäftsführer der Rockefeller Medical Foundation in New York und arbeitet seither als Mitglied der Rockefeller Commission für die Unterstützung von Nichtkombattanten. Harry ist ein vitaler, zielstrebiger Junggeselle Mitte dreißig von auffallendem Äußeren – mit vorzeitig weißem Haar, aber schwarzem Schnurrbart und kräftigem vorspringenden Kinn. Er nimmt sogleich die Zügel des Hauswesens in die Hand, und seine Mutter fügt sich, obwohl sie eine Vollmacht für Henrys Geschäfte hat, in fast allem den Entscheidungen des Sohnes. Den literarischen Status seines Onkels beurteilt er ganz ähnlich wie sie: In die stolze Freude über das Ansehen, das er der Familie bringt, mischen sich Ratlosigkeit und Zweifel im Hinblick auf den künstlerischen Wert seiner Schriften, verbunden mit einem ganz pragmatischen Interesse, ihren finanziellen Wert zu wahren. Seine nüchterne, zupackend männliche Art trägt zur Entspannung einer Atmosphäre bei, die in diesen vornehmlich von Frauen bewohnten Räumen zwangsläufig emotional aufgeladen war. Da mit Henrys Genesung offenkundig nicht mehr zu rechnen ist, findet Harry es sinnlos, mit der Sichtung des Nachlasses – eine gewaltige Aufgabe! – bis nach dessen Ableben zu warten. Davon profitiert zunächst vor allem Theodora, die er bittet, Henrys Manuskripte in Listen zu erfassen, und die auf diese Weise wieder Zugang zur Wohnung erhält. Harry fährt nach

Lamb House und macht dort eine ausgiebige Bestandsaufnahme. In einem Schrankfach im Grünen Zimmer findet er ein Bündel Briefe, die er mit nach London nimmt.

»Ich verstehe nicht, warum es hier oder in Rye nicht mehr Briefe gibt«, sagt er zu Theodora. »Onkel Henry hat doch im Lauf seines Lebens bestimmt Hunderte – Tausende – bekommen, darunter viele von berühmten Leuten. Sie wären jetzt wertvoll.«

»Er hat sie verbrannt«, sagt Theodora. »Im Garten von Lamb House.«

»Warum?«

»Er war deprimiert. Das war Ende 1909, kurz vor Ihrem Besuch bei ihm.«

»Ja, richtig«, sagt Harry. Seinen Vater hatte der verzweifelte Ton von Henrys Briefen derart beunruhigt, daß er Harry zu Nachforschungen über den Großen Teich geschickt hatte. Harry fand den Onkel in einem schrecklichen Zustand vor – nicht in der Lage oder nicht willens, das Bett zu verlassen und kaum fähig, Nahrung zu sich zu nehmen. Der Neffe setzte sich an sein Bett, hielt seine Hand und hörte bestürzt und verlegen zu, wie Henry sich schluchzend und kaum verständlich in abgerissenen Sätzen über die Sinnlosigkeit seines Lebens ausließ, erklärte, daß er keine Hoffnung und keine Freude mehr am Leben habe und ein Ende dieser qualvollen Existenz herbeisehne, und immer wieder unverständliche Bemerkungen über Tante Alice und Fenimore einflocht, mit der wohl Constance Fenimore Woolson gemeint war. Harry erstattete seinem Vater brieflich Bericht, William diagnostizierte einen Nervenzusammenbruch mit Selbstmordtendenzen und machte sich unverzüglich mit Alice auf den Weg nach England, wobei sie auf dem Atlantik Harrys Schiff passierten, das auf dem Weg zurück nach Amerika war. Alice und William brachten Henry nach Bad Nauheim, und in der Sommermitte war er völlig wiederhergestellt, wohl mehr dank ihrer Güte und Zuwendung als wegen des Heilwassers. Dafür verschlechterte sich Williams Gesundheitszustand, und er starb kurz nachdem er, fürsorglich begleitet von Henry und Alice – die Rollen der Brüder waren nun vertauscht – und dem unbezahlbaren Burgess Noakes in die Heimat zurückgekehrt war. Harry hatte sie in Quebec in strömendem Regen vom Schiff abgeholt und sie auf der Fahrt mit dem Zug und über Land zum Sommersitz der Familie in Chocorua, New Hampshire, begleitet, wo sein Vater eine Woche später gestorben war. »Ja, jetzt fällt mir alles wieder ein«, sagt Harry zu Theodora. »Daß er die Briefe vernichtet hat, wußte ich allerdings nicht. Warum?«

»Er wollte wohl damals nicht mehr leben«, sagt sie, »und mochte keine privaten Aufzeichnungen hinterlassen. Der Schutz der Privatsphäre ist seine fixe Idee. Der Gedanke, andere Leute könnten, wenn er tot ist, in seinem Leben herumschnüffeln, ist ihm schrecklich.«

»Und was ist mit den Briefen, die er seither bekommen hat?«

»Ich glaube, die hat er verbrannt, als er im Oktober noch einmal in Lamb House war. Kidd hat mir erzählt, daß er im Garten aus Papieren einen großen Scheiterhaufen gemacht hat.«

»Diese Briefe von Du Maurier sind demnach eine Rarität?«

»Wahrscheinlich ist es der einzige komplette oder nahezu komplette Satz von Briefen eines seiner Freunde, den es gibt.«

»Ein Jammer.« Henry seufzt. »Er kannte so viele berühmte Leute.«

»Er kannte sie alle«, sagt Theodora.

Sie verstummen betroffen, als sie beide gleichzeitig begreifen, daß sie von Henry schon in der Vergangenheit sprechen.

George Du Mauriers Briefe sind nicht chronologisch geordnet, Seiten verschiedener Schreiben liegen durcheinander, als habe man sie schlampig oder in aller Eile gegriffen und weggepackt, und nach dem Abendessen fragt Harry seine Mutter und seine Schwester, ob sie Lust hätten, die Korrespondenz zu ordnen. Die Arbeit ist interessant, die Briefe selbst sind es weniger, abgesehen von den liebenswerten kleinen Skizzen, mit denen sie bebildert sind. Du Maurier war offensichtlich ein sympathischer Mensch und Henry treu ergeben, aber kein großer Geist und – zumindest nach den Briefen zu urteilen – auch kein großer Prosaschriftsteller. Für Henrys profundes literarisches Wissen hegte er die ehrfürchtigste Bewunderung und berichtete pflichtschuldig über die Lektüre französischer Autoren, die ihm sein Freund bei ihren Gesprächen auf der Hampstead Heath empfohlen hatte. *»Oft sitze ich nachmittags auf der Bank, auf der wir über Flaubert und Zola und Daudet gesprochen haben«*, schrieb er, als sie sich noch nicht lange kannten. Er lobte Henrys Romane überschwenglich, aber die kürzeren Sachtexte waren offenbar mehr nach seinem Geschmack: *»Ihre Schilderungen von Menschen und Orten sind das Beglückendste, was ich je gelesen habe.«* Daß die beiden eine herzliche Freundschaft verband, wird aus den Briefen deutlich – *»Wie ich höre, kommen Sie am Sonntag – hurra!«* war eine kennzeichnende Bemerkung vom September 1888 –, aber was sie recht eigentlich aneinander fanden, bleibt ziemlich rätselhaft.

Dann stößt Mrs. James überraschend auf einen Brief vom 23. September 1910 – nicht von Du Maurier, der inzwischen längst tot ist, sondern von seiner Witwe –, in dem sie Henry mit »Mein lieber Mr. James« anredet und sich offenbar für ein Beileidsschreiben bedankt, das Henry nach dem Tod ihrer Tochter Sylvia an sie gerichtet hatte. *»Ich weiß wohl, wie aufrichtig und tief Sie in diesem großen Kummer, der mich betroffen hat, mit mir fühlen, und ich war sehr froh über Ihr gütiges, mitfühlendes Schreiben«,* beginnt er. Alice, die gerade erst Sylvias traurige Geschichte erfahren hat, kann sich gut in Emma Du Mauriers Lage versetzen – zumal in dem Brief später auch von dem Tod ihres geliebten William die Rede ist. *»Auf der Rückreise von Devonshire am 29. August las ich in der Zeitung, daß Ihr Bruder gestorben ist, und ich trauere mit Ihnen, lieber Mr. James, weiß ich doch, wie sehr Sie aneinander hingen und daß dieser große Kummer in einer ohnehin schweren Zeit über Sie kam.«* Diese Zeilen lösen bei Alice eine Flut bewegender Erinnerungen an das Frühjahr und den Sommer 1910 aus – Henrys Nervenzusammenbruch, ihre Reise nach Europa, um ihm beizustehen, die anstrengende Rückreise, Williams rascher Niedergang und Tod in seinem geliebten Haus in New Hampshire. Henry war nach der Beerdigung noch geblieben, um ihr Gesellschaft zu leisten, und deshalb …

»Henry muß den Brief in Chocorua bekommen haben«, sagt sie lebhaft. »Wie erstaunlich.« Sie reicht das Schreiben Peggy hinüber.

»Ja, ich erinnere mich, daß Onkel Henry seinerzeit Sylvias Tod erwähnt hat«, sagt Peggy, als sie den Brief gelesen hat. »Weißt du das nicht mehr?«

»Nein. Und es wäre mir wohl auch nicht weiter aufgefallen, damals hatte ich genug mit meinem eigenen Kummer zu tun. Was bedeutete mir da Sylvia Du Maurier – oder Sylvia Sowieso-Davies?«

Jetzt liegen die Dinge anders. Der Theaterbesuch, die

Vorgeschichte von *Peter Pan*, die sie von Edmund Gosse erfahren hat, jener Brief, geschrieben zu einer Zeit, da gerade ihr Mann gestorben war, und gerichtet an den Schwager, der jetzt nebenan im Sterben liegt, Emma Du Mauriers leicht wehmütiger Hinweis auf Barries Angebot, sich um die verwaisten Davies-Söhne zu kümmern – *»Ich bin zu alt, um ihnen noch viel nützen zu können. Er ist ungebunden, und es ist sein größter Wunsch, so für sie sorgen, wie Sylvia es gewollt hätte«* –, das Wissen, daß George, der Älteste, fünf Jahre später mit erst einundzwanzig Jahren im Krieg geblieben ist – all das fügt sich zu einer Art Muster zusammen, das verschiedene Lebensgeschichten und Sterbefälle miteinander verknüpft wie in einem Roman, einem Muster, das – so konstruiert es wirkt – etwas sehr Ergreifendes hat. Alice ertappt sich plötzlich dabei, daß sie weint.

»Was ist denn, Mutter?« fragt Peggy besorgt.

Mrs. James schüttelt den Kopf, schnieft und wischt sich mit einem Taschentuch die Augen. »Ich weiß nicht. Es ist alles so traurig.«

»Mrs. James weint«, berichtet Minnie in der Küche. »Das hab ich noch nie gesehen.«

»Heute nachmittag war der Arzt da. Er muß ihr was gesagt haben«, meint Joan Anderson.

»Das glaube ich nicht«, widerspricht Burgess. »Mr. James war heute ganz so wie sonst.«

»Lange kann er es aber nicht mehr machen«, sagt Joan. »Ich höre doch, was die Schwestern reden.«

»Was reden sie denn?«

»Das eben. Und – was wird dann aus uns?«

Endlich ist das Thema, die Frage, mit der sie sich insgeheim seit Wochen herumschlagen, auf dem Tisch und kann offen besprochen werden.

»Dir kann gar nichts passieren, Joan«, sagt Burgess. »Eine gute Köchin findet immer Arbeit.«

»Und du?« fragt Joan.

Burgess zuckt die Schultern. »Ich werde mich beim Regiment zurückmelden müssen.« In der Sache seiner Entlassung hat er vom Kriegsministerium nichts gehört.

»Die werden dich doch nicht wieder an die Front schicken?« fragt Minnie.

Burgess hat die Frage nicht gehört oder tut zumindest so.

»Ich such mir einen Job in der Fabrik«, sagt Minnie. »Einer Munitionsfabrik.«

»Wie kommst du denn auf so was?« fragt Joan Anderson ganz entrüstet.

»Warum nicht?« fragt Minnie herausfordernd. »Da zahlen sie gut, und ich tu was für mein Land.«

»Aber in diesen Fabriken geht es ganz schrecklich zu«, sagt Joan. »Ich habe eine Nichte, die hat es da nicht ausgehalten. Die Flüche, die Zoten, die lockeren Sitten. Und man muß Hosen tragen.«

»Dagegen hätte ich nichts«, sagt Minnie.

»Es ist eine schmutzige, gefährliche Arbeit«, mischt Burgess sich ein. »Für dich ist das nichts.«

»Was wäre denn was für mich?« Sie sieht ihm gerade ins Gesicht. »Was sollte ich deiner Meinung nach machen, Burgess?«

Er streicht sich nachdenklich über den Schnurrbart. »Du könntest dich zur Krankenschwester ausbilden lassen. Zum Pflegen hast du Talent.«

»Stimmt, Minnie, und Übung hast du ja jetzt auch«, bekräftigt Joan Anderson.

»Aber ich kann kein Blut sehen.«

»Das wäre in einem Feldlazarett allerdings hinderlich«, nickt Burgess.

Am nächsten Morgen sortiert Burgess die erste Post in der Küche und stößt dabei auf einen amtlichen Umschlag aus dem Kriegsministerium, der an ihn adressiert ist. Er erstarrt so plötzlich, daß Minnie es bemerkt, die gerade auf einem Tablett das Frühstück für Mrs. James richtet.

»Was ist denn, Burgess?«

Er starrt den Umschlag an, der auf dem Küchentisch liegt, als wäre es eine scharfe Bombe. Minnie tritt zu ihm.

»Das ist bestimmt deine Entlassung, Burgess! Komm, mach auf.«

»Vielleicht, vielleicht auch nicht«, sagt er.

Joan verläßt ihren Herd und kommt dazu. »Mach auf, dann ist Schluß mit dem Rätselraten.«

»Ich mach's für dich, wenn du willst«, sagt Minnie.

»Nein, nein, das besorg ich schon selber.« Er reißt den Umschlag auf, entfaltet das Briefblatt und überfliegt es. Dann blickt er strahlend auf. »Entlassen aus medizinischen Gründen«, sagt er.

Minnie stößt einen Schrei aus, fällt ihm um den Hals und gibt ihm einen Kuß.

»Hey, nicht so stürmisch«, mahnt er.

Minnie sinkt auf den nächstbesten Stuhl und bricht in Tränen aus. Joan Anderson umarmt Burgess.

»Das muß ich Seiner Nobligkeit erzählen«, sagt Burgess.

Der Dienst der Nachtschwester ist gerade zu Ende, und die Tagesschwester ist noch nicht da. Burgess sagt der Pflegerin, sie könne gehen, und setzt sich ans Bett. Die Vorhänge sind zurückgezogen, und kaltes graues Licht fällt aus einem bedeckten Himmel schräg durch das Fenster, das nach Norden geht. Der Autor liegt mit geschlossenen Augen auf dem Rücken und atmet regelmäßig. Das Bettuch hat die

Schwester ordentlich unter seinem Kinn umgeschlagen. Er scheint zu schlafen, aber wer kann das wissen?

»Mr. James, Sir«, sagt Burgess leise. »Meine Dienstentlassung ist da.«

Der Autor öffnet die Augen, blickt zu Burgess hoch und lächelt matt. »Burgess«, murmelt er.

»Meine Dienstentlassung ist da, Sir«, wiederholt Burgess etwas lauter. »Der Brief ist heute früh gekommen. Das wird Sie interessieren, hab ich mir gedacht.« Der Autor macht die Augen wieder zu. »Und ich möchte Ihnen von Herzen danken«, sagt Burgess. »Daß Sie die Urlaubsverlängerung durchgesetzt haben. Und dann das hier. Wenn die mich wieder an die Front geschickt hätten, wär ich jetzt tot. Tot oder verkrüppelt oder verrückt. Ganz bestimmt.« Er weiß nicht, ob sein Herr ihn hört oder versteht, ist sich nicht einmal sicher, ob er wach ist, aber das spielt keine Rolle. Er spürt, wie die Anspannung, die ihn seit seiner Rückkehr aus dem Krieg im Griff hatte, die Angst, wieder an die Front geschickt zu werden, sich langsam löst. Wie es wirklich war, hat er bisher niemandem erzählt, aber es ist an der Zeit, sich von dieser Last zu befreien, und da kommt es ihm sehr gelegen, daß er einen geduldigen, schweigenden Zuhörer hat, der ihn nicht unterbrechen, ihm keine Fragen stellen oder kritische Anmerkungen machen kann.

»Die Verwundung war nicht das Schlimmste. Eigentlich war es sogar das Beste, was mir passieren konnte. Wir hatten gerade das Zweite Bataillon in den Gräben bei Cambrin abgelöst. Richtig gekämpft wurde damals nicht, die Hunnen schickten nur hin und wieder eine Mörserbombe rüber, um uns zu ärgern. Eine landete eines Morgens nach dem Frühstück in meinem Graben. Ich hab überhaupt nicht gewußt, was los war, bis ich im Feldlazarett aufgewacht bin und der Sanitäter etwas gesagt hat, was ich nicht hören konnte, aber weil er dabei gegrinst hat, hab ich gemerkt, daß es nicht allzu schlimm sein kann. Er hat mir eine Zigarette gegeben, und das war die beste, die ich je geraucht habe. ›Sie schicken mich nach Hause‹, hab ich mir gesagt, ›ich komm hier raus.‹ Und gottlob ist es dann ja auch so gekommen.

Nein, das Schlimmste war zwei Wochen vorher die Schlacht von Aubers Ridge – so haben sie die nachher in der Zeitung genannt. Wir wußten damals nicht, wie die Anhöhe hieß. Es war kein richtiger Berg, nur ein kleiner Hügel in der Ebene, lange nicht so steil wie unser Point Hill. Wir hatten Befehl, die Hunnen aus den Gräben davor rauszutreiben und die Höhe zu besetzen. Es war unsere erste richtige Kampfhandlung im Fünften Bataillon. Die erste und für viele der Jungs auch die letzte. Bis dahin – bloß wußten wir das damals nicht – war es ein Spaziergang gewesen, lange Märsche und nur ein bißchen Granatbeschuß und ein paar Heckenschützen. Meist waren wir die Reserve, das Kämpfen besorgte das Zweite Bataillon, das sind Berufssoldaten, zähe Burschen. ›Das eiserne Regiment‹ haben die Deutschen sie genannt. Diesmal also sollten wir das Zweite Bataillon verstärken, als zweite Welle gewissermaßen. Zum Aufräumen, so hat Hauptmann Courthope es gesagt, das war der befehlshabende Offizier von Kompanie »C«, in der ich war.

Es war der 9. Mai, ein wunderschöner Sonntagmorgen. Keine Wolke am Himmel, als die Sonne aufging. Man hörte die Vögel singen. Um halb sechs eröffnete dann unsere Artillerie das Sperrfeuer auf die deutschen Linien, und die Hölle brach los. Gedacht war es so, daß das Sperrfeuer die deutsche Verteidigung lahmlegen, die Hunnen in ihren Gräben und Unterständen abschießen und den Stacheldraht wegpusten sollte, dann brauchten wir nur noch über das Niemandsland zu laufen und sie endgültig zu erledigen. Es waren nur dreihundert Meter. Drei Fußballfelder. So hat Hauptmann Courthope es gesagt, um uns Mut zu machen. Drei Fußballfelder aneinandergelegt – sogar mit Knarre und Tornister schafft ihr das in unter einer Minute, hat er gesagt. Und als zum Angriff gepfiffen wurde und die Männer den Hügel hochpreschten und die Offiziere ihre roten Markierungsfähnchen schwenkten, konnte man wirklich denken, es wäre ein Spiel, und hat unwillkürlich geguckt, wo der Ball ist ... Aber es war kein Spiel.

Weil das Sperrfeuer unserer Artillerie nämlich nicht funktionierte. Warum, das weiß ich nicht – ob die Kanoniere nicht richtig gezielt hatten oder unsere Granaten nicht explodiert sind, wie es später hieß –, jedenfalls wurde das Zweite Bataillon, als es zum Angriff überging, sofort von MG- und Gewehrfeuer abgeschossen. Es war schierer Mord. Keiner kam auch nur auf hundert Meter an die deutschen Gräben ran, sie lagen tot oder sterbend im Niemandsland rum oder gingen mehr schlecht als recht in Bombenkratern und hinter Bäumen in Deckung. Und dann nahm die deutsche Artillerie unsere Stellungen aufs Korn. Den Sanitätsposten erwischte ein direkter Treffer. Der Krach war unvorstellbar. Ich hab geschlottert vor Angst, das geb ich offen zu, und ich war nicht der einzige. Der Mann neben mir hat sich in die Hose gemacht – entschuldigen Sie, Sir, aber ich hab's gerochen. Wir rückten von der zweiten Grabenreihe zur ersten vor und versammelten uns dort mit aufgepflanztem Bajonett. Ich war im vierten Zug der Kompanie C. Die ersten drei Züge gingen los, und wir machten uns bereit. Leutnant Haigh setzte die Pfeife an die Lippen, und ich dachte bei mir: »So, Burgess, das war's dann wohl.« Und dann kam Hauptmann Courthope, und ich hörte ihn zu Leutnant Haigh sagen: »Rücken Sie mit Ihrem

Zug nicht vor, das hat keinen Sinn. Es ist ein hoffnungsloses Schlamassel.« Er hat die Entscheidung auf seine eigene Kappe genommen, und damit hat er mir das Leben gerettet, ganz sicher. Kurz darauf kam vom Bataillons-Hauptquartier der Befehl zum Rückzug, aber wenn wir da schon losgegangen wären, wär's zu spät gewesen. Die anderen drei Offiziere der Kompanie C sind gefallen und Hunderte von unseren Jungs, viele waren Kumpel von mir. Dabei war es erst sieben Uhr in der Früh ... Ich weiß noch, wie ich auf die Uhr gesehen und mir gesagt hab, daß ich zu Hause jetzt aufstehen und mich waschen und rasieren und dann in die Küche runtergehen würde, um mit Minnie und Joan zu frühstücken, um dann in aller Ruhe Mr. James zu wecken ... Und was hab ich mir gewünscht, ich wär zu Hause!

Nach einer Weile wurden wir abgelöst und in den hinteren Gräben neu aufgestellt. Wir sollten einen weiteren Angriff am späten Nachmittag verstärken. Die Wartezeit war nicht lustig, das kann ich Ihnen sagen. Aber die erste Welle schaffte es wieder nicht – ein paar mutige Jungs kamen bis zu den deutschen Gräben, aber sie kamen nicht wieder zurück, und daraufhin wurde der Angriff abgeblasen. Gegen sechs kam der Befehl zum Rückmarsch in unser Quartier, in ein Dorf, das Gonnehem hieß – »Gehn wir heim!« haben wir es genannt. Das Bataillon marschierte in guter Ordnung ab und sang *Sussex by the Sea*, das war das Regimentslied. Der Oberbefehlshaber hat uns hinterher zu unserem Schneid beglückwünscht. Aber wir hatten ja auch allen Grund zum Singen, nicht wie die armen Teufel, die im Niemandsland geblieben waren. Wir hatten überlebt. Das Bataillon hat an dem Tag zweihundert Mann verloren – gefallen, vermißt, verwundet. Und was hatten wir gewonnen? Keinen Fußbreit Boden. Ein hoffnungsloses Schlamassel, da hatte Hauptmann Courthope schon recht.«

Es klopft diskret.

»Das wird die Tagesschwester sein«, sagt Burgess. »Vielen Dank, daß Sie mir zugehört haben, Sir, ich hoffe, es hat Sie nicht aufgeregt, aber ich mußte es einfach loswerden.«

»Danke, Burgess, das ist alles«, murmelt der Autor, ohne die Augen aufzuschlagen.

»Und was hast du jetzt vor?« fragt Joan Anderson ein paar Tage später.

»Was ich vorhabe?« wiederholt Burgess verständnislos.

»Wenn der Alte – ins Gras beißt.«

»Das überleg ich mir, wenn es soweit ist«, sagt er.

»Lange kann es nicht mehr dauern«, meint Joan. »Er hat eine schlechte Nacht gehabt.«

»Da sei nur nicht so sicher«, widerspricht Burgess. »Den darfst du noch nicht abschreiben.«

»Na schön, wenn du nicht darüber reden willst ... Ich geh einkaufen, mal sehn, was ich fürs Abendessen zusammenbringe«, meint Joan patzig. Burgess und Minnie bleiben allein zurück. Sie putzen Besteck. Burgess rubbelt mit dem Silberputzmittel an den angelaufenen Stellen herum und übergibt Stück für Stück Minnie, die mit einem sauberen Tuch nachpoliert.

»Vielleicht such ich mir eine Stellung als Kammerdiener«, sagt Burgess nach kurzem Schweigen, in dem man nur das leise Klirren der Messer, Gabeln und Löffel hört, die Minnie in Gruppen auf dem Tisch zusammenlegt. »Aber einen Herrn wie Mr. James zu finden wär schon ein großer Glücksfall.«

»Du willst also nicht häuslich werden? Heiraten und eine Familie gründen?« fragt Minnie kühn.

Burgess schüttelt den Kopf. »Ich tauge nicht zum Heiraten.« Wieder eine lange Pause, dann fährt er fort: »Ich erinnere mich, wie Mr. James mal zu mir gesagt hat – wir saßen im Zug, in Amerika, sehr bequeme Züge haben sie da drüben, Sitze wie Sessel – ich erinnere mich, wie er gesagt hat – wieso er so vertraulich mit mir geredet hat, weiß ich nicht, auf diesen langen Fahrten ist er manchmal richtig gesprächig geworden ... ich erinnere mich, wie er gesagt hat: ›Ich habe vor langer Zeit beschlossen, nie zu heiraten, Noakes‹ – damals hat er mich noch Noakes genannt. ›Ein Schriftsteller darf sich nicht binden, er ist allein seiner Kunst verpflichtet.‹ Ja, so hat er es gesagt. Und ich schätze, das gilt für gute Diener ebenso. Man muß mit Leib und Seele bei der Sache sein. Es ist eine Berufung.«

»Es gibt auch verheiratete Dienstboten«, sagt Minnie.

»Ja, aber die machen immer Probleme. Wenn ich nur an die Smiths denke, das war vor deiner Zeit, in Lamb House. Er war Butler, sie Köchin. Eigentlich eine gute Regelung, aber Smith war ein Säufer, er hat ständig Mr. James den Wein weggetrunken.«

»Ja, davon hab ich gehört«, sagt Minnie.

»Es war eine Schande. Aber seine Frau hat ihn gedeckt. Mr. James mußte die beiden schließlich entlassen, es war höchste Zeit. Smith hätte sich das nie erlauben können, wenn sie nicht verheiratet gewesen wären. Bei uns beiden ist das anders, Minnie, wir sind ein gutes Team, weil wir unabhängig sind. Zwischen uns ist alles klar und korrekt. Wir sind Profis.«

»Hatten die Smiths Kinder?« fragt sie.

»Zum Glück nicht. Dadurch ist man zusätzlich angebunden, das hab ich bei meiner armen Ma erlebt, die sechs Kinder allein durchbringen mußte, als mein Vater gestorben war. Deshalb hat sie mich ja aus der Schule genommen und mir den Job in Lamb House besorgt – ich sollte unbedingt ein bißchen was verdienen. Seiner Nobligkeit hat sie erzählt, ich wär vierzehn, dabei war ich erst zwölf, aber ich trag ihr nichts nach. Ich hab ein gutes Leben bei Mr. James gehabt und ein interessantes Leben. Zwei Junggesellen – wir haben gut zusammengepaßt.«

»Aber was ist mit der Liebe, Burgess?« platzt Minnie heraus.

»Du meinst Mädchen? Frauen?«

»Ja.«

»Als junger Bursche war ich sehr schüchtern«, sagt er nach einer kleinen Denkpause. »In der Freizeit war ich lieber im Klub, hab Sport getrieben, statt den Mädels nachzusteigen. Und wie ich gesehen hab, was Freunden von mir passiert ist, die einem Mädel ein Kind gemacht hatten, heiraten mußten und einen Haufen Blagen kriegten, die sie nicht ernähren konnten, hab ich mir gesagt, daß ich einschichtig allemal besser dran bin. Und später in der Army war's genauso. Die Jungs, die eine Frau oder einen Schatz hatten, waren doppelt so unglücklich wie wir anderen, ständig diese Sehnsucht, ständig die Überlegung, ob sie ihre Liebste je wiedersehen würden oder was sie wohl zu Hause gerade trieb. Da war ich heilfroh, daß ich Junggeselle war wie Mr. James.«

»Aber wenn alle so denken würden wie du und er, wär's bald zu Ende mit der menschlichen Rasse«, sagt Minnie.

»Dazu wird's wohl so schnell nicht kommen.« Burgess grinst.

»Ich liebe dich, Burgess«, sagt Minnie.

»Diese Schwerhörigkeit ist schon eine Plage«, sagt er. »Ansonsten kann ich mich nicht beklagen. Das Messer da muß ich mir wohl noch mal vornehmen, was meinst du?«

Plötzlich wird die Küchentür aufgerissen, und Henry James Jr. platzt herein. »Mr. James geht es schlechter, Burgess, und das Telefon von Dr. Des Voeux scheint außer

Betrieb zu sein«, sagt er. »Laufen Sie rasch hin und holen Sie ihn?«

»Selbstverständlich, Sir«, sagt Burgess.

Und so beginnt am 25. Februar die Totenwache. Henrys letzte Worte an Alice, ehe er in halbe Bewußtlosigkeit verfällt, lauten: »Bleib bei mir.«

»Natürlich, Henry«, sagt sie und verharrt stundenlang an seiner Seite, bis die Erschöpfung sie zwingt, sich hinzulegen. Abwechselnd wachen alle Hausgenossen an diesem und den folgenden Tagen an seinem Bett und lösen die Pflegerinnen ab. Zumal Burgess verbringt viele Stunden bei seinem Herrn, beobachtet die Atmung, versucht die unverständlichen Worte zu verstehen, die er gelegentlich murmelt. Am 27. Januar holt die Schwester Mrs. James, weil der Patient unregelmäßig atmet, aber die Krise geht vorbei. Am 28. kann er keine Nahrung mehr zu sich nehmen. Nachmittags um vier, als vor den Fenstern die Dunkelheit aufzieht, atmet er nur noch kurz und stoßweise. Dr. Des Voeux, der zusammen mit Alice und ihren Kindern anwesend ist, sagt leise: »Das ist das Ende.« Aber noch ist es nicht ganz so weit. Die an seinem Bett versammelten Angehörigen sind physisch und emotional erschöpft, sie sehnen das unvermeidliche Ende herbei. Doch der Autor hält das Leben noch erstaunlich hartnäckig fest, er wird erst loslassen, wenn es nicht mehr anders geht.

... Für mich aber, der ich seine Sterbeszene heraufbeschwöre, sie wie durch die Rundung einer Kristallkugel betrachte, ist das Bewegendste an Henry James' Leben, daß er, nachdem er in der Mitte seiner Schriftstellerkarriere berufliche Demütigung und Ablehnung erfuhr, die in dem Debakel von Guy Domville *gipfelte, seine Kreativität und sein Selbstvertrauen zurückgewann, seine späten Meisterwerke*

schrieb, jene Grundsteine des modernen psychologischen Romans, Die Gesandten, Die Flügel der Taube *und* Die Goldene Schale, *und weniger als ein Jahrzehnt nach jener ersten schweren Prüfung noch einmal eine vernichtende Niederlage erleben sollte. Die drei großen Romane, die in einer erstaunlich langen schöpferischen Phase in Lamb House entstanden und kurz hintereinander zwischen 1902 und 1904 erschienen, trafen in weiten Teilen der Leserschaft auf respektvolle Ratlosigkeit oder unverhohlenes Nichtverstehen. Von jedem Roman konnten nur ein paar tausend Exemplare abgesetzt werden. Das war enttäuschend genug, was ihn aber in Depression, Hypochondrie und fast selbstmörderische Verzweiflung stürzte, was ihn schließlich zu jener faselnden, wirren, bettlägerigen Jammergestalt machte, die sein Neffe Harry Anfang 1910 in Lamb House vorfand, war der völlige Mißerfolg der New Yorker Ausgabe, das große Werk, mit dem er sich viele Jahre lang gemüht, dessen Texte er ausgewählt, überarbeitet und korrigiert und denen er ausführliche Artikel über Entstehungsgeschichte und Aufbau der einzelnen Werke beigegeben hatte. Die meisten der vierundzwanzig Bände erschienen 1908, und Ende des Jahres erhielt er dafür gerade mal 211 Pfund an Tantiemen. »Das warf mich um«, schrieb er an einen Briefpartner. Die Kritiken waren ebenso enttäuschend – nur Percy Lubbock bejubelte im* Times Literary Supplement *die Edition als literarischen Meilenstein, ansonsten wurde sie von der Presse zum größten Teil schlicht ignoriert. Besonders schmerzlich war es, daß viele seiner Freunde aus der Welt der Literatur, darunter auch Edmund Gosse, die umfangreiche Überarbeitung seines Frühwerks grundsätzlich mißbilligten und sich durch das Resultat bestätigt sahen. Als ein weiteres Jahr ins Land ging, ohne daß sich der Absatz der New Yorker Ausgabe besserte, kam er zu der Überzeugung, daß das ganze Projekt eine gewaltige Torheit gewesen war, die ihn finanziell ruinieren und seinen Ruf untergraben würde. Es war eine grausame Laune des Schicksals, daß diese Erfahrung mit einer Wiederbelebung seiner Theaterambitionen und -hoffnungen zusammenfiel, die zunächst seine Stimmung aufhellte,* dann aber, als sich die Hoffnungen zerschlugen, die Depression noch verschlimmerte. 1908 hatte der angesehene Schauspieler und Intendant Johnston Forbes-Robertson ihm angeboten, eine erweiterte Fassung jenes Einakters aufzuführen, den Henry seinerzeit für Ellen Terry geschrieben hatte und der jetzt den Titel The High Bid trug. Nachdem er aber das Stück probeweise in Edinburgh inszeniert hatte, entschied er, in London statt dessen Jerome K. Jeromes The Passing of the Third Floor Back aufzuführen. Das Stück wurde ein sensationeller Erfolg und lief drei Jahre, während The High Bid nur drei Matinee-Vorstellungen erlebte. Zwei weitere an Henry etwa um die gleiche Zeit in Auftrag gegebene Stücke erreichten nicht einmal das. Die Summe dieser Enttäuschungen war zu viel für ihn, und in seiner Verzweiflung errichtete er unter den Augen seiner erschrockenen und verständnislosen Bediensteten jenen ersten großen Scheiterhaufen im Garten von Lamb House. Es war im wesentlichen eine Rache an der ablehnenden, verständnislosen literarischen Welt, die sein Werk verschmäht oder ignoriert hatte. Wenn die Welt seine Romane nicht haben wollte, würde er alles in seiner Macht Stehende tun, um sicherzustellen, daß sie nicht an sein Leben herankam – lieber wollte er ganz von der literarischen Landkarte verschwinden als zu einer jener unbedeutenden, aber »interessanten« Gestalten werden, die in Biographien und Briefsammlungen und in den Fußnoten zu den Werken berühmterer Schriftsteller weiterleben. Vorübergehend verschaffte ihm diese drastische Maßnahme ein wenig Erleichterung, aber sehr bald verfiel er wieder in eine schwere Depression.

Vor allem dank der Fürsorge seines Bruders und seiner Schwägerin erholte er sich dann wieder und schrieb weiter, insbesondere die Autobiographien A Small Boy und Notes of a Son and Brother. Beide wurden von einer literarischen Welt, die in ihm jetzt ein ehrwürdiges Relikt einer vergangenen Ära sah, herzlich aufgenommen. Ein größeres Prosawerk aber entstand nicht mehr, und immer mehr seiner Bücher waren nun vergriffen. Zum Glück wußte er nichts von der vertraulichen Abmachung zwischen dem Verlag Scribner und

Edith Wharton, die einen Teil ihrer Tantiemen zur Verfügung gestellt hatte, um die Zahlung eines großzügigen Vorschusses für den Elfenbeinturm *an Henry zu ermöglichen. Als das »erhabene Wesen« seine Visitenkarte abgab, muß Henry James trotz der Bewunderung seiner Freunde und der Jünger, für die er der* cher maître *war, trotz des Order of Merit und der Glückwünsche, mit denen er danach überhäuft wurde, trotz seines Glaubens an den Wert seines Werkes und an den ästhetischen Weg, den er sich unter Schwierigkeiten erarbeitet hatte und dem er unter großen Mühen gefolgt war, das Gefühl gehabt haben, daß es ihm nicht gelungen war, seine Vision dem kollektiven Bewußtsein der Welt so nahezubringen, wie er es zu Beginn seiner literarischen Laufbahn erhofft hatte.*

Es wäre deshalb reizvoll, eine Zeitreise zu jenem Nachmittag Ende Februar 1916 zu unternehmen, sich in das Schlafzimmer der Wohnung Carlyle Mansions 21 zu schleichen, die kleine Gruppe der erschöpft am Bett Wachenden mit Hilfe eines Zauberstabes in Tiefschlaf zu versetzen, sich einen Stuhl heranzuziehen und HJ einen tröstlichen Blick in seine literarische Zukunft tun zu lassen, ehe er diese Welt verläßt. Wie schön wäre es, ihm sagen zu können, daß er, nachdem er einige Jahrzehnte mehr oder weniger in Vergessenheit geraten war, ein etablierter Klassiker werden würde, Pflichtlektüre für alle an moderner englischer und amerikanischer Literatur und der Ästhetik des Romans Interessierte; daß man seine bedeutendsten großen und auch die meisten seiner nicht ganz so bedeutenden Romane überall – sorgfältig ediert und mit Anmerkungen versehen – bekommen würde, daß sie Lehrmaterial in Schulen, Colleges und Universitäten sein würden; daß man unzählige Dissertationen, gelehrte Abhandlungen und Bücher über ihn schreiben würde (und natürlich auch Biographien, aber die zu erwähnen wäre wohl taktlos, ebenso wie die Tatsache, daß ihn ein Zweig der akademischen Kritik, die sogenannte Queer Theory, *für sich reklamieren würde, deren Vertreter unter anderem behaupten, in den Vorworten zur New York Edition fänden sich Metaphern für Analfisting). Und welche Freude wäre es, ihm sagen zu können, daß Millionen von Menschen weltweit seine Geschichten in Theater-, Film- und Fernsehfassungen kennenlernen würden, daß einer der größten britischen Komponisten der Neuzeit aus der* Drehung der Schraube *eine Oper machen würde, daß seine Stücke zwar nach wie vor leider nicht auf der Bühne zu finden sind, seine Romane und Erzählungen aber begehrte Rollen für berühmte Schauspieler und Schauspielerinnen liefern und sich diese Bücher als Begleitbände zu Filmen und Fernsehspielen in großer Zahl verkaufen.*

Es war sein Pech, daß er mit zahlreichen Schriftstellern verkehrte und oft auch befreundet war, die viel populärer waren als er, so daß er dadurch noch stärker das Gefühl hatte, versagt zu haben, aber die Zeit hat das Gleichgewicht wiederhergestellt. Von seinen Zeitgenossen wird heute wahrscheinlich nur Thomas Hardy mehr gelesen als er (dabei lasse ich die kleine Agatha außer acht, mit deren Puppenwagen er in Torquay zusammenstieß, der man am Hafen ein Denkmal gesetzt hat und die noch immer jährlich fünf Millionen Bücher verkauft, obgleich sie seit einem Vierteljahrhundert tot ist), während Mrs. Humphrey Ward fast völlig vergessen ist, und selbst George Du Maurier aus dem kollektiven kulturellen Gedächtnis schwindet. Jeder kennt den Namen »Svengali«, weiß, was ein Trilby-Hut ist und was man unter »mit ohne was an« versteht, aber den wenigsten – zumal jungen Leuten – ist bekannt, woher diese Ausdrücke kommen. »Sie haben der englischen Sprache nur ein Wort geschenkt«, würde ich zu HJ sagen, »aber es ist eins, auf das Sie stolz sein können: ›Jamesian‹.«

Ein törichter, selbstverliebter Tagtraum, gewiß. Und auch wenn ich Unmögliches möglich machen könnte – ich käme zu spät. Er kann mich nicht mehr hören oder verstehen. Jede aktive Zelle seines Körpers und seines Hirns ist damit beschäftigt, Luft in die Lungen zu holen…

Um sechs tut er in langen Abständen drei tiefe seufzende Atemzüge, der letzte ist nur ein Hauch, dann gibt er den Geist auf. Dr. Des Voeux prüft den Puls und stellt den Tod fest. Alice und ihre Tochter umarmen und trösten sich. Harry geht in die Küche, um es den Dienstboten zu sagen. Minnie bricht in Tränen aus und schlägt die Schürze vors Gesicht; Joan Anderson wischt sich das gesunde und das permanent tränende Auge; Burgess wird sehr blaß, hustet und sagt mit vor Bewegung rauher Stimme: »Entschuldigen Sie, Sir, dürfte ich um einen Gefallen bitten?«

»Natürlich, Burgess. Nur heraus damit.«

»Dürfte ich Mr. James noch ein letztes Mal rasieren? Ich glaube, er hätte es so gewollt. Besser, als wenn's ein Fremder macht.«

Harry ist ein wenig betroffen, willigt dann aber rasch ein. »Gewiß, Burgess, Sie haben da bestimmt das richtige Gespür. Aber nicht gleich. Morgen früh vielleicht.«

»Ja, Sir. Danke, Sir«, sagt Burgess.

»Und ... ich habe noch etwas mit euch dreien zu besprechen.« Harry läßt seinen Blick nachdenklich von einem zum anderen gehen. »Aber auch das hat Zeit bis morgen.«

* * *

Als am nächsten Morgen der Frühstückstisch abgedeckt ist, ruft Mr. James die drei Dienstboten ins Eßzimmer und bittet sie, sich mit ihm an den großen polierten Tisch zu setzen.

»Sie haben sich sicher schon Gedanken über Ihre Zukunft gemacht«, beginnt er. »Ich möchte Ihnen sagen, daß wir – meine Mutter und Schwester und ich – es sehr zu schätzen wissen, wie treu Sie meinem Onkel über viele Jahre und besonders in diesen letzten Monaten gedient haben. Dafür sind wir Ihnen sehr dankbar, und wir wären froh, wenn Sie so lange bleiben könnten, wie hier noch etwas zu tun ist, während wir den Nachlaß meines Onkels ordnen und so weiter. Sie können natürlich, wenn Sie möchten, auch gleich kündigen ...«

»Also ich möchte das nicht«, sagt Burgess rasch, und die beiden Frauen murmeln zustimmend.

»Das freut mich«, sagt Harry. »Ich habe Grund zu der Annahme, daß mein Onkel so großzügig war, Lamb House mir zu hinterlassen, und es wäre mir eine große Beruhigung, wenn Sie dort nach dem Rechten sehen könnten, bis ich mir darüber klar geworden bin, was ich damit anfangen soll. Wohnen kann ich dort nicht – für die Dauer des Krieges ist mein Platz in Europa, und danach gehe ich zurück nach Amerika, ich kann Ihnen deshalb keine langfristige Beschäftigungsgarantie geben. Aber es trifft sich gut, daß gestern ein Brief von meinem jüngeren Bruder Billy gekommen ist. Sie wissen vielleicht noch, daß Billy und seine Frau vor ein paar Jahren einen Teil ihrer Flitterwochen in Lamb House verbrachten, das mein Onkel ihnen freundlicherweise zur Verfügung gestellt hatte.«

»Ja, ich erinnere mich an Mr. Billy«, sagt Minnie. »Und an Mrs. Billy.«

»Auch mein Bruder und seine Frau haben Sie in bester Erinnerung. In einem meiner Briefe erwähnte ich, daß ich überlegte, was nach dem Tod meines Onkels aus Ihnen werden solle, und – kurzum, sie haben sich erboten, Sie als Butler, Köchin und Dienstmädchen für ihr Haus in Cambridge, Massachusetts, einzustellen. Die beiden haben noch ein Haus auf Cape Cod, meine Schwägerin ist eine wohlhabende Frau. Die Arbeitsbedingungen wären angenehm. Aber Sie brauchen sich nicht sofort zu entscheiden«, sagt er, als er ihre ungläubigen Mienen sieht. »Überlegen Sie in aller Ruhe, lassen Sie sich Zeit.«

»Also ich brauche keine Bedenkzeit«, sagt Burgess, als sie wieder in der Küche sind. »Amerika – stellt euch das doch bloß mal vor!« Seine Augen strahlen – die Vorstellung, so viele Tausend Meilen zwischen sich und die Westfront zu legen, ist offenkundig unwiderstehlich. »Wie steht es mit dir, Joan?«

»Ich mache mit.«

»Und du, Minnie?«

»Ich weiß noch nicht. Es ist so weit.«

»Es würde dir bestimmt gefallen«, sagt Burgess. »Die leben nicht schlecht dort. Da drüben hat man Platz. Und das Essen – riesige Steaks, ihr macht euch keine Vorstellung. Und Eiscreme, so viel ihr wollt. Zentralheizung im Winter, nicht jeden Morgen der Ärger mit den Kaminfeuern.«

»Ich weiß nicht«, wiederholt sie.

»Komm schon, bring unser Team nicht auseinander, Minnie. Du, ich und Joan – wir könnten uns in Amerika was schaffen.«

»Gib deinem Herzen einen Stoß«, sagt Joan. »Wer nicht wagt, der nicht gewinnt.«

Minnie zögert. »Du möchtest mich offenbar sehr gern dabei haben, Burgess.«

»Aber ja. Ohne dich wär's nur halb so schön. Wir sind doch Kollegen.«

Sie sieht ihn einen Augenblick schweigend an. »Also gut. Ich probier's mal.«

»Bestens!« Burgess klatscht in die Hände. »Dann sag ich Mr. Harry, daß wir alle drei dabei sind. Aber erst nach der Beerdigung. Das Wichtigste zuerst. Und da fällt mir ein ...« seine Miene wird ernst, fast feierlich – »... daß ich heute vormittag Mr. James rasieren muß.«

»Wie kriegst du das nur fertig, Burgess?« Joan Anderson schüttelt sich. »Einen Leichnam zu rasieren ...«

»Das macht mir nichts aus. Ich möchte es keinem anderen überlassen. Er hat mir beigebracht, ihn zu rasieren, ich hätte eine leichte Hand, hat er gesagt. Ich hab ihn nicht ein einziges Mal geschnitten. So kann ich mich doch noch von ihm verabschieden.« Plötzlich laufen Burgess die Tränen über die Wangen. »Entschuldigt ... Weiß gar nicht, was mit mir los ist«, sagt er heiser, wischt sich mit einem Taschentuch die Augen und schneuzt sich. Minnie legt ihm einen Arm um die Schulter und drückt ihn kurz an sich. Nachdem sie ihren romantischen Traum aufgegeben hat, fällt ihr das leichter.

»Brauchst dich nicht zu entschuldigen, Burgess«, sagt sie. »Ich hol dir einen Krug heißes Wasser und ein sauberes Handtuch.«

Am gleichen Tag kommt Theodora, um zu kondolieren. Als sie sich am Vorabend nach HJ erkundigen wollte, hatte sie im Hausflur von Carlyle Mansions einen Nachbarn getroffen, der schon vom Tod des Schriftstellers wußte, und um die Familie in ihrer Trauer nicht zu stören, hatte sie eine Nachricht für Mrs. James hinterlassen und war zur Post gegangen, um Edith Wharton telegraphisch die traurige, aber nicht unerwartete Nachricht zu übermitteln. Mrs. James und Peggy, die ihr jetzt spürbar herzlicher entgegenkommen und ihr für all das danken, was sie für Henry getan hat, sagt sie davon wohlweislich nichts. »Möchten Sie ihn sehen?« fragt Mrs. James. »Man empfindet große Zärtlichkeit für den Körper eines Menschen, den man im Leben gut gekannt hat, finde ich.« Theodora nickt, und Minnie Kidd führt sie in den Salon.

Henry James liegt im Sarg, mit einem schwarzen Bahrtuch bedeckt, über seinem Gesicht liegt ein weißes Tuch, das Minnie zurückschlägt, so daß man das makellos rasierte

Gesicht sieht. Es wirkt sehr edel, wie ein Kunstwerk aus elfenbeinfarbenem Wachs, sehr friedlich, aber abgelöst von all dem, was seine Persönlichkeit ausmachte. Theodora begreift, was Mrs. James mit der »Zärtlichkeit für den Körper« gemeint hat, denn der Geist, der in ihm wohnte, ist nicht mehr da, kann ihn nicht mehr umsorgen. Theodora, die aktives Mitglied der Society for Psychical Research ist und manchmal in dieser Eigenschaft an Seancen teilnimmt, überlegt, daß es ein interessantes Experiment wäre, Kontakt mit dem Geist von Henry James aufzunehmen. Echte Aussagen von HJ über das Jenseits zu erhalten, wäre einen Versuch wert, und unechte wären leicht zu erkennen, denn keinem Medium würde es gelingen, seinen Stil nachzuahmen.

Sechs Jahre vorher hatte Henry James einen Essay mit dem Titel Gibt es ein Leben nach dem Tod? *verfaßt, den er vermutlich Theodora Bosanquet diktierte, so daß sie eine recht genaue Vorstellung von seinen Ansichten zu diesem Thema gehabt haben muß. Er erschien in der Januar-Februar Ausgabe 1910 von* Harper's Bazaar *zusammen mit Beiträgen anderer Schriftsteller, unter anderem William Dean Howells, zum gleichen Thema. Später faßte Harper's alle Beiträge in einem Buch mit dem Titel* In After Days *zusammen. Da Henry im Februar 1910 unter einer lähmenden Depression litt, müssen wir davon ausgehen, daß er den Essay 1909 schrieb, in einer Phase relativer Ruhe, einer Lücke in dem immer dichter werdenden dunklen Gewölk, denn es ist ein ausdrucksstarker, ein optimistischer Text.*

Leon Edel, der sich zum bedeutendsten Gewährsmann in Sachen HJ gemacht hat, faßt in seiner monumentalen Biographie den Essay wie folgt zusammen:

> An ein physisches Leben nach dem Tod glaubte er nicht. Der Tod war absolut. Was über das Leben hinaus blieb,

war das, was das schöpferische Bewußtsein gefunden und geschaffen hatte, und zwar nur, wenn es in eine dauerhafte Form gegossen worden war.

Nur war das nicht ganz das, was Henry James gesagt hat. Es war das, was man von ihm zu diesem Thema erwarten, was man sich als überzeugter Materialist und Literaturprofessor erhoffen würde, aber es ist nicht das, was er tatsächlich sagte. Der Essay Gibt es ein Leben nach dem Tod? *beginnt wie folgt:* »Ich will von vornherein gestehen, daß ich dies für die fesselndste Frage der Welt halte, sofern sie sich mit der ganzen ihr innewohnenden Intensität stellt ...« – *und das ist wohl kaum die Ansicht eines Mannes, der den Tod für etwas Absolutes hält. Aber wie bei allem, was James geschrieben hat – zumal in seinen späteren Schriften –, ist auch bei diesem Essay eine Zusammenfassung sehr schwierig. Seine Prosa wehrt sich gegen jede Paraphrase. Sie ist wie ein fein gesponnenes Netz, zart und flexibel, dazu bestimmt, Bedeutung nicht so sehr auszudrücken als einzufangen. Man muß mit diesem Netz umzugehen wissen, es erspüren und erfahren, um die Bedeutung zu erfassen. Tritt man zurück, kann man kaum seine Struktur erkennen, so fein sind die Fäden; versucht man es zusammenzuziehen, läuft man Gefahr, es zu zerstören. Trotzdem wollen wir es versuchen. James schreibt, daß die Betrachtung der Frage zweierlei bewirken kann:*

> ... zum einen, daß wir uns den Tod wünschen als etwas Absolutes, als willkommene Auslöschung, das vollkommene Ende; oder zum anderen, daß wir ihn herbeiwünschen als ein Wiedererwachen des Interesses, der Wertschätzung, der Leidenschaft, als ein Wiedereinsetzen des umfassenden und geheiligten Bewußtseins – mit einem Wort all dessen, wovon uns schon diese Welt eine so wunderbare Kostprobe gab.

Er selbst war mit dem zuerst genannten Effekt vertraut und sollte ihm bald wieder begegnen, der Essay aber ist weitgehend eine Untersuchung und letztlich Bestätigung der zweiten Möglichkeit, die den Tod nicht als Tor zu einer Auslöschung, sondern zu einer Bewußtseinserweiterung sieht. Allerdings gibt er offen zu, daß es überzeugende Beweise für eine derartige Hoffnung nicht gibt. Wir müssen uns mit der bitteren Tatsache abfinden, schreibt er,

> daß von der »Wissenschaft« die Seele, jene Kraft also, um die wir uns sorgen, nicht einkalkuliert wird und daß wir unrettbar und erbärmlich in unseren materiellen Organen gefangen sind. Beobachtung und handfeste Beweise bestätigen das Urteil der trostlosen Laboratorien und selbstsicheren Analytiker im Hinblick auf die Austauschbarkeit von Genie und Hirn – armes, tastbares, wägbares, sondierbares Laboratoriumshirn!

Die althergebrachte Religion ist aus seiner Sicht keine geeignete Basis zur Anfechtung dieser Meinung, und auch mit der Behauptung des Spiritismus, es gäbe einen Zugang zum Leben hinter dem Schleier, kann er sich nicht anfreunden. Die Toten machen sich uns durch ihre Abwesenheit und ihr Schweigen bemerkbar. Was vermittelt ihm aber dann die Zuversicht, daß es möglicherweise doch eine persönliche Unsterblichkeit gibt? Schlicht und einfach die Akkumulation des Schatzes, den unser Bewußtsein darstellt – *eines Schatzes, der bei einem Künstler noch gesteigert und veredelt ist.*

> Es ist mit einem Wort das Bewußtsein und Privileg des Künstlers, das wie aus dem Brunnen des Seins hervorleuchtet. In diesen Brunnen, in unermeßliche Tiefen, taucht unser Geist, so daß er sich qua Phantasie und Bemühung an universellen Quellen laben kann. Was ist

das anderes als ein Abenteuer unserer Persönlichkeit, und wie können wir danach eine völlige Loslösung für wahrscheinlich halten?

Für Henry James ist demnach die Interaktion zwischen dem sich entwickelnden individuellen Bewußtsein und der Welt, in der es wohnt, so reich und lohnend, daß er das so entstandene Ich nicht als einen grausamen Streich der Natur akzeptieren kann, der sich im Augenblick des Todes selbst entlarvt. Er betont, daß dies keine Überzeugung *ist (ein Wort, das er bis dahin tunlichst vermieden hat), sondern ein* Wunsch. *Und durch den ganzen Essay zieht sich unausgesprochen eine Folgerung, die in späteren Jahren bei spekulativen Theologen durchaus Anklang finden wird, daß uns nämlich jenes Leben nach dem Tod erwartet, das wir uns wünschen (und – wenn uns das lieber ist – gar kein Leben nach dem Tod). Der Essay schließt:*

> Und wenn so eine geistige Beziehung zu dieser Frage sich erst einmal genähert und Fuß gefaßt hat, ist gar nicht abzusehen, welche Erfahrungen, Erkenntnisse und Sehnsüchte sie in Zukunft noch bringen mag. Nein, nein, nein – für mich gibt es mehr als das Laboratoriumshirn!

Ein spannender, recht überraschender Text, der mich abweichend von den weiter oben entwickelten Gedanken zu einer erfreulicheren Vorstellung ermutigt: Ich stelle mir vor, daß der Geist von Henry James irgendwo draußen im Kosmos existiert, daß er all das weiß, was ich ihm in seiner Sterbestunde so gern gesagt hätte; daß er mit berechtigter Genugtuung beobachtet, wie sehr sein Ansehen nach seinem Tod gestiegen ist; daß er Absatzzahlen addiert, Rezensionen liest, daß er sich auf einem himmlischen Videogerät oder DVD-Laptop die Filme und Fernsehserien anschaut und sich das Gemurmel unserer

Gespräche über ihn und seine Werke anhört, das durch den Äther dringt wie lang anhaltender Beifall.

Henry, wo immer du bist – komm heraus und verbeuge dich.

Danksagungen etc.

So ein Buch kann nicht ohne die Hilfe anderer Bücher und anderer Menschen entstehen. Die größte Dankesschuld gilt es natürlich Leon Edel abzustatten – nicht nur für seine unentbehrliche Biographie *Henry James: a life (1984),* sondern auch für seine Editionen von Henry James' *Letters (1974–84),* der *Complete Plays (1949), Guy Domville (1961)* und *The Diary of Alice James (1964)* sowie für *A Bibliography of Henry James (with Dan H. Laurence, 3rd edn. 1982 revised with James Rambeau).* Bei den biographischen Schriften über James waren mir besonders von Nutzen: Lyndall Gordon *The Private Life of Henry James (1998),* Philip Horne *Henry James: a Life in Letters (1999),* R. W. B. Lewis *The Jameses: a family narrative (1991),* H Montgomery Hyde *Henry James at Home (1969),* Simon Nowell-Smith *The Legend of the Master (1947)* und Robert L. Gale *A Henry James Encyclopaedia (1989).*

Meine wichtigsten Informationsquellen über George Du Maurier waren Leonée Ormonds umfassende und reich illustrierte Biographie *George Du Maurier (1969),* die Werke *The Du Mauriers (1937)* und *The Young George Du Maurier: A Selection of his Letters 1860–67 (1951)* seiner Enkelin Daphne Du Maurier, C. Hoyer Millars *George Du Maurier and Others (1937)* und aus früheren Jahren Felix Moscheles' *In Bohemia with Du Maurier (1896),* J. L. & J. B. Gilders *Trilbyana: the Rise and Progress of a Popular Novel* (New York 1895) und R. H. Sherards Porträt *»The Author of Trilby«* in *The Westminster Budget* (Dez. 1895). Daphne Du Maurier entdeckte, daß die Mär von der angeblich aristokratischen Linie in der Familiengeschichte George Du Mauriers Großvater väterlicherseits, Robert Mathurin-Busson, verbreitet hatte, ein einfacher Handwerker, der weder Anspruch auf den Namen noch auf den Besitz der Du Mauriers hatte und nicht vor der Revolution von Frankreich nach England geflüchtet war, sondern um einem Betrugsprozeß zu entgehen. George Du Maurier starb, ohne etwas von diesen Fakten zu ahnen. Dagegen muß er gewußt haben, daß seine Großmutter mütterlicherseits, Mary-Anne Clarke, im Regency eine berühmte Kurtisane und Geliebte von Frederick Duke of York gewesen war, der sie und ihre (legitime) Tochter Ellen im Pariser Exil mit einer

Leibrente unterstützte, die sie sich durch die Drohung verschafft hatte, ihre kompromittierenden Memoiren und die Liebesgeschichte des Herzogs zu veröffentlichen. Seinen Freunden aber hat er davon offenbar nie erzählt. Sein Sohn Gerald gestattete die Verwendung des Namens Du Maurier für eine bekannte Zigarettenmarke.

Bedeutende Informationen und Anregungen entnahm ich unter anderem folgenden Quellen: Clare Benedict, Hsg. *Constance Fenimore Woolson (1932);* Andrew Birkin, *J. M. Barrie and the Lost Boys (*rev. Ausg. 2003); Theodora Bosanquet, *Henry James at Work (1924);* Joseph Francis Daly, *The Life of Augustin Daly (1917);* Margaret Drabble, *Arnold Bennett (1974);* Daphne Du Maurier: *Gerald: a Portrait (1937);* Richard Ellmann, *Oscar Wilde (1987);* James Harding. *Gerald Du Maurier (1989);* Michael Holroyd, *Bernard Show, Vol. I, 1856–1898: The Search for Love (1988):* Compton Mackenzie, *My Life and Times (1963–1971);* G. D. Martineau, *A History of the Royal Sussex Regiment (1955);* A. E. W. Mason, *Sir George Alexander and the St. James's Theatre (1935);* Michael Millgate, *Testamentary Acts (1992);* Harry T. Moore, *Henry James (1974);* Daniel Pick, *Svengali's Web: the Alien Enchanter in Modern Culture (2000);* und *Introduction to Trilby,* Penguin Classics Edition (1994); Lyall H. Posers, Hsg., *Henry James and Edith Wharton: Letters 1900–1915 (1990);* Elizabeth Robins, *Theatre and Friendship: Some Henry James Letters and a Commentary (1932);* Miranda Seymour, *A Ring of Conspirators: Henry James and His Literary Circle 1895–1915 (1988);* Alison Smith, *The Victorian Nude (1996);* John Sutherland, *Mrs. Humphrey Ward (1990);* Elaine Showalter, Einleitung zu *Trilby,* Oxford World's Classics Edition (1995); Anne Thwaite, *Edmund Gosse: A Literary Landscape 1849–1928 (1985);* Edith Wharton, *A Backward Glance (1933);* H. G. Wells, *An Experiment in Autobiography (1934);* Ruth Bernard Yeazell, Hsg., *The Death and Letters of Alice James (1981).*

Ich hatte das Glück, bei meinen Recherchen Unterstützung bei drei Paaren zu finden, die das jetzt dem National Trust gehörende Lamb House betreuen oder betreuten; sie erleichterten mir den Zugang zum Haus und unterstützten mich großzügig mit Informationen, Unterlagen und Einführungsschreiben. Es waren dies der verstorbene Graham Watson (mein erster Literaturagent) und seine Frau Dorothy, Hilary und Gordon Brook, Sue Harris und Tony Davis. Mrs. Diane Davidson, die Großnichte von Burgess Noakes, war so freundlich, einige Fragen zu beantworten und mir nützliche Schriftstücke zur Verfügung zu stellen.

Peter Davison, Michael Holroyd und John Sutherland halfen mir durch die Beantwortung spezieller Fragen, Alan Readman von West Sussex Records Office beschaffte mir Informationen sowie Photokopien von Dokumenten im Zusammenhang mit dem Militärdienst von Burgess Noakes. Kathy Chater recherchierte für mich im East Sussex County Records Office. Mein Dank gilt den Mitarbeitern der London Library (eine unschätzbare Quelle), der British Library und der Highton Library der Harvard University – und dort insbesondere Jennie Rathburn, die mir half, Photokopien des noch weitgehend unveröffentlichten Briefwechsels zwischen Henry James und George Du Maurier sowie Briefe von Burgess Noakes zu beschaffen. Bernard Bergonzi, Maurice Couturier, Joel Kaplan und Sheila Stowell, Mike Shaw und Jonathan Pegg lasen die erste vollständige Fassung des Romans und machten ebenso wie meine Frau Mary konstruktive Anmerkungen und Verbesserungsvorschläge. Meine Lektoren in drei Verlagen, Geoff Mulligan, Paul Slovak und Tony Lacey, gaben mir sehr nützliche Hinweise für die Endfassung des Textes.

In meinem kurzen Vorwort heißt es: »Fast alles, was sich in dieser Geschichte zuträgt, stützt sich auf Fakten… Allerdings habe ich bei manchen Ereignissen und persönlichen Details, für die es keine geschichtlichen Unterlagen gibt, meine Phantasie bemüht.« Der eine oder andere meiner Leser möchte vielleicht mehr über Art und Umfang dieser Ergänzungen erfahren, deshalb fasse ich nachstehend das Wesentliche zusammen.

Da ich weder eine Beschreibung noch ein Photo von Minnie Kidd auftreiben konnte, mußte ich ihr Aussehen erfinden. Ihre unerwiderte Liebe zu Burgess Noakes ist Spekulation, stützt sich aber auf die Tatsache, daß sie häufig an Noakes schrieb, als er in Flandern war, und daß Theodora Bosanquet und Edith Wharton in ihrem Briefwechsel der Hoffnung Ausdruck gaben, man würde ihn »im Interesse von Kidd« aus der Armee entlassen (allerdings meinten sie damit wohl die Hilfe, die er Minnie bei der Pflege von HJ leistete). James erwähnte tatsächlich das »Raubtier im Dschungel«, als Minnie ihm nach seinem Schlaganfall zu Hilfe eilte, aber daß sie einen Versuch unternahm, die Erzählung zu lesen, ist eine Erfindung von mir. Alexanders Telegramm, mit dem er James zu seinem Order of Merit gratuliert, ist belegt, das von Gerald Du Maurier nicht. Wir wissen zwar, daß sich James 1880 über das Treiben von Wagners Entourage in Italien sittlich entrüstete und danach den Kontakt zu Schukowskij abbrach, doch Leon Edel schreibt, daß wir »nur raten können, was in Posilippo geschah« – also habe ich geraten. Du Mauriers Begegnung mit dem protestantischen Pfarrer in Malines, von der er HJ erzählt, ist meine Erfindung, allerdings deckt sich die Darstellung mit seinen damaligen Lebensumständen und späteren Ansichten. Über den Ausflug von HJ und Du Maurier nach Staithes gibt es keine schriftlichen Belege, aber HJ schloß sich in jenem Sommer tatsächlich in Whitby seinen Freunden an, und die Wanderung nach Staithes war einer von Du Mauriers Lieblingswegen. Der Zusammenstoß von HJ mit den Prostituierten und den anrüchigen jungen Männern vor dem Haymarket *Theatre*, wo er die Vorstellung von *Ein idealer Ehemann* besuchen wollte, ist meine Erfindung. Du Mauriers Begegnung mit Tom Guthrie und das Gespräch von Edmund Gosse mit William Norris im *St. James's Theatre* am gleichen Abend sind Phantasieprodukte, allerdings waren sie alle tatsächlich zur Premiere von *Guy Domville* gekommen. Die Aktionen und Reaktionen der anderen Beteiligten an jenem Abend halten sich enger an belegte Fakten. Die wahre Geschichte des *Trilby*-Booms habe ich nur um eine erfundene Anekdote bereichert, nämlich die des Mannes aus Chicago, der zehntausend Dollar für eine signierte Aktzeichnung von Trilby bot. Agatha Miller, besser bekannt unter ihrem Ehenamen Agatha Christie, lebte in Torquay und wurde, als HJ im Osborne logierte, gerade fünf Jahre alt, die Begegnung der beiden aber ist von mir erfunden. Wann genau HJ Burgess als Hausdiener einstellte, ist ungewiß; ich habe mich aus strukturellen Gründen für den frühestmöglichen Zeitpunkt, den Herbst 1898, entschieden. Peggy James und ihre Mutter in eine Vorstellung von *Peter Pan* zu schicken, war meine Idee. Ich glaube, daß Burgess Noakes die Schlacht von Aubers Ridge mitgemacht hat; das Kriegstagebuch des Fünften Bataillons vermittelte mir eine Vorstellung davon, wie er sie erlebte und überlebte. Das Angebot von Bill James und seiner Frau, Burgess Noakes, Minnie Kidd und Joan Anderson einzustellen, erfolgte möglicherweise nicht ganz so bald nach Henry James' Tod wie von mir dargestellt.

Im Lauf meiner Recherchen erfuhr ich einiges über das spätere Schicksal von Henry James' Dienstboten, was die Leser dieses Buches interessieren könnte. 1916 scheint das Trio nach Amerika gegangen zu sein, um für Billy James und seine Frau Alice (geborene Runnels) zu arbeiten. Burgess kehrte 1930 nach England zurück und heiratete Ethel May Chapling. Laut Mrs. Davidson war Ethel in seiner Familie nicht beliebt; man hatte dort den Verdacht, sie habe Burgess seines Geldes wegen geheiratet, und er erklärte später, es sei »die größte Dummheit meines Lebens« gewesen. Von 1934 an lebten sie in einem Cottage in Peasmarsh bei Rye, wo Burgess Windhunde züchtete. Die Ehe blieb offenbar kinderlos. Ethel starb um 1960, danach zog Burgess wieder nach Rye, wo er 1975 im Alter von 89 Jahren starb. Wie aus einem Nachruf im *Sussex Express and County Herald* hervorgeht, war er noch mehrmals in Amerika, um Mitglieder der Familie James zu besuchen, und er scheint in regelmäßigem Briefwechsel mit Mrs. Alice Runnels James gestanden zu haben – drei seiner Briefe an sie aus dem Jahre 1956, ein Jahr vor ihrem Tod, sind in der Houghton Library in Harvard erhalten. In einem erzählt er von einem geplanten Tagesausflug zu einem nicht genannten Ort, um Minnie zu besuchen, die an schwerer Arthritis leidet, und in einem anderen, daß er einen Brief von ihr bekommen hat und daß sie sich sehr schwer tut, weil sie sich um eine ältere Schwester kümmern muß, »die zwei- oder dreiundachtzig ist und im gleichen Haus wohnt und für die sie sich verantwortlich fühlt, sie sagt, daß ihre Angehörigen sich nicht um ihre alten Tanten kümmern, dabei geht es ihnen allen recht gut. Sie war zu gutmütig und hat sich von ihnen ausnützen lassen, als sie aus Amerika kam.« Ich schließe daraus, daß Minnie Kidd nie geheiratet hat.

Eine erste Notiz über die Beziehung von Henry James und George Du Maurier als mögliches Thema für einen Roman hatte ich mir im November 1995 gemacht, ernsthaft mit den Recherchen aber begann ich erst fünf Jahre später. Im Sommer 2002 fing ich mit der Niederschrift des Romans an. Im November, als ich etwa 20000 Worte geschrieben hatte, las ich im *Guardian* eine Rezension über einen neuen Roman von Emma Tennant mit dem Titel *Felony,* in dem es offenbar unter anderem auch um die Beziehung zwischen Henry James und Constance Fenimore Woolson ging. Um mich nicht ablenken oder beeinflussen zu lassen, beschloß ich, weder das Buch noch weitere Rezensionen zu lesen, was ich bis heute durchgehalten habe. Wenige Wochen, nachdem ich – im September 2003 – das vollständige Manuskript von *Author, Author* an meinen Verlag gegeben hatte, erfuhr ich, daß Colm Tóibin ebenfalls einen Roman über Henry James geschrieben hatte, der im Frühjahr 2004 herauskommen sollte. Ich überlasse es Beobachtern des Zeitgeistes, sich Gedanken über die Bedeutung dieser Zusammentreffen zu machen.

D. L.
Birmingham, November 2003

Henry James wurde nach folgenden Ausgaben zitiert:

Die Gesandten. Deutsch von Helmuth M. Braem und Elisabeth Kaiser. Köln – Berlin: Kiepenheuer & Witsch 1956.

Das Tier im Dschungel. In: H. J., *Erzählungen.* Deutsch von Helmuth M. Braem und Elisabeth Kaiser. Köln – Berlin 1958.

Oscar Wilde wurde nach folgender Ausgabe zitiert:

Die Seele des Menschen unter dem Sozialismus. In: O. W., *Die Essays.* Deutsch von Georg Deggerich.

Der ideale Ehemann. In: O. W., *Die Komödien.* Deutsch von Bernd Eilert.

In: O. W., *Werke in fünf Bänden.* Neu übersetzt von Georg Deggerich, Bernd Eilert, Susanne Luber, Petra-Susanne Räbel, Eike Schönfeld, Hans Wolf. Frankfurt am Main: Gerd Haffmans bei Zweitausendeins, 2004.